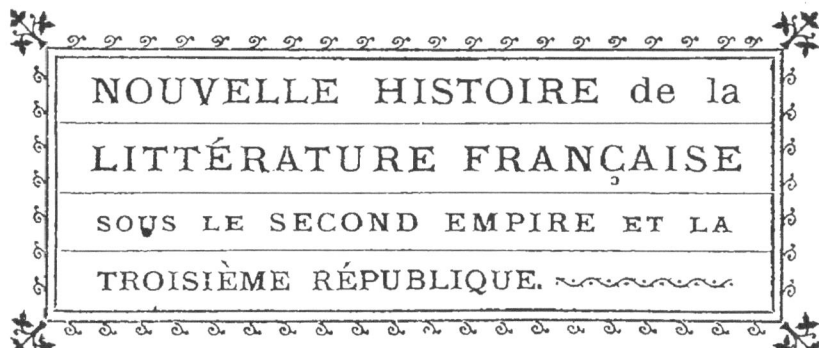

NOUVELLE HISTOIRE de la
LITTÉRATURE FRANÇAISE
SOUS LE SECOND EMPIRE ET LA
TROISIÈME RÉPUBLIQUE.

NOUVELLE HISTOIRE

DE LA

LITTÉRATURE

 FRANÇAISE

SOUS LE SECOND EMPIRE
ET LA TROISIÈME RÉPUBLIQUE

(1852-1889.)

par Victor JEANROY-FÉLIX.

BLOUD ET BARRAL,

LIBRAIRES-ÉDITEURS,

4, Rue de Madame, et Rue de Rennes, 59,

PARIS.

Imprimé par Desclée, De Brouwer et Cⁱᵉ. — LILLE, 1889.

AVANT-PROPOS.

En dirigeant sa charrue à travers le flanc des vallées que surplombent les cônes aigus des monts Grampians, le laboureur, un jour, écrase une pauvre petite pâquerette :

« Oh ! dit-il, modeste fleur à la tête violacée, tu m'as rencontré dans une mauvaise heure ; t'épargner n'est plus en mon pouvoir, ma belle perle !

» Ce n'est pas, hélas ! ta douce voisine, la rustique alouette, qui t'aurait ainsi écrasée, elle qui te penchait à peine sous sa tiède poitrine, lorsque, joyeuse, elle s'élançait vers l'est empourpré.

» Le nord aux âpres morsures soufflait froid lorsque tu es née. Pourtant, au milieu de l'orage tu grandissais gaiement, montrant à peine ta tige frêle hors du sein de ta nourrice, la terre.

» Et maintenant, voilà que le soc a déchiré ta couche... Te voilà gisante, ô pauvre fleur ! (1) »

N'est-ce point là le langage que nous devrions tenir, nous aussi, qui allons par sauts brusques et d'une allure heurtée à travers ces choses délicates et frêles dont se compose la littérature ? Cette fleur de la critique, ne l'avons-nous pas froissée d'une main brutale ? Comme le paysan écossais, nous ne pouvons réprimer un sentiment de mélancolie à la pensée des gaucheries involontaires dont nous nous sommes rendu coupable. Que la Muse clémente pardonne à notre insuffisance, et nous tienne compte de notre repentir !

---

(1) Cf. Burns.

Nouvelle Histoire de la Littérature Française sous le Second Empire et la Troisième République.

=== CHAPITRE PREMIER. ===

ÉLOQUENCE POLITIQUE et RELIGIEUSE. — Billault. — Chaix d'Est-Ange. — Keller. — J. Favre. — J. Simon. — Ern. Picard. — Dufaure. —Gambetta. — Em. Ollivier. — Rouher. — Buffet. — Le duc de Broglie. — Le duc d'Audiffret-Pasquier. — Clémenceau. — Chesnelong. — J. Ferry. — Bocher. — A. de Mun. — Challemel-Lacour. — Falloux. — Léon Say, etc. — Le P. Félix. — Mgr Dupanloup. — Mgr Gerbet. — Mgr Plantier. — Mgr Landriot. — Mgr Berteaud. — Le P. Ventura. — Mgr Parisis. — Le P. Hyacinthe. — Mgr Freppel. — Mgr Perraud. — Le P. Gratry. — Mgr Pie. — Le P. Monsabré. — Le P. Roux. — Le P. Didon. — Mgr Mermillod. — L'abbé de Guerry. — Mgr Cœur. — L'abbé Bougaud. — Mgr Baunard, — etc.

A Partir du 2 décembre, la police mit dans sa poche la clef des clubs, et les énergumènes avec ou sans patente, socialistes ou communalistes, roués et niais, ambitieux et moutons de Panurge, reçurent l'injonction de se taire ; du reste, la plupart des déclamateurs à grande barbe et à chapeau tyrolien étaient ou sous les verrous ou en exil. On n'entendra plus de tirades incendiaires, de malédictions contre les liberticides, de fulgurantes prosopopées contre le nouveau Cromwell. Signe caractéristique des temps, la discorde s'insinue dans le parti ouvrier, qui se donne, ou peu s'en faut, au régime installé la veille ! Louis Blanc est tombé dans un discrédit complet, et Proudhon, un jour, accueilli par des huées, ripostait avec aigreur : « Ce que je vous dis vous fait rire ! Eh bien ! ce que je vous dis vous tuera. » Certes, il y eut des victimes, et des victimes à jamais regrettables, mais l'éloquence ne fut pour rien dans leur mort.

Ce n'étaient plus ces mémorables séances où, l'Assemblée déclarée dissoute, Barbès demandait qu'on établît sur les riches un impôt d'un milliard ; où l'on discutait sur la possibilité de faire de l'ordre avec du désordre (1) ; où les uns soutenaient, les autres attaquaient avec fureur l'installation des ateliers nationaux ; où, redoutant l'anarchie dans la Chambre et les coups de fusil dans la rue, les représentants du peuple confiaient au général Cavaignac un pouvoir dictatorial ; où le vote solennel et presque unanime des membres de la Constituante reconnaissait les éminents services rendus par le chef du pouvoir exécutif à la cause de la République et de la démocratie ; où montagnards et monarchistes, catholiques et libres-penseurs, luttaient à armes plus ou moins courtoises sur la grande question de la souveraineté temporelle des papes !

Alors se vérifia dans une démonstration qui n'admet pas de réplique l'exactitude des remarques de Tacite : « La forte et vraiment grande éloquence est fille de cette licence que les sots appellent liberté ; l'éloquence est la compagne des séditions, l'aiguillon des peuples sans frein ; elle ne connaît ni le respect ni la subordination ; elle est opiniâtre, téméraire, arrogante, et ne peut naître dans une société bien organisée... Tant

(1) Mot du préfet de police Caussidière.

que Rome flotta à la dérive, tant qu'elle se consuma dans les querelles de parti, dans les dissensions et le désordre, tant qu'il n'y eut ni paix dans le Forum, ni entente dans le Sénat, ni règle dans les jugements, ni respect à l'égard des supérieurs, ni borne posée à l'autorité des magistrats, la République enfanta une éloquence assurément plus vigoureuse, comme un champ que la culture n'a pas dompté produit des plantes d'une plus luxuriante végétation (1). »

En 1852, quoique le règne des avocats fût passé, le gouvernement ne laissa pas d'avoir ses avocats, dont quelques-uns du plus grand talent ; par ordre de date nous signalerons d'abord Billault (1805-1863).

Il naquit à Vannes, la ville aux antiques demeures, où tout parle du moyen âge, et qui rappellera éternellement l'affreux massacre des prisonniers de Quiberon. Son père, receveur principal des douanes, fut disgracié sous la Restauration pour son attachement aux idées bonapartistes. Quant à lui, avocat célèbre dès sa première plaidoirie, il entra en 1837 à la Chambre des Députés, où il fut le Phocion de Guizot, la hache qui détruisait l'effet des plus beaux discours du grand doctrinaire. Et pourtant, même à propos de cette Législature qui possédait les Lamartine et les Thiers, on a pu dire que nul ne possédait une élocution plus abondante. C'est en 1842 qu'il réussit surtout à fasciner la Chambre par de mémorables philippiques que lui inspirèrent et la rédaction des listes du jury et les outrages subis par notre pavillon à l'occasion du droit de visite : ardente mais contenue, sa parole sut alors revêtir le caractère de force et de dignité qui sied à ces

---

(1) Magna illa et notabilis eloquentia alumna licentiæ quam stulti libertatem vocabant, comes seditionum, effrenati populi incitamentum, sine obsequio, sine servitute, contumax, temeraria, arrogans, quæ in bene constitutis civitatibus non oritur... Nostra quoque civitas donec erravit... κ, τ. λ. ὅ *Dialogue des Orateurs.*

X. L.

débats dans lesquels sont en jeu la gloire et l'honneur de tout un peuple. Timon le surnomma « la noble espérance de la tribune ».

Si, au début de sa carrière oratoire, Billault se signala au premier rang par la brièveté et le tour incisif de son langage, plus tard quand il lui fut donné d'interpréter à la tribune la pensée même du Chef de l'État, son genre d'éloquence se prêta aux plus radicales transformations : ni l'éclat, ni la richesse, ni parfois même la largeur des vues et la magnificence ne lui firent défaut. A l'étudier avec une attention suffisante, on se convainc que la nature semblait surtout l'avoir prédestiné à la lutte, sans qu'il fût, toutefois, de ceux à qui les âpres consolations de l'orgueil font presque oublier la défaite. De son interminable duel contre le ministère Guizot, il avait gardé le besoin de l'interruption, du rappel à l'ordre, de la censure : alors qu'il aurait préféré monter à l'assaut, s'élancer par la brèche ouverte, porter, audacieux condottiere de la parole, le fer et la flamme dans le camp ennemi, il lui fallait, avocat officiel, exposer les grandes lignes de la politique gouvernementale, en un langage empreint de noblesse et de solennité, devant un auditoire de fidèles mamelucks convaincus d'avance, décidés à crier après chacune de ses périodes *bene, pulchre, recte*, fatigués peut-être à la longue, mais jamais rassasiés d'applaudir le représentant de leur inviolable Empereur !

On se rappelle que, lorsque, par un décret favorablement accueilli de l'opinion publique, Napoléon eut accordé au pays un certain nombre de mesures libérales, les difficultés commencèrent pour les commissaires spéciaux que le gouvernement déléguait devant la Chambre des Députés ; on sait aussi que vers cette même époque la représentation, malgré le zèle préfectoral, était devenue beaucoup plus indépendante, et

que les discours d'un certain nombre parmi les nouveaux élus ne se maintenaient pas toujours, au cours
de leurs revendications, dans les limites de l'opposition
dynastique. La discussion allait donc devenir effective :
le temps des périodes était fini, on demandait des arguments.

Billault se montra égal, supérieur à lui-même. Pre-
nons-le dans une séance capitale, au 23 mars 1861,
quand il répond aux discours de J. Favre et de G. de
Cassagnac, dont l'un avait demandé que la France
retirât ses troupes de Rome, et dont l'autre avait
engagé le Saint-Père à « déployer pour voile le manteau d'abeilles, et à laisser à la proue l'épée de la
France dans la main de Napoléon. » Comment allait-il
justifier notre diplomatie, qui laissait s'accomplir le
programme garibaldien et se préparer le vol des États
de l'Église par la maison de Sardaigne ? Billault
accorda tout ce qu'on voulut, se montrant plein de respect pour Pie IX et de prévenances pour la révolution.
Il montra « nos soldats qui, en Chine, au Japon, en
Cochinchine, protègent le principe catholique, » mais
il se souvint à propos que nous sommes aussi « les
enfants de 89. » A quoi le Corps législatif, avec sa
docilité de chien caniche, répond par « une vive adhésion (1). » Assez mal inspiré, contre son habitude, Billault s'avise ensuite de rappeler un mot écrasant qu'un
grand orateur avait adressé à l'Empire : « Si vous
n'étiez pas catholiques, vous ne seriez qu'une puissance de second ordre, » et il croit échapper à cette
prophétie, dont les faits ont donné depuis une si lamen-
table justification, en répliquant : « Si nous reniions 89
et ses principes et ses conquêtes, si nous revenions à
1788, que serions-nous ? »

L'allure de l'orateur est indécise parce que la poli-

(1) Cf. *Moniteur officiel*, loc. dict. sup.

tique impériale était alors équivoque. Ses arguments ont un faux-air de duplicité captieuse parce que notre ministère des affaires étrangères manquait de franchise dans ses rapports avec le Saint-Siège. Cette politique de Janus est inconciliable avec les grands mouvements de la passion ; ces déclarations à double face, ces plaidoyers où, suivant l'utilité du moment, on souffle et le froid et le chaud, sont le fait des procureurs manceaux ou des chicaneurs normands, non des de Serre et des Chatam, des honnêtes gens et des véritables patriotes. Mais, Billault se trouvait-il en face d'une situation bien définie, bonne ou mauvaise, il avait des accents énergiques et fiers : « Il faut que le monde entier sache que lorsque paraît le drapeau français, il y a toujours une grande idée qui le précède, et un grand peuple qui le suit! »

Non sur la même ligne, un peu au-dessous, il convient de ranger Chaix d'Est-Ange, (Ch.-Victor,) né à Reims en 1800, mort en 1878. Orphelin dès sa première jeunesse, et muni, pour toute fortune, d'une centaine d'écus comptants, il suivit la carrière du droit, où plusieurs de ses parents avaient acquis un nom honorable. Pourvu des diplômes réglementaires, il parut devant la Cour des Pairs en 1821, et se fit applaudir dans le procès des Sergents de la Rochelle. Quel début! Le prévenu a vingt-et-un ans, c'est un sous-officier accusé de complot contre le gouvernement ; l'avocat touche à sa vingtième année. Au moment où il veut pénétrer dans la salle, les gardiens lui barrent le passage en lui disant : « Vous n'êtes pas avocat ; à votre âge c'est invraisemblable ! » Avant donc de plaider pour son client, il dut plaider pour lui-même. Enfin, on lui laisse l'accès libre. Le voilà parmi les défenseurs. Lorsqu'il se lève, les Pairs ne peuvent réprimer un sourire plein de miséricorde : « Pauvre imprudent ! Que pourra-t-il bien nous dire ? Comme il va balbutier, sans doute, étranglé par l'émotion, cet enfant sans expérience !» Au lieu de paroles incohérentes, les juges, stupéfaits d'abord, bientôt ravis, entendirent une plaidoirie vibrante et chaude, bien ordonnée, dite sur un ton d'une convenance parfaite, sans hésitations ni reprises, d'une voix harmonieusement timbrée. La péroraison achevée, on s'empresse autour de lui, on le félicite, vingt mains se tendent vers la sienne, et le grand référendaire, M. de Sémonville, si connu par ses reparties piquantes, « voyant sans doute en lui quelque air de parenté, » voulut à toute force le faire entrer dans la magistrature. Quelque brillante qu'ait pu être dans la suite la fortune politique de Chaix d'Est-Ange, on constatera qu'avant tout il fut un des aigles de la Cour d'assises au XIXe siècle, le seul que l'on doive égaler à Lachaud, auquel il était, du reste, supérieur par la correction et le goût. Les procès les plus fameux dont le souvenir soit resté attaché à son nom, sont ceux du *Roi s'amuse*, où il courut un réel danger : des menaces de mort furent proférées contre lui par les enthousiastes admirateurs du dieu des romantiques, mais il parvint néanmoins, en dépit des interruptions les plus malveillantes, à plaider sa cause jusqu'au dernier mot de la péroraison ; l'affaire Laroncière, où il lutta seul contre la puissante dialectique d'O. Barrot et les émouvantes objurgations de Berryer ; enfin l'affaire Benoist. Là, il remporta un succès inouï dans les fastes du barreau. Qu'on se représente la scène : pendant que les débats se poursuivent, un orage épouvantable se déchaîne sur Paris ; à la lueur sinistre des éclairs et au milieu des roulements ininterrompus de la foudre, Chaix d'Est-Ange, d'avocat de la partie civile qu'il était, se transforme en accusateur, se tourne d'un geste puissant vers le témoin, l'interroge, le presse, le met en contradiction avec lui-même, le torture, le brise moralement et finit, après des miracles de ténacité et de logique, par lui faire avouer qu'il était le vrai coupable, le parricide !

Des panégyristes qui outrent la bonne volonté, reconnaissent à ce grand avocat ce que l'esprit peut inspirer de plus vif, l'imagination de plus éclatant, l'ironie de plus acerbe. Mais son style, souvent filandreux et mou, est gâté par la « stérile abondance » qu'un satirique du XVIIe siècle reprochait au Cardinal de Bernis.

Ce n'est pas M. Keller, (né à Belfort en 1828,) qu'on accusera jamais de prendre la pompe pour la grandeur, l'emphase pour la passion, la redondance pour la richesse. Reçu à l'École polytechnique, il se contenta de mettre son titre sur ses cartes de visite, et s'occupa d'agriculture, d'industrie, d'économie politique et d'histoire. En 1857, ses compatriotes l'envoyèrent au Corps législatif, où son début fut un coup de maître, en même temps un coup d'audace, qui ne laissa pas de surprendre le gouvernement. On sait qu'en 1870, lorsque la France fut envahie, il créa un corps de volontaires, et donna des preuves réitérées de sa décision d'esprit et de sa bravoure. Le vaillant général Cambriels lui confia le commandement des francs-tireurs du Haut-Rhin : après avoir vainement tenté de secourir Belfort, M. Keller assista aux sanglantes péripéties de la bataille d'Héricourt, et, quand la paix fut signée, ce fut *le Vendéen de l'Est* qui, devant l'Assemblée de Bordeaux, fit entendre la protestation de notre grande et chère Alsace.

Si le patriote est admirable, si l'homme privé impose le respect, l'orateur a droit à des éloges presque sans restriction.

Alarmés à la pensée des périls que courait le Saint-Siège au commencement de l'année 1861, un certain nombre de fidèles essayèrent de faire connaître leurs inquiétudes en adressant à la Chambre haute une pétition collective. Comme aucun des grands orateurs religieux d'alors ne siégeait sur les bancs des Députés, il semblait que d'avance la cause du catholicisme fût perdue. Il n'est que juste cependant de mentionner, en réponse aux véhémentes sorties du prince Jérôme, aux harmonieuses diatribes de J. Favre, aux coups de boutoir gallicans de Dupin, les harangues du marquis de Larochejacquelein, du baron de Heckereen, du président Barthe, les études solides et nourries de MM. Plichon, G. de Cassagnac, O'Quin et de Ségur ; mais la Providence avait suscité un défenseur inattendu : M. Keller se leva de sa place et gravit les degrés de la tribune. Dès les premiers mots on sut à qui l'on avait affaire.

Avec quelle subtilité (1) il relève les incertitudes de la politique française en Italie ! Comme il en montre, avec une rectitude infaillible, les contradictions et les faiblesses !

« Êtes-vous révolutionnaires ? Êtes-vous conservateurs ? Ou bien resterez-vous simples spectateurs du combat ? Jusqu'à présent vous n'avez été ni l'un ni l'autre, car vous avez reculé pas à pas devant Garibaldi en même temps que vous vous proclamiez son plus grand ennemi ; car vous avez fourni à la fois des canons rayés au Piémont et de la charpie au roi de Naples ; car d'une main vous avez protégé le Saint-Siège, de l'autre vous avez dressé contre lui un acte d'accusation ; dans les mêmes pages vous avez fait écrire l'inviolabilité et la déchéance de Pie IX. »

---

(1) Cf. *Moniteur officiel*, 14 mars 1861.

De ce discours, qui mériterait d'être cité tout entier, nous extrayons encore le passage suivant :

« Vous avez voulu obtenir à la fois et le pardon de la révolution qui ne pardonne jamais...(Plusieurs membres : *Très bien !*) et le pardon de l'Église qui, elle, se résigne à tout, hormis à approuver ceux qui la dépouillent et qui la trompent. Eh bien! à Turin comme à Rome on vous a répondu : « Nous ne pouvons pas transiger ; » aujourd'hui encore vous avez à choisir entre Victor-Emmanuel, côtoyant l'abîme où Mazzini menace de le précipiter dès qu'il voudra s'arrêter, *(Très bien !)* èt Pie IX, obligé par sa conscience, obligé par sa dignité, obligé par tous ses serments à résister aux attentats du Piémont. Et, au lieu de choisir, vous restez à Rome avec Pie IX en même temps que, d'étape en étape, vous y laissez venir Victor-Emmanuel. Ne voyez-vous donc pas qu'en poursuivant ainsi une transaction chimérique, une transaction monstrueuse, une transaction entre deux éléments inconciliables, vous permettez qu'à Rome la situation devienne de jour en jour plus grave ? Il est temps, Messieurs, il est temps de vous arrêter sur cette pente fatale où vous poussent les ennemis implacables de la France et de la dynastie ; il est temps de rompre le silence qui, soyez-en sûrs, est un encouragement puissant pour les révolutionnaires italiens ; il est temps, non pas de vouloir la guerre, mais de vouloir la paix ; il est temps de regarder la révolution en face et de lui dire: Tu n'iras pas plus loin!» *(Bravos et applaudissements répétés sur un certain nombre de bancs.)*

On ne saurait énumérer les discours d'une vibrante simplicité, d'un impérieuse véhémence prononcés par M. Keller ; si nous avions un choix à faire entre tant de monuments consacrés à la cause de l'éternelle vérité, nos prédilections se porteraient sur la harangue du 20 décembre 1880, où, défendant les intérêts des congrégations religieuses, il montrait incidemment le degré d'importance qu'on doit attribuer aux doctrines pédagogiques de ce Rabelais, dont le système philosophique est le cynisme, et qui voit le dernier mot de la sagesse humaine dans cet énergique monosyllabe : *trinque ;* de ce Montaigne, qui se vante d'avoir une science *présente*, non une science *passée* ou *future*, et que les athées du XVIIIe siècle, les Naigeon et les La Mettrie, réclamaient comme leur ancêtre ; de ce Jean-Jacques enfin qui, entre deux chapitres de son *Émile*, allait furtivement déposer un sien nouveau-né au *tour* de l'hospice voisin.

Le nom de M. Keller est connu de l'élite ; celui de J. Favre (1) fut entouré d'une plus exubérante popularité.

J. Favre, n'est-ce point enfin notre Démosthène, notre Cicéron, notre Burke, un second Mirabeau ? Voilà un homme qui avait tout pour lui : la perspicacité qui aide à se proposer de bonne heure un but honorable ; les facultés complexes qui vous permettent de l'atteindre sans une trop grande dépense de fatigue et d'énergie ; le port imposant, la démarche majestueuse, le geste souverain ; l'élégance spontanée qui donne à la parole publique une irrésistible parure ; la force de l'argumentation, l'abondance des preuves, la multiplicité des souvenirs classiques, sans lesquels toute discussion reste aride et monotone ; l'art de lancer ces traits qui pénètrent dans la profondeur des chairs, meurtrissent et font d'intolérables blessures ; la confiance en sa propre supériorité, le mépris des foules, ce levier enchanté, enfin l'audace, cette audace à triple dose que réclamait Danton ; que de garanties de succès ! Et pourtant, en dépit de si brillantes qualités, que restera-t-il de tant

(1) Né à Lyon en 1809, mort en 1880.

de plaidoyers? quelle sera la portion qui subsistera de l'œuvre de J. Favre?

La vie de ce merveilleux artiste en phrases cadencées et chantantes renferme assez peu de faits saillants. Après de laborieuses études, on le voit très jeune

D'une robe à longs plis balayer le barreau.

Comme tous les libéraux, il remua quelques pavés lors des journées de juillet, et fit rapidement sa trouée. Orateur, ce qui le distinguait, c'était la corrosive âpreté de son langage ; politique, la couleur garance foncée de ses convictions. En 1835, plaidant au procès d'Avril, il loua, en termes chaleureux, les hommes de 92 et de 93. Qu'on lise la péroraison de sa plaidoirie ; la haine du pouvoir monarchique s'y traduit par les accents les plus fougueux, atteint presque la frénésie, mais une frénésie consciente d'elle-même, froide : c'est la colère blanche. Avec un sang-froid qui désarçonne, il interpelle le procureur-général :

« Vous nous accusez d'avoir attenté à la sûreté de l'État, et moi j'accuse le pouvoir de n'avoir pas déjoué cet attentat, d'avoir même nourri l'émeute, en attirant les insurgés sur la place publique.... Vous nous accusez d'avoir construit des barricades ; moi je vous accuse de les avoir laissé élever sous les yeux des agents de police.... Vous nous accusez d'avoir usé de la force contre les défenseurs de l'ordre ; moi je vous accuse d'avoir déchiré la loi qui protège la vie des citoyens; d'avoir compromis la vie des femmes, des enfants, des vieillards ; d'avoir enseveli sous les ruines de nos maisons des familles qui ne vous attaquaient pas ; d'avoir été sourds aux demandes de trêve et de conciliation qui vous étaient faites de toutes parts, et de n'avoir pas épargné la vie des vaincus... Vous avez fait votre réquisitoire ; voilà le mien. Ils resteront tous deux attachés à la porte de ce palais, et nous verrons lequel durera davantage...»

En 1848, il fut secrétaire-général à l'intérieur, avec Ledru-Rollin pour ministre. C'est à lui que l'on doit attribuer la circulaire aux commissaires du gouvernement, qui provoqua un tel scandale ; les lignes en sont typiques :

« Quels sont vos pouvoirs ? Ils sont *illimités*. Agent d'une autorité révolutionnaire, *vous êtes révolutionnaire aussi*. La victoire du peuple vous a imposé le mandat de faire proclamer, de consolider son œuvre. Pour l'accomplissement de cette tâche, vous êtes investi de sa souveraineté, *vous ne relevez que de votre conscience, vous devez faire ce que les circonstances exigent pour le salut public...* »

Si l'on interprétait la *lettre* seule de cette circulaire, on arriverait à de formidables conséquences, à l'anéantissement de toutes les libertés, à la glorification de toutes les tyrannies. On remarquera, du reste, que J. Favre se contente de reprendre les *immortelles* traditions du club des Jacobins. Assurément nous faisons leur part aux excitations de la lutte, et ne voulons pas exagérer la gravité de ce programme écrit dans une heure de fièvre, et, après tout, bien atténué par les explications qui le suivent. Mais pourquoi, sous l'Empire, l'orateur de l'opposition, le chef incontesté des Cinq, se donnera-t-il comme le défenseur de la justice et de la légalité, lui qui, aussitôt au pouvoir, les avait rayées d'un trait de plume si énergique, avec un tel mépris des droits des citoyens ? Qu'est-ce que toutes ces phrases ronflantes sur le Coup d'État, quand on est arrivé par une révolution ? que ces tocsins sonnés pour de prétendues St-Barthélemy des républicains, alors qu'on a, quelques années auparavant, poussé soi-même à la guerre civile ? que ces catilinaires à grand orchestre, quand on a été le bras droit de Catilina ? que ces protestations contre les commissions mixtes, quand on vient de donner à ses agents carte blanche pour fouler aux pieds, braver, annihiler la loi ? Nous pardonnons moins encore à J. Favre d'avoir, au Corps législatif, fulminé des actes d'accusation au moins inopportuns contre les causes de l'expédition du Mexique, et encouragé nos soldats, qui combattaient vaillamment les irréguliers de Juarez, à conspuer leurs chefs et à jeter leurs fusils. Est-ce là, qu'on réponde, la conduite d'un Français ? Barbès, lui, au moins, du fond de sa casemate, faisait, en 1855, des vœux ardents pour le triomphe de notre drapeau engagé devant les bastions de Sébastopol !

Et pourtant le courage nous manque au moment de porter sur l'homme un jugement sévère ! Ne fut-il pas, de son vivant, cruellement puni, affreusement frappé ? L'expiation commença le 4 septembre 1870, lorsque, de par la volonté de l'émeute, il fut bombardé *minis- tre* de ces *affaires* qui lui étaient, on l'a dit, absolu- ment *étrangères ;* elle continua lorsqu'il eut ces entre- vues de Ferrières où il se révéla si peu capable de soutenir la lutte avec le chancelier du moderne Attila, le fameux colonel des cuirassiers blancs ; elle reparut au 31 octobre, quand à son nom, acclamé deux mois plus tôt, étaient accolées les épithètes de *vendu*, de *traître* et de *Judas ;* elle s'accomplissait encore le jour néfaste où, signant une convention militaire avec les autorités allemandes, il oubliait, hélas ! de mentionner la valeureuse armée de l'Est ; elle se terminait enfin, avec les plus poignantes péripéties, lors de cette com- parution devant les tribunaux, où le Démosthène de jadis laissait les derniers débris de sa considération.

Bien que la suite de notre travail nous appelle, il nous semble difficile de nous arracher à l'étude de cette

personnalité, à tout prendre, grandiose et saisissante.
Qu'est-ce donc qui nous attire dans J. Favre ? Ce n'est
ni l'homme politique, ni le sectaire, ni le diplomate, ni
l'homme privé. Ne serait-ce point le consciencieux
écrivain, l'avocat, (rareté étrange !) soucieux et respectueux de la langue, préoccupé de la syntaxe, attentif
à la juste cohérence des métaphores, cet autre Isocrate
qui, d'après un de ses biographes, élabora sur le même
sujet jusqu'à onze discours différents avant de satisfaire son goût et de rassurer sa susceptibilité d'humaniste ? Au moins celui-là, parmi les princes de la tribune, connaît sa langue, l'a étudiée, n'a cessé de la
révérer, s'interdisant, autant qu'il lui était possible, les
disgracieux barbarismes que nous avons empruntés à
la haute vie anglaise, et ces locutions massives, fleurs
caduques écloses dans l'ombre des Commissions parlementaires. J. Favre a fait pour la politique ce que
Caro a fait pour la philosophie : il lui a donné une
forme mondaine, il l'a présentée sous un vêtement
d'une irréprochable décence grammaticale. Et, quelle
harmonie que nul heurt ne vient briser, quelle flexibi-
lité de tons, quelle richesse de vocabulaire, quelle dextérité à lancer ou la période aux immenses anneaux,
ou la zagaie qui entre, avec un sifflement sinistre, dans
le but, nous voulons dire jusque dans le cœur même
de l'adversaire ! Mais ici encore le mot de l'Évangile
trouve son application : *Qui frappe de l'épée...* Quand
les discours prononcés au Corps législatif seront depuis
longtemps oubliés, il restera la page brûlante de Louis
Veuillot sur *Maître Aspic.*

Après Crassus, Antoine ; après J. Favre, J. Simon.

Né à Lorient, l'année de la première invasion, il fut
d'abord, à peine âgé de seize ans, maître d'études,
comme tant d'autres, à qui ce titre n'a rien valu, pas
même d'être sous la Commune délégués à l'Instruc-

tion publique, puis entra à l'*École*. Agrégé de philosophie, il enseigna les doctrines écossaises en province, à Caen, où il fut le prédécesseur de Charma. Heureux temps, où le néophyte de l'éclectisme consacrait ses veilles à approfondir le commentaire de Proclus sur Platon, à comparer la théodicée du chef de l'Académie avec celle de l'oracle du Lycée, à recueillir les matériaux de l'ingénieuse monographie qu'il consacrait à l'École d'Alexandrie, travail absorbant où il devait avoir pour rival le subtil métaphysicien Et. Vacherot. En 1847, quelque peu stimulé, nous ne dirons pas surexcité, (tel n'est point le caractère de ce Breton, qu'on prendrait plutôt pour un Normand,) notre psychologue fondait *la Liberté de penser*, et l'année suivante, grâce au suffrage populaire, et non par la violence, qui répugne à son esprit savamment conciliateur, il réussissait à forcer les portes de la Constituante.

Non réélu en 1850, il protesta du haut de sa chaire de la Sorbonne contre l'acte du 2 Décembre. Pendant la première partie de l'Empire, alors que M. Deschanel exportait en Belgique sa littérature si fine et si osée, il faisait dans le même pays des conférences philosophico-politiques où les allusions à la Tacite, ou à la Bancel, revenaient presque à chaque paragraphe. En 1863, Paris, toujours en quête de talents nouveaux, l'envoyait renforcer le groupe des Cinq.

« Batteries vives et légères, fusées de chant, où la netteté est égale à la volubilité ; murmure intérieur et sourd qui n'est point appréciable à l'oreille, mais très propre à augmenter l'éclat des tons appréciables ; roulades précipitées, brillantes et rapides, articulées avec force, et même avec une dureté de bon goût ; accents plaintifs cadencés avec mollesse ; sons filés sans art, mais enflés avec âme ; sons enchanteurs et pénétrants, qui semblent sortir du cœur et font palpiter tous les cœurs, qui causent à tout ce qui est sensible une émotion si douce, une langueur si touchante ! »

Mais, dira-t-on, c'est là le portrait du rossignol par Gueneau de Montbéliard ! Oui, et c'est là aussi le portrait de J. Simon orateur.

Ce dernier a conservé de son assez long stage dans les chaires de l'Université une qualité de premier ordre, faculté toute scientifique, l'habitude de diviser son sujet, de tracer un plan, de subordonner tous ses développements aux lignes tracées, et cela sans jamais les perdre de vue ; de ne parler qu'avec le désir apparent de produire la lumière, enfin, de mettre une idée ou tout au moins une apparence d'idée dans ses phrases les plus retentissantes, mérite qu'il serait trop naïf de reconnaître à tous ses coreligionnaires politiques. Il faut dire aussi qu'il fut puissamment secondé par l'importance spéciale des questions qui sollicitèrent son intervention à la tribune. Quelles plus belles, quelles plus fécondes matières à vigoureuses dissertations que la liberté de la presse, la liberté de conscience, l'instruction et la protection du jeune âge, la séparation de l'Église et de l'État, la guerre du Mexique ou fondation d'un Empire latin dans le Nouveau-Monde, l'autonomie de Rome, le sanglant imbroglio de 1870, le drame de la Commune, le problème de la propriété, et, pour terminer, celui du protectionnisme, où, malheureusement, il se perd dans la banale apologie d'un libre échange destructeur de la prospérité publique !

Nul ne pratique et n'entend mieux que lui l'art de faire rendre à ses auditeurs la somme d'émotions qu'ils sont capables de ressentir ; jamais, peut-être, on n'aura vu tant de séductions félines, tant de chatteries, tant de caressantes perfidies, pour triompher des défiances les plus enracinées. Les naturalistes nous parlent d'un insecte qui se pose sur la tête de certains oiseaux, et leur chatouille le gosier jusqu'à ce que ceux-ci laissent dégorger le suc des aliments, dont s'empare aussitôt le petit rusé. Voilà l'image de M. Simon. Il excelle à tirer de ceux qui l'écoutent et qu'il fascine, le parti le plus avantageux pour les intérêts dont il se fait l'avocat. Mais si la cause qu'il plaide change souvent, combien l'orateur lui-même ne change-t-il pas plus souvent encore ! Il est le personnage *multiformis* :

> Tel que le vieux pasteur des troupeaux de Neptune,
> Protée, à qui le Ciel, père de la Fortune,
> Ne cache aucuns secrets,
> Sous diverse figure, arbre, flamme, fontaine,
> S'efforce d'échapper à la vue incertaine
> Des mortels indiscrets......

Le maître ès vocalises, l'écrivain savant et châtié, le Paganini des nuances, l'Auriol des à peu près, a cette faiblesse de prendre parfois les clichés pour des preuves : ainsi c'est avec une énergie incroyable qu'il ressasse son lieu-commun favori, sa distinction entre « la révolution de la justice, qui est celle de 89, et la révolution de la haine, qui arrive à son apogée en 93, » comme si 93 n'était pas, en puissance, dans 89 !

Si nous reprenons sa biographie, nous le voyons, le 4 septembre, obtenir le portefeuille de l'Instruction publique ; le maroquin si longtemps convoité, il mit à le garder plus d'industrie et de ressources qu'il ne lui en eût fallu s'il eût désiré, à la satisfaction de tous et pour le plus grand bien de la jeunesse, s'acquitter de ces fonctions qui effrayaient autrefois un Villemain et un Guizot. Celui qui allait présider aux destinées de l'enseignement officiel avait écrit dans son livre du *Devoir* : « Imposer une religion, c'est un attentat contre la liberté de conscience. » Avec l'éclectisme insouciant qui est la note distinctive de son éminent esprit, M. Simon avait auparavant consigné cette remarque capitale : « L'Université s'est formé une philosophie d'État, une sorte de religion laïque, qu'elle impose effectivement à ses professeurs (1). » Que durent penser les fils de l'*Alma Mater* lorsqu'ils se trouvèrent en présence de ces deux déclarations exclusives l'une de l'autre ? Enfin, dans sa *Religion naturelle*, le grand-maître avait attaqué la Révolution, les prophéties, les miracles et la prière ! C'est M. Simon encore qui déclarait, avec un aplomb souriant, que l'Université ne doit jamais être hostile au christianisme (2). Comme bouquet, il affirme que l'Église a « le génie de la mendicité (3). » Cette casuistique étroite, ces allégations renouvelées d'E. Sue, ces piètres épigrammes, surprennent étrangement sous une telle plume. On est tenté de crier à l'écrivain qui se compromet avec tant de légèreté : « Par grâce, ne nous empêchez pas de respecter votre beau, votre gracieux, votre flexible talent ! »

Ce qui doit faire beaucoup pardonner à M. Simon, c'est l'ardeur qu'il a mise à combattre, le talent qu'il a dépensé pour ruiner les doctrines communistes. A ce point de vue, il est peu d'écrivains qui aient autant mérité du parti conservateur. Les théories néfastes que le génie conjectural de Platon avait lancées dans la circulation, qui furent adoptées par Babœuf, et plus récemment rééditées, avec une aggravation de scandale, par les L. Blanc et les Proudhon, il les a prises corps à corps, il en a démontré le néant. Quelle logique dans cette page où il s'appuie sur le témoignage direct de la conscience pour mettre en lumière la légitimité imprescriptible du droit de propriété !

« Oui, vous êtes libres, nous disent les commu-

(1) Cf. *L'École*.
(2) Cf. *Le Correspondant*, 10 février 1872, p. 396.
(3) Cf. *Liberté de conscience*, p. 42, Introd.

nistes, mais votre liberté ne vous vaut rien. C'est un
jeu barbare de Dieu ou de la nature qui vous a faits
libres pour vous faire misérables. Nous corrigerons
l'erreur de Dieu, nous remplacerons le plan de la Providence par le nôtre. A cet esprit ardent qui veut tout
scruter et tout discuter, nous imposerons notre foi.
S'il se révolte, nous le châtierons ; s'il ne peut contenir
sa force, nous l'abêtirons. Idiot ou homme de génie,
nous plierons tout à notre volonté, nous enfermerons
tout dans notre niveau. » Voilà, en deux mots, le
communisme.

» Allons, Titans, essayez vos forces contre la liberté
et la loi morale. Luttez contre mon instinct, contre mon
cœur, contre les lumières et les ardeurs de ma pensée,
contre ma volonté libre, contre le plan que Dieu a
décrété, contre la dignité qu'il m'a donnée, contre mon
droit, contre mon droit éternel ! »

Sauf un soupçon d'emphase, dont il faut attribuer
l'origine à l'habitude de la parole en public et de la
recherche fatale des applaudissements, l'argumentation n'est-elle pas entraînante, la preuve n'est-elle pas
péremptoire ?

Ces lignes datent de 1858 : que devient M. Simon
trente ans plus tard ?

Lorsque, après la bataille de Pharsale, la cause de
la liberté sembla définitivement perdue, que, par la
disparition de la république, toutes les affaires furent
remises entre les mains de César, Cicéron dut renoncer
à poursuivre la série de ses triomphes oratoires, et
dire adieu à ces rostres qui tant de fois avaient entendu
ses chants de sirène. L'avocat de Milon se retira dans
sa villa de Tusculum. Le voyez-vous là, pendant les
longs jours d'attente, maintenant que le pouvoir d'un
maître a remplacé la multiple action du Sénat, le
voyez-vous embusqué, le maintien triste, derrière le

portique occidental, et comme penché sur sa Rome chérie ? Autour de lui quel spectacle enchanteur ! Ici la longue perspective des colonnades qui enveloppent d'une ceinture de marbre la demeure des Lucullus ; là des oliviers parfumés ; plus loin des coteaux chargés de châtaigniers qui ploient sous la récolte ; là-bas ces riantes Tempés où paissent les troupeaux que vont chanter les Horace et les Virgile. Mais les yeux de Cicéron sont obstinément fixés sur ces panaches de fumée qui décèlent la vie de Rome. A travers les sentiers bordés de lauriers-thyms aux ombelles perpétuellement roses, se dirige son anxieuse pensée. Peut-être quelque courrier, envoyé par Dolabella ou Sulpicius, les amis des mauvais jours, vient-il lui apprendre la mort du tyran. L'eau de la clepsydre s'écoule, et l'anxiété de l'orateur redouble.

Tel nous apparaît M. Simon à cette heure néfaste où toutes les libertés sont confisquées (1), où la moitié de la nation est armée contre l'autre, où les mauvais jours des guerres civiles et religieuses semblent revenus. Là-haut, à son cinquième étage, dans sa riche bibliothèque, trésor lentement amassé, calme retraite de l'éloquent spiritualiste, l'ancien collègue de Thiers plonge le regard sur la cité d'Étienne Marcel, de Robert Miron, du baron Haussmann. Que lui dit ce grand murmure élevé de ces milliers d'habitacles divers qui abritent la détresse et l'opulence, la soumission et la révolte, de ces hôtels somptueux du faubourg Saint-Germain où l'on boude, des ces phalanstères du faubourg Saint-Antoine où grondent les colères du prolétariat, de ces chambres garnies du Quartier Latin où pense, chante, danse et rit l'avenir ? Ce bruit confus, est-ce le précurseur de quelque révolution qui va rappeler à la direction des affaires publiques le

(1) Décembre 1888.

Centre gauche parlementaire, cet éternel sacrifié, cet autre Géronte, dont la destinée est d'être quelquefois complice par sa faiblesse et toujours dupe par sa faute ?

Quant aux amateurs de beau langage, ils font des vœux pour que l'espèce d'ostracisme qui semble frapper M. Simon dure longtemps encore : ils savent qu'ils y gagneront quelques-uns de ces articles du journal *Le Matin*, où le polémiste de fraîche date joint à la verve des anciens jours je ne sais quelle mélancolique gravité qui touche et qui pénètre.

Sous l'Empire, Ernest Picard fut l'homme d'esprit du Corps législatif, ce que P.-L. Courier appelle le *lustig*, celui qui fait rire, même ceux qui ne l'ont pas entendu, tâche ingrate en somme, rôle ambigu qu'il est assez difficile de soutenir jusqu'au bout : Parisien de naissance, de ton, d'allures, type du bourgeois frondeur, qu'on retrouve à toutes les époques de notre histoire, hostile aux gouvernants, qu'ils s'appellent Henri III, Mazarin, d'Aiguillon, Louis XVIII ou Napoléon III. A la fin du seizième siècle, il eût collaboré à la satire Ménippée ; sous Mazarin, il eût augmenté la moqueuse collection des Marigny et des Blot ; sous d'Aiguillon, il eût porté aux nues La Chalotais ; sous Louis XVIII, il eût défendu Cauchois-Lemaire et Béranger ; sous Napoléon III, il eut d'abord la prudence de se taire, et ne fit de l'opposition que lorsque l'Empire se fut volontairement lié et muselé. A la Chambre, il tempérait agréablement l'âpreté bilieuse de J. Favre, la sévérité doctrinale d'Em. Ollivier, la froideur de Hénon. Dès 1864, il fut le chef de ce qu'il appelait la *Gauche ouverte*, tentative d'opposition dynastique, avance faite aux idées libérales qu'allait incarner le ministère du *19 janvier*. Quand vint l'heure du *triomphe*, il obtint le portefeuille des Finances, puis il eut l'Intérieur sous Thiers, fut gouverneur de la Banque, ambassadeur en Belgique. Au milieu de toutes ces pompes, il resta l'homme des bons mots.

L'emploi avait été tenu dans les dernières années de la monarchie de Juillet par Jaubert, qu'un malin appelle un préparateur de chimie parlementaire qui casse les verres du laboratoire, un écouteur aux portes, un entrepreneur de mots, un courtier de calembours et d'épigrammes. Picard, lui, n'eut jamais la prétention de fouailler la majorité, il la harcelait gaiment, et sans plus de rancune. Son principal devancier dans ce genre fut, chez les Romains, l'orateur César, qu'il ne faut pas confondre avec le vainqueur des Gaules. C'est ce digne rival des Crassus et des Philippe qui traite, *ex cathédra*, dans le *De Oratore*, des variétés de l'esprit. A ce sujet, il remarque, non sans justesse, qu'il convient de ne rien dire d'insipide, et que si l'on tient en réserve quelque chose de très plaisant, il est urgent d'éviter deux écueils, la bouffonnerie triviale et les manières des farceurs de tréteaux (1).

Les exemples cités ne paraissent pas des modèles fort extraordinaires ; il est juste de tenir compte cependant de la dépréciation que subissent les tours ingénieux en passant d'une langue dans une autre. Comme Helvius Lamia, qui était des plus laids, l'interrompait à tout moment : « Voyons, dit Crassus, écoutons ce gentil garçon. » Le mot fit rire. « Je n'ai pas pu, reprit Lamia, former ma figure, mais j'ai pu former mon intelligence. » Eh bien, reprit Crassus, « écoutons cet homme éloquent. » Les éclats de rire redoublèrent.

Tertius Pinarius se tordait le menton en parlant et grimaçait ; César lui dit : « Vous ne devriez plaider que lorsque vous aurez cassé la noix que vous avez dans la bouche. »

---

(1) « Vitandum est... ne aut scurrilis jocus sit aut mimicus. » (II, 59.)

Cicéron lui-même dit que Clodius fut tué *sero*, bien tard, ce qui signifie à la fois *fort avant dans la soirée* et *trop tard pour la République*.

Caton changeait le nom de M. Fulvius *Nobilior*, (le noble), en *Mobilior* (l'inconstant) : c'est le simple jeu de mots qui consiste dans le léger changement d'une lettre. Le procédé fut employé par E. Picard le jour où il disait de son collègue : « Em. Ollivier est comme M. Jourdain, il fait de la *pose* sans le savoir. »

Parfois les saillies de l'orateur de la Chambre des Députés, (rive gauche,) empruntaient une saveur nouvelle à l'emploi de la citation classique. Au sujet d'un de ses collègues qu'on disait désireux d'être nommé sénateur et qui était fort dévoué aux Tuileries, (rive droite,) il dit : « Pardonnons-lui son excès de zèle ; s'il a agi de la sorte, c'est

Ripæ ulterioris amore (1).

L'action, chez E. Picard, était non pas olympienne, on s'en doute, mais captivante au plus haut point ; peu d'avocats ont su, quand il le fallait, lire avec une égale perfection, donner aux mots importants une valeur aussi marquée, lancer le trait avec cette désinvolture, souligner aussi finement dans la prononciation les passages auxquels il attribuait une influence sérieuse sur le succès définitif, avoir même, et quelle effrayante difficulté ! des silences aussi éloquents. Certes, et nous n'en disconvenons pas, il y a l'océan entre sa manière de plaider et celle de Chaix d'Est-Ange ; il ne se drape pas d'un geste souverain comme le grand avocat des assises, il ne donne pas à sa toque quelque chose de fatal et de tragique en la campant tantôt sur l'oreille tantôt sur la nuque ; il n'a pas ce souffle, il n'a pas cet art de dramatiser les causes Ce n'est pas lui qui, dans un ban-

_____
(1) Cf. *Æneid*. lib. VI, 314.

quet de corps, raconterait, comme Sauzet, que lorsqu'il se sentait énervé, écœuré par les déceptions politiques, il ouvrait une armoire de son cabinet, en tirait sa vieille robe d'avocat et l'embrassait ! Il ne faut pas attendre de lui un mouvement oratoire pareil à celui de J. Favre dans le procès du *Précurseur ;* le trait mérite d'être rappelé.

Ce journal, (de Lyon,) avait fait de la propagande en faveur d'une souscription révolutionnaire. Dès les premiers mots, J. Favre, encore inconnu, s'était affirmé par sa voix pleine d'ampleur, par sa phrase énergique ; après avoir accumulé les provocations, il termina par cette apostrophe :

« Je demande au gouvernement, qu'il s'appelle Gisquet ou d'Argout, s'il est vrai qu'au jour dont je parle, des agents de police n'aient pas été apostés au Pont-Royal, et si nos coreligionnaires n'ont pas été assommés ! Et, pour que l'effet des paroles que je prononce ne soit pas détruit par les paroles suivantes, j'attendrai que M. le Procureur général daigne me répondre. »

L'effet de cette mise en demeure fut immense. Heureusement pour le ministère public, le président, homme d'esprit, ne perdit point son sang-froid et leva la séance.

Comme Picard, Dufaure (1), qui marqua surtout sous la seconde et la troisième république, mourut avant de voir une seconde Commune. Avocat, il entra jeune dans la politique, et, quand il reparut au barreau, il était précédé d'une très solide réputation. Ni sa parole n'était fougueuse, ni son action ne remuait les cœurs. Ce compulseur de dossiers était la rectitude. On connaît le mot de Dupin, président d'une Chambre où se poursuivait un long débat qui menaçait de s'éterniser.

(1) Né à Saujon, (Charente-Inférieure,) 1798.

Dufaure se lève et demande la parole : « Enfin, dit le sarcastique morvandiaux, la discussion va commencer ! » Esprit analytique, talent d'affaires, apprécié surtout par la clarté de l'exposition, la sobriété du développement, parole nette, éminemment propre aux affaires de chiffres, aux argumentations arides, aux discussions techniques du droit. D'autres délaient : il condense ; d'autres cherchent à jeter l'ombre sur le point en litige : il s'applique à faire la lumière. Homme, ses traits n'avaient pas la beauté de ceux d'Antinoüs ; écrivain, son style n'a pas l'élégance de celui de Cicéron.

« L'ouragan est un vent furieux, le plus souvent accompagné de pluie, d'éclairs, de tonnerre, quelquefois de tremblements de terre, et toujours des circonstances les plus terribles, les plus destructives que les vents puissent rassembler.... Des arbres aussi anciens que le monde sont déracinés, ou leurs débris dispersés ; les plus solides édifices n'offrent en un moment que des décombres. Où l'œil se plaisait à regarder des coteaux riches et verdoyants, on ne voit plus que des plantations bouleversées et des cavernes hideuses. Des malheureux dépouillés de tout pleurent sur des cadavres, ou cherchent leurs parents sous des ruines. Le bruit des eaux, des bois, de la foudre et des vents, qui tombent et se brisent contre les rochers ébranlés et fracassés ; les cris et les hurlements des hommes et des animaux, pêle-mêle emportés dans un tourbillon de sable, de pierres et de débris, tout semble annoncer les dernières convulsions et l'agonie de la nature (1). »

Nous ne savons pourquoi ces lignes, où l'abbé Raynal décrit l'ouragan des Antilles, nous sont revenues à l'esprit au moment d'esquisser la figure de Gambetta. Si l'on en croit le héros de Henri Monnier, une observation même superficielle constaterait peut-être cer-

_____

(1) *Histoire philosophique des deux Indes*, livre II.

taines analogies entre le combat que se livrent les vents dans les îles du Nouveau-Monde et les orages parlementaires que, trop souvent pour la tranquillité de l'Europe, déchaîna l'impétueux et autoritaire dictateur : mêmes éclats et mêmes ravages, même acharnement et même abondance de victimes. Nous ne sommes pas de ceux pourtant qui traitent, après M. Thiers, Gambetta de « fou furieux », parce qu'il a cru dans la vitalité de la France et voulu garder sans tache l'honneur du drapeau. Du fond de son cabinet, il décréta la guerre à outrance ; il lutta aussi longtemps qu'il eut des hommes et des canons ; ce n'est pas à un enfant de la Lorraine que viendra jamais la pensée de le blâmer des efforts qu'il a faits pour épargner à la frontière une mutilation sanglante ! Mais, d'autre part, nous nous laissons médiocrement séduire par cette évasion icarienne et romanesque, où l'on voit le jeune tribun, emmitouflé dans ses fourrures, quitter la capitale assiégée et travaillée par les compétitions aussi gênantes que criminelles qui allaient éclater au 31 octobre et au 18 mars. Non, il n'est pas vrai que, dans cette fantasia théâtrale, il emportât avec lui *l'âme de la France !* L'âme de la France était partout où l'on combattait, partout où l'on priait ! L'âme de la France, elle animait aussi bien, elle animait plutôt ces pauvres mobiles déguenillés, ces vieux soldats de Metz, ces Vendéens et ces Bretons, martyrs de combinaisons parfois ineptes, qui, sans aucune préoccupation personnelle, tristes mais résolus, luttèrent jusqu'à la mort !

Gambetta est né (1) à Cahors, dans la patrie de Cl. Marot, cet esprit si malicieux chez qui on trouve déjà la finesse du chef des 363, de Jean XXII, le

_____

(1) 1838.

pape à l'indomptable énergie, de la Calprenède, dont
Boileau a dit :

> Tout a l'humeur gasconne en un auteur garçon,

et qui répondait à Richelieu, mécontent de certains vers
lâches d'une de ses tragédies : « Cap de dious ! Monseigneur, il n'y a rien de *lâche* dans la maison des la
Calprenède ! » Le jeune fils du commerçant cadurcien
avait donc de qui tenir ! Aux environs de l'École de
Droit et de la rue Soufflot, il se fit une rapide popularité par l'affabilité exubérante de son commerce, la
verve intarissable de ses improvisations *inter pocula, aut
mediam post noctem*, à travers *les compites de Lutèce, sub
principatu alterius Tiberii.* On sait qu'il fut mis en pleine
lumière, — pleine lumière électrique, — par le procès
Baudin : devant le président du tribunal qui l'interrompait en vain, devant le procureur impérial qui protes-
tait de tous ses poumons, devant un auditoire enthou-
siasmé, formé en grande partie de gens de lettres et
d'étudiants, il s'éleva avec une très grande force contre
l'illégalité du coup d'État. Jamais J. Favre ni Berryer,
peut-être, n'avaient produit une telle émotion sous les
voûtes du Palais de Justice. Et, par le fait, cette harangue débordait de passion, d'inspiration, d'insolence,
de violence, de virulence et de jactance. Les témoins
auriculaires évoquent, à ce propos, l'image de Démosthène ! Soit ! mais Démosthène parlait correctement sa
langue. Le 5 avril 1870, (que n'ose un méridional, surtout jeune ?) il osa, en plein Corps Législatif, prononcer
un dithyrambe en l'honneur de la forme républicaine.
Au lendemain de Sedan, il obtenait le ministère de
l'intérieur, auquel il ajouta celui de la guerre. Son
action sur les armées, son omnipotence sur les généraux, son intervention dans les plans de campagne,
ont donné lieu à des appréciations aussi multiples

que contradictoires. Encore une fois, sachons-lui gré
d'avoir tenu l'épée de la France ; remarquons cependant que Carnot, à qui on l'a comparé, assista en
personne à plusieurs batailles, notamment à Wattignies.
En février 1871, élu par neuf départements, il opta
pour Strasbourg. Le reste de sa vie appartient à la
politique militante. Sa mort reste entourée de je ne
sais quelles circonstances mystérieuses. Il eut les funérailles d'un roi, ou, si l'on aime mieux, d'un duc de
Lorraine (1).

Le passage qui suit, emprunté au discours en faveur
de la république, donnera une idée de la crânerie et
de la puissance avec lesquelles Gambetta s'emparait
d'une question, mais aussi de la lourdeur et des impro-
priétés de son langage :

« Oui, je dis qu'il faut faire du nouveau, et ne croyez
pas que dans ces paroles il y ait une contradiction ou
une espèce d'impiété filiale contre la Révolution française. A coup sûr, quand je dis qu'il y a une forme
par excellence pour assurer la liberté, cette forme,
vous ne me permettriez pas de la taire, parce qu'elle
est sur mes lèvres, dans mon cœur, c'est la forme républicaine. Si elle n'a pas assuré l'ordre avec la liberté,
est-ce que vous entendez que je le nierai, que je ne le
confesserai pas ? En aucune façon.

» Seulement je dis qu'en dehors de cette forme, qui
est la seule qui soit corrélative, qui soit harmonique,
qui soit, passez-moi un mot un peu scolastique, mais
juste, qui soit adéquate au suffrage universel.... (*Mouvements divers.*)

» Oui, en dehors de la réalisation de la liberté par la
république, tout ne sera que convulsions, anarchie ou

(1) On fait allusion ici au dicton : « Les trois cérémonies les plus magnifiques
en Europe sont le couronnement d'un Empereur à Francfort, le sacre d'un roi de
France à Reims, et l'enterrement d'un duc de Lorraine à Nancy. »

dictature..... Je vous demande la permission d'appliquer à la monarchie impériale la méthode dialectique que j'appliquais tout à l'heure à la monarchie parlementaire, et de chercher avec vous si les droits qui nous ont été reconnus, qui ont été salués, confessés au lendemain du coup d'État par celui-là même qui en avait violé la veille la réalisation, ne constitue pas un titre, ne constitue pas un engagement dont nous, les députés du suffrage universel, nous avons pour mission absolue de poursuivre la revendication et la restitution, de telle sorte que lorsque nous disons au gouvernement : « Reconnaissez-vous le suffrage universel comme la seule expression, comme la seule expression légitime de la souveraineté nationale?» et qu'il répond : « Oui, » il faut le mener au bout des conséquences d'une pareille déclaration, quoi qu'il arrive, quoi qu'il puisse en résulter, et voici pourquoi : c'est que nous ne sommes pas les mandataires de la dynastie, nous sommes les mandataires du peuple. » *(Approbation à Gauche.)*

La première réflexion qu'on se fait, est que Gambetta a dû longtemps étudier, approfondir Mirabeau : vous reconnaissez sans peine, à quatre-vingts ans de distance, un air de famille, des analogies frappantes entre les deux agitateurs. C'est le même déploiement charlatanesque dans le dictionnaire, la même passion pour les locutions scientifiques, *(forme par excellence — corrélative, harmonique, adéquate au suffrage,)* la même réboante emphase, *(sur mes lèvres, dans mon cœur, — que je le nierai, que je ne le confesserai pas,)* la même inflexibilité apophthegmatique dans le langage, la même hauteur arrogante dans les affirmations, *(tout ne sera que convulsions, anarchie ou dictature,)* la même impertinence faubourienne avec laquelle il parle du chef de l'État, *(celui qui a violé la réalisation de nos droits*, comme Mirabeau disait, en parlant de Louis XVI, *l'Exécutif* ou *le premier Commis,)* les mêmes phrases à multiples compartiments, parfois d'une amphigourique incohérence, qui ne finissent pas, qui se continuent sans que les morceaux se tiennent et soient soudés les uns aux autres ; le tout cependant, en dépit de ces défauts, grâce à je ne sais quelle inexplicable sorcellerie, intimement subordonné à une conception générale que tantôt l'orateur récapitule par un trait sentencieux, et dont tantôt il double ou même triple la manifestation sous les apparences d'une antithèse dantonesque. Buffon et Villemain, les deux maîtres artistes, auraient frémi, blêmi d'épouvante devant cette période, qu'on dirait de l'époque paléomastoïdienne, qui commence par *je vous demande la permission*, et va, de cahots en cahots, d'interrogations en hyperboles, de barbarismes en macrologies, mais avec de stupéfiants réveils, avec des grondements quasi sublimes, jusqu'à la distinction si méprisante entre *les mandataires de la dynastie et les mandataires du peuple !*

C'est un fait acquis à l'histoire : pendant plus de dix ans, Gambetta fut l'organe écouté, presque divinisé, de la fraction opportuniste. Chacune de ses harangues était d'avance annoncée par les journaux de son parti, reproduite avec un soin pieux, commentée avec fracas, parfois justifiée par l'imprévu des événements. Ses déplacements étaient des événements politiques. Ses injonctions étaient accueillies avec une déférence qui pouvait souvent passer pour de la servilité.

Sur quoi donc reposait cette influence sans précédent ? La qualité maîtresse de Gambetta était une promptitude de conception qu'en ce siècle on ne retrouve au même degré que dans le Premier Consul. Nul, autant que lui, ne posséda l'art de s'assimiler les

idées et les connaissances d'autrui, qu'il métamorpho-
sait en leur imprimant sa marque de fabrique, — une
estampille aisément reconnaissable à la hardiesse du
dessin et à l'intensité de la couleur. Ajoutons qu'il se
trouva dans les conditions les plus heureuses pour
tirer parti de ses qualités comme de ses défauts. A
force d'audace et de confiance en lui-même, il couvrait
son ignorance native et sa manie de traiter à fond les
questions qui lui étaient le plus étrangères. L'Empire
était renversé, et sur les hommes qui l'avaient servi
pesait la plus lourde des responsabilités. Rien n'était
plus facile que d'achever un ennemi étendu à terre.
Gambetta ne se fit point faute de trépigner sur ce
moribond qui ne voulait point mourir, sur ce cadavre
récalcitrant qui avait encore la velléité de revenir à la
vie politique et de s'emparer à nouveau des affaires.
A chacune de ses emphatiques périodes contre Cayenne
et Lambessa répondaient, des bancs de la gauche, des
tonnerres de vociférations congratulatrices. Le vent, la
fortune, la popularité, étaient pour l'heureux délégué
de Tours, qui, cependant, avait donné la preuve d'une
telle inaptitude aux emplois dont il n'avait pas redouté
les complexes attributions. N'oublions pas l'avantage
qu'il tirait d'un organe d'airain, d'une action sigulière-
ment théâtrale, d'une extraordinaire expérience de la
tactique parlementaire. Puis quel port, quelle pres-
tance, quelle science du geste ! Son extérieur grandiose dans le bizarre, (M. Maret le traita de *César*
d'abord, puis de *Vitellius*,) prévenait en sa faveur
avant même qu'il eût ouvert la bouche, étendu le bras :
il n'était pas petit comme Thiers, refrogné comme
Dufaure, ne parlait pas de l'arrière-gosier comme M.
de Broglie ; il n'affectait pas les allures puritaines du
futur remplaçant de Mac-Mahon à l'Élysée, il n'avait
pas le profil basochien et ces favoris d'automédon qui

nuisent au prestige de M. J. Ferry, la « cuticule buty-
reuse » et le facies glaçant de M. Buffet, l'horrible tic
de J. Favre scandant ses incises de *hem* aussi aigus
que fatigants ; il n'avait pas non plus, comme M. J.
Simon, cette onctueuse figure, cette intéressante langueur d'inspecteur d'académie sur le retour et qui se
range ; il n'avait pas enfin, quoique chargé d'embon-
point et boursouflé, les proportions préhistoriques et
la démarche écrasante de M. Batbie.

Devancerons-nous le jugement de la postérité ?

Cet homme d'État, doué en somme de facultés vir-
tuelles étonnantes, aurait pu laisser dans l'histoire un
éclatant et durable sillon, s'il eût réussi à faire taire la
haine délirante dont il était animé contre la religion.
Ce politique si délié aurait dû se consacrer tout entier
à opérer le rapprochement des différentes classes de la
société : or, il a, plus que personne, contribué à creuser,
à élargir le fossé qui les sépare ! Ce chef de parti,
esclave des exigences maçonniques, s'il eût secoué les
entraves morales qui gênaient sa liberté d'action, eût
été capable de devenir le bienfaiteur de son pays : il
devint l'instigateur de la persécution religieuse le jour
où il prononça le mot abominable qui a fait autant de
mal à la France qu'une seconde guerre avec l'Allemagne : *Le cléricalisme, c'est l'ennemi.* Ce libéral, fétiche
d'une intolérante coterie, a, de moitié avec J. Ferry,
fermé les écoles chrétiennes, décrété l'athéisme *ad
usum juventutis*, et fait proclamer cette iniquité monstrueuse : la neutralité scolaire ! Ce président du « grand
ministère », cet inspirateur des ministères moyens ou
petits, petits surtout, qui se succédèrent pendant plusieurs législatures, ce vrai maître des affaires, dont le
devoir était de gérer les finances de l'État en bon père
de famille, a ruiné le trésor par les prodigalités électorales, par son engouement pour de gigantesques

entreprises de travaux publics sans utilité reconnue comme sans issue présumable. Il n'aura donc été ni un Monck, puisqu'il s'est opposé, avec une énergie de fer, à toute tentative de restauration monarchique ; ni un Washington, puisqu'il n'a jamais exercé, du moins nominalement, la première charge de la Constitution républicaine ; ni un Bonaparte, puisqu'il ne compte à son actif aucune victoire, aucune conquête, et que ses qualités organisatrices et administratives ne se signalèrent par aucune de ces créations qui font époque dans l'histoire d'un peuple et d'un siècle ; il a été Léon Gambetta, un séducteur des foules, de ce qu'il appelait « les nouvelles couches sociales », et, ce que nous n'oublierons jamais, il a été la bête noire du chancelier prussien et des soldats allemands.

Les dilettanti du Corps Législatif aimaient à entendre, dans une même séance, Gambetta et É. Ollivier, deux types méridionaux, celui-ci du sud-est, celui-là du sud-ouest, le Gascon et le Provençal.

Né à Marseille en 1822, M. Ollivier (Émile) était le fils de Démosthène Ollivier, qui fut expatrié pour ses opinions avancées en 1852, et frère d'Aristide Ollivier, journaliste de grande espérance, dit-on, et qui fut tué en duel. A peine âgé de vingt-six ans, il fut nommé commissaire extraordinaire dans le département des Bouches-du-Rhône, où il travailla pour la cause de l'ordre avec moins de succès, peut-être, qu'il ne le semble dire dans son ouvrage *Le 19 Janvier*, fut ensuite préfet de la Haute-Marne, et révoqué par le Prince Président. Pendant les premiers temps de l'Empire, il donna des leçons de droit, et se fortifia dans les sciences économiques, historiques et religieuses. On sait qu'il fut l'un des *Cinq*, (les quatre autres étaient Hénon, Darimon, J. Favre et Picard) et qu'après avoir fait contre le gouvernement autoritaire plus d'une campagne hardie, il se rapprocha du pouvoir. Le 2 janvier 1870, il devint le principal rouage d'une combinaison ministérielle où figuraient MM. Buffet, Daru, Chevandier de Valdrôme, Richard, Rigault de Genouilly. Ce fut lui qui dut prendre les mesures de précaution rendues nécessaires par la mort de Victor Noir, et ce fut aussi sous ses auspices que fut entrepris le plébiscite, cette aventure incroyable dans son inopportunité et son inutilité. Puis c'est le traquenard Hohenzollern, la guerre, la débâcle.

S'il fut jamais une victime des caprices de la vogue, c'est bien celui qui, après avoir savouré les jouissances de la popularité, après avoir cru qu'il recommençait le rôle de Barnave, après s'être vu invité aux Tuileries dans de secrètes audiences où il était consulté par le souverain sur les difficultés de l'heure présente, après avoir eu l'espérance d'être plus et mieux qu'un de Serre, n'entend plus aujourd'hui, où qu'il tende l'oreille, que ce mot : *Crucifige !* L'intelligence des foules est foncièrement sylleptique. Il lui faut une victime expiatoire qu'elle charge de tous les crimes. M. Ollivier, dès ce jour, fut poursuivi par la rancune publique pour un mot qu'il avait prononcé, mot qui, détaché de ce qui l'entoure, peut sembler coupable, mais dont il serait absurde de juger la portée en s'en référant aux seuls termes qui le composent : « Nous entreprenons la guerre *d'un cœur léger.* » L'infortuné ministre voulait dire, et rien n'était moins douteux, que la France était en majorité avec le gouvernement, que la provocation ne venait point de notre fait, qu'il comptait sur le triomphe final. Mais admirons ici la logique populaire : la monarchie de Juillet tomba parce qu'elle avait été trop amie de la paix : on lui reprochait de s'être laissé piétiner par l'Angleterre. Le second Empire ne recueillera que des malédictions parce que, incapable de supporter les insultes tudesques, il a pris sur lui de déclarer la guerre !

Tout le mal venait, on l'a dit, de ce malencontreux plébiscite qui, en fait, ne prouvait rien et ne devait rien prouver, et qui, après tout, n'était, de la part du gouvernement, qu'une réponse indirecte à l'éloge de la République par Gambetta, qu'une justification de l'Empire. Voici le passage saillant du discours de M. Ollivier :

« Voulez-vous savoir si un gouvernement convient à une nation? Ne vous demandez pas s'il est républicain ou monarchique, s'il fonctionne avec ou sans suffrage universel ; tout ceci est de second ordre. Recherchez simplement si le gouvernement met ou ne met pas la nation dans l'impossibilité d'atteindre le but national qu'elle poursuit. Si le gouvernement existant met la nation dans l'impossibilité d'atteindre le but national qu'elle poursuit, il est mauvais. Il est bon s'il l'y conduit. Le peuple ne se détermine ni par la rhétorique ni par la dialectique ; il n'a qu'un souci : s'avancer dans la voie qu'il a choisie. (*Assentiment.*) Quand son gouvernement lui crée l'impossibilité d'avancer, il fait un mouvement, je ne sais lequel, pacifique ou révolutionnaire, il s'en débarrasse, le rejette loin de lui, et reprend sa liberté. (*Très bien !*) La légitimité d'un gouvernement ne résulte pas de ce qu'il est conforme à certains principes théoriques, mais de ce qu'il satisfait les exigences nationales ; et une monarchie peut y réussir, et une république y échouer. L'illustre historien qui m'entend l'a dit mieux que moi dans l'*Histoire de Napoléon I* *er* ». Aucun gouvernement ne se maintient par la grâce d'une maxime abstraite, et aucun ne périt parce qu'il la méconnaît ; ce qui maintient, c'est la bonne conduite ; ce qui renverse, c'est l'incapacité. »

Tout ce raisonnement est spécieux, bien qu'il ait été

démenti par les faits ; mais pourquoi l'orateur emploie-t-il tout ce fatras d'érudition ? pourquoi cite-t-il Bacon, Hobbes, Descartes, Machiavel, Montesquieu, Rousseau, Franklin, Fiévée ?

En général, M. Ollivier dispose les faits d'une manière si méthodique, il en distingue les causes et en observe les résultats avec une telle perspicacité, qu'il réussit à ébranler les convictions les mieux enracinées et les plus anciennes. Sa qualité dominante et caractéristique est la facilité substantielle, la clarté pressante dans la dialectique. Quand l'orateur est en verve, ce qui ne lui arrive pas toujours, ses harangues offrent une argumentation rapide, un mélange de connaissances précises et de goût littéraire, de la chaleur sans boursouflure, de l'émotion sans la moindre trace de sensiblerie ; il est grave en évitant la solennité, il est familier tout en restant digne, quelquefois même trivial, mais pour donner bientôt un coup d'aile qui le relève ; pourtant on désirerait que les autorités qu'il cite fussent plus clairsemées et que son érudition fût plus réfléchie.

Au pouvoir, M. Ollivier avait remplacé M. Rouher (1).

Le département du Puy-de-Dôme envoya ce dernier à la Constituante en 1848, et le Président de la République lui offrit les sceaux l'année suivante. Plus tard, ministre de l'agriculture et du commerce, il contribua au triomphe du libre-échange, ce qui n'est certes pas la plus grande pensée du règne. En 1863, il dut, à la place de Billault, interpréter la politique extérieure qui mènera Maximilien à Quérétaro, les Prussiens à Sadowa ; et, par son triple *jamais*, il essaya, mais en vain, de rassurer les catholiques, dont les yeux s'ouvraient depuis longtemps sur les cupidités spoliatrices d'un gouvernement mazzinien. Il fut nommé président du Sénat lors

(1) Né à Riom en 1814.

de la transformation de l'Empire : son rôle effectif se terminait avec l'Empire lui-même.

Où il faut le voir, ce n'est pas lorsqu'il parle avec la certitude d'être applaudi au moment même où le mot lui manque, écouté même s'il n'est pas en voix, félicité après qu'il est resté bien au-dessous de la question ; mais c'est lorsque, l'Empire tombé, il est renvoyé à la Chambre, qu'il sent sur lui se porter la haine furibonde d'une majorité plus compacte que son ancienne majorité du Corps Législatif, lorsque, dis-je, avec un véritable héroïsme d'abnégation, il assume la tâche de répondre à un duc Pasquier, qui réclame au Varus de 1870 les cinquante légions massacrées par deux millions de Germains. Oui, il est admirable dans cette séance du 23 mai 1872, où on le voit tenir tête à un nombre incalculable d'adversaires, prendre la parole au milieu d'un déchaînement sans nom, la conserver malgré la rafale des interruptions, des quolibets, des injures qui s'entrecroisent, et ne la quitter qu'après avoir dit tout ce qu'il avait à dire ! Suivant une tactique bien connue, et qui, du reste, réussit toujours, il attaque au lieu de se défendre, il rappelle les actes de ses contradicteurs au lieu de justifier les siens, et sa péroraison ne manque ni de majesté ni de courage !

« Oui, au mois d'août, M. Gambetta montait à la tribune et déclarait qu'on chasserait l'ennemi du territoire. Il prophétisait la victoire et il avait raison ; il ne pouvait pas tenir un autre langage. On ne pouvait pas, devant l'ennemi, avouer une crainte et un effroi. Et puis, à la tribune, que quittait un instant l'honorable M. Gambetta, M. Thiers montait lui-même et il disait dans un sentiment de patriotisme qui explique et couvre le mien : « La Prusse vient de remporter de grandes victoires, elle viendra à Paris, elle sera brisée devant ses murailles invincibles. »

» *Un membre à gauche* : Paris a tenu pendant quatre mois.

» *M. Rouher*... Oui, invincibles, disait-il, et il tenait le langage du patriotisme *(bruit)* ; il tenait, dis-je, le langage qu'on doit tenir quand on s'adresse à une nation, et quand on dit à tous les citoyens : *Sursum corda !*

» *Un membre à gauche*... Et qu'on ne leur donne pas d'armes !..

» *M. Rouher*. Oui, c'est là un langage nécessaire, inévitable, ne me le reprochez pas... Maintenant, me faut-il répondre à ce dernier trait lancé contre moi par M. le duc d'Audiffret ? Il nous a dit que pendant vingt-deux ans il avait haï l'Empire ; veut-il qu'après cette déclaration, cette manifestation faite devant l'Assemblée, veut-il que je le prenne pour juge de ma vie politique, de mon passé, de mes actes ? Il n'accepterait pas lui-même cette mission, il ne se sentirait pas l'impartialité nécessaire à la bien remplir. Et quant à moi, Messieurs, qu'on continue à me frapper...

» *Un membre* : Comment à vous frapper !

» *M. Rouher* : Qu'on continue à m'imputer des responsabilités que je n'ai pas encourues. Le moment viendra peut-être *(Il est venu ! Il est venu !)* où les explications seront plus faciles et plus libres. *(Réclamations à gauche.)* Quant à présent, je resterai dans les limites qui conviennent au débat actuel, et lorsque des débats nouveaux renaîtront, je ne faillirai ni à mes devoirs ni à mes convictions. » *(Agitations, longues rumeurs à gauche.)*

Voilà bien l'âpreté gutturale, presque sauvage, des sons arvernes ! Que nous sommes loin de la morbidesse voluptueuse, de la magnifique ordonnance des périodes chères à M. Simon ! L'orateur n'a point le souci du vêtement que reçoit sa pensée, et l'on n'aura jamais la fantaisie de lui reprocher ces colifichets dont le bon sens murmure. Parlerons-nous de sa dialectique ? Bien qu'elle fût souvent assez molle et lâchée, on la citera comme une rareté, sinon comme un modèle, pour ses inépuisables expédients et sa duplicité tout ulysséenne. Lorsque, après avoir entendu quelques-uns de ces réquisitoires foudroyants de Thiers, de Favre ou de Berryer, on se demandait dans les tribunes : Comment l'avocat de l'Empire va-t-il répondre à cet acte d'accusation ? on était stupéfait de voir avec quelle superbe celui-ci longeait, frôlait la question, et criblait de sa lourde artillerie une position stratégique que l'on ne menaçait nullement ! Sur un point d'attaque qu'il avait choisi à son gré, il multipliait les sorties, et quand il avait épuisé son arsenal, il se tournait vers la majorité haletante comme pour lui dire : Que pensez-vous de ce bastion que vous supposiez imprenable ? et la majorité, fidèle, se trouait les mains d'ampoules, et sauvait une fois de plus le... temple de Jupiter Capitolin.

Le jour où Rouher rentra dans la coulisse *(la présidence du Sénat)*, le public apprit, avec une satisfaction mêlée d'un peu de surprise, le choix qu'on avait fait de M. Buffet.

Buffet (Louis-Joseph) naquit à Mirecourt, la patrie d'Eugène Jacquot, ce légendaire biographe des célébrités du dix-neuvième siècle. On n'apprendra rien à personne en répétant que Mirecourt *(Mercurii cortis)* était jadis la cité du dieu Mercure, que l'antiquité honora comme le dieu des vol...., pardon ! nous voulions dire des marchands. Aussi trouva-t-on fort naturel que M. Buffet fût nommé ministre du commerce. (1848-1849.) Écarté de la politique par l'Empire, il fut élu en 1864 par le département des Vosges, et prit place dans l'opposition mitigée qui ne refusait pas le serment au chef de l'État, qui acceptait même le principe de la nouvelle dynastie, sous réserve toutefois d'une sérieuse extension des libertés publiques. Il accepta le ministère des finances dans la combinaison Ollivier, (2 janvier 1870,) mais donna sa démission le 10 avril suivant. Il participa aux délibérations de l'Assemblée de Bordeaux, se vit choisi le 4 avril 1873, par la majorité d'alors, pour présider les débats de la Chambre, et fut ministre de l'intérieur en 1875, aux côtés de Dufaure qui avait les sceaux. Depuis 1876 il fait partie du Sénat.

Le portrait de l'éminent orateur a été fait de main d'ouvrier par un critique de la plus réelle valeur (1).

« M. Buffet est un orateur excellent et qu'il faut nommer à côté des meilleurs. Il siége à droite, on le sait, et se montre constamment soucieux des intérêts des catholiques. Mais, quelle que soit la force de ses opinions religieuses, sa parole n'en reçoit pas la plus légère empreinte de mysticisme. M. Buffet ne naquit pas pour sacrifier aux grâces légères. Il semble taillé dans le cœur noueux d'un chêne. Sa personne anguleuse et voûtée exprime la dignité propre à un vieux parlementaire blanchi dans les débats publics. Il a, au plus haut degré, ce qu'on appelle l'autorité. On l'écoute avant même qu'il ait parlé. Son visage est sévère, presque chagrin, avec une expression de parfaite simplicité. La tête, très forte, portée en avant, le visage osseux, tout en angles, les prunelles perçantes dans un œil couvert.... il parle d'une voix comme pesante et mâchée par une bouche de fer. Son geste est celui du bûcheron qui abat les arbres. M. Buffet a la logique pressante et serrée qui est le muscle du discours. Il a le style simple et fort, l'accent sincère, l'honnête obstination. C'est lui mieux qu'aucun autre qui doit être proposé comme modèle aux apprentis orateurs. »

(1) M. Anatole France.

Les aptitudes mondaines, les qualités de facile et souple élégance qui semblent, par M. Buffet, rejetées en une ombre discrète, apparaissent dans tout leur éclat avec M. de Broglie (1). Ce petit-fils de Mme de Stael, la plus éblouissante improvisatrice de tous les temps, ce fils du duc de Broglie, le grand doctrinaire, n'avait nul besoin des avantages de la naissance pour arriver à la notoriété et à la considération. Après avoir, bien malgré lui, vécu loin des affaires, il obtint en 1871 le poste d'ambassadeur à Londres, et, lorsque le maréchal de Mac-Mahon remplaça Thiers, le portefeuille des affaires étrangères avec la vice-présidence du Conseil. Tombé du pouvoir au 16 mai 1874, il vota la Constitution de 1875, et en 1877, quand M. Simon eut été remercié par le Président de la République, il fut chargé de former un nouveau Cabinet, où il prit pour principal collaborateur M. de Fourtou.

Le principal de ses discours, du moins celui qui entraîna les plus graves conséquences, est celui qu'il prononça dans la séance, désormais historique, du 23 mai. Dans son exorde il accusait « la nécessité (reconnue par ceux qui interpellaient) de voir à la tête des affaires, dans la gravité de la situation présente, un Cabinet dont la fermeté rassure le pays. » Voici comment il terminait : « Personne ne peut dire, dans les grands assauts auxquels est soumise cette société meurtrie par tant de blessures, quel sort nous réservent à tous les passions révolutionnaires. Il peut y avoir de mauvais jours. Ils menaceraient les membres du Cabinet, j'en suis sûr ; ils menaceraient aussi le plus grand nombre de ses amis tout autant que nous.

» Mais périr pour sa cause, tenant son drapeau dans la main, et au pied d'un rempart qu'on défend, (*Très bien, très bien ! à droite,*) c'est une mort glorieuse,

---

(1) Né en 1821,

dont un parti se relève, et qui grandit la mémoire des hommes publics. (*Très bien, et applaudissements au centre droit.*) Périr, au contraire, après avoir préparé, avant de le subir, le triomphe de ses adversaires, périr en ayant ouvert la porte de la citadelle, c'est une humiliation qui emporte la renommée en même temps que la vie des hommes d'État.

» Je conjure le ministère et ses amis de se rappeler le ministère des Girondins, suivi de si près du 10 août ; je le conjure de se rappeler que, si les contemporains sont souvent flatteurs, la postérité est impitoyable pour les gouvernements et les ministres dont la faiblesse livre à l'ennemi les lois et les sociétés qu'ils sont chargés de défendre. » (*Bravos et applaudissements redoublés.*)

Ce discours amena la chute de Thiers, qui, le lendemain, adressait au Président de l'Assemblée sa démission de Président de la République.

Nul autant que M. de Broglie, parmi les hommes d'État contemporains, ne mérite d'être loué pour avoir porté haut le sentiment de la fierté publique, pour avoir contenu le débordement des convoitises radicales, pour avoir affronté les haines et méprisé les menaces des factions révolutionnaires. Plus sensible au témoignage de sa conscience qu'aux flagorneries mensongères de ce cortège d'amis intéressés qui rampent dans les alentours des pouvoirs établis, il savait repousser les dithyrambes excessifs comme les outrages injustifiés. Que sa carrière ne soit qu'interrompue ou qu'elle ait été brisée pour toujours, il aura été admirable dans l'orage, et l'on dira qu'au moment où le vaisseau semblait près de s'engloutir, la main du pilote n'a pas tremblé en dirigeant le gouvernail. Ce que les spéculatifs reprochent amèrement à M. de Broglie, eux qui ne sont pas initiés aux difficultés de l'action, c'est de s'en être tenu à l'expectative, et de n'avoir pas donné ce coup de barre qui devait assurer le salut des intérêts conservateurs ! Le rôle de l'histoire est, non de conjecturer ce qui aurait pu être fait, mais d'enregistrer les actes accomplis. Or, dans la carrière de ce successeur de tant de généraux et de diplomates connus, on trouve assez de beaux discours et de résolutions viriles pour contenter l'amour-propre le plus méticuleux, et entourer d'une auréole nouvelle le nom même le plus difficile à porter.

Un des membres qui figurent sur le canapé dit *canapé des ducs* est M. le duc d'Audiffret-Pasquier : il naquit en 1811, fut adopté par le chancelier de sarcastique mémoire, se montra comme un des chefs du parti orléaniste sous l'Empire, et fut élu député en 1871.

Dans le discours qui mit surtout son nom en vue, et où il s'attaquait aux actes du gouvernement qui avait fait la campagne de Crimée, la campagne d'Italie, la campagne de Syrie, la campagne de Chine, il faut le dire aussi, la campagne du Mexique, les griefs étaient plus ou moins fondés, mais le mouvement qui emportait l'orateur était digne de la haute éloquence ; on n'en a pas oublié la péroraison !

« Eh bien ! vous avez reçu de ce pays de grandes missions, entre autres celle de l'éclairer et de lui dire la vérité. Vous avez compris et vous avez pris au sérieux cette partie de votre tâche. Ainsi partout vous faites l'enquête, partout, sur le 4 septembre, sur le 18 mars, sur la capitulation, sur les marchés. Continuez, laissez demander la dissolution à ceux que cette tâche gêne et qui la redoutent ; (*Très bien, très bien !*) mais, au nom de l'honnêteté publique, laissez-nous achever cette tâche, et alors allez sans crainte devant les comices, et attendez le jugement que le pays rendra dans son impartialité et dans sa justice, mais n'y allez pas avant. *(Mou-vement.)* Maintenant pour nous la cause est entendue,et je demande à l'assemblée de terminer ce trop long discours *(Non, non !)* par un vœu et comme une der-nière prière qui, malgré moi, s'échappe de mon cœur : que Dieu, qui aime ce pays, car c'est à lui qu'il a confié de tout temps la défense des grandes et nobles causes, que Dieu qui aime ce pays lui épargne la dernière et la plus dure des humiliations, celle de voir jamais ses destinées confiées aux mains qui l'ont si mal servi. *(Acclamations enthousiastes.)*

Depuis quelques années, M. d'Audiffret-Pasquier semble s'être éloigné de la lutte : M. Clémenceau, lui, est toujours sur la brèche.

Clémenceau (Georges-Benjamin), né en 1841, Ven-déen de naissance, est l'auteur de la phrase: «Pendant que la France luttait contre l'Europe coalisée, la Ven-dée lui enfonça son poignard dans le dos. » Il est mé-decin, mais il s'occupe surtout de politique, et l'on ne saurait trop dire si les malades y ont plus gagné que les affaires du pays. En 1870, il tenait Montmartre dans sa main ; élu maire du 18e arrondissement, au 18 mars il ne put s'opposer à l'assassinat des généraux Cl. Thomas et Leconte, et nous nous empressons de déclarer que M. Clémenceau, dont la loyauté est au-des-sus de tout soupçon, ne mérite à aucun degré les im-putations odieuses dont il s'est vu l'objet.

Son programme politique est le programme radical par excellence ; toutes les laïcités et toutes les obligations, tous les civismes et toutes les gratuités, (payantes,) s'y donnent rendez-vous, ainsi que toutes les libertés, sans oublier l'inévitable séparation de l'Église et de l'État.

M. Clémenceau a une spécialité ; lorsque, fatiguée de son ministère, la Chambre voulait le remplacer, elle s'adressait au chef de la gauche radicale. Dès lors le spectacle est curieux à observer. On se trouve, non plus au Palais Bourbon, mais à la clinique de l'Hôtel-Dieu ; ce n'est plus un législateur que nous avons sous les yeux, mais un praticien ; ce n'est plus un disciple des Robespierre et des Couthon, mais un émule des Malgaigne et des Dupuytren ; au lieu de la tribune, c'est le lit du malade ; l'huissier de rigueur est remplacé par l'interne de service qui tient la charpie. Mais la séance, non, l'opération commence. Dans son impassibilité souriante, le docteur Clémenceau s'approche du lit du malade, — *(président du Conseil,)* il ouvre sa trousse et prend son bistouri. D'un coup léger, il entaille les chairs ; le sang jaillit, le patient pousse un cri de douleur ; mais le vivisecteur ne s'arrête pas pour si peu : le voilà qui débride la plaie, qui met l'os à nu ! « La scie ! » dit-il d'un ton bref. On apporte l'instrument : le patient blêmit. Un bruit strident, continu, qui déchire l'oreille, se fait entendre. Le malade sent ses cheveux qui se hérissent, mais, se sachant perdu, il renonce à protester. De plus en plus la lame entre dans l'os, enfin un cri de soulagement s'échappe de toutes les poitrines ; à la suite d'un spasme affreux, le tronc retombe inerte, la section est opérée; le membre gangréné est détaché du corps, ou, pour sortir de l'allégorie, le ministère est renversé. Suivant le mot de l'Italienne, ce n'est pas tout de couper, il faut recoudre. Mais ici la science de l'archiâtre est en défaut ; s'il réussit admirablement à trancher les jours d'un ministère, il se dérobe quand il faut le remplacer par un meilleur. Jusqu'ici M. Clémenceau n'a pas *recousu !*

L'opinion publique s'est parfois inquiétée de se voir représentée par tant d'ingénieurs, de médecins et d'avocats ; elle avait raison, certes ; la proportion des culti-

vateurs, des négociants, des industriels, devrait être
plus considérable ! Mais l'esprit français est ainsi fait
qu'il ne peut retenir un mot piquant lorsque descend
dans l'arène électorale un candidat appartenant à l'une
de ces trois dernières professions. Qu'est-ce que les
journaux satiriques n'ont pas inventé au sujet de M.
Chesnelong, et que de fois ne lui a-t-on point reproché
d'avoir honorablement conquis sa fortune en pratiquant
l'industrie spéciale à la région qu'il habite ! La réponse à
cette inepte accusation a été donnée il y a soixante ans
par un auteur dramatique dont le nom va de jour en
jour enveloppé d'une obscurité plus épaisse, mais qui,
ce jour-là, eut la pleine intuition de la vérité ; dans sa
comédie *le Protecteur et le mari*, Casimir Bonjour
disait :

> Nous autres commerçants nous ne pouvons comprendre
> Un travers qui paraît de jour en jour s'étendre.
> Tout le monde veut vivre aux dépens de l'État !
> On veut être commis, officier, magistrat ;
> On veut des traitements avoir le privilège.
> Qu'un jeune homme ait dix ans, dans le fond d'un collège,
> Mis du noir sur le blanc, il semble que le Roi
> Soit chargé de son sort et lui doive un emploi.....
> ... Les gens qui, dans l'État rouages nécessaires,
> Occupent des emplois, j'en fais beaucoup de cas ;
> Mais j'estime encor plus les gens qui n'en ont pas.
> Se livrer au commerce, enrichir sa patrie,
> Exister par soi-même et par son industrie,
> C'est le sort le plus beau !.. Dans l'état social,
> Le bien particulier fait le bien général.
> Rien n'est seul, tout se tient, la richesse est féconde ;
> Qui sert ses intérêts sert ceux de tout le monde ;
> Moi qui nourris deux mille ouvriers tous les ans,
> Moi dont la signature a cours depuis longtemps,
> En Allemagne, en Prusse, en Suède, en Angleterre,
> Moi de qui les produits couvrent l'Europe entière,
> J'ai l'orgueil de penser, Messieurs, que je vaux bien
> Tel autre qui consomme et qui ne produit rien.

M. Chesnelong ! Il semble qu'on ait devant soi quelqu'un de ces « vieillards harmonieux » dont parle Chénier, ou de ces graves sénateurs de la République romaine, dont les jeunes gens soucieux de la véritable éloquence suivaient les pas et recueillaient les oracles, un Lélius, un Caton, un Scévola. Quand il déroule ces belles périodes si entraînantes et si richement imagées, on se figure, avec plus de vraisemblance encore, entendre une de ces voix qui retentirent au XIIe siècle, et qui exhortaient les peuples à prendre le voyage de la Palestine pour délivrer le tombeau du Sauveur. Aujourd'hui, avec quelques autres pieux laïques, comme les L. Brun, les Keller, les de Mun, il prêche la Croisade qui doit restituer au Père commun des fidèles le patrimoine temporel dont il s'est vu si injustement spolié. Rome ! voilà le point de départ, et l'on peut le dire le *terminus* de toutes les joûtes oratoires dans lesquelles brille le courageux champion de l'Église.

Nous ne parlons pas de la Rome polythéiste, si mémorable cependant, et dont Cicéron disait que partout où l'on marchait, on mettait le pied sur un souvenir historique (1) ; nous parlons de la Rome chrétienne, de la Rome du Colysée et du Vatican, de celle qu'on ne peut quitter une fois qu'on l'a vue :

> J'ai voulu mille fois de ce lieu m'étranger ;
> Mais je sens mes cheveux en feuilles se changer,
> Mes bras en longs rameaux et mes pieds en racines (2).

Ici, au couvent de l'*Ara Cœli*, bâti sur l'emplacement du temple de Jupiter Capitolin, où paradaient avec ostentation les nobles flamines au voile couleur de feu, aujourd'hui, sous la bure, prient de pauvres moines ; ils pratiquent l'humilité dans le temple si longtemps

---

1. Quacumque ingredimur, in aliquam historiam vestigium ponimus.
2. Joachim du Bellay.

dédié à l'orgueil, toutes les vertus dans le sanctuaire autrefois consacré à tous les vices. Là, c'est la tête et la mère de toutes les églises, St-Jean de Latran ; le maître-autel est composé de l'autel de bois sur lequel célébrèrent les premiers papes, et le chœur renferme, avec les douze apôtres, le splendide étendard de Sobieski. Plus loin le Capitolio, devenu le Campidoglio *(champ d'huile)*, et le Forum, transformé en Campo Vaccino *(champ des vaches)*, double enseignement par lequel Dieu ramène l'humanité à la saine appréciation du peu qu'elle est. En continuant, le pèlerin admire l'église de St-Pierre-aux-liens, qui conserve les chaînes du premier apôtre ; la basilique de Ste-Marie Majeure, bâtie au IVe siècle, à la suite d'une apparition de la Sainte Vierge, qui, au milieu du mois d'août, marqua elle-même, en le couvrant de neige, le lieu où devait se dresser l'église ; le Gésu, avec son éblouissante abside, sa chapelle de Saint-Ignace, et les inénarrables souvenirs qu'il nous rappelle de saint François Xavier, saint Henri, saint François de Borgia ! Mais nous arrivons à ces immenses avenues souterraines, à ces « vastes reliquaires », à ces labyrinthes consacrés par la présence de tant de serviteurs du Dieu des humbles, à ces catacombes enfin qui ont inspiré à M. Chesnelong un admirable mouvement oratoire : « Si jamais les chrétiens étaient forcés de redescendre aux catacombes, c'est ce jour-là surtout que je croirais plus que jamais à l'éternité de l'Église (1). »

Faut-il ajouter que peu de membres de la droite sénatoriale témoignèrent de la même vaillante énergie que l'honorable orateur contre les entreprises criminelles de l'homme d'État qui fit voter l'article 7, M. Jules Ferry ?

J. Ferry naquit à St-Dié en 1832, l'année du choléra.

_____

(1) Discours prononcé à Lille, décembre 1888.

Avocat, il réussit d'abord dans le journalisme, et avec sa gravité précoce devint bientôt l'un des rédacteurs les plus légers du journal le *Temps*. Sa réputation date des *Comptes fantastiques* d'Haussmann, pamphlet à la Cormenin qui lui valut une candidature au Corps Législatif ; en 1869, il se présentait aux électeurs de Paris contre M. Cochin, que lui, le *Tonkinois* futur, traitait délibérément de *Cochin-Chinois* : ce jeu de mots eut un certain succès dans certains clubs.

Au physique, M. Ferry est surtout populaire grâce à « un nez un peu fort, oblique et gonflé comme s'il venait de recevoir un coup de poing dans quelque émeute. » Au moral, la ténacité, la résolution, constituent ses deux qualités prépondérantes ; on le vit bien dans la journée du 31 octobre 1870, où le rusé Vosgien réussit à sauver d'une mort certaine les membres de la Défense nationale bloqués à l'Hôtel-de-Ville, et lorsqu'il fut choisi pour remplacer Étienne Arago comme préfet de la Seine. Depuis cette époque, il a été ambassadeur dans le pays de Phocion, ministre de l'Instruction publique, président du Conseil ; entre temps il s'était déclaré tout prêt à être le *premier lieutenant* de Gambetta.

La prétention parut à d'aucuns une outrecuidante fanfaronnade : elle n'était que l'affirmation de la supériorité dont celui qui s'offrait ainsi pour être le vice-empereur, ou, si on l'aime mieux, le deuxième consul de l'opportunisme, avait la légitime conscience, au moins quand il se comparait à tant de non-valeurs burlesquement surfaites du clan républicain. Assurément la même fée bienveillante n'a point accordé à M. Ferry tous les dons oratoires de Gambetta ; le timbre n'est pas aussi vibrant, le geste n'est pas inspiré d'aussi près par Coquelin, la faconde n'est pas aussi volcanique ; on ne le voit pas, à l'exemple du démagogue quercynois, pro-

jeter des traits incendiaires, irrésistibles et dévastateurs
comme le feu du ciel. Alors qu'en digne fils du midi
Gambetta cédait à tous les entraînements de l'heure
présente, J. Ferry a cette vraie force du politique, le
caractère : en lui on reconnaît le Lorrain de vieille
souche, le montagnard de l'est, d'une patience à toute
épreuve, qui, posté à l'affût dans quelque sombre fourré,
attendra vingt heures de suite s'il est nécessaire, le
doigt sur la gâchette, que le sanglier sorte de sa bauge!
Pourquoi faut-il qu'il se soit lancé dans cette campagne
scélérate contre le catholicisme, qu'il ait commis l'abominable attentat d'expulser les religieux, qu'il ait enfin
poussé la manie de la laïcisation jusqu'à la plus invraisemblable démence ? Là est le revers de cette intelligence, je le répète, haute et ferme, qui se recom-
mandera dans l'avenir par sa persévérance à vouloir
conquérir à notre pays un empire colonial. On ne peut
retenir son indignation quand on entend gronder toutes
les colères qu'il a soulevées par son protectorat du
Tonkin et de la Tunisie. Il faudrait pourtant s'entendre ! L'histoire n'a pas assez de déshonorantes épithètes pour Louis XV, qui laissa perdre nos posses-
sions de l'Inde : d'autre part on élève des statues à
Dupleix. Comment ne pas marquer au fer chaud les
détracteurs de l'homme d'État qui répudie les errements
de l'indolent monarque et reprend les traditions du
grand rival de Clive ? Nous ne serons pas démenti sur
ce point par l'illustre évêque d'Angers.

La politique de J. Ferry est en germe dans le fragment qui suit :

« Messieurs, dans cette Europe telle qu'elle est faite,
dans cette concurrence de tant de rivaux que nous
voyons grandir autour de nous, les uns par les perfec-
tionnements militaires, les autres par le développement
prodigieux d'une population incessamment croissante,

dans une Europe, ou plutôt dans un univers ainsi fait, la politique de recueillement ou d'abstention, c'est tout simplement le grand chemin de la décadence.

» Les nations, au temps où nous sommes, ne sont grandes que par l'activité qu'elles déploient ; ce n'est pas par le rayonnement pacifique des institutions *(interruptions à l'extrême gauche et à droite)* qu'elles sont grandes à l'heure qu'il est.

» *M. de Cassagnac.* Nous nous en souviendrons ! C'est l'apologie de la guerre.

» *M. de Baudry d'Asson.* Très bien ! La république c'est la guerre ; nous ferons imprimer votre discours à nos frais, et nous le répandrons dans toutes les communes de nos circonscriptions électorales.

'» *M. J. Ferry.* Rayonner sans agir, sans se mêler aux affaires du monde, en se tenant à l'écart de toutes les combinaisons européennes, en regardant comme un piége, comme une aventure, toute expansion vers l'Afrique ou vers l'Orient, vivre de cette sorte, pour une grande nation, croyez-le bien, c'est abdiquer, et, dans un temps plus court que vous ne pouvez le croire, c'est descendre du premier rang au troisième ou au quatrième. » *(Nouvelles interruptions sur les mêmes bancs. — Très bien, très bien, au centre.)*

C'est la raison même qui parle.

Mais M. Ferry ne reste pas toujours à ces hauteurs ; il a la passion du *mot,* du trait, et parfois il condescend à être l'Aurélien Scholl de la tribune. Plus d'un de ses sarcasmes est resté. On se souvient de son épigramme contre le général Boulanger : *St-Arnaud de café concert.* Il lui arrive aussi d'affecter une sorte de bonhomie sans prétention, si toutefois l'affectation peut ne pas être prétentieuse !

« Quant à moi, je comprends à merveille que les partis monarchistes s'indignent de voir la République française suivre une politique qui ne se renferme pas dans un idéal de modestie, de réserve, et, si vous me permettez l'expression, de *pot au feu, (interruptions et rires à droite,)* que les représentants des monarchies voudraient imposer à la France.»*(Applaudissements au centre.)*(1)

Les journaux radicaux ont souvent,par une duplicité funèbre, accusé M. Ferry d'être un agent des d'Orléans : M. Bocher (2), lui, est leur homme d'affaires.

S'il est vrai, comme l'affirme Cicéron, que le propre du grand orateur est de paraître tel, même aux yeux du vil pecus, M. Bocher ne sera jamais un grand orateur. Il ne faut pas voir en lui un Bidel politique, cherchant à dompter le lion populaire ; non que l'honorable sénateur du Calvados craigne le danger, mais c'est que ses goûts ne le portent pas vers cette variété d'exercices. L'auteur du *Brutus*, qu'on ne saurait trop citer, rapporte l'anecdote de ce joueur de flûte, Antigénidas, qui disait à l'un de ses disciples mal accueilli du public : « Jouez pour moi et pour les Muses (3). »

Tout homme un peu fier, et surtout dédaigneux de l'*aura popularis*, joue un peu pour *lui* et les Muses. *Lui*, c'est l'auditeur intelligent et non l'ivrogne radoteur,c'est le juge délicat des choses de la pensée et non le communard ahuri dans son idée fixe , c'est l'homme intègre et non l'électeur véreux qui vend son vote pour un pichet de cidre.Jamais on ne rangera le talent de parole de M. Bocher parmi ceux qui se font acclamer dans les réunions publiques ; l'aristocratique réserve de ses allures interdirait à jamais au confident des princes toute caresse sur la tignasse hirsute du lion

---

(1) Cf. Journal officiel du 29 juillet 1885.

(2) Édouard Bocher, né à Paris en 1811, préfet à Auch et à Caen sous Louis-Philippe.

(3) Quare tibicen Antigenidas dixerit discipulo sane frigenti ad populum : « Mihi cane et Musis. » (*Brutus*, parag. 50.)

plébéien. Du reste, dans plus d'une mémorable séance il a prouvé, de manière à enlever tous les doutes sur ce point, qu'il y a en lui, outre l'homme d'esprit si avisé, un financier capable d'élucider les questions de chiffres les plus arides, un orateur au courant et en possession de tous les secrets de l'éloquence. On le prendrait pour quelque noble *debater* de la Chambre des Lords.

On ne saurait mieux l'apparier qu'au Pierre l'Ermite des cercles catholiques.

Issu d'une vieille famille qui a marqué brillamment dans nos annales, M. Albert de Mun est né à Lumigny,(Seine-et-Marne.) Sa jeunesse semble sans histoire.

Nous ne savons si, quand il eut atteint sa quinzième année, il fut *écuyer d'honneur* de ceux qui escortaient à cheval le châtelain ou la châtelaine, *écuyer tranchant* servant à la table de quelque haut et puissant seigneur, *écuyer d'armes* pour porter la lance et l'écu de son suzerain ; si on le vit, couvert d'une pesante cuirasse, franchir des fossés, escalader des murailles, prendre pour modèles les Amadis, les Ollivier, les Roland ; si, un anneau attaché à la jambe ou au bras, il fit quelque vaillante *emprise* pour mériter d'être armé chevalier. Mais nous savons qu'il était capitaine de cuirassiers dans l'armée de Metz, et qu'il fut, comme prisonnier de guerre, dirigé sur l'Allemagne ; que c'est au commencement de l'année 1872 qu'il faut faire remonter les premières révélations de son talent oratoire ; que, par une démission toute spontanée, rendu à la vie civile, il reçut en 1876 le mandat de député des électeurs de Pontivy ; que depuis cette époque enfin, son concours à la cause de la religion n'a fait que devenir plus efficace et plus zélé, et sa réputation d'orateur entraînant et chaleureux, que s'imposer et s'accroître.

M. Challemel-Lacour est un tenant de la libre-pensée, un universitaire.

Paul-Armand Challemel naquit en 1827, dans la ville illustrée sous le grand règne par le savant Huet. Très brillant élève de l'École normale, il occupa la chaire de philosophie au collège royal de Pau, où son enseignement profond et hardi a laissé des souvenirs qui ne sont pas encore effacés. Comme Despois, Jacques, Barny et tant d'autres, il fut exilé au coup d'État de 1852, et, prenant le bâton de pèlerin, il parcourut l'Europe centrale et méridionale, examinant, notant, étudiant :

Πολλῶν δ'ἀνθρώπων ἴδεν ἄστεα καὶ νόον ἔγνω.

Dans l'intervalle, il fut professeur à Zurich, et, à partir de sa rentrée en France, vers les premiers jours de 1860, il fournit à la *Revue des Deux-Mondes* des articles dont la puissance et l'originalité donnèrent en peu de temps à son nom une popularité discrète et de bon aloi. C'est lui qui, en qualité de directeur de la *Revue politique*, ouvrit le premier une souscription pour le monument Baudin. Préfet du Rhône en 1871, il se vit aussitôt dans la plus menaçante des situations, ayant à lutter contre la fraction la plus avancée de cette population lyonnaise si ardente, si impressionnable, et si lamentablement travaillée par les utopies révolutionnaires. On lui a attribué, mais il a nié, le fameux mot *Fusillez-moi tous ces gens-là!* plus digne d'un Lebon et d'un Carrier que d'un ancien premier reçu à l'agrégation de cette philosophie qui enseigne, dit M. Jourdain, à modérer ses passions et à refréner sa colère! Comme ministre, il n'a pas donné toute la somme de sa valeur, mais comme orateur il s'est fait une place exceptionnellement distinguée.

Entre une dizaine de discours qui se recommandent

par la méthode et les séductions du bien dire, on choi-
sirait la mémorable déclaration faite en décembre 1888,
devant le Sénat, qui était privé de ce genre de beautés
littéraires depuis surtout que M. J. Simon semblait
avoir déserté la tribune. Ceux qui s'occupent de politique courante se rappellent l'émotion très vive produite
par ce *mea culpa* débordant de pathétique et de magnificence, lorsque M. Challemel, jetant le regard sur la
situation intérieure, se demandait à quelles causes il
fallait rapporter la désaffection chaque jour plus visible
qui se produisait autour de la forme républicaine. Emporté par la force de la vérité, l'éminent orateur se
demandait s'il ne fallait pas voir la cause de la diminution d'influence dont souffrait son parti, dans l'excessive sévérité de celui-ci contre le clergé catholique ; soucieux de l'avenir, qui lui apparaissait gros
d'orages, il ne pouvait s'empêcher de conseiller à
ses coreligionnaires opportunistes, sinon de faire un
mouvement de recul; au moins de marquer un temps
d'arrêt dans le sens de la persécution dioclétienne. En
quelle langue correcte, pondérée, harmonieuse, d'une
incroyable richesse, toutes ces vérités n'étaient-elles pas
exprimées ! Cela était si léché, si parfait de forme, que
l'on eût dit parfois un discours de distribution de
prix !

Comme modèle du style académique on doit citer
le portrait de Falloux, orateur, par M. Gréard :

« Également préparé à se réserver ou à tout dire,
aucun incident ne troublait son sang-froid : se redres-
sant sous le coup d'une interpellation injurieuse, il la
repoussait avec une hauteur qui coupait court à la
réplique ; en face du péril, allant jusqu'au bout de sa
pensée, il la gravait dans une formule tranchante ; certaines de ses réponses sont restées dans l'histoire...
Mais jusque dans les emportements qu'il se permet, on

sent le calme d'un esprit qui se possède. Il ramenait, il réglait, il sauvait les discussions... Cette force contenue qui, dès l'abord, avait assuré son autorité dans l'assemblée, lui donnait dans les délibérations plus intimes un ascendant sans égal. « Qui n'a pas vu M. de Falloux discuter autour d'une table, disait M. de Tocqueville, ne sait pas ce qu'est la puissance d'un homme (1). »

La place nous manquerait si nous voulions énumérer et apprécier les parleurs habiles qui savent forcer le silence et parfois soulever les bravos de collègues indifférents ou blasés : M. Léon Say avec sa fluidité élégante, sa méthode si rarement fautive ; M. de Freycinet avec son aisance prodigieuse à sortir des impasses, à circuler au milieu des suspicions et des rancunes, et qui nous montre, dans sa phrase nette et fluette, toute la grâce qui peut se rencontrer sur les lèvres d'un vieux polytechnicien ; M. Spuller avec sa force massive et son argumentation solidement échafaudée ; M. Thellier de Poncheville avec sa fougue et sa sincérité ; M. Jolibois avec la savante ampleur de ses développements ; M. de Cassagnac avec ses foudroyantes sorties ; M. Deschanel fils avec le fini de ses périodes, qu'on dirait élaborées par certain commentateur d'Aristophane que connaissent bien les habitués du Collège de France ; M. Jaurès sur qui l'Université compte beaucoup, et qui, en effet, possède une sérieuse érudition et parle la bonne langue ; M. Lambert de Ste-Croix avec son bon sens et sa netteté de vues ; M. Audren de Kerdrel avec sa persistance généreuse dans le culte du passé.

Dans les quarante années qui s'étendent de la Révolution de Février au centenaire de 89, l'éloquence religieuse offre autant de noms célèbres qu'il s'en rencontre aux périodes mêmes où la chaire chrétienne a été repré-

(1) Discours de réception, 19 janvier 1888.

sentée avec le plus d'éclat. Au premier rang de ces successeurs des Bourdaloue et des Massillon, il nous faut ranger le P. Félix et le P. Monsabré.

En pleine province d'Ostrevent, à quelques kilomètres du champ de bataille où se dresse la colonne commémorative de Denain, entouré d'un fouillis de verdure, de haies vives et de sentiers pleins d'ombre, le village de Neuville étage un peu au hasard ses toits rustiques, dont les derniers viennent se mirer dans les flots paresseux du plus paresseux des fleuves, l'Escaut. L'une des maisons les plus rapprochées du pont sur lequel, dit-on, passèrent les bataillons de Villars, a vu naître, en 1810, l'enfant qui devait illustrer le nom des Félix qui n'avait été porté jusqu'alors que par des cultivateurs d'une honorabilité, du reste, et d'une piété à toute épreuve. L'enfance du futur orateur ne présente pas, croyons-nous, de bien intéressantes particularités. Après avoir été un excellent élève des Frères, il fit des études classiques exceptionnellement sérieuses à Cambrai. A l'âge de 27 ans, il entrait dans cette incomparable Compagnie de Jésus qui, en trois siècles, « a compté plus de quinze mille missionnaires, de onze cents martyrs, de douze mille historiens ou poètes, sans compter un nombre infini de prédicateurs dont le nom rayonne dans les fastes de la chaire. » Novice à Tronchiennes (Belgique), à St-Acheul, il termina son cours de théologie et de morale à l'Université de Louvain, et, pendant quatre ans, enseigna la philosophie au collège de Brugelette. Son grand premier succès oratoire, il le remporta lorsqu'il rendit au calme les centres ouvriers de Rives de Gier, qui, travaillés par la fièvre des utopies socialistes, cherchaient dans des rêves irréalisables une solution à leur affreuse misère, et prouvaient à leur façon qu'ils avaient droit au travail, en s'abandonnant au chômage. En 1852, il donnait le carême à St-Germain-des-Prés, et se voyait bientôt appelé à remplacer Lacordaire à Notre-Dame.

Quelle question que le choix d'un sujet digne de l'orateur et digne de l'auditoire ! Le P. Félix s'était tout d'abord arrêté à la vaste question du Progrès. On était à l'époque où le christianisme était regardé, était dénoncé, comme le grand adversaire de toute marche en avant de l'humanité, comme l'inflexible apôtre du *statu quo*, de la *mort* en toute chose. Démontrer que le contraire était la vérité vraie, rien n'était plus tentant pour un orateur sûr de sa force et capable de mener à bonne fin une si hasardeuse entreprise. Véritable émule de Lacordaire par le courage en attendant qu'il le fût par le génie, le P. Félix prit le taureau par les cornes. Il proposa son sujet à l'archevêque de Paris, Mgr Sibour, prélat instruit et bien intentionné, mais rendu, sinon timide, au moins circonspect par la gravité des circonstances politiques. Quelque peu effrayé, il engagea l'orateur à se tenir sur un terrain moins hérissé de périls. Lorsqu'il rentra dans sa pauvre cellule, le P. Félix avait délibérément jeté par-dessus bord son *Progrès*, lorsque survint un de ses plus ardents admirateurs, M. de la Baume, qui, mis au courant de cette sorte de conflit, décida le prédicateur à faire une nouvelle visite au chef du diocèse. Aussitôt admis en audience, le jeune et éloquent Jésuite défendit si habilement sa cause, que le vénérable prélat, complètement revenu de ses préventions, lui dit : « Mon Père, mettez-vous à genoux, je vous bénis vous et votre sujet. »

Pendant quinze ans, sans une interruption comme sans une défaillance, l'éminent théologien a, devant l'élite intellectuelle de la capitale, développé le problème si fécond, et en même temps si ardu, qui se formule en ces termes : « Marcher au progrès du monde par la royauté grandissante de Jésus-Christ, et à l'extension du règne de JÉSUS-CHRIST par l'action grandissante de l'Église. » Dans ces conférences, avec quelle force tout se tient, avec quelle logique tout s'enchaîne! Une idée appelle une autre idée, un raisonnement, un raisonnement qui le légitime. Ce n'est pas une suite de lieux-communs brillants, c'est le dogme lui-même avec son cortège de preuves. Ce ne sont point des pierres éparses qui jonchent le sol çà et là, c'est un édifice entier dont l'architecture est irréprochable, une auguste et grandiose basilique avec ses myriades de colonnes, avec son chœur où tout converge, avec ses vitraux qui projettent de doux et mélancoliques faisceaux de lumière. Qui n'a lu qu'une conférence du P. Félix sortira de cette lecture stupéfait de l'immense talent de l'orateur ; qui les connaît toutes possède en partie la substance même de notre religion.

Jetons un coup d'œil sur les titres de ces études ; à eux seuls ils constituent un enseignement : *L'autorité dans l'humanité et dans l'Église. — Nécessité de l'autorité de l'Église. — Droits de l'autorité de l'Église. — L'infaillibilité de l'autorité de l'Église. — L'infaillibilité de l'autorité pontificale. — Le progrès par l'éducation chrétienne. — Le progrès dans l'éducation par la foi chrétienne. — Le progrès dans l'éducation par l'amour chrétien. — Le progrès dans l'éducation par l'obéissance chrétienne. — Le progrès dans l'éducation par le respect chrétien. — Le progrès dans l'éducation par la pureté chrétienne. — De la maternité de l'Église,* etc...

On commettrait la plus grossière des erreurs si l'on supposait que les aptitudes du P. Félix le condamnent, sous peine d'un notable déclin dans son talent, à se maintenir dans la sphère de la pure spéculation : il lui est arrivé d'engager des luttes actives, et de s'y révéler comme un athlète redoutable par la vigueur des coups qu'il assénait. Son éloquent pamphlet *Du charlatanis-me social* est la preuve de cette vérité. Le communisme, avec toutes ses variétés, ses coteries dissidentes, tel est l'adversaire que combat l'éminent penseur.

Il était réservé au XIX siècle de voir surgir une école de soi-disant réformateurs dont l'imperturbable sophistique et la rouerie artificieuse pousseraient à bout les conséquences des plus désastreuses théories. Au lendemain de la Restauration, quel vent de folie souffle sur la pensée humaine! Le futur historien de cette époque si étrangement tourmentée, pourra-t-il sans hésitation affronter l'examen, que dis-je? la simple énumération des systèmes enfantés par les disciples des Fourier, des Cabet, des L. Blanc, des Malon, dont la postérité bavarde et brouillonne, ambitieuse et cynique, pullule aujourd'hui sur le pavé de nos villes manufacturières, dans les clubs, au milieu des grèves, sous les noms de collectivistes, de socialistes, de nihilistes, d'anarchistes?

Ce n'est pas que le grand écrivain nie ou la légitimité ou l'importance de la véritable économie politique : nul, au contraire, n'a donné de cette science une plus exacte et plus claire définition : « C'est la connaissance spéculative et pratique des rapports de l'homme avec les choses matérielles créées ou inventées pour la satisfaction de nos vrais besoins. »

De ce ton tranchant qui lui était habituel, Guizot affirmait, il y a quelque cinquante ans, l'impuissance radicale de la religion à guérir les plaies et à satisfaire les besoins de la société récemment assise sur les bases de la Révolution de 1789. « La religion, disait-il, prononce l'anathème sur le monde nouveau et s'en tient séparée ; le monde est près d'accepter l'anathème et la séparation. » Sous la plume de l'écrivain protestant, si recommandable d'ordinaire par la gravité, cet apho-

risme, où la morgue le dispute à l'ineptie, étonne et
contriste. Quoi ! le christianisme est incapable d'assurer le bonheur de l'humanité ! Quoi ! en face des aspirations et des souffrances de la société, le dernier mot
de l'homme d'État, du législateur, c'est la stérile négation, c'est le stupide aveu des prosélytes de Çakya-
Mouni ! Quoi ! devons-nous assimiler les lois qui régis-
sent les agglomérations humaines aux lois immuables
qui gouvernent les mondes, sidéral, minéral et végétal?
Faut-il enfin renoncer à l'Évangile, qui nous prêche la
cause du mieux, de la justice, de l'espérance en Dieu,
et nous jeter, résignés et muets, dans les abrutissantes
divagations du pessimisme de Schopenhauer ?

Grâce au P. Félix, nous savons qu'il y a un idéal
que chacun de nous doit se proposer : Cette marche
ascendante qui va de la chair à l'esprit, de la matière à
l'intelligence.

Qu'on lise cette page admirable :

« Je ne dis pas que la richesse en elle-même soit
mauvaise ; je ne dis pas que, par sa nature, elle maté-
rialise et dégrade nécessairement les hommes : je dis
que la prépondérance systématique de la richesse dans
un peuple c'est l'essor vers le *matériel*. La richesse,
c'est du métal, c'est de la poussière ; poussière d'or, je
le veux bien, poussière aimée et adorée, mais enfin
poussière. Or, le progrès de notre humanité tel que
l'enseigne Jésus-Christ, et avec lui les nations qui
gardent le respect que toute humanité se doit à elle-
même, le progrès, ce n'est pas de s'abattre dans la
poussière, c'est d'en sortir ; ce n'est pas de se cram-
ponner à cette terre, c'est-à-dire au lieu des réalités
infimes et des jouissances vulgaires, c'est de prendre
son vol vers le ciel pur des vertus, et le ciel encore
plus pur d'où descendent les vertus. »

Avec sa vigoureuse dialectique, le P. Félix nous

démontre la grotesque inanité de la science, de l'économie, de la philosophie, lorsqu'elles affichent l'insou-
tenable prétention de supprimer le paupérisme, d'assurer à tous, sans distinction ni différence d'aucune sorte,
cette égalité des biens et des conditions tant célébrée
par les rêveurs de l'école de Rousseau, de confondre
enfin, par un puéril syncrétisme, les croyances respec-
tives des vieilles sectes dans un « catholicisme industriel et pacifique qui résumera les grands travaux du
passé au profit et à la satisfaction des besoins de l'avenir (1). »

Après avoir fait la clinique du mal qui ronge les
sociétés modernes, le P. Félix aborde la thérapeu-
tique.

C'est ici que l'illustre praticien des âmes déploie toutes les ressources de son art, toutes les délicatesses,
toutes les finesses de son talent d'opérateur. De quelle
main assurée il retranche du nombre de nos revendications prétendues légitimes ce mot qui est un barba-
risme affreux, cette chose qui est une injustice fla-
grante : *l'égalitarisme !*

Nous considérions comme un devoir de rendre justice au pamphlétaire chrétien, si digne de figurer entre
de Maistre et L. Veuillot. L'œuvre du prédicateur est
tellement connue, qu'il suffira d'en retracer les grandes
lignes.

Et d'abord quelle est la pensée qui préside à cette
longue série de discours ?

En thèse générale, les prédicateurs n'ont pas et le
plus souvent ne peuvent avoir, dans le ministère de la
parole, un plan unique conçu d'après une idée-mère.
Ne sont-ils pas, en effet, obligés de répondre par leur
enseignement aux exigences des situations, des localités et des personnes ? Ils n'ont donc d'ordinaire que

(1) Blanqui, aîné.

l'idée commune à tous, pour tous obligatoire : savoir
prêcher Jésus-Christ, sa doctrine et sa morale, en les
mettant le plus possible en rapport avec les besoins
particuliers des temps et des auditeurs. Cependant,
plus que toute autre, la prédication spéciale de Notre-
Dame peut se prêter au développement d'une idée
principale, parce qu'il est possible d'y donner un enseignement continu devant un auditoire qui ne change
guère, et qui est, on le sait, composé d'éléments presque
hétérogènes.

Cette idée maîtresse est exprimée dans le titre général des Conférences du P. Félix : *Le Progrès par le
christianisme ou par Jésus-Christ; Crescamus in illo per
omnia, qui est caput, Christus ;* ce qui revient à dire :
Plus, en tout ordre de choses, on se rapproche de
Jésus-Christ, plus on s'élève ; plus on s'éloigne de
Jésus-Christ, plus on s'abaisse. Jésus-Christ est la voie,
la vérité et la vie. Plus on le connaît, plus on est dans
le vrai ; plus on lui est uni, plus on est vivant ; plus on
le suit, plus on marche dans la voie du véritable progrès, c'est-à-dire du progrès qui fait avancer vers le
terme suprême de la vie. Appliquer cette formule
comme le vrai criterium et comme la vraie loi du progrès à la vie individuelle, domestique et sociale, à la
philosophie, à la science, à l'art, à l'économie, à la religion en général et à l'Église en particulier ; mettre
toutes les forces de la vie humaine devant le Christ-
Dieu et sa religion divine, et montrer successivement
comment Jésus-Christ éclaire, purifie, élève tout dans
l'humanité, tel fut l'objet que se proposa le grand apôtre, on sait avec quel zèle comme avec quel succès !

Quant à la personnalité dans son ensemble, la critique la plus acariâtre s'est vue contrainte de lui rendre
l'hommage auquel elle a droit. Et d'abord, par lui seul,
l'homme n'eût-il pas réussi à triompher des plus iniques

préventions ? Souvent on a rappelé la bonté, la man-
suétude qui donnent à son caractère privé un je ne sais
quoi de suave et d'attachant. Ceux qui ont eu le bonheur d'être admis dans son intimité sont unanimes à
reconnaître qu'il est impossible, à priori, que ce large
front méditatif ait jamais pu livrer accès à la moindre apparence, au plus imperceptible soupçon même
du mal. Sans être majestueux, les traits du visage ne
laissent pas d'imposer, le regard rayonne de transparence, la franchise et la simplicité rehaussent encore,
s'il est possible, la naturelle distinction de cette éminente et sympathique individualité.

Que si l'on était tenu de donner une idée du talent
merveilleux par lequel se recommande le P. Félix, on
ne saurait être mieux inspiré qu'en transcrivant la page
où Cicéron dessine le portrait de César, le rival de
Crassus et d'Antoine, ces deux princes du barreau
romain.

« Il me plaît singulièrement ; ce n'est pas sans
motif. En effet, il a étudié l'éloquence, et, renonçant à
toutes les autres études, il lui a consacré ses soins
exclusifs, et il a perfectionné son talent par un exercice
quotidien. Aussi sa diction est-elle riche et pleine d'expressions choisies ; l'éclat de sa voix, la dignité de
l'action, donnent de la beauté et du lustre à sa parole,
et tout concourt si heureusement en lui, qu'à mon sens
il ne lui manque pas une seule des qualités de l'orateur.
Ce qui, plus que le reste, mérite notre louange, c'est
que, dans ces époques malheureuses et comme frap-
pées d'une sorte de fatalité, il sait se consoler par le
témoignage d'une vie sans tache, et savourer, en revenant sur ses études antérieures, la jouissance la plus
pure (1). »

(1) « Et vehementer placet, nec vero sine causa ; nam et didicit, et, omissis
ceteris studiis, unum id egit seseque quotidianis commentationibus acerrime exer-
cuit. κ. τ. λ. (Cf. Cic , *Brutus*, LXXI.)

On est saisi de respect et d'admiration quand on considère la longue et lumineuse carrière que l'éminent religieux a parcourue. Après avoir été un professeur de rhétorique hors de comparaison, il a dû affronter la tâche, périlleuse entre toutes, de remplacer la grande voix qui venait de retomber volontairement dans le silence. N'était-ce point l'occasion pour lui de reprendre le mot de Massillon succédant à Bourdaloue : « Je ne ferai pas aussi bien, sans doute, mais je ferai autrement » ? Il s'arrangea, du reste, de manière à n'être en rien éclipsé par le vibrant et grandiose souvenir du P. Lacordaire. Les conférences furent surtout pour lui une occasion de continuels triomphes. « Jamais, dit un juge autorisé (1), je n'ai entendu l'apôtre de Notre-Dame plus maître de lui, de son sujet et de son auditoire, que dans les retraites. Là vraiment c'est l'apôtre, c'est le pêcheur d'hommes. Avec quelle autorité il lance sa parole ! Comme il domine, comme il captive ! Comme il discipline cette multitude ! Le P. Lacordaire l'ébranlait et la foudroyait ; le P. de Ravignan la relevait et la convainquait ; le premier était, si j'ose ainsi parler, le docteur du Credo ; le second, le docteur du Confiteor ; le P. Félix est le docteur de l'Eucharistie. »

Signe rélévateur du génie, l'écrivain nous frappe par la complexité de ses aptitudes. En général, chaque auteur a sa spécialité d'où il ne s'écarte guère. Quant à lui, il a été si heureusement doué, qu'il réunit des qualités qui semblent exclusives l'une de l'autre. Qui, par exemple, est plus touchant que ce maître ès syllogisme ? Croirait-on que l'argumentateur si expert à pulvériser l'erreur moderne est aussi l'auteur de livres d'une inspiration véhémente comme le *Patriotisme* (2),

(1) M. Henri de Riancey.
(2) En vente à la librairie Dillet, rue de Sèvres, 15.

attendrie comme *la Carmélite* ? (1)Croirait-on qu'il y a en lui un subtil esthéticien, émule des Lévêque et des Jouffroy, qu'il a écrit, sur l'Art et le Beau, des chapitres qui rappellent les plus lumineux passages du *Phèdre* de Platon ? Croirait-on que c'est au terrible adversaire des Proudhon et des Enfantin que nous devons la *Voix de la Cloche* (2), ce soupir harmonieux, cette larme du cœur, et *les Morts souffrants et délaissés* (3), ce chef-d'œuvre de l'élégie chrétienne ?

Le missionnaire qui a porté la bonne parole aux fidèles de tant de villes, à Toulouse, à Nice, à Marseille, à Grenoble,à Dijon,à Nancy,à Metz, à Nantes, à Rennes, à Tournai, à Bruges, à Louvain, à Bruxelles,à Copenhague, et qui, à l'âge de 78 ans, voulait encore franchir l'Atlantique pour aller évangéliser les Français du Canada, a trouvé comme retraite la résidence de la rue des Stations, à Lille. Après avoir été traqué et persécuté comme un si grand nombre de ses frères, il vit dans cette Thébaïde ignorée, auprès de quelques membres de son Ordre, recommandables, comme ils le sont tous, pour la double autorité de la science et de la vertu ; il habite une pauvre cellule que, visiteuses indiscrètes, viennent, aux beaux jours du printemps, égayer quelques branches de glycérine qui ont grimpé le long du mur et escaladé sa fenêtre. Loin de songer à faire valoir ses droits à un repos qu'il aurait si justement conquis par tant et de si glorieuses fatigues,il continue son apostolat, et ses loisirs clairsemés, ils les emploie, la plume en main, à parachever l'œuvre entreprise et poursuivie dans tant de chaires ; naguère il nous donnait la *Destinée*, et plus récemment l'*Éternité*, beaux livres, œuvres d'éloquence autant que d'édification. En somme, quand d'un coup d'œil on embrasse toute la carrière du P. Félix, on ne peut s'empêcher de dire :

(1. 2. 3.) En vente à la librairie Dillet, rue de Sèvres, 15.

Quelle unité dans la ligne de conduite ! quelle invincible persistance dans le bien ! Une telle vie ne doit-elle pas nous servir d'enseignement, comme, au point de vue esthétique, ses écrits doivent nous fournir de décourageants et admirables modèles d'élégance, de raisonnement et de pathétique !

Mais des citations, si courtes qu'elles soient, feront mieux que tout, l'éloge de l'écrivain :

« Le mot *mère* est le premier que notre cœur prononce, même sans l'avoir jamais appris : il exprime dans la langue de tous les peuples comme la première respiration de notre cœur. Ceux qui se plaisent à explorer les mystères des langues humaines cachés dans les replis des mots mêmes les plus simples, disent sur celui-ci des choses merveilleuses qui ne peuvent trouver place dans ce discours. Quoi qu'il en soit, on sent, au parfum que l'on y respire toujours, que ce mot *ma mère* garde pour notre cœur un charme qui ne sait pas tarir. L'homme peut devenir sourd à toute parole, insensible à tout nom ; il y a un mot qu'il entend, une parole qui l'émeut toujours : *ma mère!* L'homme peut tout oublier, même Dieu ; il ne peut pas oublier sa mère ; dans les plus grandes ruines de son cœur cette image reste debout. Lorsque surtout nous l'avons perdue depuis des années, et que déjà notre vie s'en va vers son déclin, souvent, dans cette ombre que projette devant nous toute vie dont le soleil descend, nous croyons voir s'élever, couronnée d'une pure lumière, une image que les années embellissent à mesure qu'elles s'éloignent de nous ; et, sous le charme d'un souvenir toujours jeune, nous nous surprenons à nous écrier dans le secret de notre cœur : « Ma mère, oui, c'est ma mère ! » Sous ce rapport, notre cœur en vieillissant semble retrouver un perpétuel rajeunissement, et nos souvenirs cachés au plus intime de notre vie gardent un charme qui se prolonge et se multiplie avec nos jours (1). »

Qu'on voie maintenant avec quelle véhémence le P. Félix s'élève contre le *dioclétianisme* persécuteur de certains gouvernements :

« Messieurs, vous ne l'ignorez pas, poussant les choses à l'extrême et jaloux de nous montrer bien vite où il prétend arriver, le *sécularisme* nous a donné et nous donne encore çà et là des spectacles qui tiennent les âmes dans l'épouvante autant que dans la stupéfaction ; il a rêvé d'envahir même ces trois saintes choses particulièrement consacrées par le respect religieux des peuples et partout et toujours, même en dehors du christianisme, mises sous la sauvegarde spéciale de la religion : les *berceaux*, les *foyers* et les *tombeaux ;* la naissance, le mariage et la mort. Des hommes ont trouvé qu'à ces trois stations de l'existence humaine l'Église apparaissait, l'Église nous bénissait trop, l'Église nous possédait, ou, comme ils disent dans leur langue, nous envahissait et nous accaparait trop.

» Ils ont trouvé mauvais que l'Église se penchât sur notre berceau pour nous marquer du signe de son Christ, et nous faire, par le mystère régénérateur, les enfants légitimes de sa divine maternité. Ils ont trouvé mauvais que l'Église perpétuât la prétention séculaire de couvrir de sa bénédiction le sanctuaire de nos foyers, et de faire de sa parole et de sa main le sacre de la royauté paternelle et du sacerdoce maternel : double sacre qui imprime à la famille, avec le caractère de son Christ, le sceau de sa propre autorité. Ils ont trouvé mauvais enfin que l'Église vînt recevoir notre dernier soupir, nous faire le dernier adieu, et laisser tomber

---

(1) Cf. *Le progrès par le christianisme.* Année 1860, p. 279, etc.

sur notre cercueil, avec les larmes d'une mère, une bénédiction suprême (1). »

Entre les grandes figures que, sous l'Empire, l'épiscopat français, concurremment avec les divers Ordres religieux, présentait à l'admiration et à la vénération publiques, nous voulons dire les Landriot, les Mathieu, les Gousset, les Gerbet, les Parisis, les Plantier, les de Bonald, et surtout les Lavigerie et les Pie, une figure se détache dans un saisissant relief, celle de l'évêque d'Orléans.

Dupanloup (Félix), né le 3 janvier 1802, au village de Saint-Félix, non loin de Chambéry, fut d'abord élevé par un prêtre qui l'envoya à Paris terminer le cours de ses études classiques. Au petit séminaire de Saint-Nicolas du Chardonnet, il obtint des succès retentissants. Saint-Sulpice l'attendait. Prêtre, il se voit recherché par toutes les dignités, tous les honneurs qui conviennent à ses augustes fonctions. C'est lui qui est choisi pour enseigner le catéchisme aux enfants de France, aux jeunes princes de la maison d'Orléans, à la fille de dom Pedro, plus tard impératrice du Brésil ; il prêche devant la reine Marie-Amélie, il paraît à Notre-Dame, et ce coup d'audace, loin d'être taxé d'imprudence, lui vaut la définitive consécration de son talent oratoire. Il fut toute sa vie l'infatigable avocat de Jeanne d'Arc, et il eut l'inespérée consolation de ramener au repentir, de confesser au lit de mort, de réconcilier avec l'Église et avec Dieu le vieux prince de Talleyrand.

En 1850, il fut nommé à l'évêché d'Orléans, en remplacement de Mgr Fayet, prélat instruit, écrivain élégant et pur, de l'école de Fléchier et de Frayssinous. Par la publication de sa « Lettre inaugurale », il fit taire les appréhensions de ceux de ses paroissiens qui trem-

(1) Cf. Le progrès par le christianisme, 1871, p. 291 et seq.

blaient de ne pas trouver dans leur nouveau pasteur le même talent de style que chez son vénérable devancier. Dès lors il multiplia les prédications de toute nature, les homélies et les prônes familiers, les grands sermons dans la cathédrale, devant un auditoire en grande partie indifférent ou voltairien. Là, tantôt il est simple, affectueux s'il le faut, même en dépit de sa fougue, il est plein d'onction et de tendresses maternelles pour le salut de ses ouailles, et tantôt il atteint la haute et pathétique éloquence. On n'en veut pour preuve que ce passage sur la Croix, comparable à ce qu'il y a de plus véhément dans Bossuet, de plus émouvant dans Fénelon :

« Nous aimons à voir la Croix dominer nos grandes cités ; elle nous protège du côté du ciel. Nous aimons à voir les morts qui nous sont chers dormir à l'ombre de la Croix ; elle protège leur sommeil jusqu'au jour de la résurrection. O vous, qui que vous soyez, qui n'avez peut-être pas le bonheur de partager notre foi, si vous n'adorez jamais la Croix avec nous, du moins ne l'insultez plus. Car, je vous le demande, où irions-nous chercher désormais le secret d'oublier vos injustices, de vous pardonner et de vous chérir ? Où les affligés iraient-ils chercher la consolation, les cœurs faibles l'assistance, les cœurs pénitents la miséricorde ? Ah ! je vous le demande par pitié pour tant d'infortunes qui peuplent cette vallée de larmes, par pitié pour les malades, pour les mourants, pour ce peuple auquel vous témoignez une compassion qui m'inspire bien des défiances quand vous insultez la Croix qui le protège, respect, respect à la Croix ! Par pitié enfin pour vous-mêmes ! car il y aura un jour où, lorsque tout vous abandonnera sur la terre, la Croix de Jésus-Christ entre les mains d'un pauvre prêtre sera peut-être votre dernière consolation !

» O Croix sainte, Croix adorable ! non, jamais, jamais, rien ne pourra vous éloigner ni de nos lèvres ni de notre cœur ! Et quand on vous briserait sous nos yeux, nos recueillerions avec respect, avec amour, vos débris sacrés. Et si on nous arrachait ces débris, on ne pourrait nous empêcher de mettre nos bras en croix sur notre poitrine et de vous adorer toujours ! Et si on empêchait cela, dans le fond de nos cœurs encore nous vous ferions un asile inaccessible à la violence ! Et si on voulait étouffer ce cœur, eh bien ! avec bonheur nous mêlerions notre sang à ce sang répandu sur vous, Croix sainte, et le dernier battement de ce cœur, le dernier mouvement de nos lèvres, le dernier regard de nos yeux, vous chercheraient encore pour vous adorer. »

Mgr Dupanloup obtint aussi un mémorable succès dans sa prédication du Carême de 1858, où sa basilique fut trop étroite d'abord pour contenir les auditeurs qui affluaient des départements voisins ; puis le chœur et le sanctuaire étaient trop petits pour donner accès aux communiants.

En 1854 il avait été reçu à l'Académie française ; dans son discours, il démontra avec une étonnante hauteur de vues l'harmonie des lettres humaines avec les lettres sacrées, ou, si l'on aime mieux, l'alliance des *études libérales* et de la religion.

Parmi ses chefs-d'œuvre oratoires, on citera, dans le genre de l'oraison funèbre, son *Éloge de Lamoricière*, le vaillant soldat d'Afrique, le généreux combattant de Castelfidardo ; dans le genre de l'éloquence parlementaire, la série de discours qu'il prononça à la Chambre des députés, en 1874 et en 1875, particulièrement contre MM. Challemel-Lacour et J. Ferry, pour défendre le projet de loi sur la liberté de l'enseignement supérieur. Polémiste, il a marqué au premier rang par sa

Lettre à M. le vicomte de Guéronnière, où il dénonçait avec une réelle clairvoyance l'imminence d'une attaque du Piémont contre Rome ; par son *Avertissement à la jeunesse et aux pères de famille*, destiné à combattre la candidature de Littré à l'un des quarante fauteuils, et enfin par sa *Correspondance* au sujet du Concile de 1870. Écrivain, il restera de lui de très belles pages, les unes, ce sont les plus rares, souriantes et sereines, les autres, marquées au coin de son indomptable énergie morale, plus mouvementées et comme armées en guerre.

Peu de pédagogues ont, dans ce siècle, traité avec une autorité égale les questions d'enseignement ; peu, aussi ont, dans un langage aussi éloquent, fait valoir le progrès qu'on assure aux facultés de l'enfance en la mettant en contact avec les trésors des littératures anciennes. L'histoire, la philosophie, la science, ont trouvé en Mgr Dupanloup un avocat aussi convaincu, aussi persuasif, aussi désintéressé. Quant à la prépondérance de l'enseignement secondaire spécial et technique, elle a trouvé en lui, qui s'en étonnerait ? un adversaire acharné. Ajoutons qu'il a su, avec son habituelle sévérité morale, rendre hommage à la cause des langues vivantes. Enfin, il a compris et fait comprendre toute l'utilité de l'émulation :

« L'étude devient alors comme un champ d'honneur ; les palmes y fleurissent ; l'honneur décide de tout.

» L'honneur du succès comme la tristesse de la défaite animent également. Les concurrents pressent, aiguillonnent la noble ardeur.

» Et n'est-ce pas cette ardeur pour le bien et pour toute vertu, que St Paul voulait exciter dans l'âme des premiers fidèles quand il les animait par le spectacle des jeux olympiques et l'exemple des athlètes, et leur disait : *Sic currite, ut comprehendatis ?* »

Quand on dit l'évêque d'Orléans, on sait qu'il s'agit de Mgr Dupanloup ; quand on dit l'évêque de Perpignan, on sait qu'il s'agit de Mgr Gerbet.

Mgr Gerbet est né à Poligny en 1798. Il commença ses études au séminaire de St-Sulpice, et les termina au séminaire des Missions-Étrangères. Successivement professeur à la Sorbonne, aumônier-adjoint au collège Stanislas, dont le premier aumônier était l'abbé de Salinis, alors fanatique admirateur de Lamennais, il fut mis par son collègue en rapport avec l'auteur de l'*Indifférence*, et, lui aussi, subit le charme. Les deux aumôniers fondèrent le *Mémorial catholique*, chargé surtout de combattre les doctrines gallicanes. Il collabora aussi à l'*Avenir* ; mais lorsque les *Paroles d'un croyant* furent condamnées, il se soumit en des termes d'une humilité toute fénelonienne, et se sépara de son ancien maître, qu'il combattit avec respect mais avec résolution. En 1854, il fut appelé à l'évêché de Perpignan. Il mourut en 1864.

On a de lui des *Vues sur le sacrement de Pénitence*, l'*Esquisse de Rome chrétienne*, dont L. Veuillot a dit : « Il nous rend compte du charme mystérieux de Rome, il l'accroît en le divulguant. Sa langue est digne des majestueuses douceurs de la Ville Sainte. C'est une langue sérieuse, mélodieuse, admirablement pure, dont le caractère fondamental est la grâce (1). » Nous ne voulons pas oublier sa belle et décisive instruction pastorale *sur les diverses erreurs du temps présent* (1860), qui lui valut les plus chaleureuses félicitations de Pie IX.

Dans ses loisirs, Mgr Gerbet s'essayait aussi à écrire en vers ; les deux strophes suivantes ne dépareraient point le recueil d'un poète de profession :

Hier j'ai visité les grandes catacombes

Des temps anciens ;

---

(1) Cf. *Parfum de Rome*. II, 270.

> J'ai touché de mon front les immortelles tombes
> Des vieux chrétiens.
> Et ni l'astre du jour, ni les célestes sphères,
> Lettres de feu,
> Ne m'avaient mieux fait lire en profonds caractères
> Le nom de Dieu.
> ...Lieux sacrés où l'amour, pour les seuls biens de l'âme,
> Sut tant souffrir !
> En vous interrogeant j'ai senti que sa flamme
> Ne peut périr ;
> Qu'à chaque être d'un jour qui mourut pour défendre
> La vérité,
> L'Être éternel et vrai, pour prix du temps, doit rendre
> L'éternité.

A côté du nom de Mgr Gerbet la loi de l'antithèse amène celui de Mgr Plantier, la force après la grâce.

Né à Ceyzarieux (Ain), en 1813, ce dernier fit preuve, dans ses classes, d'une précoce facilité : l'un de ses biographes raconte, ce que nous n'avons pu vérifier, que le jeune élève du séminaire de l'Argentière écrivit plus d'une fois sa copie de vers latins au fur et à mesure que le professeur dictait la matière. On le voit professeur d'hébreu à la Faculté de théologie de Lyon (1837), et, en 1846, chargé de prêcher la retraite ecclésiastique du diocèse de Paris. En 1848, il remplace à Notre-Dame le P. de Ravignan, éloigné de la chaire par la maladie. Sept ans plus tard il était nommé à l'évêché de Nîmes.

Ses mandements, débordant de véhémence, de fermeté, de vivacité ironique, provoquèrent souvent un mécontentement des plus vifs dans les régions officielles, et l'on n'a pas oublié sa polémique avec M. Rouland, ministre des cultes, (octobre et novembre 1861.) L'ouvrage où le vaillant prélat se révèle entre tous comme le plus aimant, le plus tendre des pères, est intitulé : *Discours de circonstance prononcés par Mgr Plantier*, suite de considérations sur la musique, l'architecture, l'art chrétien, l'agriculture, l'horticulture et les fleurs, (son père était jardinier,) sur le chant liturgique, sur l'hygiène.

Le caractère distinctif de l'écrivain était la vigueur ; celui de l'orateur était la fécondité.

La ville de Nîmes était jadis l'un des deux boule- vards du protestantisme ; le second était La Rochelle, dont l'évêque le plus populaire fut Mgr Landriot (1), successeur du cardinal de Villecourt.

Au petit séminaire d'Autun, ce dernier se lia d'une vive amitié avec celui qui depuis est devenu le savant cardinal Pitra. En 1850, l'abbé Landriot prit nettement parti dans la querelle des Classiques, et l'on doit rap- peler qu'il chercha, en s'appuyant sur les textes, à démontrer que les écoles chrétiennes, depuis le VIe siècle jusqu'au XIVe inclusivement, ont accordé une estime spéciale et consacré une étude particulière aux écrivains de Rome et d'Athènes. Il ne nous convient point d'apprécier ce débat où des hommes également recommandables par la piété et le savoir soutinrent des opinions diamétralement opposées, où Montalembert, par exemple, s'élevait contre ces auteurs du paga- nisme dont Mgr Dupanloup recommandait l'étude et la méditation. Son *Discours sur saint Thomas* nous apprend à quel guide le profond et délicat humaniste s'était de préférence attaché. Ses *Mandements sur le Carême* ont obtenu un légitime succès, mais, dans le nombre, on mettra hors de pair ceux qu'il a consacrés à *la Prière*. « Là il nous apparaît dans toute l'harmonieuse magni- ficence de son style enchanteur. » Plusieurs de ses livres ont été enlevés avec une rapidité extraordinaire : *l'Humilité, la Femme pieuse, la Femme forte, les Béa- titudes évangéliques, les Conférences aux dames du monde.* La *Revue des Pères Jésuites* accordait à son

_____

1. Né à Couches-les-Mines en 1816.

style les éloges les plus mérités (1), et, sévère pour ses collègues de l'épiscopat, la critique universitaire constatait, presque sans aucune restriction notable, les graves et séduisantes qualités de sa manière oratoire.

L'épiscopat français au XIXe siècle compte au nombre de ses représentants les plus sympathiques et les plus distingués Pierre-Léonard Berteaud,(né à Limoges en 1798.) A peine âgé de 21 ans, il enseignait la rhétorique au petit séminaire du Dorat. Ses dons naturels, sa facilité d'élocution, l'ampleur de son geste, la variété de ses connaissances, semblaient le désigner plus particulièrement pour la prédication. Missionnaire, il parcourut la France et sut, autour de sa chaire à Paris, réunir un auditoire d'élite où l'on remarquait Michelet, si impressionnable dans son déisme mystique, Cousin, toujours en quête des échos qui pouvaient doubler sa voix, St-Marc Girardin, qui représentait alors, plus brillamment que personne, les allures voltairiennes et les tendances libérales des *Débats*. C'est à l'abbé Berteaud que Michelet demanda de lui désigner un prêtre pour confesser sa jeune fille.

Ce qui caractérisait l'évêque de Tulle, c'était une érudition immense, une activité physique et morale dont aucune fatigue ne triomphait, une ardeur toujours prête lorsqu'il s'agissait de la gloire de l'Église et de l'indépendance du Saint-Siége. Il a peu écrit, et ce que l'on possède de ses discours, recueilli par des mains parfois inexpérimentées, donnerait une idée très incomplète et surtout très fausse de ces trésors de science et de poésie qu'il prodiguait dans ses improvisations si vives et si nourries.

Parmi les orateurs qui ont marqué au début de la seconde moitié de ce siècle, on ne peut sans injustice refuser une place au P. Ventura. Il naquit à Palerme

---

1. Cf. numéro de juin 1866.

(Sicile), en 1798, et quand il atteignit sa vingtième
année, il entra dans la congrégation des Clercs réguliers appelés *Théatins.* Il prononça avec un succès inouï
l'éloge du grand pontife Pie VII. Sur la demande de
Mgr Sibour, il consentit à paraître dans une des chaires
de la capitale. En dépit de quelque inexpérience à manier notre langue, l'ardent religieux se fit entendre et
apprécier après Lacordaire et Ravignan, et il arracha
cette flatteuse exclamation au plus éloquent des orateurs,
à Berryer, qui sortait de sa première conférence : « J'ai
entendu St Paul parlant à l'Aréopage et remuant, avec
son accent d'étranger, tous les esprits et tous les cœurs. »

Plus retentissant encore est le nom de Mgr Parisis,
né à Orléans en 1795. Lors des débuts de la nouvelle
Université, le futur polémiste commença ses études
classiques dans un lycée qui comptait parmi ses professeurs cinq prêtres apostats, et présentait le spectacle
d'un véritable foyer de corruption et d'impiété; quant à
ses humanités, il les fit au petit séminaire. Il commença
par la cure de Gien, infectée de jansénisme. En 1836,
Louis-Philippe le désigna pour l'évêché de Langres,
où, comme à Gien, tout était à construire ou à réparer,
séminaires, cathédrale, communautés diverses. En 1843,
il publia son *Examen sur la liberté de l'enseignement
au point de vue constitutionnel et social*, puis ses *Trois
lettres à M. de Broglie*, sa *Lettre à M. de Salvandy*,
et d'autres brochures, les *Empiétements et tendances*,
le *Droit divin de l'Église, les Cas de Conscience sur les
libertés réclamées par les catholiques*. Les électeurs du
Morbihan le mirent, à son insu, sur la liste des députés
qu'ils envoyaient à la Constituante. Quelques années
plus tard, il figurait parmi les membres du Conseil
supérieur de l'instruction publique, où, suivant le mot
de son illustre biographe, le bien, pour lui, consistait
surtout à empêcher le mal. Il fut ensuite promu à l'évê-

ché d'Arras,où il remplaça le cardinal de La Tour d'Auvergne. « Mgr Parisis a été le chef du parti catholique durant les grandes années de la lutte. Il lui a donné ses principes, son caractère, sa solidité. Il a porté les coups les plus sûrs. La campagne n'eût été, sans lui, qu'une brillante et périlleuse expédition de volontaires promptement désunis. Sous sa main, ils ont fait corps, ils ont persisté (1). »

De l'évêque d'Arras au P. Hyacinthe, quel abîme !

Charles Loyson (1827), dit le P. Hyacinthe, et connu maintenant sous le nom de M. Loyson, est de souche universitaire. Il fit ses études à Pau. Sur les bancs du collège on le citait déjà pour l'encyclopédique aptitude de ses facultés, la promptitude de sa compréhension, son goût intelligent pour la composition littéraire. Aussitôt après son ordination, il enseigna la philosophie et la théologie,puis fut attaché à la paroisse de St-Sulpice. Vers l'âge de 35 ans, il entra dans l'Ordre des Carmes. Sa première apparition dans une chaire de Paris date de 1864, alors que Notre-Dame, on l'a vu, retentissait des éclats si admirablement pondérés et réglés de la voix du P. Félix, qui continuait à y prêcher le Carême. Concurremment avec le célèbre Jésuite, le Père Hyacinthe prêcha la station de l'Avent. Les contemporains n'ont pas oublié le bruit que produisit dans le public la campagne dirigée par le brillant polémiste contre le journaliste Massol. Celui-ci, vénérable de la franc-maçonnerie, venait de fonder la revue intitulée *la Morale indépendante*, où il établissait, *à sa façon, l'inutilité d'un dogme quelconque pour expliquer et justifier* les principes fondamentaux sur lesquels repose la distinction entre le bien et le mal. Plus tard le véhément orateur commettait quelques imprudences, ou, si l'on veut user de cette atténuation,émettait des aphorismes qui purent

(1) L. Veuillot.

paraître malsonnants. Un jour, par exemple, il lui arriva d'esquisser, (ce n'était qu'en passant,) une sorte de panégyrique de Robespierre, auquel il reconnaissait le mérite d'avoir, au milieu du débordement d'athéisme de la Terreur, osé proclamer d'une façon solennelle l'existence de Dieu et l'immortalité de l'âme. En soi cette variété de réhabilitation n'avait rien qui pût inquiéter si elle fût venue de la part d'un prêtre bien affermi dans ses principes. Malheureusement le P. Hyacinthe semblait emporté sur une pente glissante entre toutes, le mirage de la popularité. La rupture ne pouvait pas tarder ; elle fut décidée le jour où le brillant sophiste mit sur le même rang les religions catholique, israélite et protestante. Accueilli par une nuée de protestations, ayant, dans une lettre fameuse, rompu avec son Ordre, il fut excommunié et alla porter sa faconde schismatique dans la patrie des quakers, qui lui prodiguèrent les bravos mais se montrèrent plus rétifs sur le chapitre des rétributions. Devenu M. Loyson, le Carme « rechaussé » s'est engagé dans les liens du mariage, et, rentré en France, il a monté une espèce de comptoir autour duquel il verse, avec un succès intermittent, les flots de son éloquence fuchsinée.

Quelle chute pour cet homme et quelle perte pour l'art ! En effet, si l'on veut s'en tenir à ce dernier terrain, le P. Hyacinthe était un admirable diseur, un dupeur d'oreilles, un acteur consommé. La voix était pure, bien timbrée, le geste très étudié et très mélodramatique, la période arrondie suivant le mode cicéronien, et, souvent aussi, la phrase était aiguisée comme une de ces sentences que multiplie Sénèque dans ses *Lettres à Lucilius*. De tout cela, il reste la mimique, toujours de premier choix, et la facilité, qui tendrait à devenir un peu banale. Comment, en effet, voulez-vous que l'orateur soit persuasif quand l'intelligence seule est en mouvement et que le cœur ne bat plus ?

Remontons dans une sphère moins agitée, et venons à un homme que nous puissions louer sans restriction.

Le grand évêque d'Angers (1) est originaire d'une petite ville coquettement assise sur le flanc oriental des Vosges, et qui, depuis un temps immémorial, semble avoir le privilège de fournir à l'Église d'infatigables et précieux serviteurs. C'est non loin d'Obernai que se dresse le contrefort consacré par les vertus et par la mort de Ste Odile, la patronne de l'Alsace. Français, Mgr Freppel l'est de cœur ; il l'a prouvé surtout par l'énergie de son attitude lors de l'annexion provisoire de sa province par l'Allemagne ; mais il a gardé de son pays natal un je ne sais quoi d'indélébile qui est tout à son honneur, nous voulons signifier par là les qualités foncières de l'Alsacien, la franchise, une sorte de rondeur militaire, la gaîté cordiale et la bonté, reposant sur un fond d'indestructible ténacité.

Professeur d'éloquence sacrée à la Sorbonne, il fut promu au décanat de l'église Ste-Geneviève, et, en 1869, à l'évêché d'Angers. C'est à lui, à ses efforts incessants, aux miracles de sa parole qu'on doit, en grande partie, la fondation de l'Université libre qui a rendu tant de services à nos populations catholiques de l'Ouest.

Mgr Freppel a brillé d'un égal éclat dans la chaire et à la tribune. Orateur sacré, il emploie avec bonheur la méthode didactique et les procédés rigoureux auxquels il est si bien préparé par ses longues années de professorat ; aussi peut-on considérer la plupart de ses expositions comme des modèles de logique et de clarté. Il est plus que superflu de louer l'érudition du vaillant prélat, on sait qu'elle est encyclopédique. Et cette doc-

1. Né en 1827.

trine si abondante, si sûre, que de fois il l'a fait servir
à la défense du dogme menacé ! Rappellerons-nous
son *Examen critique de la Vie de Jésus* (1863), suivi
bientôt (1864) des *Conférences sur la divinité de Jésus-
Christ* ?

Pour ne nous arrêter qu'un instant sur ce dernier
ouvrage, comme l'auteur a bien su rassembler en fais-
ceau toutes les preuves qui ne laissent debout aucune
des tristes assertions de M. Renan !

« Ce n'est point seulement le peuple choisi de Dieu
pour être le dépositaire de ses lois qui est tout imprégné de l'idée messianique ; Mgr Freppel démontre que
cette idée, on la trouve non seulement dans la Grèce
et à Rome, mais aussi bien à l'extrémité orientale de
l'Asie, et il rappelle les paroles du célèbre philosophe
de la Chine : « Moi, Confucius, j'ai entendu dire que
dans les contrées occidentales il s'élèvera un saint
homme qui produira un océan d'actions méritoires. —
Il sera envoyé du Ciel, il aura tout pouvoir sur la
terre. » C'est bien là, en effet, on ne peut s'y méprendre,
ce pressentiment, qui se manifestait même en Chine, de
la transformation du monde par l'arrivée d'un libérateur. Or, se demande avec raison Mgr Freppel, quel est
l'homme qui ait jamais eu le pouvoir de faire parler de
lui avant sa naissance (1) ? »

Mgr Freppel se révèle comme un écrivain d'une
pureté *classique* dans ses nouveaux travaux d'histoire :
Les Apologistes chrétiens au IIe siècle (1860), *Saint
Irénée et l'éloquence chrétienne dans les Gaules* (1861),
Tertullien (1863), *Saint Cyprien* et *l'Église d'Afrique*
(1864), *Clément d'Alexandrie* (1865). Il conserve cette
supériorité dans ses *Discours et Panégyriques*.

A un autre point de vue, pas un catholique n'ignore
l'influence qu'il a su conquérir à la Chambre par la sin-

---

1. Cf. *Revue du Monde catholique*, 10 avril 1864, p. 569.

cérité de son rôle, la chevaleresque loyauté de son attitude, l'intelligente indépendance de son vote, toujours
acquis à la cause la plus juste ; par l'émotion de ses
accents tour à tour patriotiques et religieux, et, disons-le
aussi, par l'imprévu de saillies où la verve n'enlève rien
au bon goût.

Est-ce trop s'avancer que de croire que la postérité
dira *l'évêque d'Angers* comme elle dit *l'évêque de Poitiers, l'évêque d'Orléans* ?

La plupart des élèves de la section des lettres à
l'École Normale, en 1847, n'eussent pas été trop surpris,
peut-être, (car ils avaient conscience de leur valeur,) si
quelque émule de Me Lenormand leur eût tout à coup
prédit l'avenir qui leur était réservé :

« About, vous serez un pamphlétaire redouté, un
romancier dont les ouvrages feront prime. Salut, Paul-
Louis !

» Vous, Sarcey, vous serez le roi des courriéristes de
théâtre, et les successeurs des Frédérick Lemaître et
des Georges attendront en tremblant vos arrêts. Salut,
Geoffroy, Béquet, Janin !

» Vous, Paradol, *si qua fata aspera rumpas,* vous serez
ambassadeur ! *Manibus date lilia plenis !*

» Weiss, vous dirigerez les Beaux-Arts, puis les Affaires étrangères, après avoir, par vos épigrammes, contribué à jeter bas un gouvernement puissant et fort ;
mais surtout vous vous acquerrez, grâce à votre parole
et à votre plume, une réputation d'esprit que nul ne
s'avisera de contester. Rivarol, salut !

» Vous, Taine, vous serez un grand historien des
choses de la peinture, un très remarquable philosophe,
vous serez Condillac et Vasari. »

Mais la sorcière eût certainement étonné tout le monde,
surtout celui auquel elle s'adressait, si elle avait dit
au jeune Perraud, dont la modestie était bien connue :

«Vous, vous serez l'un des membres les plus respectés de l'épiscopat français, et l'Académie vous ouvrira ses portes. Salut, Fléchier ! »

Adolphe Perraud (1) parut d'abord vouloir se destiner à l'enseignement, conquit sa licence, son agrégation d'histoire, et, au moment où une carrière brillante s'ouvrait devant lui, il renonça aux perspectives qui faisaient miroiter à ses yeux les beylicats rectoraux et les portefeuilles ministériels, et entra dans la congrégation de l'Oratoire. Après avoir enseigné l'histoire ecclésiastique à la Sorbonne, où il eut pour collègue l'abbé Freppel, il fut nommé à l'évêché d'Autun, et, rencontre bien rare, les *Débats* applaudirent aussi bien que le *Monde*, tant était fermement établie la réputation de doctrine et de vertu du nouveau prélat !

En ce qui concerne les décrets du Concile du Vatican, Mgr Perraud est de ceux qui vont au-delà d'une sèche et stricte adhésion. Avec Mgr Le Breton, évêque du Puy, Mgr Berteaud, Mgr de Pompignac, évêque de Saint-Flour, Mgr Duquesnay, évêque de Limoges, Mgr Bouange, avec les RR. PP. Ramière et Desjardins, Jésuites, rassemblés sous la présidence de Mgr de La Tour d'Auvergne en concile provincial au Puy, il eût dit :

« L'obéissance sans laquelle le crime d'hérésie ne saurait être évité, ne doit pas paraître suffisante au vrai chrétien. Il faut qu'il donne un sincère assentiment de cœur à tous les jugements du Siége apostolique. En conséquence, tout ce que le Pasteur suprême a prohibé et condamné, il doit le tenir pour prohibé et condamné, et cela sans aucune diminution ou modification de la censure apostolique, mais selon la teneur que le Pontife romain a donnée à son jugement. »

Personne, si ce n'est M. Hervé, n'a parlé avec autant

(1) Né à Lyon en 1828.

de compétence de la situation politique, économique, mais surtout religieuse et sociale de la malheureuse Irlande, *(Études sur l'Irlande contemporaine,* 1862.) Personne aussi, on le devine, n'a raconté avec une éloquence plus communicative, et néanmoins dans la langue la plus sobre, les péripéties par lesquelles passa *l'Oratoire de France aux XVIIe et XVIIIe siècles.* Dans le genre de l'oraison funèbre, Mgr Perraud s'est également distingué, et l'on cite de lui les Éloges du P. Captier et de Mgr Darboy, où revivent ces deux grandes victimes de la Commune.

Comme Mgr Perraud, le P. Gratry tient par les racines à l'Université. Né à Lille (1805), il fut prix de discours latin en rhétorique (1822) et de dissertation philosophique (1824), entra à l'École polytechnique, et après avoir passé ses examens de sortie, au lieu d'entrer dans l'artillerie, le génie ou les ponts et chaussées, (son numéro d'ordre l'y eût autorisé,) il donna sa démission pour pouvoir accomplir le vœu par lequel il s'était lié, « de n'avoir qu'un but et de ne posséder qu'un bien, la vérité, et, s'il se peut, la justice. »

En 1840, il fut nommé à la direction du collège Stanislas, où il trouvait pour collaborateurs Desains, le physicien renommé, Ozanam, ce chrétien sublime, Ch. Lenormand, l'historien lumineux, Leverrier, le grand astronome. Démissionnaire en 1846, il fut nommé aumônier de l'École Normale. On sait sa querelle avec M. Vacherot, le directeur des études. Dans son *Histoire critique de l'École d'Alexandrie*, celui-ci avait essayé de montrer le christianisme comme le pur produit de la raison humaine, et soutenu la thèse hégélienne et panthéistique, mais surtout enfantine et mensongère, de la progressivité indéfinie des dogmes chrétiens. Réfuté, convaincu d'erreur ou d'ignorance, M. Vacherot quitta l'École. Son loyal adversaire en fit autant

C'est en 1852 qu'avec l'abbé Pétetot il songa à reconstituer l'Ordre de l'Oratoire.

Les principaux ouvrages de ce subtil esprit, qui a
introduit les procédés des sciences géométriques dans
la démonstration des vérités de la religion, sont 1º *la
Philosophie du Credo,* 2º *les Sources,*(première partie,)
3º *les Sources,* (deuxième partie,) *la Connaissance de
Dieu, la Connaissance de l'âme.*

« Pénétré de l'esprit évangélique, il en a répandu la
chaleur et la vie dans tous les sujets qu'il a traités. Sa
raison a du cœur et son cœur a de la raison, ou plutôt sa parole est un rayon qui éclaire et qui échauffe
à la fois....Ses écrits sont des prières,des actes d'amour,
des élans de charité (1). »

Mgr Pie, lui, n'avait rien de l'algébriste.

Né à Pongouin, (Eure-et-Loir,) en 1815, il fut rapidement, dès sa sortie du séminaire, remarqué par Mgr
Clausel de Montals, le célèbre évêque de Chartres.
Vicaire général en 1844, il prêcha avec une grande
activité, et prononça les panégyriques de Jeanne d'Arc
et de St Louis. A l'âge de 33 ans, il fut nommé à l'évêché de Poitiers, *Consule Falloux,* nous voulons dire
M. de Falloux étant alors ministre des cultes. On a
cité et retenu de beaux extraits du discours d'adieu
qu'il prononça dans la cathédrale métropolitaine : «Rien
ne sera fait tant que Dieu ne sera pas replacé au-dessus
de toutes les choses humaines, tant que son droit ne
sera pas solennellement reconnu et respecté d'une manière sérieuse et pratique.On parle d'un grand parti de
l'ordre et de la conciliation.Un seul parti pourra sauver
le monde, le parti de Dieu. Il n'y a de salut que là.»

Mgr Pie ayant de tout temps satisfait, dans la plus
large mesure, à tous ses devoirs d'évêque, on comprend qu'il ait été le point de mire des attaques les

---

(1) Cf. B. Chauvelot, *Les Célébrités catholiques,* p. 272.

plus passionnées. Tel est , en effet, le sort de l'évêque qui comprend l'étendue de sa mission. « S'il combat l'impiété de manière à gêner les impies, il manque de mesure ; s'il précise les doctrines de l'ennemi, s'il le nomme,il manque de charité ; s'il touche aux questions religieuses mêlées aux questions politiques , il justifie toutes les violences (1). »

L'évêque de Poitiers ne recula ni devant aucun péril, ni devant aucun adversaire,et attaqua,parce qu'il crut devoir les attaquer,S. de Sacy, Thiers, Villemain, l'outrecuidant Cousin, l'Académie française.

De 1855 date sa remarquable *Instruction sur les principales erreurs du temps présent ;* de 1857 , son *Instruction sur Rome considérée comme siège de la Papauté.*

Ses autres ouvrages sont connus non seulement du public spécial auquel ils semblent exclusivement s'adresser, mais encore du grand public profane : « Le style, a dit l'écrivain éminent que nous venons de citer, est toujours ferme, net, élégant et noble ; il n'est jamais emporté. Rien de pompeux, rien d'artificiel.La dignité s'y joint à la simplicité. »

Mgr Pie, avec son extraordinaire modestie, n'a jamais ambitionné la réputation d'orateur. Le nom qui semble naturellement se présenter après ceux de Frayssinous, du P. de Ravignan, du P. Lacordaire, du P. Félix, est celui du P. Monsabré : par ordre chronologique, c'est le cinquième grand prédicateur du XIXe siècle.

Né à Mer, dans le Loir-et-Cher, celui-ci révéla, dès le plus jeune âge, la vivacité et la pénétration de son intelligence, et, studieux écolier, termina rapidement le cours de ses études classiques. Il débuta mal dans la vie, en d'autres termes, il débuta par les fonctions

(1) Eug. Veuillot.

parfois si mortifiantes et toujours si difficiles du pré-
ceptorat. Comme il était doué d'une dose d'énergie peu
commune, il ne se laissa ni amollir ni rebuter par la
dureté de sa tâche, et il en sortit bronzé, trempé pour
les luttes futures. Il devait bientôt obtenir ce qui, à ses
yeux, était la plus douce des compensations à toutes
les amertumes, le bonheur d'entrer dans l'Ordre des
Dominicains. Dès lors, sa vie n'a plus d'histoire extérieure : il prêche, et toujours avec retentissement.

L'un de ses premiers sermons décisifs fut dit par lui
devant les élèves du collége de Sorrèze, et parmi les
auditeurs était Lacordaire, qui devina le glorieux avenir du débutant. En quelques paroles sympathiques,
le grand tribun de la chaire donna l'accolade au novice.
Plusieurs villes entendirent aussitôt après cette voix
vibrante, cette parole si colorée, ces apostrophes qui
débordent d'inspiration, ces objurgations pleines de
véhémence et de vie, cette éloquence dont le charme
semble rehaussé encore par une sorte de charme
à la Bridaine. Déjà Rouen, Dijon, Lyon l'applaudis-
saient avant la capitale, qui, du reste, ne fut pas longtemps à s'avouer conquise par le jeune triomphateur.
Quelle époque inoubliable que celle où les amateurs
de la haute et ferme éloquence, avant d'entendre le
Carême du P. Félix, entendaient l'Avent du P. Monsabré !

On sait que l'explication du *Credo* a fourni à l'éminent Dominicain le sujet de ses multiples développements, et que des quinze premiers mots du Symbole
des Apôtres jusqu'à *Filium Dei* inclusivement, il a tiré
la matière de trente conférences.

Écoutons-le parler du chrétien :

« O monde impie et sans entrailles ! tu ferais notre
désespoir si nous n'étions consolés par le spectacle de
la vie chrétienne. Là fleurit la piété envers Dieu et en-

vers les hommes;là les profondes vues de l'esprit chrétien, les viriles résolutions de la vie chrétienne, engendrent les plus belles et les plus excellentes œuvres de
vie dont l'homme soit capable. Comment le chrétien
oublierait-il son Dieu ? Il le sent au dedans de lui-
même, et tout son être surnaturalisé est un concert qui
chante ses bienfaits. C'est sans peine qu'il se met en
rapport avec lui, puisqu'il l'a toujours présent à la pensée. Il est jaloux de sa gloire. Il prétend qu'il n'y a de
vrai que ce qu'il enseigne, de bon que ce qu'il commande. S'il a pitié des erreurs et des égarements du
monde, il ne laisse pas que de les condamner, bien
moins par des paroles de réprobation que par le pieux
exemple de toute sa vie. Oui, de toute sa vie ; car,
non content de répondre docilement aux appels de
l'Église et d'être fidèle à toutes ses saintes lois, de
donner à la prière, aux sacrements, aux actes de religion, la place qui leur est due, le chrétien surnaturalise
tout ce qu'il fait, ses sollicitudes et son travail prient,
sa faiblesse et ses misères implorent, ses chagrins et ses
souffrances expient, son repos et ses joies rendent grâces, ses moindres actions sont des œuvres de religion.
En communion constante avec le divin Religieux Jésus-
Christ, sa vie et son modèle, il se tient en la présence
de Dieu, filialement abandonné à sa providence et
toujours pénétré de son saint amour ; amour unifiant
qui le recueille, amour expansif qui élargit son cœur,
le rend sensible aux maux d'autrui, pieux envers toutes
les infortunes, et prêt à toutes les largesses de la charité (1). »

N'est-ce point là cette langue nerveuse et ce raisonnement nourri, dont le secret semblait perdu depuis
Bourdaloue ?

A quoi bon répéter ce que personne n'ignore, que le

_____
(1) Cf. Carême de 1883. Troisième instruction, mercredi saint.

P. Monsabré est un théologien hors pair, que son érudition technique est aussi sûre que variée, qu'il est
pénétré et comme imprégné de la pure substance de
la *Somme* de saint Thomas, que partout il est serré,
logique, et que l'infflexible solidité de la trame est habilement voilée par l'éclat de l'amplification oratoire, que
le débit de l'orateur est d'une facilité surprenante et
d'un naturel qui ne manque jamais son effet, qu'enfin
ses plus beaux ouvrages, ceux qui resteront, sont ceux
qu'il a consacrés à l'*Ordre* et au *Mariage?*

Il est aussi poète, non par échappées, mais de nature,
et, si l'on y prête bien attention, d'une façon presque
continue.

Quel mouvement digne des princes de la parole
que celui qu'il rencontra, lors de l'*année maudite*, dans
la cathédrale de Metz !

La vierge guerrière entre toutes était au pouvoir de
l'ennemi. La patrie de la Salle, de Fabert, de tant de
généraux, d'officiers sans peur et sans reproche, de
tant de soldats héroïques, la patrie de tant de femmes
romaines, non, françaises, par la vertu, le courage,
l'abnégation, allait subir une domination infâme. Des
yeux qui n'avaient jamais connu de larmes étaient
mouillés par l'affront immérité. Un grand frisson de
désespoir courait par les âmes de cette indomptable
population messine ; alors le P. Monsabré monta en
chaire :

«Les peuples aussi ressuscitent quand ils ont été bai-
gnés dans la grâce du Christ, et quand, malgré leurs
vices et leurs crimes, ils n'ont pas abjuré la foi, l'épée
d'un barbare et la plume d'un ambitieux ne peuvent pas
les assassiner pour toujours. On change leur nom, mais
non pas leur sang. Quand l'expiation touche à son terme,
ce sang se réveille et revient par la pente naturelle se
mêler au courant de la vieille vie nationale. Vous n'êtes

pas morts pour moi, mes frères, mes amis, mes compatriotes ! Non, vous n'êtes pas morts ! Partout où j'irai,
je vous le jure, je parlerai de vos patriotiques douleurs,
de vos patriotiques aspirations, de vos patriotiques colères ; partout je vous appellerai des Français, jusqu'au
jour béni où je reviendrai dans cette cathédrale prêcher
le sermon de la délivrance, et chanter avec vous un *Te
Deum* comme ces voûtes n'en auront jamais entendu.»

Lacordaire, Félix, Bourdaloue, Bossuet, Cicéron,
Démosthène, n'ont rien de plus beau, d'aussi beau !

On ne doit pas oublier un Jésuite qui eut ses heures
de célébrité, le P. Roux ; il brilla dans ses missions à
Bordeaux, à Toulouse, puis à Notre-Dame de Paris
en 1870, où il prêcha l'*Avent.* Le sujet qu'il traita dans
cette dernière chaire est *le XIXᵉ Siècle en face de la
Science et de l'Église.* Six ans plus tard, il abordait une
question d'une palpitante actualité : *les Droits de
l'Église.* Son éloquence excelle surtout à rendre les
grandes émotions de l'âme; ses mouvements oratoires,
habituellement imprévus et spontanés, ont des effets
saisissants (1). »

Dans le ciel de l'éloquence chrétienne on vit, il y a
quelque dix ans, briller comme un météore la parole
enflammée du P. Didon. L'orateur, ou plutôt le polémiste, s'attaquait aux problèmes les plus modernes, à
ceux que traitaient de préférence les É. de Girardin et
les Al. Dumas fils, et les discutait avec un talent incontestable, mais avec une hardiesse inquiétante. Le journalisme parisien s'était passionné pour lui ; entraîné
par l'ardeur de la lutte, le bouillant Dominicain dépassa
la mesure, émit des propositions qui furent jugées dignes
de la censure, se vit blâmé de ses supérieurs, et accepta sans réserve l'exil qui lui fut infligé. Il est sorti de
cette relégation, et son obéissance à ses chefs le fait

(1). Cf. F. Godefroy, *Prosateurs du XIXᵉ siècle,* t. p. 210.

paraître plus grand qu'il ne serait par le seul prestige de son talent, dont personne ne révoque en doute la souplesse et la vigueur.

Le pays de Mme de Staël, de Bonnet, de J.-J. Rousseau, nous a donné, *magnum munus*, Mgr Gaspard Mermillod, né à Carouge en 1824.

Doué d'un remarquable talent de parole, animé par une volonté de fer, plein de véhémence et de fougue, il prêche à Paris (1862), est nommé grand vicaire par Mgr Marilley, evêque de Lausanne, puis évêque *in partibus* d'Ébron par le pape Pie IX. Parmi les prélats réunis au Concile de Latran, nul ne se fit plus remarquer par son zèle pour la proclamation de l'infaillibilité. En réponse au Conseil d'État de Genève, qui le repousse, il déclare qu'il continuera ses fonctions, et, malgré mille tracasseries, malgré la suppression de son traitement, il passe outre ! Sa vie est un long et admirable combat, et son patriotisme, son énergie, son éloquence, lui assurent les sympathies de la catholicité.

Ses principaux ouvrages sont :

Lettres à un protestant sur l'autorité de l'Église et le schisme (1860).

Discours en faveur des pauvres d'Irlande (1862).

La Pologne (1863).

Panégyrique de Jeanne d'Arc.

De la vie surnaturelle de l'âme (1865).

C'est à lui surtout qu'on peut appliquer le mot célèbre sur César : *Eodem animo scripsit quo bellavit.*

Mgr Mermillod est un Athanase égaré au XIXe siècle.

Sous la Restauration, sous la monarchie de Juillet, sous le second Empire, l'abbé de Guerry, (né à Lyon en 1797, fusillé par la Commune en 1871), se vit entouré d'une réputation sans cesse croissante. D'abord aumônier de régiment, il est curé de Saint-Eustache en 1845, et de la Madeleine depuis 1849 jusqu'à sa mort. Entre temps (1861), il avait été promu à l'évêché de Marseille, qu'il refusa. Vers 1835, nous le trouvons au nombre des prédicateurs en vue : « L'abbé de Guerry est un homme grand et vigoureux ; sa voix formidable, ses cheveux relevés bizarrement, son geste foudroyant, n'expliqueraient pas ses succès à Saint-Thomas d'A-quin si l'auditoire n'était résolu à l'admiration de son prédicateur... L'abbé de Guerry crie comme quatre et s'agite comme quarante. Il étouffe dans la chaire, il étouffe dans l'église. On dirait qu'il veut émouvoir les absents plus que les présents... Ne croyez pas qu'il soit dépourvu de mérite. Il possède l'Écriture, il la cite en prêtre plutôt qu'en professeur de rhétorique. Il fait trop de bruit, il est vrai, mais il se croit obligé d'en faire beaucoup... C'est un prêtre zélé ; son malheur est de prêcher en Hercule ; sa vigoureuse musculature l'éloigne de la sensibilité et du naturel (1). »

Le témoignage de ceux qui ont entendu l'abbé Cœur, depuis évêque, s'accorde pour louer sa parole pleine d'onction, la suavité de sa voix triste, douce, tendre, faible, quelque peu déclamatrice et féminine, l'art trop visible d'un geste étudié, mais aussi et surtout la sym-pathie que ce fin et noble visage recueillait dans la foule des fidèles. Les *solos* de l'abbé Cœur étaient charmants. Le charme était sa qualité, et aussi son défaut.

Il trouve sa naturelle antithèse dans l'abbé Bougaud, (né à Dijon en 1824,) écrivain remarquable par ses travaux d'histoire religieuse et par son talent d'orateur. La caractéristique du grand vicaire de Mgr Dupanloup est l'énergie. Il sait ce qu'il veut, il dit ce qu'il pense, et rien ne l'arrête. C'est un homme de grande science et de grand caractère. Son chef-d'œuvre est l'*Histoire de sainte Monique.*

(1) Ph. Chasles, *Revue de Paris*, mai 1835.

Un autre vicaire d'Orléans est Mgr Baunard, (Louis, né à Bellegarde, Loiret,) aujourd'hui recteur de l'Université catholique de Lille après avoir été, de 1880 à 1888, directeur de l'École Saint-Joseph, la grande école de la *Rome du Nord*.

Sans être orateur de profession, il a remporté de mémorables succès dans la chaire chrétienne. On n'apprendra rien de bien nouveau à ceux qui ont le bonheur de connaître cette éminente personnalité du clergé contemporain, en rappelant cette distinction qui ne l'abandonne jamais dans ses improvisations les plus délicates, cette méthode, cette profondeur qu'on admire dans ses harangues méditées. Où il excelle, où il est presque hors de comparaison, c'est dans l'oraison funèbre du genre le plus humble, dans la biographie et l'éloge des jeunes gens disparus avant l'âge, des pauvres victimes que la mort prend à l'aube de l'adolescence sur les bancs du collège. A ce point de vue, ce sont des chefs-d'œuvre que ses biographies de Rob.-Paul Boutry, d'André Malapert, de Félix Détrez, de Charles Tanghe. Quand il aborde le panégyrique proprement dit, on retrouve la même grâce émouvante, la même force habilement dissimulée, la même impeccable pureté de langage. Son panégyrique de sainte Thérèse est un morceau achevé.

La conférence religieuse, traitée par un Lacordaire, un Félix, un Monsabré, est un genre fécond en beautés sublimes, mais qui n'est ni accessible à toutes les intelligences ni permis à tous les prédicateurs : comme le dit le P. Delaporte, dans une belle page que nous transcrivons avec plaisir : « Catéchisme et homélie, voilà où il en faudra toujours revenir ; l'homélie porte en soi une bénédiction apostolique, et le catéchisme non moins. Tous les saints qui furent grands orateurs l'ont compris de la sorte. Plus le prêtre, héritier des saints, se fera homme de Dieu, plus il sentira le besoin et le bonheur d'être l'orateur de Dieu ; se souvenant de ces deux leçons de Bossuet : que l'utilité des enfants de Dieu est la loi suprême de la chaire, et qu'une seule bonne pensée dans une seule âme récompense amplement un prédicateur de tous ses travaux.

» Aimez Jésus-Christ, et que votre parole s'échauffe et s'éclaire de cette flamme ; c'est la dernière leçon du beau livre de la Prédication, celle où se résument toutes les autres ; et c'est par elle que nous voulons finir. Être éloquent, pour un prêtre, c'est prendre dans son intelligence, nourrie de l'Écriture et des Pères, une doctrine pratique, toujours neuve; c'est prendre dans son cœur, tout plein de la charité de Jésus-Christ, l'accent « qui » touche pour convertir, qui émeut pour transformer, qui » attendrit pour sanctifier (1) ! »

(1) P. Félix, *la Cloche*, p. 51.

CHAPITRE DEUXIÈME.

« A Vous le monde ! » cria Zeus aux hommes du
haut du Ciel. « Prenez, qu'il vous appartienne !
Je vous le donne en héritage, en fief éternel, mais par-
tagez-vous-le comme des frères. »

Alors tout ce qui a des mains se hâta d'entrer en
possession ; jeunes gens et vieillards, tous s'agitent avec
ardeur. Le laboureur s'empare des fruits des champs,
le gentilhomme chasse dans la forêt.

Très tard, longtemps après que le partage est ter-
miné, arrive le poète ; il venait de lointain pays.
Hélas ! plus rien nulle part ! Tout avait un maître.

« Malheur à moi ! seul de tous, serai-je donc oublié, moi le plus fidèle de tes enfants ? » Il donne libre cours à ses plaintes, et se prosterne devant le trône de Jupiter.

« Si tu t'es arrêté trop longtemps dans le pays des songes, ne t'en prends pas à moi, répliqua le dieu. Où étais-tu donc quand on a partagé le monde ? — J'étais auprès de toi ; mon œil était attaché sur ton visage, et mon oreille écoutait l'harmonie des cieux ; pardonne à l'âme qui, enivrée de ta lumière, a perdu les biens terrestres.

— Que faire ? dit Jupiter, le monde est distribué ; les fruits de la terre, la chasse, le commerce, ne m'appartiennent plus. Te plaît-il de vivre avec moi dans le Ciel ? Aussi souvent que tu voudras y venir, il te sera ouvert (1). »

L'un des poètes qui, dans cette seconde partie du XIXme siècle, ont usé le plus de la permission du maître des dieux pour s'élever jusqu'à l'Empyrée céleste, jusqu'à l'Idéal suprême, est M. Sully-Prudhomme.

Né en 1839, à Paris, il voulut d'abord marcher sur les traces d'Arago, et, dans ses rêves de jeune homme, médita d'entrer à l'École polytechnique. On le voit bientôt employé dans les bureaux de M. Schneider au Creusot Les boulons et les tenders n'eurent pour lui aucun charme ; l'étude d'un tabellion ne lui sourit pas davantage. Polytechnicien ne puis, industriel ne veux, notaire ne daigne, poète je serai. Et il fut poète. Son premier ouvrage, *Stances et Poèmes*, date de 1865. On y sent l'imitation de V. Hugo, des *Contemplations*, la prédominance d'un panthéisme exprimé en vers parfois alambiqués, souvent subtils, souvent, aussi, énergiques ou touchants.*Les Épreuves* datent de 1866.Cette

---

1. Cf. Schiller, *Ballades*. Ici, comme presque toujours, je me suis servi de la traduction de Louis Prévost, que j'ai légèrement modifiée.

fois, Musset inspire le jeune poète, dont le vers, nerveux et souple, s'imprègne de scepticisme, se baigne
dans la mélancolie, et sait atteindre le sublime. Envahi
par les souvenirs de sa première jeunesse, l'ex-apprenti
ingénieur chante le fer arraché aux entrailles du sol,
ouvré, trituré, poussière d'abord, puis roue, pilier, char-
pente, instrument de travail et de progrès ; la lumière,
les inventions récentes, comme la photographie, où il
ne fait pas oublier les beaux vers latins d'H. Rigault
sur le daguerréotype (1); les régions polaires, où avait
péri Francklin et que devait franchir Nordenskiold,
le tout avec des accents désespérés et fiers qui vivi-
fiaient cette science et donnaient à ces détails techniques une séduisante objectivité. Inconsciente victime
de l'éclectisme, le jeune auteur (1869) se lançait dans
la carrière illustrée jadis par les poètes du IVe siècle,
et mettait en vers, *(Croquis italiens,)* le voyage du
Président Dupaty. La même année, il donnait *les Solitudes,* ouvrage qui marque un véritable progrès, une
étape sérieuse dans sa manière d'écrivain. Soldat pendant l'invasion, il note au jour le jour ses observations
et ses souffrances, qu'il nous rend d'une touche incertaine, mais non sans chaleur, dans *les Impressions de
la guerre,* où il n'égale pas Déroulède, moins analytique, plus vibrant. C'est aussi en 1872 que l'ancien traducteur de Lucrèce s'attaque à la poésie philosophique
dans *les Destins,* étude consacrée à la redoutable question du mal. On ne saurait s'associer à la donnée-mère
de cette élucubration, où revit l'inspiration athée de la
Nature des choses, mais où abondent les vers sonores
et les tirades à effet. Les deux volumes les plus sérieux,
les plus complets de M. Sully, sont *la Justice* (1877),
et *le Bonheur* (1888).

Nul, en ce temps, n'égale cet écrivain dans le poème

____

(1) Pièce couronnée au Concours général.

philosophique digne de ce nom. Assurément nous sommes loin des lieux communs de morale rimés par le bon Despréaux, qui s'acharne, sans y mettre d'amour-propre, à nous montrer que de Pékin jusqu'à Rome le plus sot animal, à son avis, c'est l'homme, — que l'honneur, (cher Valincour,) n'est pas une chimère, et autres inventions de même force ; nous sommes plus loin encore des poèmes prétendus philosophiques de Voltaire et des poèmes jansénistes de L. Racine ! Même en exposant la science, M. Sully reste un maître dans l'art d'écrire : témoin le poème *la Justice*. Par là il est vraiment dans la tradition moderne : il semblait, en effet, réservé à notre siècle de faire fleurir le vrai poème analytique, mythique et mystique, idéaliste et, en même temps, *réalisateur* de la pensée. Les maîtres sont Vigny avec son *Éloa*, Lamartine avec la *Chute d'un ange*, V. Hugo avec la *Légende;* suivant l'expression d'un ingénieux critique, « Vigny veut prouver, Lamartine paraphrase, V. Hugo synthétise, et Sully-Prudhomme cherche (1). »

Mais à combien de déceptions, de déconvenues, ce dernier ne se heurte-t-il pas dans sa poursuite de la Justice ! Il ne la trouve ni dans les hommes considérés individuellement, ni dans le genre humain considéré d'après son plus vaste ensemble, ni dans les rapports internationaux, ni dans les mondes qui sillonnent l'infini, il ne la voit que dans sa conscience. Mais, au lieu de s'appuyer fortement sur les données primordiales et éternelles de la raison, il établit son application sur le capricieux terrain du sentiment, vieille thèse renouvelée de J.-Jacques, mille fois réfutée par le spiritualisme contemporain. Mais l'erreur de l'ensemble ne doit pas nous faire fermer les yeux sur tant de beautés

---

1. Cf. *Revue bleue*, 17 mai 1888.

de détail, sur des pensées originales, sur des cris du cœur qu'on dirait suggérés par la foi.

Le Bonheur est partagé en trois chants ou cycles, qui peuvent se résumer en ces mots : sentir, connaître, vouloir. Faustus, (c'est le nom tout trouvé de l'homme heureux,) demande le bonheur aux jouissances matérielles, et goûte à tout ce que lui offre la mère nature. Ici l'idéal est maigre, l'assouvissement des sens ne pouvant aboutir qu'à une prompte et dégradante satiété. Faustus s'adresse ensuite à la science : il dédaigne le comment, exige le pourquoi, le pourquoi, non pas successif, mais synthétique, sylleptique, intuitif. Est-ce là le bonheur ? Non. De planète en planète, Faustus et sa Stella, (car le vrai bonheur exclut l'égoïsme,) arrivent à un monde supérieur ; là, le héros comprend que, pour atteindre son but, il lui faut le sacrifice, l'oubli de lui-même, la renonciation complète, en un mot, la rédemption ; il veut racheter les âmes qui souffrent sur la terre, et, avec Stella, aussi généreuse que lui, il renonce à tout ce qu'il possède de bonheur imparfait pour se consacrer au salut des frères déshérités. Là est le seul, le vrai bonheur !

En résumé, voilà un beau poème, une ébauche de maître, un grandiose fragment à la manière de Léopardi, de Musset, de Byron ! L'auteur nous console de bien des douleurs prosaïques, et justifie le mot de cet Allemand : « Chaque pulsation de notre cœur nous fait une blessure, et la vie ne serait qu'une hémorrhagie continuelle sans la poésie (1). »

Grâce aux splendides beautés de la *Justice* et du *Bonheur*, les auteurs de Morceaux choisis ne seront plus contraints de citer éternellement le fameux *Vase brisé ;* et cependant cette pièce gracieuse, que nous

---

1. Extrait de l'*Oraison funèbre* de J. P. Richter par Bœrne.

citons à notre tour, mérite la faveur spéciale que le
public ne cesse de lui accorder :

> Le vase où meurt cette verveine,
> D'un coup d'éventail fut fêlé ;
> Le coup dut l'effleurer à peine,
> Aucun bruit ne l'a révélé.

> Mais la légère meurtrissure,
> Mordant le cristal chaque jour,
> D'une marche invisible et sûre
> En a fait lentement le tour.

> Son eau fraîche a fui goutte à goutte,
> Le suc des fleurs s'est épuisé ;
> Personne encore ne s'en doute,
> N'y touchez pas, il est brisé.

> Souvent aussi la main qu'on aime,
> Effleurant le cœur, le meurtrit ;
> Puis le cœur se fend de lui-même,
> La fleur de son amour périt.

> Toujours intact aux yeux du monde,
> Il sent croître et pleurer tout bas
> Sa blessure fine et profonde :
> Il est brisé, n'y touchez pas.

M. Sully-Prudhomme a plusieurs des qualités dont
l'ensemble forme le génie ; saura-t-il en faire assez
d'usage, en tirer assez de profit pour franchir les stations intermédiaires, et, de *poète très distingué* qu'il est,
devenir, non un clair de lune de V. Hugo, une seconde
édition de Laprade, mais le poète de la fin de ce siècle ?
On peut l'espérer. Mais qu'il se défie des abstractions,
qu'il ne fasse à l'algèbre qu'une très petite part, et se
rappelle que le cœur de l'homme est encore la source
par excellence des fortes et saines inspirations et,
qu'on nous passe cette comparaison capillophile, la fontaine de Jouvence qui rajeunit les littératures.

En assimilant M. Sully à de Laprade, nous avons
voulu faire l'éloge de l'un et de l'autre des fils de la
Muse ; sans être, en effet, de la famille des grands con-

solateurs, des Virgile, des Corneille, des Lamartine, le poète des *Symphonies* se recommandait par la hauteur de l'inspiration, et l'on ne doit guère lui reprocher que des échappées vers le panthéisme ainsi qu'un style trop solennel : on pourrait voir dans ce très estimable écrivain un second Soumet, en d'autres termes, un artiste doué à un très rare degré de la faculté d'invention poétique, mais insuffisamment servi par le talent. La Divine Épopée de Laprade, sa tentative vers le grand, c'est son idylle de *Pernette*. Soumet avait voulu se mesurer avec Dante et Milton ; Laprade rêva la gloire des auteurs de *Louise* (1) et de *Dorothée* (2).

L'action de *Pernette*, (ce vilain nom ne vous rappelle-t-il pas cette grande sotte de Perrette et la boîte en fer blanc où elle met son lait ?) se passe sous Napoléon Ier, à l'heure où le génie du héros s'immortalise dans la campagne de 1814 ; à ce moment, plus que jamais, la conscription, Moloch exécré des mères, dévore avec une inflexible cruauté ses jeunes victimes, dernier espoir de la France. Dans les fertiles vallons encadrés par les montagnes du Forez, vivent deux familles honorables qui vont s'allier par un mariage. Pierre, le fils de la veuve, plusieurs fois racheté déjà, était aimé de Pernette. Le premier chant, entre autres passages réussis, renferme la description des paysages familiers au poète et le tableau animé, patriarcal, bourgeoisement rustique, du repas des fiançailles. Dès le début nous voyons, dans la naïveté de leurs attitudes et avec les différences de leur caractère, les quatre principaux personnages, les jeunes gens d'abord, puis un vieux curé, et le médecin, vieil ami des deux familles. C'est celui-ci qui apprend à Pierre qu'il lui va falloir rejoindre le régiment et prendre le fusil. Il ne vient à la

1. Voss, littérateur allemand, (1751-1826.)
2. Gœthe, (1749-1832.)

pensée d'aucun lecteur de se demander quelle sera la conduite du Français dont la patrie est foulée par l'ennemi. Certes, ce n'est guère le moment de se présenter devant le maire du village pour entendre la lecture du Code ! Pierre s'indigne, donne du poing sur la table, rejette ses cheveux en arrière, (Pernette est là,) et froisse fiévreusement le papier que vient de lui apporter l'homme à la sardine blanche et au jaune baudrier; il déclare, (cela se voit du reste,) qu'il n'a pas de goût pour le fracas des batailles et les « habits dorés », il atteste le clocher qui sonna son baptême et qui doit sonner son mariage, que si le Cosaque vient jamais dans son pays, son Forez, faire injure aux gens de sa race, il deviendra soldat et montrera ce qu'il vaut. Eh ! montre-le tout de suite, malheureux ! Tu feras ta harangue après. J'avoue que ce robuste gars qui répugne au mousquet n'est pas intéressant, bien qu'il ait pour lui l'autorité de son futur beau-père, Jacques, l'ancien soldat de Valmy, qui lui dit :

> Moi, père et citoyen, je t'interdis de faire,
> Pour fabriquer des rois, ces guerres de corsaire.
> Suive qui le voudra son aigle triomphant !

Et cela pendant que les pauvres petits *Marie-Louise* (1) se faisaient tuer stoïquement à Brienne et à la Rothière !

Qu'on se rappelle que le poème de *Pernette* fut publié en 1868, deux ans avant la guerre. Qui sait la désastreuse influence que de pareils sentiments purent exercer sur des intelligences ou mal équilibrées, ou faibles et peureuses ? Néanmoins qu'on se rassure : Pierre aura bientôt droit à nos sympathies.

Le voilà donc qui, réfractaire intransigeant, se réfugie dans la profondeur des forêts, où il reçoit un jour

(1) Conscrits levés par un décret signé de Marie-Louise, femme de Napoléon. La plupart étaient encore des enfants ; ils furent admirables de vigueur et d'entrain.

la visite de Pernette, ce qui fournit à l'auteur le sujet d'un charmant épisode, presque digne de Bernardin et de Mérimée. Mais le pays est occupé, l'ennemi est proche. Pierre alors se retrouve, et, vraiment, il est sublime, ce brave garçon : comme il comprend son devoir, et quel fier langage !

> Moi, plutôt que de voir au foyer qui s'indigne
> Pernette leur verser le vin de notre vigne,
> Et ces chefs lui sourire, et ma mère humblement
> Pétrir pour leur festin le beurre et le froment,
> J'irai seul assaillir l'odieuse cohorte,
> Du logis profané je briserai la porte,
> Et, la torche à la main, de ces maîtres impurs
> Par le fer et le feu j'affranchirai nos murs.

Commandés par Pierre, les habitants repoussent une première attaque ; la joie éclate de toutes parts ; seul le curé est hanté par des pressentiments lugubres qui ne tardent pas à être justifiés. En effet, l'ennemi revient en nombre, et villageois et villageoises, faibles oisillons devant l'autour, s'enfuient là-haut sous les sapins de la montagne. Grâce au courage de Pierre et de ses soldats improvisés, les barbares sont encore vaincus, mais l'infortuné jeune homme est frappé d'une balle en pleine poitrine. Il meurt après avoir mis sa main dans la main de Pernette, qui, veuve incomparable, fera bénir son nom par ses bonnes œuvres et ses aumônes :

> Partout dans le pays, à trente ans libre et seule,
> La vierge avait conquis les honneurs d'une aïeule ;
> Son pas était connu, son nom était béni ;
> Sous les chaumes obscurs où le pauvre a son nid,
> Elle aimait entre tous, de son amour de mère,
> Ceux dont l'âme innocente attend une lumière ;
> Les petits révoltés, les rôdeurs de buissons,
> Préféraient à leurs jeux ses charmantes leçons.
> Son foyer souriant fut la première école ;
> Elle y prenait l'enfance au miel de sa parole,
> Et par elle aujourd'hui, du maître à l'ouvrier,
> Tous, en ces champs heureux, savent lire et prier.

> L'âge vint sans courber ni son corps ni son âme ;
> Elle abondait toujours en paroles de flamme,
> Et quand nous attisions les souvenirs brûlants,
> Ses grands yeux noirs brillaient sous de beaux cheveux
> Jamais aucune mort, dans toute la contrée,   [blancs.
> Ne retentit plus vite et ne fut tant pleurée.
> Des bourgs les plus lointains et de chaque maison,
> Une foule accourut malgré l'âpre saison.
> Tout ce peuple savait, aussi bien que moi-même,
> Le lieu marqué par elle à son repos suprême.
> Partis devant le jour afin que tout fût prêt,
> Là-haut des laboureurs, au bord de la forêt,
> A grands efforts creusant la terre glaciale,
> Ouvraient sous les sapins la fosse nuptiale.

Laprade avait (1858), l'année même où il remplaça Musset à l'Académie, publié un poème intitulé *Idylles héroïques*, divisé en trois parties, *Franz, Rosa mystica, Hermann*, « où se retrouvait, sous l'extrême diversité du sujet et de la forme, le caractère constamment élevé d'une poésie austère, qui s'adresse moins à l'imagination qu'à l'âme elle-même, qui, aux vives impressions reçues du spectacle de la nature, mêle toujours les grandes vérités morales et religieuses (1). »

Un matin de l'année 1861, Laprade, qui était titulaire de la chaire de littérature française à Lyon, se rendait, dès huit heures du matin, à la Faculté des Lettres, lorsque, dépliant *le Moniteur officiel*, il y lut, sévèrement motivée, sa révocation de professeur : il fit tranquillement demi-tour, se disant sans doute que c'était là bien du bruit pour une omelette... assez péniblement battue, ou plutôt pour une pièce de vers, *(les Muses d'État,)* dont le principal mérite consistait surtout dans l'acrimonie des récriminations dirigées par lui contre les poètes qui, comme Sainte-Beuve, Augier, Gautier, avaient accepté et salué l'Empire.

Avec les *Voix du silence*, l'on note un remarquable

---

(1) Cf. G. Feugère, *Morceaux choisis*, p. 553.

progrès dans la manière de l'écrivain, bien que plus
d'une pièce décèle l'effort et une sorte de tension pénible. Il publia, en 1870, des hymnes germanophobes,
qui n'ont pas l'allure saccadée et farouche des strophes
de Kœrner. De 1876 date le *Livre d'un père ;* là sont
exprimés avec grâce et tendresse des sentiments
qu'on ne s'attendait peut-être pas à trouver sous cette
plume habituellement dogmatique et professorale.
Jeux et caresses des enfants, conseils et leçons du chef
de famille, du patriote et du chrétien, voilà le thème
habituel de ce recueil, où l'auteur se livre non sans
abandon, où la pensée n'affecte plus une forme aussi
abstraite, où, enfin, la simplicité, *simplicitas inaffectata*,
cette muse des poètes vraiment grands, est de sa part
l'objet d'un culte exclusif et jaloux.

Citons, dans un genre familier qui se prête plus d'une
fois à l'éloquence, une pièce que nous abrégeons, parce
qu'elle est gâtée par des longueurs et de monotones
redites ; pour l'ensemble, Goldsmith et Wordsworth
en eussent été satisfaits :

> Tu seras soldat, cher petit :
> Tu sais, mon enfant, si je t'aime !
> Mais ton père t'en avertit,
> C'est lui qui t'armera lui-même.
>
> Quand le tambour battra demain,
> Que ton âme soit aguerrïe,
> Car j'irai t'offrir de ma main
> A notre mère la Patrie.
>
> Sois fils et frère jusqu'au bout,
> Sois ma joie et mon espérance,
> Mais souviens-toi bien qu'avant tout,
> Mon fils, il faut aimer la France.
>
> Elle a subi le grand affront ;
> Mais Dieu veut qu'elle se relève :
> Nos écoliers la vengeront
> Et par l'esprit et par le glaive.

… Travaille en silence, obéis,
Apprends à tout souffrir sans larmes ;
Et plus tard, servant ton pays,
Tu seras ferme sous les armes.

…Vous serez soldats, chers enfants !
Peut-être, après mainte souffrance,
Un jour vaincus ou triomphants,
Il faudra mourir pour la France.

Alors je serai, grâce à Dieu,
Là-haut où ma mère est allée,
Mais mon âme, avec vous, au feu,
Redescendra dans la mêlée.

Outre son bagage de poète, (de poète du Forez,) Laprade peut mettre en ligne de compte de nombreux travaux en prose : *Questions d'art et de morale* (1861), *Le sentiment de la nature avant le christianisme* (1866), mais surtout une brochure qui, à son apparition, provoqua une sorte de scandale, *L'Éducation homicide* (1867), pamphlet dirigé contre l'enseignement de l'Université, le surmenage, le baccalauréat, l'internat, et autres plaies d'Égypte. Dans le fond, l'attaque était juste, bien que l'écrivain n'apportât aucun argument nouveau.

Tout le monde savait, pour y avoir passé, qu'au lycée on se lève à cinq heures, qu'après une sommaire ablution, faite du bout des doigts, comme si l'on se servait d'eau bénite, on descend à la salle d'études, boudoir *maleolens*, que là on prélude aux occupations du jour par une prière inintelligible ânonnée par un élève qui dort devant des élèves qui ronflent, qu'on se met ensuite à la besogne jusqu'à sept heures et demie, qu'après une croûte de pain grignotée entre deux roulements de tambour on se rend en classe, où l'adjudant grincheux est remplacé par le capitaine au cœur sec, (le pion par le normalien,) que, pour conséquence, on voit sortir de là, vers l'âge de dix-huit ans, des manières de pièces anatomiques aux traits tirés, à la figure émaciée, à la poitrine concave, cagneux et myopes, exhalant une vague odeur de veau froid, de salade et de purée de haricots, mais en revanche ne croyant plus à grand'chose, fanatiques du beau style de M. Renan, et bourrés à mitraille des millions de faits contenus dans les *Manuel* de Lefranc et Cie.

Cet état de choses a existé, existe, existera long-temps encore : les plaintes parfois éloquentes de Laprade n'y feront rien, car, en France, la routine mène tout. En France, les révolutions elles-mêmes ont des temps de repos, mais la routine poursuit éternellement sa marche triomphale. En France, le vrai *Progrès*, c'est la sainte routine !

Lors de la polémique soulevée par *l'Éducation homicide*, on remarqua surtout un article de M. de Pontmartin qui, suivant son habitude, y glissa des pages exquises de sens et parfaites de forme ; tel ce fragment sur l'enfant : « Il y a toute une classe d'êtres, de créatures du bon Dieu, si innocente et si charmante, que les muses les plus érotiques et les plus païennes ont invoqué pour elle les lois de la pudeur et du respect ; si douce aux regards et aux cœurs, qu'il lui suffit de se montrer pour dérider les fronts, apaiser les haines, guérir les blessures, ramener le sourire sur les lèvres les plus moroses ; si profondément enracinée dans les plus vivaces affections de l'âme humaine, que de grossiers dramaturges sont sûrs de désarmer et d'émouvoir leur public s'ils la font intervenir au milieu de leurs inventions insensées. Ces êtres ne diffèrent des anges, dont on leur donne souvent le nom, que parce qu'on les voit et qu'ils n'ont pas d'ailes : leur présence est un baume ; ils sont la conscience de ceux qui n'ont plus de scrupules, l'honneur de ceux qui se familiarisent avec la honte ; ils réconcilient les ennemis les plus ulcérés ; ils font pardonner les plus graves offenses, même celle qui ne se pardonne pas, et on en a vu faire taire le cri et retomber le bras de l'époux outragé. Leurs fautes sont des solécismes, leurs péchés des pâtés d'encre, leurs crimes des morceaux de sucre mangés en cachette ; ils n'ont fait de mal à personne, ils n'en ont pas eu le temps ! La seule ombre de tristesse, d'appréhension ou de blâme qui soit permise en les regardant, c'est de songer qu'ils seront un jour des hommes (1). »

Nous ne rappellerons pas ici la querelle, digne d'être chantée par l'Homère de la Batrachomyomachie, qui s'éleva entre Laprade et Sainte-Beuve. L'un et l'autre, du reste, eurent les rieurs contre eux.

L'auteur de *Volupté* eut pour secrétaire M. Auguste Lacaussade (1820).

Comme le brillant polémiste du *Soleil*, M. Hervé, M. Lacaussade naquit à l'île Bourbon, d'une famille qui, le nom le laisse deviner, était originaire du midi de la France. Tour à tour clerc de notaire et carabin, il débuta par des vers auxquels la *Revue de Paris* donna une généreuse hospitalité. Dans ce recueil, qui avait la prétention de contrebalancer le succès de la Revue fondée par Buloz, il avait pour frères d'armes, sur le terrain de la poésie, N. Martin, Arsène Houssaye, Mme Louise Colet, Th. Gautier, Méry, Henri Blaze, et il se distinguait entre eux par une couleur d'une tonalité spéciale, des images d'une aventureuse hardiesse, et comme par un reflet des richesses de la nature des tropiques. Avec sa native exubérance de composition et sa large perception du monde extérieur, il ne pouvait pas ne pas prendre pour modèle le premier des écrivains objectifs, Victor Hugo. Aussi le premier recueil qu'il publia était-il dédié au *maître*,

(1) Cf. *Nouveaux Samedis*, 4ᵉ Série, 1867, p. 280.

L'ouvrage avait pour titre : les *Salaziennes* (1839). Il fut bientôt suivi d'un essai de traduction, où le jeune poète engageait corps à corps la lutte avec le traducteur d'Ossian, le célèbre Baour. C'était une bonne étude de versification, qui obtint de l'Académie française un prix, et du secrétaire perpétuel Villemain des éloges d'autant plus flatteurs qu'ils étaient plus rares sous cette plume acérée.

C'est un coup d'œil désenchanté que le penseur jette sur les représentants contemporains de l'art éternel, de l'idéal. La poésie, hélas ! a été infidèle à sa mission, en faisant servir ses « nombres d'or » à la déification des passions criminelles, de l'orgueil, de l'erreur. Pessimiste austère, Lacaussade ne peut retenir un cri de réprobation contre les destinées qui l'attendent, lui, « enfant d'une époque inféconde. » Mais il n'abandonne point l'espérance, et ses vœux appellent « les races neuves et fortes », qu'il bénit dans un élan de reconnaissance émue :

> Plongez vos pieds d'airain dans nos racines mortes !
> D'un feuillage splendide ombragez l'avenir !

La synthèse de l'œuvre est exprimée par la brûlante apostrophe qu'il adresse aux ferments sacrés qui font les époques prospères : « foi, liberté, soleil, trésors inépuisés ! » Bref, il a la vision d'un avenir qui rachètera les désillusions du présent, et ce n'est pas lui qui jamais répétera le blasphème du stoïcien le soir de Philippes. Il aime le beau et le grand, et ce culte a été récompensé ; il échappera donc au sort de tant de malheureux poètes dont les rêves d'ambition se sont misérablement abîmés dans le gouffre du néant :

> Ils sont partis, le vent aux voiles,
> A leurs mâts pavoisés le soleil radieux !
> Puis la nuit vint, nuit sans étoiles !
> Ils dorment maintenant sous les flots oublieux !

M. Lacaussade fut, sous l'Empire, directeur de la *Revue Européenne*, puis, à partir de 1880, il remplaça, comme conservateur à la Bibliothèque mazarine, le vénérable M. de Sacy, l'ami d'Arnaud et de Nicole.

Entre temps, M. Lacaussade avait été attaché aux archives du Sénat, où il recevait souvent la visite d'un père-conscrit lettré et poète.

M. Laurent-Pichat, (né à Paris en 1823,) fut, jeune encore, l'un des hôtes habituels de V. Hugo, à l'époque où celui-ci venait de forcer enfin les portes de l'Académie. On a plus d'une fois rappelé le voyage qu'il fit à travers l'Orient en compagnie de son ami Henri Chevreau, (qui devint plus tard préfet de la Seine et ministre de l'intérieur en 1870.) Le résultat, sinon le plus clair, au moins le plus tangible de cette vie en commun, fut le recueil intitulé *les Voyageuses* (1844).

Dix ans plus tard, il présidait aux destinées de la *Revue de Paris*, dont le docteur Véron (Mimi), alors maître absolu de l'officieux *Constitutionnel*, avait abandonné la direction. Dès lors, il publia la *Chronique de Jacques Bonhomme*, fragment d'une grande épopée cyclique à laquelle il avait donné le nom de *Chronique rimée*. En 1862, il publie les *Poètes de combat*, et dans le nombre de ces martyrs de la pensée il place Musset, qui n'a jamais rien combattu, et qui, à toutes les revendications soi-disant stoïciennes, préféra toujours un verre de bonne absinthe. Son dernier ouvrage saillant est *Avant le jour*, qui parut l'année où s'écroula l'Empire.

Là il soutenait l'absurde thèse de la morale indépendante, ou morale sans Dieu, c'est-à-dire sans la garantie d'une sanction : c'est du spiritualisme à la Saisset, et encore ! A quoi bon, en effet, prêcher la virilité, le stoïcisme, le sacrifice, le dévouement à l'idée, si vous refusez d'admettre le progrès chrétien, la liberté qui repose sur l'Évangile du Christ ? Toute restriction formulée, on doit rendre hommage à la constance des principes politiques de l'auteur. Quant à la forme que revêt sa pensée, elle est austère mais peu élégante, solennelle mais peu variée.

Le « petit Léon » de la chanson de « l'Ébénisse » n'avait, dans le sein de sa mère, jamais connu la pauvreté ; voici un excellent garçon, pimpant comme avril, gai comme l'alouette lançant ses vives fusées par dessus les buissons d'aubépine, qui, dans ses vers, n'a jamais connu les horizons écrasants et les déclamations humanitaires. On peut dire de lui ce que le satirique latin dit du « nourrisson du Pinde » :

« Le poète est rarement avide, il aime les vers, c'est sa passion unique. Pertes d'argent, fuites d'esclaves, incendies, il s'en moque ! Jamais il ne trompe ou ne vole un pupille ; des pois chiches et du pain bis, voilà sa nourriture ; soldat récalcitrant et peu enthousiaste, il ne laisse pas d'être utile en temps de paix (1). »

Albert Glatigny, (1839-1873,) fut un de ces infortunés bohêmes toujours à la recherche de l'introuvable pièce de cinq francs, qui fuit devant ses pareils avec une persistance plus cruelle que celle de l'île d'Ithaque à fuir devant Ulysse. Connu de tous au Quartier Latin, aimé de tous, il passa ses hivers à mettre en gage son pauvre manteau, et ses étés, lui, le Zanetto de l'alexandrin, qui aurait tant aimé se perdre sous les ombrages du bois de Meudon, il les employa à courir l'entre-sol des rares éditeurs assez osés pour acheter des rimes. Quelle passion pour la campagne, les

_____

(1) Cf. Horace, II, 1.

. . . . Vatis avarus,

Non temere est animus, versus amat, ho studet unum, κ. τ. λ.

champs de colza, les sentiers perdus, la friture et le
cidre !

> J'ai besoin de grimper aux arbres, de courir,
> De voir joyeusement près de moi tout fleurir :
> La présence d'un être animé me torture ;
> Un amour bestial me vient pour la nature,
> Et je veux être seul, tout seul dans la forêt !
> Car dans la source où mon image m'apparaît,
> Je vois que je deviens faune, et que mes oreilles
> Se terminent en pointe...!

Ces cinq derniers vers ne font-ils pas songer au
fameux *Centaure* de Maurice de Guérin ?

Mais nous ne pouvons dissimuler que la déprava-
tion et le sensualisme débordent dans les divers recueils
de l'auteur, qu'ils s'appellent *les Vignes folles* ou *les
Flèches d'or.* Une part trop grande y est faite à l'ex-
centrique, aux chinoiseries de toute nature, à la débauche, aux descriptions genre Boucher ou genre Watteau.
Comme certain personnage d'un roman moderne (1),
Glatigny « abhorrait l'utile, et peu à peu s'était laissé
glisser sur la pente bien savonnée de la bizarrerie. »
Disons que sa corruption est naïve, presque inconsciente, que c'est comme une échappée, une poussée de
ce vin fumeux de la jeunesse (2) dont parle Bossuet, et
que, s'il lui eût été donné de vieillir et de se recon
naître, tout laisse croire qu'il se fût éloigné avec horreur
de ces peintures voluptueuses et pornographiques.

« Ce fut chez Catulle Mendès... que nous vîmes, un
soir, arriver Glatigny. Son aspect était fait pour éton-
ner. Grand jusqu'à l'infirmité, d'une maigreur et d'une
agilité de sauterelle, il portait tout en haut de son long
corps et de son long cou une petite tête glabre de
comédien, rasée, usée, creusée, d'où pointaient deux
oreilles de faune et dans laquelle sa grande bouche

---

(1) Cf. *Sylvie* par E. Feydeau.
(2) Cf. Panégyrique de St Bernard.

s'ouvrait en un rire spirituel et libertin. Il était vêtu d'un pantalon de nankin beaucoup trop court et d'un chétif habit bleu-barbeau à boutons de métal, costume avec lequel il venait de jouer, nous dit-il, le rôle du vieux colonel gentilhomme dans *Héloïse Paranquet*, au théâtre du Parc à Bruxelles.

» ... C'était, en vérité, le meilleur garçon du monde. Effronté, même un peu cynique, mais comme les enfants, et avec leur innocence, il avait le cœur le plus brave et le plus généreux. Reconnaissant jusqu'aux larmes du morceau de pain qu'il recevait d'un ami moins pauvre que lui, il allait bien vite le partager avec un plus pauvre... Avec un magnifique appétit de bien vivre, il jeûnait presque toujours. Mais jamais une aigreur, jamais un moment de révolte et d'ennui. Ayant, tout jeune, découvert un vieux Ronsard mangé des rats dans le grenier familial, il s'était affolé de poésies et de rimes en lisant les œuvres du gentilhomme vendômois. Il se fit ensuite comédien, mais le Thespis inexpérimenté ne récolta guère que des pommes, que les spectateurs avaient, du reste, eu l'amabilité de faire cuire. Quelques séances d'improvisation qu'il donna à l'Alcazar jetèrent quelques sous dans sa maigre bourse (1). »

Il mourut à trente ans, après bien des aventures comico-tragiques, après avoir, par exemple, été arrêté en Corse, ligotté, jeté en prison, interrogé par le juge d'instruction, presque *lynché* par la foule, et tout cela parce qu'un gendarme idiot l'avait confondu avec le fameux assassin Jud. Quand le mal vint le clouer sur son lit, le poète était sur le point de se marier, et la fortune ou, tout au moins, l'aisance, et avec l'aisance le bonheur et une affection chaste et honnête allaient enfin lui sourire !

Voici maintenant une femme qui chante l'athéisme.

(1) F. Coppée.

L'histoire de sa vie est courte ; née en 1813, elle reçut ses premiers enseignements de son père, qui lisait tous les soirs *l'Homme-Machine*, et appelait Mr de Voltaire le bienfaiteur de l'humanité. Jeune, elle composa des vers qui lui valurent d'affectueux conseils de V. Hugo. Plus tard on la retrouve à Berlin, où elle épouse un savant à lunettes, brouillé à mort avec Aglaé, Euphrosyne et leur sœur, et qui, après deux années d'une union plus que polaire, s'en va bientôt demander à Hégel, dans une planète plus philosophique, des détails circonstanciés sur le panthéisme immanent et *la conscience de l'absolu*. Loin de lui faire voir l'avenir sous un aspect plus souriant, cette délivrance l'exaspéra contre la Providence ; Mme Ackermann se mit à aimer son époux défunt avec une ardeur qu'elle ne s'était jamais connue. Dès lors, elle est l'ennemie personnelle de Dieu. Par une bizarre anomalie, elle soulage son chagrin et canalise sa rancune en composant des contes légers à la façon et dans le style de Marot.

Le fond de ces récits, elle le tire des poèmes indiens ; les personnages s'appellent Satjavan ou Sakountala, héros et héroïne de l'amour conjugal. Le style est rapide, les tours spirituels ne sont pas trop espacés : *la Fée au voile* est regardée par M. F. Godefroy comme un chef-d'œuvre. Mais les chefs-d'œuvre, croyons-nous, ne doivent pas sentir l'apprêt.

Mme Ackermann publia ensuite les *Premières Poésies*, dont plusieurs pièces sont d'une cadence expressive, et d'une vivacité, parfois même d'un charme qui ravissent. Signalons, dans le nombre, *la Lampe de Héro*, *la Coupe du roi de Thulé*, mais surtout *Endymion*, où se lisent des strophes harmonieuses sur le clair de lune. Ce dernier sujet avait été traité auparavant par Klopstock et Lemierre.

On aimera à relire quelques vers du poète des *Fastes:*

> Mais de Diane au ciel l'astre vient de paraître ;
> Qu'il luit paisiblement sur ce séjour champêtre !
> Éloigne tes pavots, Morphée, et laisse-moi
> Contempler ce bel astre aussi calme que toi,
> Cette voûte des cieux mélancolique et pure,
> Ce demi-jour si doux levé sur la nature,
> Ces sphères qui, roulant dans l'espace des cieux,
> Semblent y ralentir leur cours silencieux,
> Du disque de Phébé la lumière argentée
> En rayons tremblotants sous ces eaux répétée,
> Ou qui jette en ces bois, à travers les rameaux,
> Une clarté douteuse et des jours inégaux,
> Des différents objets la couleur affaiblie :
> Tout repose la vue (1).

Ce sont là de beaux vers pour des vers du XVIIIme siècle, le plus prosaïque des siècles.

L'inspiration du poète allemand présente un caractère plus accentué de mélancolie :

« Lorsque la lumière de la lune se répand dans les bois, et que les odeurs soufflent avec les émanations du tilleul sous les fraîcheurs, *(en français intelligible, et qu'une fraîche brise mêle les exhalaisons de la terre aux parfums des tilleuls,)* de sombres pensers viennent assiéger mon âme, je songe au tombeau de ceux qui me sont chers ; dans la pénombre des forêts, mes regards n'aperçoivent que cet objet funèbre, et l'haleine embaumée des fleurs n'arrive pas jusqu'à moi.

» O morts chéris, je goûtai avec vous ces délices. Comme nous étions entourés de parfums et de fraîcheur ! Comme tu étais embellie par la lune, ô belle nature ! »

Mme Ackermann soutient aisément la comparaison avec ses deux devanciers :

> O Phœbé, le vallon, les bois et la colline
> Dorment enveloppés dans ta pâleur divine ;

---

1. Cf. *les Fastes*, chant VII.

A peine au pied des monts flotte un léger brouillard;
Si l'air a des soupirs, ils ne sont point sensibles ;
Le lac dans le lointain berce ses eaux paisibles
        Qui s'argentent sous ton regard.
Non, ton amour n'a pas cette ardeur qui consume ;
Si quelquefois, le soir, quand ton flambeau s'allume,
Ton amant te contemple avant de s'endormir,
Nul éclat qui l'aveugle, aucun feu qui l'embrase,
Rien ne trouble sa paix ni son heureuse extase,
        Tu l'éclaires sans l'éblouir.

Dans les *Poésies philosophiques*, Mme Ackermann reprend la triste thèse de l'insouciance ou de l'injustice
divine : la race humaine a été jetée sur ce globe, où
elle est la victime d'un hasard aveugle et féroce. Aber-
ration aussi vieille que le monde lui-même ! C'est le
crambe repetita de l'épicurisme et du *De natura rerum;*
c'est le sujet développé par Lamartine dans le *Désespoir ;* c'est la cantilène habituelle de Léopardi ; c'est
enfin la substance du système de Schopenhauer dans
le monsieur qui fait des scènes à la Providence. Aucun
d'eux pourtant n'a été aussi amer, aussi atteint de
monomanie furieuse et de théophagie que Vigny, qui
écrivait dans son *Journal* ces lignes abominables :

« Jugement dernier. — Ce sera ce jour-là que Dieu
viendra *se justifier* devant toutes les âmes et tout ce
qui est vie. Il paraîtra et parlera, il dira clairement
pourquoi la création, et pourquoi la souffrance et la
mort de l'innocence. En ce moment, *ce sera le genre
humain ressuscité qui sera le juge*, et l'Éternel, le Créateur, sera jugé par les générations rendues à la vie (1).»

Dans une espèce d'autobiographie, Mme Ackermann
nous apprend que son irritation est causée moins par
sa propre misère que par l'infortune du genre humain
tout entier. Cette compassion, assurément, part d'un
bon naturel, mais est-elle bien opportune ?

1. Cf. *Journal d'un poète*, page 253.

Comme toujours, nous donnerons ici notre pensée sans ambages. Oui, si quelque spectacle est bien fait pour indigner, c'est celui de l'homme qui se redresse vers son Maître et lui dit, comme Diderot : Tu n'es pas! ou comme Proudhon : Tu es le mal ! Mais un plus répugnant spectacle, c'est celui que donne la femme athée. Quoi ! une mère athée ! Ah ! la malheureuse ! C'est qu'elle n'a pas d'enfants, sans doute! Une épouse athée ? Quelle dignité, quelle foi, quelle sainteté pourra-t-elle observer dans le mariage ? Une jeune fille athée ! Ah pitié ! La vierge aimable et douce, au front pur et au limpide regard, elle nous dira de ses lèvres de seize ans : « Dieu est un mythe, et ni M. Renan ni le docteur Strauss n'en veulent plus.» Quoi enfin, Mme Ackermann, cette femme honorable, sur qui la calomnie, la médisance même se sont tues, cette septuagénaire dont nous voudrions honorer la couronne de cheveux blancs, elle s'impose la tâche scélérate de nous apprendre que Dieu

> . . . N'a disposé de la force infinie
> Que pour se procurer des spectacles navrants,
> Imposer le massacre, infliger l'agonie,
> Ne vouloir sous ses yeux que morts et que mourants ?

Et pourtant si ces anathèmes sont l'expression d'un sentiment vrai, si cette *acedia* (1) a été savourée, goutte à goutte, dans son insupportable amertume, si ces affres morales ne sont pas simulées, combien la destinée de Mme Ackermann n'est-elle pas à plaindre! Voir un abîme devant soi, sentir qu'on y est poussé par une force invincible, et trouver assez d'énergie et de ressort pour dominer l'instinct qui nous attache à la vie, que dis-je ? pour nous faire aimer et bénir la minute impatiemment attendue de l'anéantissement suprême, ne sont-ce point là, à vrai dire, les colonnes d'Hercule du désespoir ?

(1) Ce mot, croyons-nous, est de saint Augustin.

De Mme Ackermann à Louis Bouilhet la transition est aisée : lui aussi est un païen.

Bouilhet, né l'année de la mort de Louis XVIII et mort l'année qui précéda la naissance de la troisième République, était le compatriote de Corneille et fut l'*alter ego* de Flaubert. Sa vie ne présente aucun événement notable ; il est cet éternel étudiant en médecine qui fait des infidélités à Dupuytren pour Hugo, au bistouri de l'École pratique pour le crayon des Neuf Sœurs. On ne peut pas dire de lui, comme de Piron, qu'il ne fut rien, car il mourut dans le fauteuil capitonné d'un bibliothécaire municipal.

Comme maint autre écrivain, il a eu le désagréable avantage d'attacher son nom à un chef-d'œuvre relatif qui a éclipsé toutes ses autres productions. Lorsqu'on parle de lui, on dit l'auteur de *Melœnis*.

Melœnis est un récit du genre pittoresque, en cinq chants, où l'auteur raconte les aventures d'un jeune gladiateur nommé Paulus et d'une patricienne, Marcia ; *Melœnis* est une danseuse jalouse de Paulus. Par plusieurs côtés, l'action peut être rapprochée du tableau de Couture *les Romains de la décadence*. Elle se passe sous le règne d'un empereur dont les titres ne laissent pas d'êtres nombreux ; écoutons la foule qui les hurle :

« César ! — Aurélius ! — Lucius ! — Débonnaire ! —
Auguste ! — Bienheureux ! — Gouverneur de la terre ! —
Très grand ! — Britannicus ! — Invincible ! — Romain ! —
Hercule ! — Généreux ! — Pontife souverain ! —
Vingt fois tribun du peuple ! — Empereur ! — Consulaire ! »

On regrette que le poète ait cru, pour rendre le succès plus certain, recourir à l'effet toujours irrésistible des tableaux voluptueux. Mais si le pinceau n'est point chaste, si la diction manque de réserve, le style vaut par la couleur, et la versification atteste une maestria digne des plus grands éloges.

Passons rapidement sur les drames de Bouilhet, (*Mme de Montarcy*, 1856, *Hélène Peyron*, 1858, *Dolorès*, 1862, enfin et surtout *la Conspiration d'Amboise.*)

Le vers dramatique de l'auteur est trop souvent modelé sur l'alexandrin puissant mais déclamatoire d'*Hernani*. Que l'on en a vu périr, hélas! de jeunes poètes emportés par leur manie d'imiter le monologue de Charles-Quint! C'est le destin. Mais les vers suivants obtiendront tous les suffrages, aussi longtemps que des revers immérités n'auront pas été vengés par la patrie :

> Le Rhin n'a pas lavé l'injure ineffaçable
> De nos grands éperons enfoncés dans le sable,
> Et nous retrouverons, noire et fumante encor,
> La place où nos talons ont souffleté son bord.
> Vous entendrez rugir une de ces batailles
> Où des peuples entiers se mordent aux entrailles,
> Un combat formidable, aux cris désespérés,
> Dont parleront longtemps les hommes effarés ;
> Car nous saurons du moins, si notre France expire,
> Lui creuser un tombeau plus large qu'un empire (1).

La verve soutenue, la puissance fécondante manquèrent à Bouilhet, avant tout esprit délicat et attique, bien qu'avide du grand et digne de l'atteindre. Ce qui restera de lui, ce que répéteront les amateurs, ce qui égale le *Vase* de Sully-Prudhomme, le *Sonnet* d'Arvers, les *Adieux* de Gilbert, ce sont les six strophes intitulées *A une femme*, et dont la dernière est souvent répétée par des profanes qui n'en connaissent même pas l'auteur :

> Et maintenant adieu. Suis ton chemin, je passe.
> Poudre d'un blanc discret les rougeurs de ton front,
> Le banquet est fini : quand j'ai vidé ma tasse,
> S'il reste encor du vin, les laquais le boiront.

On rappellera aussi les *Fossiles*, tentative malheureuse pour marier Venise au Grand Turc, en termes

---

1. *Mme de Montarcy*, IV, 8.

plus simples, pour allier la poésie et la science. Il s'agissait de raconter les premiers jours de la vie, de reproduire, stade par stade, les transformations de la substance cosmique primitive, sujet cher à MM. Figuier et Flammarion.

Les organismes, à leur point de départ, sont des corpuscules gélatineux, des corps albuminoïdes qui ont grandi et se sont formés dans la mer. La substance protoplasmatique amorphe connue sous le nom de *Bathybius Hœcklelii* n'a rien encore qui puisse faire songer à une existence ayant conscience de son individualité. Mais cette gelée est douée de vie, elle se meut, elle s'assimile d'autres infusoires, qui ont eux-mêmes des pseudopodes rudimentaires dont le mode de locomotion n'est autre qu'un mouvement de reptation. N'oublions pas le *myxodictyum sociale*, formé de petits grumeaux généralement sphériques. Tout cela passe de l'inorganique à l'organique, tout comme les Lorrains passent du dépotique au démocrite. *κ. τ. λ.*

Voilà ce que nous enseigne l'auteur *du Monde avant la création de l'homme* (1) ; voilà ce qui a tenté Bouilhet ; celui-ci, nous n'avons pas besoin de le dire pour les admirateurs de son talent, s'est élevé au-dessus de cette chimie libre-penseuse, et a fait plus d'une fois œuvre d'artiste et de poète, et même, que ne peut l'intuition ? de véritable savant.

Le nom de M. Grenier (Édouard) n'est guère moins connu des lettrés que celui de Bouilhet ; c'est le nom d'un poète estimable, dont la vocation, chose rare en ce siècle de fiévreuse précocité, semble ne s'être déclarée qu'assez tard. Né à Baumes-les-Dames (1819), il fit ses premiers pas dans la diplomatie, où sa carrière fut des plus honorables. En 1857, au moment de franchir la quarantaine, c'est-à-dire de quitter la période

1. Librairie Marpon et Flammarion. Paris, 1886.

de la fougue et de renoncer aux folies, il publiait son poème la *Mort du Juif Errant*, auquel succéda bientôt l'*Elkovan*, que publiait la *Revue des Deux-Mondes*. Dans l'*Elkovan*, pièce bien supérieure à son coup d'essai, le poète laisse librement errer sa mélancolie, en écoutant la plainte indécise de ces oiseaux qu'on voit planer dans l'azur foncé du ciel oriental, ou s'ébattre sur les rives féeriques du Bosphore. Entre ces deux ouvrages, il avait donné *Séméia*, histoire d'une jeune fille juive qui s'adresse à Dieu pour lui demander d'envoyer enfin ce Messie, chargé d'accomplir les anciennes promesses ; soudain

> Sur le ciel glisse au loin une forme inconnue :
> Frissonnante, éperdue, elle ferme les yeux :
> « C'est lui, dit-elle, il vient, j'ai vu s'ouvrir les cieux ! »

et Séméia meurt dans la joie de l'extase.

Bientôt M. Grenier soumettait au jugement des Stes-Beuves de l'époque une traduction de ce *Renard* de Gœthe qui est, on le sait, une imitation de notre *Roman du Renard*. Enfin, en 1867, sa pièce *la Mort du Président Lincoln* était couronnée par l'Académie française.

Si nous voulions donner une idée de la simplicité énergique et de la sévère élévation de cet écrivain, nous ne pourrions trouver mieux à citer que le fragment intitulé *Credo* :

> Seigneur, je crois en toi, je crois en ta clémence :
> Je crois en ton cœur paternel
> Qui couvre l'univers d'un amour vaste, immense,
> Et, comme sa source, éternel.
> Mais je crois avant tout à ta sainte justice.
> Si jamais le crime est vainqueur,
> Ta loi veut que sur lui ton bras s'appesantisse ;
> Tu t'es nommé le Dieu vengeur.
> Toi dont le souffle éteint les soleils dans l'espace
> Ou les rallume devant toi,

> Tu ne souffriras pas qu'une lettre s'efface
>   Du livre sacré de ta loi.
> Ta justice est le centre et le soleil du monde ;
>   Ta main la mit comme un fanal
> Aux confins du néant et de la nuit profonde,
>   Pour séparer le bien du mal.
> Le jour où ce soleil éteindrait sa lumière,
>   Les cieux n'auraient plus de pivots,
> Et les mondes sans frein crouleraient en poussière
>   Dans les abîmes du chaos.

On pourra varier, (car aujourd'hui on est devenu très difficile en matière de versification,) dans les jugements qu'on portera sur les poésies de M. Grenier, mais on ne leur fera jamais l'injure de leur appliquer l'impertinence d'un artiste de haute valeur (Théoph. Gautier) : « Les idées sont la ressource de ceux qui n'ont point de style. »

M. Paul Déroulède, lui, a, non pas des idées, mais une idée — qui en vaut bien dix autres — celle de la Revanche.

Le neveu de M. Ém. Augier est Parisien par les origines, la naissance, la parenté, l'éducation, le caractère, par certains côtés généreux et aussi par certaines faiblesses qui, si elles causent du tort, n'en causent qu'à lui-même. Il fit ses études comme on les fait dans les grands lycées de la capitale, avec un certain nonchaloir de bon goût, merveilleusement servi, du reste, et racheté par une haute dose de pénétration naturelle et de vivacité dans l'initiative. Ses professeurs durent se plaindre de la turbulence de ce grand enfant, ils n'eurent jamais à se plaindre de sa paresse. C'est un esprit, — (et un corps !) — toujours en mouvement, toujours en quête de quelque découverte à faire, de quelque obstacle à vaincre, parfois de quelque coup de tête, disons le mot, de quelque généreuse folie à tenter. Avant tout, il a de l'entrain, il est né zouave, et ses instincts le portent non pas à gravir mais à escalader. Le pas de course, voilà sa vie ; le danger, voilà son idéal ; la patrie, voilà sa muse.

On le vit bien, lorsqu'éclata la guerre. M. Déroulède avait environ vingt-quatre ans : il quitta les bancs de l'École de Droit, et les cours de MM. Watrin et C. Gérardin pour mettre sac au dos et partir en sifflant *la Marseillaise*. Incorporé dans l'armée du général de Failly, il fut blessé à Beaumont et ne put, à son cuisant regret, assister à la bataille de Sedan. Plus heureux que tant de ses compatriotes, il réussit à s'échapper des casemates d'Outre-Rhin, et vint rejoindre l'armée de Mac-Mahon qui assiégeait Paris. Là, sa valeur lui valut les épaulettes de lieutenant avec la croix d'honneur.

Il connaissait le bivouac, la guerre, l'invasion, l'exil ; il avait couché sous la tente, souffert des privations, du froid, de la faim, de la nostalgie de la France, de la haine du Prussien. Il avait mangé la colle invraisemblable que les geôliers de Spandau et de Stettin servaient aux prisonniers, et, avec son sentiment des convenances, il se disait qu'il leur devait la réglementaire visite de digestion. Il la leur rendra quelque jour.

Bref, l'indignation lui monta au cœur, et le fit poète.

Quand, en 1872, il publia les *Chants du soldat*, on était sous le coup de l'affront récent, on regardait avec hébétude et rage les hordes de ces Huns modernes qui apportaient chez nous leur orgueil bête, leur ingorgeable appétit, sans parler de leur féditité putride. « Qu'est devenue la malheureuse France, celle de Rocroy, de Lutzen, d'Inkermann ? N'est-ce pas, cette fois, la fin, la fin irréparable ? » Beaucoup pensaient oui, mais une sonnerie de clairons, une voix vibrante riposta non : « Non ! il ne faut pas désespérer ! Non, il ne faut pas croire à l'anéantissement de la patrie, à l'éclipse de nos destinées, à la disparition de notre drapeau ! »

Cette voix était celle de M. Déroulède, cette sonnerie de clairons, *les Chants du soldat !*

Quel baume ils mettaient sur nos blessures, ces vers réconfortants ! Comme ils remuaient en nous la fibre de l'honneur national, comme ils faisaient venir aux yeux des jets de larmes doucement amères, comme ils emportaient l'âme dans la sphère des résolutions gégéreuses et viriles, comme ils relevaient les courages un moment déconcertés, comme ils réveillaient notre amour pour la vieille terre des Gaules !

> J'ai vu des régiments, aux jours de défaillance,
> Se porter en avant et se dévouer seuls,
> Pour qu'on pût dire au moins, en parlant de la France,
> Que ses drapeaux étaient encor de fiers linceuls ;
>
> Que nous savions encor mourir, sinon combattre.
> Et puis, nous n'avons pas toujours été si bas :
> Frœschwiller est l'assaut d'un homme contre quatre,
> Et de ces assauts-là les Prussiens n'en font pas !
>
> Gravelotte et Borny ne sont pas des défaites ;
> Les vivants ont vengé les morts de Champigny ;
> Les gloires de Strasbourg échappent aux conquêtes,
> Et Paris affamé n'a jamais défailli.

Qu'importe que ces vers soient faiblement rimés, que la forme en soit parfois banale ? Ils étaient, ils seront toujours l'expression de la vérité.

Le *Turco* est un chef-d'œuvre de poignante mélancolie :

> C'était un enfant, dix-sept ans à peine,
> De beaux cheveux blonds et de grands yeux bleus.
> De joie et d'amour sa vie était pleine,
> Il ne connaissait le mal ni la haine ;
> Bien-aimé de tous et partout heureux,
> C'était un enfant, dix-sept ans à peine,
> De beaux cheveux blonds et de grands yeux bleus.

Et l'enfant avait embrassé sa mère,
Et la mère avait béni son enfant.
L'écolier quittait les héros d'Homère ;
Car on connaissait la défaite amère,
Et que l'ennemi marchait triomphant.
Et l'enfant avait embrassé sa mère,
Et la mère avait béni son enfant.

Puis l'enfant rejoint un régiment de turcos et fait ses adieux à sa mère.

Le petit Turco se battit en brave,
Mais quand vint l'hiver, il toussait bien fort.
Et le médecin, voyant son œil cave,
Lui disait : « Partez, mon enfant, c'est grave. »
L'enfant répondait : « Non, non, pas encor ! »
Le petit Turco se battait en brave,
Mais quand vint l'hiver, il toussait bien fort.

Cependant l'armée, après quelques succès, subit un échec décisif :

L'enfant est tombé frappé d'une balle,
Mais un vieux soldat l'a pris sur son dos.
Il ne connaît pas la fuite fatale,
La mort a déjà cerné son front pâle ;
Ses yeux sans regard sont à demi-clos.
L'enfant est tombé frappé d'une balle,
Mais un vieux soldat l'a pris sur son dos.

Et le grand Arabe est là qui le garde
Au bord d'une source, au fond d'un ravin.
Au loin le canon mugit et bombarde.
Levant doucement sa tête hagarde,
Son regard mourant s'anime soudain.
Et le grand Arabe est là qui le garde
Au bord d'une source, au fond d'un ravin.

« Où sont les Prussiens ? Réponds, réponds vite.
Les avons-nous bien vaincus cette fois ?
Sommes-nous en France et sont-ils en fuite ? »
Et l'enfant, voyant que l'Arabe hésite,
Reprit tristement de sa douce voix :
« Où sont les Prussiens ? Ah ! réponds-moi vite.
Dis, les avons-nous vaincus cette fois ? »

> Et le vieux Turco se prit à lui dire :
> « Oui, petit Français, tu les as vaincus.
> — Alors, je m'en vais, veux-tu me conduire ?..
> Oh ! ma chère mère !.. » Et dans ce sourire
> L'enfant s'endormit et ne parla plus.
> Et le vieux Turco ne cessait de dire :
> « Oui, petit Français, tu les as vaincus. »

Ceux qui ont combattu dans l'Est ou sur la Loire constateront, non sans un tressaillement de joie triste, que le portrait du *sergent* de Déroulède réalise le type de plus d'un brave obscur et maintenant oublié. Ce vieux chevronné, qui a vu l'Alma, Palikao, Magenta, Puebla, dont la poitrine est constellée de décorations, lutte avec la frénésie du désespoir ; mais le moyen de triompher quand on est un contre dix ? Au moment de mourir, il dit au conscrit trembleur dont il a fait un brave :

> « Quand tu m'enterreras, comme le temps te presse,
> Fais ça tout seul, un trou, deux branches, ça suffit,
> Et pas de nom, la lettre arrive sans adresse.
> Mais pour que le bon Dieu n'en fasse pas trop fi,
> Tu me cachèteras avec mes cinq médailles;
> Il comprendra très bien que ça veut dire : urgent !
> Car le bon Dieu s'appelle aussi Dieu des batailles...
> Dis donc, conscrit ? il va me renommer sergent. »

A rapprocher de la mort du sous-officier français la mort du sous-officier cosaque, dans cette élégie guerrière que chante le peuple en Russie :

« Le brouillard est tombé sur la mer bleue, et la douleur sur le cœur ardent ; le brouillard ne se dispersera pas sur la mer, la douleur ne s'éloignera pas du cœur.

» Ce n'est pas un astre qui brille sur la plaine lointaine, c'est un petit bûcher qui fume. Auprès du bûcher est un tapis de soie, et sur ce tapis est couché le jeune homme audacieux.

» Il presse son mouchoir sur sa blessure mortelle et tente d'arrêter son sang brûlant et impétueux.. Auprès de lui est un fier coursier qui frappe du pied le sol humide, comme s'il voulait parler à son maître.

—» Lève-toi, dit-il, beau jeune homme, mets-toi sur ma croupe, et je t'emporterai sur la terre natale, vers ton père, vers ta mère, vers tes parents et tes petits enfants, et vers ta jeune épouse.

» Le jeune homme audacieux soupire ; sa forte poitrine palpite ; ses blanches mains retombent fatiguées; sa blessure mortelle s'est rouverte, son sang coule comme une rivière, et il dit à son cheval :

—» Ah ! mon bon coursier, mon coursier fidèle, mon fidèle camarade de bataille au service du czar, dis à ma jeune épouse que je suis marié avec une autre femme, que j'ai pris pour dot la plaine déserte, que l'épée aiguë nous a fiancés, et que la flèche acérée nous a réunis sur la couche nuptiale. »

La différence de caractère entre les deux peuples éclate dans les suprêmes paroles des deux moribonds; le langage du soldat français est gouailleur, celui du soldat russe est mystique. L'un songe aux récompenses qu'il a gagnées en répandant son sang ; l'autre semble moins regretter sa femme que son cheval. L'un est bien le type du légendaire *brisquard à trois poils* immortalisé par Charlet ; l'autre nous représente le cavalier du Don, qui ne fait qu'un avec sa monture. Ajoutons ce détail essentiel que si le Français est moins poétique, il semble, dans le fond, avoir à un plus haut degré le sentiment religieux ; son dernier mot est pour Dieu, — pour le Dieu des batailles.

Le vers préféré de M. Déroulède, le vers où il excelle, est celui de dix syllabes, coupé en deux parties égales ; on sait combien ce rythme sautillant, saccadé, symétrique, contient d'énergie et convient aux récits mi-sérieux. C'est un succédané de l'alexandrin, son grand frère, qui est, lui, plus pompeux et mieux adapté à la narration épique. Le vers de huit syllabes a fourni aussi plus d'une heureuse inspiration à l'écrivain, qui a su ajouter à sa grâce native, à son charme intime, la largeur, l'ironie, l'émotion souriante, la verve dramatique et même la véhémence tyrtéenne.

Comme M. Déroulède, l'auteur du *Passant* est un enfant gâté du public parisien. M. Coppée (François, 1842) est le huitième enfant d'un employé au ministère de la guerre. Ses origines sont multiples et dérouteraient, par leur complexité, la perspicacité de M. Taine, ce grand-prêtre de la doctrine héréditariste. Sa famille vient de Mons (Belgique) ; une de ses grand's mères était Lorraine, et le poète lui-même est né à Paris. M. Coppée, le père, était doué d'une remarquable intelligence et pourvu d'une instruction solide ; le poète a dit de lui :

> Que cet homme de bien, pur, simple et craignant Dieu,
> Qui fut bon comme un saint, naïf comme un poète,
> Et qui, bien que très pauvre, eut toujours l'âme en fête,
> Au fond d'un bureau sombre après avoir passé
> Tout le jour, se croyait assez récompensé
> Par la douce chaleur qu'au cœur vous communique
> La main d'un dernier né, la main d'un fils unique.

Le portrait de Mme Coppée a été tracé par le poète avec amour ; j'en extrais ces lignes :

« C'était merveilleux ce que cette bonne ménagère déployait d'économie, de patience, d'invention, d'activité, pour que sa maison et sa famille lui fissent honneur. Celle qui, lorsqu'on n'était pas trop pauvre, aimait à recevoir quelques parents, quelques amis de son mari, et leur servait le thé avec grâce, s'était levée à cinq heures du matin, comme une servante, et avait quelquefois fait elle-même un petit savonnage pour que ses filles eussent des collerettes blanches. Il y avait de mauvais moments. Vers la fin du mois, le dîner était souvent très maigre et très court, mais on le servait toujours sur une nappe éclatante, et en été on mettait un petit bouquet sur la table pour la parfumer et la fleurir. Je vous parlerais jusqu'à demain si je vous racontais tous les tours de force qu'a faits cette pauvre femme plus encore avec son vaillant cœur qu'avec ses mains laborieuses. Et elle était toujours gaie !.. (1) »

Qu'on ne se plaigne pas de la citation. Outre que la prose de Coppée est encore de la poésie, (genre Sainte-Beuve,) ces particularités touchantes justifient le culte de celle qui tient une si grande place dans son œuvre, comme elles nous expliquent son admiration reconnaissante pour son père. Horace ne nous a rien dit de celle qui l'éleva ; peut-être ne la connut-il guère, bien que chez les Romains la femme prît à l'éducation de l'enfant une part plus grande que ne le veut le préjugé classique ; témoin Cornélie, mère des Gracques. Mais en quels termes le sensuel épicurien n'a-t-il point parlé de ce pauvre diable de recors affranchi qui fit faire plusieurs tours à sa ceinture, et jeûna pour que son fils pût aller avec les fils de patriciens suivre les leçons des professeurs d'Athènes ! On remarquera que ce culte des parents a toujours bien inspiré les poètes ; les exemples à l'appui seraient véritablement innombrables, et M. Coppée en est aujourd'hui une nouvelle preuve éloquente et vivante.

Élève au lycée St-Louis, il préférait les promenades à travers les allées de la pépinière, détruite, hélas ! aujourd'hui, et les lectures aussi capricieuses que gratuites dans les bibliothèques en plein vent, aux doctes cours de ces vieux maîtres aux manières surannées, très respectueux des traditions et grands observateurs

(1) Extrait du discours prononcé, le 22 juin 1885, à l'orphelinat alsacien-lorrain du Vésinet.

des formes.» Il parle de ces Orbilius universitaires sur
le ton d'une respectueuse moquerie : « Et M. Pierron,
le bon traducteur des tragiques grecs, qui m'estimait
quand même, à cause d'une ode d'Horace, *O fons
Blandusiae*,traduite,un jour, par moi, en vers passables,
levait les bras au ciel en disant : « Ah ! si vous vou-
liez ! » Et notre savant professeur de mathématiques
s'écriait avec une conviction profonde et un fort accent
du midi : « *Mon povre* M. Coppée, il vaudrait mieux
pour vous n'avoir pas fait votre première Communion
que de ne pas savoir la géométrie ! »

De dures nécessités de famille contraignirent le
jeune collégien à interrompre ses études au sortir de la
classe de troisième, et depuis il n'eut jamais l'occasion
de faire la version latine et le discours français de
rigueur pour obtenir le brevet de bachelier. Quand il
eut vingt ans, il succéda à son père dans les fonctions
de commis au ministère de la guerre, et ce fut avec
joie qu'il accepta, au milieu des siens, le rôle plein de
soucis de *pater familiâs :* qu'il suffise de dire que M.
Coppée, suivant une expression triviale mais significa-
tive, fut la perle des fils et le modèle des frères.

L'habitude et le goût du travail le préservèrent de
la vie de bohême, et ce n'est certes pas Schaunard qui
eût jamais économisé sur son budget mensuel et ses
appointements de rédacteur à l'introuvable journal *le
Castor*, les deux ou trois mille francs indispensables
pour attendrir l'âme — *præduram flectere mentem* —
d'un libraire-éditeur !

En 1866, le poète publiait *le Reliquaire*, et l'année
suivante *les Intimités*. Ses premiers maîtres furent
C. Mendès et Th. de Banville, et son premier drapeau
celui que venait d'arborer *le Parnasse contemporain*.

L'école dite Parnassienne fut, dans de moindres
proportions, ce que, vers 1825, avait été le premier

Cénacle. Si Hugo et de Vigny protestent contre l'étroitesse de règles du classicisme expirant, Armand Re-
naud, (l'auteur, oublié aujourd'hui, des *Pensées tristes*,)
et C. Mendès s'élèvent, par la publication de leur
recueil, contre la prétendue tyrannie de l'école de Ponsard, dite *école du bon sens*. A vrai dire, les Parnassiens
n'étaient pas des démolisseurs bien acharnés ; tout au
plus des révolutionnaires en chambre ! Ce qui, dans la
versification, (je ne dis pas la poésie,) de leur temps a
surtout le privilège de les offusquer, c'est le *lâché* du
style, l'incorrection plate de la phrase, la mesquine insuffisance de la rime, la monotonie peureuse du mètre.
Au sentiment de ces jeunes gens pleins de sève et d'ardeur, l'heure avait sonné, (vers 1865,) de remettre en
honneur les rythmes laborieux de leurs grands prédécesseurs de 1828, de damasquiner les strophes avec
un soin jaloux, de multiplier les jeux savants du rejet
et de la césure, de rechercher, à plaisir et par fantaisie
de dilettante, les difficultés de la construction, de reproduire, froidement et savamment, les cabrioles et les
sauts de carpe du romantisme, d'assurer le sort du vers
en lui constituant une dot — non — une rime fastueu-
sement opulente, de ne plus pécher en rien contre les
règles de la syntaxe, (inspiration géniale !) en un mot,
d'observer, pour tout ce qui concerne la langue, une
impitoyable et rigide orthodoxie.

Si nous voulons avoir une idée du personnel de ces
nouveaux combattants d'un 1er prairial littéraire, de
ces derniers romantiques, transportons-nous rue de
Douai, dans l'appartement habité en 1865 par Catulle
Mendès :

« Voici Léon Cladel, qui va bientôt publier le *Bous-
cassié*, un parfait chef-d'œuvre ; L. Cladel, très hirsute,
tout en barbe et en cheveux, avec un faux air de Christ
du Midi. Voici le pauvre Alb. Glatigny, mal rasé comme

un comédien en vacances, maigre jusqu'à la transparence, et grand jusqu'à l'infirmité. Voici le singulier, le compliqué, l'exquis Stéphane Mallarmé, petit, au geste calme et sacerdotal, abaissant ses cils de velours et rêvant à de la poésie qui serait de la musique, à des vers qui donneraient la sensation d'une symphonie. Voici José Maria de Heredia, un beau créole de la Havane, très brun, tête rase et barbe frisée, le premier ciseleur des sonnets de ce temps-ci, qui compte parmi ses ancêtres un des intrépides compagnons de Fernand Cortez, « le Conquistador. » Voici Léon Dierx, grave et pâle visage, Léon Dierx, le poète injustement obscur qui a écrit quelques-uns des plus beaux vers que nous connaissions, Léon Dierx, qui se survivra dans les anthologies et dont la renommée aura en durée ce qu'elle n'a pas eu en éclat. En voici bien d'autres encore : Ernest d'Hervilly, Léon Valade, Albert Mérat, Gabriel Marc, Jean Marras, sans oublier un maigre jeune homme aux longs cheveux, qui ressemblait alors, disait-on, au Bonaparte d'Arcole et des Pyramides (1). »

De tous ces jeunes chercheurs de nouveaux mondes, Coppée est un des rares, le seul peut-être, qui ait abordé à son île San-Salvador, et dont le nom ait connu la variété de gloire qui plaît tant aux poètes, friands de réclame, la gloire bruyante et tapageuse de la rue. C'est que ses premiers essais révélaient tout un ensemble de qualités sérieuses, tant celles qui font le barde inspiré que celles qui conviennent au metteur en œuvre : poète, il l'est par le sentiment de la douleur, par sa commisération sympathique pour les épreuves d'autrui ; artiste, il ne l'est pas moins par la délicatesse et l'art exquis de la forme. Chez lui l'idée est tour à tour mélancolique et gouailleuse ; la langue tantôt rappelle la perfection raffinée des maîtres de la Renais-

(1) Cf. le feuilleton de *la Patrie* du 26 février 1883, rédigé par M. Coppée.

sance italienne, et tantôt, suivant de près, (de trop près,) les traces de la muse épileptique de Baudelaire, descend, tombe dans les répugnantes hideurs du naturalisme.

D'abord la note triste : *les Enfants trouvés.*

Dans les promenades publiques,
Les beaux dimanches, on peut voir
Passer, troupes mélancoliques,
Des petites filles en noir.

De loin, on croit des hirondelles ;
Robes sombres et grands cols blancs,
Et le vent met des frissons d'ailes
Dans les légers camails tremblants.

Mais quand, plus près des écolières,
On les voit se parler tout bas,
On songe aux étroites volières
Où les oiseaux ne chantent pas.

Près d'une sœur qui les surveille,
En dépêchant son chapelet,
Deux par deux, en bonnet de vieille,
Et les mains sous le mantelet,

Les cils baissés, tristes et laides,
Le front ignorant du baiser,
Elles vont voir, paupres cœurs tièdes,
Les autres enfants s'amuser.

Les petites sont les premières,
Mais leur regard discipliné
A perdu ses vives lumières
Et son bel azur étonné.

Les pieuses et les savantes
Ont un manteau plus glacial,
Toutes ont des mains de servantes,
L'œil sournois et l'air trivial.....

« Vos sombres âmes stupéfaites,
Enfants, ne se rappellent pas
La chambre joyeuse, les fêtes
Du premier cri, du premier pas,

> La gambade faite en chemise
> Sur le tapis, devant le feu,
> La gaîté bruyante et permise,
> Et l'aïeule qui gronde un peu ! »

C'est en des sujets de cette nature que se révèle sous sa manifestation la plus brillante le caractère de la poésie de M. Coppée, alors qu'elle se consacre à l'expression de douleurs en apparence mesquines, en réalité poignantes, de sacrifices ignorés ou méconnus. Nous avons devant nous le poète qui a célébré la pitié impuissante, la résignation attendrie, les larmes discrètes furtivement essuyées, les sublimités morales qui s'ignorent, les devoirs pénibles acceptés avec une soumission qui porte avec elle sa grandeur, mais non, hélas ! sa récompense. Le recueil où M. Coppée élève un piédestal aux *Humbles*, commencé avant 1870, ne fut achevé et ne parut qu'après la guerre. Les Humbles ! c'est d'abord l'épicier, « ce petit homme roux aux pâleurs maladives », ridicule pour être né à Soissons, morose parce qu'il est marié à une femme qui ne le veut pas comprendre, incapable désormais de sentir l'odeur de la morue, et, comme consolation suprême, « cassant du sucre avec férocité, » dans le vain espoir de réprimer ses élans vers les sphères supérieures. C'est la nourrice, honnête fille,

> Robuste comme un bœuf,
> Exacte comme un coq, probe comme un gendarme,

dont le malheur commence le jour où elle se laisse tromper sottement par un mauvais « batteur en grange » qui, reste d'habitude, passera sa vie à la battre elle-même, jusqu'au moment où l'infortunée, ivre de désespoir d'avoir perdu son enfant, deviendra folle en présence du berceau vide. Ce sont les deux petites filles pauvres, *(Dans la rue,)* dont l'une, la grande, remplit l'office de mère auprès de sa toute jeune sœur, et, avant de la laisser partir pour l'école, s'assure que tout est bien en ordre :

> Écartant le vieux châle noir
> Dont la petite s'emmitoufle,
> L'aînée alors tire un mouchoir,
> Lui prend le nez et lui dit : Souffle !

C'est le jeune homme, enfant de la rue, qui, après avoir rêvé la gloire des combats, les épaulettes, la plume blanche du général en chef, en arrive, victime de la fatalité sociale, à se confiner dans un bureau, humant

> L'infecte odeur du poële auquel on s'accoutume,

et à compléter son maigre budget en jouant du violon dans un café-concert de la barrière, supplice qui

> ...Dura cinq ans, dix ans, quinze ans !

C'en est trop. Évidemment, le poète se moque de nous ! Non, nous n'admettons pas la thèse qu'il soutient, nous ne croirons jamais qu'il y ait de la poésie, même le moindre atome, dans cette atmosphère du marchand de denrées coloniales ! Poète, cet être obtus, méfiant, tricheur et chicaneur, qui s'appelle l'épicier ! On se figure mal Érato ou Thalie parmi des tonneaux de colle forte, des caisses de savon de Marseille, des barriques de harengs-saurs, des pots de marmelade ou de margarine, au milieu de citrons racornis. A ce prix toutes les professions, nulle exceptée, auraient leur poésie. A quand alors la poésie de l'apothicaire, la poésie de M. Diafoïrus ? La poésie de ceux qui guérissent la teigne, la rogne, la gale ? La poésie de l'acarus, du bain de pieds, du cataplasme ! La poésie du ravaudeur de vieilles nippes sordides, de la femme de ménage au goitre ballant, la poésie du pédicure ! Halte-là !

Tout autre nous semble le rôle de « la langue immortelle ». Si je relis sans me lasser Homère et Théocrite, Virgile et Pétrarque, Shakspeare et Racine, c'est parce qu'ils m'arrachent aux dégoûts que m'inspire la vie terre à terre, et s'adressent à ce qui existe en moi de plus éthéré, de plus immatériel et de plus pur. Je bénis la muse parce que, me touchant de son aile, elle me donne la force d'aimer, d'entourer d'une sympathie mélancolique et vivace la religion, la vertu, l'art, la famille, la gloire et la patrie. Sans la poésie, que deviennent les doux rêves, les illusions charmantes, les réveils lumineux, les suavités extatiques de l'âme ? Que les partisans embourbés du *naturalisme* gardent pour eux leur atmosphère de senteurs stercoréennes, leur passion pour les égouts collecteurs, leur enthousiasme attendri pour la vermine, et qu'ils me laissent, en compagnie des vrais poètes, des sincères amants de la beauté éternelle, visiter chaque matin mon laurier-rose, mes lilas, ma treille verdoyante et noueuse, mon petit arbre habité par deux rossignols !

Aux *Humbles* succédèrent les *Promenades et Intérieurs*. Dans le premier recueil on avait eu des scènes de la vie morale, de la psychologie en vers ; dans le second se déroule une suite de tableaux où revivent, avec une extraordinaire intensité de pittoresque, les scènes de la rue et les paysages suburbains. Tour à tour le poète nous retrace le Paris pauvre et travailleur, celui des Fossés Saint-Victor et de la Bièvre, le Paris de la banlieue, de Gentilly et de Meudon, les guinguettes où l'on mange la gibelotte douteuse, les bals en plein vent, les balançoires où s'accrochent les marmots, les sentiers où se promènent, aux après-midi des dimanches, « les couples de pioupious » devisant de la caserne ou du village natal, les effets de neige, le grésil qui tombe sur les branches tremblotantes ; puis les rêveries de la vie intérieure, auprès de la lampe, devant le foyer où flambe la bûche plaintive, dans le grand fauteuil rappelant le souvenir d'une mère chérie.

Chaque scène est rendue en dix vers : les *Promenades et Intérieurs* sont un brillant collier de dizains. Ne leur appliquons donc pas le nom de tableaux ; vignettes serait plus juste.

On eut ensuite le *Cahier Rouge* (1874).

« Les pièces (1) du *Cahier Rouge* peuvent se diviser en trois groupes qui témoignent éloquemment de cet état d'esprit : inquiétude du talent qui cherche sa voie, trouble de la vie dévoyée allant à la dérive, lassitude précoce du rêveur aux prises avec les ennuis de la réalité, les fatigues de l'action, désabusement et dégoûts du patriote affligé de la vanité de certaines rodomontades et de l'ingratitude de certains oublis, doutant de son pays après avoir douté de lui-même, et obligé par devoir, en public comme au logis, de donner sans conviction l'exemple de l'espérance. De là cet air de tristesse, ce ton d'amertume.. »

Le poème d'*Olivier* (1875) appartient, on comprend sous quelles réserves, au genre d'épopée intime, d'épopée de poche, inauguré par Lamartine dans *Jocelyn*, repris, non sans des fortunes diverses, par Brizeux dans *Marie* et par Musset dans *Rolla*. C'est l'histoire d'un jeune viveur qui, bourrelé de remords à la suite de continuelles débauches, se résout à quitter Paris et se retire, pour retrouver la paix de l'âme et la santé du corps, dans un coin perdu sur les bords de la Loire. Mais l'hospitalité qui lui est offerte chez un vieil ami de sa famille l'expose à un nouveau genre de dangers, dont, après mainte tergiversation, il triomphe à force de généreuse délicatesse. Le portrait de Suzanne l'héroïne est d'une couleur bien moderne, et pourrait être signé Oct. Feuillet, si l'auteur de *la petite Comtesse* écrivait en vers.

---

(1) Cf. le très complet et très brillant travail de M. de Lescure sur F. Coppée (L'homme, la vie et l'œuvre). Alph. Lemerre, Paris 1889.

Dans le recueil *les Poèmes modernes*, on remarqua surtout *Angelus*, la *Bénédiction*, la *Lettre d'un mobile breton* et la *Grève des forgerons*.

Angelus est un orphelin recueilli par le curé et le fossoyeur d'un village :

> Ayant sonné la cloche et dit les oraisons,
> Les deux vieillards allaient regagner leur maison
> Et se disaient adieu sur le seuil de l'église,
> Quand ils virent gisant sur une pierre grise
> Quelque chose de blanc qu'on avait laissé là,
> Et s'étant approchés tous deux, il leur sembla
> Que cela remuait vaguement ; le vieux prêtre,
> Inquiet, se pencha vite et put reconnaître
> Que c'était un pauvre être à peine emmailloté,
> Un enfant qu'une mère horrible avait jeté,
> En passant, dans ce coin, presque nu, sans défense,
> Profitant du sommeil confiant de l'enfance.

Les deux bons Samaritains le soignent, le choient, l'habillent, lui donnent la becquée avec un dévouement sans bornes, mais avec une telle inexpérience que, en dépit de leurs caresses, le pauvre petit être finit par s'étioler et mourir. Les soins d'une mère, d'une vraie mère, l'eussent fait vivre !

Ce récit est charmant, d'une sensibilité contenue, mais sincère et communicative ; quant à la versification, elle est facile et variée, bien que gâtée çà et là par l'abus du rejet.

Dans la *Bénédiction*, épisode de la guerre d'Espagne, on trouve, outre la description d'un combat entre des soldats français et des moines, le récit très dramatique de l'assassinat d'un religieux, qui continue paisiblement le sacrifice de la messe, bien que blessé à mort, et dont la main se lève une dernière fois pour appeler le pardon du Ciel sur ceux qui se préparent à l'achever.

La *Lettre d'un mobile breton* franchit en ballon le cercle de fer tracé par les Allemands autour de la capitale, et va porter à la province envahie et pressurée l'expression vibrante de la bravoure qui anime l'âme de ces jeunes gens; soldats improvisés, violemment arrachés à leurs foyers, joyeux de faire leur devoir de citoyen sous les ordres du seigneur devenu leur capitaine, sous les yeux de leur *recteur* devenu leur aumônier.

La *Grève des forgerons* est un éloquent réquisitoire contre ces ouvriers soi-disant socialistes, organisateurs de chômages qui les enrichissent au détriment de la foule des meurt-de-faim; niais qui ont la faiblesse de les écouter.

On le voit, M. Coppée se présente à nous avec une œuvre considérable, et qui atteste des qualités de premier ordre : la fécondité d'abord, cette marque du vrai génie, quoi qu'en dise Boileau, jaloux, non sans motif, de toutes les « fertiles plumes » ; une exactitude inquiète dans les détails, pris sur le vif de la réalité crue; la passion des champs, non l'amour factice de je ne sais quelle nature vaguement décorative, comme on la rencontre au XVIIIe siècle, mais la prédilection raisonnée pour les horizons aux contours bien précis, pour les panoramas indigents et les points de vue restreints ; la vérité scrupuleuse, scientifique, de l'observation, surtout quand la pathologie confine au domaine de la conscience ; le sentiment patriotique de la grandeur du rôle que doit jouer la France dans la société humaine ; ce zèle laborieux qui pousse l'artiste à chercher le beau, à lui donner la forme la plus parfaite, à lui trouver son moule définitif ; une miraculeuse virtuosité de langue, et, que ne puis-je ajouter le respect inaltérable de lui-même et du lecteur !

De ses défauts, qui sont bien connus, nous ne relèverons que l'abus du néologisme, le goût du précieux poussé jusqu'à l'entortillage, la simplicité familière, sou-

vent trop voisine de la vulgarité et du sans-gêne dans
l'expression, puis, à certaines heures, une sorte d'indifférence pour les lois de la syntaxe et de l'analogie.
Mais d'ores et déjà, sans attendre le verdict de la postérité, on dira que l'écrivain possède à son actif deux
purs diamants, *le Passant*, (dont nous parlerons à l'article théâtres,) et la *Bénédiction ; le Passant*, qui est sa
Colomba, la *Bénédiction*, qui est son *Enlèvement de la
redoute*.

Ces dernières années, le poète a publié (1878-1888)
des *Contes en vers*, une sorte de *Légende des siècles*,
format minuscule, (*les Fils de Cham, Sennachérib, l'Hirondelle de Bouddha, la Tête de la Sultane*, ce dernier
fragment d'une énergie sauvage, digne de Salvator
Rosa ou d'Henri Regnault,) *les Mois, l'Arrière-Saison*,
« confidence des petits bonheurs de cette affection consolatrice des vieux chagrins, réparatrice des déceptions
des passions à orages et à naufrages (1). »

C'est dans une pièce de *l'Arrière-Saison, le Désir de
gloire*, qu'on lit :

> J'ai vu des hardes surannées
> Dans la boutique d'un fripier ;
> Telle sera dans peu d'années
> Ma pauvre gloire de papier.
>
> On me lit. Soit. J'en ai des preuves ;
> On réimprime encor mes vers.
> J'apprends, par ces paquets d'épreuves ,
> Que mes lauriers sont toujours verts.
>
> Mais, hélas ! tout passe et tout lasse.
> Les meilleurs et les plus fameux
> A d'autres ont cédé la place,
> Et l'on m'oubliera tout comme eux.

Aimable modestie ! on ne vous oubliera pas, ô poète !
et, (prédiction qui provoquera, je m'en doute, bien des
commentaires railleurs, mais qui sera réalisée avant un

---

1. Cf. de Lescure, *lib. cit.*, p. 443.

demi-siècle,) les Saintes-Beuves futurs vous assigne-
ront une place honorable entre Florian et C. Delavigne, vos prototypes, vos frères aînés.

Amédée Pommier (1) fut, non pas un poète de forte
race, mais un littérateur sérieux, ou, mieux, digne
d'être pris au sérieux. Il obtint en effet, de l'Académie
Française, trois fois de suite le prix de poésie, en 1847,
pour *la Découverte de la vapeur*, en 1848, pour *l'Algérie ou la civilisation conquérante*, en 1849, pour *la
Mort de l'archevêque de Paris*, et cette même année, le
prix d'éloquence pour *l'Éloge d'Amyot*. Il n'était donc
pas dénué de mérite. Ses premiers ouvrages furent
Premières armes (1832), *le Livre de sang* (1836), *les
Océanides* (1839).

L'ouvrage étiqueté *Océanides*, d'un titre assez vague,
renferme un certain nombre de pièces qui ont pour
théâtre l'Océan, mais il n'est pas agencé suivant les
lois d'un développement harmonieux qui assure l'unité
de l'ensemble. Sans être injuste pour l'auteur, on peut
croire que son but a été, très peu de nous entretenir de
Poséidon et de sa cour aquatique, beaucoup de nous
prouver sa grâce d'équilibriste sur le tremplin de l'hémistiche. Il place son idéal dans l'absorbante recherche de la rime riche, et nourrit le ferme espoir de ne
pas demeurer trop loin du but :

> Il serait trop affreux d'avoir mis tant d'années...
> A me former la main par mille et mille essais,
> A rendre la parole et pliante et ductile,
> A labourer la langue, à subjuguer le style,
>   Pour n'arriver qu'à l'insuccès.

Plus loin, il nous apprend quel problème il cherche
à résoudre :

> Exercer librement sa faculté plastique,
> Modeler et pétrir la parole élastique,

1. Né à Meursault (Côte-d'or), 1804-1877.

> Donner à chaque vers la forme et la couleur,
> En sculpter les détails commme un fin ciseleur,
> Plier aux lois du rythme et l'idée et l'image,
> Ce plaisir créateur de tout vous dédommage.

Nul, autant peut-être que Pommier, n'a usé d'un procédé de composition qui, sur le lecteur, fait à la longue l'effet de l'ipecacuanha, — l'énumération incommensurable, ininterrompue, l'énumération sèche, sans l'atténuation de l'épithète, l'énumération mécanique, espèce de pituite littéraire qui fait expectorer jusqu'à treize pages de vers dans le genre des suivants, où il cite, par numéro d'ordre, les images que présentent les formes mobiles des nuages :

> Puis viennent tour à tour un vaste physeter,
> Un kraken traversant les couches de l'éther,
> Un poisson disséqué qui montre ses arêtes,
> Un cerbère aboyant qui dresse ses trois têtes,
> Un cyclope difforme, un tortueux triton,
> La wyvre, l'andriague et le serpent Pithon,
> La licorne inconnue et le lourd mastodonte, *etc.*

On le voit : au XVIIᵉ siècle, Pommier s'appelait Saint-Amand.

Voulez-vous ouïr le défilé des poissons ?

> Voici des bataillons sans nombre,
> Dont la marche n'a point de fin,
> Le saumon, le muge, le scombre,
> Le pantouflier, l'églefin,
> Les pleuronectes, turbot, sole,
> Le marteau, le poisson qui vole,
> Les sardines et les harengs, *etc.*

Au point de vue de la versification, on remarquera que l'auteur a choisi de préférence les rimes les plus extraordinaires et les plus bizarres ; nous citons un peu au hasard : agrafe, girafe, piaffe, masque, casque, tarasque, cargue, nargue, regarde, carde, darde, ossifragues, vagues, buffle, mufle, déluge, grabuge, refuge, dote, marote, asymptote.

On a déjà deux affectations sciemment voulues,celles de l'énumération et de la rime ; il y faut ajouter celle des mots à la Ronsard (1), la voix *dulcisonnante*, le colosse *multiséculaire*, les rocs *fluctisonnants*, les *susurrations*, la *garrulité*, les bois *latébreux*, la rose *roride*, la Providence qui *obombre* de son aile, etc.

Une de ses principales diatribes se termine par ce cri :

> Ces vers qui sont mon âme et mon sang, qu'on les lise,
> Et qu'après avoir lu, tout homme intègre dise
> S'ils viennent d'un poète ou non !

L'abjuration ne peut pas manquer d'émouvoir, et « l'homme intègre » répondra oui, ces vers méritent d'être retenus, à condition toutefois qu'il se reporte au superbe mouvement d'éloquence qui enlève le poète et le fait parler ainsi de sa chère compagne, vieillie et malade :

> .... C'est quand la femme est souffrante, assombrie,
> Quand les ans ont passé sur sa face flétrie,
> Que ses cheveux sont gris, que ses yeux sont creusés,
> Ses beaux jours disparus, ses organes usés,
> C'est alors que l'amour doit montrer sa puissance ;
> Celui qui n'étreint pas dans sa reconnaissance......
> La poitrine sacrée où la sève est tarie,
> Un col déjà rigide, une joue amaigrie,
> Des sourcils grisonnants que l'angoisse a froncés,
> Des yeux clos pour jamais, dans l'orbite enfoncés,
> Des traits décolorés, des lèvres violettes,
> L'os saillant sous la peau des livides pommettes,
> Le front que de son soc le Temps a labouré ;
> Qui ne sent pas son cœur poignardé, torturé,
> Alors qu'il voit perler sur des tempes jaunies
> Ces fines gouttes d'eau, sueurs des agonies ;
> Qui n'adore pas blancs les cheveux qu'il vit blonds,
> Qui n'a pas des sanglots désespérés et longs
> Pour une pâle morte, une chère dépouille,
> Qu'il voudrait retenir, que de ses pleurs il mouille,
> Celui-là, cœur de marbre, insensible et fermé,
> N'est pas digne qu'on l'aime et n'a jamais aimé.

1. Cf. Aug. Bussière.

Pommier avait ébauché la rénovation dont Th. de Banville allait se constituer le doctrinaire ; Pommier avait fait quelques pas timides, Banville dépassera la borne ; l'un avait dit : la rime doit jouer un rôle prépondérant ; l'autre surenchérit et déclare que *la rime est l'unique harmonie du vers, qu'elle est tout le vers, qu'on n'entend dans un vers que le mot qui est la rime, qu'il est impossible de manquer à la raison en rimant bien.* Cette profession de foi est extraite de son *Petit traité de Poésie française*, « où il a montré avec une clarté merveilleuse les ressources les moins apparentes, les secrets les plus délicats d'un art où il est passé maître, mais où, de plus, il a déployé une verve, un esprit, une fantaisie qui en rendent la lecture attrayante même pour les profanes. Quiconque prétend accoupler deux rimes doit lire d'abord cet ouvrage. S'il n'est pas né poète, il n'y gagnera rien, bien entendu, car, en cette matière, nous croyons comme l'auteur au don surnaturel, à la grâce, au *mens divinior ;* — mais s'il est vraiment doué, cette excellente grammaire pourra lui épargner plusieurs années d'études et de tâtonnements (1). »

Volontiers nous reconnaissons une crânerie toute française à ce fanatisme musulman pour la finale des vers. Au point de vue historique, une telle exagération était fatale : en effet, la rime, après avoir été l'objet d'un culte de la part des *Ronsardistes* de 1828, était bafouée par les *Ponsardiens* du second empire, jansénistes de la prosodie, qui, rangés sous la grisâtre bannière du bon sens, ne tarissaient pas en sarcasmes contre ces rebouteurs d'alexandrins coxalgiques, ces *convulsionnaires* de l'euphonie, ces sectaires de rimes obèses, ces néo-païens, sybarites de l'oreille, ces fumeurs d'opium immobilisés devant les splendeurs sou-

1 Cf. Coppée. Feuilletons de la *Patrie.*

véraines de l'homéotéleute. Comme Lamartine et Musset avaient rimé mollement, il se rencontrait, vers 1856, toute une phalange de poètes fort rassis qui, parce qu'ils se contentaient, à la fin de leurs vers, d'une lointaine et dérisoire assonance, se croyaient capables de refaire les *Stances à la Malibran* ou le *Désespoir*.

Le père du *Beau Léandre* n'avait ni cette hauteur de présomption, ni cette étroitesse de vues ; bien que composées par le champion le plus déterminé de la *consonne d'appui*, ses œuvres poétiques sont demeurées en deçà de ce programme tapageur, et souvent laissent une large place au développement de la pensée.

Banville (Théodore Faullain de), né à Moulins en 1823, est le fils d'un officier supérieur de la marine qui avait de remarquables états de service. La province ne devait pas longtemps suffire à un jeune étudiant qui, dans le silence de ses promenades à travers bois, admirait avec vénération les strophes rutilantes des *Orientales* et la verroterie gothique des *Odes et ballades*. A partir de la vingtième année, sa vie est celle d'un homme de lettres très vivant et très laborieux, d'un causeur applaudi et recherché, d'un boulevardier sympathique à tous, d'un chroniqueur tout imprégné de ce que Nestor Roqueplan appelait *la parisine*, cette plus délicate et plus subtile quintessence de la grâce et de la légèreté française. A des intervalles d'abord assez espacés, il publie les *Cariatides* (1842), les *Stalactites* (1846), les *Odelettes* (1856), puis le *Beau Léandre*, pièce en vers (1856), les *Odes funambulesques* (1857), les *Fourberies de Nérine* (1864), *Gringoire*, comédie en un acte et en prose (1866), les *Idylles prussiennes* (1871), *Déidamia*, comédie en vers (1876), *Contes féeriques*, *Mes Souvenirs*, collection d'articles récemment parus dans un journal à la mode.

De bonne heure, il semble s'être choisi comme programme cette phrase de Flaubert : « Il est beau d'être un grand écrivain, de tenir les hommes dans la poêle à frire de sa phrase et de les y faire sauter comme des marrons (1). » Pourquoi Banville n'a-t-il pas médité la phrase très sensée qui suit cette métaphore ultraculinaire : « Il doit y avoir de délirants orgueils à sentir qu'on pèse sur l'humanité, mais il faut pour cela avoir quelque chose à dire (2). » Cette dernière condition se trouve modestement remplie dans les *Cariatides*, qui commencèrent sa réputation. Mais que de rimes aériennes, que de mètres aux savantes combinaisons, que de fleurs et de rosaces au dessin capricieux ! Largesses de fils de famille qui, dans les premiers éblouissements de sa liberté, jette ses louis à pleines poignées par les fenêtres ! Folie charmante du jeune poète qui sert au public, souvent inattentif, des strophes, véritables projections à la lumière électrique ! Mais la pensée n'y joue qu'un rôle imperceptible ; car, suivant la nouvelle école, la *pensée* remonte au régime du *bon plaisir*, apte au plus à figurer dans les œuvres de feu Despréaux ! Il faut être un provincial du temps des Pharaons, un inventeur des « gilets de flanelle irrétrécissables », pour exiger que le poète ait une pensée — de devant ou derrière la tête ! Faisons entrer dans nos vers ce qui heurte ou ce qui flatte notre regard, ce qui reluit comme ce qui embaume, les dieux du paganisme, les roseaux de l'Eurotas, les chevaux de frise du Parthénon, et le vert d'émeraude des mers qui forment à l'Hellade une ceinture phosphorescente ! Gardons-nous de confondre le poète avec le philosophe, Pindare avec Socrate, la source d'Hippocrène

---

(1) Lettre de Flaubert à M. X., septembre 1851. (Supplément du *Figaro*, 2 mars 1889.

(2) Ibid.

avec le Portique ; le poète ne connaît pour maîtres que Pyrgotèle et Benvenuto ; le bronze, voilà son vélin, le ciseau, voilà sa plume !

Accoudé sur le fameux divan bleu en velours d'Utrecht, le plus beau meuble de sa chambre de la rue Monsieur le Prince, le poète lit des vers à ses hôtes, Baudelaire, l'artiste exquis et le penseur exécrable, Pierre Dupont, le chansonnier qui, à cette époque, doué d'un appétit de photographe, mangeait « tous les samedis soirs deux gigots rôtis sans en laisser une miette », le peintre Deroy, qui demandait à la couleur d'exprimer « l'âme, la pensée, l'au-delà, la mystérieuse attitude de l'être intime», et quelquefois le dessinateur Raffet, dont on connaît les *Campagnes d'Afrique* et la *Revue nocturne*. Ceux-ci s'empressent d'applaudir à l'idylle de *Phyllis*, sorte de compromis entre Théocrite et Fontenelle ; ils écoutent dans un recueillement pieux l'épître *A ma mère*, où le poète exprime un beau sentiment en vers de grande allure. Juges indulgents, ils bissent certains morceaux des *Stalactites*, quoiqu'une afféterie un peu douceâtre se répande assez souvent sur un fond de bonne humeur et de vivacité. On voit d'ici Baudelaire sourire aux gentillesses quintessenciées des *Odelettes*, renouvelées, pour le rythme, de Desportes et de Baïf, et louer la grâce alanguie des *Améthystes*, piécettes dans le genre illustré par la Pléiade, la plupart en rimes « d'un même sexe ». Raffet et Deroy, en vrais fils de Rubens et de Delacroix, ne pouvaient refuser leur estime à un poète absorbé par les *atmosphères baignées de soleil, les splendeurs divines, les spectacles féeriques, les tiges d'azur, les calices des astres, le fier dessin des constellations, les noirs jardins du ciel, les feuillages verts, les étoffes soyeuses, les horizons sans voiles, les corbeaux capuchonnés de noir, les oiseaux peints de soufre, les flaques de sang rose, les carcasses blanches*, et *les yeux couleur de violette* (1). Pour nous, laissant de côté, dans un oubli trop légitime, hélas ! les calembredaines d'atelier :

> Ombre de Boniface,
> Quoique la bonne y fasse ;

les tintamarres de rimes stupéfiantes et sans signification :

> Que Ponson du Terrail sous la muraille raille,
> Et que dans son sérail
> L'amante braille, avec un grand bruit de ferraille,
> Par chaque soupirail,

nous voulons surtout considérer les parties sérieuses de l'œuvre, celles où la langue est normale, où les récits surabondent de vigueur, où reparaît l'alexandrin de *l'Aveugle* et de *Moïse*, où Banville se révèle comme un disciple intelligent de Chénier et de Vigny. *Le Sanglier* est un admirable morceau descriptif :

> C'était auprès d'un lac sinistre, à l'eau dormante,
> Enfermé dans un pli du grand mont Erymanthe,
> Et l'antre paraissait gémir, et, tout béant,
> S'ouvrait comme une gueule affreuse du néant.
> Des vapeurs en sortaient, ainsi que d'un Averne ;
> Immobile et penché pour voir dans la caverne,
> Hercule regarda le sanglier hideux.
> Les loups fuyaient de peur quand il s'approchait d'eux,
> Tant le monstre effaré, s'il grognait dans sa joie,
> Semblait effrayant même à des bêtes de proie.
> Il vivait là, pensif. Lorsque venait la nuit,
> Terrible, emplissant l'air d'épouvante et de bruit,
> Et cassant les lauriers au pied des monts sublimes,
> Il allait dans les bois déchirer ses victimes ;
> Puis il rentrait dans l'antre, auprès des flots dormants ;
> Couché sur la chair morte et sur les ossements,
> Il mangeait, la narine ouverte et dilatée,
> Et s'étendait parmi la boue ensanglantée !
> Noir, sa tanière au front obscur lui ressemblait.
> Les ténèbres et lui se parlaient. Il semblait,

---

1. Expressions tirées des premiers ouvrages de Banville.

Enfoui dans l'horreur de cette prison sombre,
Qu'il mangeât de la nuit et qu'il mâchât de l'ombre.
Hercule, que sa vue importune lassait,
Se dit : « Je vais serrer son cou dans un lacet ;
Ma main étouffera ses grognements obscènes,
Et je l'amènerai tout vivant dans Mycènes. »
Et le héros disait aussi : « Qui sait, pourtant,
S'il voyait dans les cieux le soleil éclatant,
Ce que redeviendrait cet animal farouche ?
Peut-être que les dents cruelles de sa bouche
Baiseraient l'herbe verte, ...
S'il regardait l'azur éblouissant du jour ! »
Alors, entrant ses doigts d'acier parmi les soies
Du sanglier courbé sur des restes de proies,
Il le traîna tout près du lac dormant. En vain,
Blessé par le soleil qui dorait le ravin,
Le monstre déchirait le roc de ses défenses ;
Il fuyait. Souriant de ces faibles offenses,
Hercule, dont le bras peut étouffer des ours,
Le ramenait au jour lumineux. Mais toujours,
Attiré dans sa nuit par un amour étrange,
Le sanglier têtu retournait vers la fange,
Et toujours, l'effrayant d'un sourire vermeil,
Le héros le traînait de force au grand soleil.

Nous avons le regret de le dire, ce qui restera de Th. de Banville est peu de chose : aucun volume ne survivra. Est-il, du reste, beaucoup de recueils, même signés des plus illustres noms, qui échappent au Temps dans leur intégralité ? Pour ne citer ici que l'exemple de l'écrivain le plus classique de tous, on lit encore une des *satires* de Boileau ; les autres sont réservées aux pensums des écoliers. Nous concluons en disant qu'on ne fera jamais d'*Anthologie* des poètes français sans emprunter aux *Éxilés* (1867) quelque pièce à la Bion ou à la Méléagre.

Un poète cher à M. de Banville, Ch. Baudelaire, naquit à Paris en 1821, dans cette rue Hautefeuille si longtemps le centre de la librairie et du mouvement artistique au quartier latin. La maison Hachette en est

à deux pas, le déboulonneur Courbet avait là son atelier, et là furent les bureaux de ce *Courrier du Dimanche* où Weiss, Paradol, Hervé, Assolant, menèrent une
si rude campagne contre M. de Persigny. Homme du
monde d'un parfait savoir-vivre, M. Baudelaire père
avait été lié avec Condorcet, le girondin à la mort
tragique, et Cabanis, non moins célèbre pour avoir
écrit ses *Rapports du physique et du moral* que pour
avoir, par un remède donné à contre-temps, hâté la
dernière heure de Mirabeau. Le jeune Charles fit des
études assez ordinaires; il ne fatigua nullement les palmarès universitaires, et sa famille, surprise comme on
pense quand il accusa le désir de se consacrer à la littérature, essaya de le détourner de cette délétère fantaisie, en lui faisant entreprendre un voyage au long
cours. Tour à tour il visita l'île Maurice, où il retrouva
le souvenir de Bernardin de St-Pierre, Madagascar,
qui lui parlait de Camoens, le Gange, où il respirait à
pleines gorgées les panthéistiques émanations du
Ramayana. Dans ce pays des pagodes incrustées de
jaspe, avec leurs magots automobiles, il contracta, non
seulement l'admiration pour les paysages tropicaux, le
goût de l'étrange, du mystérieux, du cabalistique, le
culte de la Vénus noire, ce qui ne présentait qu'un médiocre inconvénient, mais aussi, ce qui était bien plus
grave, la funeste passion de l'opium qui devait lui
communiquer ces hallucinations d'où sont nées tant
d'inspirations ou malsaines ou coupables. Baudelaire
fut emporté par une paralysie du cerveau. Suivant
Gautier, « sa maladie n'eut d'autre cause que les fatigues, les ennuis, les chagrins et les embarras de toute
sorte inhérents à la vie littéraire pour tous ceux dont
le talent ne se prête pas à un travail régulier et de
facile débit, comme celui du journal, par exemple, et

dont les œuvres épouvantent par leur originalité les timides directeurs de Revues. »

Pour justifier le caractère outré, fantasque, des *Fleurs du mal*, le même écrivain fait observer que le monde des idées et des sentiments est bien plus complexe, plus *roué* qu'il ne l'était à l'époque où fleurit la littérature classique. Était-ce donc un motif pour se faire le peintre complaisant de toutes les perversités modernes, de toutes les laideurs, de toutes les névroses ? Oui, répond Baudelaire lui-même : « *Je dis que si le poète a poursuivi un but moral, il a diminué sa force poétique, et il n'est pas imprudent de parier que son œuvre sera mauvaise* (1). » La netteté de cette déclaration dispense de plus d'éclaircissements : le lecteur ne sera donc pas étonné de trouver un peu partout l'expression d'appétits raffinés ou inavouables, des rêves macabres, des confessions à scandale, des enthousiasmes ou des désespoirs factices : tunique de Nessus dont l'écrivain ne pourra plus se dégager, faux nez mis sur le chaste visage de la Muse, masque gênant qui fera ressembler son œuvre à un carnaval célébré devant les gibets de Montfaucon par des pierrots sortis du cimetière des Innocents. De toute son œuvre émanent des virus rabiques qui défieraient tous les atténuatifs du Laboratoire Pasteur. Si vous tournez les pages des *Fleurs du mal*, vous vous exposez au sort de Charles IX, qui s'empoisonna en faisant glisser, de son doigt qu'il mouillait, les feuillets d'un *Traité de Vénerie* imprégné d'un toxique subtil. Les poumons sont, à la longue, engorgés par cette atmosphère où bourdonnent les mouches vertes sur les cadavres violets, et l'on souhaiterait d'escalader les pics des Alpes afin de sentir l'odeur des pins et de fouler la neige virginale.

---

(1) Cf. *les Fleurs du mal.* 7e édition, page 23. (Calmann-Lévy.)

Quant à ce qui concerne la forme pure, elle se recommande par deux qualités qui semblent exclusives l'une de l'autre, l'étrangeté, qui d'ordinaire, comme suivant une pente fatale, extravase en lointains bouillonnements, et la concentration. La nature et la vie, la société et l'art, qui lui apparaissent sous un angle tout nouveau, lui font accuser la réalité objective avec une incroyable dureté de contours. La volonté, l'effort, se lisent dans chaque strophe, presque dans chaque vers, dans chaque enjambement. Cet écrivain, épris de la beauté plastique, aime la couleur jusqu'à l'adoration, et n'a pas toujours su échapper au clinquant, au saugrenu, au maquillage. En mainte pièce, (lire la XXXᵉ du recueil,) son amour résolu pour le mot propre lui a fait choisir les expressions les plus obscènes et les plus rebutantes. Tantôt sa pensée se déroule en harmonieuses périodes, tantôt elle affecte la brièveté du trait, cherche le *heurt*. Une inspiration presque irréprochable est celle que lui a suggérée le vin :

Un soir, l'âme du vin chantait dans les bouteilles :
« Homme, vers toi je pousse, ô cher déshérité,
Sous ma prison de verre et mes cires vermeilles,
Un chant plein de lumière et de fraternité.

» Je sais combien il faut, sur la colline en flamme,
De peine, de sueur et de soleil cuisant,
Pour engendrer ma vie et pour me donner l'âme,
Mais je ne serai point ingrat ni malfaisant.

» Car j'éprouve une joie immense quand je tombe
Dans le gosier d'un homme usé par les travaux,
Et sa chaude poitrine est une douce tombe
Où je me plais bien mieux que dans mes froids caveaux.

» Entends-tu retentir les refrains du dimanche,
Et l'espoir qui gazouille en mon sein palpitant ?
Les coudes sur la table et retroussant ta manche,
Tu me glorifîras et tu seras content.

» J'allumerai les yeux de ta femme ravie,
A ton fils je rendrai sa force et ses couleurs,
Et serai pour ce frêle athlète de la vie,
L'huile qui raffermit les muscles des lutteurs.

» En toi je tomberai, végétale ambroisie,
Grain précieux jeté par l'éternel semeur,
Pour que de notre amour naisse la poésie,
Qui jaillira vers Dieu comme une rare fleur. »

Aristocrate par tempérament et par goût, Baude-laire, n'ayant jamais, comme il le déclare, écrit pour le public des badauds, ne s'est point soucié de fonder une école, et n'a pas eu de disciples immédiats, sauf M. Paul Verlaine. Mais dans ces quinze dernières années il s'est formé, par des adhésions successives, une petite crypte où l'on brûle de l'encens devant la statuette du grand homme. On sait que celui-ci s'était imposé la tâche de répandre la bonne nouvelle de cet autre dieu de delà l'Atlantique, Edgard Poé, comme lui novateur, comme lui doué de facultés excessives, comme lui furieusement lancé, dague en arrêt, contre son siècle et sa patrie. Pour terminer, ajoutons qu'en 1857 les *Fleurs du mal* furent déférées devant les tri-bunaux, et que six pièces furent condamnées. Comme tous les morceaux proviennent de la même inspiration, les juges étaient dans leur tort : ils auraient dû con-damner le volume en bloc.

Si Baudelaire est épris de l'Inde moderne, M. Emm. des Essarts (1) s'attache à la Grèce antique. Né en 1839 à Paris, il reçut d'abord une forte éducation dans sa famille, soutint la vieille réputation du lycée Henri IV par ses succès au Concours général, tint brillamment

---

(1) Son père est M. Alfr. des Essarts, écrivain de mérite, couronné par l'Aca-démie française pour son poème *la Civilisation chrétienne en Orient*, 1841, et *le Monument de Molière*, 1843, et connu honorablement par une foule d'ouvrages dans les genres les plus divers.

son rang à l'École, passa ses examens d'agrégation en 1867, et en 1871 ses thèses de doctorat, l'une sur *le type d'Hercule dans l'antiquité*, l'autre sur les emprunts que Milton a faits aux écrivains de Rome et d'Athènes.

Caractère aimable et souriant, intelligence ductile et facile, professeur érudit, conférencier sympathique aux auditoires féminins, M. Emm. des Essarts aurait, — *aussi propre à l'une qu'aux autres*, — composé de bonne prose s'il n'eût préféré aligner des alexandrins qui, sans être de futaie supérieure, n'en ont pas moins une remarquable élévation. Poésie à la façon de Laprade, sonore, harmonieuse, mais froide, et dont le principal défaut est de ne pas assez chiffonner les plis de sa robe. Il semble, à lire ces strophes bien symétriques, *tonsiles*, qu'on parcourt une belle pièce de vers latins comme en faisaient Victor Leclerc et Quicherat, Despois et Greslou. Le vers, genre XVIIe siècle, nous apparaît solennel et quelque peu collet-monté ; tels les devoirs des lauréats universitaires nous montrent l'hexamètre calqué sur le

Nuda triumphati jacuit per regna Jugurthæ !

Il me semble que lorsqu'on dispose de cet alexandrin grave, et sacerdotal jusque dans ses folâtreries sur le domaine de la légèreté relative, on est naturellement indiqué pour traduire un poète comme Callimaque, treizième travail d'Hercule qui vous ouvre infailliblement les portes de l'Académie des inscriptions et belles lettres. C'est la grâce que nous souhaitons à M. Emm. des Essarts (1).

La vie de M. André Lemoyne (2) est une preuve de la puissance de la volonté. Après avoir figuré avec

---

(1) *Poésies parisiennes*, 1862. *Poèmes de la Révolution*, 1879.

(2) Né à St-Jean d'Angely (1822).

éclat dans un barreau de province, il fut victime d'une de nos révolutions politiques, et, privé de sa fortune après les journées de Février, contraint de demander à un travail manuel la subsistance de chaque jour. Accueilli par la maison Didot, qui l'employa d'abord comme ouvrier typographe, puis comme correcteur d'épreuves, enfin chargé de la correspondance, (c'était aussi la situation du regretté Louis Asseline à la maison Hachette,) il sut, à force de régularité dans le travail et d'intelligence dans l'emploi de son temps, trouver chaque soir quelques heures pour rajeunir ses études classiques, étudier les productions poétiques les plus récentes, et se révéler comme l'un des plus remarquables parmi les hôtes du *Parnasse* renouvelé. Maître, il l'est, en effet, si l'on doit accorder cet éloge à l'écrivain soucieux de choisir une forme dont la vigueur égale l'intensité de la pensée, attentif à ne rien omettre dans la combinaison et l'assortiment des couleurs qui lui serviront à reproduire les tableaux de la nature. La précision dans le détail, la minutie dans le coup de pinceau, la loupe appliquée à l'observation, les procédés de Meissonnier transportés dans la littérature, voilà les traits caractéristiques de M. Lemoyne. Or, l'exactitude est une qualité précieuse, à condition toutefois qu'elle ne gêne pas l'essor de l'âme, qu'elle ne mette pas une sourdine à la manifestation, que dis-je ? qu'elle ne devienne pas un obstacle à l'éclosion du sentiment. On ne peut prétendre que le poète ait évité cet écueil. Et d'abord on doit se tenir en garde contre cette fureur, ce prurit de la nuance. Gautier, si admirablement doué, en tenait ses habitudes d'impassibilité, qui ont fait tant de tort à son œuvre, — cette autre jument de l'Arioste ! Poète, pourquoi mettre la main sur votre cœur ? Pourquoi permettez-vous que nous admirions le *cercle éblouissant* tracé par votre épée, alors que vous

nous empêchez de voir la *goutte de sang* dont parle
Musset ? Qu'on lise le fragment intitulé la *Bataille :*

Là-bas vers l'horizon du frais pays herbeux,
Où la rivière lente et comme désœuvrée
Laisse boire à son gué de longs troupeaux de bœufs,
Une grande bataille autrefois fut livrée.

C'était, comme aujourd'hui, par un ciel de printemps ;
Dans ce jour désastreux plus d'une fleur sauvage
Qui s'épanouissait, flétrie en peu d'instants,
Noya tous ses parfums dans le sang du rivage.

La bataille dura de l'aube jusqu'au soir,
Et, surpris dans leur vol, de riches scarabées,
De larges papillons jaunes striés de noir,
Se traînèrent mourants parmi les fleurs tombées.

La rivière était rouge, elle roulait du sang.
Le bleu martin-pêcheur en souilla son plumage ;
Et le saule penché, le bouleau frémissant,
Essayèrent en vain d'y trouver leur image.

Le biez du moulin-neuf en resta noir longtemps,
Le sol fut piétiné, des ornières creusées,
Et l'on vit des bourbiers sinistres, miroitants,
Où les troupes s'étaient hardiment écrasées.

Et lorsque la bataille eut apaisé son bruit,
La lune qui montait derrière les collines
Contempla tristement, vers l'heure de minuit,
Ce que l'œuvre d'un jour peut faire de ruines.

Pris du même sommeil, ils gisaient par milliers
Sur les canons éteints, les bannières froissées,
Épars confusément, chevaux et cavaliers
Dont les grands yeux ouverts n'avaient plus de pensées.

On enterra les morts au hasard... Et depuis,
Les étoiles du ciel, ces paisibles veilleuses,
Sur le champ du combat passèrent bien des nuits,
Baignant les gazons verts de leurs clartés pieuses ;

Et les petits bergers, durant bien des saisons,
En côtoyant la plaine où sommeillaient les braves,
Dans leur gosier d'oiseau retenant leurs chansons,
Suivirent tout songeurs les grands bœufs aux pas graves.

Quoi ! c'est là ce que vous appelez la bataille, cette bataille où sur le front des camps déjà les bronzes grondent ? Mais c'est le triomphe du scarabée, j'entends du coléoptère lamellicorne ! C'est l'assomption du papillon jaune ! Jadis on y allait avec plus de franchise, on énumérait les passions diverses du malheureux qui se voit déjà victime de la mort, on dépeignait le soldat couché près de ses armes, sous son large manteau de guerre, on lui faisait revoir, dans un songe terrible et doux, l'aspect délicieux du sol natal. Par la pensée, le conscrit retrouvait la plaine témoin de ses ébats, le chien du troupeau de son village, la voix monotone du moissonneur chantant la *Jeanne des prés*, le coteau plein d'ombre, le presbytère et la blanche fumée qui s'élève des toits connus. Il oubliait ses maux, les périls des combats, et quand reparaissaient les rayons du jour, il était le vrai fils de la France, prêt à verser son sang, prêt à livrer sa vie ! Eh bien ! franchement, nous aimons mieux la vieille manière !

M. Lemoyne a, du reste, de très belles pages : *Sous les Tropiques, Grèves normandes, la Dormeuse, la Mort d'un cerf, une larme du Dante*, médaillons d'un art achevé où l'on admire la perfection de l'auteur de *Moïse*, la savante simplicité de Soulary, la sérénité implacable de Leconte de l'Isle.

Né en 1818 à l'île de la Réunion, Leconte de l'Isle, que tant d'étourdis confondent avec l'abbé Delille, prit d'abord, dans l'effervescence de la jeunesse, une part active et désintéressée, du reste, au mouvement révolutionnaire qui précipita sur le pavé le ministère Guizot et sa fortune ; quand vint l'Empire, il dut subir le « grand silence » dont parle M. Zola ; dès lors, avec une passion exclusive, il consacre tous ses instants à la poésie.

V. Hugo était à ses yeux, comme aux yeux de toute

la jeunesse d'alors, le Bouddha de la poésie, le dieu aux mille avatars. Sur les bancs du collège, nous avions tous dans les veines du sang de Crémutius Cordus. Tibère était là-bas, à Compiègne, qui vidait des amphores remplies de la sueur du peuple, et Séjan, c'était cet excellent Forcade de la Roquette. Qui de nous, élève de rhétorique, n'a pas envoyé des vers, *chai* Archiloque, à l'hôte sublime de Jersey, et n'a pas reçu de lui un autographe flatteur, lequel, soit dit en passant, n'était pas de sa main ? Entre tant de dévouements, Vict. Hugo remarqua celui du poète, et, plus tard, le rusé Juvénal se dérobera aux visites des candidats à l'Académie, en déposant, commode habitude, un bulletin de vote au nom de l'auteur des *Poèmes antiques*. Dans la dernière Olympiade du second Empire, Leconte de l'Isle était passé chef d'école :

« Notre première rencontre (1) date de la lointaine année 1866, alors que, jeune Parnassien respectueux et timide, nous allions tous les samedis soirs, avec autant d'émoi qu'un hadji va à La Mecque, passer la soirée chez Leconte de l'Isle, qui demeurait au quatrième étage d'une maison du boulevard des Invalides. Vous souvenez-vous, cher ami, des bonnes soirées que nous avons passées dans ces deux petites pièces chaudes et bien éclairées, toujours encombrées de poètes, où nous avons déclamé tant de vers et bu tant de tasses de thé au kirsch ? Vous souvenez-vous de la cordialité un peu hautaine de notre hôte, alors au midi de son âge et de qui le visage apollonien ressemblait encore au buste de Moulin, placé sur la cheminée où *le maître* aimait à s'accouder ? »

En 1853, M. Leconte publiait les *Poèmes antiques*, en 1855 les *Poèmes et Poésies*, en 1859 les *Poèmes bar-*

(1) Cf. Coppée. Feuilleton de la *Patrie*, 25 juin 1883. (L'auteur parle de son intimité avec M. G. Lafenestre.)

bares, en 1869 *Kaïn*, et depuis, il a traduit les deux épopées homériques, les églogues de Théocrite, Eschyle et quelques *poetæ minores*.

Au premier de ces ouvrages il faut rapporter la troisième infusion des idées et du monde païens dans notre littérature, la première, comme on sait, datant de Ronsard et la seconde de Chénier. A vrai dire, la fièvre d'hellénisme qui s'était emparée des esprits au XVIe siècle était très suffisante, et on n'avait nullement à souhaiter un nouvel accès. Ce néo-paganisme était absolument inopportun en plein XIXe siècle, surtout sous la forme excessive dont le théoricien trop absolu le revêtit. De qui M. Leconte fera-t-il admettre que toute la perfection a été épuisée par le cycle de l'art grec ? Nulle intelligence, croyons-nous, n'est assez infatuée du paradoxe pour prétendre qu'il n'y a plus de poètes après Homère et Sophocle, plus de sculpteurs après Phidias et Lysippe. Semblables exagérations se réfutent d'elles-mêmes. L'auteur des *Poèmes antiques* veut bien reconnaître, il est vrai, à titre d'éblouissantes exceptions, un Milton, un Shakspeare, un Dante ; mais il ne voit en eux que des types isolés, sans influence qui procède de leurs ouvrages, sans école qui développe leurs principes ! On le demande, est-ce une conception sérieuse que celle qui supprime d'un coup de plume les siècles de Virgile, de Lafontaine et de Raphaël (1) ?

Au prosateur nous préférons de beaucoup le poète : jamais l'homonyme de M. de l'Isle, malgré toute sa pimpante vivacité, n'eût composé des vers aussi pittoresques et aussi pleins que ceux du *Jugement de Pâris* :

> Aux cimes de l'Ida, dans les forêts profondes,
> Où paissaient à loisir mes chèvres vagabondes,

---

(1) Se reporter à la Préface des *Poèmes antiques*, morceau capital, minuscule réduction du manifeste de 1828, et qui explique toute l'œuvre de l'écrivain.

A l'ombre des grands pins je reposais songeur ;
L'aurore aux belles mains répandait sa rougeur
Sur la montage humide et sur les mers lointaines ;
Les naïades riaient dans les claires fontaines,
Et la biche craintive et le cerf bondissant
Humaient l'air embaumé du matin renaissant.
Une vapeur soudaine, éblouissante et douce,
De l'Olympe sacré descendit sur la mousse....
Les grands troncs respectés de l'orage et des vents
Courbèrent de terreur leurs feuillages mouvants ;
La source s'arrêta sur les pentes voisines,
Et l'Ida frémissant ébranla ses racines,
Et de sueur baigné, plein de frissons pieux,
Pâle je pressentis la présence des dieux.
De ce nuage d'or trois formes éclatantes,
Sous les plis transparents de leurs robes flottantes,
Apparurent, debout sur le mont écarté.
L'une, fière et superbe, avec sérénité,
Dressa son front divin tout rayonnant de gloire....
« Fils heureux de Priam, tu contemples Héré, »
Dit-elle ; et je frémis à ce nom vénéré.
Mais d'une voix plus douce et pleine de caresses :
« O pasteur de l'Ida, juge entre trois déesses,
Si le prix de beauté m'est accordé par toi,
Des cités de l'Asie un jour tu seras roi. »
L'autre, sévère et calme, et pourtant non moins belle,
Me promit le courage et la gloire immortelle,
Et la force qui dompte et conduit les humains.
Mais la dernière alors leva ses blanches mains...
Et muette toujours, du triomphe assurée,
Elle sourit d'orgueil dans sa beauté sacrée.
Un nuage à sa vue appesantit nos yeux,
Car la sainte beauté dompte l'homme et les dieux !
Et le cœur palpitant, l'âme encore interdite,
Je dis : « Sois la plus belle, ô divine Aphrodite (1) ! »

Avec M. Leconte, la description atteint son plus haut degré de perfection, et il semble qu'on ne puisse aller plus loin pour le fouillé, l'exactitude du détail. Le premier, ou l'un des premiers, le poète a franchi les bornes de la description dite classique, et su sortir de

(1) Cf. *Hélène.*

cet étroit espace dont les poètes du XVIIIe siècle et de
l'Empire s'étaient forcément contentés. Regardez Delille lui-même ; il s'enferme comme à plaisir dans la
faune et dans la flore des pays tempérés, et l'on voit l'auteur des *Trois Règnes de la Nature* s'en tenir, malgré
Chateaubriand, qui cependant a fait connaître et rendu
populaire le Nouveau-Monde, à la peinture toujours
vieille et toujours monotone de nos animaux domes-
tiques. Seul peut-être Parny, qui lui aussi, par ses
origines, appartenait aux climats équatoriaux, se hasarde à chanter le taureau sauvage. Mais quelles épithètes indécises ! Le taureau est *mugissant, terrible,*
il est *menaçant, furieux,* il accélère *ses pas retentissants,* il a *le front large,* une *énorme tête,* et le chasseur
qui l'a vaincu dépose aux pieds d'Isaure

> Le don sanglant, le don le plus flatteur
> Qu'à la beauté puisse offrir la valeur.

Que vient ici faire Isaure ? Cette intervention, ce
souvenir des troubadours, cette allusion aux fêtes du
moyen âge, ne jettent-ils point sur ce tableau une note
discordante ? Quel contre-sens ! Quel amalgame d'éléments contradictoires !

A Delille nous devons l'apothéose du chien :
> Aimable autant qu'utile;

du chat :
> Affectant l'air distrait, jouant l'air endormi;

du cheval :
> Superbe, l'œil en feu, les narines fumantes ;

de l'âne:
> Porteur laborieux, pourvoyeur assidu ;

de l'éléphant:
> Corrigeant par le tact les erreurs de la vue ;

du castor, qui montre
> Quatre dents, ou plutôt quatre terrible scies ;

du lion, de l'aigle:
> Tous deux fiers, et tous deux tyrans de leurs vassaux ;

du cygne :

> Modéré dans la paix, valeureux dans la guerre ;

de l'abeille :

> Cette reine étonnante en sa fécondité ;

du papillon, qui est

> Moins infidèle amant que malheureux époux ;

du ver-luisant,

> Qui traîne dans la nuit de lumineux sillons;

du serpent, qui

> Saisit, étreint, étouffe et dévore sa proie.

Comme l'observation en a été faite en plus d'une rencontre, Delille croit fournir la note caractéristique de chaque individu en compassant une mesquine antithèse, et ne trouve presque jamais le trait qui reste gravé dans l'esprit, fixant à jamais la particularité précise. Qu'on lise maintenant cette peinture du jaguar :

> ... La lune, qui s'allume entre des vapeurs blanches,
> Sur la vase d'un fleuve aux sourds bouillonnements,
> Froide et dure à travers l'épais réseau des branches,
> Fait reluire le dos rugueux des caïmans.
> ... Dans l'acajou fourchu lové comme un reptile,
> C'est l'heure où, l'œil mi-clos et le mufle en avant,
> Le chasseur au beau poil flaire une odeur subtile,
> Un parfum de chair vive égaré dans le vent.
> Ramassé sur ses reins musculeux, il dispose
> Ses ongles et ses dents pour son œuvre de mort ;
> Il se lisse la barbe avec sa langue rose,
> Il laboure l'écorce, et l'arrache et la mord.
> ... Mais voici qu'il se tait, et tel qu'un bloc de pierre,
> Immobile, s'affaisse au milieu des rameaux ;
> Un grand bœuf des pampas entre dans la clairière,
> Corne haute, et deux jets de fumée aux naseaux.
> Celui-ci fait trois pas ; la peur le cloue en place ;
> Au sommet d'un tronc noir, qu'il effleure en passant,
> Plantés droit dans sa chair où court un froid de glace,
> Flambent deux yeux zébrés d'or, d'agate et de sang.
> Stupide, vacillant sur ses jambes inertes,
> Il pousse contre terre un mugissement fou ;
> Et le jaguar, du creux des branches entr'ouvertes,
> Se détend comme un arc et le saisit au cou.

C'est ici qu'il convient de reprendre, avec une légère modification, le vers d'Ém. Augier : Elle est superbe, elle est superbe, elle est superbe ! (1) Ni Vict. Hugo dans ses plus éclatantes *Orientales*, ni Pindare dans ses plus belles *Pythiques*, par exemple lorsqu'il retrace les efforts d'Atlas qui secoue l'Etna, n'égalent cette science de la plastique. Et pourtant, au milieu de notre enthousiasme, nous nous interrogeons avec une sorte d'anxiété pour savoir si c'est bien là le modèle par excellence, le *terminus* de l'art. Encore une fois, c'est le dernier mot de la gravité, de la splendeur, de la sonorité, du réalisme idéalisé. Mais est-ce tout ?

Hélas ! il y a la théorie de *l'impassibilité !* En vertu d'une loi promulguée par l'école dont M. Leconte est l'inspirateur autorisé, l'ordre est formellement intimé aux poètes de résister à la passion. Raca sur le profane qui laisserait dans ses vers échapper le moindre signe de sentiment ! Une telle conception de l'art n'est point aussi originale qu'elle peut le sembler d'abord, puisque, il y a quelque cent ans, elle inspirait déjà l'œuvre de Gœthe. Qui ne sait que le grand écrivain affectait une superbe tout olympienne pour le monde du contingent ? On voit l'homme de Weimar pénétré de la supériorité de quiconque ne se dépossède d'aucune de ses forces intellectuelles, sur celui qui, ou plus novice ou plus loyal, s'abandonne aux suggestions de sa sensibilité. Et, pour observer la vérité historique, notons que Gœthe n'a pas même découvert ce paradoxe, dont l'honneur doit revenir à Diderot. Celui-ci a soutenu, au moins d'une façon indirecte, une thèse absolument identique dans *le Paradoxe du Comédien*. Certes Diderot, Gœthe et M. Leconte ont mille fois raison quand ils affirment que la passion, parvenue à un certain

---

(1) Le vers exact est : Elle est charmante, elle est charmante, elle est charmante !

degré d'intensité, fait subir à l'entendement une très appréciable diminution dans l'énergie créatrice. Sous le coup d'un sentiment très vif, nous perdons le libre usage d'une partie de nos facultés ; ce fait élémentaire est consigné dans les plus humbles manuels de psychologie.

Renfermée dans les limites de la spéculation pure, cette appréciation ne laisse pas d'être spécieuse ; quand on passe à l'application, il ne semble pas que les faits la justifient. En ce qui concerne le théâtre, la science abandonnée à elle-même produit les Samson, et encore ne sommes-nous point sûr de ne pas calomnier l'ex-sociétaire de la Comédie-Française. La passion fait les Malibran. On en meurt, soit, mais on a la consolation d'avoir atteint les plus hautes cimes de l'art.

Il n'en va pas autrement dans la littérature, surtout dans la poésie. On ne comprend guère que, pour échapper au péril d'être absorbé par la passion, on n'ait trouvé d'autre moyen que de supprimer la passion. N'est-ce pas éviter une inoffensive Scylla pour tomber dans une affreuse Charybde ? Posez la passion : vous avez la verve puissante, l'éloquence ; faites-la disparaître : vous avez la perspicacité, le sang-froid ; comparez les deux résultats en vous plaçant au point de vue des nécessités de l'art. Disons-le sans tant d'ambages : quand, pratiquant une mutilation volontaire, on se prive des ressources du sentiment par crainte des inconvénients qu'il entraîne, on suit l'exemple de ce légendaire personnage qui se précipite dans le fleuve pour ne pas être mouillé par la pluie. En langage gaulois, la théorie de l'impassibilité rentre dans l'esthétique de Gribouille.

Dans les *Poèmes barbares*, publiés, la remarque a sa valeur, quelques années avant la *Légende des siècles*, M. Leconte se propose d'évoquer toutes les incarnations des divinités, toutes les croyances religieuses, toutes les théogonies et toutes les cosmogonies. Cain, (Kaïn,) qui devait inspirer à V. Hugo une de ses inventions les plus saisissantes, se montre d'abord à nous sous les traits et avec le langage d'un contempteur de Jéhovah, (Iaveh.) Faut-il répéter une fois de plus que les pages descriptives sont traitées avec un art supérieur, mais que, si l'écrivain provoque l'étonnement, jamais il ne fait battre le cœur ? que, s'il nous fascine par l'éclat de ses paysages chananéens, il ne sort pas de sa majestueuse et glaciale personnalité ? Poésie savante, uniquement destinée à satisfaire l'imagination et les cinq sens, surtout ceux de l'ouïe et de la vue ; style qui, par sa froideur et sa beauté, donne la sensation du marbre ou de l'ivoire ; statue de Galatée avant qu'elle n'ait reçu l'étincelle de vie ! M. Leconte de l'Isle est le premier de nos peintres sur émail : donnez-lui l'émotion, il sera le Léopold Robert de la poésie au XIXe siècle.

On constate le même défaut dans les œuvres de M. Armand Silvestre, ouvrier merveilleux en ce qui concerne le mécanisme du vers, mais auteur de quatrains et de sixains bien différents de ceux de Lamotte-Houdart, remarquables, eux, au moins, par la condensation pléthorique des pensées (1). Le poète du *Pays des roses* (2) serait-il surpris si on lui apprenait qu'il y a environ un demi-siècle, un membre de la Bohème, (de la Bohème dorée,) M. Arsène Houssaye, comme lui amoureux de la vie et de la fantaisie, chantait déjà « la flèche au triple feu des étamines d'or, » Aphrodite la blonde, le vol des cygnes, la chanson des nids, les genêts d'or et autres florianesques babioles bonnes à figurer en rimes puisqu'elles n'offrent pas l'ombre du

---

(1) Mes vers sont durs, d'accord, mais forts de choses. (Cf. *Temple du Goût*, de Voltaire.)

(2) Charpentier, éditeur, 1882.

sens commun ? Au jugement de M. Th. de Banville,
M. Silvestre est un poète exquis, ce qui est exagéré ;
suivant un compatriote de Vinet, c'est le type désespérant de ceux qui ne se doutent pas de ce que c'est
que réfléchir, ce qui est injuste. De ci, de là, on pourrait, à travers ces strophes manifestement composées
pour être mises en musique, glaner quelque pensée
vigoureuse et vraie ; on n'en veut pour preuve que le
passage suivant :

> O grand voleur de feu, sublime Prométhée,
> Sous l'ombrage des temps relève enfin ton front !
> La race de tes fils, aux vents précipitée,
> Renaît dans l'air vengeur et lave ton affront.
> Elle a, du firmament déchirant le mystère,
> Labouré l'infini de flamboyants sillons,
> Et de l'azur vaincu fait pleuvoir sur la terre
> L'or vibrant et poudreux des constellations.
> Grâce au germe éternel que son labeur féconde,
> D'une moisson de feu couvrant le sol dompté,
> Emprisonnant la foudre aux flancs meurtris du monde
> Pour les envelopper d'un réseau de clarté,
> Tant d'éclairs jailliront de l'espace où nous sommes,
> Dans l'immensité morne où leur éclat s'enfuit,
> Que les jours inquiets se diront que les hommes
> Ont dérobé leur feux pour en parer la nuit !
> Et les astres jaloux, voyant dans l'étendue
> Notre globe rouler dans ce nimbe vermeil,
> Croiront qu'ayant repris leur puissance perdue,
> Les dieux ressuscités font un nouveau soleil !

On regrette que M. Silvestre ait sacrifié à la seule
muse de la volupté matérielle. N'est-ce point un ana-
chronisme que de vouloir, en plein triomphe de la
religion catholique, célébrer le plaisir des sens, comme
l'a fait Catulle, et, comme l'a tenté Lucrèce, de prétendre que le désespoir est la vraie solution du problème de l'existence ? Serait-ce donc une conclusion
sincère que celle qui montre l'homme isolé dans un

morne infini, plus loin des choses sans être « plus près des dieux ? » (1)

M. Houssaye ne se pose pas souvent ces questions périlleuses, mais, de même que M. Ar. Silvestre, il est foncièrement païen. Pendant longtemps il a rempli l'idée, toute l'idée, de ce que pouvait être un Anacréon jeune ; mais comme il est né en 1815 (2), la comparaison commence, à force d'usage, à paraître un peu risquée. On ne peut citer le nom de l'aimable littérateur sans se rappeler aussitôt ces preux de l'esprit, ces d'Artagnans *du mot de la fin*, ces chroniqueurs de *l'âge héroïque*, Méry, Janin, Gozlan, Roger de Beauvoir. En leur compagnie il partagea la bonne et la mauvaise fortune, et, avec la fatuité d'un Canillac, (mais Janin faussa compagnie,) il cribla de ses flèches les plus aiguës la respectable douairière à qui la famille Pingard fournit ses habituels chevaliers d'honneur. En dépit de confidences habilement tournées au lugubre, on ne doit pas croire qu'à ses débuts il ait passé par les épines de Murger : il a connu la Bohème de R. de Beauvoir, celle où l'on ne paie pas ses créanciers, mais où l'on boit le champagne, non celle de ce Schaunard qui déjeunait d'un acrostiche, et soupait, quand il soupait, d'une poignée de noisettes ratatinées.

En 1841, il publia *les Sentiers perdus*, en 1845, *la Poésie dans les bois*, en 1855, *les Poèmes antiques*, en 1867, *la Symphonie des vingt ans*.

C'est un berger de Watteau qui chante, que dis-je ? c'est Watteau lui-même qui peint ses bergeries ! La manière de M. Houssaye est un mélange de délicatesse raffinée, d'élégance instinctive, de facilité prodigue ; l'objet ordinaire de ses chants, c'est le plaisir comme l'a compris le XVIIIe siècle, la sensibilité (mais super-

(1) Cf. *Le Pays des roses*, page 10.
(2) Près de Laon.

ficielle), le caprice, la rêverie. A ce dernier trait on reconnaît l'ami de G. de Nerval.

LE DÉPART.

Le printemps, le printemps ! la magique saison !
Le ciel sourit de joie à la jeune nature,
L'aube aux cheveux dorés s'éveille à l'horizon,
Dieu d'un rayon d'amour pare sa créature.

Avril a secoué le manteau de l'hiver,
Les marronniers touffus dressent leurs grappes blanches :
Partons, le soleil luit et le chemin est vert,
Les feuilles et les fleurs frémissent sur les branches.

Avez-vous reconnu le pinson gazouilleur ?
Le rossignol plaintif attendrit les bocages ;
Hirondelle, reviens ! le pays est meilleur,
Reviens, car nous t'aimons et n'avons pas de cages.

La brise fraîche encor frémit dans les ormeaux,
Le pommier tremble et verse une pluie odorante,
La vigne épanouie étend ses verts rameaux
Et promet une grappe à la coupe enivrante.

La note de M. Theuriet est plus grave, et sa poésie recèle un sentiment plus âpre et plus compliqué de la nature.

Quoique né à Marly-le-Roi (1), M. Theuriet (André) est Lorrain par ses origines, par ses impressions d'enfance, par ses secrètes prédilections. « C'est à Bar-le-Duc, où je suis resté jusqu'à ma dix-huitième année, que j'ai goûté les émotions, les joies et les émerveillements de l'enfance ; c'est là que chaque arbre, chaque ligne d'horizon, chaque coin de rue, me racontent encore aujourd'hui des histoires familières. La ville avait alors une physionomie originale que la création du chemin de fer et les constructions militaires faites depuis 1870 ont altérée en grande partie.... Ma grand'mère maternelle fut chargée de m'inculquer les premiers principes

_____

(1) En 1833.

de lecture. C'était une petite femme au nez camard, aux yeux bleus très vifs, au teint bilieux ; alerte, remuante, économe, excellente ménagère, mais terriblement despote. Elle me tenait pendant des heures, le nez sur mon abécédaire, dans une pièce tapissée d'un papier où étaient reproduits en grisaille des épisodes de la retraite de Russie. Les images des grognards bivouaquant dans la neige détournaient souvent mon attention, et chaque fois une aiguille à tricoter, cinglant mes doigts, se chargeait de me rappeler à l'ordre. Je ne sais si ce fut à cette méthode démonstrative que je dus mes progrès, mais j'appris à lire très vite et le premier usage que je fis de ma science toute neuve fut de dévorer un livre de mythologie qui me tomba sous la main. Les étonnantes aventures que contait ce volume orné d'estampes représentant les dieux et les demi-dieux, me passionnèrent. La voracité de Saturne, la jalousie de Junon, les métamorphoses de Jupiter, les exploits de Bacchus et d'Hercule, Hébé, Pan, les Nymphes, toutes ces légendes si éclatantes de jeunesse et de beauté m'enchantaient, et j'y croyais absolument. Les enfants ont l'âme candide des peuples primitifs, et tout ce que je lisais était pour moi article de foi (1). »

Les premiers ouvrages dont se berça l'imagination vagabonde de cet adolescent sédentaire, sont, après le *Traité de mythologie*, *Don Quichotte*, *Robinson Suisse*, puis, dans cette période indécise qui sépare les humanités de la rhétorique, les *Feuilles d'automne* et *la Coupe et les Lèvres*, Hugo et Musset. Quant à sa biographie proprement dite, elle se résume en ces mots : très remarquable élève du collège de Bar-le-Duc, brillant étudiant de la Faculté de droit de Paris, rédacteur apprécié au ministère des finances. Quand il eut fourni un nombre suffisant de pages de copie à la *Revue saumon*

(1) Cf. *Revue Bleue*, 9 février 1889, page 163.

de la rue Bonaparte (17), on le décora, justice à laquelle, du reste, tous les gens de lettres applaudirent.

Lorsqu'en 1867 il publia son coup d'essai, la poésie, qui chômait quelque peu depuis une vingtaine d'années, voyait luire comme l'aube d'un renouveau. Ste-Beuve, et le fait n'a rien de surprenant, accueillit avec une faveur marquée le recueil où l'on reconnaissait en maint passage l'inspiration des *Pensées d'Août*. Comme Ste-Beuve, Theuriet va d'instinct aux analyses subtiles, lackistes ou écossaises, des sentiments de la famille. Comme Fr. Coppée, il aime à décrire les soirées calmes d'hiver, où, à la lueur d'une lampe protégée par l'abat-jour vert, le père écrit, la mère fait du crochet, pendant qu'à son piano la jeune fille essaie une vieille mélodie de Mozart. Entre nous, cette jeune fille perd singuliè-rement au souvenir de Lucie, et les vers de Theuriet ne valent pas la strophe divine :

Fille de la douleur, harmonie, harmonie !

Le public réclame contre cette invasion des pianos et des clavecins, contre ces abat-jour et cette pluie qui fouette les vitres, contre les chats qui ronronnent et les grand's mères qui rajustent leurs tours de cheveux. Naïf aussi bien qui voudrait, à l'heure présente, persis-ter dans un genre fini, s'engager dans une mine épui-sée, recommencer l'œuvre du *Reliquaire* et des *Hum-bles* ! Coppée a passé là ! A notre goût, le recueil gagnerait à être allégé de ces pièces qui trahissent l'imitation, où s'exerce en se jouant la main de l'artiste; pourquoi mettre le lecteur dans la confidence de ces secrets d'atelier ?

Cette double réserve bien fixée, il nous reste à faire la part de l'éloge, et la matière est des plus riches sans que toutefois le domaine du poète soit bien étendu. Avant tout, l'auteur mérite notre estime pour avoir eu le courage d'avouer sa personnalité, et de ne pas avoir répudié ces sentiments, commun héritage de l'humanité même. Avec lui on sort des musées de cire, et l'on voit un poète qui aime la nature, et le dit, qui pleure, et ne s'en cache point. Le mot célèbre redevient en honneur : *Sunt lacrymæ rerum.* Puisque le nom de Virgile s'est présenté, n'est-ce point justice de noter que le *Chemin des bois* offre parfois des accents dignes des Géorgiques ? Certes, le souffle puissant du poème latin est devenu un doux Favonius dans les paysages modernes ; mais, sauf le degré, c'est la même harmonie, la même fraîcheur.

Quand Virgile donne ses conseils pour l'agriculture, il observe le précepte : *Aut prodesse volunt ;* quand il dépeint les tableaux de la nature, il se propose uniquement de plaire : *aut delectare.* Le poète barraisien, qui ne compose pas un ouvrage didactique, n'a en vue que notre plaisir ; cette dernière préoccupation est, du reste, celle de tous les artistes vraiment grands. La belle description qu'Homère fait du ciel et de la terre, dans une nuit éclairée par la lumière de la lune et des étoiles, finit par cette réflexion : « Et le cœur du berger en est tout réjoui. » Mme Dacier, par le tour qu'elle donne à ce passage, semble penser, et Pope, dans la vue peut-être de la justifier, insinue, que la joie du pâtre naît du sentiment qu'il éprouve de l'utilité de ces flambeaux célestes. Mais telle n'a pas été la pensée d'Homère, qui a simplement voulu dire qu'il y a, dans l'apparence extérieure des ouvrages de la nature, une magnificence à laquelle les esprits les moins cultivés ne peuvent prêter leur attention sans éprouver un vif plaisir.

La préférence de M. Theuriet pour la campagne est celle, non du citadin blasé qui la regarde d'un œil distrait, mais du paysan qui l'adore même en ses verrues, comme Montaigne aimait Paris. Essayons de refaire, par la pensée, une des excursions du jeune rêveur.

Pendant que la maison paternelle était ensevelie dans une profonde quiétude, il sautait de sa couchette le plus doucement possible, prenait dans l'armoire de la cuisine ses provisions de toute la journée, y joignait quelques livres, et, le sac au dos, les guêtres aux jambes, un échalas à la main, suivait au pas de course les sentiers qui longent les jardins et les chenevières, et bientôt escaladait avec entrain les pentes roussâtres surchargées de vignes qui menaient à sa Thébaïde. Comme il faisait bon marcher, respirer cet air que vous envoyait le pampre des coteaux, présenter son front découvert aux fraîches bouffées de la brise ! Au plus haut de la forêt, dans un enfoncement bien uni, recouvert de taillis épais, il avait, les jours précédents, à l'aide de fagots ramassés un peu partout, dressé contre un chêne une sorte de hutte à la façon de celles qui servent aux *schlitteurs* des Vosges ; les fagots eux-mêmes étaient soigneusement recouverts de feuilles, de foin séché, de mousse odorante ; cela formait une infranchissable barrière contre le vent, la pluie, le chaud, le froid. Une obscurité complète y régnait. Parfois, de la main, il écartait une grosse pierre plate qui servait à boucher une percée lumineuse, au travers de laquelle son regard plongeait pour découvrir au loin les visiteurs assez nombreux que le goût et l'habitude du braconnage amenaient dans ses chasses réservées. Vers onze heures, la faim criait avec fureur du fond de son estomac de vingt ans. Dans une cheminée bâtie à l'aide de quelques moellons libéralement fournis par les carrières voisines, il allumait un feu sec et pétillant ; puis il faisait cuire une belle tranche de lard, ce roi des mets lorrains, ou bouillir dans l'eau des œufs qu'il avait eu la précaution, le matin, de chercher au poulailler. Un verre de vin, l'eau claire de la source prochaine, une poire ou quelques mirabelles, voilà son repas ordinaire, sans compter un énorme morceau de pain de ménage. Sa dernière ronde consciencieusement exécutée, lorsque, vers une heure, le soleil dardait ses plus intolérables rayons, ou bien il s'enfermait dans sa cabane, ou bien il allait s'étendre sur la lisière du bois, du côté de l'ombre. Là, le retroussis violet des branchages demi-morts, la fraîcheur orangée des feuilles de bouleau çà et là étoilées de filets sanguins, se mariaient, pour la volupté des yeux, avec le vert intense des noisetiers nains et les pâleurs humides dont se revêtait le hêtre au tronc géant.

Les scènes champêtres sont le triomphe de M. A. Theuriet. Qui ne sait la *Chanson du Vannier ?*

> Brins d'osier, brins d'osier,
> Courbez-vous, assouplis sous les doigts du vannier.
>
> Brins d'osier, vous serez le lit frêle où la mère
> Berce un petit enfant aux sons d'un vieux couplet ;
> L'enfant, la lèvre encor toute blanche de lait,
> S'endort en souriant dans sa couche légère.
>
> Brins d'osier, brins d'osier,
> Courbez-vous assouplis sous les doigts du vannier,
>
> Vous serez le panier plein de fraises vermeilles,
> Que les filles s'en vont cueillir dans les taillis ;
> Elles rentrent, le soir, rieuses au logis,
> Et l'odeur des fruits mûrs s'exhale des corbeilles.
>
> Brins d'osiers, brins d'osier,
> Courbez-vous, assouplis sous les doigts du vannier.
>
> Vous serez le grand van où la fermière alerte
> Fait bondir le froment qu'ont battu les fléaux,
> Tandis qu'à ses côtés des bandes de moineaux
> Se disputent les grains dont la terre est couverte.
>
> Brins d'osier, brins d'osier,
> Courbez-vous, assouplis sous les doigts du vannier.
>
> Lorsque s'empourpreront les vignes à l'automne,
> Lorsque les vendangeurs descendront des coteaux,
> Brins d'osier, vous lierez les cercles des tonneaux
> Où le vin doux rougit les douves et bouillonne.
>
> Brins d'osiers, brins d'osier,
> Courbez-vous, assouplis sous les doigts du vannier.

Brins d'osier, vous serez la cage où l'oiseau chante,
Et la nasse perfide au milieu des roseaux,
Où la truite qui monte et file entre deux eaux
S'enfonce, et tout à coup se débat frémissante.

Brins d'osier, brins d'osier,
Courbez-vous, assouplis sous les doigts du vannier.

Et vous serez aussi, brins d'osier, l'humble claie
Où, quand le vieux vannier tombe et meurt, on l'étend,
Tout prêt pour le cercueil. — Son convoi se répand
Le soir, dans les sentiers où fleurit l'oseraie.

Brins d'osier, brins d'osier,
Courbez-vous, assouplis sous les doigts du vannier.

Les plus belles pièces du recueil sont *la Veillée*, *le Chant de noces dans les bois*, *les Chercheuses de muguet*, le récit intitulé *Sylvine*, gage donné par l'auteur aux préjugés ultra-démocratiques du jour. En 1871 parurent *les Paysans de l'Argonne*, variété du genre Erckmann-Chatrian, avec plus d'esprit et de style, mais sans unité et sans vigueur d'ensemble ; en 1873 on eut *le Bleu et le Noir*, où l'on remarqua surtout *Rêves d'avril*, et cette *Chanson de mai*, chef-d'œuvre de grâce en vingt vers.

Nous avons gravi les premiers
La pente des collines ;
Les blés étaient verts, les pommiers
Neigeaient dans les ravines....

Enfin, et c'est par là que nous terminons, que ne peut-on attendre d'un poète qui nous accuse de si hautes et si viriles aspirations? S'adressant au « Dieu caché », il dit :

Comme ces chevaliers qui cherchaient le Saint-Grâl,
Hors des sentiers battus que le vulgaire assiège,
Pousse-nous vers la cime ardue où l'idéal
Épanouit sa fleur d'azur parmi la neige.

On se fait un plaisir d'espérer que le fauteuil réservé à M. Theuriet par l'Académie, ne sera pas celui dont M. Arsène Houssaye s'est fait l'historien.

Non sans maintes péripéties qui longtemps défrayè-
rent la verve médisante des petits journaux, J. Autran
avait pu revêtir, en 1868, le fameux habit « aux palmes
vertes qui gardent les noms de mourir », comme dit
Malherbe. Né à Marseille, d'un père qui, riche négociant, après plusieurs voyages au long cours, avait conservé pour la mer une véritable passion, il fut de bonne
heure fasciné par la gloire de son compatriote Méry,
et dès sa plus tendre adolescence rima des alexandrins avec une furie toute phocéenne. Au moment
où Lamartine s'embarquait pour l'Orient, il lui adressa
une ode enthousiaste, et fut plus heureux que Musset,
dont l'admirable *Lettre* n'arriva point à sa destination.
En 1835, il publia *la Mer*. En 1841 sur les notes d'un
de nos plus brillants colonels de l'armée d'Afrique, il
composa *Milianah*, poème où il célébrait la valeur des
soldats commandés par les Damrémont, les Cavaignac,
les Lamoricière : il se faisait, par une heureuse innovation, l'Homère du simple soldat, de cette *chair à
canon*, de ce Dumanet caricaturé, qu'animent si souvent
un grand cœur et une âme de héros. La Révolution
de Février ne nuisit en rien au prodigieux succès de *la
Fille d'Eschyle*. Avec *la Vie rurale* (1856), *les Épîtres
rustiques* (1862), il suivait une veine tout agreste.

« Nous arrivons aux terribles années 1870-1871,
dont personne ne ressentit plus vivement l'impression
que ce poète généreux et patriote. Il était à Cauterets,
dans les Pyrénées, avec sa femme et sa fille, quand il
apprit la déclaration de guerre, puis, si peu de temps
après, nos écrasants et incessants désastres. Ces malheurs inouïs l'atteignirent dans toutes les profondeurs
de son être. L'insurrection communale à Paris et en province, à Angers, à Lille, à Bordeaux, à Toulouse, et notamment à Marseille, lui porta les derniers coups. Dès
lors, on le vit accablé, pâle, maigre, défait et, de plus,

presque aveugle. De jour en jour il sentit davantage sa vue baisser et l'ombre se faire autour de lui. Il crut ne pouvoir se relever jamais d'une pareille atteinte, et regarda sa fin comme prochaine (1). » Par la plus inattendue et la plus heureuse des révolutions physiques, il connut de nouveau la santé ; avec sa force morale il retrouva sa verve poétique, si bien qu'en 1873 il publiait un volume compact intitulé *Sonnets capricieux*, et, en 1875, la *Légende de Paladins*. Il mourut, et fut remplacé à l'Académie par M. Sardou, en 1878.

La mer dont le poète s'est fait le héraut n'est point l'Océan aux grandioses perspectives, gros de farouches naufrages, hérissé de blocs de glace ; qu'il le veuille ou non, c'est la Méditerranée bleuâtre et pacifique, à l'inaltérable sérénité, c'est le grand lac européen, le cristal transparent où se mirait le Cyclope de Théocrite. Par ses prédilections, il va droit aux pêcheurs, dont il retrace l'émouvante Odyssée, à ceux qui souffrent et vivent de l'infini, de l'inconnu, aux marins, dont il énumère avec complaisance

> Les longs ennuis liés aux plaisirs éphémères,
> Et les bonheurs douteux et les malheurs certains.

Personne n'a mieux dépeint ce « souffle qui chasse devant lui ces petits flots, et les mène mourir sur le sable du rivage, souffle égal et doux comme la respiration d'un enfant qui dort, ce petit flot argentin qui ne gronde pas, mais murmure, qui ne fouille pas les cailloux du rivage, et ne les remue pas avec un bruit de râle, mais glisse dessus et les polit (2). »

> O flots, de votre voix profonde, intarissable,
> Bercez un vieil ami revenu de si loin ;
> Dans ce lit que mes mains ont creusé dans le sable,
> Donnez-moi, donnez-moi la paix dont j'ai besoin.

---

(1) Cf. l'excellente étude de M. F. Godefroy sur Autran. (*Hist. de la Litt. française*, XIXᵉ siècle, II, 439.)

(2) Cf. Nisard, *Mélanges*.

Dans *la Vie rurale* on remarque surtout *A une vieille haie*, *le Verger*, *les Chèvres*, *ce que dit l'Hirondelle*, *la Treille* ; quoi de plus charmant que *la Treille ?*

> La métairie ouvre sa porte
> Aux premiers rayons du matin,
> Et voici la fermière accorte
> Qui paraît au seuil et qui porte
> Dans ses bras un charmant lutin.
>
> Bel enfant que l'aube réveille,
> Il rit : les yeux levés en l'air,
> Il voit sur sa tête vermeille
> Pendre les raisins de la treille,
> Que le jour frappe d'un éclair.
>
> « Mère, dit-il, la grappe est mûre !
> Hier, elle était verte encor ;
> Mère, aujourd'hui, soyez-en sûre :
> Regardez bien sous la ramure
> Ce beau fruit noir, ce beau fruit d'or ! »
>
> Et la mère en ses bras le dresse,
> Les pieds posés contre son sein,
> Et l'heureux marmot qui s'empresse
> Atteint déjà la branche épaisse,
> Déjà saisit le blond raisin.
>
> Il tire à lui grappe et feuillage,
> Et mille oiseaux qui, pour la nuit,
> S'étaient blottis dans le treillage,
> Partent soudain comme un nuage,
> Battant des ailes avec bruit.
>
> Et ce réveil, et cette enfance,
> Et ces fruits mûrs à la saison,
> C'est le plaisir, c'est l'espérance ..
> Et c'est ainsi qu'un jour commence
> Autour d'une pauvre maison !

L'auteur ne se hasarde jamais dans les descriptions par à-peu-près : ce qu'il dit, il l'a vu ; avant d'être le poète de la campagne, il s'est fait paysan. Pour lui, la Provence n'a plus aucun secret. Prés enclos de haies

d'aubépines, canaux somnolents aux ondes verdâtres,
avec leur double rangée de peupliers élancés, herbe
menue et poudreuse, touffes de thym et de verveine,
landes avec leurs îlots de châtaigneraies, tiges de ser-
polet qui croissent,oasis odorantes au milieu des arides
bruyères, marguerites pâlottes qui égaient le sentier,
myrtes,chèvre-feuilles et cactus, brumes matinales qui
couvrent de leurs gazes transparentes le Luberon (1)
ou la Crau, ramiers perchés sur les hêtres, tourterelles
à la gorge rousse, Autran a tout chanté, tout, — sauf,
peut-être, la *chasse au Châtre!*

Un grave défaut ternit le courant, d'ordinaire limpide, de sa phrase poétique, et l'on doit, *triste ministe-
rium !* reprocher à l'écrivain de ne pas s'être prémuni
avec un soin suffisant contre l'excès de l'une de ses
qualités. Autran écrivait avec une facilité qui surpre-
nait et attristait ses amis, et souvent, au style qui n'est
pas toujours soutenu, aux négligences qui fourmillent,
à la marche qui devient faible et languissante,on reconnaît les traces, nous allions dire les stigmates de l'improvisation. Un thème unique est repris avec trop
de complaisance, et tout l'éclat des métaphores ne
supplée pas à la rareté des idées. Par exemple, était-il
nécessaire de consacrer cent seize alexandrins, dont la
moitié au moins sont un hors-d'œuvre, gracieux, nous
le voulons, à démontrer que tout périt sur les bords de
la mer, monuments et cités, parthénons et portiques,
alors que la mer conserve toujours « son azur si doux »
et son cristal « où plonge la lumière ? » (2)

Cette imperfection apparaît surtout dans le fragment
cité avec prédilection par les recueils de morceaux choisis : *Le drapeau,* espèce de cantate adressée au jeune
duc d'Aumale, qui revenait en France après l'héroïque

(1) Chaîne de montagnes du midi.
(2) Cf. *les Poèmes de la Mer. (Le lit de sable.)*

duel de la Smala. Peu d'événements semblaient, au même degré, devoir soutenir le vol d'un poète enflammé par son amour pour la patrie et son enthousiasme pour l'héroïsme de nos soldats. Alors qu'au milieu de tous ces pensers grandioses qui s'offraient en foule, le seul péril était de ne pas s'arrêter à temps, l'écrivain n'a nullement échappé au lieu-commun sonore, aux flasques redites, et, misère suprême! aux chevilles. Le drapeau est appelé *magnifique haillon, héroïque lambeau, vestige effrangé de bannière, relique, bâton:* « ce bâton, dont la foule admirait les débris, » est salué par une « *clameur immense, universelle,* » parce qu'il a conquis « des titres immortels *qu'on redira souvent !* » Certes nous voilà loin de *la Curée* et de *l'Expiation !* Ce n'est point le style des *Iambes* et des *Châtiments.*

En résumé, si professer un culte pour le grand art, aimer d'une insatiable passion la douce langue des vers, prouver son respect pour le jugement du public par un incessant travail de révision et des retouches sans fin, si la stricte observation des convenances morales, si le sentiment profond de la nature et une sympathie toute chrétienne pour les misères et les souffrances de l'homme, si un style abondant et malgré cela naturel, si la science du nombre et l'instinct de l'harmonie suffisent pour fixer l'attention de la postérité, Autran est assuré de vivre, et ses œuvres, au moins en partie, seront acceptées dans ce *Temple du Goût* où ne pénétra jamais un distique de Rosset ou d'Esménard (1).

Mais on ne quitte pas un poète sans lui emprunter des vers : le lecteur regretterait de ne pas connaître cette boutade sous forme de sonnet, dont le titre est : *Le Poème des Saisons* :

> Laquelle aimerons-nous ? Pour moi, je n'aime guère
> Avril qui promet tant et qui donne si peu ;

1. Rosset (XVIIIe siècle) a composé un poème sur *l'Agriculture*, et Esménard (Ier Empire), un poème sur *la Navigation.*

Je n'aime pas l'été qui donne sa poussière,
Et dévoile son ciel implacablement bleu.

Je redoute l'automne, ouvrant le cimetière,
Passage alternatif de la glace et du feu ;
L'hiver enfin répugne à la nature entière ;
Il fait croire partout à l'abandon de Dieu.

Voilà donc les saisons : sur les quatre, pas une ;
Chacune a son ennui qui la rend importune.
S'il fallait cependant se résigner au choix,

C'est l'hiver qu'aimerait ma nature fragile ;
C'est l'hiver, quand je lis, devant un feu de bois,
Le tableau du printemps dans un vers de Virgile !

Maintenant le hasard nous présente le nom d'un
inspecteur-général de l'Université. Les inspecteurs-
généraux, sauf peut-être le premier Ampère, qui, dans
ses longues stations en diligence, traduisait sous la
forme d'hexamètres reboants les théorèmes du quatrième livre de la géométrie, ne sont pas de la graine
dont on fait les poètes. Pour la plupart, ce sont de
vieux professeurs de rhétorique fourbus ou aphones,
translateurs émérites, compilateurs à la Trublet, auteurs
de dictionnaires, seconds Calepins, nouveaux Lambins.
Il y a quarante ans, on avait Matter, qui, bien qu'auteur d'une histoire du mysticisme, affectait les allures
d'un homme du monde ; Artaud, qui avait traduit Sophocle en mélopée académisante, du reste redouté des
proviseurs ; il comptait les boutons de chaque tunique,
il en voulait neuf : s'il en trouvait huit ou dix, l'économe pâlissait, car la disgrâce était assurée ; Bouil-
let, « l'auteur du dictionnaire qui porte son nom » et
d'une traduction des *Ennéades* de Plotin, d'où il était
revenu refait et décharné comme Dante au sortir de
l'Enfer ; le grand Alexandre, j'entends celui du vocabulaire grec-français, espèce de Polyphème qui enlevait
comme des fétus de paille et embrassait les petits Hel-

lènes qu'il rencontrait sur les bancs des collèges royaux, et n'ennuyait pas trop les professeurs ; Dutrey, latiniste implacable, qui faisait toucher du doigt aux plus sceptiques la différence essentielle qui sépare *Cicerone consule* de *Cicero consul ;* ce pauvre Danton qui avait l'air d'un septembrisard et qui était si faible de caractère ; Garsonnet, bon homme, fine plume, qu'on avait jadis enfermé dans une maison de fous, peut-être pour faire croire que ses collègues ne l'étaient pas ; Caboche, l'université incarnée, l'idéal rêvé par la fameuse institution de 1806 ; Glachant, esprit orné, mais qui traduisait *gliscere* par *s'insinuer*, ce qui l'eût fait échouer au baccalauréat ; Jourdain ,à qui l'on doit des travaux sur la scolastique, ce qui fut cause que ses justiciables l'accusèrent de cléricalisme ; Chassang, qui confectionnait les grammaires à la douzaine, et se laissait coller en grec par les élèves de première année, rue d'Ulm, mais qui, à la longue, devint assez fort pour pouvoir, à l'exemple du docte M. Rossignol, lecteur au Collège de France, pérorer une heure durant sur les caractères distinctifs de μεν et de δε ; enfin M. Eugène Manuel.

Né à Paris en 1813, ce dernier entra à l'École dès l'âge de vingt ans, fit, suivant le rite, son petit tour de France avec des fonctions diverses, puis revint au lycée Charlemagne, où il fut chargé d'un cours de lettres aux élèves des classes de sciences, et au collège municipal Rollin, où il avait été précédé par Francis Monnier, le premier précepteur du Prince impérial, Corréard et Talbot. Quand vint 1870, M. J. Simon, qui se connaît en hommes, le choisit pour son chef de Cabinet. Il est maintenant un des *missi dominici* pour la partie des lettres. On lui doit *Pages intimes* (1866), qui obtinrent un prix de l'Académie, *Poésies populaires* (1871), *Pendant la guerre* (1872). Auparavant, il avait

fait représenter un drame en vers, *les Ouvriers*, qui
obtint un succès cosmopolite.

Les *Ouvriers* sont l'histoire navrante d'une femme
unie à un époux ivrogne et querelleur, qui la bat d'ordinaire et, un jour même, la frappe d'un coup de couteau ; transportée à l'hôpital, la malheureuse allait
raconter les détails du crime au juge d'instruction,
quand elle sentit qu'elle était mère ; cette révélation
sauva le coupable ; Jeanne déclara qu'elle avait voulu
se suicider. Morin s'est séparé d'elle pendant quelques
années. Quand, devenu patron, mais patron rangé et
riche, il revoit celle qu'il a failli tuer, celle-ci le repousse, et le fait repousser par son fils. Alors se place
une scène dramatique, où le père repentant, mais toutefois digne et fier, se relève devant les deux sacrifiés,
et justifie les fautes de sa vie en invoquant la détestable éducation, les abominables exemples qu'il a reçus,
et l'ignorance dans laquelle, jeune, on l'a laissé croupir :

> J'ai traîné dans la boue une enfance indocile,
> Et le cabaret fut mon premier domicile.
> A qui n'a pas lutté la vertu coûte peu ;
> Jeune homme, il faut avoir été sans feu ni lieu,
> Avoir eu des passants les réponses bourrues,
> Avoir dormi les nuits sur le pavé des rues,
> Et s'être demandé, quand on n'a pas le sou,
> Si l'on ne fera pas le soir un mauvais coup.

On devine que ces plaidoyers en faveur de l'instruction ne devaient pas déplaire à une époque où le gouvernement s'engageait dans la voie de l'enseignement
outrancier, et qu'ils n'étaient pas non plus de nature
à mécontenter l'inspirateur de la gratuité et de l'obligation, M. Duruy, qui venait de descendre du ministère. Est-ce à l'inspiration de M. Duruy qu'il inaugura
son système poétique ? L'historien des Romains avait
créé *l'enseignement professionnel* à l'usage des élèves
d'intelligence rassise, qui ne comprendraient rien à

Virgile et à Homère. Avec ses *Pages intimes*, M. Manuel créait une sorte de poésie « professionnelle », où,
s'adressant à ceux qui n'éprouvent rien quand on leur
parle de spiritualisme et d'idéal, il cherche à traiter les
sujets pratiques, à élucider quelques problèmes humanitaires. Quoi qu'on pense de la tentative au point de
vue de l'art, toujours est-il que l'auteur marchait avec
son temps, le temps où vivait cette grande intelligence,
M. Le Play, le temps où le chef de l'État lui-même
était soupçonné, non sans raison, de tendances socialistes.

   Il est un fait incontestable, c'est que M. Manuel est,
nous ne disons pas un grand poète, mais, éloge dont
nous n'abusons pas, un écrivain qui connaît à fond les
secrets du métier. On ne saurait lui dénier, sinon l'instinct, du moins la pratique de la saine et bonne langue.
Il n'a pas inutilement passé vingt années de sa vie à
enseigner les humanités et la rhétorique, à corriger les
devoirs, à exercer sur les productions d'une jeunesse
en mal de baccalauréat une attentive et minutieuse
surveillance. La vue des fautes que commettaient ces
débutants et la nécessité de les prémunir contre les
vices littéraires à la mode, l'ont confirmé dans l'observation des règles, et n'ont point contribué médiocrement à aiguiser sa plume naturellement fine et acérée.
Il a compris que le vieil alexandrin de C. Delavigne
était bon maintenant à figurer parmi les raretés historiques du Musée Carnavalet, et, d'autre part, que
le vers trop brisé de certains modernes donnait à la
poésie une allure de Ménade en délire. Prudemment,
il s'est décidé pour la résultante, et nous a donné un
alexandrin tantôt coulé dans un seul bloc de fonte,
tantôt déboîté par les enjambements et luxé par de
multiples césures; ici c'est le vers comme on le forgeait
dans l'école de Boileau, là c'est le vers imité de la

Légende des siècles ; résultat net, on a une sorte de chose hybride, de style éclectique, de langue Janus présentant deux aspects contraires, mais cependant une langue très habile sous un air de négligence, le plus souvent euphonique, avec des douceurs élégiaques, une simplicité alexandrine, et, quand il le faut, de la vie et du relief. Témoin le célèbre morceau *la Chanteuse :*

La pauvre enfant, le long des pelouses du bois,
Mendiait ; elle avait des larmes véritables ;
Et, d'un air humble et doux joignant ses petits doigts,
Elle courait après les âmes charitables.

De longs cheveux touffus chargaient son front hâlé ;
Ses talons était gris de poussière, et sa robe
N'était qu'un vieux jupon à sa taille enroulé,
Où la nudité maigre à peine se dérobe.

Elle allait aux passants, les suivait pas à pas,
Et disait, sans changer un mot, la même histoire,
De celles qu'on écoute et que l'on ne croit pas,
Car notre conscience aurait trop peur d'y croire !

Elle voulait un sou, du pain, rien qu'un morceau !
Elle avait, je ne sais dans quelle horrible rue,
Des parents sans travail, des frères au berceau,
La famille du pauvre à peine secourue !

Puis, qu'on donnât ou non, elle essuyait ses pleurs,
Et s'en retournait vite aux gazons pleins de mousses,
S'amusait d'un insecte, épluchait quelques fleurs,
Des taillis printaniers brisait les jeunes pousses,

Et chantait ! — Le soleil riait dans sa chanson !
C'était quelque lambeau des refrains populaires !
Et, pareille au linot, de buisson en buisson,
Elle lançait au ciel ses notes les plus claires.

O souffle des beaux jours ! mystérieux pouvoir
D'un rayon de soleil et d'une fleur éclose !
Ivresse d'écouter, de sentir et de voir !
Enchantement divin qui sort de toute chose !

L'enfant, au renouveau, peut-il gémir longtemps ?
Le brin d'herbe l'amuse et la feuille l'attire !
Sait-on combien de pleurs peut sécher un printemps,
Et le peu dont le pauvre a besoin pour sourire ?

Je la regardais vivre et l'entendais de loin ;
Comme un fardeau que pose un enfant qui s'arrête,
Elle allégeait son cœur, se croyant sans témoin,
Et les senteurs d'avril lui montaient à la tête !

Puis, bientôt s'éveillant, prise d'un souvenir,
Elle accostait encor les passants, triste et lente ;
Son visage à l'instant savait se rembrunir,
Et sa voix se traînait et larmoyait dolente !

Mais quand elle arriva vers moi, tendant la main,
Avec ses yeux mouillés et son air de détresse :
« Non, lui dis-je, va-t-en ! et passe ton chemin !
Je te suivais : il faut, pour tromper, plus d'adresse.

Tes parents t'ont montré cette douleur qui ment !
Tu pleures maintenant ; tu chantais tout à l'heure ! »
L'enfant leva les yeux et me dit simplement :
« C'est pour moi que je chante et pour eux que je pleure. »

Nous aurions pu citer au même titre, parmi les pièces qui approchent de la perfection du genre, *le Nid, la Mère et l'Enfant, le premier Sourire, les petits Cercueils ;* les inspirations patriotiques se rencontrent en plus d'une page de son volume *Pendant la guerre.*

La Piéride de Monselet n'a rien de gourmé ; elle nous apparaît avec le tablier bleu d'une jeune cuisinière portée sur sa bouche, coquette, rieuse, tenant à la main un bouquet de truffes, le regard fixé sur ses casseroles, et toujours prête à faire, la première, honneur aux plats mignons qu'elle vient de trousser. C'est la Muse de la gourmandise. Quant à Monselet, il naquit à Nantes (1825), d'un père libraire qui lui communiqua le goût des caractères imprimés. Le jeune Charles commença, ce qui est bien naturel chez un Breton, par un pastiche de Brizeux ; mais *Marie et Ferdinand* ne

valent pas l'exquise idylle de *Marie :* le petit journalisme était sa vocation ; Monselet brilla dans ce genre
difficile, et y perdit son temps et des facultés remarquables qu'il aurait pu employer à des œuvres sérieuses.
En fait, Monselet était-il bien sérieux lui-même ? En
1857, il publia *les Oubliés et les Dédaignés du XVIII*e
siècle, et, en 1864, aussi en prose délurée, *Fréron, ou
l'illustre Critique,* ouvrage dans lequel la figure du
célèbre journaliste semble remise au point, et qui rec-
tifiait plus d'une sotte légende accréditée par l'école de
Voltaire. En 1865, il publiait *les Vignes du Seigneur,*
où il célèbre en vers émus les mérites de la purée
septembrale. Son triomphe est le sonnet anacréontique,
le sonnet à la baron Brisse, le sonnet gourmand, appé-
tissant, qui eût enchanté Carême, épanoui Berchoux,
et détourné Vatel de son inepte suicide : immortels
comme l'Iliade, comme la Divine Comédie, comme
les drames de Shakspeare, comme les tragédies de Corneille, sont les sonnets *sur la Choucroute,* véritable
Ça ira des estomacs alsaciens, *sur la Truite, sur le
Godiveau.* Voici d'abord le chef-d'œuvre par excellence,
le sonnet *du Cochon,* qu'on peut mettre, révérence garder, sur la même ligne que *l'Amour blessé* d'Anacréon;
c'est la même langueur, la même morbidesse :

.... Car tout est bon en toi, chair, graisse, tripe ;
On t'aime galantine, on t'adore boudin.
Ton pied, dont une Sainte a consacré le type,
Empruntant son arôme au sol périgourdin,

Dut réconcilier Socrate avec Xanthippe ;
Ton filet, qu'enrichit le cornichon badin,
Forme le déjeuner de l'humble citadin,
Et tu passes avant *l'oie au Frère Philippe.*

Mérites précieux, et de tous reconnus :
Morceaux marqués d'avance, innombrables, charnus ;
Philosophe indolent qui mange et que l'on mange !

Comme dans notre orgueil nous sommes bien venus

A vouloir, n'est-ce pas, te reprocher ta fange ?
Adorable cochon, animal roi, — cher ange !

Quelle erreur de supposer que Monselet était insensible aux fascinations de l'Idéal ! L'antiquité avait toute son âme, et c'est avec une étourdissante sincérité d'accent qu'il nous chante son *Voyage en Italie ;* on en jugera par ce touchant épisode :

Italiam ! Italiam !

A Pistoie, en m'éveillant,
Un prurit soudain m'offusque :
Certain insecte grouillant
Vint il pas se poser jusque

Où mon torse est plus saillant ?
Je le saisis d'un air brusque,
Et je dis en souriant :
« Hé ! c'est la punaise étrusque !

Petit insecte rageur,
Je ne suis qu'un voyageur ;
Cherche ailleurs, cherche ta voie ! »

Je dis, et posai sans bruit
Dessus la table de nuit
La punaise de Pistoie.

Un dernier emprunt à la Muse de la Gastronomie ; qu'on savoure ce sonnet pétrarquiste sur l'andouillette:

Dédaignons la mouillette
Et la côte au persil ;
Crépite sur le gril,
O ma fine andouillette !

Certes ta peau douillette
Court un grave péril ;
Pour toi, ronde fillette,
Je défonce un baril.

Siffle, crève et larmoie,
Ma princesse de Troye,
Au flanc de noir zébré !

Mon appétit te garde
Un tombeau de moutarde
De mâche ou de vert-pré

Monselet, qui était un érudit, un bibliophile passionné, un littérateur que Sainte-Beuve avait remarqué, à qui l'auteur des *Lundis* avait consacré une étude louangeuse (1), « Monselet, personnage d'une quarantaine d'années, portant lunettes, bonne mine, mâle encolure, tête posée avec aplomb, menton ras et double, lèvre fine, ferme, prompte à la malice, κ.τ.λ. » Monselet ne put arriver à aucune charge officielle ou administrative, pas même, et qui pourtant avait plus de titres que lui ? à un pauvre poste de bibliothécaire.

Intelligent cette fois, le hasard a été plus clément pour M. Georges Lafenestre (2), qui fut plusieurs années le Gustave Planche de la *Revue Contemporaine*. Son premier poème est intitulé *Espérances* (1869) ; son second recueil, *Idylles et Chansons* (1874).

« Lisez ce livre, et vous reconnaîtrez et aimerez un sincère, un vrai poète (3). » Beaucoup de ses tableaux étonnent par la hardiesse de la couleur, mais dans quelques-uns il faut signaler, à côté d'une forme sévère et d'une expression châtiée, une recherche pénible de la virtuosité frivole, et, comme on l'a dit pour d'autres poètes, la préférence donnée au mot qui peint sur le mot qui fait sentir. L'auteur verse trop dans les crudités du genre érotique, et se complaît aux étrangetés d'un naturalisme ultra-réaliste. On objectera l'exemple de Catulle, d'Ovide : nous répondrons que le premier avait composé auparavant les *Noces de Thétis et de Pélée*, et qu'Ovide consacrait son génie à la préparation d'œuvres savantes, comme *les Fastes*, ou d'une large et multiple inspiration, comme *les Métamorphoses*. Ces titres sérieux manquent à nos poètss con-

---

(1) Cf. *Nouveaux Lundis*, article du 24 avril 1865.

(2) Né à Orléans en 1838, exerce d'utiles et importantes fonctions dans l'administration des Beaux-Arts.

(3) Cf. le feuilleton littéraire de Coppée dans le journal *la Patrie*, 25 juin 1883.

temporains. Du reste, pour revenir à M. Lafenestre, dont le talent mêlé de force et de grâce n'a besoin d'aucune excuse, il voit bien et sait dire ce qu'il voit : son vers, d'une prestigieuse souplesse, réalise la formule du peintre Hogarth, qui fait consister *la beauté dans la ligne serpentine.* Au charmant volume édité par Lemerre, et qui renferme ses œuvres complètes, j'emprunte un sonnet qu'on dirait traduit de la littérature scandinave, tant il respire une mélancolie sauvage :

LES SAPINS.

L'Océan écumeux hurle en battant la côte :
« O sapins orgueilleux, soumettez-vous au sort ;
Nul arbre ici ne doit porter sa tête haute ;
Mon haleine jalouse est un souffle de mort.

» Que n'alliez-vous au bord des paisibles rivières
Ombrager le sommeil calme de verts îlots ?
La fauvette eût niché sous vos branches légères. »
Les géants, sans plier, répondent aux grands flots :

« Courbe-nous, mer grondeuse, effeuille nos verdures,
Nos rameaux obstinés attendent les blessures,
Les jardins ne sont bons qu'aux rosiers paresseux ;

» La souffrance est la force, et le combat, la vie ;
Souffle, nous jetterons, malgré ta tyrannie,
Notre fraîcheur à l'homme et nos parfums aux cieux. »

M. Jean Aicard, né à Toulon en 1848, est le fils d'un savant professeur d'histoire connu pour avoir été le collaborateur de Pierre Leroux à *l'Encyclopédie Nouvelle.* On a de lui *les Jeunes Croyances* (1867), *les Rébellions et les Apaisements* (1871), *les Poèmes de Provence* (1874), *la Chanson de l'enfant* (1876), et *Mascarille*, piécette en vers (un acte). La Provence est le sujet favori qu'il traite dans ses chants, l'inextinguible foyer de ses inspirations. Pendant les longs jours de juillet, dans l'universel silence, quand la campagne est incendiée par un implacable soleil, il s'est couché sous les buissons, non loin de quelque eau endormie,

alors que les libellules sillonnent l'air, et il a prêté une
oreille attentive au bruit d'ailes produit par les milliards
de cigales perchées sur les lauriers-roses voisins. Les
cigales, si chères aux poètes grecs, l'ont choisi pour
leur poète, et il a rempli ce rôle avec un zèle qui tient
de l'enthousiasme. Il ne serait pas un véritable fils du
Midi s'il n'avait consacré de nombreuse strophes à la
bouillabaisse, à la cueillette des olives, à la pêche, aux
courses de taureaux, au Rhône, le Nil de ces heureuses
contrées, aux moissons, à ces jeunes Ruths qui, les
pieds nus, la tête coquettement ornée du foulard mul-
ticolore, s'en vont glaner les épis, et reviennent le soir,
chantant quelque strophe cadencée. Les cigales surtout
semblent lui avoir porté bonheur :

> Les cigales m'ont dit : Tu nous chantes, c'est bien.
> Le léger galoubet auprès de nous n'est rien,
> Ni le gai tambourin, cet amoureux qui tremble ;
> Et tous les deux mêlant leurs musiques ensemble
> Ne valent pas l'insecte au soleil résonnant.
> Des choses changeront qui plaisent maintenant,
> Et tes vers passeront aussi qui parlent d'elles ;
> Mais nous, poète ami, nous sommes immortelles,
> Et ton chant fait pour nous, à notre chant pareil,
> Doit vivre aussi longtemps que nous et le soleil.
>
>> Je suis la petite cigale
>> Qu'un rayon de soleil régale
>> Et qui meurt quand elle a chanté
>> Tout l'été.

On a remarqué ce joli vers :

> Et tes vers passeront aussi qui parlent d'elles.

Il est boiteux, mais Melle de Lavallière, si charmante,
boitait aussi !

Pour M. Anatole France (1), la poésie peut répéter
le *Lugete* de Catulle, non que cet homme aimable soit
mort, mais parce que la littérature quotidienne, avec
ses exigences et sa furie de production, l'a maintenant

---

(1) Né à Paris en 1844.

accaparé. Journaux, *quæ omnia bella devoratis*, vous nous avez pris un poète !

M. France donne au *Temps* des chroniques où l'érudition n'est pas de seconde main, où les vues personnelles sont piquantes, où la verve est distribuée et contenue suivant les règles d'une discrétion raisonnée, qualité des plus appréciables à une époque où l'esprit veut être partout en vedette, et semble exclusif du talent de la mise en œuvre. Il a d'abord publié les *Poèmes dorés* (1873) et les *Noces corinthiennes* (1876). Ni l'un ni l'autre de ces recueils, où se trahit l'inexpérience de la jeunesse, n'est suffisant pour donner une idée véritable de la valeur de l'écrivain ; dans ces essais, M. France n'est pas encore lui, et la liberté de ses mouvements est entravée par l'imitation de certains modèles qui ne sont rien moins qu'infaillibles. Encore s'il s'agissait de ces défauts agréables dont parle Quintilien, *dulcia vitia!* Mais quoi de moins séducteur que la britannique impassibilité de M. Leconte de l'Isle ? Par une décision qui lui fait honneur, M. France s'est enfin arraché à cette influence délétère pour la poésie, « l'influence du mancenillier, » et il reconquiert, au moins en partie, sa libre personnalité dans *la Fiancée de Corinthe.*

On connaît le fond de cette histoire que Gœthe a traitée. Aux premiers temps où le christianisme parut en Grèce, Daphné est fiancée au jeune Hippias; l'union doit avoir lieu, lorsque Kallista, mère de Daphné, apprend à celle-ci que, pour remercier le Dieu des chrétiens de l'avoir guérie d'une maladie mortelle, elle l'a consacrée au culte nouveau. Mais Daphné est relevée de ce vœu par l'évêque Théognis, qui se prépare à célébrer les fiançailles, quand elle s'affaisse foudroyée par le poison.

La versification de ce joli poème est le plus souvent élégante, mais elle semble parfois déparée par l'emploi d'images qui rappellent des particularités de la vie antique, dont l'intelligence est, de nos jours, devenue assez pénible. Au lieu de réunir en volume des fragments qui ne présentent pas toujours une suffisante cohésion, pourquoi M. France ne nous donnerait-il pas un ouvrage de longue haleine, quelque poème didactique ou philosophique, qu'il garderait en portefeuille pendant les neuf années réclamées par le critique latin? En de telles entreprises, qu'on réussisse ou que l'on échoue, il reste toujours le mérite de l'audace, la gloire qui s'attache à l'effort grandiose. Voyez Soumet : la postérité a complètement oublié les soixante mille alexandrins qu'il a cahin caha menés à terme, et empilés en des volumes dont le public se garde avec précaution, mais elle se souvient qu'il a osé tenter la fortune de l'épopée dans la *Divine Comédie*. Ce vaste monument autour duquel l'herbe croît et que les araignées enlacent de leurs toiles funéraires, sauvera de l'oubli le nom de Soumet, tandis que celui des Rességuier, des Monselet, c'est-à-dire des papillons du Parnasse qui se sont posés sur toutes les fleurs sans s'arrêter longtemps sur aucune, risque fort de ne point surnager. Quoi qu'il en soit, rappelons de nouveau que M. France est un écrivain d'un rare mérite.

Suivant un juge littéraire d'une valeur reconnue (1), lorsque M. Maurice Rollinat lut, devant une foule de poètes et d'artistes, sa ballade de *l'Arc-en-ciel d'automne*, l'admiration et la surprise furent extrêmes : « A ce moment, je regardai M. d'Aurevilly : le fier gentilhomme pleurait. Et qui pourra dire l'effet des larmes qu'on vit couler sur les joues de cet athlète ? En revanche, Coppée s'ennuyait de ne pas avoir le courage de l'avouer... Les jeunes, tous, oublieux des jalousies généreuses que provoque l'éclatante supériorité d'un

(1) M. Ch. Buet. Cf. *Revue bleue*, 6 octobre 1888, p. 444.

camarade qui ne peut pas être un grand homme pour ses familiers, battaient des mains, exaltés par cette poésie étrange... »

Les Névroses de M. Rollinat furent annoncées comme la poésie des âges nouveaux par un article retentissant de M. Alb. Wolff ; grâce à la recommandation du *Figaro*, le nouveau venu occupa l'attention du boulevard pendant une grosse après-midi, et de ce tonitruant empyrée retomba bientôt en des régions plus calmes ; les bons bourgeois, il faut le dire, si habitués qu'ils fussent aux excentricités de la poésie, ne lisaient pas sans ahurissement ces vers, apothéose des fromages :

> Près de l'humble comptoir où dormaient les gros sous,
> Les Géromès (1), vautrés comme des hommes saouls,
>   Contaient sur leur clayon de paille,
> Mais si nauséabonds, si pourris, si hideux,
> Que les mouches battaient des ailes autour d'eux,
>   Sans jamais y faire ripaille (2) !

Les honnêtes badauds du Marais étaient secoués d'un frisson quand ils entendaient le poète rappeler ses rêves de jeune homme :

> Oh ! fumer l'opium dans un crâne d'enfant,
> Les pieds nonchalamment appuyés sur un tigre (3).

Ils avaient de la peine à reconnaître leur honnête matou dans cette description :

> Femme, serpent, colombe et singe par la grâce,
> Il ondule, se cambre et regimbe aux doigts lourds (4).

Qu'aurait fait Laharpe, (Laharpe est enterré, mais il n'est pas mort,) s'il eût entendu les passages suivants :

> Le soir tombe, le ciel serein,
> Est vitreux *comme une carafe ;*

---

(1) Nom vulgaire des fromages de Gérardmer (Vosges).

(2) Cf. *les Névroses*, p. 73.

(3) Cf. ibid., p. 298.

(4) Cf. ibid., p. 103.

Nul éclair ne *met son paraphe*
Au fond de l'horizon chagrin... (1)

La rivière qui hurle et déborde à leur base
Leur devient un miroir torrentueux et fou,
Et, quand l'hiver la fait déborder de son trou,
Les *cravache d'écume* et les *gifle de vase*... (2)

C'est le roc qui se *gargarise*
Au torrent du ravin obscur... (3)
Le soleil, ami du serpent,
Et couveur de la pourriture
Est le brasier que la nature
Tous les jours allume et suspend ;
L'enveloppé, l'enveloppant,
Tout subit sa grande *friture*. . (4)

On se figure l'auteur du *Lycée :* comme ces excentricités eussent secoué le bilieux critique et comme il
eût repris le bistouri empoisonné qui lui avait servi à
disséquer ce Gilbert qui pourtant avait du génie, et cet
infortuné Roucher qui fut parfois un poète ! Comme il
vous eût renvoyé cette *carafe* à Turlupin, ce *paraphe*
à Marini, cette *friture* à Gongora, ce *gargarisme* à
Lilly ! Mais écartons les voiles : au lieu d'incriminer
ici ou l'influence italienne, ou l'influence espagnole, ou
l'euphuisme, pourquoi ne pas dire tout simplement que
le style de M. Rollinat, loin d'être un fruit nouveau
dont la saveur n'avait jamais été goûtée, une invention
dont la gloire était réservée au XIXe siècle, n'est que
la reproduction en grand des procédés acceptés par les
poètes qui fleurirent sous Richelieu et la Fronde ?
Ouvrez les œuvres de ce Gombaud « tant loué »,
ouvrez Voiture, que l'admiration de ses contemporains
mit à côté d'Horace, vous verrez qu'ils s'expriment
absolument, — absolument, vous entendez ? — comme

(1) Cf. ibid., 207.

(2) p 204.

(3) p. 182.

(4) p. 95. La plupart de ces citations ont été faites par M. Élémir Bourges.
(*Revue des Chefs-d'œuvre*, 10 juin 1883.)

le très brillant auteur des *Névroses*. Celui-ci, après tout, a le grand tort de se mettre en dépense et finalement de ne nous laisser que l'espoir. Nous ne nous faisons aucun scrupule de le dire, Cotin est un ancêtre collatéral de M. Rollinat, dont l'arrière-grand-père est Voiture en personne. Faut-il établir cette dernière généalogie ? Une simple citation suffira pour mettre en lumière cet irrécusable atavisme :

> Vous qui tenez incessamment
> Cent amants *dedans votre manche*,
> Tenez-les au moins proprement,
> Et faites qu'elle soit plus blanche.

> Vous pouvez avecque raison,
> Usant des droits de la victoire,
> *Mettre vos galants en prison ;*
> Mais qu'elle ne soit pas si noire.

> Mon cœur, qui vous est bien dévot,
> Et que vous *réduirez en cendre*,
> Vous le *tenez dans un cachot*
> Comme un prisonnier qu'on va pendre.

> Est ce que, brûlant nuit et jour,
> *Je remplis ce lieu de fumée*
> Et que le *feu de mon amour*
> En a *fait une cheminée ?*

En définitive, quelle est la maladie qui travaille cette poésie, qu'elle soit de M. Rollinat, (avec sa friture,) ou de Voiture, (avec sa cheminée,) sinon une dégénérescence, un emploi contre nature de la métaphore ? Excessif, injustifiable, est l'écart entre les deux objets comparés. Le soleil ne fait pas encore de friture, le cœur n'a point de cheminée. Bien malin qui réussit à découvrir une analogie !

Pour le critique, ce serait jouer le rôle de compère que de chercher là de l'art sérieux. Employez le mot qu'il vous plaira, virtuosité, adresse de tzengari, prestiges de magiciens, ut de poitrine, citez Thalberg, Paganini, Sivori et autres avaleurs de sabres ; dites que ces vers ont du piquant, du piment; ajoutez poivre de Cayenne, cantharide, il n'en reste pas moins vrai que ce n'est point la langue du cœur. On ne trouvera jamais un meilleur moment pour rappeler les derniers Byzantins, si affinés et si vides, et les suprêmes représentants de la littérature gauloise dans la seconde moitié du XVe siècle. Éphémère est le succès de ces attaques d'épilepsie simulées aux coins de rue par des affamés de notoriété morbide.

Certes, en M. Rollinat il y a ce qu'on ne trouve pas dans Pentadius et dans Jean Molinet, il y a des ressources infinies, un *nescio quid*, un foyer latent d'où peuvent jaillir des éclairs d'éloquence et des flammes de passion qu'on attendrait en vain des misérables tâcherons du Parnasse, de ces ouvriers *en vieux* qui retapent le vers épanaleptique ou ressemellent la rime emperière. Signalons aussi une des grandes forces du poète, son amour pour la nature : « Les arbres, les forêts, les rocs et les montagnes, les ruisseaux et les torrents n'ont aucun secret pour lui, pas plus que les brins d'herbe ou les brindilles de la mousse. Il a fait *la Mort des fougères*, *le Fil de la Vierge*, *la Chanson d'automne*, et des milliers d'autres poèmes où il célèbre les infiniment petits de l'univers. Et dans son analyse minutieuse de ces vétilles par nous dédaignées, il est incomparable (1). » Quand le poète aura jeté ses gourmes, qu'il sera en possession de sa santé littéraire, il nous fera vite oublier ces écarts de jeunesse. Est-ce que, par exemple, avant d'être le roi de l'apologue, Lafontaine n'avait pas été le traducteur de Boccace ? Nous avons les *Contes* de M. Rollinat, nous attendons ses *Fables*.

Les *Satires* de L. Veuillot parurent en 1863. L'au-

_____

(1) Cf. *Revue bleue*, 6 oct. 1888, p. 447.

teur daube la suffisance des gens de lettres, l'arrogance des charlatans, les boniments des barnums. Parfois son vers, d'une allure superbe de crânerie, a la véhémence de l'hexamètre de Juvénal, la sève de l'alexandrin de d'Aubigné, le métallique éclat des invectives de Gilbert. Entre ses mains, les outres d'Éole sont percées à jour et déchaînent les tempêtes. La colère du grand catholique, dont la sincérité est au-dessus de tout injurieux soupçon, est inspirée par le spectacle des turpitudes et des vilenies contemporaines. Parfois il aborde le terrain littéraire, et c'est alors qu'il prodigue les comparaisons triviales mais énergiques, les dictons à double tranchant, les mots du XVIe siècle rajeunis par un emploi ingénieux. Nous l'avouons : personne ne songera à louer le poète pour la grâce de son style et l'atticisme de ses sarcasmes. L'urbanité, la réserve ne sont point les qualités dont il se montre jaloux. Julie d'Angennes eût été suffoquée si elle eût entendu telle de ses plaisanteries hasardeuses ; le chevalier de Jaucourt, ce parangon de l'homme du monde, ce héros par anticipation de Mme de Bassanville, eût réclamé contre les nasardes dont il crible ses adversaires ; Dumarsais eût souligné avec pudeur certaines ellipses par trop amphibologiques, et le poète latin eût répété son *quum flueret lutulentus.* Dans ces combinaisons industrieuses où le mot de la rue, le refrain de la chanson en vogue, sont enchâssés au milieu de tournures médiocrement académiques, gardez-vous bien de ne voir, avec quelques esprits moroses, qu'un chapelet de quolibets au gros sel ! L'auteur ne craint pas d'arracher les masques, d'appeler les boursiers des fripons, et, très injustement cette fois, Gustave Planche un.....
rédacteur de la *Revue des Deux-Mondes !* Quand il dit que tous les Normaliens sont bancals, chassieux et culs-de-jatte, il va peut-être aussi un peu loin !

Veut-on connaître le programme de L. Veuillot ?

En français la satire a des droits étendus ;
On lui passe des mots gaillards et défendus :
Elle chasse, elle court à travers rocs et vases,
On la veut alléger du poids des périphrases ;
C'est juste. Mais aussi point d'endroits languissants ;
Que tout soit lumineux, rapide et de bon sens ;
Que je n'entende pas dans l'œuvre satirique
Le fastueux frou-frou du falbala lyrique,
Ou rien de ce phébus jadis si prodigué !
J'aimerais bien encor quelquefois qu'on fût gai.....
La satire n'a point le tranchet de la parque,
Ni le bonnet sifflant de serpents furieux
Que porte Tisiphone en guise de cheveux.
Je me la peins pour moi sous les traits d'une femme
De trente à quarante ans, avec un œil de flamme,
Un corps robuste et sain, des cheveux abondants,
Le pied leste, la main fine, et toutes ses dents !
Correcte en ses habits comme en ses mœurs ; peignée,
Mais non point ficelée, encor moins renfrognée ;
Plutôt de belle humeur en ses fermes propos :
Volontiers gens de bien ont la bile en repos ;
Ils veulent châtier le sot et l'incapable,
Non l'étrangler ; le sot n'est pas toujours coupable !
Et la satire cache aux plis de ses jupons,
Le fouet qui ne sert que contre les fripons.

Au XVIIIᵉ siècle, (c'était le bon temps,) de pareils vers auraient suffi pour bombarder leur auteur parmi les Quarante, et l'on eût vu aussitôt toute une génération spontanée de critiques et de commentateurs, l'éternelle tribu des Marmontel et des Trublet, *quorum pars.....*

D'un pas grave et sacerdotal,
D'une allure de patriarche,
Sans secousse ni saut brutal,
Bientôt ils se mettent en marche.
On dirait que d'un piédestal
Chacun descend, sacerdotal.

Ils vont très lents, et quand des choses
Accrochent leurs yeux en passant,

Pour les voir ils prennent des poses
Pédantesques, puis croassant,
Et savants hérissés de gloses,
Ils se disent entre eux des choses.

Ils ont le verbe caverneux.
Tels des Sibylles et des Mages
Dénouant les mystiques nœuds
D'un problème et rendant hommages
A l'oracle qui parle en eux
Comme en un temple caverneux.

Tel est l'exact crayon que M. Richepin consacre, non pas, comme on pourrait le croire, aux critiques, mais aux corbeaux, « à ces croque-morts de l'orage. »

. Dans M. Richepin nous signalons un écrivain éminent, un puissant coloriste, un Taine de la poésie : mais, hélas ! jamais plus beau génie ne s'est si affreusement fourvoyé, prostitué. Certain jour, ses livres rutilants ont incendié les boutiques des libraires, sa personnalité a défrayé conversations et chroniques, et, dominant le brouhaha des cafés à la mode et des brasseries *de lettres*, son nom a retenti dans un ouragan d'hyperboliques *réclames*. Lui-même il a poussé comme un jeune chêne des versants de l'Engadine, lançant de tous côtés ses rameaux en jets vigoureux, enchevelés de feuilles et débordants d'une sève caustique et vénéneuse. Le succès de l'homme fut foudroyant, celui de l'œuvre, (sauf pour les feuilletons et les tentatives de théâtre,) colossal.

Dans la *Chanson des Gueux* Calot était égalé. Avec quelle intensité d'effets, quelle souplesse et, en même temps, quelle stupéfiante et littérale exactitude le prestigieux artiste a dépeint ce monde de phénomènes de foire, de va-nu-pieds, d'hirondelles de potence, de traîne-savates, de claque-dents ! M. Richepin se continuait l'Homère, ou, plus simplement, le photographe de la Cour des Miracles ressuscitée. Mais voici le défilé qui commence. Donnez l'aumône à ces *petiots* « qui ont bien froid », car si vous avez le cœur dur, bonnes gens, les petiots ont des allumettes, et l'on verra « si le feu vous réveille ». C'est le tour des *grands* ! Leur complainte, touchante d'abord, finit par la menace : tels les mendiants espagnols vous attendent, marmottant une prière et l'escopette au poing :

> Des sous ! des sous ! ou nous volons
> Les beaux p'tiots blonds,
> Les beaux amours :
> Qu'on les vend cher aux faiseux d'tours!

N'avez-vous pas compassion du vieux, du pauvre vieux « *stropiat* » ?

> Mes braves bons messieurs et dames,
> Au jeteu d'sorts, au preneu d'âmes,
> Donnez un p'tit sou, qui qu'en a ?
> Pater noster, ave Maria !
> Ayez pitié !

Puis c'est l'enfant de bohême qui se propose de tirer maint parti de la branche qu'il a prise à l'épine en fleurs ; c'est le fou qui veut tendre son « joli piège à rats ». Ce fou présente de nombreuses ressemblances avec le Gastibelza de V. Hugo.

Des gueux ! il ne s'en rencontre pas seulement parmi les hommes : les mondes végétal et minéral en fourmillent. A sa façon, n'est-ce pas un gueux ce vieux morceau de bois qui brûle misérablement dans un âtre, lui qui était né

> pour vivre dans l'air pur,
> Pour se nourrir de terre et s'abreuver d'azur,
> Pour grandir lentement et pousser chaque année
> Plus haut, toujours plus haut sa tête couronnée,
> Pour parfumer Avril de ses grappes de fleurs,
> Pour abriter les nids et les oiseaux siffleurs,
> Pour jeter dans le vent mille chansons joyeuses,
> Pour vêtir tour à tour ses robes merveilleuses,
> Son manteau de printemps de fins bourgeons couvert,
> Et la poupre en automne, et l'hermine en hiver !

Regnier eût signé le fragment intitulé *le Bouc aux enfants*, tant le vers est pittoresque, la langue nerveuse, le décor gracieux ! Il y a là une quarantaine d'alexandrins qui rappellent sans désavantage cette première moitié de la 6e églogue où figurent, par un habile contraste, trois adolescents au rire sonore et Silène, le roi des buveurs. Gueux encore, le scarabée « soûl d'azur », le lézard lazzaronique, le grillon noir, le crapaud qui râle dans une flaque !

Mais tout s'efface devant les gueux de Paris, dont, suivant l'auteur, le prototype est son ami M. Raoul Ponchon, noctambule patenté, vrai bohême, celui-là, digne d'avoir connu la rue des Cordiers et son repaire *Porco fideli*, pétillant d'esprit acrobatique et drôlatique, rhapsode de rimes inénarrables, — au demeurant le meilleur fils du monde :

> Tu sens le vin, ô pâte exquise sans levain.
> Salut, Ponchon ! Salut, trogne, crinière, ventre !
> Ta bouche, dans le coin de ta barbe, est un antre
> Où gloussent les chansons de la bière et du vin.
> Aux roses de ton nez jamais l'hiver ne vint.   κ. τ. λ.
> Tu bouffes comme un ogre et pintes comme un chantre !

Dénombrerons-nous les gueux de Paris, depuis le marchand de mouron pour les p'tits oiseaux jusqu'au joueur d'orgue de barbarie, depuis le « caniche errant sans profession » jusqu'au « voyou » proprement dit ? Le voyou lui aussi a ses aspirations. Ah ! certes, ce ne sont pas celles de M. de Lamartine ! mais enfin il pousse des soupirs, il a des élans ! *Mignon* de la crotte, s'il ne regrette pas le pays où fleurit l'oranger, il sent qu'il n'est pas à sa place, que ce n'est pas une existence de cueillir des bouts de cigares et des culots de pipes !

> Ben, moi, c'texistenc'-là m'assomme !
> J'voudrais posséder un chapeau.
> L'est vraiment temps d'dev'nir un homme,
> J'en ai plein l'dos d'être un crapaud.

> Les pant's doiv'nt me prend' pour un pitre,
> Quand, avec les zigs, sur eul'zinc,
> J'ai pas d'brais'pour me fend' d'un litre,
> Pas mêm' d'un mêlé-cas' à cinq.

Puis le poète aborde une 3e partie, bravement intitulée *Nous autres gueux*, et dédiée à M. Maurice Bouchor. Sa verve endiablée ne tarit pas un instant, soit qu'il maudisse M. Bourget, coupable de l'avoir invité à un déjeuner où manquait le vin, soit qu'il s'adresse aux critiques, « ces tigres que la presse abrite dans ses jungles, » soit qu'il célèbre son toutou Puck, soit que, dans une irrévérencieuse juxtaposition, il réunisse Platon le divin et Paul Niquet le gargotier.

Nulle part le moindre indice de sentiment religieux. S'il parle des pauvres orphelins, vagabonds de huit ou neuf ans qui ont perdu leur mère et marchent seuls dans la vie, jamais n'apparaît le nom d'une Providence consolatrice, la mention d'un monde où ces épreuves seront justifiées. Parle-t-il de Noël? Cette solennité touchante entre toutes le fait songer aux bombances du réveillon, à de savoureuses effluves de boudin, à des colonnes trajanes d'oies rôties. La seule façon, tout à fait indirecte, dont M. Richepin nous prouve qu'il croit en Dieu, c'est qu'il parsème son œuvre d'affreux blasphèmes. Quand la misère étreignait par trop le Richepin du XVe siècle, au moins l'auteur du *Grand Testament*, malgré son orde corruption, et tout escarpe qu'il était, se montrait encore accessible à des espèces de réminiscences pieuses, et hasardait un signe de croix au nom de la « benoite Vierge » et de son Fils. Il est vrai que Villon ne se targuait pas d'être matérialiste, athée ; et, du reste, sous le bon roi Louis XI, il n'y avait pas encore de Collège de France pour y entendre les beaux déduits ratiocinatoires de M. Renan, l'auteur de la *Vie de Jésus*, et de M. Havet, l'auteur des *Origines du Christianisme*, où l'un vous démontre par $a+b$ que Jésus est un homme comme Pythagore, où l'autre vous prouve en baralipton que le christianisme est une philosophie comme l'École éléatique !

Si nous arrivons à l'examen de la métrique, des procédés de versification, nous ne sommes point gêné pour dire que cette question n'existe pas, qu'il y aurait puérilité à séparer ici le fond de la forme. Tous les deux ne font qu'un dans ces nouvelles *Franches Repues*, et je ne veux pas d'autre argument pour affirmer l'éclatante valeur littéraire de l'auteur. Mais, demandera-t-on, à quelle école appartient son vers, sa rime, sa coupe de phrase ? Il faut répondre : A aucune école. Quand M. Richepin veut exprimer une idée, il la façonne, la complète par une méditation intense, et quand elle est venue à maturité, quand elle a revêtu sa forme définitive, *entéléchique*, alors elle point, elle émerge sous la plume au poète, elle apparaît nourrie de substance et bardée de bonnes et belles rimes. Mais enfin, le vers de M. Richepin, quel est-il ?

> D'où es-tu ? qui es-tu ? quelle est ta nourriture,
> Ta race, ta maison, ton maistre, ta nature ? (1)

Son vers, c'est le vers de d'Aubigné, de du Bartas, celui de Molière dans *l'Amphitryon*, de Lafontaine dans *Philémon* et *Baucis*, c'est, *proh pudor !* le vers de Boileau dans les *Épîtres !* Preuve de plus qu'il n'y a pas si loin de Byron à Pope !

En janvier 1886 parut *la Mer*, suite de fragments, de silhouettes, d'études, de chansons qui sentent le sel,

> Moisson d'écume aux flots ravie,
> Fleur de vase changée en grains,
> Élixir dont la force amère
> Soutient notre vie éphémère,
> Pleur concret de la bonne mère,
> Goutte de moelle de ses reins.

(1) Cf. Regnier : *Le Loup, la Lionne et le Mulet.*

Notre auteur, « qui, comme Ulysse, a fait plus d'un voyage, » non pas en passager de première classe, mais en menant l'existence des loups de mer, possède son sujet autrement que grâce aux descriptions de M. de la Landelle ou à l'*Histoire de la Marine* par Eug. Sue. Dans *la Mer* il aborde ce que ce pauvre Esménard avait attaqué de biais dans *la Navigation*. Que si, par une fantaisie de lettré, on veut mesurer le chemin parcouru de 1809 à cette fin de siècle, on pourra comparer les styles des deux poètes. Esménard appelle « nautonier fidèle » ce que le poète moderne appelle « mathurin » ; chez l'un « l'océan gronde », chez l'autre « l'ouragan souffle dans sa fanfare » ; le matelot d'Esménard « mesure son effort » ; au vieux bonhomme que Richepin appelle « l'hareng saur » il faut du « jus de bras » ; les Bataves de celui-là font noblement la pêche à la baleine ; celui-ci nous dépeint « *le chalut qui monte* au bout de la drisse (1) » ; le premier se tient « loin de l'orage affreux qui tourmente les flots » ; le second « range à border l'écoute et vire à contre-brise » ; alors que le versificateur de l'Empire décrit les hôtes de l'océan, il s'en tient aux expressions vagues : *les monstres bondissants, le phoque timide, les morses sauvages, l'horrible baleine, le colosse animé :* Richepin nous présente le plus extraordinaire des kaléidoscopes :

> Qu'il vienne un lapidaire,
> Un peintre, le plus grand, qu'il voie et considère
> Si ce n'est pas assez pour lui faire dire oh !
> Du plus humble de ces poissons, du maquereau,
> Le ventre est d'argent clair et de nacre opaline,
> Et le dos en saphir rayé de tourmaline (2)

---

(1) *Chalut*, filet en forme de chausse ; *drisse*, cordage qui sert à hisser une voile, etc.

(2) Sorte de pierre cristallisée qui, étant échauffée, devient électrique, et attire la poussière de charbon, les cendres, etc.

Se glace d'émeraude et de rubis changeant.
Au moment de la mort, sur la nacre, l'argent,
Le saphir, le rubis, l'émeraude, une teinte
De rose et de lilas s'allume, puis, éteinte,
Se fond en un bouquet fané, délicieux,
Plus tendre que celui du couchant dans les cieux.
Et ce turbot marbré comme une agate obscure !
Et ce merlan qui semble un poignard en mercure !
Et la plie orangée, aux lunules de fiel !
Et celle en disque blond, tel un gâteau de miel !
Et le crapaud de mer, corps d'azur, tête plate
Où rutilent deux yeux à prunelle écarlate !
Et le hareng vêtu d'éclairs phosphorescents !
Et que d'autres qui sont et des mille et des cents !
Et leurs formes aussi ! C'est la sole en ellipse ;
Le chabot monstrueux, bête d'apocalypse ;
Le grondin, dont le chef carré fait un marteau ;
Le bar au gabarit modèle de bateau ;
Le homard qui cisaille et le crabe qui fauche ;
La limande, yeux à droite, et la barbue à gauche ;
L'oursin en hérisson et le congre en serpent ;
La raie avec sa queue épineuse qui pend,
Et ses nageoires, dont les rythmiques détentes
A la large envergure, ont l'air d'ailes battantes ;
D'autres, d'autres encor !.. κ. τ. λ.

Il faut bien se garder de confondre cette énumération avec les dénombrements sans fin d'Ovide. Dans *la Mer*, c'est le sujet même, dans *les Métamorphoses*, c'est une digression, un jeu d'esprit, un abus que le goût réprouve. Est-ce que chacun de ces vers ne fixe pas à jamais l'image du poisson auquel il est consacré ? Peut-on désirer un coloris plus robuste, une plus savante disposition des lignes ? L'œil est ébloui par ces éclairs et ces reflets, ces ruissellements de pourpre, ces phosphorescences, ces irradiations d'arc-en-ciel et la magique variété de tant de changements à vue : on songe à Goya, à Salvator Rosa, à tous les modernes grands peintres de natures mortes.

On le voit, quand il veut, M. Richepin surpasse

Gautier, et, quand il veut aussi, par un tour de force dont on eût supposé le seul A. Chénier capable, il égale Théocrite. Qu'on se rappelle de l'auteur ancien certain chef-d'œuvre de simplicité, qui offrait si peu d'intérêt aux beaux esprits du XVIIIe siècle, et dont Fontenelle dit qu'il ne lui paraît pas « d'une beauté qui ait dû tenter personne d'en faire de cette espèce. » L'aimable berger de la cour de Sceaux ajoute : « Deux pêcheurs qui ont mal soupé sont couchés dans une méchante petite chaumière qui est au bord de la mer. » Il dit «méchante chaumière» et passe dédaigneusement; mais la description de cette chaumière est, dans l'auteur grec, un tableau « précis, réel, vécu, nature ». En voici la traduction de M. Richepin :

> Sous une hutte au toit de joncs entrelacés,
> Aux parois de feuillage, ensemble et harassés,
> Dormaient deux vieux pêcheurs sur un lit d'algue sèche.
> A côté d'eux gisaient leurs instruments de pêche,
> Petits paniers, roseaux, lignes, forts hameçons,
> Appâts que le fucus doit cacher aux poissons,
> Verveux, nasses d'osier au fond en labyrinthe,
> Deux rames, de leurs doigts calleux gardant l'empreinte,
> Puis une barque usée à plat sur des rouleaux.
> Leurs hardes avec leur bonnet de matelots,
> Une natte, et voilà le chevet de leur tête.
> C'est de ce pauvre peu que leur fortune est faite.
> C'est là tout l'attirail des pêcheurs, tout leur bien.
> Rien de plus, et leur seuil n'a ni porte ni chien.
> A quoi bon ? C'eût été de la peine perdue.
> Pas de voisins ! Partout, autour d'eux, l'étendue.
> La hutte est toute seule, et la mer à côté,
> Et ce qui les gardait, c'était leur pauvreté.

L'étude du poète alexandrin est, sauf un trait (1), rendue mot à mot. Ce court essai de traduction repré-

---

(1) Deux rames, *de leurs doigts calleux gardant l'empreinte.* — Théocrite dit simplement : μήρινθοι, κώπα τε, γέρων τ' ἐπ' ἐρείσμασι λέμβος.
laquei, *remusque,* vetustaque super phalangas cymba.

sente la perfection du genre : rien de plus que l'original, pas de délayage, pas d'enjolivement à la Delille.

Ces reconstitutions de l'antique n'empêchent pas l'auteur d'être de son temps. Qui donc est plus moderne que celui qui a chanté « le mot de Gillioury » de ce matelot du Croisic, ancien loustic de bord, atteint d'une pépie constitutionnelle, qu'il traite en avalant de grandes lampées de vin bleu ? Curieux d'entendre ses étranges récits, ses chansons, les jeunes gens l'arrosaient « ferme ». Un jour qu'ils l'avaient gavé plus que de coutume, et, cette fois, non plus des mets et des vins grossiers de la cantine, mais de plats savants, *à l'instar de Paris*, ils lui demandent ce qu'il préfère, quel est le plat superfin « dont il voudrait avoir tous les jours à sa faim ». L'ivrogne réfléchit, rumine,

> Enfin il se leva, puis, croisant ses bras courts,
> Gravement, comme s'il allait faire un discours :
> « Tu dis bien, n'est-ce pas, la meilleure pâture,
> La meilleure ou passée, ou présente ou future ?
> — Oui.» Ses yeux flamboyaient alors étrangement.
> Le vieux drôle était beau, superbe en ce moment,
> Son geste large ouvert s'envola comme une aile,
> Et ce fut d'une voix émue et solennelle
> Qu'il déclara : «Je l'ai, ce que j'aurais choisi.
> Ce qu'y a de meilleur, c'est le pain du Croisi. »

Ces vers ont véritablement la saveur de ceux du grand siècle. Voyez-vous comme ils sont vaillamment campés, sans être embarrassés par l'académique périphrase ou sottement enguirlandés de prétentieuses chevilles? Avec quel plaisir on retrouve les vieux tours gaulois, « son geste large ouvert, » les comparaisons formant naturellement image, « s'envola comme une aile, » et jusqu'aux incorrections populaires ou marotiques, « ce *qu'y* a de meilleur ! »

On aime dans *la Mer* à sentir le souffle de vie qui circule partout, à respirer les exhalaisons salines qui rafraîchissent le sang, et *goudronnent* les joues des marbrures vigoureuses de la santé ! On se plaît à entendre gronder ces rafales, s'abattre ces *grains* d'exubérante bonne humeur qui font souvent, comme dirait Gillioury, chavirer le sérieux du lecteur. Au moins, le poète n'est pas un pessimiste, un *grelottard*, un *geignard*, et l'on doit le féliciter de son courage à narguer l'idole du jour, Schopenhauer, ce Young allemand. Il est vrai que l'ouvrage nous présente un certain nombre de complaintes assez lugubres. C'est que la mer, avec ses séductions et ses caresses, est fertile en surprises, riche en trahisons, et que les naufrages font des orphelins et des veuves. Mais la note gaie, hardie, licencieuse aussi, parfois salée, domine, et fait vite oublier les heures moroses. Au fond, quelle population de braves gens nous voyons défiler devant nous ! A ces hâleurs, à ces caboteurs, à ces chaloupiers, la mer communique cette sérénité qu'elle conserve même dans ses plus tumultueux soulèvements. Ah ! je sais bien qu'ils ne parlent pas comme le chevalier de Méré, et qu'ils sont loin de fleurer la poudre à la Maréchale ! Mais ces marins, qui ne sont pas des « marins d'eau de vaisselle (1), » aiment leur foyer, ils adorent leurs enfants, ils acceptent avec héroïsme le danger de chaque jour, et quand la pêche s'annonce bonne, il faut les voir !

> Celui qui trimerait alors en maugréant,
> Serait un failli chien sans cœur et fainéant ;
> Car ça qui du chalut charge et distend les mailles,
> C'est du pain pour les vieux, la femme et les marmailles.

J'ai là sur la langue un mot qui me chatouille, et que je laisse passer malgré mon horreur pour les puériles antithèses ; mais celle-ci me paraît juste, et elle se présente d'elle-même ; rien ne vous remet plus de la lecture de *la Terre* (2) que celle de *la Mer*.

(1) Expression de MM. de Goncourt.

2) Le répugnant ouvrage de M. Zola.

On doit à M. Richepin d'autres poèmes, dont le retentissement, fait de scandale, a dû flatter sa vanité d'auteur. De ceux-là nous ne pouvons, ni ne devons, ni ne voulons parler. Au point de vue de la littérature spéculative, il y reste ce qu'il est dans tous ses ouvrages, (j'excepte, on l'a vù, ses romans, qui manquent de composition et d'unité, et ses pièces de théâtre, où, comme Hugo, il est trop lyrique et personnel,) il reste un écrivain réellement supérieur, certainement le quatrième des grands poètes de ce siècle après Lamartine, Hugo, Musset. De même que celui-ci, par son genre et par son style, il proteste, et c'est un de ses titres à notre reconnaissance, contre l'imitation des littératures anglaise et allemande, contre la bière et le thé, les Walpurgis et les ossianeries, et sa muse toute gauloise, française, le pied léger, la lèvre toute vibrante des refrains d'avril, s'égare volontiers sur les coteaux d'Épernay et les versants ensoleillés où mûrit le Château-Lafitte. Grâce à M. Richepin, nous n'en sommes plus réduits à aller gueuser quelque strophe aquatique auprès des lackistes, ou emprunter quelque pédantesque mignardise aux beaux esprits de l'université de Hall. Ce qu'il chante n'est pas d'importation étrangère. En plus, il a la haine de l'amplification, il ne se cantonne pas dans la poésie scientifique, cette somnifère, il ne court pas quand même après les rimes tuméfiées, ballonneuses, et il se réclame des trouvères ! Que de qualités ! Faut-il ajouter qu'il y a une chose qui égale, qui surpasse notre admiration pour le talent de l'écrivain : notre horreur pour les théories athées du philosophe ?

Le lot des plus humbles, des cadets de Normandie du Parnasse, n'est pas à dédaigner. Le naturaliste, après avoir étudié les cèdres du Taurus, ne doit pas négliger la fougère de nos climats. Après Richepin, on peut encore étudier Soulary.

Certes, le sonnet, avec ses quatre flexibles compartiments, n'est qu'un genre inférieur; mais, comme Boileau l'a remarqué, pour le faire excellent, la difficulté semble presque insurmontable ; aussi ne vient-il à l'esprit de pesonne de révoquer en doute le mérite de ceux qui en ont triomphé :

In tenui labor, at tenuis non gloria.!

Génois d'origine, M. Joséphin Soulary naquit à Lyon en 1815; il commença par être enfant de troupe, mais on ne croit pas qu'il ait longtemps compté sur le fameux bâton qu'il était censé porter dans sa minuscule giberne ; aussi renonça-t-il à suivre le drapeau pour entrer dans les bureaux de la Mairie de sa ville natale. En 1858, malgré le prosaïsme de ses fonctions, il publiait *Sonnets humoristiques*, et, en 1864, *Sonnets, Poèmes et Poésies,* qui furent remarqués et avantageusement cités par Ste-Beuve, heureux sans doute de voir refleurir un genre littéraire dont il avait été le rénovateur. C'est Ste-Beuve qui avait dit :

Moi, je veux rajeunir le doux sonnet en France.
Du Bellay le premier l'apporta de Florence,
Et l'on en sait plus d'un de notre vieux Ronsard.

Quant aux *Sonnets humoristiques* de Soulary, ils comprennent *Pastels et Mignardises*, — *Paysages*, — *Éphémères*, — *les Métaux*, — *En train express*, — *l'Hydre aux sept têtes*, — *les Papillons noirs*.

Tout le monde a lu, et la gravure a popularisé le suivant :

LES DEUX CORTÈGES.

Deux cortèges se sont rencontrés à l'église ;
L'un est morne, — il conduit la bière d'un enfant ;
Une femme le suit — presque folle — étouffant
Dans sa poitrine en feu le sanglot qui la brise.

L'autre, c'est un baptême : — au bras qui le défend,
Un nourrisson bégaie une note indécise ;
Sa mère, lui tendant le doux sein qu'il épuise,
L'embrasse tout entier d'un regard triomphant !

On baptise, on absout, — et le temple se vide.
Les deux femmes alors, se croisant sous l'abside,
Échangent un coup d'œil aussitôt détourné !

Et, merveilleux retour qu'inspire la prière !
La jeune mère pleure en regardant la bière,
La femme qui pleurait sourit au nouveau-né !

Le lecteur nous saura gré de reproduire cette page magistrale de Th. Gautier sur le poète de la Croix-Rousse : « Ce sont des joyaux rares, exquis et de la plus grande valeur, que les sonnets de J. Soulary; toutes les perles y sont du plus pur orient, tous les diamants, de la plus belle eau, toutes les fleurs, des nuances les plus riches et des parfums les plus suaves... Le talent du poète, d'une concentration extrême, est une essence passée plusieurs fois par l'alambic, et qui résume en une goutte les saveurs qui flottent éparses chez les autres poètes. Il possède au plus haut degré la concision, la texture serrée du style et du vers, l'art de réduire une image en une épithète, la hardiesse d'ellipse, l'ingéniosité subtile et l'adresse d'emménager dans la place circonscrite qu'il est interdit de dépasser jamais, une foule d'idées, de mots et de détails qui demanderaient ailleurs des pages entières aux vastes périodes. Ceux qui aiment les lectures faciles et tournent les pages d'un doigt distrait, pourraient trouver le style de J. Soulary un peu obscur ou malaisé à comprendre ; mais le sonnet comporte cette difficulté savante (1). »

Plus d'une fois l'auteur a su renfermer dans ce modeste cadre tout un drame présenté avec une sobriété qui le rend plus poignant :

---

(1) Cf. *les Progrès de la Poésie française depuis 1830*

LA MÈRE.

Quand la mort vient frapper un enfant adoré,
Sa main, du même coup, fait la maison maudite,
Les serviteurs muets, la famille interdite,
L'aïeul inconsolable et le père éploré.

On condamne à la nuit, comme un tombeau muré,
La chambre des adieux où plus rien ne s'agite,
Où l'air jaunit le cierge et sèche l'eau bénite,
Où le lit garde en creux les traits du corps pleuré.

Mais à la porte close et dont le gond se rouille,
Une ombre souvent passe et longtemps s'agenouille,
L'œil collé sur la fente où glisse un jour moqueur.

C'est la mère !.. Son corps est d'un spectre, et son cœur
Gît, stoïque amputé que la souffrance enivre,
Oubliant de mourir et dédaignant de vivre.

Soulary est le chef de l'école des sonnettistes, véritable postérité de Jacob, aussi répandue, mais, du reste, moins gênante que les·lapins en Australie. Tout le monde a fait, en sa vie, un sonnet. Les graves politiques eux-mêmes, sauf peut-être les Royer-Collard, les Guizot, les Troplong, ne se sont jamais bien lavés de ce reproche. Y aurait-il donc autant de sonnettistes en France qu'il y a d'habitants ? On tremble à cette seule pensée. Mais la prévoyante critique a soin de ne donner ce titre enviable qu'aux pionniers acharnés qui peuvent en présenter un nombre suffisant ; ainsi, malgré sa maussaderie notoire, elle s'incline jusqu'à terre devant Autran, qui en a composé trois cent deux, Houssaye, cent un, Jules Lacroix, cent quatre, Fr. de Grammont, deux cent ·soixante-treize, Boulay-Paty, quatre cent quinze (1).

Voici l'ingénieuse théorie de M. Soulary sur le sonnet :

« Le tout est de le faire tenir sur ses jambes ; on n'y

---

(1) Ces chiffres ont été relevés par M. F. Godefroy.

parvient qu'en bourrant ce petit avorton de nourriture, et encore faut-il la choisir avec soin et l'accommoder à son tempérament. Un sonnet pléthorique est aussi désagréable à voir qu'un sonnet exsangue. Je laisse habituellement dormir les petits monstres un mois avant de les peigner, le temps nécessaire pour les oublier un peu. Ce temps écoulé, je les reprends et je leur fais leur toilette ; c'est le plus difficile ; on n'est plus sous l'influence de l'inspiration première ; on juge sévèrement, parce qu'on juge de sang-froid ; et il est rare qu'on ne retouche pas son petit monstre de pied en cap. Heureux encore si on ne le tue pas à force de le bouchonner ! »

Edmond Arnould en a *bouchonné* deux cent quatre-vingt-quatre. Le liège a dû monter !

E. Arnould naquit en 1811, à Dieuze, petite ville du département de la Meurthe, à quelque distance de l'étang de Lindre et de la Seille, et qui devait plus tard donner aux lettres l'auteur du *Roi des montagnes*. Son enfance fut celle de tous les marmots, mais son adolescence est une suite de prodiges pour la volonté et le travail. Le petit écolier qui commença par être maître d'études à 300 francs d'appointements dans le collège où il s'était formé, occupait, lorsque la mort vint le foudroyer, une chaire de littérature étrangère à la Sorbonne (1861). Rien de particulier dans le reste de sa carrière : de garde-chiourme il devient régent dans une ville du Midi, à Auch, avec un traitement annuel de mille francs ; notez que le malheureux universitaire était marié ! Il ne se laissa point abattre par cette misère couleur d'encre, travailla le ventre vide, (il n'en avait que les idées plus nettes,) fut agrégé, docteur, devint un des intimes de Béranger, réussit à se faire apprécier de ses collègues et goûter de son auditoire.

Il n'avait confié à personne, (réserve bien rare !) le

secret de sa passion pour les vers : ses *Sonnets*, publiés seulement, après sa mort, furent présentés au public par le plus autorisé de ses anciens collègues, St-Marc Girardin, qui reconnut hautement son mérite, et même « ses droits à la gloire ».

Ce dernier mot étonnera peut-être si l'on songe à l'incertitude de la forme, à la faiblesse de la couleur, à certaine allure un peu gauche et pesante de la phrase, l'allure du paysan lorrain ! Il ne semblera point exagéré si l'on tient compte de l'élévation des idées et de la flamme de patriotisme qui se reflète en nombre de pages.

Près du nom d'Ed. Arnould nous placerons volontiers celui d'un poète qui est son voisin par les origines, puisqu'il est né à Pont-à-Mousson. Cette petite ville, dont l'opérette et le journalisme charivarique ont voulu faire le Carpentras et le Quimper Corentin de l'Est, mérite mieux que cette funambulesque réputation. Elle tire son nom du pont sur lequel il faut passer pour aller de Nancy à Mousson, très ancienne forteresse construite près de la ville sur la montagne du même nom ; dans des titres du IXe siècle, elle est ainsi mentionnée : *Villa pontûs sub castro Montionis*. En 1572, elle devint le siège d'une Université qui, pendant deux cents ans, jeta un vif éclat par la réputation de ses professeurs.

Un jour que, dans une séance solennelle de cette Université, on se préparait à soutenir certaines thèses, on vit apparaître, au milieu de la foule choisie, une sorte d'hercule ayant tous les dehors d'un bon cultivateur et, d'après une habitude chère à nos rouliers meurthois, portant son fouet suspendu autour du cou. En veine de rire, un novice malicieux lui apporta une des feuilles où étaient inscrits les sujets, en lui demandant s'il ne voulait pas, lui aussi, prendre part à la discussion.— « Qu'à cela ne tienne ! » Et le bonhomme posa son fouet dans un coin, puis, avec une assurance et une érudition des plus étonnantes, il mit bientôt, aux applaudissements de l'auditoire, son jeune interlocuteur à quia. Ce villageois instruit qui avait renoncé à la carrière des belles-lettres, où il aurait pu briller, et qui avait préféré diriger la charrue, était un des ancêtres du poète qui nous occupe.

M. Auguste Charaux, aujourd'hui l'un des professeurs les plus éminents de l'enseignement libre en France, commença par les fonctions de surveillant de collège, comme Ed. Arnould. Comme Ed. Arnould il courut de tribord à bâbord dans la grande galère universitaire, et, qu'on nous passe cette métaphore audacieuse puisqu'il s'agit de villes de l'intérieur des terres, il *fit escale* à Grenoble, à Mont-de-Marsan, à Tarbes. Ce qui constitue une différence marquée entre lui et l'auteur des *Sonnets*, qui ne crut jamais qu'au pâle spiritualisme indécis de Cousin, c'est qu'il est nettement catholique, apostolique et romain, comme il le dit avec une généreuse fierté qui l'honore :

> Je suis chrétien ! Au Christ toute ma poésie,
> Ma haine à l'apostat, ma haine à l'hérésie !

Une de ses plus belles pièces a pour titre : *Rome.* La première partie est datée de 1862, cette époque néfaste où la révolution garibaldienne commençait à démasquer ses visées spoliatrices et à menacer l'indépendance du chef de la catholicité ; la seconde fut composée en 1877, alors que le vol était accompli. En une émouvante apostrophe, l'auteur s'adresse au *roi d'Italie*, et, non sans une éloquence vengeresse, il décrit les remords qui doivent le poursuivre jusque

> dans le vieux Quirinal,
> Où le mena la peur sous un air triomphal.

Mentionnons aussi comme remarquables par la chaleur du sentiment et l'élégante distinction de la forme, les pièces adressées au P. Pillon, l'illustre Jésuite, à Mgr Mermillod, à la Bretagne, et enfin à la Lorraine. A notre avis, ce dernier morceau est le chef-d'œuvre de l'auteur :

> Les Lorrains sont de braves gens,
> Qui n'aiment pas le beau parlage ;
> Simples comme dans le vieux temps,
> Ce sont des Francs de vrai lignage ;
> Or pur, cœurs droits et peu changeants,
> Souvent gais sous un froid visage,
> Les Lorrains sont de braves gens ;
> Ils ont horreur de l'esclavage.
>
> Les Lorrains sont froids et hardis,
> Gens de frontière et de souffrance ;
> Ils sauront chasser les bandits,
> Et mourir pour la délivrance :
> Ils ont le vieux Metz, les maudits,
> Mais nous avons, nous, l'espérance ;
> Les Lorrains sont froids et hardis,
> Et Jeanne, un jour, sauva la France.
>
> Chaque année, on nous voit, Lorrains,
> Fêter le patron du village ;
> Les filles dansent ; les refrains
> Mesurent les pas sous l'ombrage ;
> Les vieillards boivent, attendris ;
> Ils se rappellent leur jeune âge.
> Nous avons les Prussiens maudits.....
>
> C'est un beau pays, ma Lorraine,
> Ma Lorraine est un beau pays ;
> De chaque colline à la plaine,
> De la Moselle aux verts taillis,
> Tout respire la paix sereine ;
> C'est un beau pays, ma Lorraine :
> Les gens sans cœur y sont haïs ;
> Ma Lorraine est un beau pays.

Le hasard, qui a de ces rencontres, nous offre maintenant le nom de M. Louis Ratisbonne. Celui-ci, né en

1827, est le neveu des R.P. Marie-Théodore et Alph.-
Marie Ratisbonne, si connus pour leur abjuration de
la religion juive. Après avoir commencé ses classes
dans ce collège de Strasbourg si aimé, tant regretté de
ceux qui ont eu le bonheur d'y passer leur enfance, il
vint prendre ses grades à Paris, puis se jeta dans la
mêlée, suivant tour à tour le drapeau du journalisme
et celui de la poésie, collaborant aux *Débats* en même
temps qu'il se risquait à donner, (entreprise qu'on
aurait crue irréalisable,) une version littérale de la
Divine Comédie. La traduction existe, complète, et l'on
peut croire qu'il sera malaisé de la surpasser pour
l'exactitude et le relief. *L'Enfer* parut en 1854, *le Purgatoire* en 1857, *le Paradis* en 1859. Mais l'ouvrage
qui a rendu M. Ratisbonne populaire, qui a fait de lui
un successeur et un rival de Ch. Perrault, le grand
amuseur du jeune âge, est la *Comédie Enfantine* (1860),
un de ces recueils, dit T. Gautier, que les mères lisent
par-dessus l'épaule de leurs enfants, et que les pères
emportent dans leur chambre, charmés par la délicatesse d'un art qui se cache.

Qui pourrait lire cettre piécette exquise sans être
tenté aussitôt de l'apprendre ?

LE CŒUR D'UNE MÈRE.

« Ta pauvre mère est bien malade,
Ne fais pas de bruit, mon enfant !
Pas de cris et pas de gambade !
C'est le docteur qui le défend. »

L'enfant se tait. Dans sa demeure
La mort entre pendant la nuit ;
Et quand il se réveille, on pleure.
— « Puis-je à présent faire du bruit ? »

De lui se détourne son père,
Puis on l'habille tout de noir.
— « Ah ! me voilà bien beau, j'espère ?
Je veux voir maman. » — « Viens la voir. »

Et, sanglotant, le père emporte
L'enfant étonné dans ses bras
Jusqu'en la chambre de la morte.
— « Maman !... elle ne bouge pas!

Porte-moi donc sur son lit, père ! »
Et lui, dans ses pleurs étouffant,
Sur le cœur glacé de la mère
Souleva le petit enfant.

— « Voilà celle dont la tendresse
T'a nourri ! Regarde-la bien,
Tu n'auras plus une caresse !
Hélas ! elle n'entend plus rien ! »

Il se trompait. Le cœur sans vie,
Dès que l'enfant chéri fut là,
Se remit à battre, et ravie
Cette mère se réveilla !...

Un des maîtres de la critique a blâmé M. Ratisbonne d'avoir trop calqué le texte, en reproduisant les tercets, un à un, mot à mot, et de s'être, par ce volontaire servilisme, mis dans l'impossibilité de rendre « la grâce et la douceur de l'Homère toscan.» Sans trop insister sur ces deux qualités, qui, n'en déplaise à Villemain, sont loin d'être familières à Dante, il ne semble pas, du moins en thèse générale, qu'il soit pratique de s'inspirer d'un poète dont on présente ensuite la pensée dans un à peu près élégant. C'est revenir, de gaîté de cœur, aux inconvénients des traductions à la d'Ablancourt. Outre qu'il est illusoire dans la plupart des cas, ce système offre le désagrément de déplacer les responsabilités. Quand on rencontre un beau passage, à qui devrons-nous en faire honneur ? Les défauts, à qui conviendra-t-il de les attribuer ? Sera-ce à l'original ou à son Sosie ? En suivant cette méthode on confond tout, et ce qui appartient au dieu et ce qui revient à son prophète. Mieux vaut la sécheresse anatomique de M. Ratisbonne que les libertés prises par M. de Mongis (1), qui, dans son œuvre, si travaillée et si honorable, a voulu « adoucir quelquefois... les couleurs trop vives qui feraient tache aux yeux des lecteurs. »

Siddartha, plus connu sous le nom de Bouddha, (l'éveillé,) presque populaire aujourd'hui sous le troisième nom de Çakia-Mouni, (le solitaire de la race de Çakia,) après avoir été le héros de M. Leconte de l'Isle, est devenu celui de M. Cazalis (2). Çakia, du reste, ne semble pas avoir été ce qu'on entend par un *sujet poétique*. On n'en veut pour preuve que ce détail de sa vie, ou plutôt de sa mort : il succomba aux suites d'une maladie d'estomac contractée pour s'être gavé de porc et de riz.

Le bouddhisme, on le sait, enseigne, et M. Cazalis, qui comme Cabanis est un médecin, un savant et un philosophe, semble admettre : 1° la métempsycose, 2° le positivisme ou agnosticisme, 3° le pessimisme ou la haine de l'existence, 4° l'anéantissement absolu de l'homme, doctrine qui fut comme le testament de Çakia : « Bien chers religieux, dit celui-ci à ses adeptes en mourant, rappelez-vous que le principe du changement entraîne celui de la destruction ; c'est pour vous apprendre cette vérité que je vous ai réunis. »

Désireux de nous conquérir à ces différentes théories, M. Cazalis a emprunté la séduction du mètre poétique. Personne n'était plus digne et plus capable de nous dépeindre l'univers où tous les êtres sont semblables, depuis le moucheron et l'helminthe jusqu'à Indra, jusqu'à Maha, dont le corps a cinquante lieues de long, et la vie, des milliers d'années; personne ne connaît dans le même détail les diverses existences de Çakia, qui fut ermite, brahmane, rôdeur, mendiant,

(1) Cf. *la Divine Comédie* de Dante Alighieri. 1 vol. in-8, Delagrave, 1876.

(2) Henri Cazalis, né en 1840.

colporteur, guenon, perroquet ; personne ne saurait décrire avec autant d'exactitude les vingt-six cieux superposés que reconnaît la mythologie bouddhiste ; personne ne possède aussi imperturbablement la généalogie des bouddhas futurs ou Bodisathwas. Moins heureux que ses coreligionnaires de l'Inde, le bouddhiste parisien de l'an de grâce 1889 n'a pas à sa disposition les dents, les cheveux, les mâchoires, le bâton, la défroque du dieu, non plus que son pot destiné à recevoir des aumônes ; combien il doit regretter de ne pouvoir contempler l'ombre de Çakia, qui s'est fixée sur un rocher, ou vénérer le pas de Bouddha, faible vestige d'un pied qui n'a que trois mètres et demi de longueur !

Par le côté légendaire, le bouddhisme prête singulièrement aux ornements de la poésie : quels sujets de description, pour tenter M. Cazalis, que ce dieu qui s'élève en l'air dans quatre postures, debout, assis, couché, marchant ; qui fait sortir du feu de son œil droit et de l'eau de son œil gauche ; qui crée des sous-Bouddhas à l'aide de la magie et s'entretient avec eux ; qui monte au ciel pour convertir sa mère transformée en dieu masculin, et, pendant qu'un Bouddha imaginaire continue à faire le catéchisme à celle-ci, redescend chaque jour de son empyrée, sur une immense échelle de porphyre et d'or, accompagné de Génies qui frappent sur le gong (1) ?

Il ne faut pas quitter cette religion enfantine et grandiose sans lui rendre la justice qu'elle mérite à certains égards, sans constater qu'elle recommande le renoncement, la charité, la pureté, qu'elle appuie sa morale sur une sanction future, qu'elle proclame la fraternité humaine, maladroitement étendue aux règnes végétal et même minéral ; en revanche, on regrettera

(1) Cf. *le Contemporain*, 1er septembre 1883. *Le Bouddhisme*, par M. l'abbé de Broglie.

qu'elle soit polythéiste, athée, qu'elle tolère l'idolâtrie, la superstition, les jongleries de toute nature, qu'elle soit, en fin de compte, un dissolvant social, une cause de torpeur intellectuelle, et qu'elle fasse une réclame en faveur des moulins à prières!

La nature entière, avons-nous dit, est animée, si l'on en croit Çakia, et le devoir du poète est d'exprimer les sentiments éprouvés par des objets qu'on a supposés trop longtemps endormis dans une immobilité passive : lisons la pièce intitulée *Tristesse des choses* (1) :

> La pierre était triste en songeant au chêne,
> Qui, libre et puissant, croît au grand soleil,
> Du haut des rochers regarde la plaine,
> Et frissonne et rit quand l'air est vermeil.
>
> Le chêne était triste en songeant aux bêtes
> Qu'il voyait courir sous l'ombre des bois,
> Aux cerfs bondissants et dressant leurs têtes,
> Et jetant au ciel des éclats de voix.
>
> La bête était triste en songeant aux ailes
> De l'aigle qui monte à travers le bleu,
> Boire la lumière à pleines prunelles....
> Et l'homme était triste en songeant à Dieu!

Auparavant, dans *l'Illusion* (2), assemblage de fragments dont quelques-uns sont fort inégaux, mais dont beaucoup atteignent presque le sublime, il avait dit les *réminiscences* d'une vie antérieure :

> Certains soirs, en errant dans les forêts natales,
> Je ressens dans ma chair les frissons d'autrefois,
> Quand, la nuit grandissant les formes végétales,
> Sauvage, halluciné, je rampais sous les bois.
>
> ..Quand mon esprit aspire à la pleine lumière,
> Je sens tout un passé qui le tient enchaîné ;
> Je sens rouler en moi l'obscurité première :
> La terre était si sombre au temps où je suis né !

---

(1) Cf. *Melancholia*, 1878, Alph. Lemerre.
(2) 1875.

..Et je voudrais pourtant t'affran hir, ó mon âme,
Des liens d'un passé qui ne veut pas mourir.

....Mais c'est en vain ; toujours en moi vivra ce monde
De rêves, de pensers, de souvenirs confus,
Me rappelant ainsi ma naissance profonde,
Et l'ombre d'où je sors, et le peu que je fus.

Le mérite de M. Cazalis comme penseur est indiscutable, mais il nous semble exagéré par M. J. Lemaître, qui, avec sa bienveillance accoutumée, fait à *l'Illusion*, dans sa bibliothèque, une place à part non loin de *l'Imitation* (1). Près des *Pensées* de Marc-Aurèle, soit !

Catulle Mendès, lui aussi, débuta par le Rig-Véga et les pagodes du Bengale. Kâla, Marût, Pârûcha, Çîras, Prism, Yami et Yama, Tehandra, lui sont familiers. Il ne faudrait pas néanmoins s'en rapporter à la légende mystificatrice qui le représente comme n'écrivant pas un vers sans déballer tout le Ramayana ; quelques pièces, relativement clairsemées dans son œuvre, lui ont fait cette injuste réputation, dont le bon public n'a pas pris la peine de vérifier le bien ou le mal fondé.

M. Mendès est né à Bordeaux, en 1840 ; à l'âge de vingt ans, il publiait la *Revue fantaisiste ;* à vingt-cinq, (on l'a vu plus haut,) (2) il dirigeait le mouvement parnassien ; depuis, il a tour à tour abordé le théâtre, le roman et la poésie (3). Puisqu'on a donné sur le premier *Cénacle* les plus prolixes détails, il y aurait injustice à ne pas faire au moins entrevoir le rez-de-chaussée, désormais historique, où se réunissaient les adeptes de la nouvelle école :

« Un appartement de garçon. Deux pièces : la

---

(1) Cf. *Revue Bleue.* 13 novembre 1888, page 474.

(2) Cf. page 139.

(3) Au théâtre : *la Part du roi*, comédie en 1 acte et en vers (1870) ; *Justice*, drame en 3 actes (1877). Son principal roman est la vie et la mort d'un clown; il a publié *Hespérus* (1869), et *Poésies* (1876).

chambre à coucher et le salon, transformé en cabinet de travail. C'est à peu près meublé ; il y a aux murailles le « *Bon Samaritain* », très étrange eau-forte de Bresdin, et quelques bizarres aquarelles de Constantin Ghuys. Sur les rayons dégarnis de la bibliothèque, épars, mêlés à un Hugo et à un Balzac dépareillés, courant l'un après l'autre, des livres de vers de 1830 et d'hier, le volume d'un ami à côté d'un romantique presque introuvable, *l'Avril, Mai, Juin* de Valade et Mérat, tout près du rarissime *Gaspard de la Nuit* d'Aloysius Bertrand, ce père, cet inventeur du poème en prose. Il viendra du monde ce soir ; on a allumé la lampe — il y a toujours une lampe chez le plus pauvre poète — et toutes les bougies qu'on a pu (1). »

Veut-on la silhouette du maître de céans ?

« Cat. Mendès avait alors vingt-trois ou vingt-quatre ans, mais il en paraissait à peine vingt. Élégant et joli comme un page, ayant le teint d'une vierge et une admirable chevelure d'un blond cendré qu'il laissait tomber en boucles folles sur ses épaules, il était paré d'ailleurs de l'auréole de la gloire. En effet, Mendès avait déjà à cette époque... publié chez Hetzel un très remarquable livre de vers intitulé *Philomela* (2). »

Nous ne céderons pas à la tentation peu spirituelle de dire que l'auteur n'aurait pas dû mettre cet ouvrage au jour, et qu'il eût mieux fait de garder *Philomela — sub umbrâ.* Toutefois l'on ne peut s'empêcher de souligner avec impatience cette préciosité, ces inversions tétaniformes, tant de barbarismes, de tournures ou de mots, qui font tache à côté de strophes attendries par l'émotion, relevées par des pensers énergiques, et souvent débordantes d'un lyrisme sincère et vrai. Il ne manque à M. Mendès pour être un grand poète que le

<hr>

(1) Cf. Coppée. Feuilleton de *la Patrie*, 26 février 1883.

(2) Cf. M. de Lescure. *lib. cit.*, p. 35.

naturel. Mais, s'il était simple, il ne serait ni M. Mendès, ni l'éditeur responsable du Parnassisme ! Ah ! préciosité marâtre, que tu as étouffé d'aiglons dans l'œuf !

1° L'École de 1865 se présentait comme une protestation contre l'école du bon sens, (Delavigne, Ponsard et consorts.)

2° Le motif immédiat de cette levée de boucliers était le délabrement où végétait l'alexandrin, avec le rachitisme de sa structure intime, la pesanteur de ses hémistiches, la vulgarité de ses coupes et de sa cadence.

3° Les signes de ralliement des novateurs étaient l'enrichissement de la rime, même au détriment de la pensée, la mise en pratique de tous les menus secrets du métier de poète, une orthodoxie toute janséniste, toute calviniste, dans la technique de la strophe et du vers.

4° Les déités adorées dans le nouveau temple étaient V. Hugo, Baudelaire, Leconte, Banville.

5° En somme, il y a dans le Parnassisme non une question d'esthétique savante mais une question de virtuosité toute matérielle. A leur façon, ces jeunes poètes renouvellent la *Guerre cicéronienne* du XVIe siècle, ils sont les Sadolet, les Politien, les Bembo de la poésie ; leurs prédécesseurs ne voulurent accepter aucun mot qui ne fût dans Cicéron ; ceux-là, non moins raffinés, non moins difficiles, repoussent toute mélopée qui ne relève ni des *Contemplations* ni des *Orientales*.

6° La poésie réformatrice est tout objective. Des Parnassiens, les uns s'adressent à notre goût, les autres à notre ouïe, d'autres à notre vue, multipliant qui les odeurs, qui les sons, qui les reliefs. Parlez-leur d'élever le niveau des idées morales, de faire l'éducation des foules par la prédication du vrai et du bien, ils vous accusent d'être une « vieille barbe de 48 » ; entamezvous la question de psychologie, ils vous demandent si la' santé de M. Th. Jouffroy « ne s'est pas améliorée dans ces derniers temps ?»

Le *homo sum* de Térence, le *sæpe mihi dubiam* de Claudien, le *caritas generis humani* de Cicéron, le *virtutem videant* de Perse, n'existent pas pour eux. Dites-leur que St Thomas reconnaît onze passions, ils vous toisent d'un regard de bronze. Une seule chose pourrait, à la rigueur, les faire sortir de cette froideur de nénuphar, c'est le bruit d'un vers qui ne dit rien et sonne le creux :

> Lorsque la coupe est vide, elle en est plus sonore !

Le néant de la pensée, tel est leur idéal. C'est la machine pneumatique appliquée à la poésie ! Nous n'ignorons pas que M. de Banville a dit :

> Il faut à l'hexamètre ainsi qu'aux fiers arceaux
> Des églises du nord et des palais arabes,
> Le calme, pour pouvoir dérouler les anneaux
> Doucement lumineux de ses douze syllabes.

La littérature parnassienne, objective, plastique, avec ses enluminures, son vermillon et son fard, qui s'interdit l'émotion, la gaîté, la douleur, l'espérance, a le tort de ne pas mettre le lecteur à l'unisson du poète. Comment s'intéresser à des écrivains qui manquent de principes, qui ne se proposent aucune noble conquête à tenter, qui ne choisissent pour drapeau, dont le triomphe leur soit cher, ni le christianisme, ni la liberté, ni la monarchie, ni la république, ni le foyer, ni la patrie, ni le relèvement social ? Toutes leurs myriades de sonnets et de descriptions sont d'une impersonnalité qui rebute, d'une stérilité qui désole : cataclysmes de mots, steppes d'idées ! Le règne de l'idée est fini ; tout pour l'écho ! L'heure est sonnée au beffroi du néo-romantisme de rendre son rang à la rime. La rime est une esclave et ne doit qu'obéir, avait dit Boileau ; *la rime est la maî-tresse, elle doit commander,* prononcèrent les Parnassiens. Aussi que de belles rimes ! Dès lors, comme un modèle dont, à tout prix, il fallait s'approcher, (dût-on, comme les alexandrins, recourir à l'ἁπλωσις,) on eut devant les yeux les deux fameux vers qui riment ensemble tout entiers, de la première à la dernière syllabe :

> Gal, amant de la reine, alla, tour magnanime,
> Galamment de l'arène à la tour Magne, à Nîme (s.)

Une fois donc que le sacramentel *allez* eut été prononcé, on vit une foule bariolée, ivre des eaux d'Hippocrène, s'élancer dans la nouvelle carrière. L'un des plus impatients, M. Albert Mérat (1), portait les couleurs de la Poésie, et brandissait un volume sur lequel on lisait *Chimères;* non loin de lui, M. Léon Cladel (2) faisait fort bonne mine avec *son âne,* gentil sonnet qu'il lisait à la foule émerveillée :

MON ANE.

> Il avait sur l'échine une croix pour blason !
> Poussif, galeux, arqué, chauve et la dent pourrie,
> Squelette, on le traînait, hélas ! à la voirie,
> Je l'achetai cent sous, il loge en ma maison.
>
> Sa langue avec amour épile ma prairie,
> Et son œil réfléchit les arbres, le gazon,
> La broussaille, et les feux sanglants de l'horizon ;
> Sa croupe maintenant n'est plus endolorie.
>
> A mon approche, il a des rires d'ouragans,
> Il chante, il danse, il dit des mots extravagans,
> Et me tend ses naseaux imprégnés de lavande.
>
> Mon âne, sois tranquille, erre et dors, mange et bois,
> Et vis joyeux parmi mes prés, parmi mes bois ;
> Va, je te comblerai d'honneurs et de provende !

(1) Né à Troyes, en 1840, est un écrivain d'une distinction rare. Les *Chimères* datent de 1864, les *Souvenirs* de 1872, l'*Adieu* de 1873, *Au fil de l'eau,* 1877.

(2) Né à Montauban en 1835, est surtout connu comme romancier. Plus d'un de ses ouvrages en ce dernier genre a obtenu un succès européen. (Les *Va-nu-pieds,* 1873.)

Plus loin, Léon Valade ! Né en 1841, celui-ci avait été secrétaire de Cousin à l'époque où le fameux éclectique, revenu de la philosophie, consacrait son talent de biographe aux héroïnes de la Fronde ; il se dégoûta bientôt de vivre dans l'intimité harpagonesque du rival de Larochefoucauld, et entra dans l'administration de l'Hôtel-de-Ville. Ses *Madrigaux amers* dénotent de la finesse, l'entente du métier, une subtilité maladive. On connaît de lui des triolets fort bien tournés, et, dans le sonnet, il est presque le rival des maîtres par son dilettantisme :

SUR UN BANC.

L'enfant,qu'on eût pu mettre aux mains d'une Madone,
Tant il était mignon, s'amusait gravement.
Sa joue était si pure et d'un ton si charmant
Qu'un pareil chérubin eût tenté Giorgione.

Il bâtissait avec du sable, par moments
S'arrêtant pour juger si son œuvre était bonne,
Comme il avait sali ses mains, et si sa bonne
Était trop près avec son regard alarmant.

Et pensif je suivais avec un charme étrange
Les importants travaux de ce beau petit ange.
Se sentant observé, peut-être par hasard,

L'enfant leva sur moi sa tranquille prunelle,
Et me contraignit presque à baisser le regard.
— Austère tribunal ! Enquête solennelle !

On a de M. Paul Bourget *Édel* — *Les Aveux* (1876-1882). Le livre troisième est intitulé *Spleen*. Chénier, lors de son séjour à Londres, avait déjà donné cette note macabre ; le titre de certaines pièces est significatif : *Fatuité triste,* — *Substitution,* — *Récurrence,* — *Sur une tête de mort,* etc. De 1872 à 1876, il avait publié *Délicatesses,* recueil de petits morceaux, genre Arsène Houssaye, première manière : l'imitation de Lamartine s'y accuse trop souvent ; le style semble indécis, parfois même incolore, ce qui est de nature à surprendre de la part du très ingénieux écrivain ; mais il n'avait pas encore trouvé sa véritable voie de psychologue. Tel qu'il est, le livre promettait ; on sait si l'auteur a tenu depuis :

> Quotque in flore novo pomis se fertilis arbos
> Induerat, totidem autumno matura tenebat.

Le sonnet suivant peut compter parmi les meilleurs de M. Bourget :

EN LISANT MICHELET.

Napoléon fuyait le flamboyant Moscou,
Et son traîneau filait sur la neige glacée,
Tandis que dans ses yeux bleu-pâle, sa pensée,
Farouche, semblait dire à son destin : Jusqu'où ?

Une riche fourrure enveloppait son cou ;
Une toque encadrait sa figure engraissée,
Livide, quand des plis de la neige amassée
Chaque soldat couché se dressait tout à coup.

C'était un vétéran d'Égypte ou d'Italie,
Qui lui criait avec une voix affaiblie :
« Du pain, père, du pain ! » Lui, ne répondait pas.

Un étrange frisson errait sur sa figure,
Et le vieux compagnon de ses premiers combats
Disait : « Père, pardon ! » et baisait sa fourrure.

Nous implorons du lecteur la grâce de nous arrêter un instant pour souffler, reprendre haleine au milieu de ce débordement de sonnets. Ch. Labitte éprouvait, disait-il, une fatigue et un écœurement au delà de toute expression à feuilleter les in-folio renfermant les œuvres des prédicateurs du XIVe et du XVe siècle ; qu'aurait dit l'ingénieux écrivain s'il lui eût fallu rendre compte de tous les sonnets éclos depuis trente ans ? Les sonnets dépassent le milliard, le nombre de minutes écoulées depuis la naissance de Jésus-Christ jusqu'au Centenaire de la Révolution de 1789. Mis bout à bout, on en ferait septante fois septante tours Eiffel. C'est à croire qu'on les confectionne avec des machines mues par la vapeur ou l'électricité ! Il n'est aujourd'hui caporal des bataillons scolaires qui n'ait, dans un maroquin en cuir plus ou moins moscovite, un recueil de pièces composées de quatorze vers, et placées sous l'invocation des très honorés seigneurs Malleville et Gombaud.

L'histoire rapporte que la Muse tragique, ulcérée des outrages qu'elle avait subis dans les premières années du XIXe siècle, réclama de Zeus une satisfaction exemplaire. Il s'agissait de punir l'humanité coupable de préférer Shakspeare à Sophocle, Hugo à Racine. Et Jupiter, toujours bénin, bénin, dit :

« Pour châtier les mortels, je donne une queue au Romantisme. Est-ce assez ? »

Une voix caverneuse répondit : « Non ! »

— « Eh bien ! je déchaînerai une nouvelle variété de drame classique, je laisserai *Agnès* de Méranie... »

— « La peine est grave, observa la voix, mais non suffisante ; il me faut davantage. »

— « Je vais leur lancer le naturalisme... »

Melpomène ne put réprimer un sourire, mais, reprenant son air maussade, elle dit : « Plus loin encore ! »

— «... Le symbolisme, le bouddhisme, le décadisme, le floupettisme ! »

— « Non ! »

— « Il ne me reste plus, dit alors le justicier, qu'à faire jouer le grand ressort. »

Et il ouvrit avec délicatesse une petite boîte volontairement oubliée par Pandore : il en sortit un petit avorton prétentieux, bellâtre, portant corset et monocle : il s'appelait le Sonnet.

A sa vue, Melpomène sourit ; elle avait un vengeur.

Auteurs de sonnets ou non, il est un certain nombre

de poètes que nous voudrions pouvoir étudier avec l'attention qu'ils méritent. Au premier rang de ces écrivains que les étroites limites de notre ouvrage nous contraignent de sacrifier, nous placerions Saint-Cyr de Rayssac (1837-1874), véritable Paul de Molènes de la poésie, parlant d'instinct une langue de race, bref, un Alfred de Vigny mort sans avoir pu composer les définitifs chefs-d'œuvre; Antony Valabrègue, poète aux inspirations moyennes, se plaisant dans les descriptions de sa chère province, habile à mettre du G. Sand, *(François le Champi, etc.,)* en vers dignes de la pastorale ; L. Xavier de Ricard, lutteur toujours sur la brèche, l'un des chefs de la jeunesse intelligente et remuante sous le second Empire, talent qui vise au grandiose, et parfois touche le but ; Frédéric Plessis, négligé mais aimable, un Lafontaine d'avant les *Fables*, et qui met ses bas à l'envers un peu plus souvent qu'il ne convient peut-être ; Amédée Pigeon, qui tiendrait une place très distinguée si, absorbé par mainte autre occupation, journaliste, excursionniste, voyageur, reporter à la façon de M. de Blowitz, le grand interwiew du *Times*, il ne manquait du loisir nécessaire pour perfectionner ses œuvres ; Camille Delthil, un de ceux chez lesquels, à côté de sérieux dons poétiques, s'accuse de plus le vice du genre, la prolixité dans l'affectation ; Gabriel Vicaire, écrivain coloré, épicurien bon enfant, qui a gentiment chanté la maison aux « volets verts » rêvée par le citoyen de Genève ; sa dernière œuvre, *le Centenaire de 1789*, n'est point passée inaperçue ; Louisa Siefert, une réduction non sans charme de Mme Desbordes-Valmore ; M. Pracy, que Maxime Gaucher appelle un « poète tout enfiévré de la vingtième année (1) ; »

(1) Cf. *Revue bleue*, 7 juillet 1888, p. 29.

M. Auguste Jehan (1), « artiste maniant habilement le vers ; » M. Jean Bertheroy, (une grande dame, nous dit-on, se cacherait sous ce pseudonyme,) qui a composé *Vibrations* (2), recueil où sont abordés les sujets les plus divers, contes badins, ballades en style villonesque ou marotique, graves questions contradictoirement discutées de Parménide à Lamartine, de Lucrèce à Sully-Prudhomme, immortalité de l'âme, Providence, éternité de la matière, justice absolue.

M. Jacques Normand, qui, gaspillant en productions spirituelles mais hâtives un assez riche fonds d'idées, d'images et de sentiments, semble condamné au rôle d'improvisateur, et rappelle tantôt l'humour d'Albert Millaud, tantôt le faire négligé des balivernes *d'Italie et d'Espagne* de Musset. Œuvres éphémères, durée éphémère. Ces chroniqueurs en vers ou en prose ne laissent guère qu'un nom. Pour les premiers, à quoi bon avoir, pendant des années, bouleversé de fond en comble le dictionnaire de Richelet ?

Un schisme ne devait pas tarder à se produire dans le nouveau Cénacle : M. Paul Verlaine en fut le Calvin. Vers 1866, il avait composé les *Poèmes saturniens*, où il imitait Leconte de l'Isle, puis il publia les *Fêtes galantes*, « le chef-d'œuvre du joli, » (3) et qui relève de Banville, puis la *Bonne Chanson*, enfin les *Romances sans paroles*, « échappées de plein air, croquées çà et là en Belgique et en Angleterre, fines aquarelles aux teintes délicatement lavées, nuancées avec beaucoup d'art (4). » Dans ce dernier livre seul, il rejette les liens qui l'emmaillotent, et, pour toujours, secoue la poussière de ses cnémides sur les sentiers du moderne Parnasse ; il crée alors l'*École Suggestive* ou *Impres-*

---

(1) *Voluptés et Parfums*, 1 vol. Albert Savine, Paris, 1888.
(2) 1 vol. Paris, Paul Ollendorff, 1888.
(3) Cf. *Samedi-Revue*, 30 mars 1889, p. 197, (article de Bezuel d'Esneval.)
(4) Ibid.

sionniste, genre littéraire dont voici, suivant d'aucuns, le parfait modèle, le *verbe* !

> Il pleure dans mon cœur
> Comme il pleut sur la ville,
> Quelle est cette langueur
> Qui pénètre mon cœur ?
>
> O bruit doux de la pluie
> Par terre et sur les toits !
> Pour un cœur qui s'ennuie,
> O le chant de la pluie !
>
> Ii pleure sans raison
> Dans ce cœur qui s'écœure.
> Quoi ! nulle trahison ?
> Le deuil est sans raison.
>
> C'est bien la pire peine
> De ne savoir pourquoi,
> Sans amour et sans haine,
> Mon cœur a tant de peine.

Que signifie ce mot *suggestif* appliqué à la poésie, sinon qu'elle suggère des idées ? Eh mais ! c'est là le propre de toute littérature bien comprise. Un récit d'Homère fait penser, de même un fragment d'Empédocle, un raisonnement de Lucrèce, un tableau de Virgile, une satire de d'Aubigné, une fable de Lafontaine, une méditation de Lamartine, une Nuit de Musset. Veut-on dire que cette poésie ne fait qu'effleurer l'idée, et qu'elle nous laisse le soin de terminer, de préciser la sensation reçue ? Dans cette hypothèse, l'écrivain ne devrait employer que l'épithète de *nature*, qui, plus vague, donne plus d'espace à l'imagination du lecteur. Semblable théorie est bien difficile à soutenir. C'est revenir à l'enfance de l'art, au *vin humide*, à la *neige blanche* ! Voici, du reste, le *Credo* du nouveau Parnasse :

De la musique avant toute chose,
Et pour cela préfère l'Impair,
Plus vague et plus soluble dans l'air,
Sans rien en lui qui pèse ou qui pose.

Il faut aussi que tu n'ailles point
Choisir les mots sans quelque méprise :
Rien de plus cher que la chanson grise
Où l'Indécis au précis se joint.

C'est des beaux yeux derrière des voiles,
C'est le grand jour tremblant de midi,
C'est par un ciel d'automne attiédi,
Le bleu fouillis des claires étoiles !

Car nous voulons la Nuance encor,
Pas la couleur, rien que la nuance !
Oh ! la nuance seule fiance
Le rêve au rêve et la flûte au cor !

Fuis du plus loin la pointe assassine,
L'esprit cruel et le rêve impur,
Qui font pleurer les yeux de l'Azur,
Et tout cet ail de basse cuisine.

Prends l'éloquence et tords-lui son cou !
Tu feras bien, en train d'énergie,
De rendre un peu la rime assagie.
Si l'on n'y veille, elle ira jusqu'où ?

Oh ! qui dira les torts de la rime ?
Quel enfant sourd ou quel nègre fou
Nous a forgé ce bijou d'un sou
Qui sonne creux et faux sous la lime ?

De la musique encore et toujours !
Que ton vers soit la chose envolée
Qu'on sent qui fuit d'une âme en allée
Vers d'autres cieux à d'autres amours.

Que ton vers soit la bonne aventure,
Éparse au vent crispé du matin,
Qui va fleurant la menthe et le thym...
Et tout le reste est littérature.

Le poète réclame de *la musique :* Racine, André Chénier, Lamartine, y songèrent avant lui. Quant à *l'Im-*

pair, on en reconnaît volontiers la vertu magique, si vantée par les Alexandrins et la Kabbale; mais pourquoi adopter ce vers de neuf syllabes, plus boiteux qu'Héphaistos lui-même? Le vague ! n'en est-on point excédé après l'orgie de lackisme qui signala ce premier tiers de siècle ? Le chiffre pair n'est pas *soluble dans l'air ?* Cela signifie, sans doute, qu'il est trop symétrique, et qu'on en saisit trop nettement les contours. Soit ! mais en quoi le vers de neuf syllabes, qui est impair, serait-il plus pesant que l'alexandrin, qui en compte douze, et qui *non impare gaudet ?* L'inégalité de hauteur des deux rotules n'est pas une condition forcée de rapidité dans la course : au contraire, ce semble. M. Verlaine hait la « pose ». Est-ce une nasarde destinée à ses anciens confrères en parnassisme? Ne pas *choisir les mots sans méprise :* en d'autres termes, scrupuleusement soupeser la valeur des expressions dont on se sert, Boileau l'avait dit, et Horace. La *chanson grise :* sans doute le nébuleux ; l'Allemagne, avec son Werthérisme, nous en a trop longtemps inondés. Trouver le *point de jonction entre le Précis et l'Indécis :* ici nous souscrivons des deux mains ; il faut, en effet, ne trop sacrifier ni à la réalité ni à l'idéal ; mais comment réussir dans cette combinaison ? voilà ce qu'il importait de connaître, et ce que le législateur néglige de nous apprendre. Je passe sur les *beaux yeux* et le *bleu fouillis*, qui sont connus, les premiers depuis la marquise si chère à M. Jourdain, le second depuis les « pleurards à nacelle ». *Préférer la nuance à la couleur :* cette règle, Ste-Beuve l'a mille fois prônée, il l'a surtout mise en pratique dans la prose fuyante et capricieuse de ses *Lundis*.

En somme, rien de bien original. Faut-il continuer l'examen, et demander à M. Verlaine pourquoi il proscrit la pointe dans le pays de Voiture, l'esprit dans celui de Lafontaine, le rire dans celui de Molière, l'éloquence dans celui de Corneille ? Mais qu'il est dans le vrai chaque fois qu'il proteste contre l'envahissement tyrannique de la rime ! Rappelons-nous cette preuve de bon sens quand nous lisons des vers comme :

> La lune plaquait ses teintes de zinc
> Par angles obtus;
> Des bouts de fumée en forme de cinq
> Sortaient drus et noirs des hauts toits pointus.

> Le ciel était gris. La bise pleurait
> Ainsi qu'un basson.
> Au loin un matou frileux et discret
> Miaulait d'étrange et grêle façon.

> Moi j'allais rêvant du divin Platon
> Et de Phidias,
> Et de Salamine et de Marathon,
> Sous l'œil clignotant des bleus becs de gaz.

Dans son récent volume, *Sagesse* (1), M. Verlaine qui, par l'instabilité de son sens moral, rappelait le paysan ivre de Luther, a trouvé son chemin de Damas; devenu résolument catholique, il s'agenouille devant l'autel où s'accomplit le sacrifice de *l'Homme-Dieu*, il implore la Sainte Vierge, il paraphrase, il égale presque *l'Imitation*.

Avant de déposer à la porte du Décadisme l'obligatoire P. P. C., mentionnons les licences que ce système prend avec les vieilles règles. Droit de bourgeoisie au vers de 9, à celui de 11, à celui de 13. Autorisation de mettre de suite quatre rimes féminines ou masculines différentes. Pour le vers de 10 syllabes, *dans la même pièce*, césure placée tantôt après la quatrième syllabe, tantôt après la cinquième, brisure de cadence intolérable pour l'oreille, aneurythmie des moins justifiées ! Prédilection fébrile pour les assonances et les vers léonins.

---

(1) Librairie Palmé.

Faut-il dire ce que nous croyons être la vérité, rien que la vérité, toute la vérité ? Le décadisme est une typhlite littéraire, et M. P. Verlaine est l'Homère de *l'aphasie*, (exception faite pour *Sagesse*.)

En passant de M. Verlaine à M. Mallarmé, nous ne quittons pas le domaine de la fantasmagorie : seulement, au lieu du décadisme nous avons le symbolisme. M. Mallarmé a exposé ses théories dans un *Traité du verbe* enrichi d'un *Avant-dire*. Et d'abord, en quoi *verbe*, qui est ici amphibologique, vaut-il mieux que *élocution*, et en vertu de quels considérants a-t-on voué à l'ostracisme *Avant-propos*, compris de tous, pour le remplacer par *Avant-dire*, qui, je crois, n'a pas l'air très rusé ?

Prenons donc, et lisons :

« L'idée, qui seule importe, en la vie est éparse. Aux ordinaires et mille visions (pour elles-mêmes à négliger) où l'Immortelle se dissémine, le logique et méditant poète les lignes saintes ravisse, desquelles il composera la vision seule digne : le réel et suggestif symbole d'où, palpitante pour le rêve, en son intégrité nue se lèvera l'idée première et dernière ou vérité. »

Cassons la noix.

M. Mallarmé nous apprend donc que l'Idée est disséminée dans la nature, qu'elle est surchargée de force embroussaillements, qui sont des quantités sans valeur pour l'artiste. Suivant lui, le rôle de ce dernier est de savoir séparer le bon grain de l'ivraie, c'est-à-dire le durable du contingent, et, à l'aide de ces éléments ainsi recueillis çà et là, de former le symbole qui incarnera dans une vivante réalité l'impression qui domine en son âme.

Après avoir constaté que notre glose n'est pas sensiblement plus lucide que l'original, nous ferons observer que les vrais poètes de tous les temps, sauf les naturalistes ou naturistes, ont procédé à la sélection que promulgue le du Bellay du Symbolisme. A la suite de M. Mallarmé, MM. Roujon, Wizewa, Jean Moréas, Léon Duvauchel, Jean Lorrain, Louis Tiercelin, Ghil, Arthur Rimbaud, Gustave Kahn, et autres célébrités de l'avenir, définissent ainsi la mission de l'Art : « Il donne la sensation d'un parfum d'iris exhalé par quelque tissu idéal, ou d'un missel dans sa gaîne d'or, précieuse relique d'un archevêque de Persépolis (1). » Faut-il absolument que l'archevêque soit de Persépolis? Celui de Trébizonde ou d'Alep ne ferait-il pas aussi bien l'affaire ?

En veine de découvertes, M. Mallarmé nous apprend, non pas comment on doit disposer les lèvres pour prononcer les lettres, mais la valeur, que dis-je? la couleur, oui, la couleur des lettres. Or, sachez que *a* est noir, *e* blanc, *i* bleu, *o* rouge, *u* jaune. (M. Arthur Rimbaud penche cependant pour croire que *u* est vert. L'avenir seul décidera.)

Chaque lettre correspond à un instrument de musique : *u* est la flûte, *o* la trompette, *i* le violon, *e* la harpe, *a* l'orgue. Il ne manque que le trombone à coulisse.

Et dire que, lorsque M. Mallarmé veut bien condescendre à s'exprimer à peu près comme tout le monde, il laisse tomber de sa plume de beaux vers, de très beaux vers ! Qu'il mette bas son *loup*, et nous apparaisse tel qu'il est, richement doué, avec un sens très aigu de l'harmonie, en mesure de produire une œuvre: ses disciples l'imiteront. Nous en connaissons quelques-uns, et non des moins autorisés, et nous tenons de source certaine que, loin de regarder la littérature «comme un ail de basse cuisine, » ils se livrent à une étude assidue, minutieuse, des merveilles poétiques

---

1. Cf. *Revue bleue*, 17 novembre 1888, p. 635.

léguées par les anciens; nous en connaissons,(il en est jusqu'à deux que nous pourrions nommer,)qui ne passent pas *un seul jour* sans lire, apprendre par cœur, analyser Lucrèce, Catulle, Horace, Théocrite, mais surtout Juvénal, ce maître homme. Je ne serai pas démenti par MM. Maurice Barrès et Stanislas de Guaita... mais j'oublie qu'à l'heure actuelle M. de Guaita, l'auteur distingué des *Oiseaux de passage*, est considéré comme l'un des plus convaincus parmi les *Mages* de la deuxième Babylone, et que M. Barrès, devenu journaliste, chante *Io Triumphe* en l'honneur d'un général célèbre.

Il nous resterait bien à parler du *Deliquescentisme*, (c'est le *Dégel* en poésie,) mais il manque de gaîté ; à ce dernier point de vue,il ne peut soutenir la comparaison avec la *Symphonie des fromages*, ou avec la chanson *Y avait qu' des muff' à c't' noce-là !* ou avec la fameuse complainte des étudiants dont nous parle M. Hugues Le Roux : c'étaient deux amuseurs qui, n'ayant jamais regardé un livre, sont refusés à leurs examens; décidés à bien travailler, ils suivent des cours, mais aussi

> Comme ils n'avaient pas l'habitude,
> Sont morts tous deux au bout d'un an.

Par bonheur pour nous, il est encore des poètes de bon sens !

M. E. Grimaud a collaboré à la composition de l'épopée royaliste de la fin du XVIII⁰ siècle, de ce qu'on a souvent appelé le *Romancero* de la Vendée, par la publication des *Chants du Bocage*, consacrés au récit des héroïques aventures où s'immortalisèrent les La Rochejacquelein,les Bonchamp, les Cathelineau,les de Lescure ; l'année 1832, si riche en péripéties, n'est pas oubliée, et l'odyssée de la vaillante duchesse de Berry renferme un certain nombre de vers d'une énergie passionnée ; la note moqueuse ne manque même pas. Témoin ce sonnet :

La duchesse vient d'entrer en Bretagne,
Jupon court aux flancs, coiffe blanche au front ;
Bien fins les limiers qui devineront
Son rang et le rang de qui l'accompagne.

Un certain effroi dans Nantes les gagne,
Quand vers un abri leur pied va plus prompt.
Une femme appelle et les interrompt :
— « Ce panier est lourd comme une montagne !

» Si ton bras tendu m'aide à le charger,
» Je t'offre, ma mie, un fruit à manger. »
Madame, en riant, accepte l'échange,

Elle prend la pomme aux sucs frais et doux,
Puis à belles dents Son Altesse mange...
Royale étiquette, où donc êtes-vous ?

Dans le même ordre d'idées, il faut citer avec honneur le nom de M. Anatole de Ségur, qui a donné souvent des preuves de la persistante vitalité intellectuelle, heureux don de sa famille. Le *Sursum Corda*, ouvrage fait, pour ainsi dire, « des malheurs et des larmes de la France » de 1870 à 1872, déborde des plus généreux sentiments et atteste la *vis poetica*.

M. A. Paysant nous semble le plus remarquable disciple de M. Eug. Manuel. C'est une œuvre honnête, élevée, gracieuse, que *En famille* (1). Les vers qui suivent ne sont-ils point dignes d'être comparés au chef-d'œuvre de Remi Belleau ?

Ainsi le jeune Avril qui fait éclore aux branches
Tant de parfums naissants et tant de bourgeons verts,
Sent sur le frêle éclat de toutes ses fleurs blanches
Passer comme un adieu le frisson des hivers.

Quand le soleil a bien épanoui la sève,
Soudain dans les rameaux un vent glacé s'élève ;
Et des bois souriants, du ciel qui fond en pleurs,

(1) Chez Lemerre.

> Se mêlent à la fois les pleurs et le sourire,
> Et la neige et les fleurs, et l'œil ne saurait dire
> S'il fleurit de la neige ou s'il neige des fleurs.

A M. Pierre Nebout, qui nous a donné *Études et Poèmes* (1), on reconnaît volontiers de l'originalité, du mouvement, tout en regrettant des licences de grammaire, (bah ! M. Nebout est professeur !) et quelques négligences (2), (voulues peut-être,) qui gâtent de belles pièces, comme les *Cariatides*. L'avenir est à ces deux poètes, l'un, (M. Paysant,) qui chante la foi chrétienne, la nature et le foyer; l'autre, esprit traversé par le doute, et dont l'inspiration, encore incertaine, a flotté jusqu'ici entre la *Ballade à la Lune* et le *Pèlerinage de Child-Harold.*

Combien le critique trouve sa tâche agréable lorsqu'il découvre une œuvre qui mérite des éloges à peu près sans restriction ! Quel bonheur pour lui de jeter là son paquet de férules, pour tresser une couronne à l'heureux vainqueur ! Cette réflexion nous est inspirée par la lecture du recueil de poésies du P. Victor Delaporte (3). Aimez-vous les rimes dont la richesse n'empiète jamais sur le sens, aimez-vous dans la narration une vivacité qui fait songer à la marche accélérée de nos petits chasseurs à pied; *le trait*, cette qualité si française, que nos poètes contemporains semblent avoir désapprise ; la gaîté franche et sereine, relevée par une pointe d'érudition ; la manifestation éloquente de la foi catholique :

---

(1) Chez Ollendorff.

(2)   Et je viens à cette heure où *dans* le champ désert
              Le soleil qui flamboie et se plonge et se perd,
              Lorsque le Parthénon qui *dans* les airs s'élance
              Paraît plus grand encor *dans* ce vaste silence, etc.

(3) Le P. Delaporte est né en 1846 ; au petit séminaire de Séez, il eut pour professeur de grec le célèbre abbé Maunoury, cet helléniste convaincu qui pleurait en traduisant à ses élèves la Prière de Priam à Achille ; il fut ensuite professeur lui-même à Poitiers et rue de Vaugirard. Aujourd'hui il est le Brunetière des *Études religieuses, philosophiques*, etc, publiées par les Pères de la Compagnie de Jésus.

ouvrez les *Récits et Légendes*. Le premier mérite, c'est l'originalité de l'écrivain. D'abord on est dérouté. Quoi ! vous dites-vous, c'est un savant et grave religieux qui a tant d'esprit, et qui le montre à l'heure même où la persécution sévit contre lui et les siens ? On ne s'étonnera pas, je suppose, de trouver du talent dans l'Ordre qui a donné des milliers de littérateurs ingénieux et érudits, et du courage chez les successeurs et les disciples des PP. Clair et Olivaint ! Dans une pièce admirable, l'auteur rapporte la parole du P. Ducoudray au P. Chauveau, le matin du 5 avril 1871 :

> Au temps où se joua l'infâme tragédie,
> Où Paris, arborant à son front l'incendie,
> Sous le rouge haillon répandit en dansant
> Des ruisseaux de pétrole et des fleuves de sang ;
> Un soir, — c'était un soir de la grande semaine, —
> De sombres bataillons, brutes à face humaine,
> S'abattirent au seuil d'un asile béni,
> Nouveau Cénacle, ou, mieux, nouveau Gethsémani.
>
> Dans leur orgueil aveugle et leur joie imbécile,
> Ils traitaient de haut fait leur prouesse facile ;
> Les braves ! ils avaient, pour butin ce soir-là,
> Onze religieux, enfants de Loyola !
> Aussi, comme salaire après tant d'énergie,
> Ils réclamaient de l'or et du vin pour l'orgie ;
> Et, joignant la menace aux blasphèmes moqueurs,
> Ils raillaient les vaincus comme il sied aux vainqueurs.
>
> Puis le clairon sonna la marche de victoire ;
> Et ces Judas traînaient leurs captifs au Prétoire,
> Hurlant leur *Marseillaise* au refrain hébété,
> Le long des murs salis du nom de Liberté.
> Malgré les cris de mort, l'insulte meurtrière,
> Les victimes passaient achevant leur prière,
> Et les prêtres tout bas s'offraient au Dieu vivant.
> Tout à coup l'un d'entre eux, qui marchait en avant,
> Et qui, plus tard, ouvrit devant ces cannibales
> Ses lèvres au pardon et sa poitrine aux balles,
> A l'un de ses amis, en lui montrant les cieux,
> Dit : « *Ibant gaudentes*, » ils s'en allaient joyeux !..

Le cortège, un moment, faisant trêve à l'outrage,
Même sans le comprendre admira ce courage.

Ils s'en allaient joyeux, souriant aux bourreaux !...
Mais ne sommes nous pas les fils de ces héros,
Frères de ces martyrs, radieuse hécatombe,
Héritiers de leur cœur ainsi que de leur tombe ?
Une mère a formé dans un même berceau
Les saints de la Roquette ou de la rue Haxo,
Et notre bataillon, que le danger réclame,
Dont le chef est Jésus, et sa croix l'oriflamme.

Même sort nous attend ; notre crime est le leur.
Soldats toujours proscrits pour cause de valeur,
Soyons fiers, restons forts ! Triomphantes victimes,
Malgré nos deuils de l'âme et nos pleurs légitimes,
Au ciel où vont nos pas, amis, levons nos yeux ;
Regardons nos martyrs, qui « s'en allaient joyeux ! »

On se dit de l'écrivain qu'en réalité il ne copie personne, et que sa personnalité est aussi nettement tran-
chée qu'elle est sympathique. On cherche des analogies,
on se lance sur la piste de ce que l'on croit des ressemblances, et l'on arrive à n'être satisfait par aucune.
Gresset, se dit-on, racontait avec cette verve à laquelle
rien ne coûte, mais sa rime était si négligée, sa phrase
si molle, si peu consistante ! Coppée a cette façon moqueuse, non sans la même veine de pathétique, et, en
effet, c'est à lui que nous assimilerions le plus volontiers
notre gracieux poète, si le nom d'un autre écrivain ne
se présentait ! Ici, je demande mille fois pardon au P.
Delaporte de le comparer sur un point, un seul, à l'abominable auteur des *Blasphèmes*. En tous deux on admire
une grande science du style, une extraordinaire maestria à manier l'alexandrin, une merveilleuse vigueur
pittoresque dans le vocabulaire. Je m'adresse à quiconque a même la plus faible teinture de l'antiquité grecque : ne sont-ils pas, l'un et l'autre, de véritables fils de
Platon et de Théocrite, ceux qui ont composé le ναὶ, ναὶ
Κασταλία, et le ὅ τι ἂν τύχω ? Ils ont vécu l'un et l'autre

sur les bords de l'Illyssus, l'un et l'autre sont attiques par l'expression, et tous deux, à plus juste titre que Béranger, peuvent s'écrier, Richepin quelquefois, le P. Delaporte presque toujours : *Oui, je suis Grec, Pythagore a raison !*

Que de joyaux précieux dans le riche écrin des *Récits et Légendes* ! Tout y est à lire et à relire. C'est une anecdote spirituelle dans la forme et assez triste dans le fond, *le Vicaire de St-Sulpice ;* puis *le Bandit de la mer Morte,* biographie du bon Larron ; la légende de ce *Loup de Gubbio* qui, après avoir terrorisé la ville, finit par devenir un étrange anachorète « que convertit Monseigneur saint François » ; la piquante historiette où *Shakspeare braconnier* raconte ses exploits de chasse en buvant le vin dans une taverne borgne; *le Cœur de Jeanne d'Arc ; 60,* pièce qui rappelle les meilleures inspirations de Déroulède ; *l'Agora,* comédie pleine d'humour et leçon donnée aux peuples frivoles de tous les temps; enfin, *un Poète effrayant,* épopée minuscule, exquise boutade dans laquelle on voit Santeuil, le fameux poète latin, dicter de beaux vers à un écolier dont la verve était à sec. Mais nous regretterions de ne pas faire un emprunt au *Brassard de première Communion,* touchante confession d'un fils à sa mère :

> « J'ai promis devant Dieu, qui me voit et m'écoute,
> De conserver mon cœur haut et fort, pur et fier ;
> A la vie, à la mort, partout, quoi qu'il m'en coûte,
> Je veux être et rester ce que j'étais hier ;
> Je veux garder le Christ, sa grâce et sa doctrine ;
> Et, pour tenir ce vœu que lui-même inspira,
> Mon brassard blanc, toujours posé sur ma poitrine,
> Me dira ma parole et la garantira.
> Mais si j'osais un jour d'une faute mortelle
> Salir mon cœur, trahir et fausser mon serment,
> J'arracherais moi-même et glands d'or et dentelle,
> En signe de ma honte et pour mon châtiment.

J'ai douze ans, je suis faible, on dit la lutte proche ;
Mais vous êtes ma mère et Jésus me défend ;
Je veux vivre sans peur et mourir sans reproche ;
Mère, en priant pour lui, bénissez votre enfant.

II.

Et la mère pleura sur des pages si fières...
Le temps passa, Raoul grandit et se souvint ;
Quand la guerre sanglante envahit nos frontières,
Le Raoul de douze ans alors en comptait vingt.
La France l'appelait et son âme était prête ;
Il partit; cet appel suffit aux gens de cœur ;
Dans le rang des héros que commandait Charette,
Il marcha, combattit, tomba, blessé, vainqueur.
On le trouva, le soir, déchiré de trois balles;
Il respirait encore et semblait endormi ;
Il s'éveilla ; la joie éclairait ses traits pâles,
Et saisissant la main d'un soldat, son ami :
« Je pars, dit-il, je vais là-haut... Vive la France !
Mais je dois à ma mère un souvenir d'adieu ;
Le voici ; qu'à son deuil il mêle une espérance,
Et lui dise : Au revoir, au rendez-vous de Dieu ! »
Puis sur son cœur mourant il mit sa main blessée,
Prit le brassard brodé par sa mère jadis,
Et dit en le posant sur sa bouche glacée :
« Va, je ne t'ai quitté qu'au seuil du paradis... »
Mais la faiblesse alors trompa son énergie,
Et le brassard tomba de ses doigts hésitants ;
Son sang jaillit à flots ; l'étoffe en fut rougie...
L'enfant portait au ciel la fleur de ses vingt ans. (1)

Un dernier mot : ce beau livre a sa place marquée dans ce qu'on appelait autrefois la bibliothèque d'un homme de goût.

Du P. Delaporte à M. Clovis Hugues la transition est moins difficile qu'on ne suppose : c'est la transition par antithèse ; autant la personnalité du savant Jésuite est modeste, autant celle de M. Hugues est tapageuse, nous parlons, on l'a compris, de l'homme politique. Quant au poète, lui aussi, dans son exubérante gaîté,

---

(1) *Récits et Légendes* se vendent chez Oudin, 17, rue Bonaparte, Paris.

il est charmant, — à sa façon, la façon d'un fils de la Cannebière. Il a, en plus, le mérite de bien rimer, d'écrire clairement, d'aimer la nature, d'adorer les oiseaux et de le leur dire. Les vers qu'il a consacrés au *Martin-Pêcheur* sont purement exquis :

> Je m'en souviens, je n'étais point
> De ces gamins lourds d'embonpoint,
> Qui s'en vont par les champs, le poing
>> Aux hanches...
> Pourtant, près du flot rabâcheur,
> Je guettais le Martin-Pêcheur
> Dans la radieuse fraîcheur
>> Des branches.

> Tout le long des petits sentiers
> Où fleurissent les églantiers,
> Je poursuivais des jours entiers,
>> Sans trêve,
> Sans m'arrêter un seul moment,
> Cet oiseau bizarre et charmant
> Qui file plus rapidement
>> Qu'un rêve.

> La rivière à certain endroit
> Affecte des airs de détroit,
> Un bon vieux saule s'y tient droit,
>> Tout jaune,
> Avec l'air d'un agonisant,
> Riche d'amour, pauvre de sang,
> A qui l'été fait en passant
>> L'aumône.

> Douce trêve aux pensums maudits !
> C'est là qu'au retour des jeudis,
> Lâchant pour les bois reverdis
>> L'école,
> J'espionnais dès le matin,
> Dans l'odeur sauvage du thym,
> Ce petit rusé de Martin
>> Qui vole.

> Je l'épiais dans les buissons,
> Tandis qu'avec de doux frissons

Les rossignolets, les pinsons,
    Les merles
Emplissaient d'un chant régulier
La verte épaisseur du hallier,
Où l'aube suspend son collier
    De perles.

Comme il poussait de jolis cris
Entre les ormes rabougris,
Au bout des petits rameaux gris
    Du tremble,
Non loin du jonc et du bouleau,
Au milieu du mouvant tableau
Encadré par en bas dans l'eau
    Qui tremble.

Il partait, le bec en avant,
S'abaissant et se soulevant,
Sur les nappes d'eau que le vent
    Fait rire,
A travers le ciel grand ouvert,
Dans les coins gris bordés de vert,
Où le frêne, à moitié couvert,
    Se mire.

Moi, dans le soleil éclatant,
Je le suivais tout haletant,
Les bras tendus vers lui, comptant
    Le mettre
Dans mon gilet qui s'entr'ouvrait,
Aussitôt qu'il s'arrêterait
En quelque lointaine forêt,
    Peut-être.

Avec mon désir dans les yeux
J'appelais à travers les cieux
Ce rôdeur ailé si joyeux
    De vivre,
Ce plongeur aux bonds imprudents
Qui porte en ses duvets ardents
Le reflet bleu du soleil dans
    Le cuivre !

Quel frisson j'avais dans les os,
Tandis qu'au milieu des roseaux

Il filait, tantôt sur les eaux
   Furtives,
Tantôt à l'angle blanc d'un mur,
Avec le jet rapide et sûr
D'un trait qui s'aplatirait sur
   Les rives !

Aussi, quand je rentrais chez nous,
J'avais des raideurs aux genoux,
Je payais cher mes désirs fous,
   Mes courses,
Mais j'étais à l'âge où l'on dort,
Et dans mes sommeils sans remord,
L'oiseau bleu voltigeait au bord
   Des sources.

Depuis, par les rocs anguleux,
J'ai suivi bien des oiseaux bleus
Mêlant leur songe nébuleux
   Au nôtre...
Ils s'envolaient, poussant des cris,
Au milieu des champs refleuris ;
Et je ne les ai pas plus pris
   Que l'autre !

Un savant professeur du lycée de Strasbourg, M. Ch. Grandsard, dont les élèves ont conservé le plus affectueux souvenir, publia vers 1869 un poème, la *Nuit des morts*, dont le plan est à peu près le même, mais en de moindres proportions, que la *Légende des Siècles*. Pour faire connaître les principales civilisations qui se sont succédé sur le globe, le poète a choisi une douzaine d'épisodes saisissants ; c'est ainsi que le moyen âge est symbolisé dans l'aventure d'Héloïse et d'Abélard. Les strophes suivantes donneront une idée de la facture, un peu claudianesque, particulière à l'auteur : il s'agit d'un train en marche :

Quand d'un souffle de feu la machine animée
Sur l'inflexible rail s'élance en le broyant,
Et secoue au hasard son panache ondoyant
De vapeur blanchissante et de noire fumée ;

Que, déchirant les airs d'un aigre sifflement,
Il épouvante au loin les échos de la plaine,
Et qu'il fait retentir sa haletante haleine,
De son âpre courroux sonore grondement ;

Le monstre, impatient de dévorer l'espace,
Rase, ouragan de fer, ses talus de gazon,
A tout moment se crée un nouvel horizon,
Le voit poindre de loin, l'atteint et le dépasse.

Sur des ponts qu'on dirait jetés par les démons,
Des abîmes tantôt il franchit les arêtes,
Et tantôt, dédaigneux d'escalader les crêtes,
Avec un bruit tonnant s'engouffre au flanc des monts.

M. Henri Fauvel, auteur d'un recueil intitulé *l'Art et la Vie* (1), est, croyons-nous, un médecin, et, après Piorry, une preuve que le vieil Hippocrate a toujours vécu en bons termes avec les filles de Mémoire. La marche de ses vers est quelquefois pénible, mais l'inspiration en déborde de sincérité. Au moins voilà un auteur qui ne parle pas pour ne rien dire !

Les *Poèmes lyriques* (2) de Tola Dorian, (princesse Mestchersky,) décèlent une âme ardente, de l'exaltation et de la générosité ; on regrette que le style ne soit pas toujours correct.

Il nous reste à parler de la chanson et de la poésie révolutionnaire.

Le premier de ces deux genres se recommande des noms de Pierre Dupont et de Gustave Nadaud.

Dupont, né à Lyon en 1821, et d'abord destiné au métier de Canut, ou, peut-être, de forgeron comme son père, resta orphelin dès son jeune âge ; recueilli par un ecclésiastique de ses parents, il fit de solides études au collège de Largentière ; encore adolescent, il publia *les deux Anges*, morceau d'une rare faiblesse, puis apparut tout à coup en pleine renommée, grâce à

(1) Lemerre, 1888.
(2) Librairie Marpon et Flammarion.

sa chanson intitulée *Mes bœufs*, dont le texte et le refrain devinrent bientôt populaires :

> J'ai deux grands bœufs dans mon étable,
> Deux grands bœufs blancs marqués de roux ;
> La charrue est en bois d'érable,
> L'aiguillon en branche de houx.
> C'est par leurs soins qu'on voit la plaine
> Verte l'hiver, jaune l'été ;
> Ils gagnent dans une semaine
> Plus d'argent qu'ils n'en ont coûté.
>> S'il me fallait les vendre,
>> J'aimerais mieux me pendre, $\varkappa. \ \tau. \ \lambda.$

Nous aimons mieux citer celle qui est intitulée les *Œufs de Pâques*, d'un genre qui est resté inconnu à Béranger et à Désaugiers :

> O saison diaprée,
> D'émeraude parée,
> Fête, Pâques vermeil !
> Printemps doux et splendide,
> Rompant ta chrysalide,
> Ressuscite au soleil.

> Aux douceurs d'un paisible somme
> Ton grand bruit arrache nos yeux :
> Les cloches reviennent de Rome
> En carillonnant à pleins cieux.
> Tout respire un bel air de fête,
> Enfin Pâques est de retour.
> On ne voit que fraîche toilette,
> Souliers fins et bas blancs à jour.

>> O saison diaprée, etc...

> Les forêts, qui l'hiver sont veuves,
> Sentent revivre leurs couleurs :
> Les prés ont mis des robes neuves
> D'un vert tendre semé de fleurs.
> Ce sont tapis de pâquerettes,
> Même pour ce jour il y a
> De l'oseraie, humble fleurette,
> Que l'on appelle *Alleluia*.

>> O saison diaprée, etc...

Du printemps les molles haleines
Font aux poules un clair gosier,
Les œufs de Pâques par douzaines
Tombent frais dans le poulailler.
Aux champs les bambins vont en bande
Quêter des œufs sur chaque seuil.
La fermière a sa blanche offrande
Toute prête, et son bel accueil.

O saison diaprée, etc...

Jésus du tombeau ressuscite
Après trois jours enseveli,
Confondant la race hypocrite
Qui croit au néant, à l'oubli.
Rien ne meurt, la moindre parcelle
Trouve place au céleste azur ;
Au seuil de la vie éternelle
Il faut apporter un cœur pur.

O saison diaprée, etc...

P. Dupont a chanté les bois, les rivières, le flottage, le halage, les bateliers du Rhône, les braconniers, les paysans, les étudiants, les tisseurs, les couturières, sans oublier le *Vote*, les *Transportés*, les *Journées de juin*, (1848,) et *la mère Jeanne ;* on n'a pas oublié le pittoresque refrain de cette dernière chanson :

Je suis la mère Jeanne,
Et j'aime tous mes nourrissons :
Mon cochon, mon taureau, mon âne,
Vaches, poulets, filles, garçons,
Dindons, et j'aime leurs chansons,
Comme, étant jeune paysanne,
J'aimais la voix de mes pinsons.

On a divisé les poésies de P. Dupont en pastorales, philosophiques, politiques. Les premières sont de beaucoup les meilleures. Les amateurs ont retenu les *louis d'or*, le *chien du berger*, la *chanson du blé*, le *peseur d'or*, *ma vigne*.

On retrouve les accents de la vieille gaîté flamande

dans les œuvres de deux chansonniers, dont l'un, Nadaud, est connu partout où l'on parle le français, et dont l'autre, Alexandre Desrousseaux, jouit d'une gloire d'aussi bon aloi, mais plus restreinte, puisqu'elle ne dépasse pas les pays où se parle le patois wallon.

M. Nadaud (Gustave), qu'il ne faut pas confondre avec M. Martin Nadaud, le maçon devenu député et préfet, est né en 1820 dans cette vaillante cité de Roubaix, si flamande par son respect pour les vieilles traditions locales.

Là, comme à Lille, comme à Douai, comme à Dunkerque, on a conservé le goût des chansons, et il ne se passe guère de fête sans qu'une société de musiciens et de joyeux compères parcoure carrefours et rues en régalant la foule de refrains dont la malice gauloise est l'assaisonnement obligatoire. Ainsi, cette année même, (1889,) sur la Grand'Place de Lille, non loin de la colonne élevée en souvenir du glorieux siège de 1793, on pouvait, à la Mi-Carême, entendre de très amusants couplets sur *le grand mal que c'est que la jalousie*. Cette poésie, que répète le peuple, qui est faite pour le peuple, ne doit pas exciter le mépris des délicats ; fille de la fantaisie libre, elle est la sauvegarde des souvenirs nationaux, elle vole de ville en ville, de bourg en bourg, de la ferme à l'atelier, partout revêtant un caractère personnel, prenant un accent qu'on n'oublie plus, passant de la plus exubérante gaîté à la plus douloureuse mélancolie. N'est-ce pas, au grand sens du mot, de la poésie populaire que l'air de la *Pâque* dans la *Juive*, le *chant des Gondoliers* dans la *Reine de Chypre*, la *chanson* désolée *du Marinier* dans l'*Otello* de Rossini, la *chanson du Chevrier* dans *le Val d'Andorre* ?

Qui n'a fredonné *Pandore* ?

> Deux gendarmes, un beau dimanche,
> Chevauchaient le long d'un sentier ;

L'un portait la sardine blanche,
L'autre le jaune baudrier ;
Le premier dit d'un ton sonore :
« Le temps est beau pour la saison ! »
« — Brigadier, répondit Pandore,
Brigadier, vous avez raison. »

Phébus, au bout de sa carrière,
Put encor les apercevoir ;
Le brigadier, de sa voix claire,
Troubla le silence du soir :
« Vois, dit-il, le soleil qui dore
Les nuages à l'horizon ! »
« — Brigadier, etc. »

... « La gloire, c'est une couronne,
Faite de rose et de laurier ;
J'ai servi Vénus et Bellone,
Je suis époux et brigadier ;
Moi, je poursuis ce météore
Qui vers Colchos guidait Jason. »
« — Brigadier, etc. »

Puis ils rêvèrent en silence ;
On n'entendit plus que le pas
Des chevaux marchant en cadence ;
Le brigadier ne parlait pas.
Mais quand revint la pâle aurore,
On entendit un vague son :
« Brigadier, répondit Pandore,
Brigadier, vous avez raison. »

Le vers de G. Nadaud est vif, remarquable de précision et de naturel, aisé dans son allure, et réussit, quand l'occasion se présente, à exprimer toutes les nuances du sentiment et de la passion.

Desrousseaux est né à Lille en 1820. Pris par la conscription en 1838, il fut incorporé au 46ᵉ de ligne ; là il donna, sept ans durant, des leçons de solfège aux enfants de troupe. Vers 1847 il rentra dans ses foyers, fit partie, en qualité de surnuméraire, de l'administration du Mont-de-Piété, et mangeait couramment de la vache enragée, quand le hasard le mit à même de se faire connaître au *Cercle lyrique,* où il obtint un succès extraordinaire avec sa chanson du *Spectacle gratis.* « Enivré par les applaudissements qui retentissaient pour la première fois à son oreille, il rentra chez lui la tête en feu, et ne se coucha qu'après avoir composé *Jeannette et Girotte,* qui est encore une de ses meilleures productions. Il en écrivit quelques autres les jours suivants, et alla les chanter au même *Cercle,* où des soirées musicales avaient lieu tous les lundis. Séance tenante, on ouvrit une souscription destinée à couvrir les frais d'un petit recueil des chansons de Desrousseaux (1). »

Le chef-d'œuvre du poète est le *P'tit Quinquin :*

> Dors, min p'tit Quinquin (2),
>   Min p'tit pouchin (3),
>   Min gros rojin (4) ;
> Te m' f'ras du chagrin
> Si te n' dors point qu'à d'main.

> Ainsi l'aut' jour eun' pauv' dintellière,
> In amiclotant (5) sin p'tit garchon,
> Qui d'pus tros quarts d'heure, n' faijot qu' braire,
> Tachot d' l'indormir par eun' canchon.
>   Ell' li dijot : « Min Narcisse,
>   D'main t'aras du pain n'épice,
>   Du chuc à gogo,
>   Si t'es sache et qu' te fais dodo.

>   « Dors, etc. »

> Et si te m' laich' faire eun' bonn' semaine,
> J'irai dégager tin biau sarrau,
> Tin pantalon d' drap, tin giliet d' laine...
> Comme un p'tit milord te s'ras farrau !

(1) Cf. *la Musique Populaire.* (Journal hebdomadaire, Boulevard St-Michel, 78, nº du 11 janvier 1883.)

(2) Enfantelet. (Diminutif du flamand *kind,* enfant.)

(3) Poussin.

(4) Raisin, (mot affectueux sans signification bien nette.)

(5) Dodeliner.

> J' t'acat'rai l' jour de l' ducasse (1),
> Un porichinell' cocasse,
> Un turlututu
> Pour juer l'air du *Capiau pointu...*
>
> « Dors, etc. »

Fait en quelque sorte exceptionnel, la vie de M. Desrousseaux a donné un éclatant démenti au dicton sur les prophètes : jamais, que nous sachions, le chansonnier populaire n'a excité aucun mauvais vouloir parmi ses concitoyens, parmi ses rivaux aucun sentiment de jalousie. Ceux de son âge, au lieu de dire, suivant l'usage : « Eh quoi ! quand nous étions tout petits, nous jouions aux billes ensemble place Rihour, et tandis que je reste inconnu il serait célèbre ? Cela est impossible ! » ceux-là se sont interposés les premiers pour aider au développement de sa notoriété, et ont considéré sa gloire comme la propriété de leur ville natale. M. Desrousseaux n'a pas subi le sort de tant d'hommes remarquables, vilipendés et calomniés ; inutile de dire qu'il n'a jamais bu le moindre petit verre de ciguë comme Socrate, qu'il n'a pas été proscrit comme Dante, mis en prison comme Tasse, guillotiné comme Chénier, ni même proposé pour une section quelconque de l'Institut. Il porte vigoureusement ses soixante-neuf hivers, et, comme la Flandre, ce beau et bon pays, semble le refuge des derniers émules de Mathusalem, nous avons l'espoir de conserver longtemps encore ce talent sympathique, relevé par un si loyal caractère.

Les Révolutions ont leurs Tyrtées, moins boiteux d'ordinaire que leurs couplets. Quelque peu avant 1848 fut fondée la *Chanson sociale*, qui se séparait du *Caveau :* dans le nombre de ses adeptes étaient Lachambeaudie et Gille, celui-ci fameux par cette rengaine de café-concert :

---

(1) Kermesse, fête du pays.

> Des marins de la République
> Étaient montés sur le *Vengeur*, etc.

Après les journées de Février, Eug. Wœstin écrivait la *Républicaine*, dont voici le refrain :

> Que ce cri, germe qui féconde,
> Chez les tyrans sème l'effroi,
> Et s'envole à travers le monde:
> Le peuple est roi, le peuple est roi !

1870 a fait éclore des générations spontanées d'hymnes qui devaient être chantés par le peuple en armes et nous donner la victoire ; quant à *la Marseillaise*, elle avait été bientôt démodée,parce qu'elle n'attaquait ni le pays, ni la famille, ni la propriété : le mot d'ordre des poètes socialistes, anarchistes, etc., est « qu'il faut serrer la main à un communiste allemand et mépriser un *bourgeois* français. »

> *La patrie est un mot superbe....*
> *Pour l'alguazil et le soudard :*
> C'est le serpent caché dans l'herbe,
> Qui siffle en agitant son dard.

Voilà pour la patrie. Autour de la propriété :

> D' Carpentras à Landerneau
> Et d' Bar-le-Duc à Bayonne,
> L' prolétaire entonne :
> A l'eau ! A l'eau !
> L' sal' proprio.

Puis l'inévitable revendication :

> Il faut relever dans la femme
> L'aïeule de l'humanité.

Relever la femme ? De quoi vous plaignez-vous ? Est-ce qu'on ne la *relève* pas assez avec tous ces *lycées Fénelon, collèges Sévigné*, en attendant les *écoles normales Louise Michel ?*

La Commune, elle aussi, demande qu'on la *relève* :

> Non, la Commune n'est pas morte,
> Il n'est pas mort, son souvenir.

Témoin la strophe suivante :

> On a bien fusillé Varlin,
>   Flourens, Duval, Millière,
> Ferré, Rigault, Tony Mœllin,
>   Graissé le cimetière.
> On croyait lui couper les bras, (à la Commune,)
>   Et lui vider l'aorte,
>   Tout ça n'empêch' pas
>   Nicolas,
> Qu' la Commune n'est pas morte.

Dans cette littérature l'esprit est rare, même l'esprit faubourien ; lisez cependant ces deux strophes extraites d'une chanson de M. Pottier intitulée *N'en faut plus* :

> Et ces Mercadets si rupins, (les opportunistes,)
> Ayant mis sur tout leurs grappins,
> Boulottant la Banque en julienne,
> Et l'ouvrier cuit dans son jus,
>   N'en faut plus !
> Des mange sa part et la mienne
>   N'en faut plus !
> La coterie, il n'en faut plus !
>
> Et ces patrons de l'atelier, (les clémencistes,)
> Qui se *fichent* du journalier,
> Font de la pose radicale
> Et sont chez eux rois absolus,
>   N'en faut plus !
> De tous ces czars en chrysocale,
>   N'en faut plus !
> La coterie, il n'en faut plus !

En glanant avec soin, on récolte encore quelques épis. Ce serait dommage de laisser perdre ce précieux renseignement sur le moyen de réduire le barreau au silence :

> C'est en faisant parler la poudre
> .   Qu'on fait taire les avocats ;

ou le procédé à l'aide duquel on se débarrasse du capitaliste :

> En avant, plébéiens,
> Chassons nos vils patrons,
> Marchons, marchons !
> *Le riche infâme au feu de nos canons !*

ou encore cette prédiction fort médiocrement rassurante :

> La dynamite a détrôné la poudre :
> Ainsi vaincra la Révolution.

Parfois, comme l'a remarqué un ingénieux écrivain (1), l'ouvrier poète tombe dans la sensiblerie, le larmoiement, genre *A la grâce de Dieu*, style Scribe-d'Ennery :

> C'est pourquoi ma gaîté native
> Avec ses vieux refrains a fui ;
> A ma lèvre autrefois naïve
> L'amertume monte aujourd'hui ;
> Ou si, devant tant de misère,
> *Je trouve des accents plus doux,*
> *C'est pour tromper l'enfant sans mère*
> *En l'endormant sur mes genoux !*

Mais il retourne vite à ses moutons :

> Soixante-et-onze aura son lendemain.
> Au pilori, les juges, les gendarmes
> Et les geôliers.....
> ...., Par le fer, par la bombe
> Exécutons gouvernants et mouchards.....
> Marche au canon, revanche sociale !
> Avec le feu, la bombe et le poignard !
> Sois notre guide, Internationale,
> Et nous vaincrons sous ton rouge étendard, etc.

Nous donnerions toute cette versification au pétrole pour un couplet des *Lamentations d'un réverbère*.

Comme la chanson, la fable est un genre bien français, et n'a cessé d'être cultivée par des émules de Lafontaine, que nul d'entre eux n'a fait oublier jusqu'ici. On cite les noms de Viennet, ce Boileau moins le style,

---

(1) Alexandre Médine (Cf. *Figaro*, 17 octobre 1885).

qui composa des apologues sarcastiques contre l'école de V. Hugo, du marquis de Foudras, dont les récits paraissent assez spirituels, de M. Louis Tremblay, auteur de *l'Ésope chrétien*, recueil recommandable par l'élévation de la morale, mais absolument dénué de cette grâce de diction qu'on admire dans la *Comédie Enfantine* de M. L. Ratisbonne, de M. Charles Royer, un de nos meilleurs fabulistes depuis Florian, enfin de Lachambeaudie (Pierre).

Né à Sarlat, (Dordogne,) et mort à Brunoy, (1806-1872,) Lachambeaudie fut d'abord comptable, puis employé dans l'administration des chemins de fer, journaliste en compagnie de M. de Persigny, Saint-simonien, bohême, noctambule, habitué des *beuglants*, secrétaire des clubs en 1848, ami de Blanqui, proscrit après 1851, réfugié en Belgique. Sa vie est celle d'un Lafontaine qui n'aurait pas trouvé sa Mme d'Hervart, aurait été embastillé après le procès du surintendant, ou chassé de France lors de la révocation de l'Édit de Nantes : s'il y a du *Fablier* dans sa vie errante, il y en a aussi dans son œuvre poétique.

Ses *Fables populaires* datent de 1839, ses *Poésies nouvelles*, de 1861. Dans le genre de l'apologue, où il obtint les suffrages enthousiastes de Béranger, ses chefs-d'œuvre sont *l'Étoile et la Fleur*, *la Source*, *les Sauvages et le Violon*, *les deux Moineaux*, enfin *la Locomotive et le Cheval*, emblème de la lutte entre la routine et le progrès :

> Un cheval vit un jour sur un chemin de fer
> Une machine énorme à la gueule enflammée,
> Aux mobiles ressorts, aux longs flots de fumée.
> « En vain, s'écria-t-il, ô fille de l'Enfer,
> En vain tu voudrais nuire à notre renommée ;
> Une palme immortelle est promise à nos fronts,
> Et toi, sous le hangar, honteuse et délaissée,
> Tu pleureras ta gloire en naissant éclipsée.

De vitesse avec moi veux-tu lutter ? — Luttons !
Dit la machine ; enfin ta vanité me lasse. »
Elle roule, elle roule, et dévore l'espace ;
Il galope, il galope, et, d'un sabot léger,
Il soulève le sable et vole dans la plaine ;
Mais il se berce, hélas ! d'un espoir mensonger !
Inondé de sueur, épuisé, hors d'haleine,
Bientôt l'imprudent tombe et termine ses jours,
Et que fait sa rivale ? Elle roule toujours.
La routine au progrès veut disputer l'empire ;
Le progrès toujours marche et la routine expire.

Comme Lachambeaudie, V. Hugo fut éloigné de la France après le 2 décembre.

Réponse du poète à la proclamation de l'Empire, les *Châtiments* parurent à Bruxelles en 1853. Bien que la publication en fût interdite, à cause des invectives dirigées et contre le chef de l'État, et contre ceux qui l'avaient secondé, ou qui s'étaient ralliés au nouvel ordre de choses, la jeunesse libérale en savait par cœur les plus flamboyants passages ; dans leurs chambrettes de la rue Monsieur le Prince, les étudiants qui devaient être les Séguier, les Larrey et les Orfila de la troisième République, se faisaient un régal de les déclamer à huis clos, loin des susceptibles successeurs des Lavrillière et des Sartines, MM. Boitelle et Piétri. Débordantes de haine, de passion, de véhémence, ces poésies repassèrent triomphalement la frontière avec le poète après Sedan, et l'on sait que, pendant le siège de Paris, un grand nombre de ces satires, de ces odes, toutes prêtes, du reste, pour affronter les feux de la rampe, furent applaudies à outrance par une population enfiévrée.

Il faut distinguer deux parties bien distinctes dans ce livre, objet de si vifs enthousiasmes et de si furibondes protestations : la première est surchargée de noms propres, avec ou sans calembours ; on y voit « Forey dont à Bondy l'on change l'orthographe, St-

Arnaud, le Grec, » Espinasse, Veuillot, et tant d'autres.
Malgré ces belles rimes, ces strophes mouvementées
et ces magnifiques alexandrins, Veuillot demeure le
Bossuet du journalisme, Espinasse le héros de Magenta,
St-Arnaud le tacticien de l'Alma, Forey le glorieux
soldat de Montebello ; personne, pour parler ici d'autres
personnalités traînées dans la fange par le poète, ne
refusera de voir en Montalembert une des nobles
figures de ce siècle, et dans M. Nisard un critique ingénieux en même temps qu'un honnête homme. Quant à
Napoléon III, vraiment, n'est-ce pas un peu hyperbo-
lique et même agaçant, que cette cohue d'injures, ces
assimilations avec Tibère, avec Judas, avec Mandrin,
avec Dracon, que ces appellations d'*homme du hasard*,
de *nain immonde*, et cela parce que V. Hugo n'était
pas *du côté du manche ?* Il est vrai que le poète a raison
quand il marque au fer chaud les fusillades, les four-
nées de Lambessa, les commissions mixtes. Mais, en
somme, beaucoup d'attaques sont iniques, et l'écrivain
justicier n'a pas toujours su observer la mesure.

La seconde partie est celle où le poète, renonçant
aux personnalités, s'élève et domine les faits ; celle-là
est admirable.. Quels vers ! quelle inspiration soutenue !
quelle vigueur ! Est-il quelque chose de comparable
à *l'Expiation ?* Mais rien ne surpasse la *retraite de
Moscou :*

> Il neigeait. On était vaincu par sa conquête.
> Pour la première fois l'aigle baissait la tête.
> Sombres jours ! L'empereur revenait lentement,
> Laissant derrière lui brûler Moscou fumant.
> Il neigeait ! L'âpre hiver fondait en avalanche.
> Après la plaine blanche une autre plaine blanche.
> On ne connaissait plus les chefs ni le drapeau :
> Hier la grande armée, et maintenant troupeau.
> On ne distinguait plus les ailes ni le centre.
> Il neigeait. Les blessés s'abritaient dans le ventre

Des chevaux morts. Au seuil des bivacs désolés
On voyait des clairons à leur poste gelés,
Restés debout, en selle, et muets, blancs de givre,
Collant leur bouche en pierre aux trompettes de cuivre.
Boulets, mitraille, obus, mêlés aux flocons blancs,
Pleuvaient ; les grenadiers, surpris d'être tremblants,
Marchaient pensifs, la glace à leur moustache grise.
Il neigeait, il neigeait toujours ! La froide bise
Sifflait ; sur le verglas, dans des lieux inconnus,
On n'avait pas de pain et l'on allait pieds nus.
Ce n'étaient plus des cœurs vivants, des gens de guerre,
C'était un rêve errant dans la brume, un mystère,
Une procession d'ombres sur le ciel noir.
La solitude vaste, épouvantable à voir,
Partout apparaissait, muette vengeresse.
Le ciel faisait sans bruit, avec la neige épaisse,
Pour cette immense armée un immence linceul,
Et chacun se sentant mourir, on était seul.
— Sortira-t-on jamais de ce funeste empire ?
Deux ennemis, le Czar, le Nord. Le Nord est pire.
On jetait les canons pour brûler les affûts,
Qui se couchait, mourait. Groupe morne et confus,
Ils fuyaient ; le désert dévorait le cortège.
On pouvait, à des plis qui soulevaient la neige,
Voir que des régiments s'étaient endormis là.
O chutes d'Annibal ! lendemains d'Attila !
Fuyards, blessés, mourants, caissons, brancards, civières,
On s'écrasait aux ponts pour passer les rivières,
On s'endormait dix mille, on se réveillait cent!
Ney, que suivait naguère une armée, à présent
S'évadait, disputant sa montre à trois Cosaques !
Toutes les nuits, qui vive ! alerte, assauts, attaques !

Les *Contemplations*, qui parurent en 1856, furent composées pendant les vingt-cinq années précédentes, et, pour quelques-unes au moins, dateraient de la Révolution de 1830 : elles portent comme sous-titre *Autrefois, Aujourd'hui*, et sont ainsi définies par l'auteur : « Qu'est-ce que les Contemplations ? C'est ce qu'on pourrait appeler, si le mot n'avait quelque prétention, les *Mémoires d'une âme...* Cela commence par un sourire, continue par un sanglot, et finit par un bruit du clairon de l'abîme. »

Un critique singulièrement alerte et judicieux (1) en a fait la remarque : dans l'énorme labeur de Victor Hugo, il n'est pas de période plus féconde que celle qui s'étend de 1852 à 1861. De 1841 à 1851, le poète n'avait publié aucun recueil ; mais en 1853 il donne les *Châtiments*, en 1856 les *Contemplations*, en 1859, la première *Légende des Siècles ;* de 1853 date la *Vision du Dante*, le morceau capital de la troisième *Légende*, de 1857 une portion considérable des *Quatre Vents de l Esprit ;* on peut affirmer aussi que c'est aux années 1854 et 1855 que remonte la composition des plus belles pièces de *Toute la Lyre ;* c'est enfin en 1854 qu'il commença la *Fin de Satan*, restée inachevée.

Suivant l'expression du poète, dans *Autrefois*, qui va de 1831 à 1843, on a le « sourire » ; dans *Aujourd'hui* le « sanglot ». Quelle est l'explication de cette antithèse ?

En 1843, le frère du célèbre polémiste Auguste Vacquerie, Charles Vacquerie, qui avait épousé Léopoldine, fille de Victor Hugo, périt avec sa femme dans une promenade sur mer en vue de Villequier, près du Hâvre.

Pendant plusieurs années le père fut courbé et comme anéanti par ce coup affreux ; les rares vers qu'il écrivit alors ressemblent à des sanglots, et l'on croirait que sa raison a sombré dans cette catastrophe.

On a divisé les *Contemplations* en poésies révolutionnaires aux points de vue 1° littéraire, 2° politique, 3° philosophique.

Le premier de ces aspects a déjà été abordé ; on a vu comment le poète se vante d'avoir républicanisé la langue, d'avoir crié : « Guerre à la rhétorique et paix à

(1) M. Jules Tellier, *Revue bleue*, 6 octobre 1888, p. 429.

la syntaxe,» d'avoir dit à la narine:« Tu n'es qu'un nez,» au fruit d'or qu'il n'est qu'une poire, à Vaugelas qu'il n'est qu'une *mâchoire* (!) Certes, la périphrase a ses défauts, mais avouons qu'elle vaut aussi par quelques qualités : on reconnaît, du reste, que par l'abus elle devient écœurante. Mais dans cinquante ans, auparavant peut-être, la critique estimera l'usage effréné des métaphores qu'on remarque dans Hugo, non moins répréhensible que la manie des circonlocutions qu'on signale dans Delille. Défaut pour défaut, on ne voit guère de motif pour choisir. Quand on sera revenu au véritable goût, quand on aura retrouvé la sérénité dans l'appréciation des choses de l'esprit, on s'étonnera qu'une époque ait pu s'engouer si prodigieusement d'un écrivain qui s'est fait le tortionnaire de la langue, qui se targue d'être «le buveur de sang des phrases, » d'avoir pendu « la lettre aristocrate à la lanterne esprit, » d'avoir fait « basculer la balance hémistiche, » d'avoir enfin contraint à s'obscurcir « l'astre Institut ! »

Vraiment, si le fond des idées présente des côtés spécieux, cette succession de rébus n'est que du mauvais du Bartas ou, plus exactement, du Commerson. Qu'est-ce que ces vers ?

> L'obscure énormité lentement s'exfolie.
> Il (le mot) met sa force sombre en ceux que rien ne plie ;
> Caton a dans les reins cette syllabe : *Non !*
> Tous les grands obstinés, Brutus, Colomb, Zénon,
> Ont ce mot flamboyant qui luit sous leur paupière :
>   *Espérance !*

Quel pathos ! Ainsi Brutus a le mot *espérance* dans la sclérotique, et Caton le mot *non* derrière le péritoine ! On irait loin dans le grotesque en prenant ainsi un à un tous les grands hommes, et une à une toutes les parties du squelette humain !

Dans la pièce intitulée *A propos d'Horace*, le poète entre en fureur contre les marchands de grec, marchands de latin, (vulgò les professeurs, aussi bien les universitaires que les jésuites,) qu'il déclare indignes d'expliquer Virgile, Tibulle, Eschyle. A la fin, le poète nous ennuie avec son Eschyle, dont il eût été incapable de traduire mot à mot deux vers de suite dans le texte original, qui est complètement ridicule dans une traduction, et dont, par conséquent, il n'a jamais pu saisir les beautés ! En ce qui concerne les grands latins, il est bien pauvrement inspiré par Tibulle, dont il dit: *Tibulle plein d'amour !* il est bien vague, bien grisâtre, quand il appelle Virgile « Virgile plein de voiles ! » V. Hugo comprend-il l'énormité qu'il commet quand il nous vante *l'ambroisie de Plaute ?* Passe pour l'ambroisie de Térence, de Sophocle ! Les écrivains grecs auraient dû au moins enseigner au poète les délicatesses de l'atticisme ; il n'eût point parlé du *groin des diacres et des bedeaux;* il n'eût point dit des hommes laborieux et dévoués qui consacrent leur temps et leur talent à la jeunesse :

> Ils font aux rossignols leurs gris yeux de chouettes....
> Ils sarclent l'idéal ainsi qu'un barbarisme,
> Et ces *culs de bouteille* ont le dédain du prisme.

Ainsi, c'est un fait bien acquis à la discussion : MM. Brunetière, J. Lemaître, Merlet, Tellier, Faguet, Gust. Larroumet, Paul Desjardins, Ad. Waltz, Raoul Frary, Sarcey, J. J. Weiss, qui ont été ou sont encore professeurs, sont de vulgaires « culs de bouteille ! » Et c'est cette pauvre *École Normale* , devenue la Grande Tessonnière, qui paie les pots cassés !

Toujours la colère puérile de Voltaire contre Larcher qui lui a fait voir ses contre-sens !

Dans *Melancholia,* le sujet est digne du poète, qui signale avec émotion les apparentes injustices de ce monde. Ici, portant sur ses bras qui défaillent, un enfant maigre et souffreteux, une femme se lamente au milieu de la rue, à la porte du cabaret où son mari s'enivre. La foule rit de cette misérable au lieu de la plaindre. Pourquoi ?

Un commerçant enrichi à vendre avec de faux poids est en haute considération ; le hasard fait de lui un juré. Devant le tribunal comparaît un pauvre, coupable d'avoir pris un pain pour nourrir sa famille. Le juge improvisé envoie le voleur au bagne, et s'en va, le cœur à l'aise, retrouver les siens dans sa maison des champs...

> Et rien ne reste là qu'un Christ pensif et pâle,
> Levant les bras au ciel dans le fond de la salle.

Voici que paraît un homme de génie, doux, fort et grand, utile à tous : vous vous attendez à ce qu'on le couvre de fleurs ? On le hue. Pourquoi ?

Où vont ces enfants que la fièvre mine ? Pendant quinze heures ils vont travailler, « accroupis sous les dents d'une machine sombre. »

> Jamais on ne s'arrête et jamais on ne joue.
> Aussi quelle pâleur ! La cendre est sur leur joue.
> Il fait à peine jour, ils sont déjà bien las !
> Ils ne comprennent rien à leur destin, hélas !
> Ils semblent dire à Dieu : Petits comme nous sommes,
> Notre Père, voyez ce que nous font les hommes.

Pourquoi cette servitude imposée à l'enfance ?

Pourquoi Shylock peut-il impunément... « couper sur la France une livre de chair ? »

Pourquoi l'avocat sans conscience peut-il diffamer le juste, ternir la vertu ?

Dans une saisissante antithèse, le poète nous montre ensuite le monde divisé en deux classes, les riches et les pauvres, ceux qui pleurent, qui disent : J'ai froid,

j'ai faim, et ceux qui, contents de vivre, boivent, rient,
chantent et dansent ; il conclut en s'écriant :

O forêts, bois profonds, solitudes, asiles !

Pourquoi ne dit-il pas aussi que la souffrance est
une épreuve, que l'injustice sera réparée, que le crime
sera châtié, que le bien, l'effort, le sacrifice, trouveront
leur salaire dans une autre vie ? Ou plutôt, pourquoi
ne donne-t-il pas comme conclusion de ce terrible
réquisitoire ces beaux *vers écrits au bas d'un crucifix?*

Vous qui pleurez, venez à ce Dieu, car il pleure ;
Vous qui souffrez, venez à lui, car il guérit ;
Vous qui tremblez, venez à lui, car il sourit ;
Vous qui passez, venez à lui, car il demeure.

Le poète broie quelquefois du noir assez mal à propos, par exemple quand il dépeint le maître d'études ;
s'adressant aux écoliers :

Respectez-le deux fois dans le deuil qui le mine,
Puisque de deux sommets, enfants, il vous domine,
Puisqu'il est le plus pauvre et qu'il est le plus grand.

Le malheureux surveillant doit être à plaindre, en
effet, s'il domine de deux sommets, car il lui faut singulièrement écarter les jambes !

A travers ses douleurs ce fils de la chaumière
Vous verse la raison, le savoir, la lumière.

Rectifions : le plus souvent le maître d'études n'est
point fils de la chaumière; il n'a pas de douleurs, si ce
n'est peut-être le lundi matin; il ne verse ni la lumière,
ni le savoir, ni la raison : son rôle est d'obtenir du
silence, de *verser* des privations de sortie, et d'attraper
sa licence en s'exténuant le moins possible :

Voyez, la morne angoisse a fait blêmir ses tempes ;
Songez qu'il saigne, hélas ! sous ses pauvres habits !

O vrais fils de la Gaule, joyeux buveurs, infatigables
champions du rems et du jacquet, défiez-vous du poète
qui veut vous atteler à son char triomphal.

Du reste, c'est une habitude chez V. Hugo de louer le faible, de s'attacher à ce qui est humble ; on n'en veut d'autre preuve que sa pièce intitulée *Magnitudo parvi*, où se pressent les strophes charmantes, mais que dépare un panthéisme incohérent (1).

Dans le second volume des *Contemplations*, le poète exhale sa douleur paternelle, et retrouve des accents sublimes et tendres, en même temps que des teintes d'une douceur et d'une grâce inexprimables, pour chanter celle qui n'est plus, la pauvre victime que la mer, ce « sépulcre noir, » lui a si cruellement enlevée ; il la revoit telle qu'elle était à l'aurore de la vie :

> Elle avait pris ce pli, dans son âge enfantin,
> De venir dans ma chambre un peu chaque matin.
> Je l'attendais ainsi qu'un rayon qu'on espère:
> Elle entrait et disait : « Bonjour, mon petit père! »
> Prenait ma plume, ouvrait mes livres, s'asseyait
> Sur mon lit, dérangeait mes papiers, et riait,
> Puis soudain s'en allait comme un oiseau qui passe.
> Alors je reprenais, la tête un peu moins lasse,
> Mon œuvre interrompue, et, tout en écrivant,
> Parmi mes manuscrits je rencontrais souvent
> Quelque arabesque folle et qu'elle avait tracée,
> Et mainte page blanche entre ses mains froissée,
> Où, je ne sais comment, venaient mes plus doux vers...

La pensée de la mort le poursuit ; dans la pièce *A quoi songeaient les deux cavaliers*, il dit :

> Le malheur est la vie.
> Les morts ne souffrent plus. Ils sont heureux. J'envie
> Leur fosse où l'herbe pousse, où s'effeuillent les bois,
> Car la nuit les caresse avec ses douces flammes ;
> Car le ciel rayonnant calme toutes les âmes
> Dans tous les tombeaux à la fois !

Plus loin, et c'est là que nous retrouvons le révolutionnaire, il passe à la politique, et sa réponse au marquis de C. d'E., qui lui avait reproché d'avoir prononcé

(1) Nous ne parlons pas de la pièce intitulée *Bouche d'ombre*, vision biscornue, long coq-à-l'âne, l'alpha et l'oméga de l'insanité et du rabâchage.

sur les affaires de Galicie un discours *d'anarchiste et digne d'un tréteau*, est une profession de foi dans laquelle il nous expose ses nouvelles idées ; l'ancien royaliste fait son meâ culpâ :

> Parce que j'ai loué l'héroïsme breton,
> Chouan et non Marceau, Stofflet et non Danton,
> Que les grands paysans m'ont caché les grands hommes,
> Et que j'ai fort mal lu, d'abord, l'ère où nous sommes,
> Parce que j'ai vagi des chants de royauté,
> Suis-je toujours rivé dans l'imbécillité ?

En style de Michelet,(du Michelet seconde manière, la pire,) dans le tableau des abus de l'ancien régime, « où le harem est prince et l'échafaud ministre, » il nous parle des ossements qui blanchissent aux gibets, de l'histoire qui n'est plus

> qu'un tas noir de tombeaux,
> De Crécys, de Rosbachs becquetés des corbeaux ;

et le reste à l'avenant, c'est-à-dire en vers artistement façonnés, mais exprimant des rengaines auxquelles ne croient même plus les derniers traînards des loges maçonniques.

Des pièces sillonnées d'éclairs, admirables de sentiment, riches en strophes superbes, sont rendues ridicules par des drôleries charivariques. Ainsi dans *Les Malheureux*, où l'on devine le futur historien de Jean Valjean, on rencontre un vieux bonhomme qui « soupe d'un peu d'eau, d'une pomme, » et qui doit avoir lu son Hegel ; il s'enorgueillit de la longanimité avec laquelle il supporte son sort :

> Calme, avec l'indigence
> Et les haillons je vis en bonne intelligence,
> Et je fais bon ménage avec Dieu mon voisin.

On le voit, V. Hugo, jusqu'à la fin, restera fidèle au *Dieu des bonnes gens* de Béranger ; sa théodicée est toute rudimentaire : c'est celle d'un sous-maître de village.

Terminons par une citation qui nous montrera que
le poète des *Feuilles d'Automne* n'est pas complètement disparu :

O douleur, clef des cieux ! L'ironie est fumée.
L'expiation rouvre une porte fermée.
    Les souffrances sont des faveurs.
Regardons au-dessus des multitudes folles,
Monter vers les gibets et vers les auréoles
    Les grands sacrifiés rêveurs.

Monter c'est s'immoler. Toute cime est sévère.
L'Olympe lentement se transforme en Calvaire ;
    Partout le martyre est écrit.
Une immense croix gît dans notre nuit profonde,
Et nous voyons saigner aux quatre coins du monde
    Les quatre clous de Jésus-Christ.

Ah ! vivants, vous doutez ! ah ! vous riez, squelettes !
Lorsque l'aube apparaît ceinte de bandelettes
    D'or, d'émeraude et de carmin,
Vous huez, vous prenez, larves que le jour dore,
Pour la jeter au front céleste de l'aurore,
    De la cendre dans votre main.

Vous criez : Tout est mal, l'aigle vaut le reptile.
Tout ce que nous voyons n'est qu'une ombre inutile.
    La vie au néant nous vomit.
Rien avant, rien après. Le sage doute et raille.
— Et, pendant ce temps-là, le brin d'herbe tressaille,
    L'aube pleure et le vent gémit.

Chaque fois qu'ici-bas l'homme en proie aux désastres
Rit, blasphème et secoue, en regardant les astres,
    Le sarcasme, ce vil lambeau,
Les morts se dressent froids au fond du caveau sombre,
Et de leur doigt de spectre écrivent DIEU dans l'ombre
    Sous la pierre de leur tombeau.

Avec la *Légende des Siècles* V. Hugo prend une
éclatante revanche.

« Les poèmes qui composent ce volume ne sont
autre chose que des empreintes successives du profil

humain, de date en date, depuis Ève, mère des hommes, jusqu'à la Révolution, mère des peuples, empreintes prises tantôt sur la barbarie, tantôt sur la civilisation, presque toujours sur le vif de l'histoire, empreintes moulées sur le masque des siècles. »

Les principaux sous-titres de l'ouvrage, (4 volumes dans l'édition définitive,) sont : *Le Sacre de la femme,— La Conscience, — Booz endormi, — Dieu invisible au philosophe, — Le Titan,— Les trois cents,— La Chanson de Sophocle à Salamine, — Le Romancero du Cid*, (comprenant l'entrée du roi, — Souvenir de Chimène, — Le roi jaloux, — Le roi ingrat, — Le roi défiant, — Le roi abject, — Le roi fourbe, — Le roi voleur, — Le roi soudard, — Le roi couard, — Le roi moqueur, — Le roi méchant ;) — *Au lion d'Androclès, — Mahomet, — Le mariage de Roland, — Aymerillot, — Les sept merveilles du monde, — Le petit roi de Galice, — Éviradnus, — Le groupe des Idylles, — Les pauvres gens, — Le crapaud, — La vision de Dante, — L'Inquisition, — Les mercenaires, — Retour de l'empereur, 1840, — Jean Chouan, — Le cimetière d'Eylau, — XXe siècle, — La trompette du Jugement, — L'abîme.*

Tout le monde connaît *la Conscience*, ce beau récit où Caïn, longtemps après le crime, voit partout un œil dardé sur lui, emblème du remords qui ronge le coupable, impuissant à s'y soustraire. Tour à tour le misérable se cache dans les pays lointains, jusqu'aux bornes du monde :

> Et, comme il s'asseyait, il vit dans les cieux mornes
> L'œil à la même place au fond de l'horizon.

En vain ses enfants développent une toile immense, construisent une barrière, élèvent des murs de bronze, bâtissent une ville gigantesque, mettent l'aïeul apeuré au centre d'une tour de pierre, creusent une fosse :

> L'œil était dans la tombe et regardait Caïn.

Dans *Les trois cents*, on se doute qu'il s'agit d'une lutte héroïque des Spartiates de Léonidas contre les hordes des Perses ; long est le morceau, mais magnifique est le souffle qui le porte.

La chanson de Sophocle prouve une fois de plus que V. Hugo n'a jamais compris l'antiquité. C'est là un sens qui lui manque. Comment veut-on que l'écrivain le plus démesuré, (dans tous les sens du mot, les bons comme les mauvais,) ait apprécié, goûté l'exquise perfection de Sophocle, le poète de la règle, de la convenance, de la justesse ?

Mais aussitôt qu'il touche à l'épopée carlovingienne, V. Hugo voit se reproduire en sa faveur le merveilleux phénomène qui permettait à Antée, touchant la Terre, de lutter avec avantage contre Hercule lui-même. Là, il sait être grandiose tout en restant souvent simple, élégant sans tomber dans la fadeur ; soit ce début d'Aymerillot :

> Charlemagne, empereur à la barbe fleurie,
> Revient d'Espagne ; il a le cœur triste, il s'écrie :
> — Roncevaux ! Roncevaux ! O traître Ganelon !..
> Car son neveu Roland est mort dans ce vallon,
> Avec les douze pairs et toute son armée.
> Le laboureur des monts qui vit sous la ramée,
> Est rentré chez lui grave et calme, avec son chien ;
> Il a baisé sa femme au front et dit : C'est bien !
> Il a lavé sa trompe et son arc aux fontaines ;
> Et les os des héros blanchissent dans les plaines !
> Le bon roi Charle est plein de douleur et d'ennui ;
> Son cheval syrien est triste comme lui.
> Il pleure. L'empereur pleure de la souffrance
> D'avoir perdu ses preux, ses douze pairs de France,
> Ses meilleurs chevaliers qui n'étaient jamais las,
> Et son neveu Roland et la bataille, hélas !
> Et surtout de songer, lui, vainqueur des Espagnes,
> Q'on fera des chansons dans toutes ces montagnes,
> Sur ces guerriers tombés devant des paysans,
> Et qu'on en parlera plus de quatre cents ans.

Cependant il chemine ; au bout de trois journées
Il arrive au sommet des hautes Pyrénées.
Là dans l'espace immense il regarde en rêvant ;
Et sur une montagne, au loin et bien avant
Dans les terres, il voit une ville très forte,
Ceinte de murs avec deux tours à chaque porte.
Elle offre à qui la voit ainsi dans le lointain,
Trente maîtresses tours avec des toits d'étain,
Et des mâchicoulis de forme sarrasine,
Encor tout ruisselants de poix et de résine.
Au centre est un donjon si beau, qu'en vérité
On ne le peindrait pas dans tout un jour d'été.
Ses créneaux sont scellés de plomb ; chaque embrasure
Cache un archer dont l'œil toujours guette et mesure ;
Ses gargouilles font peur ; à son faîte vermeil
Rayonne un diamant gros comme le soleil,
Qu'on ne peut regarder fixement de trois lieues.
Sur la gauche est la mer aux grandes ondes bleues.

N'est-ce point merveilleux ? C'est la *Chanson de Roland* écrite en style moderne par un rival d'Homère.

Voici maintenant le sujet d'*Aymerillot* : le vieil empereur appelle, l'un après l'autre, Naymes, duc de Bavière, Dreus de Montdidier, Hugo de Cotentin, « ce seigneur était brave et comte palatin, » Richer de Normandie, le comte de Gand, bref tous les grands de sa suite, et leur demande de prendre Narbonne ; sous différents prétextes ils déclinent cette tâche, qu'ils trouvent irréalisable ; seul, un page, Aymerillot, guidé par sa juvénile audace, réussit à s'emparer de la formidable cité.

Dans le *Petit roi de Galice*, Roland vient au secours d'un pauvre roitelet, tout mignon et tout confiant, dont sept traîtres ont médité le meurtre.

Ratbert est la peinture surchargée, incommensurablement grossie, des forfaits accomplis par les principicules de la féodalité. •

Qui ne s'intéresserait à *Eviradnus*, le chevalier errant

qui sauve une jeune femme, que recherchent Sigismond et Ladislas ?

Zim-Zizimi est un prince qui s'ennuie et bâille. Pour le dérider, il faut que les sphinx qui gardent sa porte prennent la parole et lui répondent. Chacun d'eux lui rappelle qu'il mourra, et lui cite un chef d'empire plus puissant que lui, et qui cependant n'est plus qu'un peu de cendre.

> Zim-Zizimi, soudan d'Égypte, commandeur
> Des croyants, padischah qui dépasse en grandeur
> Le César d'Allemagne et le Sultan d'Asie,
> Maître que la splendeur énorme rassasie,
> Songe.

Les princes dont il s'entend remémorer l'existence et le néant, sont la reine Nitocris, Téglath-Phalasar, Nemrod, Chrem, « pharaon sévère, » qui

> Flotte, plongé dans l'huile en son cercueil de verre,

Cyrus, Cambyse, Bélus, Rhamsès, Cléopâtre, dont le poète dit que

> Les roses enviaient l'ongle de son orteil,

enfin Sennachérib :

> Que fait Sennachérib, roi plus grand que le sort ?
> Le roi Sennachérib fait ceci qu'il est mort.

Plus que jamais, dans *Les sept merveilles du monde*, l'auteur abuse des expressions vagues et des figures disproportionnées. Il éblouit et fatigue avec les trous monstrueux, les cris de l'enfer, les chocs convulsifs des croupes des typhons, les saints pœans, les crânes pleins d'échos, pleins de lueurs, pleins d'yeux, les bruits de gouffre. En général, V. Hugo abuse de l'érudition et, sciemment, tombe dans l'incompréhensible. Le titulaire de la chaire d'histoire de la Sorbonne pourrait-il nous expliquer ce vers :

> Quand Béit-Cifresil, fils d'Abdallah-Béit ?

C'est à desarçonner le personnage de La Bruyère qui hésite entre Sémiramis et Sérimaris !

Trop souvent le poète est amphigourique :

> Qui sait si le malheur qu'on fait aux animaux
> Et si la servitude inutile des bêtes
> Ne se résolvent pas en Nérons sur nos têtes ?

Se résoudre en Néron ? On comprend d'ores et déjà la fureur de V. Hugo contre les honnêtes professeur de rhétorique et autres « culs de bouteille » qui proscrivent le galimatias.

La réunion des morceaux qui forment le *Groupe des Idylles*, (Orphée, Salomon, Archiloque, Aristophane, Asclépiade, Théocrite, Bion, Moschus, Virgile, Catulle, Longus, Dante, Pétrarque, Ronsard, Shakspeare, Racan, Segrais, Voltaire, Chaulieu, Diderot, Beaumarchais, André Chénier,) est dérisoire: c'est un coup droit au bon sens. Le poète ne peut guère comprendre Orphée, qui n'a jamais existé, et Salomon, qu'il faut ranger parmi les élégiaques ; tout en passant condamnation sur Aristophane et Asclépiade, qu'est-ce que Diderot et Beaumarchais viennent faire dans le groupe des auteurs d'idylles ? A propos de Tityre et d'Eglé, il dit quelque part :

> La Sorbonne n'a rien à voir dans tout cela ;

hélas ! V. Hugo non plus !

La *Légende* fut composée durant son séjour à Guernesey. Séparé de cette France qu'il aime, dont cependant il peut deviner les fuyants contours à travers la distance, le poète rêve. A l'abri d'une grotte naturelle taillée dans le roc, il assiste au majestueux spectacle que lui offrent la mer et le ciel, double infini, double manifestation du sublime. Il voit la vague montueuse, avec ses couleurs gris de fer ; il entend les cris gutturaux de l'Erynnis en fureur, acharnée contre la falaise ;

il suit le liquide projectile qui bat en brèche les cimes surplombantes. Tantôt, sous le soleil incandescent de midi, l'observateur, plongeant du regard à travers la masse qui miroite, va chercher les oasis de plantes roses disséminées au fond du lac immobile, le corail, les algues, la mousse arborescente ; tantôt, quand tombe le soir, il lève les yeux jusqu'aux myriades d'étoiles, soleils de l'espace illimité, les blanches comme Sirius, les jaunes d'or comme Arcture, les orangées comme Antarès, les rouges presque invisibles, astres qui s'oxydent et sont prêts, sans doute, à s'éteindre (1). Il songe à Celui qui a tout créé, aussi bien lui, Hugo, le génie prodigieux, que l'ignorante vigie du phare voisin, et alors il lit dans les siècles futurs, il assiste à la marche de l'humanité vers la justice, vers l'idéal, vers la loi, et que n'a-t-il ajouté : vers le Dieu des chrétiens !

Mais déjà la devise du poète était : *Ni dieu ni maître.*

> César, je hais ton globe impérial. Et toi,
> Pape, je ne crois pas à tes clefs....(2)

Comme style, facture, choix de vocabulaire, la *Légende des Siècles* fut pour V. Hugo, ainsi que *Jocelyn* l'avait été pour Lamartine, une occasion d'introduire le naturel, et même la familiarité dans le poème épique. Aux bons passages, et ils sont nombreux, les plus nombreux même, c'est une suite de lumineuses images, que traverse un dialogue ou un récitatif d'une ravissante simplicité ; c'est le triomphe de la fantaisie capricieuse. Mais quand le poète écrit à froid, le prétentieux, le contradictoire, l'indécent, le naïf genre bêtise, l'extravagante platitude, la rhétorique, et la rhétorique maladroite, s'empilent sans trêve ni relâche.

---

(1) Cf. *le Monde avant la création de l'homme*, par C. Flammarion, p. 63.

(2) Cf. Welf, *Castellan d'osber*. (Cf. Tome II de la *Légende des Siècles*.)

Que si l'on faisait un choix dans ces quatre volumes, de façon à les réunir en un seul, en éliminant les injustes appréciations, les tirades de clubiste contre la divinité et la royauté, on aurait un chef-d'œuvre qui, étant donnée l'imagination de Victor Hugo, la plus robuste imagination qui fut jamais, ferait aux yeux l'illusion d'une galerie de Rubens, dont les deux toiles maîtresses seraient, à notre avis, *les pauvres Gens* et *le Crapaud*.

Les *Chansons des Rues et des Bois* sont un long spasme érotique, qu'on croirait décrit par un Voisenon quelconque, plus habile à rimer sans doute, mais plus corrompu encore, et plus corrupteur. Ce n'est pas le nu, c'est le déshabillé licencieux, incitateur à la débauche. Dans sa prime jeunesse, M. A. Houssaye a composé des vers de ce genre, où il faisait alterner la danse des satyres sous les rameaux dormants avec le printemps qui gagne « la bataille des lilas. » On a quelque honte pour le poète sexagénaire qui recherche ce priapisme d'expressions et se délecte à la lubricité de ces images. A l'extrême rigueur, ces gaillardises de langage trouveraient un semblant d'excuse dans la jeunesse d'un écrivain tourmenté par l'afflux de la vie qui fermente dans sa poitrine de vingt ans, mais, à tout bien considérer, rien ne justifie le libertinage.

Comme style, le procédé s'accuse trop. Il consiste à traduire une idée ou un mot antique par le mot ou l'idée moderne qui correspond : perpétuelle opposition, qui d'abord séduit pour rebuter à la longue. Ainsi Tibur s'appelle St-Cloud, Gnide fait vis-à-vis aux patenôtres, Tacite devient Soulavie (1), Herclé se change en palsambleu, la lyre se métamorphose en mandoline ou bien en piano. Que de fois le poète sue

(1) Né en 1752, mort en 1813; c'est le type du compilateur, plus ou moins préoccupé de la vérité.

d'ahan pour dire du nouveau, et ne rencontre que des bouts rimés, — richement rimés, — mais ne présentant pas la moitié du sens que mettait E. de Pradel dans ses improvisations :

> Que t'importe Fouché de Nantes,
> Et le prince de Bénévent ?
> Les belles mouches bourdonnantes
> Emplissent l'azur et le vent.

On comprend qu'il soit difficile d'extraire un morceau tout entier de ce recueil ultra-anacréontique ; en cherchant bien, on trouverait *Une alcôve au soleil levant*, délicieux *quadro* où l'on voit un enfant qui dort dans son berceau de mousseline blanche :

> Son bras, par instant, sans secousse,
> Se déplace, charmant et pur ;
> Sa respiration est douce
> Comme une mouche de l'azur.

On pourrait de même citer une description qu'on prendrait pour du très bon Leconte de l'Isle : aux connaisseurs à faire la comparaison ; c'est un lion qui fait sa méridienne :

> Le lion dort seul sous sa voûte.
> Il dort de ce puissant sommeil
> De la sieste, auquel s'ajoute,
> Comme un poids sombre, le soleil.
>
> Les déserts qui de loin écoutent,
> Respirent; le maître est rentré.
> Car les solitudes redoutent
> Ce promeneur démesuré.
>
> Son souffle soulève son ventre ;
> Son œil de brume est submergé ;
> Il dort sur le pavé de l'antre,
> Formidablement allongé.
>
> La paix est sur son grand visage,
> Et l'oubli même, car il dort.
> Il a l'altier sourcil du sage
> Et l'ongle tranquille du fort.

Midi sèche l'eau des citernes ;
Rien du sommeil ne le distrait ;
Sa gueule ressemble aux cavernes,
Et sa crinière à la forêt.

Il entrevoit des monts difformes,
Des Ossas et des Pélions,
A travers les songes énormes
Que peuvent faire les lions.

Tout se tait sur la roche plate
Où ses pas tout à l'heure erraient.
S'il remuait sa grosse patte,
Que de mouches s'envoleraient !

L'ouvrage, qui commence par une pièce intitulée *Le Cheval*, où le poète met Pégase « au vert », se termine par une apostrophe à la monture de Bellérophon, qu'il retire

de la ravine
Où fuit Plaute, où Racan se plaît,

et qu'il engage à reprendre sa course pour « tout vaincre et tout transformer » :

Jette au peuple un hennissement,
A l'échafaud une ruade,
Fais une brèche au firmament,
Pour que l'esprit humain s'évade.

Suivons l'exemple de l'esprit humain, et arrivons à l'*Année Terrible*.

Napoléon III fait, comme toujours, les frais de la majeure partie de l'ouvrage : il est le *jocrisse du crime*, l'*ogre du droit divin*, le *filou naïf*, et bien d'autres choses encore ! O Poète, si le neveu de celui que vous avez tant exalté est si méprisable, pourquoi le poursuivre ainsi de vos malédictions ? Du reste, le vaincu d'hier avait droit à des égards par cela même qu'il n'était plus sur le trône. Inutile d'ajouter que l'empereur est cité en compagnie de St-Arnaud, de Morny, de Rouher, de Devienne, ce dernier pour rimer avec la capitale de l'Autriche (1).

Ne voyons là que des enfantillages. Mais la haine du Prussien a soufflé au patriote les sentiments les plus généreux ; là, du moins, nous retrouvons le fils du brave général Hugo, le Lorrain d'origine, le Vendéen, le Français d'âme et de cœur. Comme il fait cruellement constater aux vainqueurs du jour la vanité de leur gloire, leur pénurie de grands hommes, de hauts faits, de mots immortels !

> Moissonnez les vivants comme un champ de blé mûr,
> Cernez Paris, jetez la flamme à ce grand mur,
> Tuez à Chateaudun, tuez à Gravelotte,
> O rois, désespérez la mère qui sanglote,
> Poussez l'effrayant cri de l'ombre : Exterminons !
> Secouez vos drapeaux et roulez vos canons,
> A ce bruit triomphal il manque quelque chose :
> La porte de rayons dans les cieux reste close,
> Et sur la terre en deuil pas un laurier ne sent
> La sève lui venir de tous ces flots de sang.
> Là-haut, au loin, le groupe entier des Renommées,
> Immobile, indigné, les ailes refermées,
> Tourne le dos, se tait, refuse de rien voir,
> Et l'on distingue au fond de ce firmament noir
> Le morne abaissement de leurs trompettes sombres.
> Dire que pas un nom ne sort de ces décombres !
> O Gloire ! ces héros, comment s'appellent-ils ?
> Quoi ! ces triomphateurs hautains, sanglants, subtils,
> Quoi ! ces envahisseurs que tant de rage anime
> Ne peuvent même pas sortir de l'anonyme,
> Et ce comble d'affront sur nous s'appesantit
> Que la victoire est grande et le vainqueur petit !

Pourquoi l'*Année terrible*, qui regorge de beautés d'un ordre supérieur, dignes d'Archiloque, de Dante et de Michel-Ange, est-elle moins populaire, moins lue, moins appréciée, en somme, que les *Chants du Soldat* de Déroulède, mille fois moins remarquables par la

---

(1) Cf. page 24 de l'édition définitive.

souplesse de la versification et la splendeur de la langue ? C'est que Victor Hugo est trop souvent sibyllin, qu'il n'écrit pas un vers sans y glisser une allusion, qu'il nécessite, pour devenir compréhensible, les renseignements de toute une Encyclopédie. Or, la popularité n'a rien à voir avec l'érudition. Les Raoul Rochette, les Guignaut, les Hase, les Dubner, les Albert Dumont, sont inconnus de la foule ; pourquoi ? c'est que celle-ci ne comprend rien à leurs hiéroglyphes, à leurs chronologies, à leurs digammas, à leur numismatique, à leurs stèles ; c'est qu'elle bâille quand, au lieu de lui exposer sa pensée en termes transparents, on lui sert un salmigondis où paraissent Messaline, Cynégire, Botzaris, Winckelried, Pélage, Manin, Garibaldi, Lautrec, Léonidas, Talbot, etc. Cet almanach laïque, ce martyrologe obligatoire, ce lectisterne gratuit où figurent des demidieux dont, s'il nous souvient, il ne nous souvient guère, nous paraissent furieusement ressembler à la ballade de Vadius : ils ont pour les pédants de merveilleux appas. Mais écoutons la suite :

« *Quand Washington combat, quand Bolivar paraît,* Aristide, Jésus, Zénon, Bruno, Colomb, Jeanne, *Phocion expiré, Lycurgue enseveli,* Kosciusko, Adam Lux, Arria, Porcia, Jean Huss, Galgacus, Carrier, Sanchez, Pallas, Locuste (1), Madison, Jefferson, Jackson, Adams, John Brown (2)... »

Moins de noms propres et plus d'idées serait préférable.

Mais quel charme attendrissant, quelle puissance d'émotion, quand le poète revient à l'expression des sentiments de la famille, quand il s'adresse à sa petitefille ? Est-ce une mère qui parle dans *A l'enfant ma-*

(1) Cf. Prologue, passim.

(2) Cf. *Le Message de Grant.*

lade pendant le siège, dans *A la petite Jeanne* qui vient d'avoir un an ?

> Vous eûtes donc hier un an, ma bien-aimée ;
> Contente, vous jasez comme sous la ramée,
> Au fond du nid plus tiède ouvrant de vagues yeux,
> Les oiseaux nouveau-nés gazouillent tout joyeux
> De sentir qu'il commence à leur pousser des plumes.
> Jeanne, ta bouche est rose, et dans les gros volumes
> Dont les images font ta joie, et que je dois,
> Pour te plaire, laisser chiffonner par tes doigts,
> On trouve de beaux vers, mais pas un qui te vaille,
> Quand tout ton petit corps en me voyant tressaille.
> Les plus fameux auteurs n'ont rien écrit de mieux
> Que la pensée éclose à demi dans tes yeux,
> Et que ta rêverie obscure, éparse, étrange,
> Regardant l'homme avec l'ignorance de l'ange.
> Jeanne, Dieu n'est pas loin, puisque vous êtes là.

Avec *l'Art d'être grand-père*, V. Hugo se retrouvait dans un de ses sujets de prédilection, un de ceux où il dispose de l'universalité de ses moyens, où il nous apparaît avec toute la magie de son incomparable palette. Divine serait l'œuvre, si le jacobinisme, le franc-maçonnisme et l'athéisme ne s'y étaient indûment faufilés. Était-il indispensable que l'auteur de *la Prière pour tous* entretînt des enfants de l'Immaculée Conception, spécialement pour faire, à propos de ce dogme, de graveleuses et lourdes plaisanteries, et qu'il s'attaquât au péché originel afin, il le croyait du moins, de mieux vilipender et rabaisser le clergé catholique ? Comment expliquer, sinon par l'incommensurable vanité de l'écrivain, tous ces débordements de bile contre un évêque assez audacieux pour faire suivre son nom rayonnant de l'épithète d'athée ? Est-ce que ces déclamations convulsives contre une religion consolatrice sont bien nouvelles, et n'est-on point fondé à dire que c'est tout au plus du d'Holbach mis en vers sonores ? Mais dans le genre de la poésie enfantine, V. Hugo, malgré ses

soixante-seize ans, avait encore toute sa sève, sa fraîcheur et sa tendresse des beaux jours : ni de Laprade,
ni M. Ratisbonne n'ont surpassé, égalé peut-être, le
Pain sec :

> Jeanne était au pain sec dans le cabinet noir
> Pour un crime quelconque, et, manquant au devoir,
> J'allai voir la proscrite en pleine forfaiture,
> Et lui glissai dans l'ombre un pot de confiture
> Contraire aux lois. Tous ceux sur qui dans ma cité
> Repose le salut de la société,
> S'indignèrent, et Jeanne a dit d'une voix douce :
> « Je ne toucherai plus mon nez avec mon pouce ;
> Je ne me ferai plus griffer par le minet. »
> Mais on s'est récrié : « Cette enfant vous connaît ;
> Elle sait à quel point vous êtes faible et lâche,
> Elle vous voit toujours rire quand on se fâche.
> Pas de gouvernement possible. A chaque instant,
> L'ordre est troublé par vous ; le pouvoir se défend,
> Plus de règle. L'enfant n'a plus rien qui l'arrête ;
> Vous démolissez tout. » Et j'ai baissé la tête,
> Et j'ai dit : « Je n'ai rien à répondre à cela.
> J'ai tort. Oui, c'est avec ces indulgences là
> Qu'on a toujours conduit les peuples à leur perte.
> Qu'on me mette au pain sec. — Vous le méritez certe,
> On vous y mettra. » Jeanne alors, dans son coin noir,
> M'a dit tout bas, levant ses yeux si beaux à voir,
> Pleins de l'autorité des douces créatures :
> « Eh bien, moi, je t'irai porter des confitures. »

N'oublions pas *le Pot cassé, Ce que dit le public,
une Tape, la Cicatrice, la Sieste,* enfin *l'Épopée du Lion,*
la perle du recueil, du vrai Perrault mis en splendides
alexandrins par Corneille.

Dans *la Pitié suprême,* V. Hugo reprend, pour les dé-
layer, ses plus anciens paradoxes, et s'acharne, non sans
une volupté singulière, contre ceux qui ont le malheur
d'être rois ; il compare ceux-ci aux tchandalas, en d'autres termes aux soudras nés d'un père soudra, (les soudras sont nés des pieds de Brahma,) et d'une femme
brahmane :

J'ai vu l'Inde, je plains le morne tchandâla ;
Un homme fraternel jamais ne lui parla.
Sa soif ternit le fleuve et devient son martyre,
La cabane se ferme, et la main se retire.
Il est le réprouvé de l'eau, du pain, du seuil ;
On dirait que le feu, l'air et la terre en deuil
Le chassent, que le champ le hait, que la matière
Le repousse, et se tient hors de lui tout entière ;
Il est celui que nul n'abrite et ne reçoit.
Mais, du moins, tel qu'il est, hélas ! et quel qu'il soit,
Il voit le jour de tous et son âme lui reste ;
Et, quoiqu'on ait jeté sur sa tête funeste
  La lèpre et son dégoût, la peste et son charbon,
Non, il n'est pas maudit, puisqu'il peut être bon !

Et maintenant, voyez celui-ci. La justice
Resplendit, non pour lui. Que l'erreur l'abrutisse,
Il est roi. Le progrès lumineux et vivant
Pour tout le genre humain éclôt, soleil levant ;
Lui ne le verra pas. Chacun peut dans sa course
Boire à la vérité, la grande et chaste source ;
Lui seul, sombre altéré, n'en approchera point.
Le mot qu'on dit, le pas qu'on fait, le jour qui point,
N'existent pas pour lui ; son oreille est de pierre....
Et de ces deux damnés, dis, lequel plaindras-tu ?
L'un est hors du bonheur, l'autre de la vertu.
Quel est le plus fatal et le plus solitaire,
Dis, l'homme qui n'a pas sa part de pain sur terre,
Ou l'homme qui n'a pas sa part de vérité ?
— Ah ! pleurons sur le roi, ce grand déshérité !

Est-ce que tous les porte-sceptre ressemblent, dans l'histoire, au phénomène dont le poète nous trace un portrait si peu fidèle ? La justice ne resplendissait pas dans S. Louis ? L'erreur abrutissait le Père du peuple ? Charlemagne fut, au mauvais sens du mot, un prince fatal ? S. Louis était hors de la vertu ? Henri IV, un roi solitaire ? On ne sait trop ce que veut dire l'auteur, entraîné et comme englouti par le flot de ses développements et de ses chries. De ci de là, des percées de bons sens. Ainsi dans la pièce où V. Hugo commente, avec quel fatras d'apostrophes cependant, le fameux mot de Villeroy : « Sire, tout ce peuple est à vous ! ».

En général, l'écrivain ne sort pas de son procédé, l'énumération des noms propres de tous les temps et de tous les pays. Il faut bien en convenir, le plus net résultat de cette débauche d'agrégé d'histoire en goguette c'est l'ennui, c'est une fièvre oscitante, une sorte d'insolation, la nostalgie de la camisole de force, la vision prochaine de la folie. On éprouve le besoin maladif de relire les tableaux de Lévi-Alvarès, de faire entrer dans sa tête des kilomètres de synchronismes, d'apprendre par cœur la généalogie de quelques familles princières allemandes, par exemple de la maison Altenbourg, depuis la branche Albertine, en l'an 1482, jusqu'au titulaire actuel, marié à une princesse d'Anhalt-Dessau !

L'Ane est un dialogue entre l'honorable roussin et le Socrate de Kœnigsberg :

> Un âne descendait au galop la science.
> « Quel est ton nom ? dit Kant. — Mon nom est patience. »

Ce n'est pas seulement l'âne qui a besoin de patience : cette vertu est surtout nécessaire au lecteur, qui ne se reconnaît guère dans ce fatras de questions et de réponses où, (Dieu me pardonne,) l'âne est presque aussi bête que le Kant de V. Hugo ! Entre autres remarques, on trouve le portrait du *vrai chrétien :*

> Il met Dieu dans un temple en forme d'éteignoir,
> Ou croit lui faire honneur en brûlant une cire.
> Il dit à Dieu, Seigneur ! mais dit au diable : Sire !

Et voilà pourquoi la *Lanterne* est muette.

Cependant ne médisons pas trop de cet âne ; il a parfois des réflexions qui s'imposent ; il dit de l'homme :

> Mon vieux hi-han vaut bien ses quatre ou cinq diphthongues,
> Et plus que ses vertus, mes oreilles sont longues.

Voilà un âne qui a fait son cours d'humanités, et qui vous trousse galamment l'antithèse.

Dans les *Quatre Vents de l'Esprit*, encore de jolies choses, mais inachevées, des essais, des *ours*, qu'il aurait fallu lécher avant de les produire dans le monde : citons *la Mort du Chien* :

> Un groupe, tout à l'heure, était là, sur la grève,
> Regardant quelque chose à terre. —Un chien qui crève !
> M'ont crié des enfants ; voilà tout ce que c'est ;
> Et j'ai vu, sous leurs pieds, un vieux chien qui gisait.
> L'océan lui jetait l'écume de ses lames.
> — Voilà trois jours qu'il est ainsi, disaient des femmes ;
> On a beau lui parler, il n'ouvre pas les yeux.
> — Son maître est un marin absent, disait un vieux.
> Un pilote, passant la tête à sa fenêtre,
> A repris : — Ce chien meurt de ne plus voir son maître.
> Justement le bateau vient d'entrer dans le port ;
> Le maître va venir, mais le chien sera mort.
> — Je me suis arrêté près de la triste bête,
> Qui, sourde, ne bougeant ni le corps, ni la tête,
> Les yeux fermés, semblait morte sur le pavé.
> Comme le soir tombait, le maître est arrivé,
> Vieux lui-même, et, hâtant son pas que l'âge casse,
> A murmuré le nom de son chien à voix basse.
> Alors, rouvrant ses yeux pleins d'ombre, exténué,
> Le chien a regardé son maître, a remué
> Une dernière fois sa pauvre vieille queue,
> Puis est mort. C'était l'heure où sous la voûte bleue
> Comme un flambeau qui sort d'un gouffre, Vénus luit,
> Et j'ai dit : D'où vient l'astre ? Où va le chien ? O nuit !

CHAPITRE TROISIÈME.

L'HISTOIRE. — Dareste. — Chéruel. — Lavisse. —
Zeller. — Amédée Thierry. — Duruy. — Gaillardin.
— Poirson. — Camille Rousset. — Lanfrey.   Thiers.
— Thureau-Dangin. — D'Haussonville. — De Mazade.
— Napoléon III. — Perrens. — Duc d'Aumale. —
Duc de Broglie. — Loménie de Brienne. — Édouard
Hervé.— Mgr Perraud. — De Beauchesne. — Maxime
du Camp. — Fustel de Coulanges. — Mézières. —
Boissier. — Geffroy. — Rambaud. — Gebhardt. —
Dom Guéranger. — Mgr Baunard. — Mgr Freppel.—
Mgr Hautcœur. — L'abbé Destombes.— Mgr Foulon.
—Le P. de Pontlevoy. Le P. Chocarne.—Le P. Ch. du
Coetlosquet. — L'abbé Lagrange.— L'abbé Bougaud.

Dans la seconde moitié du XIXe siècle, le mouvement qui avait emporté les études historiques
depuis la publication des fameuses *Lettres au Courrier
français*, sans provoquer des travaux aussi remarquables
que ceux des différents chefs d'école qui vinrent après
Aug. Thierry, ne laissa pas de se continuer, mais dans
des proportions bien plus modestes. L'époque héroïque
de l'histoire est close ; l'âge d'argent est à sa fin, et
l'on entre dans l'âge de fer. Nous ne sommes nullement embarrassé pour désigner le savant officiel sur
qui pèse la plus lourde responsabilité de cette prompte
décadence : c'est un érudit du meilleur aloi, Victor
Leclerc, le doyen de la Sorbonne sous l'Empire, qui
profita de l'influence que lui assuraient ses fonctions
pour contraindre (moralement) les candidats docteurs
ès lettres à renoncer aux travaux d'ensemble et à se
cantonner dans des sujets spéciaux. On sait comment
les choses se passaient. Vous vous appeliez M. Taine,

vous apportiez à l'auteur des *Journaux à Rome* une
thèse sur notre grand fabuliste : le Naudé moderne
vous congédiait avec une grâce très mitigée, non sans
vous donner le conseil de porter votre travail à quelque *Revue*, et de prendre une pièce inachevée de
Plaute pour la reconstituer dans son intégralité présumable. Résultat net : vous vous proposiez, futur historien de la littérature anglaise, de briller dans la critique en continuant Villemain et Sainte-Beuve ! on vous
intimait l'ordre de chausser les sandales d'Urceus
Codrus !

   Or, il en allait pour l'histoire comme pour la littérature : les travaux de généralisation furent écartés. A ce
prix, M. Guizot n'eût pas été admis aux honneurs de
la soutenance avec son *Histoire de la Civilisation !* On
dut chercher quelque problème d'un intérêt tout local
et d'une importance toute restreinte. Dès lors triom-
phera l'*Archivomanie*. Quiconque trouve un vieux
chiffon ou des bribes de documents d'où l'on puisse,
avec plus ou moins de vraisemblance, infirmer un
événement jusqu'alors admis sans contestation, on a le
droit d'échafauder sur cette base minuscule toute une
tour Eiffel de conjectures et de conséquences ! Libre à
vous de bouleverser toute l'histoire de Jeanne d'Arc,
si, comme tel brave magister, vous avez mis la main sur
un acte tabellionné, duquel il résulte que le père de
l'héroïne avait loué, pour loger ses moutons, les ruines
d'un vieux donjon abandonné. Voilà une trouvaille qui
ouvre des perspectives inconnues sur la mission de la
Pucelle ! Conformément à ce programme, tout fut chan-
gé : on plaça le cœur à droite, on fit naître La Bruyère
non plus à Dourdan mais à Paris, et dater la *Satire Ménippée* non de 1593 mais de 1594. Grâces à Dieu, par de
telles découvertes, le Capitole allait être sauvé ! Certes,
nous n'ignorons pas que, pour arriver à des travaux

synthétiques véritablement irréprochables, il faut commencer par des recherches qui portent sur les faits particuliers ; toujours est-il que ce travail préliminaire ne doit pas éternellement durer, car ce serait éternellement reculer la constitution de la science. Du reste, quelque ardeur que l'on veuille bien apporter à ces investigations, il restera toujours nombre de faits qui seront susceptibles d'explications contraires. Est-ce à dire qu'il faille, avant de conclure, patienter jusqu'à ce que les divergences aient cessé, que l'accord entre les érudits soit parfait ? On s'exposerait à une attente singulièrement longue.

Les protestations, on s'en doute, ne firent point défaut, et l'histoire générale continua d'avoir ses partisans. Dans un rang très honorable, il convient de placer M. Dareste de la Chavanne. Issu d'une famille de jurisconsultes, de naturalistes et de savants, ce consciencieux écrivain, après avoir enseigné l'histoire au collège Stanislas, occupa la chaire du même ordre d'études à la Faculté des lettres de Lyon. Recteur à Nancy, puis à Lyon, il fut mis en disponibilité vers la fin de l'année 1878, laissant la réputation d'un maître distingué et d'un administrateur compétent. Après avoir étudié l'œuvre de Turgot, le règne de Philippe-Auguste, il s'était fait avantageusement connaître par une *Histoire des classes agricoles*, lorsqu'en 1865 il commença son *Histoire de France depuis les origines jusqu'à nos jours*.

Comme toujours, nous avons l'intention de proposer notre manière de voir avec une sincérité absolue. Dire ce que l'on pense est encore la plus sûre manière de mériter l'estime.

Au cours de son ouvrage, M. Dareste, qui, évidemment, connaît, mais semble ne vouloir pas appliquer les règles de la perspective, retrace les événements avec une monotone égalité de style, sans rien mettre en saillie, ni appuyer sur les événements les plus considérables. Dans ces longues chevauchées à travers nos annales, ni pentes verdoyantes, ni jeux de lumière. Sous la plume du narrateur, l'histoire n'est pas le drame de l'humanité, mais un compte-rendu fait par un rapporteur qui entend à merveille le rôle qu'il a choisi. Vous diriez une réunion, savamment coordonnée, du reste, de dissertations empruntées aux *Mémoires* de l'Académie des inscriptions et belles-lettres. Il y a quelque cent ans, l'abbé Millot comprenait ainsi l'histoire, mais depuis Thierry, Guizot, Thiers, le chemin parcouru est immense, et l'on doit tenir compte des progrès accomplis. Ce n'est pas que l'on soit en droit de reprocher à l'auteur de ne point posséder quelques-unes des qualités de style que réclamait avec raison le peintre de la *Conquête de l'Angleterre par les Normands*. M. Dareste ne procède pas avec la lourdeur de Henri Martin, il n'a pas, comme Michelet, d'énormes et invraisemblables lacunes, il est moins redondant que Guizot; mais Guizot démêle bien mieux l'enchaînement des causes et des effets, Michelet est un nécromancien, et H. Martin lui-même a parfois toute l'autorité de l'histoire.

Nous appellerions volontiers M. Dareste un Th. Lavallée, non pas agrandi, mais allongé, en ajoutant cette restriction que le savant professeur de Saint-Cyr s'entend bien mieux aux questions militaires. A notre gré, le récit des campagnes n'est pas donné avec toute la précision désirable. On voudrait que, pour mettre hors de doute sa parfaite compétence, l'auteur eût consacré un soin exceptionnel à quelques-unes des guerres les plus importantes de notre histoire nationale. Quand, par exemple, il arrive à la campagne de 1672, il n'insiste pas suffisamment sur les conséquences de la Ligue du Rhin, ce chef-d'œuvre du diplomate qui eut Richelieu pour maître et de Lyonne pour élève. Comme tous ceux qui l'ont précédé, il se contente d'accorder une mention distraite à la miraculeuse invasion de l'Allemagne par Turenne en 1673, cette pointe audacieuse, digne du plus aventureux des généraux d'avant-garde, qui plongea Louis XIV dans une poignante anxiété, et l'Europe entière dans une sorte de stupeur. Franchissons un espace de cent vingt ans. On ne rencontre pas ces expositions lucides indispensables à la complète intelligence des événements, ces brillants résumés explicatifs, pareils à ceux dont Thiers a soin de faire précéder le tableau de la campagne d'Égypte pour nous montrer les différents intérêts qui s'agitent sur les bords du Nil, ou de faire suivre les batailles d'Auerstaedt et d'Iéna pour décider s'il faut attribuer à Bonaparte ou à Davoust l'honneur du résultat final. Certes, l'expédition de Russie est bien racontée, mais M. Dareste est trop pessimiste dans le jugement qu'il porte sur les derniers actes de l'Empereur, dont il ne semble pas reconnaître l'admirable lucidité et les suprêmes efforts de génie. Du reste, ce qu'il dit de Napoléon est trop visiblement inspiré par le libelle spécieux de Lanfrey. S'adressant au législateur du Code, au vainqueur d'Iéna, il lui retourne l'apostrophe célèbre : « Qu'avez-vous fait de la France ? » A notre tour, nous nous adressons à l'historien, et nous lui disons sans crainte : « Pensez-vous qu'il eût mieux valu pour la France que Napoléon n'eût point régné ? »

M. Dareste, surtout quand il arrive aux événements qui suivirent la rentrée des Bourbons, a, comme les écrivains qui apprécient les gouvernements parlementaires, une fâcheuse tendance à suivre l'ordre des faits, des dates, des sessions législatives. Au lieu de morceler ce règne en fragments qui n'offrent que peu de cohésion, il semble qu'un historien vraiment épris des grands maîtres de Rome et d'Athènes aurait dû, selon le procédé cher aux Thucydide et aux Salluste, offrir dans une vivante synthèse, ici la *Terreur blanche*, là l'œuvre du rachat de la patrie si bien menée par le duc de Richelieu, plus loin l'histoire des complots bonapartistes, plus loin encore l'ensemble des mesures qui signalèrent le ministère de Gouvion St-Cyr. Pourquoi la modestie de M. Dareste lui a-t-elle fait considérer comme une gloire suffisante de prouver sa supériorité sur l'agréable chapelet d'anecdotes que M. Capefigue a consacré à la Restauration ?

Les qualités de l'historien sont la clarté, mais la clarté universitaire, avec des reflets grisâtres, le bon sens, et, ce qui est un titre à nos hommages, la haine des lieux communs. Loin de tomber dans le paradoxe, il proteste contre certaines légendes parfaitement fausses, mais qu'on n'attaque pas à l'époque actuelle sans s'exposer à de dures représailles. Citons, entre autres exemples, son récit des derniers moments des Girondins. A la place des poétiques mensonges qu'on devait à l'imagination de Lamartine, on a enfin la vérité sur chacun de ces personnages. On doit aussi féliciter M. Dareste de ses efforts multipliés pour ne point se départir de l'esprit de sereine justice sans leque l'histoire n'est qu'un libelle, et l'historien un témoin suborné. Nombre de ses jugements sont dictés par une réelle pratique du cœur humain. En résumé, à ce plus récent émule de Sismondi on ne reprochera ni d'être un visionnaire, ni de se laisser égarer par l'esprit de système ; toutefois on lui souhaiterait plus d'émotion, et, comment voulons-nous dire ? plus de magnétisme !

Chéruel (Adolphe), né à Rouen (1809), professa l'histoire au collège de sa ville natale, en 1831, fut maître de conférences de l'École Normale (1849), inspecteur général de l'enseignement secondaire, recteur de l'Académie de Strasbourg (1866), et, après la guerre, de celle de Poitiers.

Chéruel a rendu de nombreux services aux sciences historiques par ses diverses publications : sa thèse de doctorat traitait de l'*Administration de Louis XIV, 1661-1672, d'après les mémoires inédits de d'Ormesson*. Cet ouvrage fut suivi de l'*Histoire de l'administration monarchique en France depuis l'avènement de Philippe-Auguste jusqu'à la mort de Louis XIV* (1855), du *Dictionnaire historique des institutions, mœurs et coutumes de la France* (1855). En 1862, l'infatigable érudit nous donnait les *Mémoires sur Fouquet*, et en 1865, *St-Simon considéré comme historien de Louis XIV*. C'est à lui enfin qu'on doit la meilleure édition des mémoires du fielleux duc et pair.

Chéruel fut un savant de grand mérite, un savant modeste qui a laissé des livres et des disciples ; quelle que soit la notoriété de la plupart de ces derniers, on peut croire que ce sont les premiers qui lui font le plus d'honneur.

Deux historiens d'une sérieuse valeur, MM. Ernest Lavisse, professeur à la Sorbonne, et Jules Zeller (1), se sont occupés de l'histoire d'Allemagne. Personne ne connaît mieux que M. Lavisse la Prusse, son ethnographie, ses origines, sa situation et sa force actuelle ; cet écrivain se recommande aussi par un style très alerte, visiblement inspiré de l'*Histoire de Charles XII*, de Voltaire.

De M. Zeller, qui s'est aussi occupé de l'Italie, (*Épisodes dramatiques de l'Histoire d'Italie* (1855,) *les Empereurs romains* (1863), on a une remarquable *His-*

---

(1) Né à Paris en 1820, professeur d'histoire à l'École polytechnique (1863), recteur de l'Académie de Strasbourg (1870).

toire d'Allemagne, la plus complète qui ait été publiée dans notre langue. (Le fils de M. Zeller, (Berthold,) s'est voué, non sans succès, à l'étude de la première moitié du XVIIᵉ siècle en France).

Amédée Thierry pèche moins par la froideur, sans toutefois qu'il lui soit donné d'atteindre l'idéal réalisé dans plusieurs ouvrages de son glorieux frère Augustin.

Né à Blois en 1797, il professa l'histoire à la Faculté de Besançon, sous le ministère de 1828, mais, convaincu de libéralisme, il vit son cours suspendu par le ministère Polignac, fut préfet de la Haute-Saône sous le gouvernement de Louis-Philippe, et nommé sénateur par Napoléon III (1). Ses ouvrages les plus remarqués sont l'*Histoire des Gaulois* (3 vol. 1828), qui eut pour complément l'*Histoire de la Gaule sous l'administration romaine*, puis l'*Histoire d'Attila et de ses successeurs*, *Récits* et *Nouveaux Récits de l'Histoire romaine*, *Saint Jérôme* (1867), *S. Jean Chrysostome et l'impératrice Eudoxie*, (1872).

Dans le premier de ces écrits, il pose un certain nombre de questions : Qu'est-ce que les Gaels et les Celtes ? sont-ce deux peuples distincts? l'un d'eux n'est-il qu'une fraction de l'autre ? On sait que l'historien a voulu partager la race gauloise en deux familles, la plus ancienne, celle des Gaels, (est et centre de la Gaule,) et celle des Kymris, d'apparition plus récente, (ouest.) Cette opinion n'a pas été confirmée par la science. Il ne se prémunit pas avec assez de soin contre les théories hasardées ; c'est ainsi qu'il soutient que les Sicanes, d'origine ibérienne, traversèrent l'Italie du nord au sud et envahirent la Sicile. N'est-il pas aussi trop aventureux quand il assimile les Cimbres de l'Europe septentrionale aux Cimmériens de la Crimée ? En

---

1. M. Am. Thierry est mort à Paris en 1873.

revanche il excelle à démêler les questions complexes : on lui doit, entre autres découvertes, d'avoir, dans une conjecture savamment échafaudée de preuves, fixé l'époque de la première grande invasion des peuples kymriques dans la Gaule et dans la Bretagne, entre l'an 631 et l'an 587 avant l'ère chrétienne. Les auteurs qu'il suit avec le plus de prédilection sont Strabon et César.

Bien que l'écrivain n'ait pas le talent merveilleux de celui qui composa la *Conquête de l'Angleterre*, on ne laisse pas que de suivre avec intérêt cette masse imposante de travaux, dont quelques-uns étaient fort arides par eux-mêmes ; on admire un certain art de disposer les faits sous une forme dramatique *(erat fraternum)*, ainsi qu'une sévère logique dans la coordination des principes et des conséquences. Quant au style, d'une correction suffisante, le fragment qui suit en donnera une idée générale :

S. JÉRÔME.

« Jérôme, ou plus exactement Eusébius Hiéronymus, pouvait avoir alors trente-six ans. Né vers l'an 346, sur la pente méridionale des Alpes illyriennes, entre Emone et Aquilée, dans la petite ville de Stridon, moitié pannonienne moitié dalmate, parmi des populations agrestes et presque barbares, il y puisa peut-être, comme il s'en confesse, les défauts d'une humeur âpre et violente, mais en revanche aussi une sève ardente et originale que le génie italien ne connaissait plus. Sa famille était chrétienne et assez riche pour que son père l'envoyât terminer ses études à Rome, sous le célèbre grammairien Donatus, qu'il appelle son précepteur. Jérôme apprit sous ce maître habile tout ce qu'on apprenait alors dans les écoles : la grammaire, la rhétorique, la philosophie, la jurisprudence. Il soutint avec éclat des controverses oratoires, suivit le barreau, et s'acquit parmi la jeunesse romaine un grand renom de savoir et d'éloquence.

Tout en étudiant, il amassait, à force d'argent et de travail, cette précieuse bibliothèque qui devint la compagne inséparable de sa vie, acquérant les livres qui pouvaient s'acheter, et copiant les autres de sa main, pendant de longs jours et de longues nuits. Des bancs de l'école où il était assis, il vit naître et mourir l'empire de Julien, les temples se rouvrir, le sang des victimes tombées sous le couteau infecter de nouveau les places et les rues, les païens triompher avec insolence, les chrétiens obligés de se cacher ; — puis, à cette soudaine nouvelle : « L'Empereur est mort ! » la scène change, c'est à l'Église de se réjouir, aux païens de trembler. Il entendit un d'entre eux s'écrier avec une colère mêlée d'épouvante : « Vous dites, ô chrétiens, que votre Dieu est patient ; voyez pourtant comme il frappe ! » (1)

Nous devons citer aussi comme des modèles de narration l'aventure si touchante d'Éponine et de Sabinus, ainsi que les pages consacrées dans l'*Histoire d'Attila* à la sainte patronne de Paris, la jeune bergère de Nanterre, Génovefa, (Geneviève.)

La direction supérieure de la grande armée universitaire où MM. Dareste et Am. Thierry avaient, à des époques diverses, exercé d'importantes fonctions, fut confiée, de 1863 à 1869, à un autre historien de mérite.

Celui-ci, fils d'un honnête et laborieux ouvrier de la manufacture des Gobelins, fut un des brillants élèves du collège Rollin, eut Michelet pour maître à l'École Normale, et se fit recevoir docteur avec une thèse sur

---

(1) Cf. S. Jérôme, *la Société chrétienne à Rome et l'émigration romaine en Terre-Sainte.*

l'État du monde romain vers la fondation de l'Empire (1852). C'est à cette soutenance que la fameuse théorie des deux morales fit son apparition : « M. Nisard avait développé à propos de la raison d'État certaines considérations un peu indulgentes. Le doyen, V. Leclerc, qui ne l'aimait pas et qui avait la dent dure, l'avait brusquement interrompu en lui disant : « Assez, Monsieur Nisard, il ne sera pas dit qu'en pleine Sorbonne on aura prétendu qu'il y a deux morales. » De là le surnom qui était resté. Un beau jour, le grand amphithéâtre de la Sorbonne, que M. Nisard avait eu le tort de choisir pour son cours, se trouva plein par extraordinaire ; toute la jeunesse y vint manifester. M. Nisard tint tête à l'orage. La police, prévenue, était là ; des mouchards, avec de la craie, marquaient dans le dos les manifestants les plus bruyants ; au sortir du cours, les agents les arrêtèrent dans la rue. Ils furent condamnés et, le lendemain, M. Nisard alla demander à l'empereur et obtint leur grâce (1). »

M. Duruy fut ensuite professeur à l'École polytechnique, inspecteur général, puis ministre en remplacement de M. Rouland. Dès lors Aroun-al-Raschid eut un émule, au moins pour l'activité, et Turgot un successeur, pour l'ardeur des réformes. C'est à M. Duruy qu'il faut rapporter l'institution de l'agrégation de philosophie, la suppression de la bifurcation inventée par M. Fortoul, les chaires d'histoire contemporaine dans les lycées, *(incedis per ignes suppositos cineri doloso,)* les cours d'adultes, la création de l'École de Cluny, cette serre-chaude de demi-savants, cette réduction du grand pénitencier de la rue d'Ulm, l'École pratique des Hautes-Études, l'enseignement secondaire des jeunes filles, qui donne beaucoup moins de Sévignés et de Staëls que de Louises Michels et de

_____

(1) Cf. Ch. Bigot, *Revue bleue*, 7 avril 1888, p. 433.

Théroignes de Méricourt, plus une machine perfec-
tionnée pour fabriquer des circulaires aux inspecteurs
d'Académie, sans compter la gratuité, (cette injustice,)
et l'obligation,(cette sottise,) de l'instruction primaire ;
enfin l'introduction du maniement du fusil Chassepot
dans les lycées , qui correspondait , sans doute, car il
faut être conséquent , à l'introduction de l'étude du
thème grec dans les casernes de cavalerie !

Bref, administrateur, M. Duruy a beaucoup fait, il
a trop fait. Pour plaider les circonstances atténuantes,
disons que, rempli d'une confiance sans limites dans ce
qu'il croyait sa mission, il a été d'une implacable et
navrante sincérité, et que, lorsqu'il descendit du pouvoir, ce qu'il regretta, on peut en être sûr, car c'est un
parfait galant homme, ce n'est pas le vain titre de
ministre, mais la faculté de tailler et de recoudre à travers cette grande toile de Pénelope qu'on appelle les
programmes universitaires !

Dans la série de ses ouvrages, qui forment une liste
très fournie, on remarque surtout une *Histoire de la
Grèce ancienne*, une *Histoire des Romains depuis les
temps les plus reculés jusqu'à la fin du règne des Anto-
nins*, une *Histoire de France* (2 vol.)

L'auteur retrace avec une émotion qui,par moments,
semble trop voulue,mais qui souvent atteint l'éloquence,
le rôle généreux de la Grèce pendant les guerres médiques, alors qu'il fut donné à ce vaillant petit peuple
de protéger l'Europe contre la Perse , la civilisation
contre la barbarie , la liberté contre le despotisme.
Mais l'esprit voltairien, rationaliste, plane sur un trop
grand nombre de ces pages alertes et correctes. Si
M. Duruy rend justice à la religion révélée, il montre, quand il aborde l'examen des différents polythéis-
mes antiques, une impartialité qui , au fond , n'est
que la manifestation d'une universelle indifférence.

Est-ce que l'historien a vraiment satisfait à toutes ses obligations quand il a tenu *la balance égale* entre Jésus-Christ et Socrate ? Doit-il abuser du sarcasme à froid en affirmant que le stoïcisme combiné avec l'esprit de l'Évangile peut faire beaucoup de bien, que les disciples de Platon ont préparé le monde à recevoir la parole du « fils de Jéhovah, » que l'Église catholique, en instituant la trêve de Dieu, n'a fait que copier les Grecs ? (1) Mais où le lecteur est heureux de suivre son guide avec la certitude de ne point s'égarer, c'est en ce qui concerne les développements relatifs à la politique, à la législation, à l'administration, à l'armée. Cette portion de l'ouvrage, où l'écrivain français résume les travaux de l'érudition contemporaine, nous intéresse et mérite de vivre, parce qu'elle jette de vives lumières sur l'organisation des cités de l'antique Hellade. On pourrait extraire tel récit qui atteint la perfection dans le genre modéré, par exemple le duel si mouvementé, avec ses captivantes péripéties, entre l'orateur athénien et le roi de Macédoine ; les portraits de Démosthène et de Philippe sont deux morceaux de bravoure vraiment hors de pair. Mais en se montrant plein de respect pour le souvenir de ses anciens maîtres, (il s'est ici évidemment inspiré des pages de Michelet sur Annibal,) M. Duruy abdique rarement sa liberté morale, et la plupart de ses appréciations portent l'empreinte d'une personnalité nette et vigoureuse. Quoi de plus original et, en même temps, de plus légitime, que de prendre parti pour Philippe contre Démosthène, tout en saluant d'un hommage respectueux l'héroïsme de l'homme d'État athénien ?

Le chef-d'œuvre de M. Duruy est l'*Histoire des Romains*.

Niehbuhr, auquel il faudra toujours revenir, s'était

(1) Cf. *Du rôle de la Grèce dans l'histoire*. Conclusion.

surtout préoccupé des questions relatives à l'origine des premiers habitants de Rome. Au lieu de les faire sortir des ruines fumantes de Troie, comme le veut l'auteur de l'Énéide, il les prétendait originaires de l'Étrurie. Personne encore n'avait jeté un coup d'œil aussi perspicace sur la constitution des municipes ; Montesquieu lui-même était dépassé, et M. Fustel de Coulange n'a fait que développer les prémisses qu'il a posées. Mommsen (1) s'est moins attaché à faire l'histoire de Rome que celle de l'Italie ; emporté par l'esprit de synthèse un peu brouillonne familier aux Allemands, il veut avant tout savoir quel rôle le peuple de la péninsule a joué comme facteur dans le grand problème de la civilisation générale. M. Duruy, et il le déclare avec une noble modestie, se contente de concilier les travaux de ses devanciers, et se résout à raconter les faits comme Rollin, autrement, il est vrai, que Rollin. Étant données les précautions qu'il prend pour ne pas être systématique, on dira de lui que c'est un Vertot dont le siège n'est pas fait. Prétendre qu'il n'y a dans son histoire ni vues erronées, ni paradoxes, ni erreurs, surtout quand il s'agit de l'établissement, du rôle et des bienfaits du christianisme, serait une exagération que personne ne voudrait admettre. Le christianisme apparaît trop à M. Duruy comme une simple philosophie. Qu'il le veuille ou non, M. Duruy est un disciple d'Arius : le côté divin, surnaturel, lui échappe. C'est dire qu'il raconte les persécutions avec une impartialité notoirement adultérine. Néanmoins, nous ne pouvons pas ne pas rendre à l'historien cette justice qu'il a vérifié l'exactitude des documents sur lesquels il s'appuie, et qu'il a tenu le compte le plus scrupuleux des travaux d'Outre-Manche et d'Outre-Rhin. Mais

(1) *L'Histoire romaine* de Mommsen est incomplète ; l'*Empire* manque, et le tableau n'en sera jamais donné, le grand érudit s'estimant trop vieux pour aborder un sujet aussi complexe.

à vouloir ainsi toujours marier Venise avec le Grand Turc, la conscience s'émousse et la lucidité morale se trouble. Plus d'un problème est encore à attendre sa solution. Du reste, M. Duruy s'est surtout imposé la mission de faire connaître le point précis où s'est arrêtée la science, et, en se plaçant à ce point de vue restreint, on ne peut que le féliciter de son esprit de discernement, comme de la finesse et de l'exactitude de ses observations critiques.

Autant chercher la quadrature du cercle que de vouloir trouver de l'originalité dans l'*Histoire de France*, cet excellent manuel tout imprégné de l'esprit universitaire, parlementaire et gallican, qu'on ne remplacera jamais dans les lycées de l'État. Partout on reconnaît l'inspiration, l'imitation des maîtres. L'auteur veut-il parler des Gaulois ? il prend pour guide Amédée Thierry ; des Mérovingiens ? Augustin Thierry ; des invasions des barbares, de Charlemagne, de la féodalité ? Guizot ; de Jeanne d'Arc et de Louis XI ? Michelet ; de la lutte contre François Ier et Charles-Quint ? Mignet ; de Louis XIV ? Voltaire ; des guerres de la Révolution et de l'Empire ? Thiers. Au reste, s'il y avait des méthodes plus hardies, il en était aussi de plus défectueuses, et l'on doit admirer avec quel tact et quel art l'auteur a su choisir et coordonner ces éléments divers, de façon à obtenir un ensemble raisonné, sans disparates ni lacunes, où se côtoient et se mêlent les descriptions et les jugements, la politique et la philosophie.

Les qualités de la forme, qui sont la précision, la simplicité ornée, la clarté toute française du style du XVIIIe siècle transporté dans l'histoire, justifient le choix de l'Académie française, qui naguère offrait un fauteuil à M. Duruy, déjà membre de l'*Académie des Inscriptions* (1873) et de celle des *Sciences morales et politiques* (1879).

M. Gaillardin (Claude - Casimir), né en 1810, à Doullens (Somme), élève de l'École Normale, agrégé et docteur en 1833, enseigna l'histoire dans plusieurs lycées de Paris, mais surtout au collège, depuis lycée Louis le Grand. Il a publié une étude sur *Dom Étienne, fondateur de la Trappe d'Aiguebelle* (1840), une monographie sur *les Trappistes ou l'Ordre de Cîteaux au XIXe siècle*, enfin une *Histoire de Louis XIV* en six volumes, couronnée par l'Académie française.

L'auteur a su évoluer habilement entre les deux écueils qui s'offraient à lui, faire ou trop court ou trop long ; il n'a point découragé le lecteur par un trop grand luxe de détails, il n'est pas tombé dans l'obscurité par une injustifiable accumulation des événements. Loin de comprendre l'histoire comme une simple nomenclature des batailles et des traités, il accorde l'importance qu'ils méritent aux caractères, aux idées, aux institutions, aux développements du commerce, de l'industrie, à l'état des mœurs, à la prospérité nationale, aux progrès ou à la décadence des lettres et des arts. Par une heureuse innovation dont il se vante, non sans un légitime orgueil (1), il fait un emploi exclusif de cette méthode synoptique qui replace chaque personnage dans son milieu propre, et qui rend à chaque période ce qu'elle a produit ; c'est ainsi qu'il mène de front les mémorables créations de Colbert et de Louvois, l'inauguration du canal du Languedoc et la paix de Nimègue. Avant d'être raconté, chaque fait est étudié dans ses causes : comme le jansénisme a exercé une grande influence sur le mouvement insurrectionnel de la Fronde, l'auteur parle de l'*Augustinus* avant de mettre en scène Broussel ; comme la question de la Régale et celle de l'infaillibilité amenèrent la rupture avec Rome et, par suite, avec l'Europe, il aborde ces deux impor-

(1) Cf. tome I, Préface XIII.

tants problèmes avant de raconter la guerre de la Ligue d'Augsbourg.

M. Gaillardin laisse souvent la parole aux acteurs et aux faits ; il cite continuellement des lettres, des discours, des actes officiels, des édits, des arrêts et aussi, quand le sujet le comporte, des ouvrages de littérature, des mémoires autobiographiques, des recueils de vers. Par l'abondance des renseignements, par la hardiesse plus prudente de la méthode, par l'agrément d'un style sans prétention, l'ouvrage peut affronter la comparaison avec les plus beaux travaux historiques de la seconde moitié du XIXe siècle. Le livre de Bazin sur Louis XIII est bien dépassé.

Quant à la conclusion de l'auteur sur Louis XIV, elle est présentée avec la hauteur de vues, la sincérité qui distinguent le très estimable écrivain :

« Ne dissimulons, n'épargnons même aucun de ses défauts, aucune de ses fautes ; mais ne nous étonnons pas de trouver en lui un homme. Et bien plutôt, en le voyant soumis, comme les autres, aux faiblesses, aux erreurs, aux tentations de sa nature et de son rang, tenons-lui compte des efforts, des qualités, des succès, et quelquefois des vertus qui l'ont élevé si fort au-dessus de la multitude de ses semblables et de la plupart des rois. A ces conditions, il nous paraîtra encore grand, de cette grandeur, il est vrai, partielle, incomplète, que Bossuet appelle *empruntée*, mais dont il faut bien que l'homme se contente ici-bas. Dieu seul est grand en toutes choses, partout et toujours (1). »

Poirson, (Auguste-Jean-Chrysostome,) né à Paris en 1795, mort à Versailles en 1871, est surtout connu par son *Histoire de Henri IV.*

Des maîtres de la critique ont loué dans ce livre le tableau du gouvernement et de l'administration, les

(1) Cf. tome VI, p. 708.

négociations et les faits militaires, mais ont regretté que l'auteur n'ait pas réussi à donner à sa narration assez d'intérêt et de plénitude, et à faire complètement connaître le Diable à Quatre comme homme, avec ses vertus et ses petitesses. Trop sévèrement proscrite par A. Monteil, l'histoire-bataille a été, dans le livre de Poirson, replacée au rang d'où elle n'eût jamais dû déchoir chez une nation comme la nôtre, dont la gloire est faite surtout d'héroïsme militaire. Grâce à ce consciencieux biographe, il est bien établi désormais que pour les combinaisons de la grande guerre, pour l'emploi des ressources improvisées dans le feu même de l'action, pour l'emploi plus étendu et, si l'on peut dire, plus scientifique de l'artillerie, le vainqueur d'Ivry était de beaucoup en avance sur les gens de guerre de son époque. La portion du livre concernant les sièges, les défenses de positions, les batailles, a été l'objet de soins tout spéciaux, et cette prédilection pour les contrescarpes et les redans n'a pas empêché l'auteur de nous renseigner sur les *six genres littéraires fondés* sous le règne de Henri IV. Veut-on la liste de ces derniers ? Trois en poésie : 1º le lyrique profane, (odes de Malherbe ;

2º le lyrique sacré, (paraphrases de psaumes de Malherbe et de Bertaut ;

3º la satire morale, (satires de Regnier ;
trois en prose : 1º Mémoires, (Marguerite de Valois, Cheverny, l'Estoile, etc ;

2º Histoire, (*Histoire de mon temps*, de de Thou, *Histoire universelle*, de d'Aubigné ;

3º Éloquence appliquée à la politique, (Satire Ménippée, harangues de du Vair, de Henri IV, écrits politiques de du Plessis-Mornay).

Le sujet est embrassé d'un coup d'œil ferme et traité sous tous ses aspects, mais le style, trop touffu, monotone, empêtré, se laisse lire difficilement. Les matériaux du livre sont irréprochables, ou peu s'en faut, mais la forme est imparfaite. Comme œuvre d'art, c'est un travail manqué.

M. Camille Rousset, lui aussi, (Poirson fut longtemps proviseur à Paris,) est un universitaire. Né à Paris en 1821, il fit des classes très solides, ce qui lui permit de devenir maître d'études suppléant, poste bizarre, où l'on ne fait rien, où l'on émarge moins encore, mais où il prépara ses examens d'agrégation. Pendant dix-huit ans il enseigna l'histoire au Collège Bourbon (lycée Bonaparte, lycée Fontanes, lycée Condorcet) (1). En 1864, on ressuscita pour lui le titre et les fonctions d'historiographe, et jamais réapparition d'un emploi ne sembla mieux justifiée, au moins par la compétence et l'activité de titulaire. Ajoutons que le gouvernement républicain a supprimé la charge en 1877, et mis M. Rousset à la retraite.

On doit à cet infatigable travailleur la *Correspondance de Louis XV et du maréchal de Noailles*, le *Comte de Gisors*, les *Volontaires de 1791-1794*, la *grande Armée de 1813*, *Histoire de la guerre de Crimée*, la *Conquête d'Alger*. Mais l'ouvrage qui a fondé sa réputation est l'*Histoire de Louvois* (4 vol.), honorée, trois années de suite, du prix Gobert.

Quelle figure que celle de ce Louvois ! Une sorte de Bismarck, avec les modifications morales qui résultent des conditions particulières où il vécut, incomplètement humanisé et poli, et, sous une superficielle culture, présentant les mêmes aspects rugueux, la même brutalité dans le caractère et le langage. Vivante antithèse, son collègue, M. de Lyonne, est le type du diplomate, de l'homme du monde pourvu de tous les dons séduisants que le mot suppose, héros de salons, coureur de ruelles,

(1) A suivre.

beau diseur, et aussi, hélas! viveur surmené. M. Colbert lui-même consent parfois à fermer son Grand-Livre, à cacher ses bordereaux, à interrompre ses colonnes d'additions, à détendre ses gros sourcils grisâtres : il esquissera même un sourire si le hasard lui amène une *persona grata*, par exemple si M. Despréaux vient lui donner la primeur de ses ouvrages, lui lire *l'Épître à M. de Lamoignon*, où la campagne est célébrée en alexandrins châtiés, harmonieux, qui, dans le demi-jour de ces bureaux à grillages, donnent au calculateur fatigué l'illusion d'une bouffée d'air pur respirée en plein bois de Meudon. Rien de pareil chez Louvois : le grand refrogné ne sait ce que c'est que débander l'arc, si ce n'est peut-être lorsqu'il apprend du prince de Condé que leur digne ami, M. de Luxembourg, « grilla tous les Hollandais qui étaient dans le village de Swammerdam (1), » ou bien quelque événement militaire marqué par ce genre de comique sinistre. Louvois représente le labeur sans trêve, c'est le forçat rivé à la chaîne. Après avoir accompli sa besogne de ministre, il vérifie celle de ses subalternes, même des plus humbles. Rien n'est bien que ce qu'il a ordonné, inspiré ou fait. Mais, loin d'agir sans prendre conseil, « si un homme lui parlait, il le regardait en face, l'écoutait, et observait s'il y avait du génie et du bon sens dans ce qu'il lui disait, et, qu'il approuvât ou non, il gardait toujours un profond silence, se réservant d'en faire une sage économie en temps et lieu (2). »

C'est à Louvois qu'on doit d'avoir établi la discipline, tant compromise par les frasques de la Fronde, d'avoir combattu de toutes ses forces l'insubordination, l'esprit d'indépendance, les rébellions et les cabales secrètes. Certes, les troupes étaient admirables de bra-

(1) Cf. *Histoire de Louvois*, I, p. 411.
(2) Cf. *Mémoires de Chambly-Landrinont*.

voure, mais elles se comportaient comme de simples *com-pagnies franches* aussitôt qu'elles se trouvaient lâchées en pays ennemi : pillage, assassinat, émission de fausse monnaie, débauche, ivrognerie, brutalités sans motif, tels étaient les exemples donnés chaque jour par les jeunes gens qui formaient l'élite de l'armée, les *cadets*, parmi lesquels devaient plus tard se recruter les officiers généraux. On semble s'accorder à placer la plus grande partie des réformes de Louvois entre la guerre de *Dévolution* et la campagne de Hollande. A ce moment précis, il fait une chasse impitoyable à l'industrie des passe-volants, ces valets d'armée à qui on mettait l'épée au côté les jours de revue, et qui, grossissant l'effectif du régiment, permettaient au colonel de réaliser de gros bénéfices. Dès lors, le recrutement se fera suivant des procédés réguliers, le contrôle sera sérieux, la solde, fixe et régulièrement payée, non seulement aux *Vieux* et aux *Petits Vieux* (1), mais encore à tous les régiments sans distinction; le nombre des régiments de dragons, qui jouaient au XVIIe siècle le rôle de tirailleurs et d'infanterie légère, sera porté de deux à quatorze; l'institution des brigadiers, intermédiaire entre les colonels et les maîtres de camp, créée par décret; deux compagnies de bombardiers et le régiment de fusiliers qui s'étaient illustrés devant Bouchain, maintenus et encouragés par la nomination du grand maître de l'artillerie comme leur colonel ; le corps des ingénieurs militaires, régulièrement organisé ; les magasins généraux affectés aux besoins des armées actives, constamment approvisionnés pour une période d'au moins six mois ; enfin une retraite commune aux victimes de la

---

(1) Les *Vieux* (régiments), qui ne changeaient pas de nom lorsqu'ils changeaient de colonel, étaient ceux dits de *Picardie, Piémont, Champagne, Navarre, Normandie,* la *Marine*. Parmi les *Petits-Vieux*, qui venaient ensuite comme illustration et ancienneté, *Rambure, Castelnau, Auvergne*, etc.

guerre, ouverte par la création de l'hôtel des Invalides. Le reste est trop connu pour qu'on y revienne.

A Louvois, peut-être autant qu'à Turenne, il convient d'attribuer le succès de la campagne de 1667 ; non certes que le ministre ait eu des leçons de tactique à donner au plus grand homme de guerre de ces temps ! toujours est-il qu'il coopéra, dans les vastes limites de ses attributions, à la rapidité foudroyante dont l'affaire fut menée.

Cette pratique de l'administration militaire, que Louvois possédait pour ainsi dire par une sorte de don naturel et de science intuitive, joue, dans les péripéties des batailles, un rôle plus considérable qu'on ne serait tenté de le croire : « Combien de victoires et de défaites dont il faut rechercher la cause, non sur les champs de bataille, mais dans les magasins, les fourgons et les bagages ! » (1)

L'historien a suivi avec une scrupuleuse fidélité l'œuvre de l'âpre réformateur qui a, pendant près de trente ans, dirigé la machine la plus compliquée de l'État. Dans sa consciencieuse et complète narration, il entoure d'une vive lumière certaines personnalités qui, jusqu'alors, étaient restées à l'arrière-plan et que l'on connaissait peu ou mal ; grâce à lui, on n'hésitera plus à juger le duc de Savoie, Victor-Amédée, Guillaume d'Orange, ou, dans un rang inférieur, un Foucault, un Bâville. Néanmoins, comme la plupart des peintres, M. Rousset a souvent fermé les yeux sur les défauts de son modèle ; il n'a pas voulu reporter sur Louvois seul la responsabilité des agressions injustifiables, (guerres de Hollande, de la Ligue d'Augsbourg), des opérations tortueuses, (Chambres de réunions,) des atrocités inutiles, (Incendie du Palatinat ;) il n'a pas voulu reconnaître que si Louvois a jeté Louis XIV

(1) *Hist. de Louvois*, I, p. 103.

dans tant d'entreprises, c'est parce qu'il sentait sa faveur diminuer et entendait rester au pouvoir en se rendant indispensable.

On rencontre aussi presque à chaque page la loyale figure de Vauban, la figure autrement complexe du général qui fut le confident de Louvois avant d'être son plus mortel ennemi, le vainqueur de Steinkerque. Mais rien n'égale l'attrait de la lutte engagée entre l'administrateur et l'homme d'action, entre Louvois et Turenne ; l'un, désireux de pousser jusqu'à ses dernières limites l'esprit de concentration et les prérogatives du gouvernement, prétend tout soumettre à son impulsion, tout mettre en branle, opérations militaires, campements, marches, batailles ; l'autre demeure imperturbablement sourd aux injonctions, aux insinuations, aux prières même du ministre, n'agit qu'à sa guise, et revendique « les droits de la responsabilité comme il en accepte les devoirs. » Tous deux sont, du reste, regardés de travers par Louis XIV, qui les trouve encombrants, et craint que leur gloire n'éclipse la sienne ; tous deux ont admirablement mérité de la France, Turenne en la sauvant de l'invasion, Louvois en lui donnant une organisation militaire comme l'histoire des peuples n'en avait pas présenté depuis les Romains. « Monsieur le maréchal, disait Anne d'Autriche à Turenne, après Bléneau, vous avez sauvé la cour. » Quant à Louvois, Louis XIV ne lui rendit jamais qu'une justice incomplète : « Dites au roi que j'ai perdu un bon ministre, mais que ses affaires et les miennes n'en iront pas plus mal pour cela ! » Telles furent les paroles par lesquelles il accueillit le messager que Jacques II lui avait envoyé de Saint-Germain à l'occasion de la mort de Louvois (1691). L'optimisme du grand roi et sa confiance dans l'avenir ne devaient pas être justifiés. Louvois mort, le département de la guerre fut livré au gâchis.

Composé d'après la correspondance de Louvois, (600 volumes pour la période de 1661 à 1691,) cet ouvrage renfermerait tous les éléments d'une histoire définitive, si l'unité, la gravité du langage ,se rapportaient à l'exactitude des arguments et au bon choix des pièces à conviction.Mais l'auteur a trop présumé de ses forces. Alors qu'il convenait d'élever le style à la hauteur de l'époque mémorable qu'il racontait, le très docte scrutateur des richesses que renferme le *Dépôt de la Guerre* s'est appliqué, tâche utile entre toutes, à rectifier les erreurs et à combler les lacunes qui déparaient les biographies antérieures du grand ministre ; mais ces minutes, ces pièces de première main, ces documents inappréciables, dont bon nombre étaient inédits, M. Rousset a négligé de les fondre en un vaste et large courant capable de le porter, lui et son héros de prédilection. A travers ces discussions qui renaissent à chaque page, dans cette fureur d'épiloguer sur tout et sur tous, on sent trop le fureteur, l'érudit (1). L'auteur oublie qu'une histoire n'est pas une thèse pour le jury de la Sorbonne. Bref, avec l'historien de Louvois, il y a très amplement de quoi faire quatre docteurs ès lettres, un par volume ; il n'y a pas matière, croyons-nous, pour un écrivain. Or, l'historien doit être un artiste, disons plus, un chantre inspiré, un fervent adepte des Muses, témoin Hérodote : *Clio gesta canens…*

L'*Histoire des Volontaires de 1791-1794* nous offre le tableau des armées qui furent improvisées quand la frontière était menacée par l'Europe, au début de la Révolution. Longtemps une tradition enthousiaste représentait les jeunes soldats,arrachés à leurs travaux,et poussés, pêle-mêle, sur les champs de bataille, comme ayant multiplié les miracles de bravoure et donné

(1) Cf. *Hist. de Louvois*, tome I ; *Campagne de Hollande*,page 321 et seq.

un éclat nouveau à la vieille réputation de la furia française. Textes en main, c'est-à-dire à l'aide des rapports
officiels adressés au ministre de la guerre, M. Rousset
établit que, dans force rencontres, ces conscrits inex-
périmentés étaient loin d'avoir, au feu, ce que les vieux
routiers appellent de « l'estomac, » et qu'ils brillaient
surtout par leur penchant pour le pillage. Veut-on, sur
ce point, un témoignage sans appel ? « Les volontaires
ne veulent s'assujettir à aucune discipline ; ils sont le
fléau de leurs hôtes et désolent nos campagnes... Nos
volontaires sont toujours nus, à peine un soldat a-t-il
des souliers qu'il va les vendre ; il en est qui vendent
jusqu'à leurs habits, brûlent leur poudre, et insultent
leurs concitoyens. L'esprit de cupidité fait tout, perd
tout, et l'honneur n'est plus rien. Quant à nous, citoyens,
nos collègues, il nous est impossible de soutenir le
spectacle de semblables désordres, et nous vous prions
de nous faire rappeler au sein de la Convention le
plus tôt possible. » Qui parlait ainsi ? Le grand-père
du Président actuel de la République, Carnot lui-
même, (mois d'avril, mai, juin, 1793.) On sait que,
bien encadrées, ces troupes firent assez vite l'appren-
tissage des camps, et que c'est à leur valeur que l'on
doit attribuer le triomphe définitif. On sait, en un
mot, que ces volontaires si prompts d'abord à crier :
Trahison ! Sauve qui peut ! Chacun pour soi ! devinrent les héros des campagnes d'Italie et d'Égypte,
les vieux grognards immortels d'Abensberg et de Wa-
terloo.

Avec les *Commencements d'une conquête*, on a l'histoire du gouvernement de l'Algérie depuis le jour où
le général Bourmont, après avoir pris le *fort de l'Empereur*, entrait dans le repaire des pirates méditerra-
néens jusqu'à la conquête définitive, *ense et aratro*.
On aime à voir les débuts de cette grande colonie, à

suivre l'extension progressive des frontières, sans cesse reculées par des troupes d'une incontestable bravoure, mais d'une immoralité qui effraie l'imagination. L'Algérie, en effet, devait servir « d'exutoire à la mère-patrie pour les scories de l'armée : les compagnies de discipline étaient formées des incorrigibles qui avaient épuisé dans les régiments la série des punitions réglementaires ; les bataillons d'infanterie légère d'Afrique étaient alimentés par une source encore plus impure : ils recevaient les militaires frappés de condamnations et qui, graciés ou arrivés au terme de leur peine, rentraient dans les rangs pour accomplir leur temps de service. Ce sont ces bataillons qui ont acquis une certaine popularité sous le sobriquet de Zéphyrs (1). » On doit à l'auteur tous les renseignements ethnographiques, géographiques, historiques, politiques, religieux, indispensables pour l'intelligence des difficultés de toute nature qui assaillirent les premiers administrateurs, les Clausel, les Berthezène, les Voirol, les Desmichels et leurs glorieux remplaçants. Les pages consacrées au proconsulat de Savary, l'ancien ministre de la police, sont admirables de clarté et de mouvement. Entre autres faits d'armes, M. Rousset raconte la prise de Bône par le lieutenant de frégate du Couëdic, le capitaine d'Armandy et l'élève de 1ère classe Cornulier-Lucinière, qui commandaient en tout vingt-six hommes ! L'ouvrage, dans son ensemble, présente une lecture aussi attachante qu'instructive. Il doit être le *vade mecum* d'un sous-officier d'avenir, et mérite de faire partie des dix-huit volumes de la *Bibliothèque de l'armée française*, publiés, par ordre de M. Thiers, sous la direction de M. Rousset lui-même.

Le Comte de Gisors, (publié en 1868,) est une étude historique sur le personnage de ce nom, qui, comme

(1) Cf. *Le duc de Rovigo en Algérie*, (libro citato.)

on se rappelle, était l'arrière-petit-fils de Fouquet, et le fils du maréchal de Belle-Isle, comparé à Xénophon pour sa fameuse retraite dans les premières années de la guerre de succession d'Autriche. Colonel du régiment de Champagne, gouverneur de Metz, il commanda, à la journée de Crevelt, la fameuse charge de cuirassiers qui traversa l'infanterie hanovrienne, et, par sa grâce juvénile, il mérita d'être pleuré de son vainqueur, le duc de Brunswick. A son habituelle précision, l'auteur, dans cette monographie, ajoute une note émue et sympathique.

Voici maintenant le tableau de cette guerre de Crimée (1) entreprise quelque peu à la légère, comme un coup de tête, dont le Louvois fut le maréchal Vaillant, (homme d'esprit et de cœur, après tout,) et qui ne réussit que grâce à la magnifique bravoure de St-Arnaud, aux éminentes qualités militaires du Catinat moderne, Canrobert, à l'impétuosité de génie qui caractérisait Pellissier, enfin et surtout à l'incomparable énergie morale de nos soldats. L'historien semble encore s'être surpassé dans le récit de la campagne de la Baltique où Baraguay d'Hilliers gagna son bâton de maréchal, et dans celui de la journée du 8 septembre 1855, alors que, à midi précis, les huit cents bouches à feu des Français, des Anglais et des Turcs s'arrêtèrent subitement, et que commença l'assaut, un assaut immortel ! Comme on s'associe à la joie du général en chef quand, au milieu des angoisses que provoquait chez les assaillants l'interminable longueur du siège, il apprend l'arrivée de Mac-Mahon ! « Avec lui, écrivait Pellissier, je pourrai tenter des choses que je croirais risquer aujourd'hui ! »

Sans avoir la portée de l'*Histoire de Louvois*, ce livre se recommande par la marche rapide de la nar-

(1) 2 vol. in-8, avec atlas et planches (1877).

ration et l'impartialité des jugements ; on n'a guère
d'autre objection grave à présenter à l'écrivain que la
part prépondérante qu'il attribue à Cavour, ce ministre
retors, bombardé grand homme de son vivant, et si
bien servi par les circonstances !

En somme, les ouvrages de M. Rousset doivent
être regardés comme de savantes enquêtes militaires,
menées par le plus perspicace des juges d'instruction,
ou mieux encore, étant donné le genre qu'il a choisi,
par le plus entendu des grands prévôts de l'armée.
Innombrables sont les trouvailles qu'il a faites sur les
différents territoires soumis à sa surveillance. Pour
résumer son sentiment, et louer convenablement tant
de sagacité, le critique ne peut que répéter, en l'appli-
quant à l'œuvre entière, ce que Sainte-Beuve disait
de l'*Histoire de Louvois* : « On y apprend du neuf à
chaque instant. »

Lanfrey (Pierre), né à Chambéry en 1828, est
mort en 1877. Après avoir fait une partie de ses études
chez les Jésuites, il récompensa le dévouement de ses
maîtres par un libelle haineux contre leur Ordre. Il
subit ses examens pour être avocat, et publia en 1857
un ouvrage empreint d'un grand esprit d'audace irré-
ligieuse, *l'Église et les philosophes du XVIIIᵉ siècle*,
puis une *Histoire politique des Papes*, dont on devine
les tendances (1860), et enfin, ce qui nous occupe surtout, une *Histoire de Napoléon Iᵉʳ* (1867-1875), restée
inachevée. En 1871, il avait représenté le département
des Bouches-du-Rhône, puis fut ambassadeur en Suisse
de 1871 à 1873, enfin élu sénateur en 1875.

L'Histoire des Papes est un réquisitoire contre le
pouvoir temporel, que l'auteur montre perpétuellement
opposé à l'unité de l'Italie. Libre-penseur, Lanfrey
accepte de confiance la plupart des calomnies dirigées
contre certains Pontifes, mais il n'aboutit qu'à rééditer,

sous une forme plus nerveuse, les assertions de l'historien allemand Ranke (1). Celui-ci impose quelquefois silence à ses préjugés de sectaire pour montrer le néant de maintes légendes odieuses, et sait, dans ses pages discrètement enfiellées, accuser plus d'impartialité que son abréviateur, à l'égard, par exemple, de Paul IV, du cardinal Contarini, l'illustre théologien de la diète de Ratisbonne, et principalement de St Ignace de Loyola. Œuvre de parti, cette étude sur le rôle du St-Siège ne remplit aucune des conditions que réclame le genre historique.

Dès 1862, Lanfrey, la plume à la main, tente ce que, sous la commune, accomplira Courbet avec ses treuils et ses grues, le déboulonnement de la statue de Napoléon! Or, de quel droit l'historien, (on ne parle pas du peintre, qui était fou d'orgueil et irresponsable,) vient-il, de son initiative unique et sans aucun mandat qui couvre son audace, détruire ce qui fut élevé par la reconnaissance ou l'admiration d'un peuple? Il y a là déjà une forte présomption d'infatuation personnelle. En outre, quels sont les *Attendu* sur lesquels s'appuie le verdict qui condamne Napoléon? Suivant Lanfrey, celui-ci n'est pas un grand homme : pendant un demi-siècle, le monde entier avait cru le contraire. L'écart entre les deux appréciations provient sans doute d'un malentendu. Qu'est-ce qu'un grand homme? Que faut-il faire, quelles conditions doit-on remplir, quelles vertus, quels talents rassembler pour avoir droit à cette appellation? L'écrivain moderne oublie de nous renseigner. Que n'en use-t-il comme Salluste, qui nous explique, par les préambules de ses deux ouvrages, le sens exact qu'il convient d'accorder aux mots de vice et de vertu, de honte et de gloire, de bassesse et d'honneur, de religion, de liberté mo-

(1) C. notre *Hist. de la Littérature*, tome III, page 357, ligne 6 et seq.

rale, de patrie ! Au moins, quand le biographe de Catilina admire ou flagelle, le lecteur est renseigné, et peut, s'il en a le loisir, juger le jugement de l'historien. Rien de pareil dans Lanfrey, qui ne nous apprend pas si le mot vertu est adéquat à république et le mot scélératesse à monarchie ! Disons seulement qu'il considère Bonaparte comme démesurément surfait, et, si l'on saisit bien ses insinuations, comme inférieur en génie militaire à Moreau, à Kléber, à Hoche. A merveille, et les opinions sont libres, à condition qu'on ne transgresse pas les lois de la vérité !

Quand se présentent deux explications possibles d'un fait, l'historien ne manque pas de choisir la plus défavorable. Que Bonaparte, envoyé en Italie, soit austère dans ses mœurs, cette réserve n'est pas une imitation des héros de Plutarque, mais un *instrumentum regni*. Parfois Lanfrey accorde quelques éloges, qui sont en réalité destinés à couvrir des restrictions d'une tout autre gravité ; exemple : l'auteur des proclamations a, plus que César, le don de frapper toutes les imaginations, mais il ne peut lui être comparé pour « le bon sens et l'esprit pratique (1). » Plus loin, si Lanfrey affecte de défendre le conquérant de l'Égypte d'avoir fait empoisonner les pestiférés de Jaffa, (une quarantaine d'hommes environ,) c'est pour avoir le droit de dire qu'il donna l'ordre de mettre près de ces malheureux « de l'opium en leur en désignant l'usage (2) ; » explication qui double le crime de Bonaparte, en aggravant sa cruauté par l'hypocrisie. A Bonaparte aussi doit être imputée la mort de Pichegru, qui fut *étranglé par les Mamelucks* ! L'auteur n'affirme pas catégoriquement, mais, dit-il, « le soupçon sera toujours légitime (3). » La condamnation de Moreau a surtout

(1) Tome I, p. 121 de la cinquième édition.
(2) Ibid., p. 407.
(3) Ibid., p. 155.

le privilège de l'exaspérer : aussi écrit-il que la carrière politique de Bonaparte n'avait été « qu'une longue suite de trahisons, de violences et de criminelles intrigues (1). » Dans un parallèle entre Cromwell et Bonaparte, tout l'avantage est pour le Protecteur : «Le génie de Bonaparte est prodigieux, mais dans des limites étroites. » L'Anglais a « plus de sérieux, de sens, de virilité (2). » Ne pouvant nier les triomphes militaires de Napoléon, Lanfrey se dédommage en augmentant les effectifs du vainqueur et en atténuant ceux de nos adversaires. A Austerlitz, Napoléon aurait eu, non pas de 65 à 70.000 hommes, mais 80.000 : « les trois corps d'armée de Soult, de Bernadotte, de Lannes, quelque réduits *qu'on les suppose* par leurs pertes et leurs détachements, ne *pouvaient pas s'élever à moins* de 15 à 20.000 hommes chacun ; la garde et la cavalerie de Murat formaient 20.000 hommes *au moins*, et le détachement de Davoust en comptait 8.000 (3).» On le voit, des hypothèses renforcées par d'autres hypothèses, tels sont les arguments de Lanfrey ! C'est le procédé de M. Renan dans la *Vie de Jésus*. Le décret de Berlin est une « illusion extravagante (4). » Bref, Napoléon avait en main un merveilleux instrument, et il en a fait « un indigne usage (5). » L'historien conclut en disant qu'il hésite « entre l'horreur et la pitié (6). »

Avoir pu être un Quinte-Curce plus complet, plus profond, et se ravaler au rôle de Procope de *l'Histoire secrète !* Nous nous hâtons de dire que Lanfrey était un écrivain énergique, habile à manier le trait, et que,

(1) Tome III, p. 205.
(2) Ibid., p. 205.
(3) Libro cit., p. 385.
(4) Ibid., p. 511.
(5) Ibid., p. 468.
(6) Ibid., p. 469.

doué d'une vue sagace, dédaigneux de l'éducation rou-
tinière et banale, il eût été, s'il l'eût voulu, parfaitement outillé pour composer une œuvre durable.

Thiers ne finit son épopée que sous Napoléon III.
On a déjà rendu justice aux éminentes qualités dont il
fit preuve dans les volumes de la *Révolution*, du *Con-*
sulat, et dans ceux qui sont consacrés aux années brillantes de l'*Empire*. A quoi bon répéter qu'il est admirable d'entrain et de clarté dans le récit de la malheureuse guerre d'Espagne, dans celui des campagnes de
1812, 1813, 1814, et dans le tableau de la journée du 18
juin 1815 ? A l'encontre de la plupart des historiens,
nous croyons que la sympathie de Thiers pour son héros
ne s'est pas diminuée à partir du moment où celui-ci
cessa d'être heureux. S'il se montre plus sévère dans son
appréciation, non seulement il use d'un droit, mais il
remplit un devoir strict de justicier, car la conduite
politique, et même, (sauf pour la *Campagne de France*,)
les dernières opérations militaires de l'Empereur
n'attestent plus la même unité de conception, la même
promptitude de génie.

On ne peut que féliciter l'auteur de *l'Histoire de la*
Monarchie de Juillet (1) de son courage à proclamer
très haut ses convictions politiques, surtout à une
époque où elles ne sont pas, tant s'en faut, un titre à
la faveur des « classes dirigeantes. » M. Thureau-
Dangin dit à qui veut l'entendre, et en termes d'une
clarté parfaite, que ses préférences sont pour la monarchie parlementaire, telle qu'elle a été comprise et
pratiquée sous le sage et paternel gouvernement du
premier *roi des Français ;* volontiers, comme le personnage de l'Énéide, il observe, songeant aux fautes
commises avant 1848, que si on avait su les prévoir

---

(1) 4 volumes parus au commencement de l'année 1888. Plon, Paris.

et les éviter, l'arche constitutionnelle serait encore debout :

> Trojaque nunc staret, Priamique arx alta maneret !

Le lecteur est charmé de cette franchise, mais il se demande, non sans anxiété, si vraiment l'historien doit être un sectaire, s'il lui est permis de combattre pour le triomphe de tel ou tel drapeau. A cette question un de nos maîtres les plus éminents répond en ces termes :

« Nos historiens depuis cinquante ans ont été des hommes de parti. Si sincères qu'ils fussent, si impartiaux qu'ils crussent être, ils obéissaient à l'une ou à l'autre des opinions politiques qui nous divisent. Notre histoire ressemblait à nos assemblées législatives ; on y distinguait une droite, une gauche, des centres. C'était un champ clos où les opinions luttaient. Écrire l'histoire de France était une façon de travailler pour un parti et de combattre un adversaire. L'histoire est ainsi devenue chez nous une sorte de guerre civile en permanence. Ce qu'elle nous a appris, c'est surtout à nous haïr les uns les autres. Quoi qu'elle fît, elle attaquait toujours la France par quelque côté. L'un était républicain, et se croyait tenu à calomnier l'ancienne monarchie; l'autre était royaliste, et calomniait le régime nouveau. Aucun des deux ne s'apercevait qu'il ne réussissait qu'à frapper sur la France. »

Quoi qu'il en soit, après avoir mis hors de doute la loyauté de M. Thureau-Dangin, constatons qu'il y a, par le fait, au moins une moitié de l'ouvrage qui reste au-dessus de tout soupçon d'une partialité même involontaire, la portion qui a rapport aux événements extérieurs. Là, les préférences dynastiques de l'auteur n'ont rien à voir. S'agit-il de la ligne politique suivie

---

(1) Cf. Fustel de Coulanges. (*De la manière d'écrire l'histoire en France et en Allemagne depuis 50 ans.*) *Revue des Deux-Mondes*, 1 septembre 1872.

par Cas. Périer vis-à vis de l'Autriche, des Pays-Bas, du Portugal, du Mexique, (St-Jean d'Ulloa ?) Faut-il raconter les origines de la guerre d'Orient ? Comme l'auteur s'appuie sur des documents inédits, les mémoires de St-Aulaire, les notes de Duvergier de Hauranne, du duc de Broglie, (le père,) la correspondance de Guizot, ambassadeur à Londres, de Bresson à St-Pétersbourg, de Barante à Berlin, on comprend l'intérêt qui s'attache au récit. Ces ressources manquèrent à L. Blanc et aux autres historiens de Louis-Philippe. Dans cette nouvelle histoire on a sous les yeux, non plus un acte d'accusation, mais un exposé complet du règne, un travail réellement scientifique. Le style, surtout en certaines pages visiblement destinées à l'effet, limées et surchauffées, animées d'un souffle oratoire, indiquent chez M. Thureau-Dangin une remarquable culture littéraire.

D'Haussonville (1) (Othenin de Cléron, comte), né à Paris (1809), député sous Louis-Philippe de 1842 à 1848, fut, en dépit de sa modération apparente, un des plus irréconciliables ennemis du second Empire, ce qui fut loin de lui nuire lorsqu'il se présenta aux suffrages de l'Académie. Ses ouvrages sont *l'Église romaine et le premier Empire*, où il raconte par le menu, jour par jour, presque heure par heure, les négociations diplomatiques engagées au nom du premier consul, par M. de Cacault, avec Mgr Consalvi, continuées à la suite d'incidents que l'on connaît, et qui survinrent entre Napoléon lui-même et le Pape d'une « inflexible douceur, » le vénérable Pie VII. Le livre auquel le comte d'Haus-

_____

(1) « Je vois encore ce vieillard aux formes athlétiques, à peine courbé, ingambe, infatigable ; le teint en couleur, les cheveux crépus, un manteau de mousquetaire fantaisiste pendant sur ses larges épaules de Lorrain ; parlant haut, gesticulant volontiers, fendant l'air des éclats de son rire homérique. Que d'esprit, que de bonne grâce, que de discernement sous cette écorce un peu rude! » (Cf. *le Gaulois*, Véridic, 13 décembre 1888).

sonville doit une popularité qui, pour n'être pas bruyante, ne laisse pas de promettre d'être durable, est son *Histoire de la réunion de la Lorraine à la France*. Quel est le but de l'auteur, sinon de résumer à grands traits l'œuvre des descendants de Gérard d'Alsace, ce fondateur de la maison qui régna dans Nancy, depuis leur antagonisme avec Charles le Téméraire jusqu'aux guerres de religion, de tirer de l'oubli relatif où ils végètent ces grands princes qui ont nom Charles III et Charles IV, Charles V et Léopold, ce Titus lorrain, enfin Stanislas qui a, on ne sait trop par quel caprice de la fortune, accaparé tous les mérites de ses prédécesseurs.

L'histoire de France est intimement liée à celle de la noble province qui, du reste, était française de cœur depuis des siècles, et qui avait donné comme rival aux Condé et aux Turenne ce type de la loyauté et de la bravoure, le maréchal Fabert. Que de pages charmantes, écrites dans un style plein d'élégance et de vivacité! Citons, comme un modèle de narration, le tableau des fêtes, tournois, joutes d'armes, courses de bagues, donnés à Nancy dans l'automne de 1622, sur la place Carrière et dans l'intérieur du palais Ducal, à la séduisante duchesse de Chevreuse, récemment exilée de Paris par la soupçonneuse jalousie de Richelieu.

Grâce à ce beau travail, le nom de d'Haussonville est désormais, dans le cœur des vrais Lorrains, inséparable de celui du grand érudit Dom Calmet.

M. Mazade (Charles de,) né à Castelsarrazin en 1821, d'une famille de robe, suivit les cours de droit de la Faculté de Toulouse, et, l'année où V. Hugo entrait à l'Académie (1841), débutait dans la littérature par la publication d'un volume d'*Odes*, qui passa presque inaperçu. Là n'était pas la voie du jeune et brillant Quercynois. De la *Revue de Paris*, si hospitalière, il passa, avec avancement, à la *Revue des Deux-Mon-des*, où, concurremment avec Eugène Forcade, mort depuis dans des conditions si lamentables, il écrivit longtemps la chronique de quinzaine (1852-1858),dont il est chargé encore aujourd'hui. Lorsqu'en 1882 il franchit les portes de l'Académie, il s'appuyait sur la gloire distinguée et solide que lui valaient de nombreux ouvrages consacrés à l'histoire des peuples méridionaux, à des hommes d'État, à la guerre franco-allemande : (*l'Espagne moderne*, 1855, *l'Italie moderne*, 1860, *l'Italie et les Italiens*,1864, *la guerre de France*, 1875, 2 vol. avec carte, *le comte de Cavour*, 1877, *le comte de Serre*, 1879, enfin *M. Thiers*, 1880.)

Depuis le commencement du siècle, le goût du public lettré s'était porté sur l'Italie et l'Espagne, traversées tant de fois par les armées de Napoléon avec de si éclatantes alternatives de succès et de revers. Précurseur d'Alexandre Dumas,Francis Wey parcourait les Calabres et la Sicile (1) ; Tolède sollicitait l'attention de Théoph. Gautier (2) ; Ch. Didier racontait *une rencontre* sur l'Etna (3) ; Paul de Musset disait Naples (4) ; Paulin Limayrac peignait *Milan au mois de septembre 1838* (5) ; Lerminier, le professeur démagogue, l'Apollonius de Tyane du Collège de France, jetait son dévolu sur la Corogne (6) ; Venise, opprimée par l'Autriche, inspirait à G. Sand des apostrophes véhémentes et des effusions enthousiastes ; enfin Musset composait ses *Contes d'Espagne et d'Italie* (1830).

M. de Mazade suivit le courant ; ses ouvrages sur la péninsule ibérique se distinguent de la plupart des

---

(1) Cf. Revue de Paris, juillet 1841.
(2) Ibid., janvier 1841.
(3) Ibid., avril 1837.
(4) Ibid., novembre 1843.
(5) Ibid., décembre 1838.
(6) Ibid., août 1837.

livres analogues par la finesse souriante des aperçus et la correction toute mondaine d'une érudition qui ne fatigue jamais. Il étudia ensuite non seulement l'Italie morcelée d'avant Villafranca, mais encore l'Italie lancée par les porte-parole de Mazzini sur la pente de la révolution unitaire. Ce n'est point là de l'histoire définitive : ce sont des appréciations destinées à contenter les politiciens du journal des *Débats*. Or, il n'en est pas de l'histoire comme de la France, dont Thiers disait qu'elle est centre gauche. Clio n'est inscrite dans aucun groupe, pas plus dans le groupe centre gauche que dans aucun autre.

L'étude sur de Serre, le célèbre orateur de la Restauration, nous fait connaître la politique modérée telle qu'elle fut tentée et pratiquée immédiatement avant l'assassinat du duc de Berry ; c'est une histoire partielle des années qui suivirent 1816, de cette période féconde en résultats, puisque c'était alors que le duc de Richelieu négociait la libération du territoire, grosse de périls, puisqu'on pouvait déjà craindre qu'à la faveur des renouvellements annuels, la majorité ne se composât, à brève échéance, d'éléments libéraux et révolutionnaires. Dans certaines pages la politique fait relâche, et le récit, délaissant l'imbroglio parlementaire, nous montre de Serre ambassadeur à Naples, vivant dans l'intimité du savant allemand Niebuhr. L'ouvrage lui-même apprend à mieux connaître Lainé, Gouvion St-Cyr, Pasquier et l'inévitable Royer-Collard.

Dans *Cinquante années d'Histoire contemporaine*, on a la vie tout entière du petit bourgeois de la place St-Georges. On le voit journaliste sémillant, encyclopédique, aux abords des ordonnances, ministre grave, *(exceptis excipiendis,)* chef de l'opposition de 1840 à 1848, versé dans les intrigues de la deuxième République, boudant sous l'empire, quoique appelé par

Napoléon III « *l'historien national et patriotique,* » courant à travers l'Europe, en 1870, pour nous chercher des alliés, chef de l'exécutif, triomphant de la Commune, prenant ce Paris qu'il avait fortifié trente ans auparavant, soldant la rançon de la guerre, puis descendu, non sans dignité, de ce pouvoir où il avait, à côté de bien des fautes graves, rendu un certain nombre de services dont il lui sera tenu compte. Le style de cette étude est simple, comme il convient à une monographie qui n'est pas destinée à être lue devant les cinq sections réunies de l'Institut.

L'hôte des Tuileries (1) lui-même se fit historien, et composa une vie restée inachevée de Jules César.

Les proportions ne sont pas bien observées, et le péristyle est trop développé pour l'édifice. Le premier volume contient le résumé des principaux événements qui se sont produits sous la République jusque vers l'an 70, alors que le second volume, (première partie,) a suffi à raconter la guerre des Gaules, l'événement capital de la vie du dictateur ! On n'a que des éloges pour la partie technique, érudite, du livre, et l'on n'en sera point étonné quand on saura qu'elle est due à la collaboration de l'écrivain impérial avec Alf. Maury, Mérimée, Duruy, Mommsen. Citons en passant, comme un modèle de discussion condensée, les pages consacrées à la question de l'emplacement d'Alesia. La partie morale a été souvent critiquée avec amertume ; on a reproché à Napoléon III d'avoir soutenu différents systèmes d'origine hégélienne, celui des missions providentielles, qui a peut-être le tort de supprimer les responsabilités humaines, et celui des institutions et des révolutions fondées sur l'intérêt général. La langue est ferme, parfois colorée.

_____

(1) Napoléon III (Louis-Bonaparte), troisième fils de Louis, roi de Hollande, né en 1808, mort le 9 janvier 1873.

M. Perrens (François), né à Bordeaux en 1822, passa par l'École, fut professeur en province, puis au lycée Bonaparte, inspecteur d'Académie à Paris, titulaire de la chaire de littérature à l'école polytechnique, publia une thèse sur *Jérôme Savonarole* (1854), une *Histoire de la Littérature italienne* (1866), *la Démocratie en France au moyen âge* (1873), *Étienne Marcel* (1875), enfin une *Histoire de Florence* (1877-1879) en quatre volumes.

Henri d'Orléans, duc d'Aumale, quatrième fils de Louis-Philippe et de Marie-Amélie, né en 1822, fit des études brillantes au collège Henri IV, obtint en rhétorique, au concours général, un prix de discours français, se distingua en Afrique, particulièrement à l'affaire dite du Col de Mouzaia (1840), fut chargé de poursuivre Abd-El-Kader. On sait la réponse qu'il fit, un jour qu'il se trouvait en face de forces supérieures, à ceux qui lui conseillaient d'attendre l'arrivée de son infanterie : « Jamais personne de ma race n'a reculé ! » C'était le 16 mai 1845 que ce capitaine de 23 ans prononçait cette fière parole et qu'il s'emparait de la Smala. En 1847, il remplaça Bugeaud comme gouverneur général, et, quand vint le 23 février 1848, il donna l'exemple d'une admirable soumission à la loi. Dès lors, il vécut en exil jusqu'au moment où Thiers le choisit pour juger Bazaine. On n'a pas oublié certain incident de l'une des audiences du procès de Trianon : le maréchal disant que, l'Empire renversé, il ne savait au service de qui mettre son épée, et qu'il ne subsistait plus rien : « Il y avait la France ! » dit le duc d'Aumale. En 1886, il fit don à l'Institut du magnifique domaine de Chantilly. L'héritier des Condé est non seulement un vaillant soldat, mais un écrivain éloquent.

En 1855, il publiait dans la *Revue des Deux-Mon-*

des deux articles, un sur les zouaves, l'autre sur les chasseurs à pied. En 1861, parut la *Lettre sur l'Histoire de France ;* dès 1865, parurent les premiers volumes de *l'Histoire des Princes de la maison de Condé.*

On a loué (1) l'habile ordonnance du plan, la clarté, la sobriété du récit, la sûreté de la critique, l'art de peindre d'un trait, d'un mot heureusement choisi dans un texte. L'éminent écrivain ne nous paraît jamais plus remarquable que dans les sujets d'intérêt moyen, où le style n'affecte pas les formes oratoires ; alors il parle d'instinct la belle langue du XVIIe siècle, une langue qui n'est pas archaïque comme celle de Sarrazin, (biographie de Wallenstein,) mais qui brille autant par le coloris et la verve que les Mémoires de Larochefoucauld.

On a de M. de Broglie *le Secret du roi* (1878), *Études diplomatiques* (1882), (première lutte de Frédéric et de Marie-Thérèse, paix de Breslau, etc.,) *l'Église et l'Empire romain au IVe siècle*, (histoire de Constantin, de Julien l'Apostat et de Théodose.)

Le premier de ces ouvrages nous montre Louis XV entretenant près des cours étrangères des émissaires secrets, sortes d'ambassadeurs officieux, dont le ministre spécial ignorait l'existence, et qui renseignaient directement le roi. Pour le second, puisant à pleines mains dans les Mémoires inédits de Belle-Isle, la Correspondance de Valori, le *Record-office* de Londres, les lettres de Charles VII au maréchal de Broglie, etc., il a parfaitement recomposé le rôle double et même triple du roi de Prusse abandonnant ses alliés, dépouillant sans pudeur la fille de son bienfaiteur, jonglant avec la parole donnée, ne tenant aucun compte des moyens qu'il emploie quand son intérêt est en jeu,

(1) Cf. M. Bardoux, *Revue bleue*, 23 février 1889.

trompant, trompant encore, trompant toujours, brutal sous les dehors d'une hypocrisie doucereuse, digne, enfin, d'être congratulé par Voltaire !

Dans *l'Église et l'Empire romain*, l'éminent successeur de Lacordaire à l'Académie française fait preuve, sans aucune défaillance, d'une absolue impartialité ; suivant les proportions que comporte la nature même de son sujet, il se conforme à la déclaration qu'il mettait plus tard en tête de ses *Questions de religion et d'histoire* ; rappelons qu'il y proteste de son dévouement « à la vérité religieuse telle qu'elle a été révélée au monde par l'Évangile et interprétée par l'Église, et d'un attachement non moins vif, mais mêlé de plus de trouble et de regret, aux principes de la liberté politique. » Quoique l'érudition vétilleuse de quelques savants contemporains ait contesté certaines de ses affirmations, l'ouvrage n'en reste pas moins intact dans ses lignes générales. L'écrivain ne mérite que des éloges : M. de Broglie a su trouver le langage grave et souple qui convient à l'histoire, et, quand on le lit, on reconnaît en lui le digne petit-fils de Mme de Staël, cette femme de génie à qui l'on doit les *Considérations sur la Révolution française.*

Loménie de Brienne, né en 1815, mort en 1878, de la famille du ministre de Louis XVI, publia, en 1840, une série de biographies sous le pseudonyme de *Un homme de rien*, qui eurent un succès très vif ; il a expliqué pourquoi il avait adopté ce *loup :*

« Si le livre est bon, qu'importe le nom de l'auteur ? S'il est mauvais, ce dernier a eu trois fois raison de le taire. Montesquieu, dans la préface de ses *Lettres persanes*, se compare à une femme qui marche assez bien, mais qui boite quand on la regarde. Que Montesquieu nous pardonne ce rapprochement : nous aussi, nous sommes un peu comme cette femme, et d'ailleurs, en

jetant les yeux autour de nous, nous avons vu que le
monde fourmillait d'hommes d'État, d'hommes d'esprit, d'hommes de cœur, d'hommes de bien ; toutes les
places étaient prises ; il ne nous restait plus, à nous,
infime, et désireux d'avoir nos coudées franches, qu'à
nous réfugier dans une région que personne ne nous
disputerait, dans la région des *hommes de rien*. Au
public encore à juger, en dernier ressort, si nous sommes au-dessous, au niveau ou au-dessus de notre
titre. »

Un ouvrage feravivre son nom:c'est *Beaumarchais
et son temps*(1855). Avec une étonnante patience, il suit
pas à pas dans sa carrière mouvementée, cet homme,
non pas extraordinaire mais en dehors de l'ordinaire,
inexplicable Protée littéraire et social, second avatar
de Diderot,qui eut peut-être plus d'esprit que Voltaire,
c'est-à-dire autant d'esprit que *tout le monde*. Grâce à
une circonstance tout à fait fortuite, il mit la main sur
des montagnes de manuscrits qui avaient appartenu au
grand pamphlétaire, à celui qui fut tour à tour, souvent
avec éclat et scandale, plaideur, négociant, armateur,
éditeur, fournisseur,entrepreneur, administrateur, poète,
horloger, utopiste, riche et pauvre, insolent et humble,
mais toujours de bonne humeur (1), folâtre et spirituel,
même sous les glaces de l'âge.

« J'entrais un jour, dit-il, conduit par un petit-fils
de Beaumarchais, dans une maison de la rue du *Pas
de la Mule*, et nous montâmes dans une mansarde où
personne n'avait pénétré depuis bien des années. En
ouvrant,non sans difficulté, la porte de ce réduit, nous
soulevâmes un tourbillon de poussière qui nous suffo-
qua..; nous pûmes enfin respirer et jeter les yeux autour
de nous.La petite chambre était encombrée de caisses.

(1) V. Hugo s'est trompé quand il a dit,(*Préface de Cromwell,*) que Beaumarchais était *morose*.

J'avais devant moi, dans cette cellule inhabitée et silencieuse, tout ce qui restait de l'un des esprits les plus vifs qui aient paru dans le siècle dernier; j'avais devant moi tous les papiers laissés il y a cinquante-deux ans par l'auteur du *Mariage de Figaro.*»

On devine l'usage que l'heureux fureteur fit de cette trouvaille inespérée.

Loménie publia aussi *les Mirabeau,* ouvrage des plus curieux. En 1871, il avait remplacé Mérimée à l'Académie.

Nous rangeons volontiers au nombre des historiens un des hommes qui font le plus d'honneur à la presse politique, M. Hervé.

Né à l'île de la Réunion, en 1835, de souche universitaire, il obtint le prix d'honneur de philosophie en 1854, et entra à l'École Normale avec le numéro un. Tour à tour il écrivit dans la *Revue de l'Instruction publique,* dirigée par la maison Hachette, le *Courrier du Dimanche,* le *Journal de Paris* (1867), dans le *Soleil,* dont il fut le fondateur (1873), et joua un grand rôle dans la question de la réconciliation des princes d'Orléans avec le comte de Chambord.

Son principal ouvrage est intitulé *les Origines de la crise Irlandaise* (1880). L'auteur y étudie les causes du persistant antagonisme qui sépare de la Grande-Bretagne le pays évangélisé jadis par S. Patrick, et demeuré si invinciblement dévoué au catholicisme (1). Il montre comment et pourquoi subsiste, en dépit des concessions obtenues par les persévérants efforts d'O'Connell, l'œuvre politique commencée sous Élisabeth, poursuivie sous Cromwell, complétée sous Guillaume III, on veut dire l'influence de la grande pro-

(1) «Cette île vierge, où jamais un proconsul n'avait mis le pied, qui n'avait jamais connu ni les exactions de Rome, ni ses orgies, était aussi le seul lieu du monde dont l'Évangile eût pris possession pour ainsi dire sans résistance et sans effusion de sang. » (Frédéric Ozanam.)

priété, ainsi que la prédominance de la religion angli-
cane. En ce qui concerne celle-ci, on sera peut-être
étonné d'apprendre que vers 1830 elle comptait, pour
huit cent mille âmes seulement, quatre archevêques, dix-
huit évêques, vingt-deux chapitres, mille six cents des-
servants bénéficiaires ou salariés, disposant d'un revenu
de vingt-cinq millions ! Le recouvrement de la somme
annuelle destinée à payer un culte odieux devait, on
le comprend sans peine, être pour le gouvernement
anglais la source de difficultés sans nombre. Puis l'énormité des impôts produit la gêne, si bien qu'en 1867
survient une famine qui enlève à l'Irlande *deux millions*
de ses habitants. Depuis cette époque l'irritation n'a
fait que s'accroître, les mesures de répression que devenir plus sévères, la misère que prendre de plus en
plus les proportions d'un désastre public. Des sociétés
secrètes se sont formées, et couvrent le pays d'un imperceptible et formidable réseau. Que sortira-t-il de
cette compétition, où deux « sœurs ennemies sont pri-
sonnières l'une de l'autre ? » Que donneront ces *évic-
tions* violentes, ces assassinats, ces explosions de dyna-
mite ? Avec sa sagesse habituelle, M. Hervé pose le
problème sans lui donner de solution.

Dans cet ouvrage, les portraits des différents
hommes d'État, mais particulièrement ceux d'O Connell
et de Stanley, sont tracés avec un art qu'il faut d'autant
plus louer qu'il se dissimule davantage. La langue est
souple, variée, correcte, souvent nerveuse, toujours
claire et rapide.

Mgr Perraud (Adolphe), né à Lyon en 1828, appar-
tint, vers 1847, à une promotion de Normaliens dont la
plupart firent depuis un bruit notable dans le monde.
L'exemple de M. Taine, nommé professeur de sixième
dans un lycée de province, ne l'éblouit pas ; il renonça
aux honneurs universitaires pour entrer dans l'Ordre de

l'Oratoire, occupa avec éclat la chaire d'histoire ecclésiastique à la Sorbonne, et fut nommé évêque d'Autun en 1874.

On doit au savant prélat des *Études sur l'Irlande* contemporaine (1862, 2 vol.), ouvrage animé d'un admirable souffle patriotique et chrétien, l'*Oraison funèbre de Mgr Darboy*, mais surtout l'*Histoire de l'Oratoire au XVIIe et au XIXe siècle*.

L'auteur commence par raconter la vie de St Philippe de Néri et les débuts de la célèbre Congrégation en Italie ; (elle fut, comme on sait, érigée canoniquement en 1575 par Grégoire XIII, en vertu de la bulle *Copiosus in misericordia Dominus*.) C'est en 1611, dans une maison du faubourg St-Jacques, que se réunirent les six prêtres qui devaient former le premier noyau de l'Ordre. Le livre de Mgr Perraud nous fournit en abondance et avec une méthode sévère tous les renseignements utiles sur le caractère, le but, l'esprit de l'Oratoire, ainsi que sur sa constitution et ses règlements. Des biographies substantielles, celles par exemple du P. Malebranche, de Mascaron et de Massillon, jettent sur la narration une agréable variété. Quant à la langue que parle l'auteur, c'est la langue classique.

Beauchesne, (Hyacinthe de,) né à Lorient en 1804, mort en 1873, fut gentilhomme de la Chambre du roi Charles X, et, après 1830, s'associa avec ardeur aux innovations du romantisme ; il fut, sous le second Empire, nommé chef de section aux Archives.

On a de lui une *Vie de Mme Élisabeth* (1869, 2 vol.), mais l'ouvrage auquel il doit sa notoriété est *Louis XVII, sa vie, son agonie, sa mort* (1852, 2 vol.).

La courte carrière du pauvre enfant est exposée dans une note émue dont l'effet est irrésistible ; l'auteur n'a négligé aucun détail pour nous faire assister aux derniers moments du petit martyr ; rien de plus décisif pour faire rentrer sous terre les insipides Naundorff et Cⁱᵉ.Grâce à M.de Beauchesne,(et à l'éloquente démonstration de M. Eug. Veuillot,) désormais un historien sérieux ne peut plus accorder aucune créance à la légende du duc de Normandie miraculeusement évadé du Temple. Pour mieux étayer sa thèse, le sympathique biographe s'appuie surtout, et avec raison, sur le témoignage de Dieudonné Jeanroi (1), médecin de la famille de Lorraine, qui fut choisi avec Lassus, Desault et Pelletan, et dont la déposition semble plus peremptoire que celle de ses confrères, un peu prévenus peutêtre, car ils étaient dévoués à la forme républicaine, tandis qu'il se vantait hautement de ses convictions royalistes.

Du Camp (Maxime), né à Paris en 1822, décoré en 1848 pour sa bravoure par le général Cavaignac, fonda la (2ᵉ) *Revue de Paris* (1851), collabora à la *Revue des Deux-Mondes*, et publia les *Mémoires d'un Suicidé* (1853), *Paris, ses organes, ses fonctions, sa vie, etc.* (1869-1875), *les Convulsions de Paris* (1878), *l'Expédition des Deux-Siciles* (1861), et, outre des recueils de vers qui ne sont pas oubliés,un certain nombre de volumes où il raconte ses aventures de voyage. Il fut reçu à l'Académie en 1880.

L'œuvre de « maîtrise » de M. Du Camp est *Paris, ses organes*, etc.

« Un jour arrêté aux abords de la statue de Henri IV, sur le terre-plein du Pont-Neuf, pour la millième

_____

(1) Jeanroi (Dieudonné), né à Nancy en 1750, était le neveu d'un habile médecin ; il fit partie de la *Société Royale de médecine* dont Vicq d'Azyr était président, et se distingua par son dévouement lors de la peste qui désola Dinan en 1778 ; il mourut en 1816 :

« On l'a vu fréquemment rendre à la santé des malades dont l'état paraissait désespéré ; aussi était-il le praticien dont ses confrères aimaient le plus à prendre conseil. »Cf. *Biogr. Michaud*. Son neveu Victor Jeanroy, né à Pont-Sᵗ-Vincent ; (Meurthe), après avoir été un brillant officier de hussards sous l'Empire, revint dans son pays natal, où il exerça honorablement la médecine, 1783-1856.

fois, peut-être, vous contempliez ce grand spectacle déployé comme à plaisir devant vous: au fond, Notre-Dame qui « consacre le berceau de notre vieille cité ; » sur la rive droite, l'Hôtel-de-Ville qui n'avait pas encore reçu ces blessures de la guerre civile, à peine guéries aujourd'hui ; plus loin, sur la même rive, le Louvre abritant les trésors de l'art, les Tuileries, debout alors dans leur grandeur séculaire ; sur la rive gauche, le palais Mazarin et l'Institut; au loin, le Corps Législatif, et, tout à l'extrémité, cette colline du Trocadéro où Paris a donné au monde la fête de ses Expositions; la Seine enfin se déroulant dans ce merveilleux paysage et mêlée de si près, à travers les âges, à cette grande histoire dont elle est elle-même une partie vivante et animée ; tout cela, aperçu comme dans une vision, éveilla en vous un monde d'idées.

» Ainsi est né le livre où, reprenant avec le sérieux de la science moderne le projet ébauché vers la fin du siècle dernier par Mercier, vous nous avez donné le tableau de Paris contemporain (1). »

D'une infatigable activité, M. Du Camp aime à promener son attention sur les sujets les plus divers ; il sait cependant, comme on le voit par les développements et l'importance de quelques-uns de ses ouvrages, contraindre la mobilité cosmopolite de son intelligence, et sous leurs points de vue successifs, embrasser les questions de la plus désespérante complexité. Ainsi il n'a rien omis, rien avancé à la légère, dans la troublante narration où il retrace l'agonie de Paris sous la Commune. Exact, précis dans les ouvrages où la statistique domine, il réussit, lorsque, par exemple, il nous initie à ses aventures de guerre, ou qu'il dresse en pied la figure fantastique de l'éphémère dictateur des Deux-Siciles, à reproduire la verve amusante et la gaieté

(1) Cf. le discours de Caro à la réception de M. Max. Du Camp.

communicative de son ami, le grand Alexandre Dumas, le foudre de guerre devenu directeur du Musée de Naples.

Fustel de Coulanges (Numa-Denis), né à Paris en 1830, professeur de rhétorique en province, fut suppléant dans un lycée de Paris, obtint en 1861 la chaire d'histoire à la Faculté de Strasbourg. En peu de temps le jeune érudit occupait une place exceptionnellement brillante au milieu d'humanistes distingués comme Cambouliu, de spirituels conférenciers comme Laffite, le remplaçant de François Génin, de consciencieux psychologues comme Lefranc, d'hellénistes ingénieux comme Colin (d'Épinal), le traducteur de Pindare ; Bergmann seul, notre illustre Bergmann, qui sait et parle une vingtaine de langues, bien plus âgé du reste, éclipsait le nouveau venu. Un auditoire choisi, attentif et compétent, l'élite de la société strasbourgeoise, suivait avec avidité le cours si nourri, si méthodique de M. de Coulanges, et ne se lassait pas d'applaudir un professeur qui, à la science, à la profondeur de deux vieux docteurs de Bonn, joignait, dans l'exposition et le style, une urbanité toute française, la simplicité d'un maître, sans faux luxe et sans couleurs inutiles.

La Cité antique (1865) contient des études sur le culte, le droit, les institutions de la Grèce et de Rome.

De prime abord, le lecteur se tient en garde contre un ouvrage qui semble mettre sur la même ligne les civilisations grecque et romaine, si différentes néanmoins sur tant de points essentiels, quoiqu'une origine commune leur soit attribuée par la science contemporaine. Cette critique, dirigée uniquement contre l'ensemble du système, ne peut en rien infirmer l'importance de tant de découvertes rattachées les unes aux autres par une logique d'une inattaquable rectitude. Guidés par l'auteur, nous assistons à l'éclosion de la cité, nous comprenons comment la confiance des premiers hommes dans la persistance de la vie compréhensive après la séparation du principe pensant d'avec l'agrégat matériel, a produit comme conséquences le culte des ancêtres et le culte du foyer domestique. Les lares paternels sont les dieux qui s'intéressent aux individus d'une même famille ; ensuite apparaissent des divinités moins locales, protectrices des associations plus compliquées, dont la formation est plus récente. Sur toute la législation des peuples anciens pèse, comme une obligation à laquelle on ne peut se soustraire, le soin de perpétuer la famille ; cette nécessité donne l'explication de certaines lois, comme l'illégitimité du célibat, qui sera poursuivi par les lois sévères des empereurs, la possibilité et l'usage quotidien du divorce, l'état d'absolue infériorité où se trouve la jeune fille à l'égard de son frère. L'ouvrage de M. Fustel montre, avec une évidence complète, l'évolution sociale à la suite de laquelle la cité s'est formée, sur le plan de la tribu, qui elle-même avait, dans de plus larges proportions, calqué la *gens*.

L'ouvrage se compose de cinq livres ; avec le 4e on suit l'antagonisme qui s'élève, destiné à devenir de plus en plus compromettant pour la sécurité publique, entre les rois, les patriciens descendants des familles primitives, les clients ou affranchis, et enfin les plébéiens, ouvriers manuels, esclaves adonnés aux tâches les plus humbles. Les modifications apportées à la législation par le christianisme, telle est la matière du 5e livre.

M. Mézières (Alfred), fils d'un savant distingué qui fut recteur de l'Académie de Metz (1848), est né à Rehon (Moselle). Après avoir enseigné la rhétorique à Toulouse, il occupa avec un grand succès la chaire de littérature étrangère à la Faculté des Lettres de Paris ; en 1874, il remplaça St-Marc Girardin à l'Académie. Parmi ses nombreux ouvrages, on remarque surtout : *Shakspeare, ses œuvres et ses critiques* (1861), *Prédécesseurs et contemporains de Shakspeare* (1)(1863), *Contemporains et successeurs de Shakspeare* (1864), et des études sur Paruta et Pétrarque.

Moins brillant et moins conjectural que Philarète Chasles, M. Mézières parle une langue plus correcte et dispose d'une érudition aussi encyclopédique.

Boissier (Gaston), né à Nîmes en 1823, fit de fortes études au Collège Louis-le-Grand, entra à l'École Normale en 1843, suppléa Ste-Beuve au Collège de France (cours de poésie latine), et, en 1876, obtint le fauteuil de Patin. Il s'est fait apprécier des érudits par des travaux sur Plaute et Varron ; il s'est fait lire du grand public par d'excellents livres d'histoire : *l'Opposition sous les Césars* (1875), et *Cicéron et ses amis* (1866).

Geffroy (Auguste), né à Paris en 1820, après les débuts obligatoires dans les établissements universitaires de province, fut nommé maître de conférences à l'École Normale, professeur d'histoire ancienne à la Sorbonne, directeur de l'École de Rome en 1875. Ses travaux les plus connus sont consacrés à l'histoire des États du nord de l'Europe ; son *Histoire des États scandinaves* figure avec honneur dans la collection publiée sous la direction de M. Duruy ; on doit aussi à M. Geffroy *Gustave III et la Cour de France* (1867), *Rome et les Barbares* (1874). On se souvient que ce savant a pris très nettement parti, lorsque fut soulevée la question de l'authenticité des lettres attribuées à la reine Marie-Antoinette, (*Marie-Antoinette, Correspondance secrète*, 3 vol. in-8, 1874, avec M. d'Arneth, directeur des archives à Vienne.)

Rambaud (Alfred), né à Besançon en 1842, agrégé

(1) Nous citerons comme un modèle d'analyse délicate le chapitre sur les tragédies et les comédies de Chapman, les comédies de Dekker, les tragédies de Webster, la *Sorcière* de Middleton, prototype de Macbeth.

d'histoire en 1865, docteur ès lettres en 1870, professeur à la Faculté de Nancy en 1875. A sa thèse française intitulée *Constantin Porphyrogénète*, il convient d'ajouter *la Domination française en Allemagne*(1873), *Français et Russes* (1877), l'*Histoire de la Russie*(1878). La partie la plus originale de ce dernier ouvrage est celle qui traite des événements antérieurs à Pierre-le-Grand; cette période, obscure s'il en fut, mal connue jusqu'au milieu de ce siècle, hérissée, on s'en doute, d'innombrables difficultés, a été élucidée avec une rare habileté par l'auteur, qui possède parfaitement la littérature et la langue russes. Plus récemment, M. Rambaud a publié une *Histoire de la Civilisation*, dont les appréciations sont parfois hasardées et contestables, mais qui accuse une science profonde, et la plus remarquable aptitude à mettre les hommes et les événements dans la perspective qui leur convient.

M. Emile Gebhardt (1), né à Nancy en 1841, conférencier disert, un des rares écrivains de cette époque demeurés fidèles aux traditions de la bonne langue, a composé plusieurs études historiques, morceaux achevés, sur l'Italie au moyen âge et la Renaissance, deux sujets qu'il connaît à fond, et dont nul autant que lui, peut-être, n'est autorisé à entreprendre l'histoire. Rien de plus fini, de plus élégant que ses pages sur le stoïcisme, Herculanum et Pompéi, Florence au XVe siècle, Machiavel.

Si de l'histoire profane, séculière, nous passons à l'histoire ecclésiastique, à l'hagiographie, nous rencontrons d'abord le nom illustre de Dom Guéranger (2).

Du glorieux restaurateur de l'Ordre des Bénédictins on a deux volumes d'une érudition effrayante, et dont

---

(1) Longtemps professeur de littérature étrangère à la Faculté de Nancy, aujourd'hui titulaire d'une chaire à la Sorbonne.

(2) Né à Sablé-sur-Sarthe en 1804, mort le 30 janvier 1875.

le style étincelle de beautés poétiques de l'ordre le plus relevé : les *Institutions liturgiques* (1840-1842-1851), sont l'éloquente réfutation des doctrines émises depuis trois siècles par de serviles parlementaires, émules des Nogaret et des Pasquier, par la maussade tribu des jansénistes, et par ces gallicans pour qui Talleyrand aurait bien dû réserver sa fameuse recommandation : *Surtout, Messieurs, pas de zèle !* La *Vie de sainte Cécile* par le savant Dom Guéranger offre la plus attachante des lectures.

Mgr Baunard (Louis), né à Bellegarde (Loiret), en 1826, se fit successivement recevoir docteur en théologie et ès lettres, et fut vicaire, puis chanoine de la cathédrale d'Orléans ; par son dévouement dans son apostolat non moins que par la sûreté précoce de sa doctrine dans ses prédications, il réussit, (et ce fait à lui seul suffirait pour nous donner toute la valeur de l'homme,) à s'attirer l'estime et l'amitié de deux très grands mais très dissemblables prélats, l'un et l'autre l'orgueil de l'épiscopat français, Mgr Pie et Mgr Dupanloup.

Entre temps, il avait été aumônier du lycée d'Orléans : on doit bien regretter que les allocutions qu'il prononça devant son turbulent et sceptique auditoire universitaire n'aient pas été recueillies et publiées. Que de choses charmantes et persuasives, que de généreuses et magnifiques inspirations il dut trouver dans son cœur de prêtre et de père spirituel, désireux de ramener à la foi, de gagner à la pureté idéale ces jeunes âmes si promptes à glisser sur la pente du doute ou du vice ! On aurait là quelque chose de comparable aux prédications de l'abbé Perreyve au lycée St-Louis et au collège Ste-Barbe. Depuis, Mgr Baunard a rendu les plus éminents services à la cause de l'enseignement libre, en acceptant et en exerçant, durant huit années, les fonctions de Supérieur de la grande École St-Joseph de Lille. Aujourd'hui, à la satisfaction et aux applaudissements de tous, il est le Recteur des Facultés catholiques de *la Rome du Nord* (1).

L'onction est la qualité maîtresse de Mgr Baunard : est-ce que Fénelon n'eût pas été ravi de ce passage ? L'auteur vient de raconter que l'abbé Barat veut pousser les études de sa sœur au-delà des limites ordinaires :

« Dans ce dessein, il l'appliqua à la langue latine, et la mit en peu de temps à même de lire dans le texte l'antiquité classique. Ce fut pour la jeune fille un monde d'enchantement. Virgile surtout, Virgile si profond, si religieux, si grand peintre des choses de la nature et de l'âme, la ravissait : « J'étais une virgilienne bien plus qu'une chrétienne, » disait-elle plus tard en parlant de ces temps. Elle connut aussi les Grecs, elle traduisit Homère. Cette poésie antique était pour elle plus qu'une forme : elle y trouvait l'écho de ses propres sentiments, la première réponse à ses besoins natifs de beauté idéale et de grandeur morale. « L'héroïque me plaît, disait-elle encore dans ses dernières années ; là, du moins, il y a de l'espace, l'esprit se dilate à son aise, et le cœur se sent vivre. » Mais le premier et le plus haut bienfait de ces études fut d'éveiller dans son âme ces aspirations supérieures, infinies, qui sont les appels de Dieu, et qui ne trouvent qu'en lui seul leur satisfaction (2). »

C'était une tâche ardue entre toutes que de bien

---

(1) Ses principaux ouvrages sont une thèse sur *Théodulphe, Évêque d'Orléans*, (1860), *l'Apôtre St Jean* (1872, 1 vol.), *Histoire de St Ambroise* (1871), *Histoire de Mme Barat* (1876, 2 vol.), *le Vicomte de Melun* (1 vol.), *le Doute et ses victimes* (1 vol.), *la Foi et ses victoires* (2 vol.), *la Vie du Cardinal Pie*, évêque de Poitiers, (2 vol.)

(2) Vie de Mme Barat, 1, 13 (Poussielgue, rue Cassette, Paris).

parler de celui à qui Pie IX mourant rendait ce témoignage : « Il a dit ce qu'il fallait dire, quand il le fallait dire, comme il le fallait dire. » Cet homme, qui fut l'évêque de Poitiers, a trouvé dans Mgr Baunard un historien digne de lui. En lisant les deux volumes de la vie de Mgr Pie, on retrouve à chaque page le premier des hagiographes contemporains, l'éminent écrivain qui, dans un autre genre de littérature sacrée, avait publié ce chef-d'œuvre d'émotion, de grâce et d'éloquence : *Le Doute et ses victimes*. Avec la compétence que tous lui connaissent, Mgr Baunard a retracé le rôle du pontife « qui installa sur le siège de S. Hilaire et de S. Martin la science des saints et le zèle des apôtres, qui fit du diocèse de Poitiers un diocèse modèle (1). » Ce n'est pas seulement la vie d'un évêque, c'est le tableau de la condition dans laquelle se trouva l'épiscopat français sous le second Empire. L'auteur, subtil et profond quand il aborde des sujets comme l'autorité et l'unité romaines, le césarisme et le libéralisme, le concile de 1870, sait, quand l'occasion se présente, descendre au gracieux laisser-aller de la menue narration : que de touchantes anecdotes, celle, par exemple, où il raconte la conversion de M. Jules Richard ! Les nombreux admirateurs de Mgr Gay, l'évêque d'Anthédon, ont été heureux de voir que l'historien avait rendu justice à son rare talent de prédicateur, d'écrivain, de directeur d'âmes.

La *Vie du Cardinal Pie* est un des ouvrages les plus achevés comme forme, les mieux ordonnés, les plus remarquables à tous les points de vue, qui aient été publiés depuis un grand quart de siècle.

On a de Mgr Freppel, qui fut à la Sorbonne un professeur très écouté avant de s'illustrer dans différentes chaires des églises de la capitale et à la tri-

(1) Expression de l'abbé Combalot.

bune parlementaire : *Les Pères apostoliques*, études sur les premiers propagateurs de la *Bonne Nouvelle*, St Pierre, St Paul, St Ignace, St Polycarpe, etc.; *Les Apologistes chrétiens au IIme siècle, St Cyprien ou l'Église d'Afrique au IIIme siècle, Clément d'Alexandrie*, etc. Mgr Freppel a déployé toutes les qualités du controversiste dans la brillante et décisive campagne qu'il a menée contre M. Renan.

Un prélat d'une haute et ferme intelligence, Mgr E. Hautcœur, chancelier des Universités catholiques de Lille, a publié en 1874 (1) une *Histoire de l'abbaye de Flines*, très savante et d'une lecture agréable.

La *Vie du Cardinal Régnier* (2), archevêque de Cambrai, a été écrite par un historien ému et sympathique, M. l'abbé C. J. Destombes, vicaire général du diocèse.

Les lettres doivent à Mgr Foulon, archevêque de Lyon, l'un de nos prosateurs les plus purs et les plus corrects, une magistrale étude sur Mgr Darboy, le martyr de la Commune.

La *Vie du P. de Ravignan* par le P. de Pontlevoy, et celle du *P. Lacordaire* par le P. Chocarne, sont classiques : aucune bibliothèque ne peut se passer de ces deux excellents ouvrages.

Le P. Ch. du Coetlosquet a écrit la vie de *Théodore Wibaux, Zouave pontifical et Jésuite*, livre qui est la perfection même dans le genre de la biographie. Nous détachons de la préface ces lignes où l'auteur parle du recueil des lettres de son ami :

« Qu'il apprenne aux jeunes gens à ne pas éteindre cette pure flamme du dévouement, allumée par Dieu lui-même aux cœurs de vingt ans ; qu'il leur donne le courage dans la lutte, en leur montrant comment on triomphe.

(1) Paris, J.-B. Dumoulin, quai des Augustins, 13.
(2) Lille, Lefort, rue Ch. de Muyssart, 24.

» Qu'il rappelle à vos compagnons d'armes les beaux jours de ce régiment où l'héroïsme faisait en quelque sorte partie de l'uniforme, où l'ambition de tous était de souffrir pour l'Église et de mourir pour Dieu.

»... Qu'il révèle à vos frères en religion les richesses que recélait le trésor de votre humilité, et leur assure tout ensemble un modèle ici-bas, un protecteur là-haut ! »

De M. l'abbé Lagrange, vicaire général d'Orléans, on a une très instructive *Histoire de Mgr Dupanloup*, « cet intrépide soldat de Dieu, » comme l'appelle si justement Mgr Thomas, archevêque de Rouen.

M. l'abbé Bougaud, mort évêque, et qui s'était distingué par son talent de prédicateur, a donné deux remarquables histoires, l'une de *Ste Chantal*, l'autre de *Ste Monique* (1866).

CHAPITRE QUATRIÈME.

Le THÉATRE. (Tragédies. — Drames. — Comédies. — Vaudevilles. — Proverbes.) — Ponsard. — De Bornier. — Legouvé. — Autran. — Jules Lacroix. — Leconte de l'Isle. — Jules Barbier. — Louis Bouilhet. — Porto-Riche. — Parodi. — Ch. Lomon. — Marc. Bayeux. — Édouard Delpit. — Paul Déroulède. — Richepin. — Jean Aicard. — Vacquerie. — Becque. — Latour St-Ibars. — Coppée.

CAUSES de DÉCADENCE du THÉATRE. — Ém. Augier. — Dumas fils. — Théodore Barrière. — Victorien Sardou. — Camille Doucet. — Labiche. — Gondinet. — Henri Meilhac et Lud. Halévy. — Pailleron. — Édouard Cadol. — Lambert Thiboust. — Paul Meurice. — Victor Séjour. — Ferdinand Dugué. — Édouard Plouvier. — Dennery. — Raymond Deslandes. — André Theuriet. — Arm. Barthet. — Paul Ferrier. — Philippe Gille. — M.M. de Goncourt. — About. — Victor Bernard. — Émile Bergerat. — Ad. Belot. — Alphonse Daudet. — Jules Lemaître. — Zola. — Alf. de Musset. — Feuillet. — Henri Monnier.

COMME on l'a vu, le théâtre de Ponsard fut une tentative de conciliation entre la tragédie pure et le drame romantique, entre Racine et V. Hugo, entre le système qui restreint dans les limites étroites d'un salon l'évolution logique des faits, et celui qui abandonne le temps et l'espace au libre développement des faits, des caractères et des passions.

Ulysse (1852), tragédie avec chœurs, comme les deux pièces bibliques de Racine et le *Paria* de Cas. Delavigne, devait donner au spectateur l'idée, (une idée lointaine,) de ce que fut la langue homérique, et faire revivre cette poésie grecque, si naturellement harmonieuse et si simple d'allures. Par une innovation inopportune, car le public est habitué aux coups de théâtre multipliés, l'écrivain a réduit l'action à une idée tellement nue et rudimentaire, qu'on n'en retrouverait le modèle que dans Eschyle. Cette protestation contre l'abus des complications dans les incidents, trop fréquent dans les pièces romantiques, manquait essentiellement de mesure. A quoi bon fuir un excès pour tomber dans la Charybde opposée ? Quant à la résurrection de la couleur homérique, il s'en faut que la difficulté soit résolue ; l'intervalle est long entre le patriarche du poète dauphinois et cet admirable huitième chant de l'Odyssée où le fils de Laerte, entendant célébrer ses exploits, dissimule ses larmes en couvrant son visage d'un manteau de pourpre !

Quand on lit les vers suivants, on n'y trouve aucune différence avec les alexandrins somnolents du *Philoctète* de Laharpe :

MINERVE.

Sur la roche voisine,
Cet arbre aux longs rameaux, c'est l'antique olivier,
Où souvent vers midi vient s'asseoir le bouvier.

ULYSSE.

Où moi-même souvent je venais chercher l'ombre.

MINERVE.

Voici le mont Nérite, et cette grotte sombre
Est l'asile sacré des déesses des eaux.
Là, les nymphes, teignant en pourpre leurs fuseaux,
Se plaisent à tisser de belles robes neuves ;
Là, tu sacrifiais aux naïades des fleuves.

ULYSSE.

O montagnes, forêts, rochers, antres sacrés !
Je vous retrouve donc, vous que j'ai tant pleurés !
Que de fois, vers le soir, assis devant ma tente,
Quand le soleil plongeait dans la mer éclatante,
J'ai suivi longuement, d'un regard attendri,
L'astre qui se couchait vers mon pays chéri !

Si je voyais alors, de la rive étrangère,
Blanchir à l'horizon une voile légère :
« Heureux vaisseau ! disais-je, ô vaisseau fortuné,
Qu'un vent pousse peut-être aux bords où je suis né ! »
Salut, terre d'Ithaque, ô ma bonne nourrice !
Salut, vieil olivier ! c'est moi, c'est votre Ulysse.
Et vous, nymphes des eaux, filles de Jupiter,
Autant qu'aux jours passés votre asile m'est cher.
Contentez-vous d'abord d'une simple prière ;
Mais si, par le secours de Minerve guerrière,
Je recouvre mes biens et rentre en ma maison,
Le sang de mes chevreaux teindra votre gazon.

Des admirateurs complaisants ont, à propos de *Charlotte Corday* (1852), rappelé le souvenir de *Cinna*. Sans vouloir rechercher d'autre dissimilitude entre les deux ouvrages, disons que, alors que Corneille fait agir ses personnages pour mieux nous les faire connaître, le poète du XIXe siècle essaie d'arriver au même résultat par le moyen infiniment plus facile de la prosopographie. Ponsard nous donne de Marat, de Robespierre, de Danton, des portraits antithétiques, à la façon de ceux de la *Henriade*, de la *Pétréide* (1), de la *Grèce sauvée* (2) ; avec Corneille, nous descendons jusqu'aux couches les plus profondes de l'âme de celui qui est « maître de lui comme de l'univers. » Il y a longtemps que, dans sa *Lettre à l'Académie*, Fénelon, avec la sûreté de son jugement, a montré la supériorité du second procédé sur le premier.

Le sujet en lui-même était-il bien poétique ? Qu'est-ce que Charlotte Corday, sinon une Mme Roland de province, avec l'illuminisme et la candeur en plus ? Robespierre ? Un *vicaire savoyard* rachitique et glapissant, qui se venge de l'oubli où il a végété pendant la Constituante, par son implacable cruauté sous la Convention.

_____

(1) Poème épique où Thomas a chanté Pierre-le-Grand.

(2) Poème épique où Fontanes a chanté les guerres médiques, Thémistocle, Aristide, etc. Ces deux ouvrages sont inachevés.

Danton ? Un fervent admirateur des grands crus et des cabinets interlopes, homme d'État biseauté comme les cartes dont on se servait chez la Sainte-Amarante, épicurien qui saisit avec empressement l'occasion de festoyer que lui offre la débandade générale :

Et chacun de tirer ; les mâtins, la canaille
A qui mieux mieux ; ils firent tous ripaille,
Chacun d'eux eut sa part au gâteau.

Marat ? Un amoureux de la guillotine, qui ne voit dans toutes ces horreurs, dans ces exécutions et dans ce sang qu'un stimulant pour ses appétits sadiques. Assurément aucun de ces trois fantoches n'a les proportions grandioses que réclame le drame historique.

Quelques passages méritent de survivre, par exemple le Prologue, la scène 7 de l'acte IV, et ce portrait de Marat :

CHARLOTTE A BARBAROUX :

Mais vous, qui l'avez vu quand vous siégiez ensemble,
Dites-moi, je vous prie, à quoi Marat ressemble.

BARBAROUX.

Vous préserve le Ciel de l'observer de près !
Mais vous devineriez son âme par ses traits.
— Un visage livide et crispé par la fièvre,
Le sarcasme fixé dans un coin de la lèvre,
Des yeux clairs et perçants, mais blessés par le jour,
Un cercle maladif qui creuse leur contour,
Un regard effronté qui provoque et défie
L'horreur des gens de bien, dont il se glorifie,
Le pas brusque et coupé du pâle scélérat.
Tel on se peint le meurtre, et tel on voit Marat.

CHARLOTTE.

Que fait-il ? où vit-il ? et de quelle manière ?

BARBAROUX.

Tantôt il cherche l'ombre et tantôt la lumière,
Selon qu'il faut combattre ou qu'il faut égorger,
Présent pour le massacre, absent pour le danger.
Dans les jours hasardeux où paraissent les braves,
Lui, tremblant, effaré, se cache dans les caves.

Les caves d'un boucher et ceiles d'un couvent
Pendant des mois entiers l'ont enterré vivant.
Là, seul avec lui-même, aux lueurs d'une lampe,
Devant l'encre homicide où sa plume se trempe,
N'ayant d'air que celui qui vient d'un soupirail,
Dix-huit heures penché sur son affreux travail,
Il entasse au hasard les visions qu'enfante
Dans son cerveau fiévreux cette veille échauffante.
Puis un journal paraît, qu'on lit en frémissant,
Qui sort de dessous terre et demande du sang.

Le Lion amoureux, joué en 1866, dut son succès moins à sa supériorité même qu'aux événements politiques au milieu desquels il parut. A ce moment, le second Empire était à son déclin, le vent de l'opposition intransigeante commençait à crépiter dans les feuilles libérales, de jour en jour plus nombreuses et plus hardies ; le public prit un malin plaisir à voir, dans le tableau de la putréfaction directoriale, une allusion à ce qu'on appelait les folies, les orgies contemporaines. Les hommes de 1848 mettaient une coquetterie assez peu modeste à se reconnaître dans les St-Just et les Collot de la Convention. On applaudissait le pacificateur de la Vendée, en haine de celui qui portait alors le nom du conquérant de l'Égypte. Du reste, l'intrigue de la pièce est intéressante ; le personnage principal, le général Humbert, ne peut inspirer que des sympathies à la classe moyenne, bourgeoise de condition et de sentiments. Aristide, le montagnard, ferait sourire, et les conservateurs de nos jours applaudiraient peut-être le muscadin empressé et sémillant qui incarne avec tant de grâce l'adorable insouciance du Français au milieu des plus grands périls. Le caractère de femme, Mme de Maupas, est tracé sans trop d'hésitation. Quant à Hoche, Barras, Bonaparte, ce sont des rôles effacés, épisodiques, destinés à frapper l'imagination des badauds et à battre monnaie.

Galilée, représenté en 1866, et qui fut le testament de Ponsard, est un drame qui, par le manque d'action, ne satisfait nullement aux exigences de la scène. On ne le siffla point par respect pour l'auteur, dont on ne voulait pas assombrir la terrible et longue agonie, mais le public habituel de la *Belle Hélène* trouva fort monotone ce vieux Mathieu Laensberg atteint de la manie de la persécution. Les banquettes se vidèrent ; seul, le Bureau des Longitudes tint bon ; mais quand le cinquième acte s'acheva, il fallut réveiller d'un profond sommeil tous ces locataires de l'Observatoire, qui dormaient comme autant d'Alexandre ou de Condé.

En somme, on ne peut faire rentrer l'œuvre dramatique de Ponsard dans aucun genre ; elle n'est ni romantique ni classique, elle est tour à tour l'une ou l'autre.

1º Les classiques empruntent leurs sujets aux histoires grecque et romaine ; les romantiques à l'histoire moderne, au moyen âge. Ponsard est donc classique dans *Ulysse* et *Lucrèce*, romantique dans *Agnès de Méranie, Charlotte Corday*, etc.

2º Les classiques dédaignent d'offrir les faits les plus émouvants aux regards du spectateur, et remplacent par des narrations, (mort d'Hippolyte, de Polyphonte, etc.,) la vue des péripéties les plus dramatiques. A ce point de vue, l'auteur est demi-classique dans toutes ses pièces.

3º Les classiques usent de la tirade sans la couper par le dialogue. Ponsard abuse de cette variété de monologues dans toutes ses pièces ; par là encore il est classique.

4º Les classiques empruntent leurs personnages aux plus hauts rangs de la société, et ne font parler que des chefs d'État, des princes, des princesses. Ponsard est ainsi classique dans *Ulysse, Lucrèce, Agnès de Mé-*

ranie, et romantique dans *Galilée, le Lion amoureux, Charlotte Corday.*

5° Les classiques observent l'unité d'action. Ponsard est romantique dans *Lucrèce*, qui offre au moins trois actions différentes et successives.

6° Les classiques observent les unités de lieu et de temps. Ponsard ne s'est point préoccupé de cette double loi ; par là il est romantique.

7° Les classiques reculent d'ordinaire devant l'emploi du mot propre, et dissimulent le détail précis sous les ambitieux ornements de la périphase. Or, de parti pris, Ponsard donne aux objets leur appellation habituelle, fût-elle triviale (1). Ici donc il est romantique.

8° Les classiques évitent l'emploi des couleurs trop voyantes, des contrastes heurtés, des superpositions d'images et de métaphores plus ou moins cohérentes qu'on rencontre dans les drames romantiques de Hugo et de Dumas. Par son style, tour à tour uni, mesuré, circonspect, ou rempli de solécismes prétentieux, d'obscurités et de disparates, Ponsard est tantôt classique, tantôt romantique.

Parmi les poètes tragiques du XIXe siècle, l'auteur de *Charlotte Corday* conservera une place très distinguée, et restera entouré de la pâle auréole qui, dans le ciel dramatique du XVIIIe siècle, tremblote autour de tant d'astéroïdes de quatrième grandeur.

Henri de Bornier, né à Lunel, (Hérault,) en 1825, publia, dès l'âge de vingt ans, un recueil de vers intitulé *Les premières Feuilles*, et devint bibliothécaire de l'Arsenal. En 1853 il publia la *Muse de Corneille*, à propos en vers, fut couronné en 1861 par l'Académie française pour sa pièce l'*Isthme de Suez*, et obtint, avec son *Éloge de Chateaubriand*, le prix d'éloquence au concours de

---

(1)   Quelquefois la tribune est souillée
         Par un homme en casquette, en veste débraillée.

1864. En 1875, sa tragédie *la Fille de Roland* lui valait, au Théâtre Français, des applaudissements enthousiastes ; une délégation de l'École Normale alla même le féliciter. *La Fille de Roland*, en effet, atteint presque les chefs-d'œuvre classiques.

On se rappelle cette scène grandiose dans sa naïveté, alors que Thierry et Pinabel engagent une lutte à mort dont l'issue fixera le sort du traître Ganelon. Si Thierry, qui semble le plus faible parce qu'il est le plus petit, succombe sous les coups de son adversaire, Ganelon sera absous. L'issue de ce duel ne semble pas douteuse : aussi les spectateurs de ce véritable jugement de Dieu sont-ils au comble de l'émotion :

> Cent milie hume i plurent ki' s esguardent (1).

Contre toute attente, Thierry est vainqueur, et Ganelon écartelé.

Loin d'être odieux et répugnant, le Ganelon de Turold inspire une sorte de douloureuse sympathie, parce qu'on voit que la trahison n'est pas sa vie même, mais un accident, une contradiction dans sa vie : il a été brave, capable de dévouement, puis il s'est cru offensé, lésé dans ses intérêts par Roland :

> Il me forfist en or et en aveir (2).

C'est alors que lui viennent les idées de vengeance, de traîtrise.

Telle est la donnée de la vieille épopée.

Dans le drame, on suppose que Ganelon, échappé au supplice, vit en Saxe sous le nom de comte Amaury. Dans son château de Montblois, il s'occupe d'élever son fils Gérald, dont il fait un parangon de vertu chevaleresque. Gérald a le bonheur de sauver la vie à la nièce du grand empereur, à Berthe, qui éprouve bien-

---

(1) Cent mille hommes les regardent tout en pleurs. (Cf. *Chanson de Roland*, CCCVIII.)

(2) Il me trompa (me frauda) en or et en biens.

tôt pour son libérateur un sentiment plus vif que la reconnaissance. Le troisième acte nous transporte au palais d'Aix-la-Chapelle, où Charlemagne a la douleur de voir un Sarrasin, possesseur de la Durandal de Roland, lui tuer, chaque jour, ses barons désireux de reconquérir la vaillante épée. Gérald arrive et tue le mécréant, à la grande joie de l'empereur, qui, touché par le repentir dont témoigne Ganelon, consent, en considération de Gérald, à taire son nom. Mais Ganelon est reconnu par un Saxon : le fatal secret est dévoilé ! Quelle scène que celle où le fils entend la confession de son père, et lui pardonne ! Cependant le mariage projeté entre Gérald et Berthe ne peut avoir lieu, bien que Charlemagne l'autorise, bien que les grands le conseillent, bien que Berthe elle-même dise :

> . . . . . L'autel est prêt, et je suis prête.

Dans sa fierté pudique, Gérald comprend que le bonheur n'est plus fait pour lui, et il laisse entendre qu'il s'en va chercher la mort dans une lutte contre les infidèles.

Les critiques se sont accordés à reconnaître que le rôle de Gérald est très fouillé ; malheureusement, si Berthe est plus douce, elle est moins vivante que la Chimène du Cid ; le caractère de Ganelon, (Amaury,) est d'une psychologie très fine et très complexe.

Plusieurs scènes sont hors de pair : celle où Ganelon expose ses tortures morales à Charlemagne, qui se laisse toucher par tant de sincérité, (fin du 3e acte ;) celle où Gérald refuse d'être l'époux de la femme qui l'aime, et dont il est si digne, (4e acte, 3 ;) celle des remords, (actes 1 et 2.) Voici un fragment de cette dernière : le meurtrier de Roland raconte à son chapelain Radbert qu'il est allé à Roncevaux faire un pèlerinage en expiation de son forfait :

                                    Moi ? Je suis Ganelon,
Ganelon le Judas, le traître, le félon !
Je restai là trois jours ; au fond de ma pensée
Je revoyais mon crime et ma honte passée,
Ma haine pour Roland, ma jalouse fureur,
Nos défis échangés aux yeux de l'Empereur,
Les douze pairs livrés aux Sarrasins d'Espagne
Par moi, comte et baron, parent de Charlemagne !
Il me semblait entendre au milieu des rochers,
Nos preux tomber, surpris par les coups des archers,
Olivier et Turpin, mouvantes citadelles,
Terribles, se ruer parmi les infidèles,
Et Roland, dans la mort sublime et triomphant,
Faisant trembler les monts du son de l'oliphant !
J'étais là seul, mon âme en mon crime absorbée,
Frissonnant, à genoux, la poitrine courbée ;
Je priais, je pleurais ; la nuit autour de moi
Descendait, pénétrant mon cœur d'un vague effroi.
Tout à coup retentit le tonnerre, et la rage
De l'ouragan me vient rappeler cet orage
Dont Charlemagne, au bruit du tonnerre roulant,
Disait : C'est le grand deuil pour la mort de Roland !
A tous ces souvenirs, la force m'abandonne,
Et j'embrasse la terre en m'écriant : Pardonne !
Avant la mort, grande ombre, accorde-moi la paix ;
Suis-je donc condamné pour jamais ? — Pour jamais !
Répondit une voix ; je relevai la tête,
Et je crus voir, je vis sous l'horrible tempête,
Parmi les rocs fumants qui m'entouraient partout,
Un homme, un chevalier immobile et debout.
Un blanc linceul couvrait jusqu'aux pieds le fantôme,
Mais laissait deviner la cuirasse et le heaume ;
Et la voix même avait cet accent souverain
Et rude qu'elle prend dans le casque d'airain.
— Eh quoi ! Roland, criai-je, ô martyr que j'implore,
Pas de pardon, jamais ? — Jamais, répond encore
La voix sinistre. — Au loin, de sommets en sommets,
La montagne redit le mot fatal : Jamais !
Et moi, qu'avait brisé cet arrêt de la tombe,
Je tombai sur le sol comme un cadavre tombe.
Quand je me relevai, le jour brillait aux cieux,
Et je redescendis le mont silencieux.

Un moment, je voulus au fond de ces retraites
M'ensevelir, ainsi que vos anachorètes ;
Mais je me rappelai, mon Père, vos avis :
D'autres devoirs me sont imposés : j'ai mon fils !

Ce n'est pas à dire que la pièce soit irréprochable :

1º L'exposition est longue, elle tient presque deux actes.

2º Monotone est le rôle de Ganelon, qui ne cesse d'étaler ses remords, et fatigue par l'expression de son repentir.

3º Trop de sentimentalisme, de morale, de dissertations dans le rôle de Charlemagne comme dans celui de Gérald : leurs homélies suspendent le mouvement de la pièce, obstruent l'intérêt et la vie.

4º La langue de M. de Bornier est souvent lourde, son alexandrin n'est pas toujours assez dégagé.

Depuis, M. de Bornier a donné un autre grand drame, *les Noces d'Attila,* qui abonde en tirades superbes, mais dont l'ensemble manque de cohésion et d'unité.

Legouvé (Ernest) est né à Paris en 1807 : il est le fils de l'écrivain gracieux à qui on doit le *Mérite des femmes.* Après avoir traversé le genre académique, (il eut le prix de poésie française, en 1827, pour *la Découverte de l'Imprimerie,*) il composa des romans, *(Max, Édith de Falsen,)* puis s'adonna au théâtre. On a de lui *Louise de Lignerolles,* (5 actes,) *Adrienne Lecouvreur,* (en collaboration avec Scribe, 1849,) *les Contes de la reine de Navarre,* (1851,) *Médée,* faite pour mettre en relief le génie de Rachel, qui renonça à ce rôle, refus qui causa un scandale retentissant dans le monde du théâtre, (1856,) *Un jeune homme qui ne fait rien,* (comédie en un acte,) *Deux Reines de France,* drame en 4 actes et en vers, qui fut interdit par le second Empire, et ne parut qu'en 1872.

M. E. Legouvé semble avoir choisi la femme pour
son sujet d'études préféré. Les moyens que les sociétés
futures devront employer pour améliorer le sort de la
femme, ont surtout attiré l'attention de cet ingénieux
esprit. Dans cet ordre d'idées, son chef-d'œuvre est
Béatrix ou *la Madone de l'Art ;* ce roman, bientôt
transformé en drame, nous montre une femme envi-
ronnée de la triple auréole de la grâce, de la vertu, du
génie, et qui trouve dans sa raison la force d'accomplir
le plus douloureux des sacrifices en s'éloignant volontairement de celui qu'elle aime et qui l'aime. On sait
que Mme Ristori fut la créatrice et l'incarnation de ce
rôle, où elle remporta ses plus beaux triomphes.

Les trois autres pièces qui ont aussi et surtout consacré le nom de M. Legouvé comme poète dramatique,
sont *Médée, Adrienne Lecouvreur* et *Deux Reines.*
Médée est un sujet banal entre tous, épuisé par les tragiques et les épiques de tous les âges, mais que l'auteur
a su rajeunir après Valerius Flaccus, Corneille et
Longepierre. La scène capitale, où M. Legouvé atteint
le sublime, est la 4e du 1er acte, entre Médée et Créuse.

Il est assez difficile de louer l'auteur pour son drame
Adrienne Lecouvreur, car on ne sait où finit sa part
de collaboration, où commence celle de Scribe.

Avec *Deux Reines,* on a l'antagonisme entre Ingelburge et Agnès de Méranie, la reine répudiée et celle
qui la remplace. A la suite de son second mariage,
Philippe-Auguste a été excommunié, l'interdit jeté sur
son royaume. Qui cédera, d'Ingelburge, dont le clergé
a pris la cause en main, ou d'Agnès, que soutient le
roi ? Si la pièce restait au répertoire, ce serait sans
doute pour les qualités exceptionnelles dont l'auteur
a fait preuve dans l'entrevue entre les deux rivales,
(acte IV, scène 9.) Ingelburge remontera sur le trône,
mais les enfants d'Agnès deviendront ses enfants adop-

tifs ; bientôt le chagrin fera son œuvre, et, par sa mort, elle rendra l'accès au trône à celle qui la supplante dans le cœur de son époux, mais à qui elle accorde un généreux pardon.

En 1848, Autran fit représenter la *Fille d Eschyle*, qui obtint un vif succès et fut couronnée par l'Académie.

La fable en est très simple : Eschyle a été plusieurs fois, au concours de la tragédie, vaincu par Sophocle, alors dans tout l'éclat de la jeunesse et du génie. Sa fille Mégarine aime le jeune triomphateur, qui hait son père, bien qu'il ait été défendu éloquemment par lui le jour où il avait été traduit devant l'Aréopage pour avoir violé le secret des mystères. Quand le vieux poète, triste et ulcéré, quitte Athènes, elle surmonte les secrets penchants de son cœur et suit les pas de son père. Le morceau capital de la tragédie est la scène 5 de l'acte V, où Mégarine adresse à son amant de pathétiques adieux. On lira aussi avec plaisir un fragment du plaidoyer prononcé par Sophocle (III, 4) :

> ... Alors le jeune Eschyle apparut dans la Grèce ;
> De la folle bacchante il fit une prêtresse,
> Lui rendit la pudeur et sur ses membres nus
> Jeta pieusement des voiles inconnus.
> Le Grèce douze fois couronna le poète.
> Eh bien, ensanglantez les palmes de sa tête,
> Livrez ce front sublime au glaive meurtrier ;
> Mais, le poète mort, où sera le guerrier ?
> Il le fut ! — Pour servir la patrie insultée,
> Il a vu Marathon, Salamine et Platée.
> Au devant du barbare en nos murs accourant,
> Le poète a marché toujours au premier rang.
> Vous savez si je mens, ô vous tous dont l'histoire
> Rattachera les noms à ces jours de victoire ;
> Vous qui, sur les remparts, dans les champs, sur les flots,
> L'avez vu, comme un but, s'offrir aux javelots.
> Descendant d'une race où tant d'orgueil respire,
> Il avait près de lui son frère Cynégire,

Son frère Amynias, trois frères qui, tous trois,
Aux honneurs du triomphe eurent de pareils droits.
Ainsi le même arrêt, à la face d'Athènes,
Va tomber aujourd'hui sur trois grands capitaines !
Ordonnez qu'on prépare un immense linceul :
Car la mort frappera trois frères en un seul....
O peuple athénien, plus mobile que l'onde,
Toi que l'ingratitude illustre dans le monde,
Livreras-tu toujours à l'exil, aux bourreaux,
Tes plus grands citoyens, tes plus grands généraux !
A tes meilleurs enfants cité toujours marâtre,
Combien sont disparus au fond de ton barathre,
Insatiable abîme où tes tardifs remords
Vont souvent, mais en vain, chercher d'illustres morts !
Tremble qu'il vienne un jour où ta campagne aride
Aux yeux de l'étranger ne montre que le vide,
Et que du Céramique aux bords de l'Illyssus,
Le sol, riche au-dessous, n'ait plus rien au-dessus !
— Pour hâter l'avenir que mon effroi révèle,
Creusera-t-on demain une tombe nouvelle ?
Aux mânes infernaux demain jettera-t-on
L'intrépide soldat, héros de Marathon ?
Non : le génie heureux qui garde notre ville
A la main des bourreaux arracherait Eschyle !
Je le vois qui se lève et je l'entends crier :
Grâce pour le poète en faveur du guerrier !

Lacroix (Jules), frère du fameux *Bibliophile Jacob*, (Paul Lacroix,) né à Paris en 1809, après avoir débuté par des romans aux allures ultra-romantiques, (*la Vicomtesse de Florestan, Quatre ans sous terre, le Masque de velours*, etc.,) essaya de rendre, dans une traduction littérale en vers, les satires de Perse et de Juvénal ; après cette tentative audacieuse, où, du reste, il n'échoua qu'à demi, il fit représenter au Théâtre français *le Testament de César* (1849,) *Valéria* (1851), puis traduisit pour l'Odéon *Macbeth* (1863) et le *Roi Lear* (1868). Mais son chef-d'œuvre est son *Œdipe roi*, calque fidèle de l'inimitable drame de Sophocle, — une toile de Raphaël copiée par Sigallon !

Leconte de l'Isle a conquis le suffrage des lettrés par son drame *les Érinnyes* (1873), où il reproduit, en les réunissant dans une juxtaposition savante, les deux premiers tiers de *l'Orestie* d'Eschyle. On a justement loué cette énergie, cette sonorité dans le vers, ces coupes savantes qui imitent les diverses phases de la passion. Il nous semble toutefois que les Érinnyes sont moins la restitution d'une pièce antique, offrant une peinture fidèle des mœurs athéniennes, qu'une traduction libre d'Eschyle faite par un admirateur enthousiaste de Shakspeare. L'Oreste de Leconte de l'Isle n'est pas un Grec, c'est un frère d'Hamlet.

M. Jules Barbier, né à Paris en 1822, fit jouer en 1847, au Théâtre français, un drame en vers, *le Poète*, qui réussit, puis donna un certain nombre de comédies et de pièces d'un genre mixte, *Graziella* (1849), le *Mémorial de Ste-Hélène* (1852), des vaudevilles, le *Feu de paille* (1849), l'*Amour mouillé* (1850) ; tantôt seul, tantôt avec Michel Carré (1819-1872), il composa les paroles de plusieurs opéras fameux, *Galathée* (1852), *les Noces de Jeannette* (1853), *Roméo et Juliette* (1867), *Faust* (1859), *Mignon* (1866). Sa tragédie-opéra, (musique de Gounod,) intitulée *Jeanne d'Arc*, représentée trois ans après la guerre, abonde en sentiments élevés ; on applaudira toujours cette belle apostrophe de la martyre de Rouen, proclamant, en face du bûcher la grandeur morale de la France :

> C'est la France et son roi
> Que vous voulez flétrir et souiller avec moi !
> Eh bien ! je vous le dis, quittez cette espérance !
> Vous pouvez me tuer et mutiler la France ;
> Mais vous ne pourrez pas, Mylord, sachez-le bien,
> Asservir à la honte ou son cœur ou le mien !
> Vous pouvez, de ce peuple élargissant la plaie,
> Cadavre encor vivant, le traîner sur la claie,

Et punir ma victoire, et m'en payer le prix,
Mais non pas nous soumettre à nos propres mépris !
Le même honneur tous deux nous garde et nous enflamme :
Je connais mon pays : il m'a donné son âme !
Il se redressera, comme moi, sous l'affront :
C'est quand il est perdu qu'il relève le front !
Faites, faites sur lui peser le joug des armes !
Noyez-le tout entier dans le sang et les larmes !
Reculez sa frontière, ivres de vos succès !
La France renaîtra dans le dernier Français !
Que le temps soit à vous ! La France aura pour elle
Dans l'avenir certain la justice éternelle !
Et plus loin le bourreau pousse l'iniquité,
Plus haut va le martyr dans l'immortalité !
Maintenant que le feu me brûle et me dévore,
Mon corps, fait de limon, pourra trembler encore ;
L'âme est libre, il suffit ! Le tourment dure peu ;
Si la France est ainsi, c'est le plaisir de Dieu !

On doit à Louis Bouilhet des drames écrits dans le style et d'après les procédés de l'école romantique, inspirés de *Hernani* et de *Charles VII chez ses grands vassaux*, et qui n'eussent pas été reniés par leurs grands frères : au premier rang *Mme de Montarcy* (1856), *Hélène Peyron* (1858), *la Conjuration d'Amboise*, son chef-d'œuvre, suite de scènes mouvementées et de tirades étincelantes, mais sans cohésion logique ni unité d'impression.

Poète dramatique ou poète lyrique, Bouilhet reste un écrivain richement doué, mais essentiellement *fragmentaire*.

L'Odéon donnait en 1875 *un Drame sous Philippe II ;* c'est un roman dont l'intrigue, qui est double, semble un peu compliquée, sans être cependant par trop difficile à suivre. Il semble que M. Georges Duruy ait tiré de la donnée son célèbre roman *le Garde du corps*. Ce qui a fait le succès de l'ouvrage, ce n'est pas le style, dont les nombreuses inégalités sont choquantes, mais la saisissante nouveauté d'un certain nombre de scènes. Ajoutons que Philippe II, le Louis XI morose, y est représenté sous des couleurs bien invraisemblables !

M. Parodi (Alexandre), né dans l'île de Candie, en 1842, habita tour à tour Smyrne, Milan, Genève. Cette existence cosmopolite le préparait médiocrement à la connaissance sérieuse de la langue française. Il n'en réussit pas moins, en 1870, d'abord avec un drame en cinq actes et en vers, *Ulm le parricide*, puis avec une tragédie, *Rome vaincue* (1876), dont le principal rôle fut tenu par Sarah-Bernhardt. Quelle scène que celle, (ceux qui l'ont vue ne l'oublieront jamais), où une vieille femme aveugle cherche, pour y enfoncer un poignard, la place du cœur de sa petite-fille, condamnée à mourir de faim dans un caveau !

Un des plus vifs succès du Théâtre français dans ces quinze dernières années, est le *Jean Dacier* de M. Charles Lomon. C'est l'histoire d'une sorte de Mauprat, d'un Ruy Blas en petit, laquais grand lecteur de Raynal et de Voltaire, qui lève les regards jusqu'à sa maîtresse la comtesse de Valville, la sauve de la guillotine, (l'auteur nous donne un épisode des guerres de Vendée,)l'épouse par surprise, et finit par s'en faire aimer quand il n'est plus temps ni pour lui ni pour elle. Les tirades à effet se suivent coup sur coup, comme autant de détonations. Bref, beaucoup de vers splendides et de situations qui enlèvent ; c'est à peine si le spectateur a le temps de réfléchir sur de nombreuses inconséquences de composition, qui témoignent d'une remarquable inexpérience de l'art, compensée, il est vrai, par d'exceptionnelles aptitudes scéniques.

M. Marc Bayeux, né à Caen (1829), se prépara au barreau puis à l'enseignement, prit part au mouvement de 1848, fut l'ami de Lamartine, de V. Hugo, de Proudhon, puis s'occupa de théâtre. Les lettrés connaissent de cet homme d'un vrai talent *Jeanne de Ligneris*, drame en 5 actes et en prose (1868), *Nos Aïeux*, tragédie en 5 actes et en vers, non représentée, qui valut à l'auteur une pension du gouvernement, *les Croisés*, autre drame non joué, mais fort bien accueilli par les critiques en vogue, *Vercingétorix*, etc.

Son chef-d'œuvre, *Nos Aïeux*, est un épisode de la défense des Gaulois contre les Germains, (70 ans avant J. C.,) une perpétuelle allusion à la guerre de 1870. Le grand défaut de cette pièce est l'invraisemblance des personnages, trop entiers et monotones dans leur exaltation farouche. Deux caractères, cependant, sont bien tracés, celui de Camma, la prophétesse gauloise, et celui de Mael, le Chanzy de la défense nationale de ces temps reculés.

M. Édouard Delpit, né à la Martinique en 1844, romancier, poète, journaliste, s'est aussi essayé dans la tragédie. Son œuvre capitale est *Constantin*, en 5 actes et en vers. Cette pièce, qui est la première partie d'une trilogie, comporte comme corollaires deux autres drames, dont l'un sur Charlemagne et l'autre sur Napoléon Ier. Le fond du sujet est l'origine, la consécration, la violation du pouvoir temporel des Papes. La critique a signalé le deuxième acte comme le plus remarquable par la force des situations et l'éclat du style.

Après avoir fait représenter, en 1869, *Juan Strenner*, drame en un acte et en vers, M. Déroulède donna à l'Odéon, en 1877, l'*Hetman*, en cinq actes et en vers.

La scène se passe en Pologne vers 1646 sous le règne de Ladislas, l'époux grognon de Marie de Gonzague. On assiste à la revanche que prend un peuple contre ses vainqueurs. Par une audace presque inexplicable, et qui, cependant, n'a pas porté malheur à la pièce, le poète a représenté les Polonais, (les Polonais, dont les souffrances ont fait couler tant de larmes aux théâtres du boulevard !) comme les oppresseurs, et les Cosaques comme les opprimés ! « Ce drame a la grandeur triste, aride et farouche des steppes de l'Ukraine (1). »

L'ouvrage qui, d'un bout à l'autre, révèle une haute inspiration, est une école d'héroïsme. Frol Gherasz, Mosy, Mikla, exagèrent, si le mot peut sembler juste, le patriotisme lui-même. Comprend-on Mikla tombant sous le poignard du traître Rogoviane et lui disant ce seul mot : Merci !

L'Hetman est aussi une école où le spectateur apprend le prix de la concorde, de la discipline et de toutes les variétés les plus sévères de l'obéissance et du devoir civiques.

Pour le style, il est monochrôme, d'une tension douloureuse, sans souplesse, trop chargé de maximes, et consacré à l'expression d'un sentiment qui énerve à force d'être exclusif. Aux caractères, aux situations, on pourrait également souhaiter plus de variété, moins d'invraisemblance. Frol Gherasz et sa fille sont plus grands que nature, vrais héros de Corneille, avec les qualités et les défauts des personnages de Corneille.

Voici le chant de guerre de la Marucha, la patriote sarmate au teint cuivré, la Débora aux yeux d'escarboucle :

> Les loups ont hurlé; les vautours ont faim !
> Oh ! comme la terre est rouge où nous sommes !
> Le vent siffle et crie au creux du ravin !
> En selle, mes fils ! En guerre, mes hommes !
> Les loups ont hurlé, les vautours ont faim !
>
> O mon cavalier, la course est lointaine,
> Si le ciel est bleu, l'horizon est noir.
> Il te faut aller jusqu'où va la haine
> Et la haine ira tant qu'ira l'espoir.
> O mon cavalier, la course est lointaine !

---

(1) *Correspondant*, 10 mars 1877, p. 931.

Pique à ton bonnet ce rameau bénit.
Le dieu des combats veille sur qui l'aime.
Quand le lâche meurt, il se croit puni,
Mais la mort du brave est l'honneur suprême.
Pique à ton bonnet ce rameau bénit !

Et gloire à ceux-là que rien n'épouvante ;
Qui, tombés vainqueurs, sont morts réjouis !
Leur perte qu'on pleure est un deuil qu'on chante :
O grands cœurs, ils sont l'âme d'un pays.
Gloire à tous ceux-là que rien n'épouvante.

Un grand succès de lecture accueillit un nouveau drame de M. Déroulède, *la Moabite :* l'auteur, « républicain et religieux, avait essayé d'y démontrer que la liberté n'a rien de contraire aux croyances, et que la morale humaine est chancelante qui ne s'appuie pas sur a loi divine. » *(Préface.)*

Deux mots sur cette pièce : le grand-prêtre Sammgar, souverain juge, (l'action se passe en Israël, à l'époque des Juges,) est menacé par une conspiration dont le chef est le prophète Hélias, secondé par Misael, fils même du grand-prêtre, lequel, étant épris d'une Moabite, est décidé à tout. Misael tue Hélias, et se voit dénoncé par la Moabite, furieuse de voir que son amant songe moins à elle qu'à ses visées ambitieuses. « Soutenu par la multitude, faisant front à la fois au grand-prêtre et à la Moabite, il demande qu'une suprême épreuve juge entre son père et lui. Qu'on lui ouvre le tabernacle, et qu'on lui montre le Dieu qu'on y adore. Sammgar désespéré finit par y consentir (1), » et Misael meurt pour « avoir vu Dieu. »

Suivant le grand critique, les trois premiers actes sont languissants et confus, et le rôle de Zabulon, farceur sémitique, est de trop.

M. Richepin fit représenter, (en janvier 1884,) *Nana-Sahib,* drame en sept tableaux et en vers.

(1) Cf. F. Brunetière. *Revue des Deux-Mondes,* 15 novembre 1880.

Est-ce bien une pièce adaptée aux nécessités du théâtre, ou l'auteur s'est-il préoccupé avant tout de nous faire admiter sa virtuosité lyrique ? D'aucuns ont penché à croire que l'auteur avait voulu faire concurrence au cirque Franconi; seulement il a remplacé la musique des cuivres par celle de ses rimes sonores. A vrai dire, Nana-Sahib est une œuvre dramatique du genre de celles de V. Hugo, où les personnages ne parlent ni d'après le caractère qu'ils ont ou devraient avoir, ni suivant les exigences du rôle qui leur est assigné, mais bien au gré du poète, qui se substitue à eux. Grâce à la splendeur des décors, à l'éclat des vers, les yeux et les oreilles sont servis à souhait ; la psychologie et la logique passionnelles seules seraient en droit de réclamer. La versification est inégale, tantôt cornélienne, le plus souvent obscure.

En février 1884, M. Jean Aicard obtenait un succès d'estime avec un drame en quatre actes et en prose, *Smilis*.

La fable, sans être révoltante en elle-même, suscite bien des objections, et froisse les délicatesses les moins collet-monté : un marin qui a doublé le cap de la cinquantaine, se prend de folle passion pour une enfant grecque, Smilis, qu'il a recueillie dans un de ses voyages, et dont il avait rêvé de faire sa fille, mais dont maintenant il veut faire sa femme. Après bien des tortures morales, quand il apprend que celle-ci, (qui d'abord a tout accepté, parce que dans sa candeur elle ne croyait pas que sa condition dût être changée en quoi que ce fût par le mariage,) aime un autre que lui, il se tue pour ne pas entraver le bonheur des deux jeunes gens.

Cette solution, comme on a vu, est celle de *Jacques*, le roman de G. Sand, et du *comte Hermann*, le drame d'Alex. Dumas.

M. Auguste Vacquerie, né en 1819, (frère de ce
Charles Vacquerie qui se noya si malheureusement
avec sa jeune femme, Léopoldine Hugo, fille du poète,)
commanda longtemps l'arrière-garde du romantisme,
fut un des fondateurs du journal *le Rappel*, dont il est
encore aujourd'hui le rédacteur principal, et obtint au
théâtre un échec bruyant, aussi enviable que certaines
victoires, avec *Tragaldabas*, qui fut publié en volume
en 1874. Il a été applaudi avec *Jean-Baudry* (1863)
et *le Fils* (1866), comédies en 4 actes. Son plus célèbre
ouvrage est intitulé *les Funérailles de l'honneur*, drame
en 7 actes et en prose.

L'action, qui se passe à Séville, sous Pèdre le Cruel,
vers l'année 1362, est assez compliquée ; la péripétie
finale a été l'objet des commentaires les plus contradictoires ; qu'on la blâme ou qu'on la loue, il n'en est
pas moins incontestable qu'elle a grand air dans son
étrangeté :

Un homme creuse une fosse dans le cimetière du
couvent : on apporte un cercueil enveloppé d'un drap
écarlate. Au roi, qui se présente, et qui demande pourquoi la bière est vide, il répond que lui, don Jorge, étant
gracié par le prince qu'il a voulu assassiner, son honneur est mort, et que les morts, on les enterre. Aussi
enterre-t-il son honneur !

Tous les défauts et quelques-unes des brillantes
qualités du drame romantique se retrouvent dans ce
drame, qui, certes, n'est point l'œuvre d'un écrivain médiocre.

Un des derniers venus, et non le moindre, est M.
Becque (1), (Henri-François); successivement employé
aux bureaux de la Grande Chancellerie, commis d'agent
de change, il employa ses loisirs à la poésie, et composa le libretto de l'opéra de *Sardanapale* (1867), une

_____

(1) Né à Paris en 1837.

comédie, *l'Enfant prodigue* (en 1868), *Michel Pauper* (1870), où se révèle une indiscutable entente de l'art dramatique. M. Becque a le secret des situations poignantes et cruelles. Sa qualité, non, son défaut caractéristique, est de peindre les personnages d'un seul trait, sans retouches ni *repentirs*, d'ignorer la nuance, de négliger l'étude ainsi que la description des sentiments mixtes.

Devons-nous placer ici Latour Saint-Ybars ? On l'a déjà vu, (3e volume,) dans les dernières années du règne de Louis-Philippe. Son genre de style le ferait aussi bien ranger parmi les poètes du premier Empire, ou même au beau temps où la tragédie s'honorait de fidèles comme Marmontel ou Saurin.

A tout hasard, rappelons qu'on lui doit *Geneviève, patronne de Paris* (1852), *Alexandre le Grand* (1868), dont le refus par les Sociétaires du Théâtre Français amena une polémique des plus violentes dans la presse, enfin *l'Affranchi*, drame en 5 actes et en vers (1870).

Poète lyrique de premier ordre, M. Coppée a remporté aussi de retentissants succès au théâtre.

En 1869, il forçait les portes de la renommée avec *le Passant*, bluette ténue au point d'en paraître diaphane, mais semée de vers exquis ; on en jugera par cet extrait :

ZANETTO.

Je sais faire glisser un bateau sur le lac,
Et, pour placer la courbe exquise d'un hamac,
Choisir dans le jardin les branches les plus souples ;
Je sais conduire aussi les lévriers par couples
Et dompter un cheval rétif. Je sais encor
Jongler dans un sonnet avec les rimes d'or,
Et suis de plus, mérite assurément très rare,
Éleveur de faucons et maître de guitare.

SYLVIA.

Toutes professions à dîner rarement,
N'est-ce pas ?

ZANETTO.

Oh ! bien moins qu'on ne croirait, vraiment.
Pourtant, c'est vrai, je suis un être peu pratique :
L'heure de mes repas est très problématique,
Et je suis quelquefois forcé de l'oublier,
Alors que le pays m'est inhospitalier.
Souvent, loin des maisons banales où vous êtes,
Assis au fond des bois j'ai dîné de noisettes ;
Mais cela m'a donné l'âme d'un écureuil,
Et puis, presque partout on me fait bon accueil :
Je tiens si peu de place et veux si peu de chose !
J'entre dans le château, le soir, et je propose
De dire une chanson pendant qu'on va souper.
Tout en chantant, je vois le maître découper
Le quartier de chevreuil et la volaille grasse,
Et ma voix en a plus de moelleux et de grâce;
Je lance aux plats fumants de longs regards amis :
On comprend, et voilà que mon couvert est mis.

SYLVIA.

J'entends, et vous allez à Florence, sans doute?

ZANETTO.

Sans doute ? Non. Je vais par là ; mais si la route
Se croise de chemins qui me semblent meilleurs,
Eh bien, je prends le plus charmant, et vais ailleurs.
J'ai mon caprice pour seul guide et je voyage
Comme la feuille morte et comme le nuage;
Je suis vraiment celui qui vient on ne sait d'où,
Et qui n'a pas de but, le poète, le fou,
Avide seulement d'horizon et d'espace,
Celui qui suit au ciel les oiseaux et qui passe.
On n'entend qu'une fois mes refrains familiers.
Je m'arrête un instant pour cueillir aux halliers
Des lianes en fleur dont j'orne ma guitare....

Les deux Douleurs, en un acte et en vers (1870), fut jugé fort inférieur au coup d'essai du jeune maître. L'inadmissible étrangeté de la donnée première rebuta les spectateurs.

L'Abandonnée, en deux actes et en vers (1871), est un roman dialogué, emprunté aux scènes de la vie d'étudiant.

En 1872 fut représenté *Fais ce que dois*, hymne à la revanche, qui pourrait être aussi bien signé Déroulède et contient des passages éloquents. Cette petite pièce fit son tour de France et fut jouée partout, sauf en Alsace, où, du reste, elle est encore plus connue que dans n'importe laquelle de nos provinces.

Un autre succès fut *le Luthier de Crémone* (1877).

« Maître Ferrari, le luthier, a une fille, Giannina, et deux élèves, Sandro et Filippo. Tous deux aiment sa fille, et sa fille aime Sandro. Mais Ferrari, enthousiaste de son art, a promis la main de l'enfant à celui de ses élèves qui, dans le prochain concours, produirait le chef-d'œuvre couronné, et ce n'est pas Sandro qui remportera le prix, mais bien Filippo, le pauvre enfant difforme, que le maître a recueilli jadis par charité : Filippo, intelligence d'artiste, âme de feu au corps débile et contrefait. Témoin des angoisses que ne peut lui cacher Giannina, il comprime son propre amour, et prend même la résolution magnanime de substituer secrètement son chef-d'œuvre à celui de Sandro. Mais ce dernier, dévoré d'envie, détruit l'effet d'un si généreux stratagème en opérant de son côté le même échange.... Dans un mouvement de remords, il vient s'en accuser à Filippo; au moment où Filippo lui apprenait ce qu'il avait fait pour lui, on apporte solennellement au bossu la chaîne d'or décernée au vainqueur, et il la passe lui-même au cou de son rival en mettant la main de Sandro dans celle de Giannina (1). »

Les rôles secondaires ne laissent pas d'intéresser, celui de Ferrari, par une gaîté débordante, celui de Filippo, (mais n'est-ce pas là le rôle principal ?) par une mélancolie, hélas ! trop justifiée. Rien de moins compliqué, de plus uni que la pièce, qui roule sur l'éternel sujet traité au théâtre, l'amour, la jalousie,

(1) Cf. V. Fournel, *Correspondant*, 10 juin 1876, p. 898.

l'abnégation. Qu'on y joigne la coquetterie artistique de M. Coppée, son vers ou gracieux ou fort, sa familiarité pénétrante, et l'on aura l'explication de la faveur qui n'a cessé de s'attacher au *Luthier de Crémone*.

Severo Torelli, en cinq actes et en vers, date de 1883. Debarrassé de tous les incidents, le thème est celui-ci : avec la belle audace de la vingtième année, un jeune homme, Severo, s'engage par serment à tuer le tyran de sa patrie, Spinola ; apprenant que ce tyran est son père, il éprouve de très naturelles hésitations, et finalement se décide. L'action se passe à Pise, en 1494, d'abord à la rayonnante lumière de la place publique, puis dans un triptyque d'une élégance sévère.

Le 1er, le 2e, le 5e acte brillent par l'énergie ; la douceur, une douceur toute relative, on le comprend, domine dans le 3e et le 4e.

Les Jacobites, en 5 actes et en vers, datent de 1885.

Le héros est Charles-Édouard ; on connaît les aventures de ce prétendant valeureux, décidé, comme jadis le Béarnais, à conquérir son royaume, sauf à devenir plus tard le bienfaiteur et le père de ses sujets, de ce chef idolâtré des fidèles highlanders, de ce capitaine chevaleresque et brave qui poussa d'abord sa marche triomphante jusqu'à trente lieues de Londres, mais qui, trahi par le hasard des batailles, erre misérable, allant de caverne en caverne, s'évade caché sous les vêtements d'une fille d'auberge, et parvient enfin à se faire recueillir par un navire français (1745).

La patrie, la vieille Écosse, semble représentée par un mendiant aveugle, Angus, et par sa petite-fille Marie ; peuple et noblesse ont voué leur vie et leurs biens à la cause du prince, et jurent de mourir à ses côtés.

Au deuxième acte on voit le camp de Charles après ses deux victoires de Preston-Pans et de Falkirck ;

ici, on se reporte involontairement au *Wallenstein* de Schiller et au *Waverley* de Walter Scott ; le poète français n'est nullement écrasé par cette comparaison.

Un critique fort ingénieux, M. Ganderax, a signalé de ci de là beaucoup d'imitations du *Roi s'amuse*, de *Hernani*, des *Burgraves*, des *Funérailles de l'honneur*, (de M. Vacquerie,) du *Roi Léar*, et il remarque avec justesse qu'il n'est pas nécessaire d'employer des procédés de disciple quand on est passé maître soi-même, ce qui est doublement le cas de M. Coppée.

Severo Torelli et *les Jacobites* ont séduit le spectateur par la peinture de sentiments généreux et fiers, et nombre de scènes passionnées, d'alexandrins virils, ont arraché aux plus sceptiques de véritables cris d'admiration.

Les écrivains qui donnent l'idée la plus complète de l'état des mœurs et des conditions sociales sous le second Empire et la troisième République, ce sont M. Émile Augier, M. Dumas fils, M. Sardou, MM. Meilhac et Halévy, M. Pailleron, M. Théod. Barrière, M. E. Labiche, M. Lambert Thiboust, M. Oct. Feuillet, M. Becque.

En dépit de tout le talent dépensé, parfois gaspillé par ces écrivains, dont plusieurs possèdent un talent hors de pair, le niveau du théâtre a, depuis quarante ans, subi une dépression sensible. Veut-on savoir les causes de cette décadence ?

1º C'est d'abord l'introduction sur la scène, la transplantation presque exclusive d'un type jusqu'alors considéré comme une exception, et qui représentera désormais l'indispensable aliment de toute pièce visant au succès. Nouveau dans la société, ce type est celui de *la Dame aux Camellias*, nous voulons dire de la femme éhontée, vivant dans le vice et du vice, de la *créature* jadis tenue à l'écart par ceux qui se respectaient, et

maintenant vouée, par nos dramaturges, à la plus invraisemblable des apothéoses.

2º Comme la société, grâce à l'accroissement de la
fortune publique et du bien-être, était perdue dans
tous les excès du luxe et des plaisirs, il lui fallait un
théâtre qui, comme un miroir fidèle, reproduisît ses
défauts et ses vices. La perspective de la scène exigeait
que cette copie fût conçue, exécutée sur un plan plus
hardi et dans des proportions plus grandioses. De là
ces raffinements dans la peinture des passions et cette
prédilection pour l'immoralité.

3º Un autre motif, celui-là même qui empêcha Rome
d'avoir un théâtre national, c'est l'absence d'un auditoire exclusivement français. Qu'importait jadis aux
Gaulois, aux Espagnols, aux Égyptiens, aux Daces,
l'ouvrage que donnait sur la scène, en une belle langue latine, un Térence aidé même de Lélius et de Sci-
pion ? Elle n'y comprenait rien à ce langage élégant,
la cohue cosmopolite qui baragouinait, aux environs
du forum, une langue de pièces et de morceaux, une
sorte de *maltais*, comme on parle aujourd'hui sur le
littoral algérien. Le même fait se reproduisit sous le
second Empire et sous la troisième République, alors
que l'on vit, (Exposition de 1868,) et que l'on voit
encore chez nous, (Exposition de 1889,) ces nuées
d'étrangers blasés et pourris qui s'en viennent de toutes
les parties du monde, cherchant sur nos théâtres, non
pas certes l'observation de la règle des trois unités,
mais d'audacieuses exhibitions de chairs. Dans ces
conditions, que peut faire, que peut espérer un auteur,
sinon, au cas probable où il veut éviter l'insuccès, flatter les goûts de ce public interlope en lui servant des
mets pimentés ? De là ces féeries où s'étalent toutes
les impudeurs. Fatalement, le théâtre tourne au café-
chantant, Molière s'appelle Paulus, et *le Cid* est rem-

placé par *le Pied de mouton*. De là le découragement de l'artiste, qui n'apporte plus aucun soin au travail de la forme, qui, pour gagner beaucoup d'argent en attirant les foules, triple les effets, surcharge les couleurs, et ne vise qu'à satisfaire les instincts de sa clientèle de boïards de Carlsruhe, de mylords de Barcelone, de ratasquouères et de fripons échoués de tous les points du Vieux comme du Nouveau Monde. C'est ainsi que le théâtre devient un mauvais lieu.

4° La paresse intellectuelle, qui est l'inévitable résultat de cette existence surmenée et fiévreuse, tout entière consacrée au plaisir, ne permettait plus à ce public *épuisé* de se plaire à des représentations sérieuses; il lui restait à peine assez de volonté et de force pour suivre les complications d'une intrigue savamment ordonnée. Tout au plus était-il capable de comprendre une action bien grossière et bien simple. Ce qui lui devait le plus agréer, c'était ce genre de représentations d'où sont exclus le bon sens et la logique, où domine la fantaisie, où le rêve, le cauchemar est tout, où le surnaturel et le merveilleux abondent, nous voulons dire *la Féerie*. Aussi la féerie accapare-t-elle une grande partie de la faveur publique : c'est l'heure des *Pilules du Diable*, de *la Biche au bois*, de *la Chatte blanche*, de *Peau d'âne*, de *Rothomago*.

5e Mettons aussi en ligne de compte l'avènement de la démocratie par le suffrage universel, la prédominance des couches les plus basses, et leurs exigences, qu'il faut satisfaire. Autrefois on visait à obtenir les bravos de l'élite ; aujourd'hui on recherche les applaudissements de Sa Majesté le Vulgaire. Pour y réussir, il faut ne pas reculer devant la grossièreté du style, l'absurdité des situations, l'inattendu des dénouements. Ce public spécial ne veut pas admettre le grand, le beau, qu'il ne comprend pas ; il réclame le disproportionné, l'invraisemblable, qui s'imposent à sa massive compréhension. G. Sand disait justement : « Le public veut être surpris. Tout ce qui peut le persuader ou l'attendrir est épuisé ; donnez-lui du poivre, il ne sent plus le goût du sel. » Il faut en outre, pour réussir, la médiocrité du style. Ce qui est trop élégant, académique, déplaît aux béotiens qui se pavanent aux avant-scènes. Aussi les véritables habiles font-ils exprès des accrocs à la grammaire de Chapsal, et sont applaudis.

Parmi les noms les plus connus de nos dramaturges contemporains, il convient de citer M. Émile Augier.

Cet éminent écrivain est né à Valence (Drôme), en 1820. A l'âge de vingt-quatre ans, il était célèbre ; en 1858, il remplaçait M. de Salvandy à l'Académie française. Sa vie, du reste, ne présente aucun incident.

Il débuta par *la Ciguë* (1844), qui, à tort ou à raison, considérée comme une protestation nouvelle contre l'école de V. Hugo, reçut d'une certaine portion du public un accueil enthousiaste. Au lieu de l'extravagance, de l'invraisemblance, de la disproportion habituelles aux œuvres romantiques, on constatait une grande sagesse dans la contexture du plan, on entendait « le parler à la fois gracieux et ferme, décent et sans vergogne, d'une muse bien apprise, instruite sans pédantisme, aussi libre de timidité que pure d'effronterie, sans bégaiement juvénil dans la voix, sans mollesse dans la démarche, sans gaucherie dans le maintien. » Et cependant, la remarque en a été faite, *la Ciguë* devait être plutôt rangée dans un genre *mixte*, car elle n'était pas absolument exempte des défauts reprochés avec amertume aux derniers tenants de l'école de 1829, à savoir l'abus du lyrisme dans le dialogue, la fantaisie dans les développements, l'incertitude des caractères, et la disproportion entre l'éclat imagé du style et la vulgaire simplicité de certaines situations. Quoi qu'il en soit, ce succès valut à M. Augier l'honneur de passer pendant quelque temps pour l'*Éminence grise* de Ponsard.

La pièce où l'auteur semble avoir voulu résolument entreprendre une campagne anti-romantique est *Gabrielle* (1849), dont il convient, du moins en ce qui concerne l'idée-mère, de louer la tendance essentiellement morale. Dans cet ouvrage, régulièrement construit, du reste tissu d'invraisemblances, et, parfois même, d'une lecture pénible, il proteste contre le sentimentalisme et contre la perversité des drames de Dumas et de Hugo, et des romans de Balzac et de G. Sand. Il essaie de montrer que l'adultère ne réalise pas le plus haut idéal de l'art, que le spectacle de la fidélité conjugale offre une poésie plus sereine et plus austère que la violation des liens sociaux, que la vertu est le foyer des inspirations gracieuses, que les douces joies de la maternité renferment une suavité mille fois préférable aux angoisses de la passion dévoyée.

Que voulait prouver M. Augier avec la *Jeunesse* (1858), sinon que la jeunesse n'existe plus ? A l'en croire, ces universels sceptiques, ces dandys insouciants et précoces qui sillonnent les boulevards et peuplent les restaurants à la mode, ignorent les fières aspirations auxquelles ont obéi les jeunes générations de certaines époques. Le principal personnage de cette pièce est Mme Huguet, un type peu sympathique, mais un type historique, et qui, vrai au moment où le second Empire battait son plein, ne l'est pas moins, l'est plus peut-être encore dans ces dernières années du XIXe siècle. Inquiète sur l'avenir de son fils, elle calcule, elle compare toutes les chances qu'il a de réussir dans la vie: pour le choix de ses amis, qu'il vise non à l'agrément, mais à l'utilité ; pour celui des protecteurs, qu'il les veuille influents plutôt qu'estimables ; pour celui de sa fiancée, qu'il ferme les yeux, s'il le faut, sur la question d'honneur, et réserve toute sa sollicitude pour la question de la dot.

En 1854 parut le *Gendre de M. Poirier*, qu'on mettra peut-être au premier rang si l'on considère la contexture de cette œuvre, façonnée d'après les règles qui, depuis Molière, semblent imposées à la comédie de mœurs. Le principal personnage n'a rien d'éphémère et de fuyant comme la plupart de ceux qu'on rencontre dans nombre de pièces contemporaines ; il représente même un état de choses qui ne s'est guère modifié depuis le bouleversement social produit par la Révolution, l'antagonisme, et aussi le rapprochement forcés entre la noblesse ruinée et la bourgeoisie opulente. Le titre de la pièce devait être la revanche de *Georges Dandin*.

Monselet a fait du *Gendre de M. Poirier* une parodie qui est un bijou, et qui aide à faire comprendre la fable primitive aussi bien et mieux que le compte-rendu le plus soigné du lundiste le plus en renom.

C'est d'abord l'entrevue de *Jus de Pipe* et du *Marquis* :

LE MARQUIS.

Pas possible ! Toi, ma vieille !

JUS DE PIPE.

Moi-même.

LE MARQUIS.

Eh bien ! et le régiment ?

JUS DE PIPE.

Il m'a lâché. Et toi, qu'est-ce que j'ai appris chez le troquet du coin ? Tu es marié ?

LE MARQUIS.

Ça ne se voit pas quand je marche vite.

JUS DE PIPE.

Conte-moi donc ça !

LE MARQUIS.

Tu sais que le travail et moi nous sommes brouillés de naissance. J'aime pas rappliquer au turbin.

JUS DE PIPE.

Je comprends ça.

LE MARQUIS.

Mais comme je tiens à boulotter tous les jours, je me suis dit :
Gaston, mon bon homme, il faut te caser ; il est temps d'utiliser les
avantages que tu as reçus de la nature.

JUS DE PIPE.

C'est pas pour dire, tu as toujours été le plus distingué de nous
tous.

LE MARQUIS.

Est-ce pas ?

JUS DE PIPE.

Pour sûr, tu nous fais honneur. On n'a pas toujours un marquis
dans la bande... car tu es marquis ?

LE MARQUIS.

Comme du chien... à preuve que j'ai été tué à la bataille de
Fontenoy.

JUS DE PIPE,

Veinard !

Puis c'est la scène entre M. Poirier et le marquis
(un peu éméché) :

LE MARQUIS.

J'ai à vous causer, moi aussi.

M. POIRIÉR.

Alors, à vous de commencer, Monsieur le marquis !

LE MARQUIS.

Non pas ! Poussez votre pion le premier, bon vieillard.

M. POIRIER.

Je n'en ferai rien.

LE MARQUIS.

Si c'est comme cela, je m'exécute pour vous faire plaisir. Appre-
nez, papa beau-père, que j'ai invité à dîner un de mes amis d'enfance,
un colonel de zouaves, cassé à la tête de son régiment ; il revient

aujourd'hui de la guerre, le front ceint de lauriers, et je serais désireux de lui offrir un fricot éminent.

M. POIRIER.

Pensée digne de vous, M. le marquis.

LE MARQUIS.

N'est-ce pas, beau-père ? J'étais bien sûr que vous me comprendriez. Qu'avons-nous à nous plaquer sous la gencive, ce soir ?

M. POIRIER.

D'abord la soupe aux choux et le morceau de salé.

LE MARQUIS.

Comme entrée ?

M. POIRIER.

Comme entrée, soit, et, comme sortie, un joli merlan au gratin.

LE MARQUIS.

Je ne suis pas hostile au merlan. Un merlan bien placé a son prix, et ensuite ?

M. POIRIER.

Ensuite... l'aimable camembert final, le bouquet du festin.

LE MARQUIS.

Comment ! c'est tout, papa beau-père ?

M. POIRIER.

N'est-ce donc pas assez, M. le marquis ?

LE MARQUIS.

Quoi ! pas de gibier ? pas de légumes ? pas d'entremets ?

M. POIRIER *(négligemment)*.

J'ai entendu parler à la cuisine d'un restant de pruneaux.

LE MARQUIS.

Ventre Saint-Gris ! vous gausseriez-vous de moi, par hasard, M. Poirier ?

Quant à la pièce elle-même, elle a été faite, nul ne l'ignore, par M. Augier en collaboration avec M. J. Sandeau ; de là le double courant qui circule à travers cette suite de scènes tour à tour désopilantes ou délicates, suivant qu'elles portent plus spécialement l'empreinte de Plaute-Augier ou de Térence-Sandeau. *Les Lionnes pauvres,* tableau de l'adultère vénal, datent de

1858, *les Effrontés*, dont un type, le banquier Vernouil-let, est la spirituelle incarnation des Turcaret du XIXe siècle, de 1861. En 1862 parut le *Fils de Giboyer*, pièce dirigée contre *l'Univers*, *la Gazette de France*, *le Siècle*, contre les légitimistes, les cléricaux, les républi-cains, mais particulièrement contre Louis Veuillot, qui répondit de sa bonne encre, et dont la réplique, *Le fond de Giboyer*, eut un succès pour le moins égal au succès de la comédie.

Dans *Maître Guérin* (1864), l'auteur semble avoir voulu mettre sur la scène un personnage échappé de la *Comédie humaine* de Balzac. C'est un proche parent des Gobseck, cet homme d'affaires cauteleux et cynique, esclave de son avarice, de sa vanité, de son ambi-tion, sans aucun des sentiments qui font l'homme, plein de mépris pour sa femme, qu'il traite comme une ilote, plein d'indifférence pour son fils, dont il se sert pour étayer ses plans.

Étude psychologique tracée d'une main ferme, la *Contagion* (1866) réussit peu.

Avec *Paul Forestier* (1868), l'auteur est revenu à l'alexandrin : sans portée ni sans prétention philoso-phique, la pièce n'est, au fond, qu'une *nouvelle*, où la passion atteint parfois une dramatique éloquence. Mais quel dénouement peu conforme à la logique du cœur !

M. Augier donna ensuite *Lions et Renards* (1869), satire justement sifflée, *Jean de Thommeray* (1873, avec Sandeau), *Mme Caverlet* (1876).

Mme Caverlet est, en faveur du divorce, une espèce de plaidoyer qui repose moins sur les tirades déclama-toires que sur les conséquences d'une situation assez scabreuse. La fable est d'autant plus immorale qu'elle nous présente le spectacle de l'honnêteté dans l'adul-tère, de la vertu dans une union qu'aucun sacrement n'a consacrée.

Les Fourchambault (1878) sont l'histoire d'un enfant illégitime, parangon de probité et de vertu, qui sauve la vie et l'honneur du père libertin qui l'a abandonné jadis.

On peut classer les pièces de M. Augier en plusieurs groupes :

1° Celles où domine la fantaisie, *(Cigue-Aventurière, Joueur de flûte, Philiberte.)*

2° Celles où l'on trouve une combinaison de la comédie de mœurs et de la comédie sentimentale : par exemple *Gabrielle.*

3° Les comédies de mœurs, en vers, *(La Jeunesse, Paul Forestier,* etc.)

4° Les comédies de mœurs, en prose, genre mixte de comédie-drame, *(Le gendre de M. Poirier, Maître Guérin, la Contagion, les Effrontés, le Mariage d'Olympe, les Lionnes pauvres, l'Aventurière, les Fourchambault.)*

5° Les comédies empruntées à l'histoire, *(Diane,* etc.)

Par ses origines intellectuelles, l'éminent dramaturge remonte à la Restauration : il est bien le neveu de Pigault-Lebrun, et appartient à la bourgeoisie libérale qui chantait Béranger et savait par cœur le Pamphlet des pamphlets. Dans l'obsession cléricale qui hanta longtemps son esprit, il ne fut pas éloigné de dire avec Courier : « Les cagots me tueront. » Pour son œuvre, elle présente des portions caduques, parce qu'au lieu de présenter dans leur réalité générale des types et des individus, elle les produit par la combinaison hétérogène de cette réalité avec je ne sais quelles apparences fantastiques dont son éducation a peuplé son cerveau. On lui reconnaît généralement une véritable puissance comique, des mots pleins de verdeur, une observation implacable, une logique serrée.

M. Alex. Dumas, né en 1824 à Paris, est le fils du fameux auteur des *Trois Mousquetaires*. Très jeune, il composa *les Aventures de quatre femmes et d'un perroquet*, (roman,) puis publia *les Péchés de jeunesse*, (recueil de vers,) *la Dame aux Camellias* (1848), qui eut une vogue presque sans précédent, *la Vie à vingt ans* (1856).

Son premier ouvrage dramatique est *la Dame aux Camellias* (1852), où il se fait l'avocat de la femme déchue, *le Demi-Monde* (1855), *la Question d'argent* (1857) (1), *le Fils naturel* (1858), *le Supplice d'une femme*, en collaboration avec Émile de Girardin (1865), *Héloïse Paranquet*, (dont M. Durantin avait fourni l'idée première,) *les Idées de Mme Aubray* (1867), *la Princesse Georges, Monsieur Alphonse* (1873), *l'Étrangère* (1876), *l'Ami des femmes, la Femme de Claude, Francillon*, etc.

M. Dumas a consacré la plus grande partie de son talent, de sa verve et de ses études, à la femme, qui est pour lui « la clef de la question sociale, » appréciation qui semblera juste à ceux qui voudront se rappeler quel est et quel doit être le rôle de la femme honnête et chrétienne, dans la famille, dans l'éducation générale, dans la société. Mais il a le tort de mépriser cette créature, suivant lui destituée de logique, de détermination, par conséquent de responsabilité morale, et de ne lui accorder son intérêt qu'en y ajoutant, ce qui était superflu, une forte dose de mépris. Est-il bien vrai que la femme soit un « être circonscrit, passif, instrumentaire, disponible, en expectative perpétuelle ? » Qu'est-ce que ce langage transcendantal ? L'idéal de M. Dumas en matière de théâtre est nettement indiqué dans les lignes suivantes : « Une action dramatique n'est pas

(1) On doit rappeler le succès de *Horace et Lydie*, (comédie en un acte,) et de *l'Honneur et l'Argent* (1853).

autre chose qu'un individu, dans son tort ou dans son droit, en antagonisme avec une collectivité qui lui est antipathique. » Un autre de ses axiomes, ou, pour dire le mot vrai, de ses paradoxes, de ses sophismes, est que *le théâtre ne peut et ne doit vivre que d'exceptions.*

La collection complète des œuvres de Sophocle, d'Euripide, de Térence, de Shakspeare, de Corneille, de Racine, de Molière, de Schiller, est la démonstration la plus accablante de la thèse opposée. Jamais on ne s'intéresse qu'aux passions, aux vertus, aux sentiments dont on sent le germe, la virtualité en soi.

On a remarqué avec raison que son théâtre est moins moral que celui de M. Augier. En effet, les pièces du premier ont pour résultat, en général, de nous rendre odieux les personnages qui incarnent le vice, alors que ceux dont se compose l'œuvre de M. Al. Dumas inspirent une sorte de sympathie irraisonnée, mais très vive. On détournerait la tête de Giboyer, mais on ne peut s'empêcher de plaindre la Dame aux Camellias. Que cette considération soit légitime ou non, la question présente n'est pas là : l'essentiel est qu'elle existe.

Les pièces de M. Dumas nous représentent l'adultère, la passion coupable, toutes les variétés de l'inconduite, toutes les formes que peut revêtir la débauche mondaine, et, circonstance aggravante, avec une velléité de la part de l'auteur de jeter un voile sur ces atteintes à la loi morale, et de tenter la réhabilitation de la boue. Dans les *Idées de Mme Aubray*, il exagère, jusqu'à le fausser complètement, le sentiment de commisération dont nous devons être animés pour ceux qui sont la proie du vice. Qu'on aide à ramener au bien la femme qui a commis une faute, n'est-ce pas le noble exemple que nous donne Jésus-Christ ? Mais n'est-ce pas une théorie inadmissible, contre laquelle protestent nos instincts de justice, que de vouloir d'emblée faire obtenir à cette femme, dans la société dont elle s'était moquée jusqu'alors, un rang honorable, égal à celui des épouses irréprochables et des mères de famille fidèles à leurs devoirs ?

Il semble que le théâtre, « *le théâtre-fonction,* » suivant le mot même de l'auteur, soit une longue énumération des différentes lignes de conduite que l'homme doit choisir dans ses rapports avec la femme. Trompé, le mari doit tuer *le séducteur, (Diane de Lys;)* si la femme elle-même est incapable de repentir, tuer *la coupable, (la Femme de Claude ;)* s'il recule devant l'effusion du sang, chasser les deux complices couverts de la même ignominie, *(le Supplice d'une femme;)* si l'épouse déchue témoigne le désir de se relever, lui tendre une main secourable, *(les Idées de M*me* Aubray, M*r* Alphonse, le Fils naturel;)* avant tout se défier de la femme qui se jette par caprice dans l'abjection, *(l'Ami des femmes,)* et repousser avec horreur la femme qui calcule les bénéfices que votre sotte passion lui rapportera, et qui, devenue riche, vous abandonnera pour épouser le premier venu, *(le Père prodigue.)*

On voit que M. Dumas se montre fidèle à son programme :

« Le théâtre, ce n'est pas le but, c'est le moyen; par la comédie, par la tragédie, par le drame, par la bouffonnerie dans la forme qui nous conviendra le mieux, inaugurons le *théâtre utile,* au risque d'entendre crier les apôtres de *l'art pour l'art,* trois mots absolument vides. »

Théodore Barrière, né à Paris en 1823, mort en 1877, composa d'abord, de moitié avec un grand nombre de fournisseurs patentés, des piécettes destinées au théâtre Beaumarchais et au Palais Royal ; il entra dans la grande notoriété en 1853, grâce aux *Filles de marbre*, (collaboration de Lambert Thiboust ;) *la Vie de Bohême*, (avec Henri Murger,) avait déjà réussi bruyamment, (1848,) et *les Faux Bonshommes*, (avec Ern. Capendu,) n'ont pas cessé depuis l'époque de leur apparition, (1856,) de figurer au répertoire. On a aussi de lui *le Feu au couvent*, (comédie,) *le roi Théodoros* (1868), *le Sacrilège*, (avec Léon Beauvallet.) Son nom reparaîtra à l'article L. Thiboust, dont il fut le second infatigable.

Le chiffre des productions de Th. Barrière dépasse quatre-vingts. Secoué par une sorte d'agitation fébrile, cet écrivain s'essayait dans les genres les plus opposés, tantôt dans la saynète, *(le Piano de Berthe,)* tantôt dans le mélodrame inspiré de Pixérécourt et de Gaillardet, *(l'Outrage, l'Ange de minuit,)* tantôt dans la farce, à la manière des fourberies de Scapin, *(les Jocrisses de l'amour,)* tantôt encore, et c'est là surtout qu'il avait la naïve confiance de donner au public le spectacle de toute sa valeur littéraire, dans les grandes machines historiques, *(Jeanne de Naples, le roi Théodoros.)* Talent saccadé et nerveux, comme on l'a remarqué, il a ses crises et ses défaillances. L'esprit pétille dans son œuvre, mais c'est un esprit cassant, tourmenté, sarcastique, d'une âpreté corrosive, l'esprit d'un Beaumarchais poussé au noir, d'un Rivarol encore plus misanthrope, d'un Champfort encore plus acéré.

La Vie de Bohême popularisa son nom dans le monde du Quartier Latin et dans les provinces de la rive gauche circonvoisines de l'Odéon. *Les Filles de marbre*, cette contre-partie brillante du premier chef-d'œuvre de Dumas fils, ce correctif apporté à la séduisante idéalisation de Marguerite Gautier, vivent encore aujourd'hui, au moins dans leur personnage principal, Desgenais, espèce de cynique moraliste, Alceste corrompu qui raisonne *ex cathedra* sur la honte des vices auxquels il n'échappe pas lui-même. Considérés au point de vue du grand art et des règles du goût, *les Faux Bonshommes* ne présentent aucune unité ; mais la pièce a surtout le mérite de nous faire assister au défilé, très spirituel, relevé par une observation satirique implacable, des personnages les plus variés, dont quelques-uns sont réels, véritablement humains, jetés en plein relief, (Bassecour, Dufouré, Peponet.) Signalons la scène du contrat, digne de l'*Avare* ou du *Légataire universel*.

Ce que l'on est en droit de reprocher à Barrière, c'est l'exagération ; il ne sait pas résister à son penchant pour l'excessif ; on dirait que son esthétique personnelle lui impose la loi de toujours dépasser le but. Quoi qu'il en soit, il aura été dans ce siècle un des plus remarquables écrivains qui aient osé s'aventurer dans la comédie aristophanesque.

Victorien Sardou, né en 1831 à Paris, s'occupa d'abord de médecine. Entre deux dissections, il composait une tragédie où les vers, ingénieuse innovation, étaient proportionnés à l'importance du personnage : la reine disposait de l'alexandrin, le premier ministre du vers de dix syllabes, le général, du vers de huit ; quant au modeste chambellan, au lieu de dire selon l'usage : *Ce grand roi roule ici ses pas majestueux*, il était mis à la portion congrue, et, n'ayant à sa disposition que le vers de deux syllabes, il disait piteusement, avec des intonations d'huissier en détresse : *le roi ! La reine Ulfra* ; cette tragédie même n'était donc pas jouable et ne fut pas jouée. Sardou la remplaça par *la Taverne des Étudiants*, une des plus fameuses irréussites de ce siècle ; comme s'ils eussent été dans une taverne, les étudiants se livrèrent, en plein Odéon, à des bacchanales affreuses; *la Taverne* vécut cinq représentations.

Puis vint *Candide*, qui fut reçu par Déjazet mais arrêté par la censure. Le jeune et opinâtre travailleur sortit de la veine noire avec les *Premières armes de Figaro* et *M. Garat*. En 1861, *les Pattes de mouche* lui valaient un avancement rapide, en même temps que *nos Intimes* le rangeaient parmi les auteurs les plus aimés du public, les moralistes les plus humoristiques, les hommes d'esprit les mieux approvisionnés. Successivement il donna *les Ganaches* (1863), *les vieux Garçons* (1865), *la Famille Benoiton* (1865), *Nos bons Villageois*. (1866), *Séraphine* (1868), *Patrie* (1869), *le roi Carotte*, opéra-bouffe, musique d'Offenbach (1872), *Rabagas* (1872), *la Haine* (1874), *Dora* (1877), *Daniel Rochat* (1880), *Marquise*, comédie (1889).

De l'argent ! ils ne connaissent que ce mot-là, dit Harpagon. *Il imite !* les critiques ne semblent connaître que ce reproche quand il s'agit de M. Sardou. Certes cet auteur si fécond a fait de nombreux emprunts à ses confrères vivants, comme aux romanciers et aux dramaturges antérieurs de toutes les nationalités imaginables. Pour M. Sardou, non seulement il n'y a plus de Pyrénées, mais il n'y a plus d'Alpes, de Vosges, de Manche, d'Océan ; son agile pensée franchit tous ces obstacles, et va quêter des incidents, des péripéties, des dénouements, des situations, des mots même dans toutes les littératures. Qu'est-ce à dire ? L'exclamation de Molière *Je reprends mon bien*, etc., contient une grande part de vérité, mais à condition qu'on ne la portera pas jusqu'à ses plus extrêmes conséquences. Que si maintenant on veut bien fermer les yeux sur l'origine de ses affabulations, on admirera, dans M. Vict. Sardou, l'art prodigieux, les ressources infinies pour conduire l'action, on restera comme stupéfait devant la prestesse, la grâce toute française avec laquelle tout marche, tout court, tout vole dans le dialogue, dans l'agencement des scènes, dans les évolutions qu'il impose à ses personnages. Que d'esprit, que de souplesse, et en même temps quelles aptitudes encyclopédiques, quel goût passionné non seulement pour la philosophie, même celle de Fourier, (cf. *la Papillonne*,) mais aussi pour la sociologie, l'histoire, les sciences occultes, (l'article *Cardan* de la biographie Didot est de lui,) l'économie politique, l'archéologie, le droit, *(Daniel Rochat,)* l'architecture, *(les Bourgeois de Pont-Arcy!)* Ce qui domine dans son œuvre, c'est la débordante gaîté de certains types, qui tiennent plutôt de la farce que de la comédie, êtres grotesques, d'une bouffonnerie désopilante, jetés avec une adresse consommée dans les plus inexplicables situations, et d'où cependant, à force de science et de roueries scéniques, mais non souvent sans de graves atteintes à la vraisemblance et aux convenances, l'auteur excelle à les faire heureusement sortir. On regrette que, au cours de ces comédies-vaudevilles, les caractères où s'incarne l'expression des vices et des défauts contemporains ne soient compensés, relevés par aucune figure qui provoque une admiration ou une sympathie sans mélange. C'était le loup qui, au dire de Rivarol, faisait défaut dans les *Bergeries* de Florian ; c'est d'ordinaire l'agneau qui manque dans les pièces de Sardou. On regrette bien plus encore que la morale soit si souvent outragée, et que l'écrivain, qui pouvait devoir le succès à sa verve, à son brio, l'ait demandé à des sous-entendus hardis, à des scènes d'alcôve d'une extraordinaire indécence. Par exemple, *Marquise* semble un de ces contes immoraux de Marmontel que les grandes dames du XVIIIe siècle n'écoutaient que dissimulées derrière leur éventail : rarement l'art de déshabiller le mot a été poussé aussi loin.

Malgré son ferme désir d'être sévère et juste envers

M. Sardou, on est bientôt désarmé, parce qu'on a ri. Quelle vigueur, quel entrain endiablé dans *Rabagas*, cette caricature de la démagogie prétentieuse et bavarde; quelle bonne humeur irrésistible dans *les Bourgeois de Pont-Arcy*, cette reproduction en grand de la *Petite Ville* de Picard ; que de fines et désopilantes remarques dans *l'Oncle Sam*, cette parodie de l'Amérique ; quelle sûreté d'observation et quelle continuité, quel feu croisé de dialogues à l'emporte-pièce dans *les vieux Garçons*, et quelle étourdissante succession de portraits ahuris et ahurissants dans *la Famille Benoiton* !

Veut-on une idée très sommaire du talent de M. Sardou quand il aborde le drame historique ? Prenons *la Haine* :

La Haine se passe à Sienne dans les dernières années du XIVe siècle, au moment où les passions jalouses des Guelfes et des Gibelins ont atteint leur paroxysme. Cordelia, jeune Gibeline, est outragée par un capitaine guelfe ; elle jure de se venger, mais, trouvant le brutal soudard au milieu des cadavres, blessé, elle l'arrache à ses souffrances, le sauve, et s'éprend follement de lui. Mais elle est tuée par son frère, qui ne peut lui pardonner de s'être fiancée à un plébéien, elle patricienne, à un Guelfe, elle Gibeline. Comme on le voit, la pièce pèche par la base. Qu'est-ce que cet amour subit de Cordelia ? Quelle loi psychologique, inconnue à Jouffroy, donnera la raison de cette volteface incroyable, de cette fureur amoureuse succédant à ces spasmes de rage ?

Doucet (Camille), né à Paris en 1812, se livra d'abord à l'étude assidue des commentaires de Dumoulin sur les Pandectes, puis entra dans une étude de notaire. En 1838, avec Bayard, il débuta par un vaudeville, *Léonce*, s'éleva de plusieurs degrés, et s'essaya dans la comédie : *Un Jeune homme* (1841), *l'Avocat de sa cause* (1842), *le baron Lafleur* (1842), *les Ennemis de la maison* (1850), *la Chasse aux fripons* (1846), *le Fruit défendu* (1857), *la Considération* (1860). Il fut directeur de l'administration des théâtres en 1863, membre de l'Académie française (1865), où il remplaça Alfred de Vigny, et dont il est le secrétaire perpétuel depuis la mort de Patin.

A l'époque où, avec des degrés sensibles dans la force, Mme Sand, Mme de Girardin, Mme Colet, Mme Desbordes-Valmore et Mme Tastu projetaient dans la littérature un éclat assez vif, parut *l'Avocat de sa cause*, pièce dont on peut dire qu'elle sert d'anneau intermédiaire entre *les Précieuses ridicules* et *le Monde où l'on s'ennuie*, ces deux fidèles miroirs où l'on reconnaît les bas-bleus des deux siècles. Si M. Doucet n'a pas l'originalité de Molière et l'art d'arrêter le trait qui distingue M. Pailleron, on ne peut lui dénier la vérité des caractères unie au plus aimable naturel. Qu'est-ce que *la Chasse aux fripons*, sinon une courageuse campagne contre cette fièvre de spéculations et d'agiotage qui s'empara des esprits à la fin du gouvernement de Juillet, arriva à son paroxysme dans les premières années du second Empire, et fut, à cette dernière époque, si violemment attaquée par Ponsard dans *l'Honneur et l'Argent* (1853), par Al. Dumas fils dans *la Question d'argent* (1857), et par Jules Vallès dans son pamphlet *l'Argent* (1857) ? Cette protestation contre l'immoralité des tripoteurs de la haute et de la petite Banque, cette indirecte apothéose du désintéressement et de la probité, font le plus grand honneur au poète. Auteur dramatique, M. Doucet a donné la mesure de sa valeur dans *la Considération*, qui est pour lui ce que *le Philosophe marié* est pour Destouches, son ancêtre direct. Son genre de style procure la sensation

d'une pièce de *la Comédie moyenne* assagie, du *Plutus*,
par exemple, si on suppose cette dernière pièce traduite
par Thomas Corneille dans la manière de son adaptation en vers du *Médecin malgré lui*. C'est de l'Andrieux,
c'est de *l'Andrienne*, moins la fleur suprême d'urbanité.
Même ainsi réduit, l'éloge est grand encore, surtout
quand on ajoute que, chez l'auteur de *la Considération*,
l'intrigue est bien nouée, logiquement suivie, que les
mœurs sont retracées d'un pinceau exact et fidèle, et
que l'alexandrin, sans faiblesse comme sans emphase,
est toujours correct et pur.

N'est-ce pas le bon sens qui s'exprime par la bouche
de Mme de Beaupré ?

> Vous savez ? — Tout se calme ici-bas, c'est l'usage ;
> L'ardent amour conduit au grave mariage,
> La folie au bon sens, la haine à l'amitié ;
> Bon ou mauvais, le rêve est toujours oublié ;
> Dans la réalité toujours on se repose.
> Tout se commence en vers et tout s'achève en prose.

Sachons gré à M. Doucet de nous avoir, en ce siècle
d'*outrance* et de débordement, montré ce que peut
dans la gaîté une discrétion savante, et ce que le goût
ajoute de séduction au bon et vrai comique.

N'est-ce pas Labiche que pressentait Marmontel
lorsque, dans son *Épître aux Poètes*, il disait :

> Le rire alors dans mes yeux étincelle,
> A pleins canaux mon sang coule soudain ;
> De mes esprits le feu se renouvelle,
> Je crois renaître, et ma sérénité
> En un jour clair me peint l'humanité.
> Tous ces travers qui m'excitaient la bile
> Ne sont pour moi qu'un spectacle amusant ;
> Moi-même enfin je me trouve plaisant
> D'avoir tranché du censeur difficile.

Tel est le jugement que porte le spectateur après

une représentation de la *Cagnotte* ou du *Chapeau de paille d'Italie.*

Eugène Labiche, né en 1815, mourut en 1888. Esprit méthodique, il ne mit guère que sept ou huit ans à préparer sa licence en droit ; justement fatigué par cet effort, il visita l'Italie, les Flandres, admirant les chefs-d'œuvre de Jules Romain et de Van Dyck. Avant d'être auteur dramatique, il fut *lundiste,* et lundiste aux crocs aigus, impitoyable pour les vaudevillistes qui lui semblaient ternes ou maussades. C'est en 1838 qu'il commença à se faire vaudevilliste lui-même. Son début était *M. de Coislin, ou l'homme infiniment poli.* Bientôt il fut le fournisseur habituel de certains acteurs désopilants, dont Grassot, célèbre par son jeu non moins que par le punch qui porte son nom, et Geoffroy, Geoffroy, le Baron agrandi de ce Molière en miniature.

Son œuvre est des plus volumineuses : *Deux Papas très bien* (1845), où il se moque des parents qui empruntent à leurs fils le jargon des brasseries de la rive gauche ; *Embrassons-nous, Folleville,* dont le titre même est devenu proverbe ; *le Chapeau de paille d'Italie,* (1851,) invraisemblable coq-à-l'âne, long éclat de rire ; *le voyage de M. Perrichon,* dont l'idée fondamentale est que « les hommes ne s'attachent point à nous en raison des services que nous leur rendons, mais en raison de ceux qu'ils nous rendent, » et dont la conclusion est que plus nous multiplions les bienfaits, plus nous recueillons l'ingratitude ; *l'Affaire de la rue de Lourcine* (1857,) qui réussit surtout pour ces deux personnages, Mistingue et Lenglumé, si pleins « de vie et de mouvement, de réalité objective et de puissance comique ; » *Célimare* (1863), où se trouve ce mot épique de Célimare présentant l'un à l'autre Bocardon et Vernouillet : « Monsieur Vernouillet, mon meilleur ami ; Mon-

sieur Bocardon, mon meilleur ami; » *la Cagnotte* (1864),
pêle-mêle de bons mots, de jovialités, de grosses malices
gauloises et de sous-entendus trop parisiens, ouvrage
qu'il faut relire quand on est fatigué des nuits de Walpurgis, de Schopenhauer, du bouddhisme et de l'école
décadente.

La place manquerait s'il fallait énumérer les pièces
d'un auteur qui a composé plus de deux cents vaudevilles, comédies, opéras-comiques.

Labiche a dit de lui-même : « Parmi tous les types
qui s'offraient à moi, j'ai choisi le bourgeois ; avec lui,
rien d'excessif. Ses vices ne sont que des travers, ses
vertus ne vont jamais jusqu'à l'héroïsme ; ni attendris-
sement ni colère véritable. Ajoutons à cela que le sujet
est inépuisable, d'une variété qui sans cesse le transforme. »

En effet, à bien l'étudier, ce théâtre si amusant pourrait être considéré comme une odyssée aux cent *actes*
divers, dont l'Ulysse est le bourgeois tant raillé par
les trouvères, un M. Jourdain accommodé aux mœurs
et modifié, au moins dans le langage, par les ridicules
du XIXe siècle. On a fait aussi la remarque très juste
que Labiche a complètement négligé les rôles de
femme.

On a dit, avec un peu d'exagération, que Labiche
était un *honnête homme de génie*. Passe pour l'honnêteté, qui est incontestable, mais le génie ! Les procédés
de ce charmant constructeur de scénarios irrésistibles
sont bien monotones, et la langue de ces comédies mérite
bien rarement d'être comparée à celle du *Misanthrope* !
Disons un Paul de Kock avec plus de tenue !

« Gondinet, disait B. d'Aurevilly dans un moment
de mauvaise humeur, il s'appelle Gondinet?.. Pas même
un gond ! »

Edmond Gondinet naquit dans la Haute-Vienne en

1829 ; en 1868, il fut sous-directeur au ministère des finances, situation qu'il abandonna bientôt pour se livrer exclusivement au théâtre.

« Il avait cette allure militaire qui le faisait prendre sur le boulevard pour un officier habillé en civil. Sa physionomie ouverte, éclairée par de beaux yeux au regard fin et pénétrant, souriait d'un air de bonne humeur (1).»

Citons de lui *les Victimes de l'argent*, insuccès, *les Révoltés*(1866),bien accueilli,ainsi que *la Cravate blanche* et *les Grandes Demoiselles* (1868).Son chef-d'œuvre est *Gavaud Minard, et Cie*, remarquable par le tour ingénieux de la moquerie, la franchise d'un comique qui dépasse rarement les limites des convenances, et la plus grande dextérité dans la composition. On a de lui aussi *le Homard* (1874), *le Panache*, (1875, 3 actes,) *le Club* 1877,(avec M. Jules Cohen,) *Tête de Linotte*, qui eurent un nombre considérable de représentations.

C'est l'excès de travail qui l'a tué. « Il allait, haletant, d'une comédie entamée à un vaudeville en projet, d'un scénario de drame à une scène d'opéra-comique. Puis, quand, durant toute la journée, il avait reçu quarante visites,dont vingt-huit importunes,—entendu une trentaine de ces débutantes qu'un métaphoriste hardi a appelées des « étoiles en herbe, » quand il avait rendu une douzaine de services variés, conduit deux ou trois répétitions, il regagnait, brisé, sa retraite d'Athis, enfouie dans un coin ombreux (2).»

Est-il possible de présenter séparément la biographie de ces deux jumeaux de l'opérette, MM. Ludovic Halévy et Meilhac ? M. L. Halévy, fils de Léon Halévy, littérateur et humaniste très distingué, est né à Paris en 1834 , M. Henri Meilhac est né à Paris en 1832.

---

(1). Cf. A. Theuriet, *Revue bleue*, 1er décembre 1888.

(2). Cf. Pierre Véron.

Le premier fut chef de bureau au ministère des colonies, puis rédacteur au Corps législatif ; le second, employé en librairie et dessinateur.

La première pièce remarquée sinon remarquable qui soit due à leur collaboration, est *le Brésilien* (1863), puis vinrent *la Belle Hélène*, musique d'Offenbach (1864), *Barbe bleue* (1866), la *Vie parisienne* (1866), la *grande Duchesse de Gérolstein* (1867), la *Périchole* (1868), *Froufrou*, comédie-drame (1869), *Tricoche et Cacolet* (1872).

Beaucoup sont des bouffonneries charmantes, des parades insensées; des parodies bien autrement spirituelles que l'*Énéide travestie*. Dans *la Belle Hélène*, (504 représentations aux Variétés,) on se moque à bouche que veux-tu de l'Olympe et des héros de la guerre de Troie ; la *grande Duchesse* est une satire, au fond très judicieuse, de la fièvre de courtisanerie qui sévit à toutes les époques ; *Tricoche et Cacolet* nous représente le monde des agences véreuses, et, par endroits, semble digne de Balzac. Avec *Froufrou*, les deux auteurs ont presque rempli les conditions du drame le plus capable et le plus digne d'émouvoir ; ce rôle fut interprété avec un talent hors de pair par la Malibran de l'opérette, Mlle Desclée.

M. Meilhac et Halévy sont l'expression même du genre d'esprit parisien (rive droite), ou, si l'on veut, de la *Vie parisienne*, ou, si l'on préfère, de ce que Nestor Roqueplan appelait la *Parisine*, cette quintessence de l'esprit français. Tous deux sont membres de l'Académie.

M. Pailleron (Édouard), né à Paris en 1834, travailla d'abord plus ou moins dans une étude de notaire, puis se fit connaître par un recueil de satires, *les Parasites*. Entre autres spirituels tableaux, on y trouve la photographie lestement enlevée, du petit crevé qui grelottait aux environs de 1860.

Le soir comme le jour, à pied comme en voiture,
Verre à l'œil, canne en main, raie au front, barbe pure,
Pâle et frais, lisse et net, sans un grain, sans un pli,
Du plus loin qu'on vous voit, chacun se prend à dire :
Est-ce qu'il est en sucre ? Est-ce qu'il est en cire ?
    Mon Dieu ! mon Dieu ! qu'il est joli !

Enfin, toujours, partout, c'est une affaire faite,
Vous êtes ravissant, baron, je le répète,
Et pourtant, qui l'eût cru ? tous n'en sont pas d'accord :
Il est des médisants, et j'en sais par la ville,
Qui vous traitent, mon bon, de façon peu civile.
    On a tort, je sais qu'on a tort;

Mais enfin des croquants et fort laids et fort bêtes,
Des savants, des penseurs, des peintres, des poètes,
Tous gens mal habillés, tenez-le pour certain,
D'autres, même bien mis, tant l'erreur est profonde,
Des femmes, qui plus est, en un mot, tout le monde
    Dit que vous êtes un crétin.

On a tort, mais on dit que garder une vitre
Sur l'œil, fumer sans trêve, et jauger plus d'un litre,
Ce sont de ces hauts faits dont à peine l'on rit,
Et qu'au Bois, tous les jours, hormis les jours de fête,
Mener un tilbury, serait-ce en arbalète,
    N'exige pas un grand esprit.

.... On a tort, mais le temps ne souffre plus qu'un homme,
Fût-il beau, bien portant, et riche, et gentilhomme,
Sans avoir les vertus requises par Berquin,
N'ait de tête, baron, que pour des papillotes,
De mains que pour des gants, de pieds que pour des bottes,
    Bref, qu'il ne soit qu'un mannequin.

M. Pailleron réussit (1861) à l'Odéon avec *le Mur mitoyen,* (deux actes en vers,) au Théâtre Français (1863) avec *le dernier Quartier;* il donna ensuite *le Monde où l'on s'amuse,* (un acte en prose,) *les faux Ménages* (1869), où l'auteur démontre le danger des liaisons illégitimes, *Hélène,* drame en trois actes (1879), enfin *le Monde où l'on s'ennuie,* pièce qui est comme une suite des *Femmes savantes*, et qui provoqua une curiosité sans exemple par les personnalités et les allusions qu'on y crut trouver.

Le talent de cet écrivain est fait d'un mélange habilement combiné de pathétique et d'esprit, de grâce mondaine et d'observation morale.

De M. Édouard Cadol, né à Paris (1831), on a une comédie en trois actes, *la Germaine* (1864), *les ambitions de M. Fauvel*, comédie en cinq actes (1867), enfin *les Inutiles*, presqu'un chef-d'œuvre, auquel l'auteur jusqu'ici ne semble pas avoir donné de pendant.

Delille a dit :

> Molière ! à ce nom seul se rassemblent les ris :
> Les fronts sont déridés, les cœurs épanouis.

Remplaçons Molière par Thiboust : ni le vers ni la pensée ne cessent d'être justes.

Lambert Thiboust, né à Paris en 1826, mort en 1867, est un Labiche aussi gai, avec une note parfois attendrie que Labiche n'avait pas, et, ce qui le range dans la famille des Sterne et des Molière, avec une pointe de mélancolie qui perce à travers les plus bruyants éclats de sa bonne humeur. Il ne tombe pas dans la grosse farce, dans la caricature épaisse ; son dialogue est concis, ses tableaux sont pleins d'originalité et d'imprévu.

La mort prématurée de L. Thiboust provoqua d'unanimes regrets.

Ses pièces les plus populaires sont : *Je dîne chez ma mère, l'Homme n'est pas parfait, un Mari dans du coton.*

Dans le genre de la comédie héroïque, on peut citer de M. Th. de Banville, *Deidamia*, épisode du séjour d'Achille à Scyros ; *les Fourberies de Nérine*, du même écrivain, sont une contre-partie *des Fourberies de Scapin*.

Le mélodrame se recommande par des noms distingués et des œuvres de mérite.

Paul Meurice, né à Paris (1820), se fit connaître par une adaptation de *l'Antigone* de Sophocle, et collabora à plusieurs grandes machines d'Al. Dumas ; ses autres pièces sont *Benvenuto Cellini* (1852), *Schamyl*, *les beaux Messieurs de Bois doré* (avec G. Sand), *François les bas bleus* (1858), *Paris*, drame en 5 actes et en 28 tableaux.

Victor Séjour, (1816-1874,) a donné la *Chute de Séjan*, 5 actes et en vers (1849), *Richard III*, 5 actes (1852), *le Fils de la nuit* (1857), *la Tireuse de cartes* (1859), qui fut un scandale, *les Mystères du Temple* (1861), *Henri de Lorraine* (1870). Il est considéré comme un des maîtres du genre.

Ferdinand Dugué (1815), a fait représenter *les Pirates de la Savane* (1858), *le Cheval fantôme* (1860), *la Bouquetière des Innocents* (1862), *le Ballon Morel*, drame en huit tableaux (1878).

Sedaine, avant de composer *la Gageure imprévue*, avait été maçon. Édouard Plouvier, (1821-1876), fut ouvrier corroyeur avant d'aborder le théâtre. On a de lui *le Sang mêlé*, drame (1856), *le Ménétrier de S*t-*Waast*, mélodrame (1865), *le Mangeur de fer* (1866).

Dennery, né à Paris en 1811, l'un des plus féconds auteurs qui aient alimenté les théâtres des boulevards, digne émule de Pixérécourt et de Bouchardy, a composé plus de 230 pièces ; dans le nombre citons *la Case de l'oncle Tom* (1853), *la prise de Pékin* (1861), *le Médecin des enfants* (1855), *la Grâce de Dieu*, si connue, *les deux Orphelines* (1875), *Cartouche* (1858), *le Prince de Moria* (1873).

Accordons une place à part à G. Sand, l'auteur applaudi du *Marquis de Villemer* (1864), un des plus grands succès de l'Odéon, « drame sans tache, où la

passion est toujours d'accord avec le bon sens et la
morale (1). »

Il convient d'accorder une mention à M. Raymond
Deslandes, né en 1825 ; on a de lui *le Marquis de
Harpagon*, comédie (1862), *un Gendre* (1866), et nombre
de pièces fort bien accueillies.

Avec *Jean-Marie*, drame en vers en un acte, M. A.
Theuriet a conquis droit de cité au théâtre.

Nous n'aurons garde d'oublier de M. Armand Barthet
(1820-1874), *le Moineau de Lesbie* ; de M. Paul Ferrier (1843), *chez l'Avocat*, et *Gilbert*, comédie en trois
actes (1872) ; de M. Philippe Gille (1831), le brillant
et docte bibliographe du Figaro, *les trente Millions
de Gladiator* (avec Labiche), *Pierrette et Jacquot*
(1876). M. Ph. Gille compte aussi parmi nos poètes
les plus appréciés.

Pour mémoire, signalons, sans les faire rentrer dans
aucune classification, deux grandes chutes, dont il sera
longtemps parlé le long des galeries Marpon et Cie,
l'une des frères de Goncourt, *Henriette Maréchal* (1865),
l'autre d'Edmond About, *Gaetana*, représentée quatre
fois à Paris, un certain nombre de fois en province,
mais toujours au milieu des vociférations de la jeunesse
des Écoles, qui reprochait à l'auteur ses visites aux
Tuileries.

Dans ces dernières années, M. Victor Bernard, né
à Béziers en 1829, a donné *le Mariage de Groseillon*
(1881), et *la Veuve de Damoclès*, comédies (1886).

En 1882 parut la comédie des *Corbeaux*, comédie
en quatre actes : c'est l'histoire d'une famille d'abord
riche et heureuse, puis livrée aux corbeaux de toute
nature, exploiteurs de commerce, aigres-fins du tabel-
lionat, fournisseurs insolents en quête de victimes. On
a reproché à l'auteur d'avoir trop poussé au noir.

---

(1) Cf. F. Godefroy, *Prosateurs du XIXe siècle*, II, 283.

Un très spirituel écrivain, M. Émile Bergerat, a fait représenter, avec des fortunes diverses, *le Nom* (1883), *Herminie* (1883), *Enguerrande* (1885), très discutable au point de vue de l'agencement des scènes, mais riche en belles pages poétiques.

C'est malgré nous que nous attachons l'étiquette de dramaturges aux prosateurs qui tirent une pièce de leurs romans. L'un des plus abondants en ce genre de transformations est M. Adolphe Belot (1829) : *la Vénus noire* (1879), *les Étrangleurs de Paris* (1880), *le Roi des Grecs* (1883), *le Pavé de Paris* (1883).

M. Alph. Daudet a donné *Sapho*, M. Denayrouse *la belle Paule* (1872). Notons, comme une pièce qui révèle un futur maître de la scène, *Révoltée* (1889), de M. Jules Lemaître.

A M. Zola nous devons (?) *l'Assommoir*, qui attira toutes les blanchisseuses de fin de Paris et de la banlieue.

De tout temps, les salons ont tenu à honneur d'offrir aux invités le divertissement d'une représentation théâtrale ; à partir du XVIIe siècle, on joua de petites pièces où des auteurs sans prétention avaient cherché à multiplier les intentions comiques, mais, en général, avec plus de bonne volonté que de résultats. Pour distraire ses élèves de St-Cyr, Mme de Maintenon composa des *Proverbes* moraux : *N'éveillez pas le chat qui dort, Méchant ouvrier n'a jamais bon outil, Qui se fait brebis le loup le mange*, etc. Il y acent ans Marmontel et Collé publièrent un grand nombre de ces saynètes, aquarelles, bluettes. Sous la Restauration, parut Th. Leclercq, on l'a vu déjà, qui ne manque ni d'esprit, ni d'intérêt, ni même de mots heureux et trouvés. Pour tous, le but est de noter les ridicules *de passage*, et de les fixer. Leclercq surtout a réussi, Sainte-Beuve cite son *Humoriste* comme une œuvre exquise.

Les deux auteurs les plus célèbres de proverbes sont, de nos jours, Alf. de Musset et Oct. Feuillet.

Musset donna *On ne badine pas avec l'amour* en 1840. C'est un mélange de drame et de poésie lyrique aristophanesque ; l'ouvrage est écrit dans une langue musicale qui dut ravir Flaubert. Puis, c'est *On ne saurait penser à tout* (1846), remarquable de verve ; *Il ne faut jurer de rien*, imbroglio romanesque, où le sentiment se mêle à la délicatesse ; *Il faut qu'une porte soit ouverte ou fermée* (1845), papillotage délicieux, d'une grâce toute française ; *le Caprice*, dont la faveur se soutient auprès du public depuis 1847 ; *les Caprices de Marianne*, coq-à-l'âne si l'on s'en tient au respect des trois unités, mais, comme style, merveille de grâce et de mélancolie.

Qui n'a lu *le Cheveu blanc* (1856) de M. Feuillet, cette histoire d'un époux indigne qui, après avoir longtemps déserté le foyer conjugal, retourne à ses devoirs quand il constate, ou plutôt quand sa femme lui signale la présence d'un cheveu qui argente sa tempe ?

D'autres proverbes sont dignes d'être feuilletés : *le Pour et le Contre, le Village, la Fée, Circé.* A côté et en dépit de quelque maquillage à la Watteau, on y admire une profonde connaissance du cœur de la femme.

Henri Monnier, (1799-1877,) est le créateur de *Joseph Prudhomme*, ce type du bourgeois prétentieux et niais, Gribouille enté sur Bossuet, arlequin doublé de Solon, (celui des *vers dorés*.) Quelle cueillette on peut faire dans des apophthegmes qui ne présentent que des analogies fugitives avec *les Pensées* de la Rochefoucauld !

« Otez l'homme de la société, vous l'isolez. » — « Que voulez-vous ? Tout finit par s'éteindre dans la nature. Le *rat* (1) est l'image de la vie. » — Joseph est ingénieux à ravir dans la *Cour d'Assises* quand il répond au président qui lui demande s'il est parent du prévenu : « Je pourrais l'être, je ne le suis pas ; tous les jours on voit dans les familles'les plus respectables des scélérats, des intrigants. » — Quelle façon de raconter comment il fit l'aumône à l'un de ses disciples ! « Je tirai ma bourse de cette même culotte ; je me rappelle le fait comme aujourd'hui. J'en retirai cinq francs en lui adressant ces paroles : S'ils peuvent parvenir à faire ton bonheur, sois-le. Il les prit et je me dérobai à sa gratitude. » Quel sentiment des convenances ! Il cherche, tant bien que mal, à se défendre contre un rapin qui le turlupine : « Daignez m'excuser, belle dame, si je donne ici l'exemple d'un scandale inouï dans les fastes de votre maison ; il faudrait être un Dieu pour se contenir en certaines occasions, et je ne suis qu'un homme.» A son voisin, Anglais de naissance, et qui ne sait que la langue anglaise : « Ah ! Monsieur est d'Albion ! Il n'y a pas de mal à cela, Monsieur. Tous les hommes sont faits pour s'estimer, et, comme dit la chanson :

Peuples, formons une Sainte Alliance
Et donnons-nous la main.

» Eh bien ! Monsieur, comment trouvez-vous notre belle patrie ? Ah ! vous êtes venu comme ça sans connaître notre idiome ? C'est le tort que vous avez eu, car vous devez être embarrassé à chaque pas. »

Ce Sancho-Pança du XIXme siècle, avec son fauxcol démesuré, ses lunettes d'or, sa mine satisfaite, incarne le bon sens vulgaire en antagonisme avec l'outrance des écrivains romantiques. Joseph Prudhomme est la contre-partie d'Antony, de Hernani, de René, de Ruy-Blas.

(1) Bougie mince, enroulée sur elle-même.(Le rat de cave.)

CHAPITRE CINQUIÈME.

EN 1800, le roman a pour représentant le plus célèbre Chateaubriand ; en 1879, M. Zola. On peut mesurer du regard le terrain parcouru. *René* est une variété du roman qui rentre dans le genre des *Confessions ; Pot-Bouille* est une œuvre *documentaire*, ce qui veut dire, croyons-nous, stercologique. Dans l'intervalle, on avait eu le roman métaphysique avec *Adolphe*, le roman à la Walter-Scott ou roman d'aventures avec V. Hugo et Dumas (*Notre-Dame de Paris, les Quarante-cinq*, etc.), le roman réaliste avec Stendahl et Balzac, le roman maritime avec Eug. Sue, Emman. Gonzalès, la Landelle, etc., le roman bucolique avec

G. Sand (*François le Champi*, etc.), ou autobiographique *(Indiana)*, ou philosophique *(Spiridion)*, le roman pamphlet avec Eug.Sue (*le Juif Errant*, etc.), le roman-nouvelle avec Karr, Méry, Gozlan, Mérimée, A. de Pontmartin.

Sous le second Empire et la 3e République fleuriront surtout le roman feuilleton, (Paul Féval, Hector Malot, Ponson du Terrail, Zaccone, F. de Boisgobey ;) le roman naturaliste, (Feydeau, Flaubert, Zola, Maupassant ;) le roman social, (Cladel, Ferd. Fabre, Erck.-Chatrian ;) le roman analyste, (P. Bourget ;) le roman scientifique, (Jules Verne ;) le roman proprement dit, (About, Assolant, André Theuriet, G.Ohnet, G. Duruy, etc.;) le roman chrétien, (Féval, depuis sa conversion (1876), Eug. de Margerie, A. de Lamothe, Mme Craven, Mme Bourdon, Mme Fleuriot, Mme Raoul de Navery, Aimé Giron, etc.)

M. O. Feuillet, né à St-Lô en 1822, occupe comme romancier une place distinguée. Les ouvrages les plus remarquables qu'il ait publiés dans la première moitié de sa carrière, sont *Bellah* (1850), *le Roman d'un jeune homme pauvre*, qui est sa *Case de l'oncle Tom*, ouvrage sentimental et parfois très touchant, *Sibylle* (1852), *M. de Camors* (1867), où l'on crut reconnaître dans le héros celui qui, de 1852 à 1865, avait été le principal personnage de l'Empire après Napoléon III. De 1872 à 1889, il a donné *Julia de Trécœur* (1872), *le Journal d'une femme*, *Histoire d'une Parisienne*, *la Veuve*, *la Morte*, *le divorce de Juliette*.

En littérature, M. Feuillet est un conservateur ; les crudités et les réalités du feuilleton *radical* lui inspirent de la répulsion, et, pendant que tel de ses bruyants confrères photographie ce qu'il y a de plus affreux dans les bas-fonds de la vie parisienne, lui, constamment épris de distinction romanesque et d'aristocratique idéal, il s'en tient au noble faubourg St-Germain : ses *Petites Comtesses*, ce qui aurait bien étonné Aug. Barbier, savent au besòin, ou supporter la douleur comme des chrétiennes, ou, comme des stoïciennes, se laisser mourir de désespoir. Qui, mieux que M. Feuillet, a démontré qu'il n'y a pas de femme réellement vertueuse sans religion ? que l'honneur séparé de la morale « n'est pas grand chose ? » que la femme doit avoir, « au plus haut degré, la religion des hermines, l'horreur des taches ? »

On a reproché à l'écrivain de l'afféterie, de la mignardise. Faut-il donc désormais compter parmi les défauts du style la délicatesse, le tour ingénieux, la subtilité restreinte en de sages limites, bref, le joli ? Pourquoi courir sus au marivaudage si l'on ne manque pas, au Français, une seule représentation des *Fausses Confidences ?* Puis, entre nous, est-il bien vrai qu'on doive préférer la *Chanson du roi Henri* au sonnet à Philis ? Devons-nous dire avec M. F. Béchard que M. Feuillet « n'a pas rencontré ce style qui conserve les œuvres d'art comme le cristal conserve les liqueurs ? »

Quoi qu'il en soit, reconnaissons au très sympathique écrivain un esprit ordinairement judicieux, l'art des nuances, la finesse de l'analyse, l'intérêt dramatique, la tendance à croire au bien plutôt qu'au mal, et, n'en déplaise à ses détracteurs, de la force et de l'originalité.

Edmond About naquit à Dieuze, (Meurthe,) en 1828, d'une famille peu aisée. Après des études extraordinairement brillantes au Collège Charlemagne, où il eut pour professeurs Berger et Caboche, il fut reçu à l'École Normale, puis à l'agrégation des classes supérieures, (on se souvient encore des 80 vers latins, tout à fait dignes d'Horace, qu'il composa pour cet examen,) (1) enfin à l'École d'Athènes, d'où il rapporta son libelle *la Grèce contemporaine* (1855), portrait peu flatteur des descendants de Thémistocle. Son premier roman, *Tolla* (1855), fut très lu, mais provoqua contre l'auteur l'accusation de plagiat. D'autres romans suivirent, monuments d'une haute fantaisie et d'une verve incroyable, mais animés du plus détestable esprit antireligieux : *Trente et Quarante*, avec l'inoubliable portrait du capitaine Bitterlin, *le Nez d'un notaire* (1862), *l'Homme à l'oreille cassée*, (garçon, l'annuaire!) *Maître Pierre* (1857), *Madelon* (1863). Mais il convient de citer, au premier rang des travaux sérieux d'About, le *Progrès* (1864), mélange de considérations spécieuses et d'utopies, exprimées dans une langue à laquelle l'Économie politique ne nous avait pas habitués depuis Bastiat, et le *Roman d'un brave homme*, vive protestation contre les malpropretés de l'École naturaliste. Dans le genre habituel au polémiste-romancier, peu d'ouvrages sont plus extravagants, plus gais, que *le Roi des montagnes*, classique par la forme. *La Question romaine* (1860) est une satire acerbe, inepte, de la Cour pontificale ; *les Mariages de Paris* (1856), une suite de nouvelles dont l'intérêt ne faiblit pas, mais où le sentiment moral est inconnu. Avec *Germaine* (1857), la passion proprement dite essaie de poindre, et se manifeste sans trop d'effort apparent.

Après la guerre de 1870, About, expulsé de sa chère Schlittenbach, (aux environs de Saverne,) devint directeur du journal *le XIXe siècle*, organe officiel de la croisade républicaine franc-maçonnique. Il mourut le 17 janvier 1885, sans avoir pu prononcer son discours de réception à l'Académie Française.

On a appelé About le petit-fils de Voltaire; s'il n'avait

(1). Cette poésie est déparée par deux fautes de quantité, dont l'une est vraiment incroyable : dans *sumit*, il a fait *su* bref.

pas toutes les qualités littéraires de l'auteur de *Zaïre*, ce n'est pas lui qui eût jamais félicité Guillaume de son succès à Sedan, comme Voltaire félicitait Frédéric de sa victoire de Rosbach ! Au contraire, jusqu'au dernier souffle, il ne cessa d'être un patriote. Dans son dernier article, composé sept jours avant sa mort, et qu'on peut appeler son testament, il disait: « Appelez-moi chauvin, si bon vous semble, mais, parmi les refrains qui m'ont bercé, il y en a un qui hante ma mémoire : Je suis Français, mon pays avant tout ! »

Que la terre lui soit légère, et que Dieu lui soit clément pour ce mot généreux qui prouve qu'en lui le Meurthois n'avait abdiqué aucune de ses espérances, et que l'idée de la revanche faisait toujours battre son cœur !

Cherbuliez (Victor), né à Genève en 1828, fut d'abord professeur, puis sortit de l'obscurité par la publication de *Un cheval de Phidias*, ingénieuse série de variations sur la plastique grecque. Dès lors il devint un des fournisseurs de M. Buloz. On s'accorde à considérer comme ses chefs-d'œuvre *le Comte Kostia*, (1863,) type de boyard qui dissimule « sous les formes exquises du gentilhomme et la sévère enveloppe du savant les passions sauvages du Cosaque ou du Tatar (1) ; » *Ladislas Bolski* (1869), *Meta Holdenis* (1873), *l'Idée de Jean Têterol* (1878).

Le compatriote de Mme de Staël ne pouvait pas ne pas composer un roman par lettres, *comme Delphine ;* il fit donc *Paule Méré* (1864); le compatriote de Jean-Jacques Rousseau ne pouvait se dispenser de farcir de philosophie une œuvre d'imagination, comme dans *la Nouvelle Héloïse ;* aussi a-t-il rempli ses récits de « ces leçons que renferme toujours l'œuvre d'un grand artiste. » Certes, nous ne sommes guère de l'avis d'Ed. Scherer,

---

(1) Cf. F. Godefroy, *Hist. de la Litt. franç. au 19ᵉ siècle.* Prosateurs, II, p. 45.

qui disait encore : « La philosophie, voilà ce dont un
roman se passe le moins. » La philosophie est la science
de la raison ; c'est de l'imagination que relève le roman.
La première a pour mission de nous instruire ; le
second se propose uniquement de nous apporter une
heure d'oubli, un rayon de joie au milieu des charges
accablantes de l'existence. Foin des romanciers qui
pensent ou veulent faire penser ! Nous leur rappelle-
rions volontiers le mot de Louis XV au seigneur anglo-
mane : « Panser quoi ? Les chevaux ? » Le but de
Cervantès a été de provoquer le rire ou d'intéresser,
celui de Rabelais aussi, de même pour Swift dans
Gulliver, pour Daniel de Foé dans *Robinson,* pour
Richardson dans *Clarisse Harlowe,* pour Walter Scott
dans *Ivanhoé,* pour Dumas dans *Joseph Balsamo,* pour
Dickens dans *David Copperfield.* Si l'homme se cherche partout, s'il veut avoir la clef du mystère effroyable
qui l'entoure de toutes parts, s'il prétend trouver le sens
de la vie et de la société, qu'il s'adresse aux philosophes philosophants. Quand Pascal eut l'intention de
dégager la formule des deux infinis, il médita un ouvrage
méthodique, raisonné conformément aux soixante-
quatre formes de syllogisme élucubrées par le stagyrite,
et se garda bien de rêver les lauriers de Gomberville,
l'auteur de *Polexandre,* ou de Camus, le créateur de
Palombe, la femme vertueuse. Rien de plus emphatique
et de plus ridiculement faux que le mot de M. Renan,
qui félicite M. Cherbuliez d'avoir cherché « les combinaisons capables de mettre en lumière ce que la situation de l'homme a de *tragique* et de *contradictoire.* »
Le tragique se comprendrait s'il s'agissait d'Oreste le
parricide, victime de l'ἄτη ; le contradictoire, si l'on
voulait reprendre la philosophie d'Héraclite, la μίξις τῶν
ἐναντίων. Mais qu'y a-t-il de tragique dans l'histoire
de Théagène et Chariclée ? qu'y a-t-il de contradictoire

dans la mésaventure de Gil-Blas reconduit *pede mili-tari* par l'archevêque de Grenade ?

Défions-nous des grandes phrases à effet.

Une plaisanterie médiocrement spirituelle serait de rapprocher le nom de M. Cherbuliez de celui de G. Sand, dont il n'a ni la souplesse de style, ni la richesse de pinceau, ni la chaleur de sentiment. Toujours est-il que ce n'est ni le piquant ni l'esprit qu'on souhaiterait au chroniqueur politique de la *Revue des Deux-Mondes*, (signature Valbert,) et que la correction et la tenue se font admirer dans toutes les fictions romanesque de ce Sandeau génevois. *Samuel Brohl* (1877) renferme des pages originales, et la *Vocation du Comte Ghislain* montre que l'auteur est sans cesse en voie de progrès.

Féval (Paul), né à Rennes en 1817, après avoir été avocat et commis de banque, obtint l'hospitalité de la *Revue de Paris* pour *le Club des Phoques*, roman bizarre dans le genre de certaines fantaisies de Charles Nodier, par exemple d'*Inès de la Sierra*. Bientôt il fut un des plus grands producteurs d'un temps où vivaient Dumas, Soulié, Méry, Sue, Foudras, ces infatigables esclaves de la *copie*. Il obtint, en librairie d'abord, puis au théâtre, un éclatant succès avec *le Fils du Diable* (1847) et avec *le Bossu* (1863). On peut rappeler, parmi ses autres romans, *les Compagnons du silence, les Habits noirs, le Quai de la Ferraille*.

En 1876, M. Féval, dont les convictions religieuses n'avaient jamais complètement disparu malgré le décousu d'une existence mondaine très occupée, revint à la foi de sa jeunesse, et, catholique militant, composa des ouvrages aussi intéressants et plus irréprochables que leurs aînés : *Château pauvre* (1877), *les Étapes d'une conversion* (1877), *les Merveilles du Mont Saint-Michel* (1879) ; en outre, dans les limites qui lui étaient

fixées par ses conditions antérieures avec les libraires,
il corrigea, émonda, amenda celles de ses productions
qui pouvaient être pour les lecteurs une occasion de
scandale.

Par ses *Mystères de Londres* (1844), Féval avait été
admis par les lecteurs au nombre des quatre *maréchaux du roman*, dont parlait Balzac, qui se mettait
lui-même de la promotion : les deux autres étaient
Al. Dumas et Eug. Sue.

Voici un nouveau Malfilâtre, mort à l'hôpital, mais
avec la consolation de se dire qu'il était chevalier de
la Légion d'honneur : Henri Murger (1822-1861), fils
d'un concierge de Paris. C'est le type du gavroche
gouailleur qui aurait ses moments de poésie, ses quarts
d'heure de tristesse. Il est le Daumier de cette Bohême
artistique et littéraire dont les adeptes dînent, (quand
ils dînent,) d'un hareng extorqué à la crémière du
coin, et soupent d'une vingtaine de pipes arrosées de
liquides sans nom, à la lueur d'une allumette que
chaque convive tient à tour de rôle. Schaunard, Ro-
dolphe et Colline, l'homme aux bouquins, sont les
trois mousquetaires de la débine féroce qui sévit dans
la vie d'étudiant, aux fins de mois, après la visite
obligatoire au Mont-de-Piété. Baptiste, n'est-ce point
Planchet ? Phémie, teinturière, est une Mme Bonacieux
échappée du *Café des Pieds humides*. D'autre part, si
l'on voulait prouver qu'il y avait dans l'esprit de
Murger un filon de rêverie, on rappellerait au lecteur
le chapitre célèbre *le Manchon de Francine*. On sait
que le spirituel écrivain tournait assez joliment le vers :
il n'est pas de fauvette, au jardin du Luxembourg, qui
ne sache la chanson :

> Hier, en voyant une hirondelle
> Qui nous ramenait le printemps, etc.

Dans *les Scènes de la vie de campagne*, dans *les*

du peuple (1865), intéressant malgré des longueurs, *l'Histoire du plébiscite*, mauvais livre de sectaires. Tous ces ouvrages ont eu un nombre respectable d'éditions.

M. de Margerie (Eugène) est au premier rang des écrivains qui ont consacré leur talent à la propagation des saines doctrines, et peu, avec autant de succès, fournissent au peuple qui lit, d'utiles et efficaces contre-poisons destinés à neutraliser l'action des romans impies ou obscènes ; on lit de lui avec un vif plaisir comme avec un réel profit, *Lettres à un jeune homme sur la piété*, *Aventures d'un berger*, *la Légende d'Ali*, *la Banque du diable*, etc.

Mme Mathilde Bourdon, née à Gand en 1817, semble avoir écrit des romans pour montrer aux jeunes filles et aux femmes que l'existence renferme fort peu de romanesque, que le mariage n'est pas une partie de plaisir, une vulgaire partie d'ânes à Montmorency, que les rêves de l'imagination doivent s'envoler avec la fumée qui sort du pot au feu ; elle a aussi, sans emphase et avec une simplicité éloquente, plaidé la cause de l'ouvrière, exposée à toutes les tentations dans les usines et les fabriques ; elle s'est enfin attachée à montrer la beauté du rôle que remplit l'institutrice, surtout la pauvre *adjointe*, d'ordinaire traitée de si haut, et pourtant si honorable et quelquefois si supérieure à ceux qui la méprisent !

Nous remarquons dans son œuvre *Marthe Blondel*, *Antoinette Lemire*, *Léontine*, *le Mariage de Thècle*, *le Lait de chèvre*, *Viviane*, *Euphrasie*, etc.

Mme Zénaïde Fleuriot a de la grâce dans le style et de la souplesse dans le développement, mais elle abuse peut-être de sa facilité ; à travers ses récits, court tantôt un souffle de bonne humeur, tantôt un souffle de communicative mélancolie ; on lit d'un trait *Sans beauté*, *l'Oncle Trésor*, *la Rustaude*, *un Fruit sec*, *Bouche en cœur*, etc.

Comme Mme Fleuriot, Mme David, connue sous le pseudonyme de Raoul de Navery, est née en Bretagne, en 1831 ; elle nous donne assez l'idée de ce que serait un Paul Féval avec moins d'imagination et de force, un X. de Montépin avec plus de tenue et de style. On connaît *l'Aboyeuse*, *le Capitaine aux mains rouges*, *la Fille au coupeur de paille*, *le Moulin des trépassés*, *les Robinsons de Paris*, etc.

Mme Craven, née Pauline de la Ferronnaye (1820), appartient à une ancienne et illustre famille ; elle est, à juste titre, le plus populaire et le plus apprécié des romanciers catholiques. On ne peut lui dénier le sens du dramatique, l'art de disposer les différentes parties du récit de manière à augmenter sans cesse l'intérêt mais, emportée par son besoin d'idéal, elle paraît quelquefois insuffisante dans l'exacte représentation de la vie et la peinture des caractères. Toujours est-il que *les Récits d'une sœur* (1866) sont une œuvre à part qu'il faut placer dans un bon rang parmi les productions contemporaines. N'oublions pas *le Mot de l'énigme* (1874), *le Travail d'une âme* (1877), *Éliane*, etc.

Mme Claire de Chandeneux, (Emma Bailly,) est née dans la Drôme en 1836. Elle s'est fait honorablement connaître par différents ouvrages, écrits dans une langue élégante et correcte : *Ménages militaires* (1875-1877), *Folle! le Lieutenant de Rancy*, *Vaisseaux brûlés*, etc.

Melle Marie Gjertz, une norvégienne morte toute jeune, a publié *l'Enthousiasme*, roman allégorique où déborde la verve mystique, *Gabrielle*, que la mort ne lui permit point d'achever.

Accordons une mention très honorable à certains écrivains qui ont, parmi les lecteurs honnêtes, une clientèle fidèle et sympathique :

De M. de Lamothe on a des ouvrages riches en péripéties mouvementées, et qui attestent une singulière force d'invention : *les Faucheurs de la mort, Histoire d'une pipe, le Puits sanglant, le Taureau des Vosges,* etc.

M. Léon Gautier, né en 1832, le très érudit paléographe, le rival de Guessard et de Paulin Pâris, a composé des *Scènes et Nouvelles catholiques* remarquables par le sérieux du fond et la vigueur de la forme.

Après son exil en 1852, V. Hugo tint l'Europe attentive ; on a vu la suite de ses ouvrages en vers ; ses romans n'excitèrent pas une moindre émotion dans le monde des lettrés.

En 1862 parurent *les Misérables,* ouvrage surprenant par la réunion de qualités du premier ordre, mais excessif, puéril même dans la plupart de ses défauts, qui sont nombreux ; si l'on ne peut que blâmer l'étrangeté amphigourique d'un style obstinément haché, la continuelle et fatigante course au clocher après l'esprit et le calembour, l'invraisemblance de la plupart des situations, qui sont forcées et dès lors découragent l'intérêt, en revanche, on signalera avec éloge la variété, la richesse, l'éclat des couleurs, la vie, le mouvement, le relief des descriptions, la force et l'individualité de certains caractères, par exemple celui de Javert le policier, celui, surtout, du gamin de Paris, Gavroche, dont le nom propre est devenu un nom commun. Un des passages les plus fameux est celui où l'auteur tire un feu d'artifice insensé mais superbe autour des *cinq syllabes* ultra-militaires que, sur le plateau Saint-Jean, prononça le général Cambronne. En somme, V. Hugo atteint parfois le sublime, mais, comme on l'a vu, il n'arrive jamais à la sérénité du beau.

Les Travailleurs de la mer sont de 1866. C'est l'histoire d'une sorte de Quasimodo, nommé Gilliatt ; pour obtenir l'affection d'une orpheline, Deruchette, il entreprend de retirer des flots un bateau échoué, auquel cette jeune fille attachait un prix tout spécial, parce qu'il avait appartenu à son oncle, Lethierry, le premier inventeur de l'application de la vapeur à la navigation. Peut-être réussira-t-il à force de volonté, d'énergie et d'intelligence, mais il apprend qu'il a un rival, et, dans son désespoir, il se laisse submerger par la marée montante. Un épisode de l'ouvrage, celui de la Pieuvre, eut à son heure un extraordinaire succès de curiosité.

L'Homme qui rit (1868) est bien plus intéressant, comme récit, que *les Travailleurs*, mais la langue que parle l'auteur est tourmentée, encombrée d'images qui visent trop au grandiose.

Lors de la publication de *Quatre-Vingt-Treize*, épisode des guerres de Vendée, on y admira la puissance tragique de certains personnages, (le marquis de Lantenac, Gauvain, Cimourdain,) ainsi que des oasis où V. Hugo avait retrouvé sa fraîcheur et sa grâce des beaux jours.

En somme, si nous négligeons les genres historique et psychologique, déjà florissants aux époques antérieures, nous avons à signaler quatre variétés de roman:

1º le roman *parisien ;*

2º le roman *naturaliste ;*

3º le roman *feuilleton ;*

4º le roman *décadent.*

Un spirituel moqueur, à la verve aristophanesque, M. Albert Millaud, les a caractérisés en des pastiches où la finesse le dispute au bon sens. Soit le début du *Télémaque*, que nous reproduisons pour qu'il serve de point de comparaison :

Calypso ne pouvait se consoler du départ d'Ulysse. Dans sa douleur, elle se trouvait malheureuse d'être immortelle. Sa grotte ne résonnait plus de son chant,

les nymphes qui la servaient n'osaient plus lui parler.
Elle se promenait souvent seule, sur les gazons fleuris
dont un printemps éternel bordait son île ; mais ces
beaux lieux, loin de modérer sa douleur, ne faisaient
que lui rappeler le triste souvenir d'Ulysse, qu'elle y
avait vu tant de fois auprès d'elle. Souvent elle demeurait immobile sur le rivage de la mer, qu'elle arrosait
de ses larmes, et elle était sans cesse tournée vers le
côté où le vaisseau d'Ulysse, fendant les ondes, avait
disparu à ses yeux.

FÉNELON.

§ 1. — ROMAN PARISIEN.

Parti Ulysse ! La pauvre Calypso était si affligée, si
désolée, si inconsolée, qu'elle ne chantait plus, et que
les nymphes qui la servaient étaient, comme elle,
muettes, taciturnes, silencieuses. Après une lente promenade sur les gazons verts, piqués de fleurettes, vint
le désir d'aller revoir cette mer par où il était parti.
Cette fois, je vous jure, elle pleura longtemps son
Ulysse, le guettant, l'appelant, le mendiant presque, en
se rappelant les étreintes avec lesquelles il lui disait :
O m'amie ! m'amie!..

Alph. DAUDET.

§ 2. — ROMAN NATURALISTE.

Ulysse parti, Calypso était vraiment dans de jolis
draps. Ça la crevait de voir s'en aller son petit homme.
Un grand affaissement la prenait, la tordait comme si
elle allait mourir. Ah ! oui, elle avait bien envie de chanter
maintenant ! Ça lui servait à grand'chose d'être immortelle ! Même ses femmes, des nymphes ! — n'avaient qu'à
lui ficher la paix, sans l'ennuyer de sa misère. Justement le temps était beau, mettant dans l'herbe très
verte de l'île des tas de pissenlits et de fleurettes. Ça
lui plaisait dans son écœurement de femme lâchée
d'aller se promener au bord de la mer, très énorme, et

alors elle ressentait comme une grande tape qui la plaquait sur le galet, ouvrant la fontaine de ses grands yeux vides, pendant qu'elle les écarquillait pour voir au fond, très loin, la place où son bateau avait filé.

E. ZOLA.

§ 3. — ROMAN FEUILLETON.

Par une belle nuit d'été, une femme errait seule.

Elle semblait en proie à une grande douleur.

Elle se taisait.

D'autres femmes qu'à leur costume on pouvait reconnaître pour des nymphes, suivaient l'inconnue.

— Elle ne chante plus, disait l'une,

— Chut ! disait l'autre.... Taisons-nous, elle pourrait nous entendre.

Mais la femme affligée n'écoutait pas. Elle pressa le pas, et, dix minutes plus tard, elle débouchait sur la plage.

La mer déferlait.

— C'est par là qu'il est parti, murmurait-elle avec un sanglot. Puis mystérieusement : Oh ! Ulysse ! Ulysse ! ajouta-t-elle.

On l'a deviné, cette femme, c'était Calypso, qui ne pouvait se consoler du départ d'Ulysse.

Quel était cet Ulysse ?

Où était-il ?

(La suite au prochain numéro.)

X. DE MONTÉPIN.

§ 4.— ROMAN DÉCADENT.

Ulysse, en se départant, faisait Calypso toute dénuée, dolente et angoissée ; sa perversité la poignait. Elle ne carminait plus en sa lustrale grotte, et ses serves, les nymphes, craignant, mutaient aussi. Seule, sur les gramins florescents, elle ambulait dans l'à jamais printanière insule, amèrement se recogitant Ulysse, tant de fois en son entour dans les nocturnes fraîcheurs aromates de la rive. Et sur ce rivage, cessant le pendulement de son corps, elle despargeait de ses yeux une lacrymale rosée, les orbes de ses prunelles orientés vers la mer où elles avaient vu la fuyante nef d'Ulysse se mouvoir parmi les aques vertes, en un lent sinument.

Camille LEMONNIER.

CHAPITRE SIXIÈME.

La CRITIQUE. — Le JOURNALISME. — DIVERS.

Ste-Beuve. — M. Armand de Pontmartin. — H. Taine.— Littré. — M. Renan. — Edm. Scherer. — Ern. Havet. — Ern. Bersot. — Émile Deschanel. — Cuvillier-Fleury. — St-René Taillandier. — Paul Albert. — Hipp. Rigault. — Gaston Boissier. — Ern. Beulé. — Lenient. — Merlet. — Demogeot. — Alexis Pierron. — Brunetière. — J. Lemaître. — J. Levallois. — H. Houssaye. — Léon Gautier. — Aug. Charaux. — Le P. Longhaye. — Le P. Mestre. — Le P. Caruel. — Le P. Delaporte. — Fréd. Godefroy. — Alfred Nettement. — *Varii* : M. Rastoul. — M. d'Arsac, etc.

Paul de St-Victor. — Fiorentino. — Francisque Sarcey. — Aug. Vitu. — Maxime Gaucher. — Ganderax. — Faguet. — Philippe Gille. — Paul Ginisty.

Louis Veuillot. — Eug. Veuillot. — Gust. Janicot. — Ad. Guéroult. — Alph. Peyrat. — Prévost-Paradol. — J. J. Weiss. — Eug. Yung. — Henri Fouquier. — Alb. Wolff. — Aurélien Scholl. — Eug. Bergerat. — Henri Rochefort. — Paul de Cassagnac. — Léon Say. — Melchior de Vogué. — Gréard. — Amiel. — Ximénès Doudan. — Eug. Fromentin. — Joseph Bertrand.

EN février 1848, à la suite d'une accusation inepte, Sainte-Beuve, se croyant forcé de quitter la France, se rendit à Liège, où il fit un cours de littérature, dont le sujet était *Chateaubriand et son groupe littéraire*. Rarement il avait été aussi agressif, et, ce qui n'étonnera pas, étant donnés la tournure de son caractère et le genre de son esprit, jamais il ne fut aussi séduisant, même dans ses plus grands écarts de langage. De retour en 1849, il accepta la proposition du directeur du Constitutionnel, *Mimi Véron*, qui lui

demanda de donner chaque lundi un article sur les
sujets qu'il lui plairait de choisir. Écrire vite effraya
d'abord Sainte-Beuve ; il redoutait les périls de cette
improvisation régulière, de cette exactitude à heure
fixe ; c'est ce qui le sauva, en d'autres termes, ce qui
le contraignit de faire faire' volte-face à son talent, de
renoncer aux minauderies, aux raffinements de pensée
qui lui étaient chers, et d'écrire dans une langue naturelle, large et limpide.

Les articles des *Portraits*, en effet, composés à loisir, limés et recommencés par un labeur louable mais
souvent maladroit, offraient des traces nombreuses de
bel esprit et de précieux ; la phrase y disait assez mal
ce qu'elle eût exprimé à merveille si elle se fût con-
tentée du mot propre. Dans les passages où l'auteur se
conforme aux indications du simple bon sens, on admire
la délicatesse et l'art de cette intelligence supérieure,
curieuse de toute nouveauté, portée d'un vif élan vers
le beau esthétique, et dont les qualités naturelles furent
rehaussées et comme triplées par une culture littéraire
sans cesse renouvelée et tenue à jour.

Si, au cours des *Portraits*, Sainte-Beuve semble
capable d'admiration beaucoup plus que dans *les Lundis*, c'est que les premiers sont, en majeure partie, consacrés ou à des auteurs modernes, mais morts, ou à
des auteurs anciens. Veut-on avoir une idée exacte du
premier Sainte-Beuve? Qu'on le suive quand il étudie
Théocrite, quand il porte sur le style de Molière ou de
Sévigné des jugements qui sont d'irrévocables arrêts,
quand, à propos d'une édition de Léonard ou d'Aloysius Bertrand, il communique à son style, parfois égoïste
et janséniste, un accent plein d'émotion et animé par
la sincérité des regrets, quand il arrache aux toiles
d'araignée de ses vieux in-folio ce fureteur, mélange
de Guy Patin, de Pasquier et de Casaubon, qui a nom

Gabriel Naudé. En de tels sujets mixtes, l'impartialité du critique se déploie avec aisance, et son talent brille sans être offusqué par aucun nuage.

Dans *les Lundis*, le nombre des articles où il traite des auteurs vivants s'accroît dans les plus notables proportions, et les malices de ce maître en fourberies féminines deviennent plus redoutables. La tactique de Sainte-Beuve est connue : avec bonhomie, et faisant patte de velours, il lance d'abord une délicate flatterie, puis il en reprend les termes essentiels, les atténue au moyen d'inventions qui, sans présenter d'abord aucune apparence défavorable, ne laissent pas d'ébranler la conviction du lecteur, et finissent, quand la réflexion est venue, que l'effet est produit, par anéantir toute la portée de l'éloge primitif. Villemain et Cousin, Lamartine et Chateaubriand, Béranger et de Vigny, et que d'autres ! ont été ainsi griffés jusqu'au sang.

Tous ces *Lundis* furent lus avec empressement, de curieux dont le nombre ne cessa de s'accroître, parce que le talent de l'auteur faisait, chaque semaine, de nouveaux progrès dans le sens de la facilité, de l'abondance, de la largeur. Quelques-uns furent des modèles d'atticisme et de finesse, comme la comparaison entre Paradol et Rigault, les articles sur Louis Veuillot, sur E. Delescluze ; d'autres, des études historiques de grande envolée, comme ses travaux sur Taine, (*Littérature anglaise*,) sur Flaubert, (*Salambô*), sur Talleyrand, le maréchal de Villars ou le général Jomini.

Le plus grave tort du critique est de trop se fier aux déductions des sciences physiologiques, et de vouloir expliquer par les théories fatalistes de l'héréditarisme et de l'atavisme, les qualités et les défauts de ses justiciables. Est-il bien vrai que pour connaître le *substratum*, le fond même de l'âme d'un écrivain, il soit nécessaire d'étudier, par le menu, son père, ses grands-pères, ses frères et ses sœurs ? Telles investigations, telles promenades autour de la place assiégée, semblent superflues. Quand on saura les manies du brave homme qui fut contrôleur du grenier à sel à La Ferté-Milon, ou les petites faiblesses de Jeanne Sconin, sera-t-on réellement beaucoup plus avancé pour se reconnaître dans une appréciation de *Bajazet* ou d'*Athalie ?*

On connaît le portrait de S*te*-Beuve si cruellement tracé dans les *Jeudis de M*me* Charbonneau :*

« Caritidès a reçu du ciel, auquel il ne croit plus, un goût exquis, une finesse de tact extraordinaire, de merveilleuses aptitudes de critique, relevées et comme fertilisées par de rares facultés de poète. Il possède et pratique en maître l'art des nuances, des sous-entendus, des insinuations, des infiltrations, des évolutions, des circonlocutions, des précautions, des embuscades, des chatteries, de la haute école, de la stratégie ou de la diplomatie littéraire. Il excellerait à distiller une goutte de poison dans une fiole d'essence, de manière à rendre l'essence vénéneuse ou le poison délicieux.... Caritidès n'a voulu être qu'un pèlerin d'idées, moins la première des qualités du pèlerin, c'est-à-dire la foi. Il a fait, en amateur, le tour de toutes les doctrines de son temps sans s'y fixer jamais, et, en les abandonnant, il a eu l'air de les trahir. Accusé injustement de traîtrise et d'apostasie, il a tenu à justifier sa réputation, et il a fini par devenir l'ennemi de ceux dont il n'était que le déserteur. Son erreur a été de sophistiquer ce qu'il aurait pu faire tout simplement avec tant de grâce, d'esprit et de supériorité naturelle, de traiter la littérature comme une mauvaise guerre où il faudrait constamment avoir un fleuret à la main et un stylet sous son habit... Caritidès aurait pu être la plus irrécusable des autorités, il n'est que la plus friande des curiosités littéraires. »

Celui qui crayonna cette magistrale silhouette est M. Arm. de Pontmartin, qu'il faut, avec M. Taine, ajouter aux quatre représentants de la grande critique signalés par Nisard, à la fin de son dernier volume de la Littérature française.

L'hôte illustre du château des Angles naquit à Avignon en 1811, d'une ancienne famille de Provence. Lauréat du prix d'honneur de narration latine au grand concours de 1827, il est invité au dîner accoutumé chez le ministre de l'Instruction publique, M. de Vatimesnil ; il a comme voisins de table les lauréats des années précédentes, l'un, Drouyn de Lhuys, le futur diplomate du second Empire, et l'autre, Félix Arvers, qui écrira plus tard son fameux sonnet. Celui qui, suivant ses expressions, avait travaillé comme un enfant de la balle, réussi au delà de ses espérances, entendu ses professeurs lui prédire de hautes destinées, qui avait été distingué par le glorieux *trio* de la Sorbonne, (Cousin, Villemain, Guizot,) et trouvait son nom au premier rang dans cinq ou six palmarès, se vit soudain fermer toutes les carrières, sans exception ! Dans une partie de campagne qu'il faisait avec de jeunes camarades durant les vacances de cette même année 1827, sa voix avait subi une inexplicable altération, qu'il crut d'abord provisoire, et qui fut définitive : « Vous figurez-vous un sous-préfet aphone, un attaché d'ambassade entrant dans un salon diplomatique à Vienne ou à St-Pétersbourg, et voyant tout le monde se retourner au premier mot qu'il essaie de bégayer ? Et la *parlotte !* Les conférences entre jeunes gens pour se préparer à la vie politique ! Et la députation ! Pendant ces années fécondes et troublées qui suivirent la Révolution de Juillet, l'âge d'éligibilité ayant été abaissé de dix ans, la députation devint le point de

mire de presque tous les lauréats universitaires (1). »
Une telle infirmité, l'état nerveux et les souffrances
morales qui en résultaient, eussent aigri tout autre
caractère : M. de Pontmartin, (sauf aux *Jeudis de
Mme Charbonneau*,) n'en fut pas moins ce qu'il restera
durant toute sa vie, le plus exact représentant, pour la
grâce, l'urbanité, la courtoisie, de notre aristocratie
d'avant 89.

Vers 1835, il fonde *l'Album* d'Avignon, qu'il rédige
presque seul, particularité dont ses lecteurs d'alors ne
songèrent jamais à se plaindre. On retrouve dans les
innombrables articles qu'il prodigua vers cette époque,
d'abord la vivacité de tour qui lui est particulière, mais
surtout une grande sûreté d'appréciations ; dès 1838,
le jeune et brillant polémiste, (cette circonstance mérite d'être notée,) comprenait toute la valeur d'Alfred
de Musset, et, alors que Ste-Beuve et Planche, Janin
et Chaudesaigues, ne voyaient dans l'auteur de *Rolla*
qu'un jeune homme d'avenir, il le plaçait sans hésitation à côté des deux maîtres de la poésie lyrique ; c'est
M. de Pontmartin qui, le premier, a vu dans Musset
l'égal de Lamartine et de V. Hugo.

En 1839, la réputation croissante de ses articles
le signala aux rédacteurs de *la Quotidienne*, qui lui
demandèrent d'écrire une série de *Causeries provin-
ciales*. Installé à Paris, dès 1845, collaborateur de *la
Mode* et de *la Revue des Deux-Mondes*, il conquit en
peu de temps une place d'élite parmi les critiques et les
chroniqueurs. On met au premier rang des *Nouvelles*
qu'il publia en recueils, sous différents titres, (*Contes
et Rêveries d'un planteur de choux*, etc.,) celles où il
raconte quelques-uns des épisodes de la guerre de
Vendée. Il fut l'un de ceux qui contribuèrent au ren-
versement de la monarchie de Juillet, et l'on se doute

(1) Cf. *le Correspondant*, 15 nov. 1885.

qu'il ne fit pas une opposition moins acharnée au gouvernement de 1848, dans le journal *l'Opinion publique*, dont il fut rédacteur en chef, avec Alfred Nettement. La littérature n'a pas à regretter l'obscurité volontaire où l'auteur a laissé ses articles de politique courante : certes il s'y rencontre des pages véhémentes et judicieuses, mais les événements et les hommes auxquels ils sont consacrés sont bien loin de nous ! On ne lit plus ni Marrast, ni Flocon, ni Carrel, ni Peyrat, ni Ém. de Girardin. Pour faire complètement connaître M. de Pontmartin, il convient de rappeler que s'il n'eût été un polémiste éblouissant, et le critique littéraire que l'on sait, il eût pu disputer à Castil Blaze et à Scudo le sceptre de la critique musicale. On n'en veut pour preuve que la rectitude de ses jugements, dissimulée sous la grâce pétulante de la forme, dans l'ouvrage qu'il eut en 1878 la bonne inspiration de publier, pour le plus grand plaisir des délicats : *Souvenirs d'un vieux mélomane*.

Depuis, il a écrit dans *l'Union* et dans *la Gazette de France*. L'ensemble de ses œuvres comprendrait environ soixante volumes, dont une quarantaine consacrés aux lettres pures. C'est là une œuvre avec laquelle il faut compter.

M. de Pontmartin n'a ni l'érudition de Ste-Beuve et de Villemain, hellénistes comme Hase, latinistes comme Dubner, ni la rigoureuse orthodoxie de Nisard dans les questions de littérature classique, ni l'originalité primesautière de St-Marc Girardin, ni la raison ornée de Cuvillier-Fleury, ni la solidité philosophique de Scherer, ni la dialectique serrée de Planche, ni l'activité cosmopolite de Ph. Chasles, qui, suivant un mot célèbre, *savait tout, ne savait que cela, mais le savait bien*, ni le formidable savoir de Taine, ni la rigueur de déduction et la méthode scientifique de F. Brunetière, ni la sémillante et pimpante allure de J. Lemaître. Quoique sa manière rappelle tour à tour celle de ces coryphées de la critique contemporaine, sa personnalité n'en reste pas moins très nettement accusée et ne peut se confondre avec aucune autre de ce siècle. Écrivain, il prend tous les tons, manie tous les styles, celui de la conversation comme le style le plus châtié. Quant au critique, s'il est parfois excessif ou trop militant, il n'est jamais injuste ou banal : ce qui l'a sauvé du médiocre et du pessimisme, c'est son amour envahissant et passionné de la perfection artistique et littéraire, c'est son affection émue et fraternelle pour ceux qui savent donner une forme visible à la beauté, cette fin suprême de la pensée et du désir ; comme le personnage du *Banquet* de Platon, le grand critique spiritualiste dirait volontiers : « O mon cher Socrate ! ce qui donne l'importance à cette existence, c'est la vue de la beauté éternelle. Quelle ne serait pas, je le demande, la destinée d'un homme à qui il serait donné d'admirer le beau sans mélange, et qui pourrait contempler face à face, sous son unique forme, la beauté divine ! (1) »

Assurément dans l'œuvre du critique on rencontre un grand nombre d'*exécutions*, qui prouvent surtout qu'il y a par le monde de mauvais écrivains. Nous ajouterons même que ces pages brûlantes où l'Aristarque écœuré laisse libre cours à son indignation, sont celles qui nous paraissent faire le plus d'honneur, nous ne disons pas à sa sincérité et à son honnêteté professionnelle qu'il n'est jamais venu à l'esprit de personne de révoquer en doute, mais à son talent d'analyste et à l'infaillibilité de son tact littéraire. Nous connaissons peu de pages aussi spirituelles que celles où il bafoue le *zolisme*, aussi fines que celles où il se raille de Mme de Boigne, auteur du roman *Une passion dans le grand*

---

(1) Cf. Συμπόσιον, p. 215. Traduction V. Cousin.

Vacances de Camille, dans *les Buveurs d'eau*, Murger, en dépit de passages très spirituels et d'une morale plus que large, ne retrouva point l'unanimité des suffrages qu'il avait obtenue dans *la Vie de Bohême*.

Il vient d'être parlé des maréchaux du roman : saluons *le Connétable des lettres*, comme aimait à s'entendre appeler M. Jules-Amédée Barbey d'Aurevilly, (né dans le département de la Manche en 1808, mort pauvre, lui aussi, en 1889.) Il collabora à divers journaux, et publia *du Dandysme* et *Brummel* (1845), *les Prophètes du passé, J. de Maistre, de Bonald, Chateaubriand, Lamennais* (1851), *l'Ensorcelée* (1854), *le Chevalier des Touches* (1864), *les Diaboliques* (1874), enfin *le XIXᵉ siècle, les Hommes et les Œuvres*, dont le titre indique le plan et le sujet.

Les romans de Barbey ne sont pas écrits pour les pensionnats du Sacré-Cœur ; les descriptions y sont passionnées à en être incandescentes, et le vice y est retracé avec des couleurs si voyantes, que les lectrices inexpérimentées seraient exposées à y contracter l'amaurose, l'asthénopie, la mydriase, ou, tout au moins, la diplopie. Avec le courage qui le distinguait, l'auteur a nettement posé les termes de la question, carrément formulé son programme : « Le catholicisme n'a rien de prude, de bégueule, de pédant, d'inquiet. Le catholicisme aime les arts, et accepte sans trembler leurs audaces. L'artiste catholique reculera-t-il devant les séductions du vice ? Étouffera-t-il ces éloquences de la passion ? Devra-t-il s'abstenir de dépeindre l'une et l'autre parce qu'ils sont puissants tous deux ? Dieu, qui les a permis à la liberté de l'homme, ne permettra-t-il pas à l'artiste de les mettre dans son œuvre *à son tour?* »

Laissant de côté le point de vue moral, on est en droit de dire que *la vieille Maîtresse* (1851) est une œuvre fortement conçue, une étude psychologique d'une vigueur peu commune, une page de style étonnante par les qualités ainsi que par les défauts, qui ne sont pour la plupart que des exagérations de qualités.

A. Houssaye (1815) est surtout connu par sa *Galerie de portraits du XVIIIme siècle*, écrits dans le style régence ou Pompadour (1844), l'*Histoire de la Peinture flamande et hollandaise* (1846), *le roi Voltaire* (1858), mais surtout par *le 41me Fauteuil;* il y donne la biographie des grands écrivains qui, depuis Descartes jusqu'à Louis Veuillot, n'ont point fait partie de la docte assemblée. Ses romans parisiens, *le Roman de la Duchesse* (1877), *les Larmes de Jeanne* (1878), *la Robe de la mariée* (1879), etc., ne sont que des déjeuners de soleil, ouvrages futiles qu'on parcourt par désœuvrement et qu'on ne relit jamais.

Le maniérisme a gâté dans M. Houssaye une intelligence très vive et très française ; pour faire le portrait de l'auteur, il faudrait, ou le style à facettes de Jules Janin, ou le pinceau prétentieux de La Tour.

Alfred Assolant (1827-1887), brillant élève de l'École Normale, ne fit que goûter à la coupe d'amertume du professorat, fut vite remarqué par ses *Scènes de la vie aux États-Unis* (1858), *Marcomir* (1861), *une Ville de garnison* (1865), *les Aventures merveilleuses du capitaine Corcoran* (1868), par sa collaboration au *Journal de Paris*, où il tint brillamment sa place aux côtés de Weiss et de Paradol, enfin par un travail sérieux, *Campagne de Russie* (1866).

Nourri de la lecture des romans et des pamphlets de Voltaire, Assolant montre de l'esprit, trop d'esprit, infirmité parfois séduisante, mais le plus souvent fastidieuse.

> C'est bien là la mine bourrue
> Qui dans un salon ferait peur,
> Mais qui peut-être dans la rue
> Plairait à la foule en fureur.

Je suis l'ami du pauvre hère,
Qui dans l'ombre a faim, froid, sommeil.
Comment, artiste, as-tu pu faire
Mon portrait avec du soleil ?

Telle est la silhouette que l'ancien secrétaire de Gust. Planche crayonna au bas d'une de ses photographies.

J. Vallès naquit au Puy en 1833, fut maître d'études, esquissa des études de droit, collabora à différentes reprises au *Figaro*, fonda le journal *la Rue* (1867), prit part à la Commune, s'enfuit à Londres, revint à Paris en 1880, et rédigea le *Cri du Peuple*. Sa mort récente fut le signal de graves désordres au cimetière (février 1885).

Il a donné *les Réfractaires*, variante de *la Vie de Bohême*, écrits dans une note plus âpre ; *l'Enfant*, *le Bachelier*, *l'Insurgé*. On reconnaît à cet écrivain de la verve, encore de la verve, toujours de la verve : fils d'universitaire, universitaire lui-même, il écrit d'un style aigu, sombre, déclamatoire, mais presque toujours correct, fort.

A. de Gondrecourt, général français, commandant de l'École de St-Cyr à partir de 1866, a publié environ cent volumes, dont les plus connus des abonnés aux cabinets de lecture sont *Mémoires d'un vieux garçon* (1855), *le Mendiant* (1864), *le Sergent la Violette* (1866).

Le style de ce fécond improvisateur manque d'originalité, mais l'intérêt est assez soutenu ; quant à l'homme lui-même, il mérita et obtint toutes les sympathies.

Ponson du Terrail (1819-1871) : ce n'était pas un conteur vulgaire que celui qui fit palpiter tant de cœurs de cochers de fiacre et de piqueuses à la mécanique par le tableau si mouvementé, si prestigieux, des *Aventures de Rocambole*. Quand parut la *Résurrection de Rocambole*, on poussa à tous les cinquièmes étages un grand soupir de soulagement. Mais à l'annonce de la *Vérité sur Rocambole*, ce fut une cérébrite générale dans le monde civilisé ! Les écrits de P. du Terrail sont innombrables ; ils se mesureraient, non à l'aune ou à la toise, mais au verste, à la lieue de Prusse, qui, comme nul n'ignore, est de sept mille quatre cent sept mètres !

Voilà tout ce que nous pouvons dire sur le maître du feuilleton à un sou.

Fils d'un célèbre sculpteur, Gustave Droz est devenu populaire par son roman *Monsieur, Madame et Bébé* (1866). Dans ses autres ouvrages, *Entre nous* (1867), *le Cahier bleu de Melle Cibot* (1868), *une Femme gênante* (1875), les situations sont trop souvent d'une hardiesse excessive : ce sont des livres d'avance réservés à *l'enfer* des bibliothèques.

M. Jules Claretie, né à Limoges en 1840, fit vaillamment sa trouée dans le journalisme parisien, et mena, comme chroniqueur, de brillantes campagnes au *Figaro*, à l'*Illustration*, à l'*Indépendance belge* et au *Temps :* il est membre de l'Académie française et directeur de la « Maison de Molière. » Cet agréable, très vif et très souple écrivain n'a d'autre défaut que de composer avec trop de hâte.

Peut-être a-t-il été moins heureux au théâtre, (*la Famille des gueux, Raymond Lindey, le Régiment de Champagne*, grands drames historiques,) que dans le roman, (*Robert Burat* (1866), *les Muscadins* (1874), *le beau Solignac* (1876), *le Train n° 17, Monsieur le Ministre*). On lui doit aussi des biographies émues d'Élisa Mercœur, de G. Farcy, de Rabbe, et une étude grave et parfois éloquente, *les Derniers Montagnards*, dont Michelet disait : « Ce livre m'a fait frissonner ; il est si brûlant, si cruellement vrai ! » Dans le domaine de l'imagination pure, son chef-d'œuvre nous paraît être *l'Interne*.

Romancier, M. Theuriet est l'un des favoris du public; l'accueil fait à ses ouvrages se justifie par des qualités multiples, un ardent amour de la nature, des eaux courantes et des clairières semées çà et là dans les grands bois, par la grâce de la rêverie mélancolique, par l'élégance du style, par cette savante et minutieuse exactitude des descriptions, qui fait de lui le Th. Rousseau de la littérature contemporaine. Il a chanté la Meuse comme Ausone a chanté la Moselle ; il est le peintre du Barrois comme G. Sand est le peintre du Berry, L. Cladel du Quercy, Erckmann-Chatrian des Vosges.

On peut lire son œuvre entière, depuis *Mlle Guignon, le mariage de Gérard* (1875), *une Ondine, la fortune d'Angèle* (1876), *Raymonde* (1877), jusqu'à *le Filleul d'un marquis* (1878), *la Maison des deux barbeaux, le sang des Finoel,* (1879,) *Michel Verneuil, les Œillets de Kerlaz, Deux Sœurs* (1889). M. Theuriet est un Jules Sandeau plus varié, plus souple et plus séduisant encore, sachant, comme lui, dissimuler la force sous la grâce.

M. X. de Montépin, l'un des plus inépuisables producteurs de ce temps, est né en Franche-Comté (1824). La liste de ses drames est effrayante par elle-même, mais semble peu de chose quand on la compare au catalogue de ses romans ; les titres de ces derniers se devinent : *les Chevaliers du lansquenet* (1847), *le Loup noir* (1851), *un Gentilhomme de grand chemin* (1854), *la Maison maudite* (1867), *le Médecin des folles* (1879), qui fit fureur dans le monde des corsetières.

M. X. de Montépin sait admirablement son métier d'amuseur ; une fois lancé dans un de ses récits, le lecteur a peine à s'arrêter, sa curiosité est excitée quand même, et il se presse d'arriver au dénouement, *festinat ad eventum*, comme dit Horace, qu'on ne s'attendait guère à voir citer au sujet d'un écrivain qui se moque-

rait de nous si nous lui disions de conserver ses feuilletons pendant neuf ans dans une boîte en cyprès, *loevi
servanda cupresso.*

« Il a mangé le lard ! » telle était l'accusation portée
contre Cl. Marot. « Il fait prime chez les libraires ! »
tel est le raca confraternel qu'on lance à M. G. Ohnet.
En effet, à la date du 19 avril 1885, *le Maître de forges*
était arrivé à son deux cent troisième mille d'exemplaires ; et le flot n'a cessé de monter ! Est-il donc indispensable de vilipender cet auteur en raison même
de sa vente ? Disons qu'il a, sinon des conceptions supérieures, au moins des charpentes régulières, sinon un
style original, au moins une façon d'écrire lisible, accessible à la moyenne des lecteurs. Il ne possède, comme
imagination, que l'*aurea mediocritas*, soit ! est-ce donc
si peu de chose ? L'hôte de Tibur s'en contentait pour
la vie courante, mais, je le reconnais, n'en voulait pas
pas pour la poésie : *mediocribus esse...* On a reproché
à M. Ohnet de se faire le thuriféraire de la bourgeoisie,
et de chercher ses héros dans l'industrie et le commerce : cette accusation ne présente aucun sens. Certes,
la poétique dont s'inspire l'auteur du *Docteur Rameau*
n'a rien de transcendantal ; toutefois la justice exige
qu'on reconnaisse à ce Dennery du roman une aptitude spéciale pour créer des caractères énergiques parfois jusqu'à l'héroïsme. Ses personnages offrent avec la
généralité des lecteurs une foule de points communs,
par les qualités comme par les faiblesses : de là cette
sympathie qu'ils inspirent.

Le roman de mœurs, qui, en déviant, a donné le
roman *réaliste*, devenu bientôt le roman *naturaliste*, a
pour créateur incontesté l'auteur de *la Chartreuse de
Parme*, qui, le premier, offrit des personnages, de leurs
passions, du cadre dans lequel ils se meuvent, une description morcelée à l'infini, calquée sur l'objet même.

Après lui, on a l'habitude de citer Champfleury (né en 1821 à Laon), le spirituel historiographe des *Chats* (1869), l'auteur toujours ingénieux de *M. de Boys d'Hiver*, et de cette satire des mœurs de province, *les Bourgeois de Molinchard* (1854). Remarquons, après M. Vapereau, qu'il y a dans les procédés de composition de cet écrivain plus de fantaisie et de caprice, (témoin l'histoire de *Chien-Caillou*,)que de scientifique et servile exactitude dans la peinture de la réalité.

Le troisième en date est Ern. Feydeau (1821-1873), dont le roman *Fanny* (1858) eut une vingtaine d'éditions en un an, mais qui est gâté par des tableaux pornographiques. D'autres ouvrages qui suivirent n'obtinrent qu'un succès relatif.

Gustave Flaubert, né à Rouen en 1821, mort en 1880, fut l'ami de Louis Bouilhet, son Patru, son Fontanes, auquel il dut d'excellents conseils littéraires. En 1857 parut en livraisons, dans la *Revue de Paris, M. Bovary*, aussitôt poursuivie par le parquet pour outrage à la morale publique : en effet, plusieurs scènes y sont d'une invraisemblable lasciveté. On ne peut mieux comparer l'ouvrage, bien supérieur à *l'Ane d'or* d'Apulée, qu'au *Satyricon* de Pétrone, ce libelle scabreux dont la forme est si pure et le fond si écœurant. Le style de Flaubert s'y montre d'une rare vigueur, tour à tour coloré, souple, largement onduleux ou savamment haché, et toujours d'une étonnante sonorité musicale. Rien, par exemple, n'y coule de source, rien n'y jaillit d'inspiration ; tout est voulu, calculé. Avec Chateaubriand et Lamennais, Flaubert est le plus ample de nos lyriques en prose, le premier harmoniste de notre siècle.

Après son procès, Flaubert se rendit en Tunisie, désireux qu'il était d'étudier les paysages africains ; c'est là qu'il trouva les documents indispensables pour dépeindre ces défilés de la Hache connus des amateurs comme l'est, dans *le Capitaine Fracasse*, la description du *Château de la misère*. Par cette épopée en prose, où se déroulaient les incidents de la guerre des Mercenaires, l'auteur, qui avait arraché à l'archéologie africaine une partie de ses secrets, a voulu ressusciter la civilisation carthaginoise au troisième siècle avant notre ère. Mais ici l'artiste a été étouffé par l'érudit, le styliste par le numismate ; au lieu de ces larges et lumineuses considérations qu'on était en droit d'attendre, on trouve des travaux sur la glyptique et des hypothèses sur la céramographie, le tout mal digéré, insuffisamment fondu, exposé dans une langue qui rappelle un métal de Corinthe à l'état brut, où il y a de l'or, de l'airain, mais aussi de la *crasse* et du sable. Ajoutons l'*Éducation sentimentale* (1869), roman à tiroirs qui causa une grande déception, *la Tentation de S. Antoine,* rempli de pages splendides, *Trois Contes,* (1877), enfin *Bouvard et Pécuchet,* simple ébauche.

Edmond de Goncourt, né à Nancy en 1822, et Jules, né à Paris en 1830 et mort en 1870, ont écrit en collaboration un fort grand nombre d'ouvrages, dont les plus célèbres dans le genre sérieux sont : *Histoire de la Société française pendant la Révolution et sous le Directoire* (1855), *Histoire de Marie-Antoinette* (1850), et, dans le genre du roman, *Renée Maupérin* (1864), *Germinie Lacerteux* (1865). Ed. de Goncourt a donné, depuis la mort de son frère, *la Fille Élisa* (1878).

Le pire défaut de ces deux infatigables travailleurs est l'abus du raffinement ; arrière petits-fils du Cydias de La Bruyère, ils adorent le style tourmenté, contourné, fébrile ; ils ne se doutent pas de ce que peut être le naturel, ils ignorent « la beauté simple de l'art antique, » Pourquoi aussi ces consciencieux artistes ont-ils traîné un talent supérieur dans les ignominies du ruisseau ? pourquoi ont-ils ambitionné les lauriers de Rétif de la Bretonne ?

M. Alph. Daudet (1) est né à Nîmes en 1840. Qui ne connaît l'hôte du vieux moulin de César Mitifio, l'humoristique possesseur de l'Enclos des Cigalières ? Tous ses romans ont suscité des admirations enthousiastes : *le petit Chose* (1868), *Fromont jeune et Risler aîné* (1874), *Jack* (1876), *le Nabab* (1878), *Numa Roumestan, les Rois en exil, Sapho, l'Immortel*. Si la postérité fait un choix dans le bagage de cet éminent écrivain, qui honore notre époque, elle se décidera pour *Fromont jeune* et *les Lettres de mon moulin*, dont quelques-unes sont exquises, *(les vieux, la mort du jeune Dauphin, l'élixir du F. Gaucher, le sous-préfet aux champs ;)* on lira encore ces deux agréables ouvrages lorsque les allusions politiques et littéraires éparses dans *les Rois en exil, N. Roumestan* et *l'Immortel* ne seront plus comprises qu'à l'aide de clefs, ou recherchées que par les seuls amateurs de curiosités. Plusieurs de ces types vivent et circulent dans le monde, ayant leur cachet propre, possédant toutes les articulations de la vie, et que l'auteur a créés en s'aidant de l'observation, des lois de l'analogie, et des théories du milieu et de l'hérédité. On admire dans M. A. Daudet une prose mélodieuse, scintillante, ondoyante et colorée, sans néologismes comme sans apparence d'efforts, admirable dans l'analyse des passions et dans la reproduction des scènes méridionales.

M. Hector Malot (1830) quitta l'étude d'un notaire pour s'adonner à la littérature, écrivit beaucoup sans

---

(1) M. Ernest Daudet, son frère (1837), est surtout un historien distingué ; ses meilleurs ouvrages sont : *Ministère de M. de Martignac* (1875), *la Terreur Blanche* (1876), *le Procès des Ministres* (1877). Il a aussi composé des romans (*un Mariage tragique*, etc.).

De Madame Alph. Daudet on a *Impressions de nature et d'art*, ouvrage qui a été fort remarqué.

sortir d'une certaine demi-obscurité, jusqu'au jour où, dans un café, dépliant le journal *les Débats*, il y trouva, non sans un effarement joyeux, une pénétrante Étude que Taine consacrait à ses romans. Un article du grand esthéticien, c'était la gloire! Depuis cette époque, M. Malot est classé parmi les auteurs à succès. On sait que ses romans sont charpentés comme des drames, c'est-à-dire que la part faite à l'imprévu empiète souvent sur le développement normal des caractères : l'intérêt en devient plus intense, mais la valeur scientifique de l'œuvre n'en est assurément pas augmentée.

Les personnages s'expriment dans un langage naturel et vraisemblable, ce qui explique le grand nombre des lecteurs qui se sont attachés à la fortune littéraire de M. Malot. On cite surtout : *Un mariage sous le second Empire* (1873), *l'Auberge du monde* (1875), *Sans famille*, (qui est son *Fromont jeune et Risler aîné*,) *le Docteur Claude* (1878), récit des plus émouvants, *le Lieutenant Bonnet, Ghislaine* (1887), *Justice* (1889).

Quand je vois M. Zola colporter où qu'il aille ces odeurs étranges, triturer à pleins poings les matières excrémentielles, je me rappelle la lutte à la course entre Ulysse et Ajax, fils d'Oïlée : celui-ci, poussé par Minerve, culbute, et se ramasse tout couvert de ce que Virgile appelle *immundo fimo*, une fiente nauséabonde ; à sa vue, les Achéens aux grands cheveux s'offrent une chénice de bon sens, car le géant fait la grimace, il a les yeux, la bouche, le nez remplis d'ordure (1)!

D'où vient cette passion furieuse, cette manie de névropathe qui pousse M. Ém. Zola à rechercher le débraillé, les résidus de digestion, les malpropretés d'égoût, toutes les variétés de la vilenie morale et de

(1) Cf. Iliad. XXIII, V, 777. Ἐν δ'ὄνθου βοέου πλῆτο στόμά τε ῥῖνάς τε.

la hideur physique ? Ne serait-ce pas que, de son comptoir de chez Hachette, voyant, le long du jour, affluer tous ces professeurs normaliens, gens distingués, ratissés, en cravate blanche et en gants, (c'était la mode universitaire à cette époque,) il a senti lui venir à la gorge la nausée du correct, du convenable, du *Cant*, et s'est juré que, lorsqu'il écrirait, il ne serait ni ratissé, ni distingué, et ne mettrait ni gants ni cravate blanche ? On sait s'il a tenu parole ! Une grande buée de purin flotte sur son œuvre. On sait, du reste, que M. Zola est le dieu du naturalisme et que M. Margue est son prophète. A tout prendre, quel prodigieux, quel superbe gâcheur ! Comme il porte bien *l'oiseau !* Il est incontestable qu'il se trompe souvent au cours de son travail, et qu'alors il met sur sa truelle autre chose que du gobetis ou du hourdis : toujours est-il que la construction est solide.

L'auteur du *Ventre de Paris* est né à Paris en 1840. Il fit dans les lettres une entrée tapageuse en se posant comme l'avocat du peintre Manet. Il donna bientôt *Contes à Ninon* (1864), *Thérèse Raquin* (1867), *la Curée*, prétendu tableau de la vie sous le second Empire, satire dirigée contre la Cour de Compiègne ; *l'Assommoir*, *Germinal*, *le Rêve*, considéré par la plupart des critiques et par l'auteur lui-même comme une œuvre toute virginale, et qui n'est qu'un long chapelet de gravelures maladroitement voilées. Quant au reste, particulièrement à *la Terre*, qui est le dernier mot de l'ignoble, mieux vaut ne pas en parler.

Guy de Maupassant est le plus notable disciple de M. Zola, son coadjuteur avec succession éventuelle. Dans son œuvre, déjà très compacte, on ne sait trop que choisir. Rien de sain, de véritablement bon : l'auteur est pessimiste, quoiqu'il se vante d'aimer la nature et la solitude, (*Sur l'eau*, 1888.) Son système est le fatalisme, si bien, dirait Guibollard, que ses personnages sont absolument irresponsables, et que le résultat le plus net de ces romans et de ces nouvelles est une invincible tristesse : *Fort comme la mort* (1889). Ajoutons que l'auteur dispose d'un talent considérable qu'il devrait et pourra, un jour, mieux utiliser. M. J. Lemaître l'appelle « un conteur robuste et sans défaut. »

Ad. Belot, né à la Pointe à Pitre en 1829, se fit applaudir à l'Odéon avec *le Testament de César Girodot* (1859,) et composa un grand nombre de romans, dont les plus connus sont *la Vénus de Gordes* (1867), *le Drame de la rue de la Paix*, et plusieurs autres, dont la donnée parut si obscène, que la publication ne put en être terminée dans les journaux.

De M. Ferdinand Fabre, né en 1830 et destiné d'abord à l'état ecclésiastique, on a *les Courbezon* (1862), *l'abbé Tigrane, candidat à la Papauté* (1873), *la petite Mère, Ma vocation,* parue dans la *Revue bleue* en 1888, tous livres animés d'une inspiration malsaine et coupable, où l'auteur a gaspillé un talent énergique, une merveilleuse force d'analyse qui font de lui, peut-être, le premier des élèves de Balzac.

Léon Cladel, né à Montauban en 1835, unit à la plus regrettable immoralité une surprenante connaissance des effets descriptifs. Comme il est au moins inutile de recommander, même d'une façon indirecte, des ouvrages irréligieux, il nous suffira de citer du peintre des *Causses* quercynois *Va-nu-Pieds* (1873), et *l'Homme de la Croix aux bœufs* (1878).

Il est peu de noms entourés d'une sympathie d'aussi bon aloi que celui de Henri Rivière (1827-1887), qui fut à la fois un vaillant officier de marine et un romancier de marque : son *Pierrot et Caïn* (1860) rappelle les fantasmagoriques imaginations d'Edg. Poë. On n'a pàs oublié *la Main coupée* (1862), *Aventures de trois amis* (1875). L'homme n'a laissé que des amis, l'écrivain que des admirateurs.

M. Julien Viaud, célèbre sous le pseudonyme de Pierre Loti, est un lieutenant de vaisseau décoré pour sa belle conduite au Tonkin. « Il a le don de l'expressivité, les mots lui viennent sans qu'il les cherche, et ce sont les mots qu'il faut, ni plus ni moins.... Il a vu nettement et il décrit sobrement.... Quelles diverses lumières il répand sur ses paysages, et quel coloris puissant, réel, plein de charmes! (1) »

Nous détachons de son œuvre *Aziyadé, Mon frère Yves, et Pêcheurs d'Islande.*

Cruelle Énigme et *Mensonges*, de M. Paul Bourget, sont deux des plus grands succès de lecture que signale la librairie de 1870 à 1889. Ces ouvrages ont surtout réussi parce qu'ils sont l'exacte expression des mœurs, non pas de la société prise dans son ensemble, mais d'une certaine fraction gangrenée de la société parisienne. Un très fin et très sagace psychologue (2) a justement observé que les maladies de notre fin de siècle sont :

1º *Le raffinement ;* on ne décrit plus que l'exception, la bohême, le demi-monde, les habitués des cercles ou les demi-dieux du boulevard, les don Juan des coulisses de petits théâtres, etc.

2º *Le sensualisme ;* on élimine le sentiment pour rechercher la sensation brutale, les peintures qui poussent à l'excitation des sens ; le roman est devenu une succursale de certains musées secrets.

3º *L'inconscience ;* on excuse tous les excès de la passion, tous les égarements des sens, en invoquant les lois inéluctables du tempérament, la fatalité de

(1) Cf. l'article éloquent de M. Ch. Buet sur Pierre Loti. *Revue bleue*, 15 décembre 1888.

(2) Cf. Ch. Bigot. *Revue bleue*, 28 janvier 1888.

l'éducation, l'influence de l'atavisme ; on ne s'aperçoit pas qu'on supprime ainsi la moralité, le bien, le juste, les ressorts mêmes de la volonté.

4º *Le pessimisme ;* or, quelle plus grande sottise que le pessimisme en France, dans la patrie des trouvères, de Cl. Marot, de Molière, de Sévigné, de Lesage, de Beaumarchais, chez le peuple qui inventa le vaudeville, l'épigramme et la chanson ; le pessimisme, qui communique à l'âme un invincible dégoût de l'action, et qui par conséquent la mutile et l'abaisse en lui montrant qu'elle est impuissante à réaliser n'importe quel généreux effort, et en tarissant en elle la source du sacrifice et de l'héroïsme !

Telles sont les quatre infirmités dont souffrent les personnages de M. Bourget.

Ces réserves faites, il ne nous coûte nullement de relever, dans cet écrivain, une ardente sensibilité, une imagination rêveuse et pourtant capable de saisir et de fixer la vérité même compliquée, une savante mesure dans l'ampleur ainsi qu'une incomparable élégance de style, souvent déparée, il est vrai, par un certain penchant à la miévrerie.

Édouard Laboulaye, né à Paris en 1811, savant jurisconsulte, un des chefs du parti libéral sous le second Empire, auquel il finit par se rallier, a composé *Paris en Amérique* (1863), roman allégorique surfait par l'esprit de parti, *le Prince Caniche* (1868), *les Contes bleus* (1863).

Jules Hetzel, né à Chartres en 1814, après avoir joué un rôle considérable dans les événements de Février 1848, composa et publia, sous le nom de Stahl, *Bêtes et gens* (1853), *le Voyage d'un étudiant* (1860), *Histoire d'un âne et de deux jeunes filles* (1875), *Maroussia*, légende russe (1878).

Nous reconnaissons avec plaisir que le fondateur du

Magasin d'éducation et de récréation (1864) est un des rares écrivains qui ont su se mettre à la portée de la jeunesse et même de l'enfance. Son nom, comme celui des Hachette, des Dezobry, honore la librairie parisienne.

M. Jean Macé, né à Paris en 1815, est partout connu par sa *Bouchée de pain* (1861), livre qui est pour l'anatomie ce que furent pour la mythologie les *Lettres à Émilie*, de Demoustier. Mentionnons aussi les *Contes du Petit-Château*, *l'Arithmétique du grand papa*, les *Serviteurs de l'estomac*. M. Macé est un des hiérophantes de la franc-maçonnerie.

M. Jules Verne a débuté par des opéras-comiques ! C'est en 1863 qu'il fit paraître son livre *Cinq semaines en ballon*, suivi de tant d'ouvrages que dévorent les collégiens de 10 à 15 ans : *Aventures du capitaine Hatteras*, *les Enfants du capitaine Grant*, *Vingt mille lieues sous les mers*, *le Tour du monde en 80 jours*, *le Docteur Ox*, etc.

Tous ces ouvrages sont des plus attachants, et l'on peut même, avec un peu d'attention, y glaner çà et là quelques bribes de connaissances scientifiques ; mais dans nos établissements d'instruction publique, quel tort ils font à la prosodie, à la grammaire grecque et au vers latin !

On se rappelle le récit d'Hérodote : Xerxès était arrivé au sommet de l'Athos, d'où il considérait l'armée qui, à travers la plaine, défilait devant lui. Soudain ses courtisans le virent pâlir et cacher son visage dans ses mains : le Grand Roi pleurait ! Respectueusement interrogé sur le motif de sa tristesse : « Ah ! dit-il, c'est que je pense que, de toutes ces centaines de milliers d'hommes, il n'y en aura pas un seul qui vivra dans cent ans ! »

N'est-ce pas la réflexion que se fait l'historien, quand

il passe en revue les innombrables forçats du roman, ces bataillons d'écrivains qui entassent livres sur livres, fictions sur fictions, Ollendorff sur Dentu, Marpon sur Drayfous, et dont la postérité, peut-être, ignorera le nom même ?

Mais recommençons à tourner notre roue, à rouler notre rocher ! M. Cam. Flammarion (1842), autre vulgarisateur scientifique *di primo cartello*, a composé *la Pluralité des mondes habités* (1862), son chef-d'œuvre, *les Mondes imaginaires et les Mondes réels* (1864), *les Merveilles célestes* (1865), et d'autres livres où il y a plus de fantaisie et moins de bon sens, plus de rêves et moins de style que dans l'ouvrage analogue de Fontenelle.

M. Louis Figuier (1819), médecin pourvu de deux agrégations et de deux doctorats, était donc bien outillé pour traiter *ex professo* des questions de science. Ses ouvrages sont très nombreux ; citons, dans le genre qui nous occupe, genre où l'imagination marche de pair avec la réalité, *Histoire des merveilles dans les temps modernes* (1860, 4 vol.), *la Terre avant le déluge* (1862), *le Lendemain de la mort* (1872).

Erckmann-Chatrian est un pseudonyme qui cache deux personnalités distinctes :

M. Erckmann, né en 1822 à Phalsbourg, ce nid de glorieux soldats ;

M. Chatrian, né en 1826 à Abreschwiller, (Meurthe.)

Le premier ouvrage qui attira sur eux l'attention, fut *l'Illustre docteur Mathéus* (1859) ; puis vinrent le *Fou Yégof* (1862), *Madame Thérèse ou les Volontaires de 1792*, leur œuvre maîtresse, bien conduite et vivement écrite, sans trop de négligences ni de déclamations contre la guerre et les rois, *le Conscrit de 1813*, où il y a des pages émouvantes, *l'Histoire d'un homme*

monde (1), aussi énergiques sans brutalité, aussi hautaines et aussi fougueuses dans l'expression de la vérité même, que le portrait du médisant et sec Mérimée.

En étudiant et en admirant, (c'est tout un,) le merveilleux auteur des *Samedis*, une pensée nous hantait avec persistance : la frappante analogie que présente la carrière de M. de Pontmartin avec celle de Berryer ! N'est-ce point la même fidélité au drapeau de la monarchie légitime, la même unité dans les convictions ? Et cependant, ce n'est pas à l'éminent écrivain de la *Gazette de France* qu'on appliquera jamais une réflexion analogue à celle qu'il fait sur Spontini et Larrey : « Pour l'un, le temps semblait s'être arrêté entre la *Vestale* et *Fernand Cortez ;* pour l'autre, entre la bataille d'Austerlitz et la bataille d'Iéna. » Voilà cinquante ans que le grand rival de Ste-Beuve, tantôt octogénaire, rend compte des productions les plus diverses et les plus dissemblables, et depuis cinquante ans, attentif à toutes les modifications du goût qui se succèdent dans la sphère de la pensée, il est toujours en progrès sur lui-même, et l'on dirait volontiers, en avance sur les autres historiens littéraires. Quand un second Nettement voudra faire connaître le mouvement intellectuel de la fin du XIXe siècle, il aura les matériaux tout préparés, et, en ce qui concerne bien des écrivains, un jugement exact rendu d'avance, des couleurs toutes prêtes, un tableau tout fait. Il lui suffira d'ouvrir *les Causeries littéraires, les Semaines littéraires*, et la série des *Causeries du Samedi*, opulentes de couleur comme les chroniques de Froissart, étincelantes de verve comme les *Mémoires* de Beaumarchais.

M. Taine (Hippolyte), né en 1828 à Vouziers, dans les Ardennes, prix d'honneur de rhétorique au grand

---

(1) Cf. *Nouveaux Samedis*, IVe série.

concours, premier de la fameuse promotion de 1848 à l'École Normale, se fit recevoir docteur avec une thèse sur Lafontaine qui est restée son ouvrage le plus populaire. Le fabuliste y est expliqué, élucidé par des citations de La Bruyère et de St-Simon. Sourdement desservi par V. Cousin, qui déjà, au concours de philosophie, avait rejeté sa copie au second plan sous prétexte qu'elle exhalait une forte odeur de panthéisme, il débuta, lui, l'honneur de la rue d'Ulm, par être professeur, (suppléant,) de sixième ou de cinquième dans quelque lycée de quatrième ordre ! Au bout de quelques mois il jeta sa démission à la figure du ministre, et renonça à l'ambition de devenir un jour inspecteur d'Académie à Aurillac ou à Mende. En 1854, il fut couronné à l'Académie française pour son *Essai sur Tite-Live ;* c'est dans ce livre qu'il inaugura l'application de sa fameuse théorie de la *faculté maîtresse*, en expliquant les qualités et les défauts de l'auteur des *Décades* par l'influence prépondérante de la tendance oratoire. Il se délassa de ces travaux techniques par la publication (1855) du *Voyage aux Pyrénées*, mélange de légendes curieuses et de descriptions humoristiques. Qui ne connaît la page où M. Taine nous retrace les ébats d'une douzaine de petits cochons blancs et roses, aux yeux malicieux, à la queue en trompette ? Le succès des *Philosophes français au XIXᵉ siècle* fut aussi vif ; c'est moins une histoire qu'un pamphlet. Tour à tour défilent sous nos yeux Royer-Collard, devenu le rénovateur de la philosophie spiritualiste en France, parce que le hasard lui avait fait découvrir sur les quais, dans la boîte à deux sous des bouquinistes, un exemplaire dépareillé de Reid ; Destutt de Tracy ; Maine de Biran, dont l'auteur met la puissante originalité dans le relief nécessaire ; Jouffroy, qui obtient la justice et la sympathie méritées par tant de talent et de souffrances ; Cousin, président du jury d'agrégation, souverain inspirateur de la philosophie officielle, Cousin, le jongleur, le comédien sans rival, à qui le lauréat évincé d'autrefois paie avec d'énormes intérêts la dette de colères et de rancunes amassées depuis huit ans, capital sans cesse accru ; enfin deux personnages masqués, Pierre et Paul, sous le pseudonyme desquels on pourrait reconnaître MM. J. Simon et Vacherot. De ci de là, quelques théories personnelles, moins audacieuses en réalité qu'on ne le crut d'abord, et où l'on ne doit voir que des réminiscences de Condillac amalgamé avec du Hegel.

Les Essais de critique et d'histoire (1857) nous présentent un choix d'articles de journaux, dont deux, au moins, sont des chefs-d'œuvre, l'un consacré à Balzac, l'autre à St-Simon,

Mais si l'on veut apprécier l'envergure intellectuelle de M. Taine, il faut le suivre dans les cinq volumes de sa *Littérature anglaise.* L'ouvrage, il est vrai, semble fait de pièces et de morceaux, soudés avec plus ou moins de bonheur, (et, en effet, il parut d'abord par fragments dans les *Débats ;*) mais la proportion exacte entre les développements et le mérite des auteurs est presque toujours observée ; quant au style, d'une incroyable puissance, d'une inépuisable richesse, sans que jamais on trouve trace de délayage, éclatant, heurté, violent, il marquerait parmi les premiers de ce siècle s'il ne péchait par un excès de monotonie. Les cinquante premières pages, les articles sur Shakspeare, sur les auteurs du règne de Charles II, sur Swift, sont des morceaux hors de pair.

Comme l'esthétique à laquelle M. Taine a rigoureusement conformé tous ses ouvrages se recommande par la hardiesse et l'originalité, il convient d'en rappeler les lignes essentielles et les principes fondamentaux.

L'homme est un produit, une résultante de forces qui agissent sur lui à son insu, et le dirigent à tous les instants de son existence.

D'abord le sol et le climat communiquent à l'homme un certain nombre d'impressions, qui prennent une forme concrète, permanente, et se transmettent, de manière à former la *race*.

C'est là le premier caractère, qui est incessamment modifié lorsqu'il se transporte dans des milieux autres que les milieux où l'homme s'est développé primitivement : donc à l'influence de la race s'ajoute celle du *sol* sur lequel il vit et se meut.

En troisième lieu, un individu diffère d'un autre individu en raison même du *moment* où il a fait son apparition dans la sphère commune du mouvement intellectuel.

Enfin les trois forces combinées constituent ce qu'on appelle un *milieu ;* ce milieu devient une force nouvelle, dont l'action se produit concurremment avec celles qui l'ont produite.

Résumons. Quatre forces, savoir : la race, le sol, le moment, le milieu.

Que de remarques suggère ce système !

1º Et d'abord nous constatons, sans insister, que si le déterminisme de l'auteur est faux, de toute cette savante théorie il ne subsiste rien (1).

2º Pourquoi négliger de faire la part qui revient dans le caractère d'un peuple à l'éducation que ce peuple reçoit ? Est-ce, par exemple, que le génie de la France ne serait pas tout autre s'il n'avait pas été essentiellement pénétré par l'éducation gréco-latine de la Renaissance, à la suite de la prise de Constantinople ?

3º N'est-il pas incontestable que certains peuples présentent, à différentes phases de leur existence, des

---

(1) Cf. P. Bourget, *Nouvelle Revue*, 15 décembre 1882.

variations considérables au point de vue des aptitudes, si bien que l'appréciation que l'on porte sur un peuple à tel siècle, devient fausse quand on prend ce peuple à une autre phase de son développement ? (Ce qui concilie à la littérature française la faveur européenne au XIIe siècle, c'est l'originalité des conceptions et leur accord avec les croyances et les mœurs, tandis qu'au XVIIe siècle, c'est la politesse, l'élégance, la correction, et, au XVIIIe, la hardiesse des vues, l'esprit de critique, la manie du dénigrement (1) !)

4° Sous l'influence prépondérante d'une idée, il se produit des ressemblances entre les œuvres de deux races différentes. Témoin l'influence de l'idée religieuse, qui fait produire dans des pays distincts, comme la France et l'Allemagne, des œuvres attestant une même inspiration. L'architecture gothique fleurit dans les Flandres, en Italie, comme sur les bords du Rhin et le long du haut Danube.

5° Qu'est-ce que M. Taine entend par un *peuple* ? Sous cette appellation on range des provinces absolument distinctes. La psychologie des habitants de la Bretagne est-elle la même que celle des habitants de la Provence, de la Touraine et de l'Alsace ? Les peuples d'une même *race* offrent souvent des oppositions marquées. Ainsi, d'après l'auteur, le caractère de la race latine est le goût de la régularité, le talent de l'ordonnance harmonieuse, de la correction. Or, au point de vue de l'art, l'Espagne, qui pourtant est de race latine, donne un démenti à cette assertion, car les tableaux de l'école espagnole démontrent le dédain absolu des règles, de l'arrangement et de l'élégance. Les contradictions abondent.

Les anciens Romains méprisaient la peinture, qu'ils abandonnaient aux esclaves comme un art servile : les

(1) Cf. Littré, *Préface du Dictionnaire.*

Romains du XVIe et du XVIIe siècle regardèrent la peinture comme le premier des arts et le plus noble des travaux.

M. Taine refuse le don de l'imagination à la nation française ; il dit même en termes catégoriques : « Nulle race en Europe n'est moins poétique que la française (1). » L'affirmation est vraie pour la littérature des trouvères, si malingre, si sèche de développements. L'est-elle pour la littérature de d'Aubigné, de Lafontaine, de Bossuet, de Jean-Jacques, de Chateaubriand, de Lamennais, de Michelet, de Lamartine et de Victor Hugo ?

6° Que dire du *moment* ? L'écrivain et l'artiste ne sont pas fatalement pétris et façonnés par le moment où ils apparaissent. Certes l'action et l'influence du passé sur leur manière de sentir et de composer sont très grandes, et l'historien doit en tenir compte, mais elles ne sont ni exclusives ni irrésistibles : la preuve en est qu'ils peuvent, par un choix raisonné, s'abstraire des écoles et des idées en vogue de leur temps, et s'attacher de préférence à des modèles bien antérieurs. Poussin laisse l'enseignement de son maître pour étudier Raphaël, mort depuis un siècle ; Rubens remonte à travers les écoles pour aller emprunter au Titien l'opulente magie de sa couleur. De même, en littérature, de Corneille, qui s'inspire de Lucain, de Lafontaine, qui s'attache à Marot, de Boileau, qui suit pas à pas Horace.

Ce qui prouve mieux encore l'exagération de la théorie du *moment*, c'est le pouvoir qu'ont les penseurs de se soustraire au courant qui les entoure, de rompre avec l'art antérieur par quelque création de génie, distincte des œuvres environnantes. *L'École d'Athènes*, de Raphaël, ne ressemble en rien à l'œuvre du Pérugin.

_____

(1) Cf. *Histoire de la Litt. anglaise*, I, 86.

N'y a-t-il pas tout un monde entre le panégyriste d'Henriette de France et les orateurs qui le précèdent immédiatement ? Est-ce que le *Discours de la Méthode* n'est pas la négation même de toutes les philosophies qui florissaient vers 1637 ?

Il est si peu légitime de nier l'action personnelle, (indépendante du *moment*,) de l'écrivain ou de l'artiste, que souvent l'un d'eux donnera le branle à un genre d'études et de travaux, et leur fera accomplir de véritables progrès alors que les autres sphères de l'activité humaine demeureront stationnaires. Très rares sont, dans l'histoire de la civilisation, les époques où les différentes variétés de conceptions artistiques soient simultanément prospères, où la peinture, la sculpture, l'architecture, la littérature, la musique, présentent ensemble une égale floraison de grands génies. L'architecture atteint l'apogée de la perfection au XIIIe siècle, la sculpture et la peinture au XVIIe siècle, la musique, la poésie, au XIXe. Dans un ordre de faits plus restreint, l'amour de la nature éclate dans les tableaux de Cl. Lorrain et du Poussin, et ce même sentiment ne poindra dans les œuvres littéraires qu'un siècle plus tard, avec Rousseau et Bernardin de St-Pierre.

L'influence du *milieu* n'est pas moins infirmée par les faits ; la littérature la plus raffinée, celle qui, en Angleterre, reconnaît Lilly pour maître, se produit à l'époque où les mœurs sont les plus barbares, sous le règne d'Élisabeth la Sanglante. Les professions de foi spiritualistes du citoyen de Genève éclatent au milieu du siècle le plus matérialiste qui fût jamais, le XVIIIe.

Est-il donc vrai, comme le prétend M. Taine, que, dans le monde de la pensée, dans le mouvement artistique et littéraire créé par l'homme, tout agisse, tout exerce une influence excepté l'homme lui-même, espèce de machine poussée par les passions comme la girouette est mue par le vent ? Tout en nous, la conscience, le sentiment de la liberté, de la responsabilité personnelle, de la dignité humaine, tout proteste contre cette théorie démoralisatrice (1).

Infatigable producteur, M. Taine a publié plusieurs volumes sur la *Philosophie de l'Art*, un *Voyage en Italie* (1866), *Notes sur Paris, ou Vie et opinions de Thomas Graindorge* (1867), ouvrage humoristique dont le sel est un peu gros, *de l'Intelligence* (1870), son œuvre capitale en philosophie, imprégnée de positivisme et de sensualisme, *l'Ancien Régime* (1876), *la Révolution* (1878). Tout récemment, il a étudié l'Empire dans un ouvrage où Napoléon n'est pas traité, il s'en faut, avec une bienveillance excessive. C'est là surtout que l'écrivain procède par le mode de l'énumération : les brochettes de petits faits s'empilent, les analyses, les contre-analyses, les simulacres d'idées, les fractions, les huitièmes, les vingtièmes de détails s'enchevêtrent et se superposent. Qu'on se figure une tour Effel fabriquée à l'aide de fétus de paille d'un millimètre carré ! Parfois, dans le revêtement, on rencontre des arguties et des subtilités ; mais la dépense d'érudition est énorme. La conclusion du philosophe est que Napoléon a tué beaucoup d'hommes, 1.700.000 environ, et qu'il était égoïste. Thiers, Lanfrey, le colonel Charras, le général Yung, nous avaient déjà renseignés sur le premier point, et sur le second nous étions suffisamment édifiés, grâce aux indiscrétions de Mme de Rémusat et de Bourienne.

Mais, à propos du mouvement de 89 et de ses origines, que de points nouveaux mis en lumière, que de préjugés combattus, que d'erreurs réfutées, que de

(1) Cf. un magistral article de Marcel Reymond, *Contemporains*, 1er septembre 1882.

légendes trouées à jour ! Avec quelle sûreté, quelle
richesse d'informations le lecteur est mis en garde et
prévenu contre « les excès où se porte la bête humaine
lorsqu'elle est démuselée !»

En somme, malgré ses paralogismes, qui sont nombreux et regrettables, M. Taine restera la plus forte
et la plus complexe personnalité littéraire et philosophique de cette fin de siècle.

Aussi savant, aussi encyclopédique fut Émile Littré,
(né à Paris en 1801, mort en 1884). La vie de cet
homme est un hymne au travail. Il s'occupa d'abord
de médecine, étendit ses recherches dans tous les
genres d'études, apprit l'italien, l'anglais, l'allemand, le
sanscrit, devint le collaborateur de Carrel au *National*,
fournit des articles très remarqués, tantôt à la *Revue
des Deux-Mondes*, tantôt à la *Revue germanique*, puis au
Journal des Savants, enfin à la *Revue positive*, dont il
fut le parrain et l'inspirateur, traduisit un chant de
l'Iliade en vers français du XIIIe siècle, *l'Enfer du
Dante* en vers du XIVe, donna la première version
complète d'Hippocrate et de Pline l'Ancien, enrichit les
tomes XXI, XXII et XXIII de *l'Histoire littéraire
de la France* d'admirables travaux sur la poésie des
trouvères, sur l'enseignement et le progrès de la médecine au moyen-âge, et se recommanda surtout aux
lettrés par son *Dictionnaire de la Langue française*.

La fin de Littré fut édifiante. Il est à souhaiter qu'on
en puisse un jour, (le plus tard possible,) dire autant de
celle de M. Renan.

Tous ceux qui, jusqu'ici, poètes, savants ou philosophes, avaient eu le malheur de perdre la foi de leur
adolescence, enveloppés dès lors d'une atmosphère de
mélancolie, avaient compris que sous le choc leur activité morale venait de ressentir une grave atteinte dans
ses forces vives, invisible blessure pour laquelle tout

remède paraissait devoir demeurer impuissant. Cette plaie est béante chez un Pascal, un Byron, un Léopardi, un A. de Musset, un Vigny, un Jouffroy, un Lamennais. Écoutez-les avec attention, et dans leur langage vous entendrez une plainte, le bruit d'un sanglot que la vanité, cette dernière passion du sage, voudrait en vain dissimuler. Et rien ne se comprend mieux. Vivre près de ruines amoncelées n'a rien de bien folâtre, et quelles ruines plus effrayantes que la perte de la religion, de la croyance en un Dieu, à l'immortalité de l'âme, à une vie future où les martyrs trouveront une palme, les bourreaux des supplices ? M. Renan est une exception.

Sur les lèvres il a le sourire de l'homme à qui tout succède au gré de ses désirs, à qui rien de ce qui rend douce l'existence ne fait défaut ; il est heureux, et il ne se lasse pas de le dire. Qu'il reçoive un nouveau confrère à l'Institut ou qu'il préside un banquet de Bretons, à travers ses périodes aux chutes cristallines et ses mélodieuses impiétés contre le Purgatoire, perce, non pas le contentement de lui-même, M. Renan, rendons-lui cette justice, est au-dessus de cette mesquine faiblesse, mais la joie d'être, le plaisir de penser, en un mot, la volonté de vivre. Qu'est-ce donc que cette anomalie ? Est-ce que le remords n'aurait pas de prise sur certaines intelligences, et l'intelligence de M. Renan est-elle du nombre de ces tristes privilégiées ? Par quel artifice de psychologie expliquerons-nous comment, suivant le mot de Champfort, cette âme, après s'être brisée, s'est ainsi bronzée ? Pour nous, il nous est impossible de croire que l'on puisse se soustraire jamais aux droits de la conscience : nous soupçonnons M. Renan de jouer un rôle, et, dans cette comédie apparente, assez habilement menée pour faire illusion au public, nous nous doutons qu'il se passe un drame affreux. On ne se figure pas que l'auteur de la *Vie de Jésus* passe devant Notre-Dame sans baisser la tête, et devant St-Sulpice sans éprouver un frisson.

M. Ernest Renan est né à Tréguier, (Côtes-du-Nord,) en 1823 ; il se destina d'abord à la prêtrise, mais quitta le séminaire pour se présenter à l'agrégation de philosophie, concours auquel il obtint le premier rang, fut chargé de diverses missions scientifiques en Asie-Mineure, attaché au département des manuscrits à la Bibliothèque Impériale, commença, en 1862, un cours d'hébreu vite interrompu par des manifestations bruyantes, et, en 1878, remplaça Claude Bernard à l'Académie française. Il est aujourd'hui administrateur du Collège de France.

Ses ouvrages les plus connus sont *Averroès et l'averroïsme* (1852), une traduction du *Livre de Job*, des *Essais de morale et de critique* (1859), où malheureusement les idées sont aussi contestables que le style est brillant, des *Dialogues philosophiques* (1876), *Caliban* (1878), mais surtout les *Origines du Christianisme*, dont la *Vie de Jésus* est le premier livre.

La pensée maîtresse de ce roman est que, « pour faire l'histoire d'une religion, il est nécessaire, premièrement, d'y avoir cru, (sans cela on ne saurait comprendre par quoi elle a charmé et satisfait la conscience humaine,) et, deuxièmement, de n'y plus croire d'une manière absolue, car la foi absolue est incompatible avec l'histoire *sincère* (1). »

La conclusion est limpide :

Pour écrire l'histoire du christianisme, il faut avoir été chrétien et ne plus l'être ; le véritable historien du christianisme est tout trouvé : c'est Julien l'Apostat.

Quant à M. Renan, en aucun cas il ne pourra être l'historien du christianisme.

(1) Cf. *Vie de Jésus*, Introduct., p. LVIII.

En effet, s'il n'a pas de religion, il est, de son aveu, destitué du *signe qui distingue essentiellement l'homme de l'animal* (1); s'il en a, il lui est défendu, par la déclaration qu'il a faite plus haut, d'en être l'historien *sincère*.

Voilà le savant exégète réduit à choisir entre ne pas écrire l'histoire de Jésus, s'il y croit, et se reconnaître pour un animal, s'il n'y croit pas. Franchement, il eût mieux valu s'en tenir à la première alternative.

M. Renan parle une belle langue harmonieuse et chatoyante, mélange du style des *Martyrs* et du *Vicaire Savoyard*.

Edmond Scherer, (1815-1889,) professeur à la faculté protestante de Genève, député, sénateur, fut l'un des plus remarquables collaborateurs du journal *le Temps*. Son principal titre comme écrivain est la série d'articles intitulée *Études critiques sur la Littérature contemporaine* (1863-1878). Quand il étudie un historien ou un poète, son habitude de la psychologie lui rend de précieux services : quelles pages judicieuses, sagaces, sur le théâtre contemporain et sur *l'Affaire du Chapeau* (le coadjuteur de Retz) ! Personne, ni Barni ni Tissot, n'a parlé en meilleurs termes de l'hégélianisme et de Hégel. Écrivain d'ordinaire lourd et sans grâce, il disposait d'une forte érudition et d'un raisonnement serré ; malheureusement les prémisses sur lesquelles il s'appuyait n'étaient pas l'expression de la vérité.

L'un des plus audacieux parmi ses correligionnaires en rationalisme est M. Ernest Havet, né à Paris en 1813. Après avoir été chargé de la conférence de littérature grecque à l'École Normale, il professa le cours d'éloquence latine au Collège de France et de littérature française à l'École polytechnique. On a de lui une

(1) Cf. *Études d'Histoire religieuse*, Préf., p. XV.

édition des *Pensées* de Pascal (1852), qui atteste des recherches variées mais la science d'un sectaire, un article tapageur sur *la Vie de Jésus*, qu'il trouvait arriérée et timide, enfin *le Christianisme et ses origines*, où il montre à sa façon que Jésus-Christ est à peu près l'égal de Platon !

Ernest Bersot (1816-1880), successivement professeur aux collèges de Rennes, de Bordeaux et de Versailles, donna sa démission lors du coup d'État de 1852; il devint un des collaborateurs des *Débats*, puis fut directeur de l'École Normale (1871), où il laissa les plus sympathiques souvenirs. C'était, en définitive, une intelligence élevée, mais qui avait aussi le malheur de rejeter toute espèce de dogme. Il mourut comme un disciple de Zénon, lui qui, par l'honorabilité de sa vie, méritait de mourir comme un chrétien.

Citons *l'Essai sur la Providence* (1853), *Essais de philosophie et de morale* (1864), *Questions actuelles* (1862).

Bersot fut un de ceux qui attaquèrent avec le plus de bon sens l'inepte système de la bifurcation, dont ceux de notre génération, le pauvre et cher Albert Dumont le premier de tous, ont tant pâti : «Le système de la bifurcation, disait-il, ce système vit encore, mais il est condamné. L'opinion a trouvé déraisonnable et barbare de forcer des enfants à choisir entre les sciences et les lettres, quand ils ne savent ni ce que c'est que lettres ni ce que c'est que sciences, de les forcer à treize ans de faire des vœux éternels ; elle s'est soulevée aussi contre l'incroyable entreprise de couper l'esprit humain en deux, tandis qu'il faudrait, s'il y en avait deux , travailler de toute sa puissance à en faire un seul. »

Émile Deschanel, (né à Paris en 1819,) maître de conférences à l'École Normale, fut suspendu de ses fonctions pour ses écrits sur *le Catholicisme et le Socialisme* (1850), puis, après le deux Décembre, se réfugia en Belgique, où il popularisa les Conférences libres, qu'il devait implanter à Paris vers les dernières années du second Empire. Depuis 1871, il a été député, et il est encore aujourd'hui sénateur et professeur au Collège de France.

Outre plusieurs compilations dont il est superflu de parler, il a publié *Physiologie des écrivains et des artistes* (1864), et récemment le *Romantisme des classiques;* 1ère série: Corneille, Rotrou, Molière ; 2e: Racine ; 3e : Pascal, La Rochefoucauld, Bossuet ; 4e : Boileau, Perrault ; 5e : le Théâtre de Voltaire.

Vraiment, n'est-ce pas abuser de l'élasticité des mots que de ranger parmi les romantiques un Bossuet, un Racine, un La Rochefoucauld ? A ce prix, quels sont les classiques, sinon Hugo, Baudelaire, Gautier ? La grande qualité, (le grand défaut,) de M. Deschanel est de remplacer les bonnes raisons par de l'esprit, et d'être brillant quand il faudrait être sérieux.

Ce n'est point la gravité qui a manqué à Cuvillier-Fleury, au contraire.

Né en 1802, Alf.-Auguste Cuvillier-Fleury obtint le prix d'honneur de rhétorique en 1819, fut secrétaire de Louis Bonaparte, ex-roi de Hollande, précepteur du duc d'Aumale, rédacteur assidu au journal les *Débats*, reçu à l'Académie française en 1866. On connaît surtout ses *Études historiques et littéraires* (1854), *Nouvelles Études* (1855), *Dernières Études historiques et littéraires* (1859), *Études et Portraits* (1865-1868).

« M. Cuvillier-Fleury, journaliste politique ou critique littéraire, fut toujours, non le complaisant du public, mais son guide, et, pour le citer lui-même, l'organe de ses bons instincts. Il apportait à ses fonctions de juge littéraire la conscience la plus profonde en même temps que la passion la plus active, étudiant les hommes et les œuvres avec une scrupuleuse attention. Quand je dis les hommes, c'étaient surtout les livres qui lui importaient. Sa critique fut toujours celle des idées plutôt que celle des faits, et on rencontrait dans ses articles plus de discussion que d'anecdotes, moins de portraits que de polémique. Il croyait, en effet, que le littérateur a une mission et doit servir la cause qu'il trouve juste (1). »

Saint-René Taillandier (1817-1879), professeur de faculté à Strasbourg, à Montpellier, puis appelé à suppléer St-Marc Girardin à la Sorbonne en 1863, remplaça, en 1874, le P. Gratry à l'Académie française.

Pendant plus de trente ans il fut le truchement, l'intermédiaire entre les littératures allemande et française. Sitôt que, delà le Rhin, paraissait un ouvrage remarquable, il l'analysait dans la *Revue des Deux-Mondes*, le faisait valoir, en traduisait les passages saillants. Bref, on peut le regarder comme le M. Mollard, le M. d'Ormesson des compatriotes de Schiller auprès du grand public français ; mais, comme le lui faisait observer Nisard, il se trouvait un peu dans le cas de personnes trop polies saluant des rustres qui ne prennent pas la peine de répondre à leurs coups de chapeau. La *Germania Mater*, nous voulons dire tous les mangeurs de choucroute à la vanille de Munich et de Berlin, acceptèrent les compliments de St-René, mais n'usèrent pas de réciprocité. On doit à ce consciencieux érudit, écrivain très distingué, une *Étude sur Lermontoff*, le grand poète russe (1860), *Maurice de Saxe* (1865), *le général Philippe de Ségur* (1875), *le roi Léopold et la reine Victoria* (1878).

Une autre illustration de la Sorbonne est Paul Albert

(1) Cf. le discours de réception de M. J. Claretie à l'Académie française. (22 février 1889.)

(1827-1880). Il conquit tous ses grades avec éclat, enseigna la rhétorique en province, la littérature à l'École Normale, et remplaça Loménie au Collège de France. A son nom reste attaché le souvenir de sa participation à l'enseignement secondaire des jeunes filles, institué par M. Duruy et si éloquemment dénoncé à l'opinion par Mgr Dupanloup. Deux ouvrages très agréables à lire, mais offrant quelques lacunes, la *Poésie* (1869) et *la Prose* (1870), obtinrent un grand succès, ainsi que l'*Histoire de la Littérature française* (1875). P. Albert a laissé aussi des notes utiles à consulter, ingénieuses et fines, sur *le Romantisme*. Ces ouvrages sont conçus dans un esprit gallican, voltairien et universitaire, (si l'emploi de ces deux derniers mots ne constitue pas un pléonasme.)

Nous arrivons au type par excellence du lauréat, de la fleur de collège, du normalien, du professeur-journaliste, Hippol. Rigault (1). Élève, il remporte tous les prix, dans les concours, il se maintient au premier rang, candidat au doctorat, il reçoit les compliments de Vict. Leclerc, si rébarbatif de nature, et il mérite que St-Marc Girardin, au cours de la soutenance, lui dise : « Monsieur, par vos réponses vous donnez une fête à la Sorbonne. »

Suppléant au collège Charlemagne, précepteur du comte d'Eu, fils du duc de Nemours, professeur de rhétorique au collège de Versailles, il suppléa M. Havet dans la chaire d'éloquence latine au Collège de France.

On a de lui des *Mélanges littéraires*, remarquables par une verve qui ne tarit pas et la plus exquise élégance. Dans son histoire de la *Querelle des anciens et des modernes*, il a recueilli, classé, confronté, discuté tous les témoignages, toutes les pièces du procès. L'ouvrage est définitif. Quand Mgr Gaume entreprit sa

_____

(1) Ange Hippolyte (1821-1858).

vigoureuse campagne pour l'introduction des auteurs chrétiens dans l'enseignement classique, Rigault descendit dans la lice, où il eut à se mesurer contre le plus redoutable des adversaires, L. Veuillot, et il eut la gloire de rendre souvent coup pour coup. Ce fut une autre édition du duel oratoire de Barnave avec Mirabeau.

Boissier (Gaston), né en 1823, suivit la filière connue, élève brillant, brillant professeur, devint, comme plusieurs autres, suppléant de M. Havet au Collège de France, et fut admis à l'Académie française après la mort de Patin, que nul, autant que lui, ne méritait de remplacer. Les deux ouvrages qui ont le plus contribué à faire sortir son nom de la pénombre universitaire sont *Cicéron et ses amis* (1866), et *l'Opposition sous les Césars* (1875).

Nous ne voulons pas séparer cet écrivain pur et correct, d'une science attique, genre Boissonnade, d'un érudit qui traita des sujets analogues ou *parallèles* aux siens, Beulé (1826-1874). Ernest Beulé était à l'École d'Athènes quand il découvrit les Propylées ; des travaux précieux, (*Études sur le Péloponèse, les Monnaies d'Athènes*, etc.,) le firent nommer membre de l'Académie des Inscriptions, dont plus tard il fut le secrétaire perpétuel. Après 1871 il entra dans la vie politique, et, « dans un jour de malheur, » il se vit confier le ministère de l'intérieur (1873), qui ne lui valut que des tracas et des déboires. Il mourut de mort violente en 1874.

Sous le second Empire, il fut un instant populaire auprès de la jeunesse libérale, à cause de la guerre sourde qu'il fit au gouvernement dans des ouvrages remplis de piquantes allusions, tels que *Auguste, sa famille, ses amis* (1867), *Tibère et l'héritage d'Auguste* (1868), *le Sang de Germanicus* (1869).

Ch. Lenient, (né à Provins en 1826,) double prix
d'honneur, premier aux examens de licence et d'agrégation, maître de conférences à l'École Normale, est
aujourd'hui professeur en Sorbonne. Ses deux meilleurs
ouvrages sont la *Satire en France au moyen âge* (1859),
et la *Satire en France au XVIe siècle* (1866). La critique même la plus hargneuse s'est plu à louer l'érudition piquante et variée de cet écrivain, auquel on ne
peut reprocher qu'un style parfois entaché d'une certaine emphase. Comme orateur politique, (car il a été
député,) il n'a pas justifié toutes les espérances qu'on
était en droit de fonder sur sa parole originale et primesautière.

Gustave Merlet, (1829,) obtint au concours général
autant de nominations que M. Lenient, le grand vainqueur. A l'École, il eut pour camarades de promotion
et pour rivaux Taine, About et les autres, qui sont
bien connus. Depuis de longues années il professe la
rhétorique au lycée Louis-le-Grand : c'est un des plus
remarquables successeurs des Berger, des Hector
Lemaire, des Hatzfeld, des Caboche, des Didier. Écrivain fécond, il a publié *les Réalistes et les Fantaisistes*
(1861), *les Portraits d'hier et d'aujourd'hui* (1863),
Tableau de la Littérature française de 1800 à 1815,
ouvrage très intéressant et très complet, etc. Ses qualités caractéristiques sont la finesse et la grâce ; il semble que si l'abbé de Feletz écrivait aujourd'hui, il ne
s'exprimerait pas autrement que le souriant et spirituel collaborateur de la *Revue de l'Instruction publique*.
Avec Gérusez, il est le dernier des classiques pour la
sûreté du goût, le sens ferme et judicieux, le tact et la
mesure.

Demogeot (Jacques, 1808) suppléa Quinet à la faculté de Lyon, Ozanam à la Sorbonne. Même après la
traduction en vers de la Pharsale (1866), même après

l'intéressant ouvrage sur *les Lettres et les Hommes de lettres au XIXe siècle* (1856), le nom de Demogeot serait resté entouré d'un notoriété discrète si le docte professeur de rhétorique de Saint-Louis n'avait déjà attiré l'attention de la jeunesse studieuse par son *Histoire de la Littérature française* (1852).

Dans cet ouvrage il atteint l'idéal du genre abréviatif. Si quelques portions du livre, par exemple le chapitre sur Marot et l'école marotique, semblent ternes et sont sacrifiées, les faits se suivent dans un ordre rationnel, certaines biographies sont retracées avec beaucoup de verve, par exemple celles de Mme de Sévigné, de Chateaubriand, de Villemain, de Guizot, de Nodier et de Courier, et le moyen âge est traité avec une faveur toute spéciale, en dépit de certaines attaques narquoises et de mauvaise foi contre la religion et les Ordres monastiques. Toujours la rançon payée à l'esprit universitaire !

Alexis Pierron, (né à Champlitte, Haute-Saône, en 1814, mort en 1878), maître surveillant à l'École Normale, (Caïman,) puis professeur à Saint-Louis et à Louis-le-Grand, traduisit la *Métaphysique* d'Aristote avec M. Zévort, puis Eschyle, Marc-Aurèle, Plutarque; il est surtout célèbre par l'*Histoire de la Littérature grecque* (1850), et l'*Histoire de la Littérature romaine* (1852). Il a donné de très savantes éditions de l'Iliade et de l'Odyssée. Dans son style on trouve de la conviction, du mouvement, de la chaleur ; le *moi* n'y est pas assez dissimulé, et certains jugements sont excessifs : (Platon plus grand que Bossuet, Fénelon, Pascal réunis !)

M. Ferdinand Brunetière, qui est à M. de Pontmartin ce que Gambetta était à Thiers, l'héritier présomptif, le *dauphin*, est né à Toulon en 1849. Les renseignements biographiques ne semblent foisonner ni sur

sa jeunesse ni sur la première période de son âge mûr.
On sait qu'il est le critique diplômé de la *Revue des
Deux-Mondes*, et qu'il enseigne la littérature française
à l'École Normale.

Son érudition passe pour invraisemblable, sa logique,
toute de fer, est d'un solide et fin damas, et si le style
dont il revêt ses conceptions ne peut se vanter des
trente-deux quartiers de noblesse indispensables à
toute bonne abbesse bavaroise, tout au moins remonte-
t-il à deux siècles, étant, comme nul n'en ignore, contemporain de la langue parlée par MM. de Meaux et
de Cambrai.

Critique, il n'est pas de ceux qui, entreprenant la
biographie d'un auteur, croiraient avoir démérité du
public s'ils ne lui offraient une antiquaille tricente-
naire, une loque de parchemin fripé d'où ils puissent
tirer des renseignements inattendus sur le tempérament, l'âge, la fortune immobilière de leur héros. Il a,
par exemple, assez de courage pour faire une étude
sur La Bruyère ou sur Voltaire sans trop insister sur
la question de savoir si l'auteur des *Caractères* et celui
de *Zaïre* sont nés à Paris, ou l'un à Dourdan et l'autre
à Chatenay.

De telles chicanes répugnent à cette grave et haute
intelligence, qui recherche avant tout l'enchaînement
sévère dans les déductions, l'unité scientifique à travers les développements de la pensée, et qui obéit de
préférence à l'enthousiasme éclairé pour la vérité et la
raison. A notre époque, si vacillante en ses croyances,
réduite, dans presque toutes les provinces du domaine
intellectuel, à de simples opinions plus mobiles que le
souffle des airs, si honteusement amoindrie et mutilée
par les compromis que lui impose le respect humain,
M. Brunetière est et se proclame dogmatiste. Il dog-
matise, du reste, sans régenter ; il aime la méthode,

sans tomber dans l'esprit de système ; il marche vivement au but qu'il s'est proposé sans cependant s'inter-
dire de regarder à droite et à gauche. Fait rare et don
précieux ! il possède des qualités de premier ordre et
sait se prémunir contre les défauts de ces qualités. Esprit lucide, il a les qualités réellement françaises, l'ordre,
la proportion, la convenance. Si quelqu'un au XIXe
siècle, en matière de style, a droit au nom de *dernier
classique*, ce n'est, en dépit de leurs prétentions, ni
Sylvestre de Sacy, trop fermé, ni V. Cousin, trop théâ-
tral. Comme l'auteur des *Variétés littéraires*, M. Brunetière échappe au néologisme ; comme celui *du Vrai,
du Beau et du Bien*, il affecte le style périodique : cette
pureté de langage et ces harmonieux entrelacements
d'incidentes savamment groupées autour d'une idée
prédominante, nous reposent du style haletant mis à
la mode par le journalisme, et de cette langue compo-
site, de ce jargon hétéroclite où se rencontrent des
expressions venues des cinq parties du monde. Enfin
le jeune professeur a, dans sa méthode générale, plus
d'ampleur et de variété que Planche, il est moins
myope, et moins fanatique du microscope appliqué
aux investigations littéraires et morales que Sainte-
Beuve, il paraît moins anguleux que Nisard, et il
abonde plus en son sens que Villemain, d'ordinaire si
peu pressé de conclure. C'est un maître écrivain.

Jules Lemaître, (H. Rigault *resurrexit!*) né en 1853,
fut professeur au lycée d'Alger, puis à celui du Hâvre,
où il eut comme élèves Hugues le Roux, l'émule en
chronique de J. Claretie, Henry Fauvel, le très distingué poète, Jules Tellier, l'érudit souple et sagace,
« l'écrivain de talent et de belles promesses (1). » Sa

(1) Tellier était né au Hâvre en 1863 ; il est mort en 1889. Voici le début de
son chef-d'œuvre, la *Prière à la mort* :

Fantôme qui nous dois dans la tombe enfermer,
Mort dont le nom répugne et dont l'image effraie,

réputation ne doit rien à la réclame, à la camaraderie, à l'intrigue, et l'on peut dire que, s'il a percé, ce n'est qu'à force de talent. Conteur exquis, poète de race, il est surtout apprécié comme critique et comme lundiste : lundiste, il a donné *Impressions de théâtre* (3 vol.) ; critique, les *Contemporains* (4 vol.) C'est un St-Marc Girardin moins universitaire et moins gourmé, plus mondain et, s'il est possible, plus en possession du style de la Correspondance de Voltaire. Nous n'avons qu'un seul regret, c'est qu'il s'en tienne à la littérature fragmentaire, *essayiste ;* nous ne formulons qu'un seul vœu, c'est qu'il compose sur le XVIIe siècle un ouvrage qui fasse pendant aux quatre beaux volumes de Ville-main sur le XVIIIe.

M. J. Levallois, né à Rouen,(1829,) fut un des secré-taires de Sainte-Beuve, auquel il a consacré une impor-tante étude, (*Sainte-Beuve*, 1872,) puis collabora d'une façon assidue à l'*Opinion nationale* et à différentes

Mais qu'à force de crainte on finit par aimer,
Puisque la vie est vaine et que toi seule es vraie ;

O mort qui fais qu'on vit sans but, et qu'on est las,
Et qu'on rejette au loin la coupe non goûtée ;
Mort qu'on maudit d'abord et dont on ne veut pas,
Mais qu'on appelle enfin quand on t'a méditée ;

O la peur et l'espoir des âmes, bonne mort
Dont le souci nous trouble un temps, et puis nous aide,
Mystérieux écueil où se blottit un port
Et poison merveilleux où se cache un remède ;

O très bonne aux vaincus et très bonne aux vainqueurs
Qui sur leurs fronts à tous baises leur cicatrice !
O des douleurs dès corps et de celles des cœurs
La sûre guérisseuse et la consolatrice !

Puisque tant de ferveur pour toi s'élève en lui,
Qu'il veut te préférer à tout, même à l'aimée,
Sois clémente à l'enfant qui t'invoque aujourd'hui,
Quoiqu'il t'ait méconnue et qu'il t'ait blasphémée

Ma haine s'est changée en un amour profond.
Voici croître en mon cœur guéri de ses chimères,
L'ennui des voluptés dont on touche le fond
Et le morne dédain des choses éphémères.

Revues. Critique sérieux, analyste perspicace, incapable de faiblesse comme de partialité, il figure, en bon rang, parmi ceux qui se sont appliqués à nous consoler de la perte de l'Aristarque des *Lundis*, (*Études de Philosophie littéraire*, 1863; *Corneille inconnu*, 1876; enfin différents travaux sur *Jean-Jacques, ses amis et ses ennemis*, 1865.) Malheureusement le rationalisme, un rationalisme militant, rend la lecture de ses ouvrages périlleuse pour la jeunesse.

Henri Houssaye (1848), fils du célèbre humoriste, a conquis la réputation d'un des plus diserts parmi les historiens de l'art grec. Si l'on en croit un écrivain anglais, il a su donner à l'*Histoire d'Apelles*, (1866,) « la gravité de l'histoire et l'attrait du roman. » Son *Histoire d'Alcibiade*, (428 à 404,) obtint, en 1874, le prix de 20.000 francs à l'Académie française.

Léon Gautier (1832), professeur à l'École des Chartes, figure avec honneur parmi nos plus savants et nos plus recommandables paléographes. Peu d'érudits ont plongé un regard aussi ferme sur les origines de notre langue. Les *Épopées françaises* ont été distinguées par l'Académie. Les *Portraits littéraires* sont irréprochables pour la sûreté de la doctrine, et le seraient aussi pour la forme dont il les a revêtus, s'il ne s'y rencontrait quelques traces d'une rhétorique un peu trop pompeuse, (*Portraits littéraires*, 1868, *Benoît XI, Études sur la Papauté*, 1863.) Mentionnons aussi une excellente édition et traduction de la *Chanson de Roland*.

Comme M. L. Gautier, M. Aug. Charaux est un des hommes dont se glorifie le plus la littérature catholique. L'auteur de *France et Lorraine* a renouvelé la critique, que dis-je ? il a créé de toutes pièces une critique nouvelle, s'intitulant hautement *critique idéale*, pour remplacer la critique autrefois pédantesque avec Laharpe, voltairienne avec Villemain, physiologiste avec Ste-Beuve, gallicane et janséniste avec Nisard, aujourd'hui naturaliste avec Taine, *normalienne* avec Brunetière, pessimiste et raffinée avec M. Bourget. Il ne cherche pas le beau dans les théories esthétiques de Platon ou de Hégel, mais à la source même du Vrai et du Bien, dans *l'Évangile* et dans *l'Ancien Testament*. C'était, on l'avouera, c'était là une entreprise audacieuse, que certains trouvèrent risquée : à force de talent, de conviction et souvent d'éloquence, M. Charaux a su faire admettre sa thèse en en démontrant les ressources infinies. Il s'est constitué le chef d'une école avec laquelle il faudra, qu'on le veuille ou non, se résoudre à compter.

Qu'on lise ces lignes débordantes de vérité et de foi :

« La vérité, dans le ciel, a son rayonnement divin ; elle se suffit. A nous, pour la faire briller, il faut les couleurs de l'imagination, l'émotion du cœur, le goût, qui n'est rien que le jugement appliqué, dans l'ensemble ou le détail, à l'expression littéraire de la vérité. Mais la vérité elle-même n'arrive jusqu'à l'homme et jusqu'à l'écrivain que par l'intermédiaire de Jésus-Christ, descendu chez les hommes pour la rétablir dans sa plénitude, la faire saisir surtout au cœur, la produire aux regards de l'intelligence, plus éclatante, plus chaste, plus belle. Jésus-Christ a rendu à notre âme ses yeux, pour ainsi dire ; il l'a faite capable d'entrevoir et quelquefois d'exprimer, ou plutôt de faire pressentir les divines proportions du souverain modèle, de rendre presque l'infini sensible par un beau vers, un chef-d'œuvre oratoire (1). »

Une des plus hautes intelligences du temps actuel est assurément le P. Longhaye, S. J. Après avoir, comme en se jouant, composé, pour les théâtres des collèges de sa Compagnie, des comédies et des drames

---

(1) Cf. *Corneille*, 3e cours, pages 84 et 85.

où l'on admire l'entente de la scène et l'élégance des vers, il a publié une *Théorie des Belles-Lettres*, avec ce sous-titre significatif : *L'âme et les choses dans la parole* (1). Un livre de cette nature, où toutes les questions relatives à l'histoire, à l'éloquence, à la poésie, à l'art en général, sont étudiées dans leur principe, élucidées au double flambeau de la raison et de la foi, n'existait pas et n'avait même, croyons-nous, jamais été tenté. Que nous voilà loin de l'académique et superficiel *Essai* de l'abbé Maury, comme de l'ennuyeux et médiocre *Manuel* de Hugues Blair !

Au rebours de l'auteur des *Sophistes* (2), qui, désireux d'appliquer le calcul différentiel à la métaphysique en employant la méthode infinitésimale, par laquelle du fini on plonge dans l'infini, le savant Jésuite s'établit, comme d'un bond, dans le sein même de l'infini, d'où sa pensée rayonne en tous sens, et se pose successivement sur les différents points qu'il s'agit d'éclairer. Cette considération ne suffirait-elle pas pour autoriser l'auteur à intituler son ouvrage : *Traité d'Ontologie appliquée à l'Esthétique générale ?*

Ajoutons que le P. Longhaye ne se borne pas à la critique négative : à chaque page il sème des conseils utiles et des aperçus féconds. Enfin, bien qu'il traite de la métaphysique transcendantale de l'art, son ouvrage est de ceux qu'on lit sans effort, nous ne disons pas sans attention. Quand l'auteur est exposé à devenir obscur, il s'arrête ; car, s'il a le dédain de la banalité qui se traîne dans les sentiers battus, il ne hait pas moins la subtilité qui aboutit à l'éristique, et la mauvaise foi qui se complaît dans les ténèbres. Par la méthode et la doctrine il se réclame de S. Thomas ; par la

---

(1) Librairie Retaux-Bray, Paris, rue Bonaparte, 82.
(2) Le P. Gratry.

recherche constante de la clarté, il est essentiellement un fils de Descartes.

Le P. Caruel et le P. Mestre, également jésuites, ont composé des ouvrages où la science la plus orthodoxe à tous égards est présentée en un style élégant, avec ordre, précision et clarté. Les *Analyses des Auteurs français* exigés pour le baccalauréat, par le P. Caruel (2 vol.), et les *Analyses des Auteurs français, grecs et latins* du P. Mestre, sont des résumés consciencieux, substantiels et très complets, dont la lecture est indispensable aux jeunes gens qui veulent connaître à fond les grands écrivains et les chefs-d'œuvre, honneur des trois littératures classiques.

Le P. Delaporte est un des critiques de la Revue mensuelle publiée par les Pères de la Compagnie de Jésus, *Études religieuses, philosophiques, historiques et littéraires* (1). Des aperçus ingénieux et sensés, des réflexions ou fines ou malicieuses, un très vif sentiment du beau, un style bien vivant et tout personnel, recommandent ses articles sur V. Hugo, sur les poètes contemporains, sur la princesse Louise de Condé.

Frédéric Godefroy, (1826,) compte parmi les plus autorisés des littérateurs qui se sont occupés de la vieille langue française, comme parmi les biographes les plus exacts et les plus érudits. Son *Dictionnaire de la langue de Corneille* le signala aux curieux de philologie et d'archéologie, et lui assura une place d'élite sur le même rang que les P. Pâris, les Fallot, les Edelstand du Méril, les Francisque Michel, les Darmesteter, les Paul Meyer. Mais il mérite surtout l'admiration et la gratitude du public pour la publication des dix volumes compacts dans lesquels il a, avec le savoir d'un jésuite et l'obstination d'un bénédictin, retracé l'histoire de notre littérature depuis le XVIe siècle jusqu'en

(1) Chez Retaux-Bray, rue Bonaparte, 82.

1880. Age par âge, école par école, comparaissent à son tribunal poètes et prosateurs, que l'infatigable critique ressuscite, apprécie, et fait valoir dans des notices étendues et raisonnées. C'est une série de minutieuses investigations qui n'excluent pas la synthèse ; c'est un panorama lumineux où les œuvres et les auteurs se dessinent en un vigoureux relief. Les questions les plus ardues sont abordées avec une grande sûreté de méthode. L'imagination reste stupéfaite quand on songe à l'énorme amas de documents que M. Godefroy a dû consulter, condenser, et l'on admire avec quelle rigueur de déduction, sans esprit de système, sans dédain affecté pour les opinions qui lui sont le plus antipathiques, sans aucune trace de paradoxe, il a réussi à trouver la formule de tant de problèmes, et à fixer les lois primordiales qui ont présidé à la formation de notre langue et au développement harmonieux du génie national. L'ouvrage serait irréprochable, ou peu s'en faut, si l'élégance du style, la variété des tours, étaient en rapport avec la constante finesse des analyses et l'indiscutable solidité des jugements.

Ce n'est pas sans émotion que nous rendons ici un insuffisant et tardif hommage à un autre homme de bien, à un autre écrivain de talent, à celui qui, précurseur audacieux, *(illi robur et æs triplex,)* osa, avant tous, porter une vue d'ensemble sur les œuvres, les monuments littéraires, les prosateurs et les poètes en renom de la première moitié du XIXe siècle : *Libera per vacuum posuit vestigia princeps.*

M. Alfred Nettement, (1805-1869,) était Parisien de naissance. Collaborateur remarqué et surtout assidu de *la Mode* et de *la Gazette de France*, il combattit le bon combat aux côtés de M. de Pontmartin, en 1848, dans le journal *l'Opinion publique.* M. Ed. Biré a dépeint d'une façon spirituelle l'aspect que présentait la salle de rédaction :

« Le soir, elle se remplissait d'amis, de députés de la droite qui venaient aux nouvelles ou qui en apportaient. On fumait beaucoup, on causait davantage encore ; le travail, on n'y songeait guère. Cependant dix heures et demie, onze heures sonnaient à la pendule. — Allons, Messieurs, disait gravement Th. Muret, il faut laisser Nettement écrire son grand article... Personne ne bougeait. De quart d'heure en quart d'heure, le sage Muret reproduisait sa motion. Enfin, sur le coup de minuit on se retirait. Nettement, resté seul, se mettait à la besogne. Il couvrait de sa grande écriture de nombreux feuillets que le metteur en pages portait aussitôt à l'imprimerie. Après son grand article, il en composait un second, puis un troisième, quelquefois cinq ou six (1). »

L'éloquent polémiste fut incarcéré en 1852.

Défenseur attitré de la branche aînée, il composa une *Histoire de la duchesse de Berry* (1837), une *Histoire de la Littérature sous la Restauration* (1852, 2 vol.), son œuvre durable. On lui doit aussi l'*Histoire de la Littérature sous le Gouvernement de Juillet* (1854) et une *Histoire de Suger*.

L'élévation, voilà le caractère distinctif de ses ouvrages. Soit par la sévérité jalouse avec laquelle il choisit ses idées, soit par son désir d'atteindre la correction absolue dans la forme extérieure, Nettement nous montre quelle importance il attribue à son rôle de critique, et quel respect il professe pour son lecteur. Alors que d'autres s'avancent guidés par la seule fantaisie, cette Antigone plus aveugle qu'Œdipe lui-même, il obéit aux seules suggestions du spiritualisme chrétien, et, dans l'appréciation d'un ouvrage, ne sépare

---

(1) Cf. *l'Univers* du 16 novembre 1886.

jamais la perfection morale de la beauté littéraire. Plusieurs de ses jugements ont été, et méritaient d'être accueillis tels quels, sans modification, par les aristarques de l'époque contemporaine. C'est que la rectitude de ses principes et la sincérité de ses convictions avaient aiguisé en lui la sagacité du critique, comme elles avaient échauffé la verve de l'écrivain. Malheureusement, à certaines pages on subit la fatigue qui résulte de la monotonie dans la solennité.

Très variées, très vivantes sont les *Études historiques, politiques*, etc., rédigées par l'élite de cet Ordre religieux qui semble avoir trouvé dans la persécution une force et des vertus nouvelles, et qui, à côté d'éducateurs modèles comme le P. Pillon, le P. Sengler, le P. Denoyelle, le P. Boulanger, compte des érudits comme le P. Fristot, des missionnaires comme le P. Jonas, et tant d'autres, humanistes, historiens, poètes dont le moindre éloge blesserait l'exquise modestie.

Sur le terrain des lettres chrétiennes nous aurions encore à citer bien des noms : MM. Daniel Bernard et Jean Vaudon, l'un et l'autre d'une singulière puissance de travail, M. Rastoul et M. d'Arsac, l'un publiciste très remarqué, l'autre historien de valeur, M. Ed. Buet et M. Ed. Biré, ce dernier dont les chroniques littéraires étaient si goûtées des connaisseurs, G. Seigneur, dont nul ne conteste le talent, Ern. Hello, dont bien peu contestent le génie.

Comme cet autre qui dînait de l'autel et soupait du théâtre, nous passons de plain-pied dans le monde bruyant des coulisses.

Depuis environ un siècle, la *Chronique théâtrale* est une des variétés les plus répandues et les plus appréciées.

De nos jours les noms les plus populaires dans ce genre de critique, où l'érudition et la verve vont de

pair et ont la même importance, sont ceux de Pau,
de Saint-Victor, de Fiorentino, de MM. Sarcey, Vitu
Ganderax, Faguet, Lemaître, dont il a été parlé, et
J.-J. Weiss.

Paul de St-Victor, né en 1827, mort en 1887, secrétaire de Lamartine, rédigea le feuilleton dramatique
au *Pays*, à la *Presse*, à la *Liberté*, et fut inspecteur
général des Beaux-Arts sous le ministère Ollivier, en
1870. On a souvent affecté de ne voir en lui qu'un
styliste surprenant, un phrasier singulièrement habile
à manier les plus fulgurantes métaphores, alors qu'il
avait acquis, à force de travail et d'études comparées,
une compétence indéniable dans les questions d'art
et d'esthétique. Ses deux principaux ouvrages sont
Hommes et dieux (1867), *Barbares et bandits, la Prusse
et la Commune* (1871).

Fiorentino (Pier Angelo), né à Naples en 1806,
mort en 1864, d'abord un des collaborateurs ou fournisseurs ordinaires d'Alex. Dumas, fut ensuite un lundiste autorisé, dont les appréciations étaient considé-
rées comme des arrêts dans le *Constitutionnel*, où il
signait de son nom, et dans le *Moniteur officiel*, où il
avait pris pour pseudonyme A. de Rovray. On lui reconnaît une pureté de langage presque incroyable chez
un étranger : « Il écrivait fort bien, dit About, plai-
santait finement, et comptait mieux encore (1). »

Sarcey (Francisque), né à Dourdan en 1828, enseigna la rhétorique à Lesneven (France), la philosophie
à Grenoble, puis publia au *Figaro*, sur la vie de province, des articles qui firent sensation. Il a raconté ses
premières armes dans le grand journal mondain qui,
à cette époque, avait une vogue véritablement unique,
grâce au flair de Villemessant pour découvrir des talents

---

(1) Il arriva à Paris avec 150 francs ; en mourant il laissa 600,000 francs de
fortune.

nouveaux. Rarement l'éminent écrivain a été aussi complètement en possession de sa bonne humeur et de sa verve que dans le récit où il nous rapporte sa première entrevue avec le célèbre *impresario* ; il venait de dire à Villemessant qu'il était l'auteur des articles signés *Satané Binet* :

«.... Ah ! c'est vous ? Eh bien, vous êtes né journaliste, vous avez du talent, venez chez nous. Au *Figaro* il y a de la place pour tout le monde. »

» Tout cela et bien d'autres choses qu'il y ajouta, dites d'un ton de bonhomie joyeuse et bourrue tout ensemble. Je restai confondu de cet accueil ; je m'y attendais si peu que j'étais démonté, et ne trouvais pas un mot à répondre.

— Que faites-vous ? me demanda-t-il.

» Je lui dis que j'étais professeur à Grenoble.

— Et vous gagnez ?

» Au chiffre que je lui donnai, il partit d'un gros rire bruyant,et, se tournant vers son interlocuteur :

— Voilà comme on les paye ! s'écria-t-il;allons ! c'est entendu, vous venez demain au bureau de la rédaction, vous êtes des nôtres.

» Je lui objectai timidement que je ne pouvais pas comme cela, au milieu de l'année scolaire, abandonner ma classe ; que ce serait une désertion, que mes élèves comptaient sur moi......

— Quand vous voudrez, répliqua-t-il brusquement.

» Et, s'adressant au petit vieux dont le crâne luisait à travers le grillage :

— Legendre, avez-vous réglé le compte de Satané Binet ?

» Je lui fis observer que jamais je ne m'étais imaginé que mes articles dussent être payés, et que j'étais déjà trop content qu'on eût bien voulu les insérer.

— Pas de ça, reprit-il. Vous savez qu'au *Figaro* la copie est toujours payée.

» Et il me congédia d'un geste.

» Le petit père Legendre établit mon compte; il m'étala sur le rebord du guichet dix-sept beaux louis tout reluisants ; je les fis tomber dans le creux de ma main droite, et je m'enfuis palpitant de surprise et de joie (1). »

En 1859, M. Sarcey fut chargé de la chronique théâtrale à l'*Opinion nationale*, et depuis 1867 il exerce cette même magistrature au *Temps*. Au lieu de rappeler qu'il fut, qu'il est encore un détracteur acharné du catholicisme, nous aimons mieux louer cette facilité d'improvisation qui lui permet de fournir en même temps à plusieurs journaux des articles toujours lus avec plaisir par le public lettré, cette connaissance approfondie des œuvres théâtrales de tous les temps et de tous les peuples, cette parole indépendante et imagée tant de fois applaudie aux conférences du boulevard des Capucines, enfin cette rectitude de bon sens qui fait de lui le Geoffroy, (un Geoffroy moins pédant,) de la seconde moitié du XIXe siècle.

Le nouveau Seigneur du village (1862), recueil de nouvelles; *le Mot et la Chose*, études de philologie, genre Fr. Génin; *Étienne Moret*, roman (1876), *Comédiens et Comédiennes* (1877), etc.

M. Aug. Vitu, né à Meudon en 1823, débuta dans le journal satirique *le Corsaire*, dirigea plusieurs feuilles politiques en province (1849), collabora au *Pays*, au *Constitutionnel*, et fut rédacteur en chef de *l'Étendard* (1867) et du *Peuple français* (1870) ; il est aujourd'hui, au *Figaro*, le lundiste très estimé, très craint et très écouté de tout ce qui tient, de près ou de loin, au théâtre.

_____

(1) Cf. *Supplément* du *Figaro*, 1er novembre 1884.

Études littéraires sur la Révolution française (1854), *Contes à dormir debout* (1860), et plusieurs notices sur Villon, Jean de Troyes, Molière, etc.

Maxime Gaucher (1828-1888), professeur à Lesneven, à Besançon, et finalement titulaire de rhétorique au lycée Condorcet, fut, pendant plusieurs années, chargé de la chronique théâtrale au *Télégraphe*, où il rendit la justice avec une légèreté malicieuse, une indulgence ironique, sans rien d'acerbe ou de méchant. Traducteur habile de Tite-Live, humaniste et littérateur des plus distingués, professeur adoré de ses élèves, Max. Gaucher a laissé le souvenir d'un parfait honnête homme, « d'un homme extrêmement spirituel, — spirituel et simple (1). » Encore un mot : il fut universitaire, mais sans fanatisme.

M. Louis Ganderax, universitaire lui aussi, et d'un mérite non moins incontesté, s'acquitte avec un talent auquel tous rendent hommage, et sans être écrasé par le voisinage de Planche, de Forcade et de M. Montégut, de la chronique théâtrale à la *Revue des Deux-Mondes*. « On sait, dit M. H. Le Roux, que c'est un des hommes de ce temps qui ont le plus d'esprit, j'entends du vrai et du bon, du français, et, avec cela, de tournure très moderne, voire boulevardier. » Cette dernière note, du reste, ne vient qu'en sourdine.

Renonçant aux prérogatives et à la réserve de président des débats, il se jetait récemment dans l'arène, et, en compagnie de M. L. Halevy, il tentait, non sans succès, la fortune du théâtre avec une comédie en trois actes, *Pépa*.

M. Émile Faguet, né à La Roche-sur-Yon en 1847, est docteur ès lettres et professeur de rhétorique au lycée Condorcet. Ses principaux ouvrages sont la

---

(1) Lire le beau portrait que M. Paul Desjardins a fait de son ancien maître dans la *Revue bleue*, 10 novembre 1888.

Tragédie en France au XVIIe siècle (1883), *Corneille expliqué aux enfants* (1885), *Études littéraires sur le XIXe siècle*. Intelligence originale, toujours sur le qui-vive et en garde contre le snobbisme littéraire, péné-tré de la méthode cartésienne, le lundiste du *Soleil* sait par un examen indépendant, à l'aide de preuves qu'il réunit aussi nombreuses que possible, se former une opinion, le plus souvent spécieuse, toujours sincère, quoique parfois elle semble confiner au paradoxe. Son style est naturel, vif et d'une correction classique.

M. Philippe Gille, né à Paris en 1831, après avoir été secrétaire du théâtre lyrique, fut un de ceux qui, par le zèle intelligent de leur collaboration, contribuèrent à l'immense fortune du *Petit Journal,* et, depuis vingt ans (1869-1889), il est chargé au *Figaro* d'apprécier le mouvement hebdomadaire de la librairie : à tous égards, il est le type du bibliographe et de *l'échotier.*

On sait que l'érudit chez M. Philippe Gille est dou-blé d'un auteur dramatique abonné au succès ; on n'a pas oublié qu'il a, de compte à demi avec MM. Sardou, Labiche, Noriac, composé des pièces restées au réper-toire.

M. Paul Ginisty, né à Paris en 1855, critique piquant et consciencieux, très qualifié pour les questions d'art, excelle à condenser en quelques lignes toute la subs-tance d'un ouvrage, et à dessiner d'un trait rapide et sûr la silhouette de l'écrivain.

De ces universitaires et de ces chroniqueurs mon-dains à Louis Veuillot, la transition est logique ; c'est la transition par gradation ascendante ; elle consiste à passer de l'esprit au génie.

Louis Veuillot, (1813-1884,) compléta lui-même son éducation, puis, par son talent fait de vivacité, de rail-lerie, d'ironie à l'emporte-pièces, prit en peu de temps une place enviée parmi les journalistes de province.

En 1838, il reçut d'un voyage à Rome ce qu'on peut appeler *le coup de foudre*, et, de sceptique, devint catholique pratiquant. Cinq ans après, il entrait à l'*Univers*, dont il ne tarda pas à être le plus remarquable collaborateur ; en 1848, il devint rédacteur en chef de ce journal. Jusqu'alors il avait publié les *Pèlerinages en Suisse*, (1838,) *Rome et Lorette*, (1841.) L'année de la Révolution, il donna les *Libres-Penseurs*, son chef-d'œuvre. Bien qu'il eût soutenu, avec non moins d'ardeur que d'éloquence, le gouvernement impérial à ses débuts, il eut son journal tué sous lui, en 1861, à l'occasion de la question du pouvoir temporel. Quand il mourut, il mérita de s'entendre dire, lui aussi : *Bene scripsisti de me.*

Ses autres ouvrages sont *Corbin et d'Aubecourt*, roman, *le Fond de Giboyer*, pamphlet étincelant et vengeur, (1863,) les *Parfums de Rome*, (1865,) son ouvrage de prédilection, puis les *Odeurs de Paris*, (1866.) La *Correspondance* du vaillant journaliste prend place à côté de celles de Cicéron, de Voltaire et de Mme de Sévigné ; c'est un des chefs-d'œuvre de notre siècle et de notre littérature.

Que choisir entre tant d'écrits supérieurs ?

Le récit des derniers moments du maréchal de St-Arnaud : « Une immense admiration tempère la douleur, etc., » rappelle sans infériorité les plus belles inspirations de l'oraison funèbre du Prince de Condé. Les pages sur St-Pierre de Rome, où éclate la foi profonde de l'écrivain, semblent, pour la grandeur, dignes de l'artiste de génie qui dressa dans les airs l'incomparable basilique. Sublime est le développement qu'il consacre au rôle joué par Napoléon Ier : « Enfin Dieu l'appelle, il paraît, l'un des plus jeunes soldats de ces armées immenses, etc. » Ne reconnaît-on pas l'image de celui que Dieu « conduisit partout où le soleil de la victoire

jette ses plus éblouissants rayons ? » Où lire, dans le
journalisme contemporain, des articles qui aient l'envergure, la note vibrante et patriotique du *Prêtre et
du Soldat*, (11 janvier 1855, *Univers*,) et de la *Rentrée
de la Garde Impériale*, (ibid, 30 décembre 1855 ?)
Lamennais, celui du premier volume de l'*Indifférence*,
eût-il égalé le charme de ces strophes harmonieuses
où le pauvre curé breton raconte sa vie de privations
et de sacrifices, et conclut en disant qu'il espère dans
le grand jour du Jugement dernier ? « Ma pauvre sou-
tane rapiécée paraîtra comme une pourpre brillante ;
ma pauvre étole usée lancera d'éternels rayons. » Ls
Veuillot plane dans les plus hautes sphères de l'éloquence, soit qu'il dénonce comme un effet de la perversité humaine « l'universelle conjuration contre le
Christ, » soit que, de tout son dévouement de fidèle, de
tout son amour de fils, il défende la cause de l'indépendance et de l'infaillibilité du Pape.

L'homme si enclin, quand il le fallait, à l'admiration
et à l'enthousiasme, était, comme beaucoup de ses
adversaires ne l'éprouvèrent que trop, capable des plus
généreuses colères et des plus bouillonnantes indi-
gnations. Comme il marque d'une flétrissure indélébile
les odieux vainqueurs d'hier ! « La Prusse est le péché
de l'Europe. Née du protestantisme, son premier établissement lui fut fait par l'apostasie, elle a grandi dans
le délire et par la complicité de l'impiété philosophique.
Après Albert de Brandebourg l'apostat, son second fondateur est Frédéric l'athée. » Citons aussi cette apostrophe, qui lui fut inspirée par la Commune et qui, dix-
huit ans plus tard, n'a rien perdu de son opportunité :
« A bas les gredins, nous n'en voulons plus, qu'ils dis-
paraissent ! Que la gredinerie n'ait plus voix au conseil,
qu'elle soit balayée et d'en haut et d'en bas, et même
du ruisseau ; qu'elle soit raclée même de l'égout !

Qu'elle n'apporte plus ses abominables suggestions, qu'elle n'ose plus ses ignobles crimes, qu'elle ne répande plus son infecte haleine, qu'elle ne montre plus son visage réprouvé ! Il y a cent ans qu'elle empoisonne le sang des peuples. Lâchons sur elle l'inexorable justice. Que la justice nous fasse enfin revoir le beau visage de l'honneur !... Voilà cent ans qu'il n'est pas permis d'être juste, et les gredins ont décrété qu'on ne le serait pas ou qu'on ne serait rien, sinon leur serf et leur victime... Et l'on sera bafoué, humilié, opprimé, deshonoré. On passera du tigre au renard, du scélérat à l'escroc, du menteur au faussaire, du méchant à la brute... Sauve-toi, race humaine, c'en est assez ! Invoque la justice, et qu'elle te délivre ! Et toi, France, qui t'es la première laissé mettre les menottes, sois la première à les briser ! » Implacable dans ses revendications du droit, l'illustre journaliste, qui est, à ses heures, un critique littéraire égal aux plus éminents, sait rendre au génie une éclatante justice. Qui donc a montré avec plus de force l'abîme dans lequel a fini par sombrer la muse de Hugo ? Qui donc a mieux fait valoir « les accents justes et profonds, les belles sincérités, les belles douleurs, les belles grandeurs » du poète des *Feuilles d'Automne*, et montré qu'on trouve dans son œuvre des accents inconnus « à Lamartine, qui est un orgue, à Musset, qui est un oiseau ? » Sachons-lui gré du cri de colère que lui arrache la destruction de la colonne Vendôme : « C'est fait ! Le grand trophée et la grande idole gisent sur un fumier, dans la fière rue de la Paix, maintenant indigente... Pauvre Colonne ! sur le fumier, en trois tronçons, comme un ver coupé par un enfant cruel ! Selon Courbet, l'œuvre n'était pas *artistique*. Qu'en sait-il, l'envieux lourdaud ? » A ceux qui voudraient dénier à Veuillot l'esprit parisien, le plus fin et le plus déluré, on opposerait la célèbre page sur les cafés-chantants, le portrait de Thérésa : « Je ne la trouvai point si hideuse que l'on m'avait dit. C'est une fille assez grande, assez découplée, sans nul charme que sa gloire, qui en est un, il est vrai, de premier ordre. Elle a, je crois, quelques cheveux ; sa bouche semble faire le tour de la tête ; pour lèvres, des bourrelets comme un nègre ; des dents de requins. Une femme, auprès de moi, l'appelait *un beau brun.* »

Il faut pourtant interrompre la série de ces fragments ! On n'apprécie pas le rédacteur de *l'Univers*, on le cite. Le faire connaître, c'est le faire admirer. Dans notre temps si féru de sa supériorité, si égoïste et si sottement prétentieux, il n'est pas d'écrivain plus coloré, plus vivant, plus varié, plus nerveux. J. de Maistre n'a que deux cordes, la force et la grâce, la grâce dans les lettres à sa chère Constance, la force dans le *Pape* et les *Soirées* ; L. Veuillot les a toutes. Styliste exquis, naturel et raffiné tout ensemble, orateur la plume à la main, poète en prose comme en vers, il reste avec Chateaubriand la plus extraordinaire personnalité littéraire du XIXe siècle, il est de tous nos auteurs le seul qui rappelle Bossuet.

M. Eugène Veuillot, né en 1818, fut d'abord journaliste en province, puis l'infatigable et courageux second de son frère dans tous les duels que celui-ci engagea contre les adversaires de la papauté. Depuis la mort de Louis, il est l'âme et l'inspirateur de *l'Univers*, qui, sous cette impulsion vigoureuse, a conservé tous ses droits à la reconnaissance des catholiques. On cite surtout de lui *la Croix et l'Épée* (1856), *les Vies des Pères des déserts d'Orient* (1863, 6 vol.), *Critiques et Croquis* (1866), une brochure d'une irréfutable logique contre les prétentions des Naundorff, etc.

D'autres collaborateurs de *l'Univers* se recommandent par une vaste érudition, une grande sûreté de doc-

trine, une constante pureté de langage : MM. Léon
Aubineau, Aug. Roussel, Coquille. Tout jeune encore,
M. P. Veuillot rappelle souvent le glorieux aîné de sa
famille, par son entrain batailleur et sa verve sarcastique.

M. G. Janicot (1830) rédige depuis plus de trente
ans le bulletin politique à *la Gazette de France ;* il met
au service de convictions honorables et fidèles un style
toujours clair et d'une irréprochable tenue.

C'est dans un camp tout opposé, près d'un drapeau
bien différent, que nous rencontrons Adolphe Guéroult,
(1810-1872.) D'abord adepte du saint-simonisme, il
débuta dans *le Globe*, essaya de la diplomatie, mais
ne réussit à se mettre en vue que lorsqu'il eut fondé
(1859) le journal *l'Opinion nationale*, où il soutint les
idées du prince Napoléon. Guéroult était une intelligence perspicace, un publiciste expert à présenter les
questions politiques sous une forme accessible aux
foules ignorantes, mais l'histoire impartiale doit sévèrement juger la guerre qu'il fit au St-Siège.

Alph. Peyrat (1812) fut le collaborateur d'Armand
Marrast à *la Tribune*, et d'Émile de Girardin à *la
Presse*, avant de prendre la direction de *l'Avenir
national* (1865). Depuis le 4 septembre 1870, il a été
député, sénateur, chef de groupe dans la cohue républicaine. Il a composé un grand nombre d'ouvrages
de circonstance, particulièrement une *Vie de Jésus ;* il
laissera la réputation d'un journaliste sectaire, d'un
écrivain âpre, d'une manière de Th. de Bèze égaré au
XIXe siècle.

Lucien-Anatole Prévost-Paradol (1829-1870) était
le fils de la célèbre actrice Mme Paradol, mariée à M.
Prévost, chef de bataillon en retraite. Prix de rhéto-
tique en 1848 et de philosophie en 1849, au concours
général il obtint le prix d'éloquence à l'Académie avec

son *Éloge de Bernardin de St-Pierre* (1851), publia une *Revue de l'Histoire universelle* (1854), *du Rôle de la famille dans l'Éducation* (1857), *Essais de politique et de littérature* (1862), *Études sur les Moralistes français* (1864), *la France nouvelle* (1868).

La génération qui entrait dans la vie aux dernières années du second Empire n'a pas oublié sa brillante collaboration aux *Débats* et au *Courrier du dimanche*, supprimé en 1866 à la suite d'un article insultant pour Napoléon III, qui devait cependant le nommer, trois ans plus tard, ministre plénipotentiaire aux États-Unis. Il se tua d'un coup de pistolet à Washington, le 19 juillet 1870, quand il apprit la déclaration de guerre avec la Prusse. Sans doute l'infortuné devinait l'issue de la lutte, et comprenait qu'avec l'Empire, auquel il venait de se rallier, s'écroulait toute sa fortune politique.

« On n'a jamais mis dans des articles tant de goût, de grâce et d'éloquence ; c'était poli et acéré comme une flèche (1). » Paradol excelle dans le style académique, où, d'une allure aisée, avec une grâce infinie, sans accuser la moindre trace d'effort et de recherche, il suit les traces de Villemain, le modèle désespérant du genre. Sinueuse et souple, sa phrase, par un don singulier, réunit la transparence inhérente au style haché et l'harmonie de la diction périodique. C'est comme un mélange de Labruyère, de Sévigné et de Fléchier. Au premier, il emprunte la subtile finesse des aperçus ; à la châtelaine de Bourbilly, l'aristocratique négligence et cette grâce « plus belle encor que la beauté ;» à Fléchier, cette pompe discrète, cette noblesse sans apprêt, cette séduisante langueur, enfin ce souci de la perfection qui font de l'évêque de Nîmes le rival du panégyriste d'Athènes.

---

(1) Edm. Schérer.

Tous les gens de goût ont retenu la fameuse *Invocation aux lettres* :

« Salut, lettres chéries, douces et puissantes consolatrices ! Depuis que notre race a commencé à balbutier ce qu'elle sent et ce qu'elle pense, vous avez comblé le monde de vos bienfaits ; mais le plus grand de tous, c'est la paix que vous pouvez répandre dans nos âmes. Vous êtes comme ces sources limpides cachées à deux pas du chemin, sous de frais ombrages ; celui qui vous ignore continue à marcher d'un pas rapide ou tombe épuisé sur la route ; celui qui vous connaît accourt à vous, rafraîchit son front et rajeunit en vous son cœur. Vous êtes éternellement belles, éternellement pures, clémentes à qui vous revient, fidèles à qui vous aime. Vous nous donnez le repos, et si nous savons vous adorer avec une âme reconnaissante et un esprit intelligent, vous y ajouterez par surcroît quelque gloire. Qu'il se lève d'entre les morts et qu'il vous accuse, celui que vous avez trompé ! »

Les lettres sont l'honneur de M. J.-J. Weiss, et ce n'est pas lui qui se lèvera jamais pour les maudire.

Né à Bayonne en 1827, prix de philosophie au concours de 1847, il passa par l'École, enseigna l'histoire au lycée de La Rochelle, puis, après quelques différends avec son inspecteur d'Académie, dit adieu à l'Université et entra aux *Débats*, où il fit plusieurs campagnes très appréciées du public connaisseur. Il se rallia au ministère Ollivier, qui le choisit pour le secrétariat des Beaux-Arts ; Gambetta lui confia la direction des Affaires Étrangères, nomination qui fit pousser les hauts cris à certaine fraction du parti républicain. Révoqué en 1879, il est aujourd'hui bibliothécaire du palais de Fontainebleau.

« Nul écrivain, plus que M. Weiss, n'a ses coudées franches, sa libre allure, ne craint moins de prendre, arrivé à un carrefour, par le sentier du parodoxe ; mais il a aussi cette qualité de toujours plaire, de rester partout de ceux que « le Ciel chérit et gratifie. » Historien et moraliste, M. Weiss est continuellement l'un et l'autre : d'où sa critique si féconde en aperçus de tout genre, car d'un détail insignifiant en apparence il dégagera la philosophie de toute une époque, et c'est par une considération générale qu'il éclaire soudain une particularité curieuse et restée obscure dans l'œuvre ou le génie d'un écrivain (1). »

Quelle page exquise que celle où il a raconté sa jeunesse, ses impressions d'enfance !

« Au retour d'Anvers, mon père, musicien gagiste dans un régiment de ligne, obtint pour moi l'avantage d'être inscrit au corps comme enfant de troupe. Deux ou trois sous de prêt, un pain de munition tous les deux jours, une capote grise et un pantalon rouge ! Ce n'était rien et c'était assez. Avec l'âme fraîche de l'enfance et une imagination ouverte à tous les souffles dont la caresse le vaste monde, c'était un empire. J'ai été tout bonnement élevé comme un roi, sous les enseignes du roi. Je portais son uniforme, j'étais nourri de son pain noir, j'ai grandi dans ses casernes et ses baraquements. Que tes tentes sont belles, ô Jacob ! et que tes tabernacles étaient beaux, ô Israël ! Presque toujours le pittoresque puissant du site y saisissait ou y charmait la vue. Je n'ai jamais oublié, j'ai toujours devant l'esprit ma petite chambre du grand quartier à Givet, entre le roc abrupt de Charlemont et la Meuse au flot âpre ; le fort Saint-Jean, où le mugissement de la vague berçait mes nuits; Vincennes, de qui le donjon, au rayon d'une pleine lune de juin, me versait la mélancolie des siècles. Un beau jour le sapeur de planton chez le colonel arrivait à la caserne avec un pli cacheté

(1) Marcel Fouquier.

pour l'adjudant-major de service : « Faisons les sacs, disait-il, nous partons dans dix jours. » Chaque année me découvrait un nouveau coin de la France, et me livrait une nouvelle impression de ce pays multiple, bien plus divers en son unité artificielle que l'Allemagne aux trente-six États. Nous étions dans les monts du Jura : en route pour la Durance et la fontaine de Vaucluse! La soif de voir et de regarder était chez moi inextinguible. A trois heures et demie du matin le tambour, par les rues, battait la marche du régiment ; la colonne de marche se formait sur la place principale du lieu ; je prenais rang à l'arrière-garde ; quand les jambes me manquaient, ce qui n'était pas fréquent, je me hissais parmi les bagages, sur la charrette louée jusqu'à l'étape prochaine par le bataillon ; et devant moi défilait la France, monts et vallons, fleuves et ruisseaux, sombres châteaux crénelés des temps lointains et riantes villas bâties la veille. Ici le sang avait coulé ; la ville républicaine, tumultueuse, immense, en proie au chômage et à la faim, s'était soulevée contre les riches et leur roi ; on l'avait assiégée et prise ; et en traversant, pour y rentrer, le long pont sur le fleuve vertigineux qui semblait rouler la colère et la haine, on ressentait je ne sais quel vague frisson de mystère et de terreur. Là, au village où l'on devait faire grand'halte, on arrivait parmi les pampres, la vendange et les champs ; les petits propriétaires et les vignerons avaient prévu trop de vin pour pas assez de tonneliers ou de tonneaux ; les futailles en perce bordaient le chemin ; pour un sou par tête, le sou du roi, on puisait à volonté dans ces fûts impatients d'être vidés ; la Fraternité, fille de la Joie et de l'Abondance, régnait pour une heure sur un point imperceptible du globe, entre de braves gens qui ne s'étaient jamais vus et ne se reverraient plus jamais. Ou bien, après une longue route poudreuse à travers les

plants d'oliviers, on apercevait tout-à-coup, au bas de
la côte, la mer bleue léchée d'un soleil ardent ; ou plutôt c'est moi qui la découvrais splendide et inconnue, et
je criais : *La mer! La mer!* avec le même débordement
de joie toute neuve qu'un mousse de la *Pinta* avait dû
jadis crier : *Terre ! Terre !* en voyant surgir du sein de
l'Océan les verdures diaprées de San-Salvador. »

Il a publié un Essai sur *Hermann et Dorothée*, (sa
thèse de doctorat,) des *Essais sur l'histoire de la Littérature française* (1865), d'innombrables articles dans
différentes Revues, et, tout récemment, un livre plein
d'humeur et débordant de patriotisme, *Au pays du Rhin.*
M. Weiss continue la lignée d'esprits distingués, véritable expression de cette bourgeoisie d'avant 89, si
raisonnable dans le fond quoique si portée à faire en
toute chose de l'opposition quand même, si fine en ses
goûts artistiques et littéraires, capable de boutades pro-
longées mais revenant toujours par une pente fatale à
l'amour de l'ordre, de la justice et de la vérité. Elle est
de l'étincelant et judicieux publiciste, cette boutade qui
ravissait Gambetta : « La vengeance est le plaisir des
dieux, qui sont éternels. Le politique n'a qu'une heure
dans la suite des siècles. Je le plains, s'il la perd à se
venger. »

Comme M. Weiss, et en même temps que lui, Eug.
Yung (1) fut professeur au lycée de La Rochelle. Tous
deux avaient suivi les cours de Louis-le-Grand et fait
partie de la même promotion, celle de 1847 ; tous deux
écrivirent dans le journal d'Édouard Bertin, tous deux
appartenaient à la religion réformée, et naguère c'était
M. Weiss qui écrivait, en termes touchants, la notice
biographique de son ami, le regretté fondateur de la
Revue bleue. La mort de M. Yung provoqua dans la
presse d'unanimes regrets ; on se plut à louer sans

(1) Né en 1827.

restriction cet homme aimable, « cet honnête homme, ce galant homme (1), » d'un si grand charme et d'une telle sûreté de commerce, cet écrivain d'un talent délicat et supérieur. L'œuvre capitale de l'historien est sa thèse de doctorat, *Henri IV considéré comme écrivain*, à la fois essai de critique et travail d'érudition.

M. Henri Fouquier (1838), après avoir collaboré à différents journaux satiriques, fonda *le Petit Parisien*, puis fut chroniqueur en titre au *XIXe Siècle*, journal libre-penseur. Son style correct, son esprit rassis et discret qui n'a rien du bohême ou du boulevardier, rappellent qu'il remplit longtemps de graves fonctions dans l'administration. (Il fut secrétaire général des Bouches-du-Rhône, et montra de l'énergie lors de la révolution communaliste ; en 1872, il eut la direction de la presse au ministère de l'Intérieur.)

M. Albert Wolff, né en 1835 à Cologne (Prusse Rhénane), naturalisé français après la guerre de 1870, est le baron Grimm du XIXe siècle, un baron Grimm aussi spirituel et plus estimable à tous égards. Dans ses comptes-rendus des *Salons*, son coup d'œil est très sûr, son impartialité entière, ses jugements à peu près sans appel.

MM. Aurélien Scholl, (né à Bordeaux en 1833), et Em. Bergerat, (né à Paris en 1845), excellent dans la chronique fantaisiste ; petits-fils de Swift, ils disent parfois de très incontestables vérités sous les apparences de la folâtrerie, de l'extravagance et même de l'ahurissement. Plus amer, M. Scholl ressemble surtout à Champfort ; plus littéraire et plus philosophique, M. Bergerat rappelle davantage Rivarol.

Si personne ne connaît l'auteur des *Lettres de Junius*, cette *Lanterne* du siècle dernier, en revanche les cinq parties du monde ont retenti de la gloire assour-

(1) Le mot est de M. J. Lemaître.

dissante de M. Henri Rochefort, marquis de Roche-fort-Luçay (1).

Le grand pamphlétaire débuta dans la littérature par des poésies où il chantait la Ste Vierge ! Pour vivre, il entra dans les bureaux de l'Hôtel-de-Ville, après avoir inutilement cherché à donner des répétitions de français. Vers 1863, il publia dans le *Figaro*, (bis-hebdomadaire à cette époque,) des articles qui eurent une vogue inouïe. Fils de vaudevilliste, il fut vaudevilliste, et obtint de francs succès de rire au Palais-Royal et aux Variétés. C'est le premier juin 1868, que parut le premier numéro de *la Lanterne*, qui se tira par centaines de milliers d'exemplaires et qui, saisie à partir du onzième numéro, fut publiée en Belgique. Élu député en 1869, il fut incarcéré à Ste-Pélagie pour outrages à Napoléon III ; il en sortit le 4 septembre et entra au Gouvernement de la Défense nationale. A la suite de sa participation indirecte à la Commune, il fut envoyé à la presqu'île Ducos, d'où il s'évada en compagnie d'Olivier Pain et de Paschal Grousset. Après avoir habité Londres et Bruxelles, il dut de rentrer en France à l'amnistie du 11 juillet 1880. Cette année même, il fonda l'*Intransigeant* (2).

Quelle que soit l'opinion qu'on ait des principes qu'il soutient, on doit avouer que M. Rochefort est l'esprit même. Il faut remonter jusqu'à Voltaire, jusqu'aux *Si*, aux *Pourquoi*, aux *Comment* de l'adversaire de Pompignan, pour retrouver la même moquerie acérée, la même verve impitoyable, le même bonheur d'expressions. Ni les auteurs de la Satire Ménippée, ni Beaumarchais, ni Courier n'ont ces franches saillies qui déconcertent, ce venin, cet imprévu dans le sarcasme, cette finesse dans l'allusion, ce sel gaulois, cette malice de singe savant,

(1) Né à Paris en 1830.

(2) Cf. notre *Histoire de la Littérature sous la Révolution*, page 355.

cette amertume voilée par un sourire grimacier, cette audace dans les paradoxes les plus insoutenables, cette rapidité de style, cette virulence dans l'insulte, cette science de la calomnie, cette furie d'indignation pour déverser à flots les plus sanglants outrages.

La vie et le talent de M. Rochefort sont et resteront une indéchiffrable énigme.

On voit plus clair dans la carrière politique de son émule, M. Paul de Cassagnac (1), le valeureux champion de l'Empire, et le plus convaincu, sinon le plus éloquent, parmi les défenseurs des doctrines conservatrices. Sa jeunesse est celle d'un mousquetaire : on connaît ses duels avec Flourens, MM. Lissagaray, Scholl, Rochefort, Lockroy, Ranc, Thompson. Il débuta dans le journalisme par des articles retentissants au *Pays*, se comporta valeureusement aux jours néfastes de la guerre de 1870, et, depuis son retour des casemates allemandes, n'a cessé de remplir les fonctions législatives à la Chambre des députés, où il s'est signalé par de nobles et fières improvisations, mais aussi par des interruptions parfois excessives, toujours loyales du reste et d'une chevaleresque sincérité. M. de Cassagnac est un caractère, un homme admirablement doué pour l'action, et qui, grâce à quelque évolution politique inattendue, pourrait bien un jour se révéler comme un éminent homme d'État.

On a de lui une *Histoire de la IIIᵉ République* (1875), mais son principal titre est la série de ses plus récents articles dans *l'Autorité*.

Les écrivains dont nous venons de parler nous ont quelque peu éloigné de l'Académie ; nous y rentrons avec un économiste doublé d'un habile orateur d'affaires.

La vie parlementaire de M. Say date de nos revers.

(1) Né en 1843.

Faut-il rappeler qu'il a été plusieurs fois ministre des finances, l'un des plus remarquables de ce siècle après les Villèle, les Roy, les Louis, les Fould et les Magne? Les spécialistes connaissent de l'honorable sénateur une *Histoire de la Caisse d'Escompte* et diverses brochures sur le Crédit Foncier et les finances de la ville de Paris. Il a remplacé J. Sandeau à l'Académie en 1886. Dans son discours, M. Rousse, qui lui souhaitait la bienvenue, lui disait entre autres compliments : « Il est impossible de prêter plus d'attrait à des études plus sévères, de les élargir davantage et d'y faire paraître en même temps plus d'agrément et de bonne humeur (1). » Et encore : « L'Académie française, en vous nommant, savait quel honneur lui feraient vos discours, et quel plaisir elle prendrait à les entendre. »

M. L. Say, qui est un homme d'infiniment d'esprit, pourra donc faire adopter par le dictionnaire les mots qui lui sont chers : *impôt compensateur*, *péréquation des impôts*, *monométallisme*, *bimétallisme*, *interventionisme* de l'Etat !

Il ne serait sans doute pas désavoué dans cette propagande par son vénérable confrère, le grand voyageur M. X. Marmier, qui a tant entendu parler d'idiomes différents, qu'il ne doit plus avoir de répugnance pour les barbarismes et les termes exotiques.

M. Xavier Marmier (1809) a passé une grande partie de sa vie à explorer l'Europe, l'Orient, l'Algérie, l'Amérique du Nord, faisant partout une ample moisson d'observations archéologiques, recueillant les chants populaires, les légendes, étudiant les localités illustrées par quelque fait mémorable, et apprenant, par plaisir, la langue des peuples qu'il visitait. Sa compétence est surtout reconnue dans le champ des littératures scandinaves, où il a comme sérieux émule M. A. Geffroy.

_____

(1) Cf. Discours en réponse au discours de M. Léon Say (17 décembre).

La fécondité de cet écrivain est extraordinaire ; il faudrait plusieurs pages pour donner le catalogue complet de ses monographies et de ses intéressants récits de voyages.

Ses principaux ouvrages sont : *Langue et Littérature islandaises* (1838), *Lettres sur la Hollande* (1842), *du Rhin au Nil* (1847), *Lettres sur l'Adriatique et le Montenegro* (1854), *Souvenirs d'un voyageur* (1867), *Sous les sapins* (1865), *Chants populaires du Nord* traduits en français, etc.

Non moins errant fut M. de Vogué, (né à Paris en 1829,) membre de l'Académie des Inscriptions depuis 1868, et de l'Académie française, où il remplaça en 1889 Désiré Nisard. S'il fut choisi, ce fut, comme l'a dit un bon juge, non parce qu'il était gentilhomme ou qu'il appartenait à la *Revue des Deux-Mondes*, mais « parce qu'il écrit très bien (1). »

« Ses sympathies littéraires, comme il arrive toujours, sont révélatrices de ses qualités propres. Il nous en donne la liste dans une sorte de dithyrambe en l'honneur de la langue française : ce sont Rabelais, Pascal, St-Simon, Mirabeau, Chateaubriand, Michelet. Rien que des imaginatifs, des poètes, au sens large du mot ; il est poète lui-même, en effet. Tel de ses développements a l'air d'un morceau d'épopée (2). »

Le public a lu de lui d'admirables études sur la littérature slave, de magnifiques descriptions de la Grèce septentrionale, de l'Asie-Mineure, de l'Égypte. C'est à M. de Vogué que nous devons surtout de connaître l'œuvre de Gogol, de Tourguenief, de Dostoïewsky et de Tolstoï.

Somme toute, M. de Vogué est un romantique ; clas-

---

(1) Cf. *Revue bleue*, 8 juin 1889, page 713, article de M. Paul Desjardins.
(2) Cf. P. Desjardins, *loc. citat.*

sique au suprême degré est le talent du vice-recteur
actuel de l'Académie de la Seine.

M. Oct. Gréard, (né à Vire en 1828,) professa en province, puis à Paris, fut inspecteur de l'Académie de la
Seine, directeur de l'enseignement primaire, inspecteur
général de l'Université;il est de l'Académie des Sciences
morales et politiques et de l'Académie française. Sa
réputation, assez discrète, mais très justifiée, repose
principalement sur une *Histoire d'Héloïse et d'Abélard* (1870), et sur un travail considérable où il étudie
la *Morale de Plutarque*, dont M. Villemain a dit :
« Écrite avec goût et non sans éloquence, cette analyse
abonde en leçons ingénieuses. Elle corrige le faste
de Sénèque par une doctrine sévère aussi, mais plus
simple. Elle persuade au lieu de déclamer. Elle jette
des traits de lumière sur ce monde romain dont nous
sommes si loin, et sur ce monde nouveau qui en est
sorti. Cette étude de philosophie est un excellent morceau d'histoire. »

Si de l'enseignement officiel en France nous passons
au même ordre d'enseignement en Suisse, nous trouvons le nom de Henri Amiel, de Genève (1821-1881).
Celui-ci couronna de fortes études par des pérégrina-
tions à travers les Universités d'Allemagne. En 1848, il
fut chargé de la chaire d'esthétique dans sa ville natale.

Il a laissé des poésies, *Il penseroso* (1858), *la Part du
Rêve* (1863), *les Étrangères* (1876), *Jour à jour* (1880) ;
sauf le dernier, ces ouvrages ne sont pas au-dessus de
l'honnête et du distingué. Mais ses fragments en prose
d'un *Journal intime* (1883), où il se montre comme un
désespéré, un sceptique, préoccupé douloureusement
des mystères de la vie, attestent une observation intense,
de rares qualités de psychologue, et ont fait même à
quelques critiques très bienveillants prononcer le grand
nom de Pascal.

L'enseignement privé se réclame avec orgueil de Ximénès Doudan, (né à Douai en 1800, mort à Paris en 1872.) Après avoir été le précepteur du duc Albert de Broglie, il vécut dans cette hospitalière et aristocratique maison des de Broglie comme autrefois La Bruyère, après avoir fait l'éducation du duc de Bourbon, avait reçu la quasi royale hospitalité de Chantilly.

Pendant toute sa vie il avait été inconnu ; la publication posthume de sa correspondance, (*Mélanges et Lettres*, 3 vol.,) le rendit aussitôt célèbre.

En politique, Doudan professe une vive admiration pour la doctrine orléaniste ; en littérature, il se range parmi les modérés, ceux à qui répugnent la violence, les crudités ; il a horreur du naturalisme, lui, le raffiné, le délicat, l'attique, l'autre J.-J. Joubert.

Sans être littérateurs de profession, un peintre et un mathématicien ont écrit des pages dignes d'être sauvées de l'oubli.

Eug. Fromentin, (1820-1877,) a publié *Sahara et Sahel, Dominique* (1863), et des travaux sur les maîtres flamands.

De *Dominique*, M. Montégut a dit : « Malgré bien des pages heureuses et plusieurs épisodes délicatement traités, ce n'est pas un vrai et bon roman. »

Dans ses premiers ouvrages, étonnants de couleur, il semble avoir pris pour maître Théoph. Gautier ; dans les derniers, le soin évident de « grouper en raccourci les foules de faits qui composent un sujet, » révèle le secret désir d'égaler le maître en ce genre, M. Taine.

M. Joseph Bertrand, (né à Paris en 1822,) reçu premier à l'École polytechnique, n'avait que trente-quatre ans lorsqu'il fut reçu à l'Académie des Sciences, dont il est le secrétaire perpétuel depuis 1874. Il a écrit *les Fondateurs de l'Astronomie moderne* (1865), *l'Académie des Sciences et les Académiciens de 1666 à 1793.*

Le style aisé et correct, toujours clair, parfois avec une pointe d'ironie, rappelle plutôt celui de Fontenelle que celui de d'Alembert.

Maintenant, croyons-nous, il nous reste à demander pardon aux écrivains que nous avons oubliés ; sans aucun doute, il en est, d'une incontestable valeur, qui auraient droit à figurer dans ce modeste Panthéon en quatre volumes, où, comme dans tous les Panthéons, depuis quelque temps au moins, la compagnie peut sembler un peu mêlée. Cet oubli pourra plus tard être réparé. En ce qui nous concerne, nous remercions les lecteurs qui ont eu la patience de nous suivre à travers cette longue course ; qu'ils sachent qu'il y a en nous un sentiment aussi vif que celui de la conscience de notre insuffisance littéraire, c'est celui de notre gratitude pour les encouragements qu'ils ne nous ont pas ménagés.

Et toi, mon petit livre, que la critique te soit clémente !

Parve, sed *invideo, sine me, liber, ibis in Urbem !*

20 Septembre 1889.

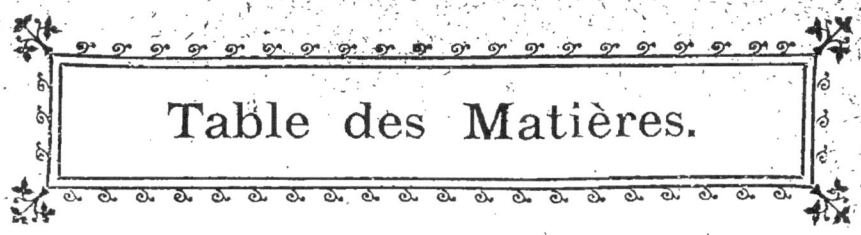

Table des Matières.

Chapitre Troisième.

Chapitre Quatrième.

www.ingramcontent.com/pod-product-compliance
Lightning Source LLC
Chambersburg PA
CBHW060755030726
47503CB00002B/247